NORA ROBERTS

DIE TOCHTER DES MAGIERS

Roman

Aus dem Amerikanischen von
Hans Schuld

WILHELM HEYNE VERLAG
MÜNCHEN

HEYNE ALLGEMEINE REIHE
Nr. 01/12507

Titel der Originalausgabe
HONEST ILLUSIONS
erschien bei G. P. Putnam's Sons, New York

Umwelthinweis:
Dieses Buch wurde auf
chlor- und säurefreiem Papier gedruckt.

Taschenbuchausgabe 1/2003

Wilhelm Heyne ist ein Verlag des Verlagshauses
Ullstein Heyne List GmbH & Co. KG
Printed in Germany 2003
Umschlagillustration: Cees Roelofs
Umschlaggestaltung: Hauptmann und Kampa
Werbeagentur, München – Zürich
Druck und Bindung: Elsnerdruck, Berlin

ISBN: 3-453-86313-5

http://www.heyne.de

Für Bruce,
Dan und Jason
die mein Leben,
verzaubern

TEIL EINS

O schöne neue Welt,
in der sich solche Menschen finden!

– WILLIAM SHAKESPEARE –

PROLOG

Plötzlich war die Frau verschwunden. Diese Nummer versetzte die Zuschauer nach wir vor in Staunen, das anspruchsvolle Publikum in Radio City ebenso wie die einfachsten Bauern auf dem Jahrmarkt.

Als Roxanne auf den gläsernen Sockel stieg, spürte sie deutlich die erwartungsvolle Spannung – eine Mischung aus Hoffnung und Skepsis.

Die Magie faszinierte alle Zuschauer gleichermaßen.

Genau das hat Max schon immer gesagt, dachte sie. Immer und immer wieder.

Umgeben von Nebelschwaden und angestrahlt von blitzenden Lichtern, stieg der glasklare Sockel zur Melodie von Gershwins Rhapsody in Blue langsam in die Höhe. Er drehte sich zweimal um die eigene Achse, so daß die Menge die darauf stehende Frau von allen Seiten betrachten konnte – und gleichzeitig von dem technischen Trick abgelenkt wurde.

In der Art der Inszenierung, so hatte sie gelernt, lag der einzige Unterschied zwischen plumper Scharlatanerie und Kunst.

Passend zur Musik trug Roxanne ein funkelndes mitternachtsblaues Kleid, das sich eng um ihre hochgewachsene schlanke Gestalt schmiegte – so eng, daß sich unter dieser glitzernden Seide kaum mehr als ihr eigene Haut verbergen konnte. In ihrem Haar, das wie ein rotgelockter Wasserfall bis zur Taille hinabfiel, funkelten Tausende von Sternen.

Vor allem die Männer im Publikum waren hingerissen vom Anblick dieser Frau, die wie aus einer anderen Welt zu sein schien. Ihre Augen waren geschlossen, ihr Gesicht war zur sternenbesäten Bühnendecke erhoben.

Während sie nach oben schwebte, ließ sie die Arme im Rhythmus der Musik hin und her schwingen, und hob sie zuletzt hoch über den Kopf. Dies war einerseits ein optisch reizvoller Effekt, andererseits aber auch zur Durchführung des Tricks notwendig.

Der Nebel, die Lichter, die Musik, die Frau – das alles ergab ein wunderschönes Bild, und sie genoß selbst die dramatische Wirkung.

Der Trick war eine äußerst komplizierte Angelegenheit und erforderte eine ungeheure Körperbeherrschung. Alles mußte sekundengenau aufeinander abgestimmt sein. Dabei verriet ihr entspanntes Gesicht nicht einmal den Zuschauern in der ersten Reihe etwas von ihrer äußersten Konzentration. Keiner wußte, wie viele Stunden sie die Ausarbeitung dieses Tricks gekostet hatte, bevor sie ihn anschließend in der Praxis ausprobieren und dann durch beharrliches Üben perfektionieren konnte.

Langsam begann sich ihr Körper drei Meter hoch über der Bühne im Rhythmus der Musik zu bewegen. Aus dem Publikum ertönte bewunderndes Raunen und vereinzelter Applaus. Jeder konnte sie sehen, umspielt von bläulichem Nebel und blinkenden Lichtern – das glitzernde Kleid, die wilde Haarmähne, die hell schimmernde Haut.

Doch kaum einen Wimpernschlag später hielten alle den Atem an, denn dort, wo sie eben noch gestanden hatte, richtete sich ein bengalischer Tiger auf den Hinterbeinen auf und fegte fauchend mit den Pranken durch die Luft.

Einen Moment lang herrschte im Publikum vollkommene Stille – die schönste Stille, die es für einen Künstler geben konnte –, ehe donnernder Applaus erscholl. Langsam sank der Sockel wieder abwärts. Die mächtige Raubkatze sprang herunter und stolzierte zur rechten Bühnenseite. Eine Frau in der ersten Reihe schrie leise auf, als das Tier neben einer Kiste aus Ebenholz stehenblieb und ein Brüllen ausstieß.

In der nächsten Sekunde stürzten die vier Seiten der Kiste in sich zusammen – und aus den Trümmern sprang Roxanne, nicht mehr in schimmerndes Blau gekleidet, sondern in ein silbernes Trikot. Sie verbeugte sich anmutig, wie man es sie von Kindesbeinen an gelehrt hatte.

Unter donnerndem Applaus stieg sie auf den Rücken des Tigers und ritt von der Bühne.

»Fein gemacht, Oscar.« Mit einem kleinen Seufzer beugte sie sich vor und kraulte das Tier hinter den Ohren.

»Hast wirklich hübsch ausgesehen, Roxy.« Ihr großer, stämmiger Assistent befestigte eine Leine an Oscars glitzerndem Halsband.
»Danke, Mouse.« Sie stieg ab und strich sich das Haar aus dem Gesicht. Hinter der Bühne herrschte geschäftiges Treiben. Einige Helfer machten sich bereits daran, ihre Ausrüstung zusammenzupacken, um sie vor neugierigen Blicken zu schützen. Da sie für den folgenden Tag eine Pressekonferenz angesetzt hatte, wollte sie jetzt keinen Reportern mehr Rede und Antwort stehen. Roxanne freute sich auf eine Flasche eisgekühlten Champagner und ein heißes Bad im Whirlpool.
Ganz allein.
Geistesabwesend rieb sie ihre Hände, wobei Mouse unwillkürlich an ihren Vater denken mußte, von dem sie diese Angewohnheit geerbt zu haben schien.
»Ich bin so unruhig«, lachte sie etwas unsicher. »Schon den ganzen verdammten Abend über. Mir ist, als spürte ich ständig jemanden im Nacken.«
»Also, weißt du ...« Mouse tätschelte verlegen Oscars Kopf, der sich an seinem Knie rieb. Er war noch nie ein großer Redner gewesen und wußte einfach nicht, wie er es ihr sagen sollte. »Du hast Besuch, Roxy. In der Garderobe.«
»Ach ja?« fragte sie ein wenig unwillig. »Wer denn?«
»Geh und verbeug dich noch mal, Schätzchen.« Lily, Roxannes Bühnenassistentin und Ersatzmutter, kam herangerauscht. »Das Publikum ist völlig aus dem Häuschen.« Lily tupfte sich mit einem Taschentuch die Tränen von ihren falschen Wimpern, die sie nicht nur auf der Bühne trug. »Max wäre so stolz auf dich.«
Roxanne ließ sich nicht anmerken, wie sehr sie darunter litt, daß ihr Vater nicht bei ihr sein konnte. Das ging niemanden etwas an. »Wer ist denn in der Garderobe?« rief sie über die Schulter , als sie noch mal hinausging, um sich für den anhaltenden Applaus zu bedanken. Aber Mouse war bereits mit Oscar verschwunden.
Er hatte gelernt, daß es manchmal klüger war, rechtzeitig das Weite zu suchen.
Zehn Minuten später öffnete Roxanne, vor Freude über

ihren Erfolg glühend, die Tür ihrer Garderobe. Der Duft nach Rosen und Schminke war eine so vertraute Mischung, daß sie ihn gar nicht mehr wahrnahm. Aber heute lag noch etwas anderes in der Luft – der würzige Geruch französischen Tabaks.

Sie kannte nur einen einzigen Mann, den sie für alle Zeit mit diesem Duft in Verbindung bringen würde. Ihre Hand auf der Türklinke zitterte.

Er hatte es sich auf einem Stuhl bequem gemacht, rauchte wie üblich eine dieser schlanken französischen Zigarren und trank dazu ihren Champagner. Als sie das nur allzu vertraute Grinsen seines wundervollen Mundes sah und in diese unglaublich blauen Augen blickte, überlief sie ein gleichzeitig erregendes und bestürzendes Gefühl.

Er trug das Haar immer noch lang und nach hinten gekämmt. Schon als Kind hatte er mit seiner tiefschwarzen Mähne und diesen Blicken, die einem heiß und kalt werden ließen, wie ein eleganter Zigeuner gewirkt. Das Gesicht mit dem Grübchen im Kinn war in den vergangenen Jahren markanter geworden, was sein gutes Aussehen noch unterstrich. Abgesehen von der äußerlichen Erscheinung umgab ihn eine spürbar dramatische Aura.

Er war ein Mann, bei dem Frauen wohlig erschauderten und unwillkürlich auf allerlei Gedanken kamen.

Ihr war es nicht anders ergangen. O nein, auch ihr nicht.

Fünf Jahre war es her, seit sie dieses Lächeln zuletzt gesehen hatte, seit ihre Finger in diesem dichten Haar gewühlt, und sie die berauschenden Küsse dieses Mundes erwidert hatte. Fünf Jahre voller Leid, Trauer und Haß.

Sie zwang sich, die Tür zu schließen. Warum war er nicht tot? Warum hatte er nicht irgendeiner der grausamen Tragödien zum Opfer fallen können, die sie sich für ihn ausgemalt hatte?

Und warum in Gottes Namen empfand sie schon allein bei seinem Anblick wieder diese schreckliche Sehnsucht? Was sollte sie bloß dagegen machen?

»Roxanne«, grüßte Luke. Seine Stimme klang vollkommen ruhig. All die Jahre über hatte er sie beobachtet, hatte heute abend aus den dunklen Kulissen heraus jede ihrer Bewegungen studiert, kritisch, abwägend, voller Begehren. Doch als er ihr jetzt gegenüberstand, erschien sie ihm fast unerträglich schön.

»Eine gute Show mit einem spektakulären Finale.«

»Danke.«

Scheinbar gelassen schenkte er ein Glas Champagner ein und reichte es ihr. Auch Roxanne war ihre innere Erregung nicht anzumerken. Schließlich waren beide Profis im Showgeschäft und durch die gleiche Schule gegangen, damals bei Max.

»Das mit Max tut mir leid.«

Ihr Augen wurden hart. »Ach, wirklich?«

Luke ging nicht auf ihren sarkastische Ton ein. Er nickte nur und betrachtete gedankenverloren den perlenden Inhalt seines Glases. Plötzlich schien er sich an etwas zu erinnern und schaute lächelnd wieder auf. »Das Ding in Calais, mit den Rubinen, warst du das?«

Sie trank einen kleinen Schluck und zuckte lässig die Schultern, wobei die silbernen Sterne auf ihrem Trikot glitzerten. »Natürlich.«

»Aha.« Offenbar hat sie nichts verlernt, dachte er zufrieden, weder das Zaubern noch das Stehlen. »Ich habe außerdem Gerüchte gehört, daß eine Erstausgabe von Poes *Untergang des Hauses Usher* aus einem Tresor in London geklaut wurde.«

»Dein Gehör war schon immer gut, Callahan.«

Während er sie lächelnd musterte, wurde ihm erneut ihre atemberaubende Ausstrahlung bewußt. Er erinnerte sich an das aufgeweckte Kind, den übermütigen Teenager, die aufgeblühte junge Frau. Doch nun wirkte sie geradezu sündhaft verführerisch. Und er spürte wieder einmal deutlich die Anziehung, die es seit jeher zwischen ihnen gegeben hatte. Und genau diese wollte er sich, wenn auch mit Bedauern, zunutze machen.

Der Zweck heiligt das Mittel – ebenfalls eine von Maximillian Nouvelles Lebensweisheiten.

»Ich habe dir einen Vorschlag zu machen, Rox.«

»Ach ja?« Sie nahm einen letzten Schluck, ehe sie das Glas zur Seite stellte. Der Champagner schmeckte bitter.

»Geschäftlich«, erklärte er leichthin und drückte seine Zigarre aus. Er nahm ihre Hand und hob sie an seine Lippen. »Und privat. Ich habe dich vermißt, Roxanne.« Nach all den Jahren voller Tricks, Illusionen und Täuschungen waren diese Worte das Ehrlichste, was er seit langem gesagt hatte. Da er Mühe hatte, seine Gefühle im Zaum zu halten entging ihm das warnende Aufblitzen in ihren Augen.

»Hast du das, Luke? Tatsächlich?«

»Mehr als ich dir sagen kann.« Überwältigt von Erinnerungen und Sehnsüchten zog er sie näher an sich heran und spürte, wie sein Blut in Wallung geriet. Roxanne war immer die einzige für ihn gewesen. Aus den Fängen dieser Frau hatte er sich nie befreien können. »Komm mit in mein Hotel«, flüsterte er, und sein Atem streichelte ihr Gesicht. »Wir können zusammen essen – und reden.«

»Reden?« Ihre Ringe blitzten, als sie die Arme um seinen Nacken schlang und die Finger in seinem Haar vergrub. Der Schminkspiegel über der Frisierkommode gab ihr Bild dreifach wieder, als zeigte er ihnen Vergangenheit, Gegenwart und Zukunft. Ihre Stimme klang rauchig wie der Bühnennebel, dunkel und geheimnisvoll. »Ist das alles, was du willst, Luke?«

Er vergaß, wie wichtig es war, die Kontrolle zu behalten, sah nur noch ihren Mund, kaum einen Hauch von seinen Lippen entfernt. »Nein.«

Er senkte den Kopf. Und im nächsten Moment blieb ihm die Luft weg, als sie ihm ein Knie zwischen die Beine rammte. Während er sich vor Schmerz krümmte, traf ihre Faust sein Kinn.

Sein überraschtes Grunzen und das Krachen des umstürzenden Tisches, den er mit sich zu Boden riß, bereiteten Roxanne eine enorme Befriedigung. Wasser durchweichte den Teppich, Rosen flogen durch die Luft, und ein Paar Knospen landeten auf ihm.

»Du …« Mit finsterer Miene zerrte er eine Rose aus seinem Haar. Sie war schon immer ein hinterhältiges Biest gewesen. »Du bist noch schneller als früher, Rox.«

Sie hatte die Hände in die Hüften gestemmt und stand wie eine rachedurstige Kriegerin vor ihm. »Ich bin sehr vieles, was ich früher nicht war.« Ihre Knöchel brannten wie Feuer, doch dieser Schmerz half ihr, den anderen, der viel tiefer saß, zu vergessen. »Und jetzt, du verlogener irischer Dreckskerl, kriech zurück in das Loch, in das du dich vor fünf Jahren vergraben hast, wo auch immer das sein mag. Ich schwöre dir, wenn du noch einmal in meine Nähe kommst, lasse ich dich endgültig verschwinden.«

Zufrieden drehte sie sich auf dem Absatz um, doch noch ehe sie einen Schritt machen konnte, hatte Luke ihre Wade gepackt. Mit einem Schrei stürzte sie zu Boden. Sie kam gar nicht dazu, sich zu wehren. Er war bereits über ihr und hielt sie fest. Sie hatte vergessen, wie stark und reaktionsschnell er war.

Eine Fehleinschätzung, hätte Max gesagt. Und Fehleinschätzungen waren die Wurzel allen Übels.

»Okay, Rox, wir können auch hier reden.« Obwohl ihm das Atmen schwerfiel und er immer noch Schmerzen hatte, grinste er. »Ganz wie du willst.«

»Scher dich zum Teufel …«

»Nur zu gerne!« Sein Grinsen verschwand. »Verdammt, Roxy, ich konnte dir noch nie widerstehen.« Als er seinen Mund auf ihre Lippen preßte, versank die Gegenwart, und beide fühlten sich wieder in die Vergangenheit zurückversetzt.

ERSTES KAPITEL

1973, in der Nähe von Portland, Maine

»Nur zu, nur herbei, treten Sie näher, meine Herrschaften! Sehen und staunen Sie! Der Große Nouvelle besiegt die Naturgesetze. Für einen kleinen Dollar erleben Sie, wie er Karten in der Luft tanzen läßt und vor Ihren Augen eine wunderschöne Frau zersägt.«

Während der Ausrufer seine Nummer abzog, glitt Luke Callahan durch die Menge der Jahrmarktbesucher und betätigte sich eifrig als Taschendieb. Er hatte geschickte Hände, flinke Finger und kannte zudem keinerlei Gewissensbisse, was die wichtigste Voraussetzung in diesem Gewerbe war.

Er war zwölf Jahre alt.

Vor fast sechs Wochen war er von zu Hause abgehauen und seitdem auf der Flucht. Luke hatte große Pläne. Ehe der feuchtheiße Sommer New Englands in einen klirrenden kalten Winter überging, wollte er im Süden sein.

Geschickt angelte er ein Portemonnaie aus der Tasche eines weiten Overalls und dachte mit einem kleinen Seufzer, daß er nicht weit kommen würde, wenn die Ausbeute so mager blieb wie bisher. Nur wenige Besucher des Rummelplatzes hatten mehr als ein paar lumpige Dollar dabei.

Aber wenn er erst mal in Miami war, würde alles anders werden. Hinter einer Bude warf er das Portemonnaie aus Kunstleder weg und zählte die Beute dieses Abends.

Achtundzwanzig jämmerliche Dollar.

In Miami, wo es Strände gab, Sonne und Spaß, würde dagegen richtig absahnen. Er mußte nur erst mal dorthin kommen. Bis jetzt hatte er fast zweihundert Dollar erbeutet. Noch ein bißchen mehr, und er konnte es sich leisten, wenigstens einen Teil der Strecke mit dem Bus zu fahren. Mit einem Greyhound, dachte er, endlich mal nicht per Anhalter mit bekifften Hippies oder fetten Perversen, die ihre Finger nicht bei sich halten konnten.

In seiner Situation konnte er nicht sehr wählerisch sein, bei wem er einstieg. Er mußte jederzeit damit rechnen, daß irgendwer eine Meldung bei der Polizei machte oder ihm wenigstens – was fast genauso schlimm wäre – einen Vortrag über die Gefahren hielt, die einem Ausreißer wie ihm drohten.

Daß es zu Hause sehr viel gefährlicher war als auf der Straße, würde ihm niemand glauben.

Nachdem er zwei Eindollarscheine aussortiert hatte, verstaute Luke sorgfältig den Rest seiner Beute. Er mußte unbedingt etwas essen. Der Duft, der von den Imbißbuden herüberwehte, quälte ihn schon seit fast einer Stunde. Er würde sich einen dicken Burger und Fritten gönnen und alles mit einer kalten Limonade hinunterspülen.

Wie die meisten zwölfjährigen Jungen hätte auch Luke Lust zu einer Fahrt auf der Achterbahn mit ihren bunten Lichtern gehabt, aber er verdrängte diesen Wunsch rasch wieder. Diese Idioten bildeten sich ein, sie erleben wer weiß was für ein Abenteuer, dachte er mit einem höhnischen Grinsen. Doch während er heute nacht unter freiem Himmel schlief, würden sie sich gemütlich in ihre Betten kuscheln, um sich gleich nach dem Aufwachen wieder von Mommy und Daddy herumkommandieren zu lassen.

Ihm würde das nicht mehr passieren. Nie wieder.

Mit einem Gefühl grenzenloser Überlegenheit hakte er die Daumen in die Taschen seiner Jeans und stolzierte auf die Imbißbuden zu.

Dabei kam er wieder an dem mannshohen Plakat vorbei. Es zeigte den Großen Nouvelle mit seiner schwarzen Haartolle, dem langen Schnurrbart und diesen hypnotischen dunklen Augen. Jedesmal wenn Luke das Bild dieses Zauberers anschaute, spürte er eine merkwürdige Anziehungskraft davon ausgehen, die er sich gar nicht erklären konnte.

Die Augen auf dem Bild schienen bis tief in seine Seele zu

blicken, so als wüßte dieser Mann alles über Luke Callahan aus Bangor in Maine, der ausgerissen war und sich über alle möglichen Umwege bis hierher durchgeschlagen hatte.
Es hätte ihn nicht gewundert, wenn der gemalte Mund zu sprechen begonnen hätte, und er rechnete fast damit, daß die Hand im nächsten Moment die Spielkarten fallen ließ und hervorschoß, um ihn zu packen und geradewegs in das Plakat hineinzuziehen. Dann wäre er für immer dort gefangen und würde vergeblich gegen den Pappkarton schlagen, so wie er schon oft gegen versperrte Türen geschlagen hatte.
Es gruselte ihn richtig bei diesem Gedanken, doch obwohl sein Herz hämmerte, musterte er herausfordernd das gemalte Gesicht. »Zauberei ist Quatsch«, sagte er, aber er sagte es nur ganz leise. »Lauter alberne Mätzchen«, fuhr er mit wachsender Zuversicht fort. »Blöde Kaninchen aus einem blöden Hut ziehen und ein paar alberne Kartentricks.«
Trotzdem hätte er sich diese albernen Tricks gar zu gern einmal angesehen, viel lieber als eine Fahrt auf der Achterbahn zu machen und sogar lieber, als sich mit ketchuptriefenden Fritten vollzustopfen. Unsicher betastete Luke das Geld in seiner Tasche.
Einen Dollar wäre es schon wert, und wenn auch nur, um sich zu überzeugen, daß der Zauberer nichts taugte. Er könnte sich bequem hinsetzen und in der Dunkelheit gleich noch leicht ein paar Taschen ausräumen. Kurz entschlossen zog er einen der zerknüllten Scheine heraus und zahlte den Eintrittspreis.
Im Inneren des Zeltes war es heiß und dämmrig, der schwere Stoff dämpfte den Lärm des Jahrmarktrummels. Auf den niedrigen Holzbänken drängten sich bereits zahlreiche Zuschauer, die leise miteinander redeten und sich in der stickigen Luft etwas Kühlung zufächelten.
Luke blieb einen Moment stehen und schaute sich um. Im Laufe der letzten sechs Wochen hatte er genügend Erfahrungen im Stehlen gesammelt. So strich er von vornherein eine Gruppe Kinder von seiner Liste, ebenso einige Paare, denen er ansah, daß bei ihnen kaum etwas Nennenswertes zu holen war.

»Entschuldigen Sie, bitte«, sagte er höflich und zwängte sich hinter eine ältere Frau, die einen Jungen und ein Mädchen bei sich hatte und von den Kindern ziemlich abgelenkt zu sein schien.
Er hatte sich kaum hingesetzt, da betrat auch schon der Große Nouvelle die Bühne. Er trug einen schwarzen Smoking und ein gestärktes weißes Hemd, was in dieser Umgebung recht exotisch wirkte. Seine Schuhe glänzten frischpoliert. Am kleinen Finger der linken Hand blitzte ein goldener Ring mit einem schwarzen Stein im Scheinwerferlicht.
Vom ersten Augenblick an beherrschte diese eindrucksvolle Gestalt das Publikum.
Obwohl er noch kein Wort gesagt hatte, spürten alle im Zelt seine Präsenz. Er wirkte genauso dramatisch wie auf dem Plakat, auch wenn das schwarze Haar bereits von silbrig glitzernden Fäden durchzogen war. Der Große Nouvelle hob die Hände, und wie aus dem Nichts erschien eine Münze, dann eine weitere und noch eine, bis es überall zwischen den gespreizten Fingern golden schimmerte.
Luke beugte sich fasziniert ein Stück vor, um ganz genau hinzuschauen. Wie hatte er das gemacht? Es war natürlich ein Trick, klar. Er wußte längst, daß die Welt voll von Tricks war und fragte sich schon gar nicht mehr, warum das so war, aber das Staunen hatte er noch nicht verlernt.
Die Münzen verwandelten sich in bunte Bälle, die ihre Größe und Farbe änderten. Mal wurden es mehr, mal weniger, sie erschienen und verschwanden, während das Publikum begeistert applaudierte.
Luke konnte kaum den Blick von der Bühne abwenden. Trotzdem war es für ihn ein Kinderspiel, aus der Geldbörse der Oma sechs Dollar zu klauen. Nachdem er seine Beute verstaut hatte, wechselte er den Platz und setzte sich hinter eine Blondine, die ihre Strohtasche neben sich auf den Boden gestellt hatte.
Wenig später hatte er weitere vier Dollar erbeutet. Als nächstes wollte er sich die dicke Frau rechts von ihm vornehmen. Doch dann war Luke nur noch ein Kind mit großen stau-

nenden Augen. Der Zauberer hatte ein Kartenspiel aufgefächert, strich mit einer Hand darüber und löste die andere, so daß die Karten frei in der Luft schwebten und sich mit seinen Handbewegungen drehten und tanzten. Das Publikum jubelte. Alle waren ganz im Bann der Vorstellung, doch Luke kam nicht dazu, diese Gelegenheit zu nutzen.
»Du da«, ertönte plötzlich Nouvelles Stimme. Luke erstarrte, als er spürte, daß die dunklen Augen ihn anschauten. »Du siehst aus, als wärst du ein begabter Junge. Ich brauche bei meinem nächsten Trick einen geschickten ... einen ehrlichen Assistenten«, verbesserte er sich augenzwinkernd. »Komm hoch.« Nouvelle sammelte die schwebenden Karten ein und winkte ihm.
»Los, Junge. Geh schon.« Jemand stieß ihm einen Ellbogen in die Rippen.
Verlegen stand Luke auf. Er wußte, daß es gefährlich war, derart die Aufmerksamkeit auf sich zu lenken, doch wenn er sich weigerte, würde er nur noch mehr auffallen.
»Zieh eine Karte«, forderte Nouvelle ihn auf, nachdem Luke auf die Bühne geklettert war. »Irgendeine.«
Er breitete das Spiel wieder fächerartig aus, damit alle sehen konnten, daß es ganz gewöhnliche Karten waren. Rasch mischte Nouvelle und legte den Stapel auf einen kleinen Tisch. »Irgendeine Karte«, wiederholte er. Luke kniff konzentriert die Augen zusammen, während er eine Karte zog. »Zeige sie unserem Publikum«, nickte Nouvelle. »Halte sie so, daß jeder sehen kann, welche Karte es ist. Gut, sehr gut. Du bist ein Naturtalent.«
Nouvelle nahm das Spiel und mischte es erneut mit seinen geschickten Fingern, ehe er es Luke hinhielt. »Und nun steck deine Karte hinein. Irgendwo. Ausgezeichnet.« Lächelnd reichte er Luke die Karten. »Misch sie, wie es dir beliebt.« Nouvelle beobachtete ihn dabei aufmerksam. »Jetzt leg sie auf den Tisch. Möchtest du gern abheben, oder soll ich das lieber machen?«
»Das mache ich schon selbst.« Luke griff nach den Karten, überzeugt davon, daß man ihn nicht hereinlegen konnte. Schließlich stand er direkt neben dem Zauberer.

»Ist deine Karte die oberste?«
Luke deckte sie auf und grinste. »Nein.«
Nouvelle schien verblüfft, während das Publikum kicherte. »Nein? Dann vielleicht die unterste?«
Selbstsicher drehte Luke den Stapel um und hielt die Karte hoch. »Nein. Da haben Sie sich anscheinend vertan, Mister.«
»Merkwürdig, wirklich merkwürdig«, murmelte Nouvelle und strich sich mit einem Finger über den Schnurrbart. »Du bist geschickter als ich dachte. Offenbar hast du mich hereingelegt. Die Karte, die du ausgewählt hast, ist überhaupt nicht im Spiel. Weil sie nämlich ... hier ist.« Er schnippte mit den Fingern und zog die Herz-Acht aus der Luft.
Luke starrte ihn sprachlos an. Da das Publikum laut applaudierte, hörte niemand, was Nouvelle leise zu ihm sagte. »Komm nach der Vorstellung hinter die Bühne.«
Mit einem kleinen Schubs schickte Nouvelle ihn zurück auf seinen Platz.
In den nächsten zwanzig Minuten vergaß Luke neben der Zauberei alles andere. Ein kleines rothaariges Mädchen in einem glitzernden Trikot kam auf die Bühne getanzt. Grinsend beobachtete er, wie sie in einen übergroßen Zylinder stieg und sich in ein weißes Kaninchen verwandelte. Amüsiert lauschte er dem gespielten Streit zwischen ihr und dem Zauberer, ob es nicht langsam Zeit für sie sei, ins Bett zu gehen. Er fühlte sich richtig erwachsen dabei. Das Mädchen schüttelte trotzig seine roten Locken und stampfte mit den Füßen auf. Seufzend warf Nouvelle ein schwarzes Cape über sie und schwenkte seinen Zauberstab. Das Cape sank zu Boden, und das Kind war verschwunden.
»Als Vater«, erklärte Nouvelle dem Publikum ernsthaft, »muß man manchmal einfach energisch sein.«
Zum Schluß zersägte er noch eine kurvenreiche Blondine in zwei Hälften. Ihre Figur und das knappe Trikot brachten ihr zahlreiche anerkennende Pfiffe der Zuschauer ein.
Ein Mann in einem karierten Hemd und gestärkten Jeans sprang auf und rief begeistert: »Nouvelle, wenn du mit der Lady fertig bist, nehme ich eine Hälfte, ganz egal, welche.«

Die zwei Hälften der Dame wurden auseinandergeschoben. Auf Nouvelles Befehl hin wackelte sie mit Fingern und Zehen. Nachdem die Kiste wieder zusammengefügt worden war, entfernte Nouvelle die stählerne Trennscheibe, schwenkte seinen Zauberstab und riß den Deckel auf.
Unter lautem Applaus stieg die Dame, putzmunter und ohne den geringsten Kratzer, heraus.
Luke hatte die Handtasche der dicken Frau ganz vergessen, aber er fand, daß sich das Eintrittsgeld trotzdem gelohnt hatte.
Während das Publikum nach draußen strömte, um die anderen Attraktionen auf dem Rummelplatz zu genießen, wandte sich Luke zur Bühne. Er hoffte, daß Nouvelle ihm vielleicht zeigen würde, wie er die Sache mit den Karten gemacht hatte. Schließlich war er dabei ja so etwas wie sein Assistent gewesen.
»He, Junge.«
Luke schaute auf und sah einen wahren Riesen von mindestens einem Meter fünfundneunzig und zweihundertsechzig Pfund solider Muskelmasse vor sich. Das glattrasierte Gesicht war breit wie ein Teller, die Augen wirkten winzig wie zwei Rosinen, im Mundwinkel hing eine Zigarette ohne Filter.
Häßlicher als Herbert Mouse Patrinski konnte kaum jemand sein.
Mit vorgerecktem Kinn und hochgezogenen Schultern nahm Luke instinktiv eine kampfbereite Haltung ein. »Ja?«
Mouse forderte ihn mit einer Kopfbewegung auf, ihm zu folgen. Nach kurzem Zögern lief Luke hinter ihm her.
Die ganze Pracht des Jahrmarkts mit seinem billigen Flitter verblaßte, als sie zum Abstellplatz der Wohnwagen kamen. Zwischen den LKWs mit ihren Anhängern wirkte Nouvelles Wohnwagen wie ein Vollblüter unter Ackergäulen. Er war lang und schmal, und auf der Seite glänzte im Mondlicht auf schwarzem Untergrund der schwungvolle silberne Schriftzug:

Der grosse Nouvelle,
Zauberer und Meistermagier.

Mouse klopfte kurz an die Tür und öffnete, ohne auf Antwort zu warten. Luke nahm einen eigentümlichen Duft wahr, der ihn an eine Kirche erinnerte, als er nach ihm den Wagen betrat.

Der Große Nouvelle war bereits umgezogen und hatte sich in einem Morgenrock aus schwarzer Seide auf einem schmalen Sofa ausgestreckt, um ein Glas Brandy zu genießen. Von einem halben Dutzend Räucherkegel stiegen kräuselnd Rauchwölkchen in die Höhe. Aus einem Lautsprecher klang leise Sitarmusik.

Luke steckte die Hände in die Taschen. Er fühlte sich plötzlich unsicher. Fast kam es ihm so vor, als sei er in einer anderen Welt gelandet, was nicht nur an dem fremdartigen Duft lag. Kissen in lebhaften Farben lagen überall herum, kleine dicke Matten waren kunterbunt über den Boden verstreut. Vor den Fenstern hingen seidene Tücher, geheimnisvoll flackerte Kerzenlicht – das alles wirkte wie in einer exotischen Märchenhöhle.

Am beeindruckendsten war jedoch Maximillian Nouvelle selbst.

Die Lippen unter dem Schnurrbart verzogen sich zu einem amüsierten Lächeln, als er dem Jungen zutrank. »Freut mich, daß Sie mir Gesellschaft leisten können.«

Um seine Nervosität zu überspielen, zuckte Luke nur lässig die mageren Schultern. »War ‘ne ganz anständige Vorstellung.«

»Ihr Kompliment beschämt mich«, erwiderte Max trocken und bedeutete ihm mit einer Handbewegung, sich zu setzen. »Interessieren Sie sich für Magie, Mr. …?«

»Luke Callahan. Es war mir ’nen Dollar wert, mir ein paar Tricks anzusehen.«

»Wahrlich eine fürstliche Summe.« Ohne den Blick von ihm zu wenden, nippte Max an seinem Brandy. »Aber ich denke, die Investition hat sich für Sie ausgezahlt, nicht wahr?«

»Wieso?« Mißtrauisch blickte Luke zu Mouse hinüber, der an der Tür herumlungerte, als wolle er den Ausgang versperren.

»Du hattest nach der Vorstellung etliche Dollar mehr bei

dir als vorher. In der Finanzwelt würde man unter solchen Umständen von einer sprunghaften Kapitalsteigerung sprechen.«

Obwohl Luke nur mit Mühe sein Erschrecken verbergen konnte, schaute er Max ruhig in die Augen. Gut, gut, dachte Max anerkennend, einschüchtern läßt er sich nicht.

»Keine Ahnung, wovon Sie reden. Ich muß jetzt los.«

»Setz dich.« Max sagte nur diese beiden Worte, und Luke gehorchte ohne Widerspruch. »Sehen Sie, Mr. Callahan – oder darf ich beim Du bleiben und Luke sagen? Ein guter Name. Er kommt von Lucius, das dem lateinischen Wort für Licht entstammt. Aber ich schweife ab. Ja Luke, während du mich beobachtet hast, habe ich dich beobachtet. Es wäre nicht sehr höflich von mir, dich zu fragen, wieviel du erbeutet hast, aber ich schätze, es werden acht bis zehn Dollar gewesen sein.« Er lächelte. »Nicht übel, in dieser kurzen Zeit.«

Luke kniff die Augen zusammen. Der Schweiß lief ihm über den Rücken. »Wollen Sie mich einen Dieb nennen?«

»Nicht wenn es dich beleidigt. Immerhin bist du mein Gast. Und ich bin ein so nachlässiger Gastgeber. Darf ich dir eine Erfrischung anbieten?«

»Was wollen Sie von mir, Mister?«

»Oh, dazu kommen wir noch. Ja, dazu kommen wir später noch. Eins nach dem anderen, wie ich immer sage. Ich kenne den Appetit eines Jungen in deinem Alter, schließlich war ich selbst mal einer.« Und dieser kleine Junge war so jämmerlich dünn, daß Max beinah die Rippen unter dem schmuddeligen T-Shirt zählen konnte. »Mouse, ich glaube, unser Gast hätte Freude an einem Hamburger mit allem, was dazugehört – oder bring besser gleich zwei.«

»Klar.«

Max stand auf, als Mouse verschwunden war. »Etwas Kaltes zu trinken?« fragte er und öffnete einen kleinen Kühlschrank. Er ahnte, daß der Junge in diesem Moment zur Tür schaute und wußte, welche Gedanken ihm durch den Kopf schossen. »Du kannst natürlich weglaufen«, sagte er ruhig, während er eine Flasche Pepsi herausnahm. »Das Geld, das du in deinen rechten Schuh gesteckt hast, wird dich sicher

nicht beim Laufen behindern. Du könntest dich allerdings auch entspannen, deine Mahlzeit genießen und dich etwas mit mir unterhalten.«
Luke dachte nach. Er merkte, wie sein Magen knurrte. Als Kompromiß rutschte er ein paar Zentimeter näher zur Tür.
»Was wollen Sie von mir?«
»Deine Gesellschaft«, erklärte Max, während er Eiswürfel in ein Glas gab und Pepsi darübergoß. Das kurze Aufflackern in Lukes Augen war ihm nicht entgangen. Aha, dachte er, so schlimm ist es also gewesen. Um ihm begreiflich zu machen, daß er nichts von ihm zu befürchten hatte, rief er nach Lily.
Ein Vorhang aus purpurroter Seide wurde beiseite geschoben, und Lily trippelte, umgeben von einer Wolke Chanel, herein. Wie Max trug auch sie einen Morgenrock, blaßrosa und mit rötlichen Federn gesäumt, dazu hochhackige Hausschuhe in der gleichen Farbe, die ebenfalls mit Federn verziert waren.
»Wir haben Besuch«, zwitscherte sie mit einer Stimme, in der ständig ein Kichern mitzuschwingen schien.
»Ja, meine Liebe.« Max nahm ihre Hand und hob sie an seine Lippen. »Darf ich dir Luke Callahan vorstellen? Luke, das ist meine unschätzbare Assistentin und angebetete Gefährtin Lily Bates.«
Luke schluckte schwer. Dieser wohlgerundete Körper, dieser Duft, die exotisch geschminkten Augen und Lippen – eine Frau wie sie hatte er noch nie zuvor gesehen. »Freut mich, dich kennenzulernen«, lächelte sie und klimperte mit ihren unglaublich langen Wimpern. Als Max einen Arm um ihre Taille legte, schmiegte sie sich dicht an ihn.
»Ma'am.«
»Luke und ich haben einiges zu besprechen. Ich wollte nicht, daß du wach bleibst und auf mich wartest.«
»Das macht mir nichts aus.«
Er küßte sie mit solcher Zartheit, daß Luke verlegen den Blick abwandte. »*Je t'aime, ma belle.*«
»Oh, Max.« Es ging Lily jedesmal durch und durch, wenn Max französisch redete.
»Schlaf gut«, flüsterte er.

»Okay.« Ihre Augen sagten ihm nur zu deutlich, daß sie warten würde. »War nett, dich kennenzulernen, Luke.«

»Ma'am«, wiederholte er mühsam, und sie verschwand wieder hinter dem Vorhang.

»Eine wundervolle Frau.« Max reichte Luke die Pepsi. »Roxanne und ich wären recht verloren ohne sie. Nicht wahr, *ma petite?*«

»Ach, Daddy.« Mit einem kleinen Seufzer kroch Roxanne unter dem Vorhang hervor und sprang auf . »Ich war doch so leise, daß nicht mal Lily mich bemerkt hat.«

»Ich habe dich gerochen.« Er tippte sich an die Nase. »Dein Shampoo. Deine Seife. Die Buntstifte, mit denen du gemalt hast.«

Roxanne schnitt eine Grimasse und kam auf bloßen Füßen näher. »Du weißt immer alles.«

»Vor allem weiß ich immer, wenn mein kleines Mädchen in der Nähe ist«, lächelte er und hob sie hoch.

Luke erkannte sie wieder. Es war das Mädchen aus der Vorstellung, nur trug sie jetzt ein langes Nachthemd mit Rüschen. Das flammendrote Haar kräuselte sich über ihren Rücken. Während Luke sein Pepsi trank, musterte sie ihn aus großen meergrünen Augen.

»Er sieht gemein aus.«

»Da irrst du dich ganz bestimmt«, lachte ihr Vater und küßte sie auf die Schläfe.

Roxanne überlegte und entschied sich für einen Kompromiß. »Er sieht aus, als könnte er gemein sein.«

»Das trifft die Sache schon eher.« Er setzte sie ab und strich ihr übers Haar. »Nun sei höflich und begrüße ihn.«

Wie eine kleine Königin, die ihm eine Audienz gewährte, neigte sie den Kopf. »Hallo.«

»Ja, hallo.« Vorlaute Rotznase, dachte Luke und errötete, als sein Magen knurrte.

»Ich glaube, du mußt ihm was zu essen geben«, meinte Roxanne, fast so, als sei Luke ein streunender Hund. »Aber ich weiß nicht, ob es klug wäre, ihn zu behalten.«

Teils ärgerlich, teils amüsiert versetzte Max ihr einen leichten Klaps aufs Hinterteil. »Ins Bett, meine Dame.«

»Noch eine Stunde, Daddy. Bitte.«
Er schüttelte den Kopf und gab ihr einen Kuß. »*Bon nuit, bambine.*«
Sie runzelte die Stirn, so daß eine kleine senkrechte Linie zwischen ihren Brauen entstand. »Wenn ich groß bin, bleibe ich die ganz Nacht auf.«
»Ich bin sicher, daß du das machen wirst. Mehr als nur einmal sogar. Doch bis dahin …« Er deutete auf den Vorhang.
Roxanne gehorchte schmollend. Ehe sie verschwand, warf sie noch einen Blick über die Schulter. »Ich hab dich trotzdem lieb.«
»Ich dich auch.« Wieder einmal empfand Max dieses tiefe warme Glühen in seiner Brust. Sein Kind. Das einzige, was er ohne Tricks oder Illusionen erschaffen hatte. »Sie wird langsam erwachsen«, sagte er leise zu sich selbst.
»Quatsch«, schnaufte Luke. »Sie ist bloß ein kleines Kind.«
»So erscheint es zweifellos jemandem, der über einen solch reichen Erfahrungsschatz verfügt wie du«, erwiderte Max mit leichter Ironie, was Luke jedoch entging.
»Kinder sind bloß widerliche Nervensägen.«
»Nun, widerlich sind sie ganz bestimmt nicht. Und es gibt wahrhaftig manches, was einem mehr auf die Nerven geht. Sorgen machen sie allerdings hin und wieder, das gebe ich zu.«
»Sie kosten Geld, oder?« Ein zorniger Unterton lag in seiner Stimme. »Und sie sind andauernd im Weg. Die Leute haben bloß Kinder, weil sie beim Bumsen zu scharf sind, um an die Folgen zu denken.«
Max strich sich mit einem Finger über den Schnurrbart und griff wieder nach seinem Brandy. »Ein interessanter Standpunkt. Darüber müssen wir gelegentlich einmal ausführlich diskutieren. Aber heute abend … ah, deine Mahlzeit.«
Verwirrt schaute Luke zur Tür. Er hörte nichts. Doch Sekunden später erklangen Schritte. Es klopfte, und Mouse trat ein. Er trug eine braune Tüte, die bereits Fettflecken hatte, und aus der es duftete, daß Luke das Wasser im Mund zusammenlief.

»Vielen Dank, Mouse.« Aus den Augenwinkeln bemerkte Max, wie Luke sich zusammenriß, um sich nicht sofort auf die Tüte zu stürzen.
»Soll ich noch hierbleiben?« fragte Mouse.
»Nicht nötig. Du bist bestimmt müde.«
»Okay. Dann gute Nacht.«
»Gute Nacht. Bitte«, forderte Max den Jungen auf, als Mouse die Tür hinter sich geschlossen hatte. »Bediene dich nur.«
Luke griff hastig in die Tüte und zog einen Burger heraus. Um sich nicht anmerken zu lassen, wie hungrig er war, nahm er langsam den ersten Bissen, doch dann verließ ihn die Beherrschung, und er verschlang den Rest. Max lehnte sich zurück und schwenkte mit halb geschlossenen Augen seinen Brandy.
Er frißt wie ein junger Wolf, dachte er, während Luke ausgehungert den zweiten Burger samt einem Berg Fritten in Angriff nahm. Max wußte sehr gut, wie es war, so ausgehungert zu sein – nicht nur nach Eßbarem. In den Augen des Jungen sah er eine Mischung aus Trotz und Verschlagenheit, doch dahinter entdeckte er noch etwas anderes. Im Vertrauen auf seine Menschenkenntnis beschloß er, ihm eine Chance zu bieten.
»Ich betätige mich gelegentlich auch als Gedankenleser«, erklärte er ruhig, »was dir vielleicht nicht bewußt ist.«
Da er den Mund voll hatte, antwortete Luke nur mit einem Grunzen.
»Das dachte ich mir. Eine kleine Demonstration gefällig? Du bist von zu Hause ausgerissen und schon seit einiger Zeit unterwegs.«
Luke schluckte hastig. »Falsch geraten. Meine Leute haben eine Farm ein paar Meilen von hier. Ich bin bloß auf dem Jahrmarkt gewesen.«
Max öffnete die Augen. Sein Blick war merkwürdig bezwingend, doch etwas anderes verstörte Luke noch weit mehr – die schlichte Freundlichkeit in seinen Augen. »Lüg mich nicht an. Andere ja, wenn es sein muß, aber mich nicht. Du bist weggelaufen.« Luke hatte keine Chance, ihm auszuwei-

chen, als er blitzschnell sein Handgelenk packte. »Sag mir, hast du eine Mutter, einen Vater oder Großeltern zurückgelassen, die jetzt verzweifelt nach dir suchen?«

»Ich hab doch gesagt ...« Die geschickten Lügen, die ihm sonst so leichtfielen, kamen ihm einfach nicht über die Lippen. Es sind diese Augen, dachte er mit einem Anflug von Panik. Sie schienen wie die Augen auf dem Plakat direkt in ihn hineinzuschauen und alles zu sehen. »Ich weiß nicht, wer mein Vater ist«, stieß er zitternd vor Scham und Wut hervor. »Wahrscheinlich weiß sie es selbst nicht. Jedenfalls kümmert es sie nicht die Bohne, was mit mir ist. Vielleicht tut's ihr leid, daß ich weg bin, weil jetzt niemand mehr da ist, der ihr Schnaps holt oder eine Flasche für sie klaut, wenn sie gerade pleite ist. Und dem Dreckskerl, mit dem sie lebt, tut's vielleicht leid, weil er niemanden mehr hat, den er verprügeln kann.« Tränen brannten in seinen Augen, aber er merkte es gar nicht. Die Angst, die ihn wie mit Drachenklauen umklammerte, war viel zu groß. »Ich gehe nicht mehr zurück. Wenn Sie mich dazu zwingen wollen, bringe ich Sie um, das schwöre ich.«

Max lockerte seinen Griff. Er kannte diesen Schmerz, den der Junge empfand, nur zu gut. Den gleichen Schmerz hatte er in diesem Alter erlebt. »Der Mann hat dich also geschlagen?«

»Wenn er mich erwischen konnte«, erwiderte er voll Trotz und blinzelte die Tränen weg.

»Die Behörden?«

Luke verzog verächtlich die Lippen. »Scheiße.«

»Ja«, seufzte Max. »Und sonst hast du niemanden?«

Er reckte energisch das Kinn mit dem kleinen Grübchen. »Ich hab' mich.«

Eine ausgezeichnete Antwort, dachte Max. »Und deine Pläne?«

»Ich bin unterwegs nach Süden, nach Miami.«

»Aha.« Max nahm Lukes andere Hand und drehte die Handfläche nach oben. Als er spürte, wie der Junge sich verkrampfte, zeigte er zum erstenmal ein Zeichen von Ungeduld. »Ich habe kein sexuelles Interesse an Männern«, erklärte er schroff. »Und wenn, dann würde ich nie so tief sinken, mich an einem Jungen zu vergreifen.« Luke schaute ihn an, und Max sah in seinen Augen, daß er mehr wußte als ein Zwölfjähriger wissen sollte. »Hat dieser Mann dich mißbraucht?«

Luke schüttelte rasch den Kopf. Er war zu tief gedemütigt, um darüber sprechen zu können.

Aber jemand hat es getan, dachte Max. Oder es zumindest versucht. Doch er stellte keine Fragen. Damit würde er warten, bis der Junge ihm vertraute. »Du hast gute Hände und geschmeidige Finger, und für einen Jungen in deinem Alter weißt du sie geschickt zu gebrauchen. Ich könnte dir vielleicht helfen, diese Qualitäten zu verfeinern, wenn du dich entschließt, für mich zu arbeiten.«

»Arbeiten?« Luke wußte nicht so recht, was er davon halten sollte. Es war bereits lange her, seit er so etwas wie Hoffnung empfunden hatte. »Was für Arbeit?« fragte er.

»Dies und das.« Max lehnte sich wieder zurück und lächelte. »Vielleicht würdest du gern ein paar Tricks lernen, Luke? Zufälligerweise brechen wir in einigen Wochen in Richtung Süden auf. Du kannst für Kost und Logis arbeiten und dir ein kleines Gehalt verdienen,

wenn du dich geschickt anstellst. Ich muß allerdings darum bitten, daß du für einige Zeit keine Brieftaschen mehr stiehlst. Aber ich bin sicher, du wirst deine Fähigkeiten auf diesem Gebiet deswegen nicht verlernen.«

Lukes Brust schmerzte. Erst, als er tief Luft holte, merkte er, daß er den Atem angehalten hatte. »Ich wäre ... ich wäre bei der Zaubershow dabei?«

Max lächelte. »Das nicht. Du würdest zunächst nur beim Auf- und Abbau helfen. Aber du könntest einiges lernen, falls du Talent für die Zauberei hast.«

Die Sache mußte irgendeinen Haken haben. Es gab immer einen Haken. Luke machte dieses Angebot so mißtrauisch, als habe Max ihn aufgefordert, eine schlafende Schlange zu ergreifen. »Ich kann ja mal drüber nachdenken.«

»Das ist immer klug.« Max stellte sein leeres Glas zur Seite. »Warum schläfst du nicht hier? Dann sehen wir morgen, wie du dich entschieden hast. Ich hole dir Bettwäsche.« Ohne auf seine Antwort zu warten, verschwand er hinter dem Vorhang.

Vielleicht ist das alles bloß ein Trick, dachte Luke und kaute an seinen Fingernägeln. Aber es schien keine Falle zu sein, jedenfalls konnte er keinen Haken erkennen. Es wäre herrlich, wieder einmal unter einem Dach zu schlafen. Er gähnte und streckte sich auf dem Sofa aus, nur mal zum Ausprobieren. Aber sofort wurden seine Lider schwer, und weil ihm sein Rücken immer noch zu schaffen machte, drehte er sich zur Seite. Ehe ihm endgültig die Augen zufielen, schätzte er die Entfernung zur Tür ab, für den Fall, daß er rasch verschwinden mußte.

Er konnte am Morgen ja immer noch abhauen. Niemand konnte ihn zwingen zu bleiben. Niemand konnte ihn mehr zu irgendwas zwingen.

Das war sein letzter Gedanke, ehe er einschlief. Er hörte nicht, wie Max mit einem sauberen Laken und einem Kissen zurückkam. Er spürte nicht, daß er ihm die Schuhe abstreifte und sie neben das Sofa stellte. Er rührte sich nicht einmal, als Max seinen Kopf etwas anhob und sanft auf das Kissen legte, das ein wenig nach Flieder duftete.

»Ich weiß, was du hinter dir hast«, flüsterte Max. »Ich frage mich nur, was aus dir wird.«

Einen Moment lang betrachtete er die Gesichtszüge des schlafenden Jungen, die abwehrbereit geballten Fäuste, und lauschte den tiefen Atemzügen, die seine völlige Erschöpfung verrieten.

Dann wandte er sich um und ging zu Lily, die ihn sehnsüchtig erwartete.

ZWEITES KAPITEL

Leises Vogelgezwitscher weckte Luke. Er spürte die warme Sonne auf seinem Gesicht und dachte unwillkürlich an den Geschmack des Honigs. Dann bemerkte er den Duft von Kaffee und überlegte, wo er war.
Als er schließlich die Augen öffnete, sah er das Mädchen und erinnerte sich wieder.
Sie stand neben dem Sofa und musterte ihn abschätzig.
Er bemerkte, daß sie Sommersprossen auf der Nase hatte, was ihm gestern auf der Bühne und später im Kerzenlicht nicht aufgefallen war.
Luke blickte sie mißmutig an und fuhr sich langsam mit der Zunge über die Zähne. Seine Zahnbürste war in dem Rucksack, den er in einem Supermarkt geklaut und unter einem Gebüsch in der Nähe versteckt hatte. Er vergaß nie, sich die Zähne zu putzen, dafür hatte er viel zu große Angst vor Zahnärzten. Seine Mutter hatte ihn vor drei Jahren zu einem geschleppt, der nach Gin stank und dessen Hände mit rauhen schwarzen Haaren bedeckt waren.
Er wollte sich jetzt in Ruhe die Zähne putzen, einen heißen Kaffee trinken und allein sein.
»Was gibt es so zu glotzen?«
»Nichts.« Sie hatte eben überlegt, ob sie ihn ein bißchen kneifen sollte und war ein wenig enttäuscht, daß er schon aufgewacht war. »Du bist mager. Lily sagt, du hättest ein schönes Gesicht, aber ich finde es einfach nur gemein.«
Luke wußte nicht so recht, ob er empört oder geschmeichelt sein sollte, daß die wunderbare Lily ihn schön genannt hatte. Was er dagegen von Roxanne halten sollte, das wußte er ziemlich genau. Sie war das, was sein Stiefvater ein Miststück erster Güte genannt hätte. Aber im Grunde fand Al Cobb, jede Frau sei mehr oder weniger ein Miststück.
»Dafür bist du mager *und* häßlich. Und jetzt verzieh dich.«

»Ich lebe hier«, erklärte sie würdevoll. »Und wenn ich dich nicht mag, schickt mein Daddy dich bestimmt wieder weg.«
»Da pfeif' ich drauf.«
»So was sagt man nicht, das ist ungezogen«, erklärte sie entrüstet.
»Quatsch.« Wenn er diese dumme Zimperliese richtig schockierte, verzog sie sich hoffentlich. »Da scheiß ich drauf, das ist ungezogen.«
»Ehrlich?« Interessiert kam sie näher. »Kennst du noch mehr solche Ausdrücke?«
»Herrgott.« Er rieb sich mit den Händen übers Gesicht und setzte sich auf. »Verschwinde, ja?«
»Bitte, *ich* habe schließlich Manieren.« Vielleicht würde er ihr noch mehr Schimpfworte verraten, wenn sie ein bißchen freundlicher war. »Und ich weiß, was sich als Gastgeberin gehört. Ich habe frischen Kaffee gekocht. Soll ich dir eine Tasse holen?«
»Du hast Kaffee gekocht?« Es war ihm unangenehm, daß sie hier herumgewirtschaftet hatte, während er noch schlief.
»Das ist meine Aufgabe.« Mit wichtiger Miene ging sie zum Herd. »Daddy und Lily schlafen nämlich immer gern lange und ich nicht. Ich habe schon als Baby nicht viel Schlaf gebraucht. Das liegt an meinem Stoffwechsel, hat Daddy mir erklärt«, erwiderte sie und hoffte, damit gehörig Eindruck zu machen.
»Ja, ja.« Er schaute zu, wie sie Kaffee in eine Porzellantasse goß. Schmeckt bestimmt gräßlich, dachte Luke und freute sich schon darauf, ihr das zu sagen.
»Sahne und Zucker?« säuselte sie.
»Beides reichlich.«
Sie nahm ihn beim Wort und brachte vorsichtig die randvolle Tasse zum Tisch. »Du kannst auch Orangensaft haben.« Obwohl Roxanne ihn nicht besonders mochte, machte es ihr Spaß, die Gastgeberin zu spielen. Am liebsten hätte sie einen von Lilys langen Morgenröcken aus Seide und ihre hochhackigen Schuhe angezogen. »Ich bringe dir ein Glas, ja?«

»Prima.« Luke hatte sich darauf eingerichtet, beim ersten Schluck Kaffee angewidert zusammenzuzucken und war überrascht, als er vorsichtig probierte. Der Kaffee war selbst für seinen Geschmack ein bißchen zu süß, trotzdem hatte er noch nie was Besseres getrunken. »Ganz gut«, murmelte er, und Roxanne lächelte zufrieden.
»Ich habe ein Händchen für's Kaffeekochen. Das sagt jeder.« Jetzt hatte sie richtig Gefallen an ihrer Rolle gefunden und steckte eifrig Brotscheiben in den Toaster, ehe sie den Kühlschrank öffnete. »Wie kommt es, daß du nicht bei deinen Eltern lebst?«
»Weil ich das nicht will.«
»Aber du mußt, auch wenn du nicht willst.«
»Den Teufel muß ich. Außerdem habe ich keinen Vater.«
»O Gott«, seufzte sie betroffen. Trotz ihrer acht Jahre wußte sie, daß solche Sachen passierten. Sie hatte ja selbst ihre Mutter verloren, aber sie konnte sich gar nicht mehr an sie erinnern. Da Lily schon seit vielen Jahren ihren Platz einnahm, hatte sie den Verlust ganz gut verkraftet. Aber der Gedanke, ohne Vater zu sein, machte ihr immer angst.
»Ist er krank geworden, oder hatte er einen Unfall?«
»Weiß nicht, und es schert mich auch nicht. Hör damit auf.« Unter anderen Umständen hätte sie sich eine solch schroffe Antwort nicht bieten lassen, doch diesmal empfand sie nur Mitleid. »Was hat dir bei der Vorstellung am besten gefallen?«
»Weiß nicht. Die Kartentricks waren ganz gut.«
»Ich kann auch einen. Soll ich ihn dir zeigen?« Vorsichtig goß sie Saft in die Kristallgläser. »Nach dem Frühstück, ja? Du kannst dir dort hinten im Bad die Hände waschen. Ich bin fast soweit.«
Mehr als an Händewaschen war er daran interessiert, seine schmerzende Blase zu leeren. Als er hinter dem roten Vorhang verschwand, entdeckte er dort ein schrankgroßes Badezimmer. Es roch irgendwie nach Schminke und Parfüm, aber es war nicht der schwere süßliche Geruch seiner Mutter, sondern ein feiner, luxuriöser Duft.
Über der schmalen Duschkabine hingen Strümpfe, und auf

dem Wasserkasten der Toilette lagen eine Puderdose und ein großer rosafarbener Puderquast. In der Ecke war ein kleines Regal, das von Flaschen, Tiegeln und Tuben überquoll.

Hurenkram, hätte Cobb dazu gesagt, aber Luke fand das Durcheinander irgendwie hübsch. Es erinnerte ihn an einen Garten, den er unterwegs gesehen hatte, und in dem Blumen und Unkräuter in kunterbuntem Durcheinander gewachsen waren.

Trotz der Enge war der kleine Raum makellos sauber, ganz anders als das dreckige Bad in der schäbigen Wohnung, aus der er geflüchtet war.

Nachdem er sich das Gesicht mit heißem Wasser gewaschen hatte, konnte er nicht widerstehen, in das Medizinschränkchen zu spähen. Er fand einen Rasierer, Rasiercreme, Aftershave und eine neue, noch in Zellophan verpackte Zahnbürste, die er kurzerhand benutzte.

Gerade als er sich im Flur überlegte, ob er sich noch ein bißchen weiter umschauen sollte, fielen ihm seine Schuhe ein.

Hals über Kopf rannte er zurück in den Wohnbereich, riß sie unter dem Tisch hervor und untersuchte sie hastig.

Roxanne thronte wie eine Königin auf einem Satinkissen und trank ihren Saft. »Wieso hebst du dein Geld in deinen Schuhen auf, wo du doch Taschen hast?«

»Weil es da sicherer ist.« Zu seiner Erleichterung war wirklich alles noch da, bis auf den letzten Dollar. Er setzte sich auf und betrachtete seinen Teller. In der Mitte lag eine ordentlich in zwei Dreiecke geschnittene Scheibe Toast, großzügig mit Erdnußbutter und Honig bestrichen. Darüber war Zimt und Zucker gestreut.

»Es ist sehr gut«, versicherte Roxanne, die bereits an ihrem Toast knabberte.

Luke machte sich über seinen her und mußte ihr recht geben. Sie lächelte, als er alles bis auf den letzten Krümel verspeiste.

»Ich mache noch mehr.«

Als Max eine Stunde später den Vorhang zur Seite schob,

sah er die Kinder einträchtig nebeneinander auf dem Sofa sitzen. Seine Tochter hatte einen kleinen Stapel Geldscheine neben sich liegen und schob gekonnt drei Karten auf dem Tisch hin und her.
»Okay, wo ist die Königin?«
Luke blies sich eine Haarsträhne aus den Augen und tippte nach kurzem Zögern auf die mittlere Karte. »Diesmal weiß ich genau, daß sie hier ist.«
Selbstgefällig drehte Roxanne die Karten um und kicherte, als er fluchte.
»Roxy«, sagte Max, »es ist ziemlich ungehörig, einen Gast auszuplündern.«
»Ich habe ihm gesagt, daß es ein Spiel für Idioten ist, Daddy.« Mit unschuldiger Miene strahlte sie ihren Vater an. »Er wollte ja nicht hören.«
Max lachte kopfschüttelnd. »Meine kleine Schwindlerin. Wie hast du geschlafen, Luke?«
»Ganz gut.« Fünf Dollar hatte er an die kleine Betrügerin verloren. Es war beschämend.
»Ich sehe, du hast bereits gefrühstückt. Falls du dich entschieden hast, bei uns zu bleiben, zeigt dir Mouse nachher deine Arbeit.«
»Ist gut.« Er hütete sich davor, allzu begeistert zu klingen. »Für ein paar Tage jedenfalls.«
»Großartig. Zuvor noch eine kleine Gratislektion.« Max goß sich Kaffee ein und schnupperte genießerisch, ehe er einen Schluck trank. »Laß dich nie auf ein Spiel ein, das der andere besser beherrscht als du. Es sei denn, du hättest einen Vorteil davon, zu verlieren. Brauchst du Kleider?«
Luke, der nicht begriffen hatte, welchen Vorteil Max meinte, erwiderte nur: »Ich habe ein paar Sachen dabei.«
»Gut, dann gehst du sie am besten holen. Danach fangen wir an.«

Daß er keinerlei Erwartungen hegte, war in dieser Situation für Luke nur von Vorteil. Ein anderer hätte sich vielleicht ein aufregendes, abenteuerliches Leben auf dem

Rummel ausgemalt, aber Lukes Erfahrung nach bekam man gewöhnlich immer weniger als man erhoffte und immer mehr als man befürchtete.
Als Mouse ihm sagte, was er zu tun hatte, befolgte er daher klaglos und ohne Fragen zu stellen die Anweisungen. Er packte mit an, putzte, malte und merkte bald, daß das Leben auf dem Rummelplatz ganz und gar nicht bunt und ungezwungen war, sondern aus anstrengender, schmutziger Arbeit bestand.
Überall roch es nach Essen, billigem Parfüm und verschwitzten Körpern. Die Farben, die bei Nacht so hell erstrahlten, verblaßten im Licht des Tages. Und die Karussells und Achterbahnen, die unter einem sternenbesäten Himmel so prachtvoll und rasant wirkten, sahen unter dem grellen Sommerhimmel eher lahm und ziemlich klapprig aus.
Es war weder besonders aufregend noch abenteuerlich, den langen schwarzen Wohnwagen abzuschrubben oder Mouse dabei zu helfen, die Zündkerzen des Lastwagens zu wechseln.
Mouse hatte den Kopf unter die Motorhaube gesteckt und die Augen geschlossen, während er auf das Geräusch des laufenden Motors lauschte. Gelegentlich summte er eine kleine Melodie vor sich hin, grunzte zufrieden und stellte etwas neu ein.
Luke trat ungeduldig von einem Fuß auf den anderen. Ihm war schrecklich heiß. Das verblichene Tuch, das er sich um den Kopf gebunden hatte, war schon ganz durchgeschwitzt. Außerdem hatte er keinen blassen Schimmer von Autos und sah nicht ein, warum er sich dafür interessieren sollte, zumal es noch Jahre dauern würde, bis er selbst fahren durfte. Mouse ging ihm mit seinem pingeligen Getue richtig auf die Nerven.
»Klingt doch ganz okay.«
Mouse öffnete blinzelnd die Augen. Sein rundes Gesicht, die Hände und sein weißes T-Shirt waren voller Schmieröl. Offensichtlich fühlte er sich wie im Paradies.
»Noch nicht«, erwiderte er und schloß wieder die Augen. Er regulierte den Motor so behutsam und sanft, als habe er ein lebendiges Wesen vor sich.

Der knapp zwanzigjährige Mouse war in einem staatlichen Waisenhaus aufgewachsen, wo die anderen Kinder ihn wegen seiner Größe und seiner schwerfälligen Art verspottet hatten. Er traute so gut wie niemandem und mochte die meisten Leute nicht, aber Luke gefiel ihm irgendwie, und er hatte nichts gegen seine Gesellschaft einzuwenden.
»Braves Baby«, lächelte er, denn für Mouse gab es nichts Faszinierenderes oder Verführerisches auf der Welt als Motoren.
»Herrje, ist doch bloß ein blöder Laster«, stöhnte Luke und mußte ebenfalls grinsen. »Du bist doch schon längst fertig!«
»Jetzt ja.« Mouse schloß die Motorhaube, ging zur Wagentür und zog den Schlüssel aus dem Zündschloß, den er sorgsam in seine Tasche steckte. Er würde nie vergessen, wie stolz er gewesen war, als Max ihm zum erstenmal die Schlüssel anvertraut hatte. »Wird prima laufen heute nacht, wenn wir nach Manchester aufbrechen.«
»Wie lange bleiben wir da?«
»Drei Tage.« Mouse zog ein Päckchen Zigaretten aus dem Hemdsärmel, schüttelte es kurz und nahm sich selbst eine heraus, ehe er das Päckchen Luke hinhielt. »Alles aufladen – ist viel Arbeit heute abend.«
Luke bediente sich so lässig wie möglich und wartete, daß Mouse ihm Feuer gab. »Wie kommt's, daß jemand wie Mr. Nouvelle auf so einem billigen Jahrmarkt ist?«
»Hat seine Gründe.« Mouse zündete seine Zigarette an und hielt Luke das Streichholz hin. Dann lehnte er sich gegen den Laster und begann von der langen ruhigen Fahrt zu träumen.
Luke nahm einen Zug und versuchte, zu inhalieren. Obwohl er sich mit aller Kraft dagegen wehrte, mußte er derart husten, daß ihm die Tränen in die Augen schossen.
»Nicht die übliche Marke.« Seine Stimme klang wie ein dünnes Quieken. Er bemühte sich um eine lässige Miene und nahm entschlossen den nächsten Zug. Diesmal schluckte er den Rauch, würgte und kämpfte gegen den Drang, sein Mittagessen wieder von sich zu geben. Der Schweiß brach ihm aus, er hatte das Gefühl, als steige ihm der Magen bis in die Kehle.

»Mensch, Junge.« Bestürzt sah Mouse, daß Luke ganz grün im Gesicht war. Er schlug ihm wohlwollend auf den Rücken. Zu seinem Schreck fiel Luke auf die Knie und übergab sich. Mouse strich ihm mit seiner ölverschmierten Hand über den Kopf. »Heiliger Strohsack. Bist du krank oder was?«

»Gibt es ein Problem?« erkundigte sich Max, der eben herübergeschlendert kam, gefolgt von Lily, die sich gleich neben Luke kauerte.

»Ach, du armer Junge. Bleib einfach so, bis es vorbei ist.« Sie entdeckte die brennende Zigarette in Lukes Hand und schüttelte den Kopf. »Wie um alles in der Welt kommt das Kind zu diesem gräßlichen Ding?«

»Meine Schuld.« Mouse senkte betrübt den Blick. »Ich hab nicht nachgedacht und ihm eine Zigarette gegeben. War mein Fehler.«

»Er hätte sie ja nicht nehmen müssen«, erwiderte Max. »Nun muß er für seinen Leichtsinn büßen. Noch eine Gratislektion: Nimm nichts an, womit du nicht fertig wirst.«

»Ach, laß das Kind doch in Ruhe.« Mütterlich drückte Lily Lukes feuchtkaltes Gesicht an ihre Brust. »Nur weil du nie einen einzigen Tag in deinem Leben krank gewesen bist, brauchst du nicht so herzlos ein.«

»Schon gut«, nickte Max mit einem verstohlenen Lächeln. »Mouse und ich überlassen ihn deiner Fürsorge.«

»Wir kriegen dich schon wieder hin«, flüsterte sie. »Du kommst am besten mit mir, Schatz. Stütz dich ruhig auf mich.«

»Ich bin okay.« Aber als er sich hochrappelte, drehte sich alles um ihn, und sein Magen rebellierte erneut. Vor Übelkeit empfand er nicht einmal mehr Verlegenheit, als Lily ihn zum Wohnwagen führte, wobei sie ihn fast tragen mußte.

»Mach dir keine Sorgen, Schatz. Du mußt dich nur ein wenig hinlegen, dann ist alles wieder gut.«

»Ja, Ma'am.« Er wollte sich gern hinlegen, so starb es sich bestimmt leichter.

»Du brauchst mich doch nicht Ma'am zu nennen, Schatz. Nenn mich Lily, genau wie alle anderen.« Sie stützte ihn mit einem Arm ab, während sie die Tür des Wohnwagens öffnete. »Jetzt legst du dich brav aufs Sofa, und ich hole dir ein schönes kaltes Handtuch.«

Stöhnend sackte er mit dem Gesicht nach unten zusammen und betete inbrünstig, daß er sich nicht noch mal übergeben mußte.

»So, da bin ich wieder, mein Junge.« Bewaffnet mit feuchten Tüchern und einer Schüssel – nur für alle Fälle –, kniete sich Lily neben ihn. Nachdem sie ihm das verschwitzte Tuch von der Stirn genommen hatte, legte sie ihm ein frisches Handtuch auf. »Bald fühlst du dich besser, glaub mir. Ich hatte einen Bruder, dem ging es genauso, als er das erstemal geraucht hat.« Ihre Stimme klang leise und so beruhigend wie die einer besorgten Krankenschwester. »Aber er hat es im Nu überstanden.«

Mehr als ein Stöhnen brachte Luke nicht hervor. Lily strich ihm mit dem Tuch über Hals und Gesicht. »Ruh dich einfach aus.« Zufrieden merkte sie, daß er bereits eindöste. »So ist's recht, Schätzchen. Danach geht es dir wieder besser.«

Versonnen strich sie mit den Fingern über sein Haar. Es war lang und dicht und glatt wie Seide. Wenn Max und ich zusammen ein Kind hätten, hätte es vielleicht solches Haar gehabt, dachte sie wehmütig. Doch ihr Körper hatte es ihr leider verwehrt, ihre überströmende Liebe einer ganzen Schar von Kindern schenken zu können.

Der Junge hatte wirklich ein wunderschönes Gesicht. Seine Haut war von der Sonne gebräunt und glatt wie die eines Mädchens. Ein guter, markanter Knochenbau. Und diese Wimpern. Sie seufzte leise. So anziehend dieser Junge auch war und so sehr sie sich nach Kindern sehnte, bezweifelte sie doch, daß es richtig von Max gewesen war, ihn aufzunehmen. Er war schließlich keine Waise wie Mouse. Dieses Kind hatte eine Mutter, und Lily konnte unmöglich glauben, daß eine Mutter nicht alles in ihrer Macht Stehende tun würde, um ihr Kind zu behüten und zu lieben.

»Sie ist deinetwegen bestimmt schon ganz verrückt vor Sorge«, murmelte Lily kopfschüttelnd. »Du bist kaum mehr als Haut und Knochen. Ach, und dein ganzes Hemd ist naßgeschwitzt. Na, dann ziehen wir es mal aus, damit ich es rasch durchwaschen kann.«

Sanft streifte sie das Hemd über den Rücken hoch und erstarrte. Er stöhnte im Schlaf, als sie unwillkürlich leise aufschrie. Tränen schossen ihr in die Augen, und sie zog das Hemd behutsam wieder zurecht.

Max probte vor dem Spiegel einen Trick mit Münzen, um zu sehen, wie es für das Publikum wirken würde. Er hatte diese Nummer unzählige Male vorgeführt, hatte sie verbessert und daran herumgefeilt. So wie er es mit jedem Trick machte, den er gelernt oder entwickelt hatte, seit er zum erstenmal mit dem Klapptisch an einer Straßenecke in New Orleans gestanden hatte und in einer Pappschachtel die Münzen sammelte.

Heute, als erfolgreicher Mann von über vierzig Jahren, dachte er nicht mehr oft an diese Zeit zurück. Nur hin und wieder stieg die Erinnerung an das verzweifelte Kind, das er damals gewesen war, in ihm auf – wie jetzt durch die Begegnung mit Luke Callahan.

Der Junge hat gute Anlagen, überlegte Max, während er immer mehr Goldmünzen in seinen Händen erscheinen ließ. Unter sorgfältiger Anleitung würde er im Laufe der Zeit etwas aus sich machen können. Was das sein mochte, mußte man den Göttern überlassen. Wenn Luke sich entschied, bei ihnen zu bleiben, würde man in New Orleans weitersehen.

Max hob die Hände, klatschte, und alle Münzen bis auf eine verschwanden.

»Und nichts im Ärmel«, murmelte er, da die Leute merkwürdigerweise immer glaubten, damit das Geheimnis aller Tricks erklären zu können.

»Max!« Lily war über den ganzen Rummelplatz gelaufen und kam atemlos zu ihm auf die Bühne.

Für Max war ihr Anblick jedesmal ein Vergnügen. Wenn sie wie jetzt nur Shorts und ein knappes T-Shirt trug und die rotlackierten Zehennägel aus den staubigen Sandalen hervorlugten, fand er sie unwiderstehlich. Aber als er ihr Gesicht sah, verschwand sein Lächeln.

»Was ist passiert? Roxanne?«

»Nein, nein.« Zitternd schlang sie die Arme um ihn. »Roxy geht's gut. Sie hat einen der Hilfsarbeiter überredet, sie auf dem Karussell fahren zu lassen. Aber dieser Junge, Max, dieser arme kleine Junge.«
Er lachte und drückte sie liebevoll an sich. »Lily, mein Schatz, ihm wird für eine Weile etwas übel sein, und noch sehr viel länger wird er sich entsetzlich schämen, aber auch das geht vorüber.«
»Nein, das meine ich nicht.« Tränen liefen über ihr Gesicht. »Ich habe ihn aufs Sofa gelegt, und als er eingeschlafen war, wollte ich ihm das Hemd ausziehen, weil es ganz verschwitzt war.« Sie holte tief Atem. »Sein Rücken, Max, sein ganzer Rücken ist voller Narben, alte Narben und neue, die kaum verheilt sind. Von einem Riemen, einem Gürtel oder Gott weiß was. Irgend jemand muß diesen Jungen furchtbar geschlagen haben.«
»Sein Stiefvater«, erwiderte Max. Er hatte Mühe, sich zu beherrschen. »Ich hätte nicht gedacht, daß es so schlimm ist. Meinst du, er müßte zu einem Arzt?«
»Nein.« Mit zusammengepreßten Lippen schüttelte sie den Kopf. »Es sind hauptsächlich Narben. Ich begreife nicht, wie jemand einem Kind so etwas antun kann.« Sie nahm das Taschentuch, das Max ihr reichte. »Ich hatte Zweifel, ob es richtig von dir war, ihn aufzunehmen, und meinte, seine Mutter warte bestimmt verzweifelt auf Nachricht von ihm.« Ihr sanften Augen funkelten vor Empörung. »Seine Mutter«, stieß sie hervor. »Diese Schlampe würde ich gern mal in die Finger bekommen. Auch wenn sie ihn nicht selbst geprügelt hat, sie hat es zugelassen – bei ihrem eigenen Kind. Allein dafür verdiente sie selbst Prügel, und ich würde sie ihr persönlich verabreichen, wenn ich könnte.«
Sanft nahm Max ihr Gesicht in seine Hände und küßte sie. »Bei Gott, ich liebe dich, Lily. Nicht nur, weil du so ein Hitzkopf sein kannst. Aber nun beruhige dich wieder. Niemand wird dem Jungen mehr etwas tun.«
»Nein, ganz bestimmt nicht.« Sie faßte nach seiner Hand. »Er gehört jetzt uns«, erklärte sie mit energischer Stimme.

Lukes Übelkeit hatte nachgelassen, aber um so größer war seine Verlegenheit, als er aufwachte und Lily neben sich sitzen sah. Er versuchte irgendeine Entschuldigung zu stottern, aber sie ließ ihn gar nicht zu Wort kommen und brachte ihm gleich einen Teller Suppe.

Während er aß, redete sie weiter, so fröhlich und ungezwungen, daß er fast überzeugt war, daß niemand etwas von seiner Blamage bemerkt hatte.

Bis Roxanne hereinplatzte.

Sie war von Kopf bis Fuß schmutzig, und die Haare, die Lily am Morgen so sorgfältig zu Zöpfen geflochten hatte, hingen ihr wirr ins Gesicht. Auf ihren Knien prangten frische Schrammen, und in ihren Shorts war ein langer Riß. Da sie gerade mit den drei Terriern aus der Hundshow gespielt hatte, strömte sie einen unverkennbaren Hundegeruch aus.

Lily lächelte dem schmutzigen Mädchen liebevoll zu. Außer einem Kind beim Essen zuzuschauen, liebte Lily nichts so sehr wie den Anblick eines richtig schmutzigen Kindes, das selbstvergessen gespielt hatte.

»Ist das unter dem Dreck meine Roxy?«

Roxanne grinste und holte sich aus dem Kühlschrank etwas zu trinken. »Ich bin ewig auf dem Karussell gefahren, und Big Jim hat mich Ringe werfen lassen, solange ich wollte.« Sie nahm einen großen Schluck Traubensaft, so daß ihr verdrecktes Gesicht nun auch noch ein roter Schnurrbart zierte. »Dann hab ich mit den Hunden gespielt.« Sie schaute zu Luke. »Hast du wirklich eine Zigarette geraucht und alles vollgekotzt?«

Luke grinste nur verlegen.

»Warum hast du das denn auch gemacht? Kinder dürfen doch nicht rauchen.«

»Roxy.« Lily stand rasch auf und drängte das Mädchen zum Vorhang. »Du mußt dich waschen.«

»Aber ich will doch bloß mal wissen …«

»Beeil dich. Ehe du dich versiehst, ist Zeit für die erste Vorstellung.«

»Ich hab nur gefragt …«

»Du fragst zu viel. Los jetzt.«
Sie warf Luke einen bösen Blick zu, den er ebenso unfreundlich erwiderte. Dafür streckte sie ihm rasch die Zunge heraus, ehe sich der Vorhang hinter ihr schloß.
Hin- und hergerissen zwischen Lachen und Mitleid wandte Lily sich um. Auf Lukes Gesicht war deutlich zu lesen, wie verärgert und gedemütigt er war. »Ich denke, wir haben jetzt lange genug gefaulenzt, was?« Sie war klug genug, ihn nicht zu fragen, ob er sich in der Lage fühlte, heute abend die übliche Arbeit zu übernehmen. »Du könntest mal rüberlaufen und einen der Jungen fragen, ob du beim Austeilen der Handzettel helfen kannst.«
Er zuckte die Schultern, um zu zeigen, daß er nichts dagegen hatte. Doch als Lily die Hand ausstreckte, fuhr erschrocken zurück. An seinem Gesichtsausdruck sah sie deutlich, daß er erwartet hatte, sie würde zuschlagen.
Als sie ihm statt dessen liebevoll durchs Haar strich, schaute er sie völlig verwirrt an. Noch nie hatte ihn jemand so berührt. Seine Kehle war wie zugeschnürt, und er brachte kein Wort heraus.
»Du mußt keine Angst haben«, sagte sie ruhig. »Ich tue dir nichts. Niemals.« Sie hätte ihn gern an sich gezogen, aber das war noch zu früh. Er konnte ja nicht wissen, daß er ihr jetzt wie ein Sohn war. Und Lily Bates beschützte jeden, der zu ihr gehörte. »Wenn du irgendwas brauchst«, sagte sie, »kommst du zu mir. Einverstanden?«
Er konnte nur nicken. Seine Kehle war ganz trocken, und seine Brust wurde immer enger. Da er merkte, daß er gefährlich nahe daran war loszuheulen, stand er hastig auf und rannte nach draußen.
Dreierlei hatte er an diesem Tag gelernt, und er würde diese Dinge nie mehr vergessen. Erstens würde er nie wieder eine Zigarette ohne Filter rauchen. Zweitens verabscheute er diese kleine Rotznase Roxanne. Und drittens – was am wichtigsten war – hatte er sich in Lily Bates verliebt.

DRITTES KAPITEL

Es wurde immer heißer, je weiter sie auf ihrer Fahrt nach Süden kamen. Von Portland ging es nach Manchester, anschließend nach Albany und dann nach Poughkeepsie, wo es zwei Tage lang in Strömen regnete. Nach Wilkes-Barre machten sie in Allentown Station, wo Roxanne ständig mit Zwillingsschwestern namens Tessie und Trudie zusammenhockte. Als sie sich zwei Tage später unter Tränen und heiligen Schwüren ewiger Freundschaft trennten, bekam sie zum erstenmal die Nachteile des fahrenden Lebens zu spüren.

Sie schmollte eine Woche lang und machte Luke mit dem endlosen Gerede über ihre verlorenen Freundinnen beinahe wahnsinnig. Er ging ihr möglichst aus dem Weg, was jedoch schwierig war, da sie sozusagen unter dem gleichen Dach lebten.

Er schlief mit Mouse im Lastwagen, aber die Mahlzeiten nahmen alle gemeinsam ein. Und mehr als einmal lauerte sie ihm auf, wenn er aus dem Badezimmer kam.

Dabei mochte sie ihn immer noch nicht besonders, im Gegenteil. Sie hatte aufgrund einer ganz natürlichen Rivalität eine tiefe Abneigung gegen ihn. Doch seit ihrer Erfahrung mit Tessie und Trudie sehnte sich Roxanne nach gleichaltrigen Freunden.

Und wenn es bloß ein Junge war.

Sie tat, was kleine Schwestern seit ewigen Zeiten bei ihren großen Brüdern tun – sie machte ihm das Leben zur Hölle. Von Hagerstown ging es nach Winchester, von dort aus nach Roanoke, dann weiter nach Winston-Salem, und die ganze Zeit trottete sie hinter ihm her und ging ihm endlos auf die Nerven. Wenn Lily nicht gewesen wäre, hätte Luke sich vielleicht handgreiflich gewehrt. Aber aus Gründen, die er wahrhaftig nicht begreifen konnte, war Lily total vernarrt in diese kleine Göre.

Das zeigte sich ganz deutlich während einer Probe in Winston-Salem.
Roxanne verpatzt dauernd ihren Einsatz, dachte Luke schadenfroh. Diese dumme Pute kriegt einfach nichts richtig hin. Und eine Jammerliese ist sie obendrein auch noch.
Eine leise Hoffnung stieg in ihm auf. Er beherrschte den Trick viel besser als sie. Wenn Max ihm nur ein bißchen mehr beibringen und ihm eine Chance geben würde. Luke hatte bereits einige Gesten und Bewegungen vor dem winzigen Badezimmerspiegel geübt.
Diese blöde Rox müßte bloß eine unheilbare Krankheit bekommen oder einen netten kleinen Unfall haben, dann könnte er problemlos ihren Platz übernehmen.
»Roxanne«, sagte Max ungeduldig. »Du paßt nicht auf.«
»Mache ich doch.« Ihre Augen füllten sich mit Tränen. Sie haßte es, in diesem elenden heißen Zelt eingesperrt zu sein.
Lily kam auf die Bühne. »Vielleicht sollten wir ihr eine Pause gönnen.«
»Bitte, Lily.« Max hatte Mühe, ruhig zu bleiben.
»Ich bin es leid, immer zu proben«, jammerte Roxanne. »Ich haben den Wohnwagen satt und die Show und alles. Ich will zurück nach Allentown zu Tessie und Trudie.«
»Das ist nun aber leider nicht möglich.« Ihre Worte hatten Max mehr getroffen als er sich eingestehen wollte, da er oft unsicher war, ob er seiner Tochter dieses unstete Leben zumuten durfte. »Wenn du nicht auftreten willst, dann ist das deine freie Entscheidung. Aber wenn ich mich nicht auf dich verlassen kann, muß ich dich durch jemand anderen ersetzen.
»Max!« rief Lily erschrocken.
»Als meine Tochter kannst du dir so viele Wutanfälle leisten wie du möchtest. Aber als meine Partnerin hast du zu proben, wenn Proben angesetzt sind. Ist das klar?«
Roxanne ließ den Kopf sinken.
»Ja, Daddy.«
»Gut. Wir machen einen Moment Pause. Trockne dein Gesicht«, mahnte er und nahm ihr Kinn in die Hand. »Ich möchte, daß du …« Prüfend betastete er ihre Stirn und er-

schrak. »Sie ist ja glühend heiß. Lily!« Hilflos schaute der Große Nouvelle, der mächtige Meistermagier, zu seiner Geliebten. »Sie ist krank.«
»Ach, du armes Lämmchen.« Lily kauerte sich zu ihr. »Schatz, tut dir der Kopf weh? Dein Bauch?«
Zwei dicke Tränen tropften auf den Boden. »Ich bin okay. Es ist bloß so heiß hier. Ich bin nicht krank, ich will proben. Daddy darf mich nicht wegschicken.«
»Ach, das ist doch Unsinn. Wer könnte dich denn ersetzen?« Sie drückte Roxanne an sich und schaute zu Max. Er war weiß wie ein Laken. »Ich glaube, wir sollten in die Stadt zu einem Arzt fahren.«
Sprachlos beobachtete Luke, wie Max die weinende Roxanne wegtrug. Sein sehnlichster Wunsch war in Erfüllung gegangen. Das Gör war krank. Vielleicht hatte sie sogar die Pest. Mit hämmerndem Herzen rannte er aus dem Zelt und schaute der Staubwolke nach, als der Laster davonraste.
Sie starb vielleicht, noch ehe sie in die Stadt kamen. Dieser Gedanke jagte ihm einen mörderischen Schrecken ein, und entsetzliche Gewissensbisse überfielen ihn. Sie hatte so furchtbar winzig ausgesehen in Max' Armen.
Mouse hatte das Brummen seines geliebten Motors gehört und kam schnaufend herbeigerannt. »Wo sind sie hin?«
»Zum Arzt.« Luke biß sich auf die Lippen. »Roxanne ist krank.«
Ehe Mouse noch weitere Fragen stellen konnte, lief Luke davon. Falls es tatsächlich einen Gott gab, hoffte er bloß, er würde ihm glauben, daß er es nicht so gemeint hatte.

Zwei schreckliche Stunden vergingen, ehe der Laster zurückkehrte. Luke blieb fast das Herz stehen, als er sah, wie Max die leblose Roxanne aus Lilys Armen nahm und in den Wohnwagen trug.
»Ist sie …« Er brachte das entsetzliche Wort nicht heraus.
»Sie schläft.« Geistesabwesend lächelte Lily ihm zu. »Tut mir leid, Luke, ich habe jetzt keine Zeit. Wir haben für eine Weile alle Hände voll zu tun.«

»Aber ... aber ...« Er folgte Lily zum Wohnwagen. »Ist sie, ich meine ...«
»Ein paar Tage lang wird's ihr sicher ziemlich schlechtgehen, bis die Krise überstanden ist.«
»Krise?« Seine Stimme war nur noch ein Krächzen. Jesus Christus, es war tatsächlich die Pest.
»Es ist wirklich gräßlich heiß«, seufzte Lily. »Wir wollen es ihr so bequem wie möglich machen.«
»Ich wollte das nicht«, platzte Luke heraus. »Ich schwöre, ich wollte sie nicht krank machen.«
Lily blieb an der Tür stehen. »Das hast du doch nicht, Schatz. Ich glaube eher, daß Trudie und Tessie ihr mehr mit auf den Weg gegeben haben als nur Schwüre ewiger Freundschaft. Es scheint, als ob Roxy außerdem auch noch die Windpocken abbekommen hat.«
Luke blieb mit offenem Mund stehen, als Lily die Tür vor seiner Nase schloß.
Windpocken? Er war vor Angst fast gestorben, und dieses kleine Luder hatte nichts weiter als blöde Windpocken!

»Ich kann das«, wiederholte Luke störrisch und beobachtete mit finsterem Gesicht, wie Max einen Kartentrick probte. »Ich kann alles, was sie kann.«
»Du bist noch lange nicht soweit.«
Seit drei Tagen lag Roxanne krank im Bett, und bei jeder Gelegenheit hatte Luke seither die gleiche Leier angestimmt.
»Du brauchst mir bloß zu zeigen, was ich tun soll.« Stundenlang hatte er Mouse gelöchert, er solle ihm den Trick mit dem großen Hut beibringen, aber Mouse war durch nichts zu erweichen gewesen. »Ich habe gehört, wie du zu Lily gesagt hast, ohne Roxanne sei eine Lücke in der Nummer. Und sie fehlt mindestens noch zehn Tage lang.«
Max hatte geplant, mit einigen zusätzlichen Taschenspielertricks Roxannes Fehlen zu überspielen, und begann einen neuen Kartentrick. »Es ist rührend, wie besorgt du um ihre Gesundheit bist, Luke.«

Verlegen stopfte er seine Hände in die Taschen. »Ich habe sie nicht krank gemacht.« Davon war er inzwischen fast überzeugt. »Und es sind bloß Windpocken.«
Seufzend legte Max die Karten zur Seite und dachte nach. Diese kleinen Spielchen waren wirklich nicht das Richtige, und der Junge war nicht dumm. Man könnte ihm eine so einfache Sache wie die Nummer mit dem großen Hut durchaus anvertrauen.
»Komm her.« Luke trat einen Schritt näher und spürte einen Schauder über seinen Rücken laufen, als Max ihn anschaute. »Heb deine Hand und schwöre«, sagte Max mit tiefer gebieterischer Stimme. »Schwöre bei allem, was dir heilig ist, daß du niemals irgendeines der Geheimnisse unserer Kunst verraten wirst.«
So ein Getue, dachte Luke, das sind doch alles bloß Tricks. Aber irgendwie wollte das Grinsen ihm nicht recht gelingen, und ein merkwürdiges Gefühl, das er nicht begreifen konnte, hatte ihn auf einmal gepackt. Seine Stimme war nur ein Flüstern. »Ich schwöre es.«
Max musterte einen Moment lang Lukes Gesicht und nickte dann. »Sehr gut. Nun hör zu, was du tun sollst.«
Es war wirklich ganz einfach, so verblüffend einfach, daß Luke darüber staunte, wie man ihn oder das Publikum jemals hatte übertölpeln können. Er gestand es sich nur sehr ungern ein und würde es Max gegenüber niemals zugeben, aber nachdem er nun wußte, wie Roxanne sich in den Hasen verwandelt hatte oder wie sie unter dem Cape verschwunden war, war er sogar ein bißchen traurig.
Max ließ ihm keine Zeit zu trauern. Über eine Stunde wiederholten sie immer wieder jede einzelne Bewegung der Nummer, ließen manches, das zu Roxanne gepaßt hätte, weg und ersetzten es durch anderes, das für Luke besser geeignet war.
Die Arbeit war anstrengend und unglaublich monoton, aber Max gab sich nicht zufrieden, bevor nicht alles hundertprozentig klappte.
»Wie kommt es, daß du dich so abrackerst für ein paar Bauerntrottel? Für ihren lausigen Dollar wären sie zufrieden, wenn du ein paar Kartentricks machst und ein Kaninchen aus dem Hut ziehst.«

»Ich aber nicht. Ich halte mich an den Grundsatz: Arbeite stets so, daß du selbst zufrieden bist, und du wirst immer das Beste leisten.«
»Aber jemand, der so viel kann wie du, muß doch nicht auf so einem miesen Rummel auftreten.«
Max verzog die Lippen zu einem Lächeln und strich sich über den Schnurrbart. »Besten Dank für dein Kompliment, wenn es auch ein wenig ungeschickt formuliert war. Mir gefällt dieses Zigeunerleben nun einmal. Und da es dir offensichtlich nicht bewußt ist, will ich dir verraten, daß mir dieser miese Rummel gehört.«
Er schwang seinen Umhang über Luke, schnippte zweimal mit den Fingern und lachte leise, als die Gestalt unter dem schwarzen Cape sich nicht von der Stelle rührte. »Ein guter Assistent verschläft nie sein Stichwort, auch wenn er noch so verdutzt ist.«
Unter dem Cape hörte man ein leises Schnaufen, und die Gestalt verschwand. Max war ganz und gar nicht unzufrieden mit Lukes Fortschritten, im Gegenteil. Der Junge würde seine Sache sehr gut machen. Mit seiner Frechheit, seinem Lebenshunger, seinem Trotz und der Verletzlichkeit, die er trotz allem besaß, war er für das was Max mit ihm vorhatte, wie geschaffen. Als Gegenleistung würde er ihm ein Zuhause geben und die Chance, sich frei zu entscheiden.
Ein faires Geschäft, dachte Max. »Noch mal«, sagte er einfach, als Luke aus den Kulissen wieder auf die Bühne trat.
Nach einer weiteren Stunde fragte sich Luke, warum er sich bloß jemals gewünscht hatte, bei der Nummer mitzumachen. Als Lily ins Zelt kam, war er kurz davor, Max klipp und klar zu sagen, was er mit seinem Zauberstab machen könne.
»Ich weiß, ich bin spät dran«, rief sie. »Heute geht alles ein wenig drunter und drüber.«
»Und Roxanne?«
»Bestens, ihr ist nur heiß, und sie langweilt sich.« Lily seufzte. »Ich lasse sie gar nicht gern allein. Alle sind im Moment beschäftigt, deshalb habe ich ... ach, Luke.« Ihr Ge-

sicht hellte sich auf. »Schatz, du tätest mir einen riesigen Gefallen, wenn du dich für ein Stündchen zu ihr setzen würdest.«

»Ich?« Er machte ein Gesicht, als hätte sie ihn aufgefordert, eine Kröte zu schlucken.

»Sie könnte wirklich ein bißchen Gesellschaft gebrauchen. Es lenkt sie von diesem gräßlichen Jucken ab.«

»Na ja, nur …« Ihm kam ein Einfall. »Ich würde ja gern, aber Max braucht mich zum Proben.«

»Proben?«

Max konnte ihm die Gedanken förmlich von der Nasenspitze ablesen. Lächelnd legte er ihm eine Hand auf die Schulter und merkte, daß Luke sich nur ganz kurz verkrampfte. Ein Fortschritt, dachte er flüchtig. »Darf ich dir das neueste Mitglied unserer fröhlichen Truppe vorstellen?« sagte er zu Lily. »Luke wird heute abend einspringen.«

»Wie … heute?« Bestürzt schaute Luke ihn an. »Bloß heute abend? Ich habe mich doch nicht die ganze Zeit so abgerackert für einen einzigen Abend.«

»Warten wir's erst mal ab. Wenn du heute deine Sache gut machst, bist du morgen wieder mit dabei. So etwas nennt man eine Probezeit. Auf jeden Fall haben wir vorerst genug geprobt, also kannst du Roxanne ein wenig unterhalten.« Ein Zwinkern lag in seinen Augen. »Du hast wieder mal zu hoch gepokert, Luke, und verloren.«

»Ich hab keine Ahnung, was ich mit ihr anfangen soll, verdammt«, murmelte Luke und trottete von der Bühne. Lily seufzte.

»Spiel etwas mit ihr«, schlug sie vor. »Und, Schatz, ich wünschte wirklich, du würdest bei Roxy nicht fluchen.«

Nicht fluchen, dachte er und schlurfte aus dem Zelt hinaus in das grelle Sonnenlicht. Was sollte man mit dieser verzogenen Göre anderes anfangen, als über sie zu fluchen!

Er riß die Tür des Wohnwagens auf und ging direkt zum Kühlschrank, wobei er automatisch mißtrauisch über die Schulter zurückblickte. Luke erwartete jedesmal, daß sich jemand auf ihn stürzte, wenn er sich etwas zu essen nahm.

Aber keiner sagte auch nur ein Wort. Trotzdem schämte er sich immer noch ein wenig, wenn er sich an jenen Abend in der ersten Woche erinnerte. Er war in den leeren Wohnwagen gekommen und hatte eine große Portion übriggebliebener Spaghetti entdeckt. Hastig war er darüber hergefallen und hatte sie kalt hinuntergeschlungen. Er hatte einfach nicht anders gekonnt.
Vorsichtshalber hatte er dann noch ein paar Schokoriegel und Sandwiches in seinem Rucksack versteckt, da er fest damit rechnete, daß man ihn bestrafen würde. Er hatte erwartet, daß er für den Rest des Tages oder sogar länger nichts mehr zu essen bekommen würde, so wie seine Mutter es immer gemacht hatte.
Aber es war nichts geschehen. Niemand hatte es auch nur erwähnt.
Luke packte sich etwas Frühstücksfleisch auf eine Scheibe Brot und verspeiste sie, ehe er zu Roxanne ging.
Die Angewohnheit, sich rasch und leise zu bewegen, steckte noch in ihm. Als er durch den schmalen Flur schlich, hörte er Jim Croces Song über Leroy Brown und Roxannes helle Stimme, die eifrig mitsang.
Amüsiert spähte Luke zur Tür herein. Sie lag im Bett und starrte an die Decke. Auf einem kleinen runden Tisch stand das Radio, ein Krug Saft, ein Glas und ein paar Arzneifläschchen, daneben lag ein Kartenspiel.
An den Wänden hatte jemand Poster befestigt. Die meisten hatten mit Zauberei zu tun, aber über das große Farbfoto von David Cassidy konnte Luke nur den Kopf schütteln. Mädchen waren einfach hoffnungslos.
»Mann, das ist ja zum Kotzen.«
Roxanne wandte den Kopf und hätte bei seinem Anblick beinah gelächelt, so verzweifelt sehnte sie sich nach etwas Ablenkung. »Was denn?«
»Dieser schleimige Teeniebubi. Sich so was an die Wand zu hängen.«
Luke trank einen Schluck Cola und musterte Roxanne, die von häßlichen roten Flecken übersät war. Wie Lily und Max es bloß aushalten konnten, sie anzuschauen!

»Mann, du hast aber überall diese Dinger, was? Siehst aus wie aus einem Horrorfilm.«
»Lily sagt, sie gehen bald weg, und dann bin ich wieder hübsch.«
»*Vielleicht* gehen sie wieder weg«, erwiderte er, und seine Stimme klang, als sei das ganz und gar nicht so sicher. »Aber häßlich bleibst du trotzdem.«
Roxanne vergaß völlig das schreckliche Jucken und richtete sich auf. »Hoffentlich stecke ich dich an. Und hoffentlich kriegst du Millionen solcher Flecke – auch auf deinem Piephahn.
Luke verschluckte sich fast an seiner Cola und grinste. »Pech gehabt. Windpocken hatte ich längst. Die kriegen bloß Babys.«
»Ich bin kein Baby«, fauchte sie. Ehe Luke sich versah, war sie aus dem Bett gesprungen und hatte sich auf ihn gestürzt. Die Colaflasche flog ihm aus der Hand und knallte gegen die Wand. Sie war so komisch in ihrer Wut, daß er lachen mußte. Ihm fiel plötzlich auf, wie dünn und zerbrechlich sie wirkte.
»Okay, okay. Du bis kein Baby. Jetzt geh wieder ins Bett.«
»Ich hab's satt, dauernd im Bett zu liegen.« Aber schließlich gehorchte sie, wenn er auch mit einem unsanften Schubs nachhelfen mußte.
»Nun guck dir diese Sauerei an. Und ich muß das jetzt saubermachen.«
»Selber schuld«, sagte sie und schaute mit zusammengekniffenen Lippen aus dem Fenster. Brummend suchte Luke einen Lappen und machte sich daran, die braunen Pfützen aufzuwischen.
Sie ignorierte ihn immer noch – womit sie genau das erreichte, was sie wollte.
»Hör mal, ich hab's doch zurückgenommen, oder?« meinte er unbehaglich.
So rasch war sie allerdings nicht versöhnt. »Tut es dir leid, daß du gesagt hast, ich sei häßlich?«
»Na, meinetwegen.«
Schweigen.

»Okay, okay. Herrgott, tut mir leid, daß ich gesagt habe, du seist häßlich.«
Die Andeutung eines Lächelns erschien auf ihren Lippen. »Und tut es dir leid, daß du gesagt hast, David Cassidy sei zum Kotzen?«
»Nee, ganz bestimmt nicht«, grinste er.
Nun mußte sie doch lachen. »Na ja, das liegt wohl daran, daß du bloß ein Junge bist.« Das Gefühl, die Oberhand zu haben, gefiel ihr. In der Hoffnung, ihren Vorteil noch ein bißchen länger ausnutzen zu können, lächelte Roxanne ihn an. »Gießt du mir einen Saft ein?«
»Klar.«
Er füllte ein Glas und reichte es ihr.
»Du redest nicht sehr viel«, sagte sie nach einem Schluck.
»Dafür redest du um so mehr.«
»Ich weiß auch eine ganze Menge. Jeder sagt, ich sei gescheit.« Vor allem war sie aber entsetzlich gelangweilt. »Sollen wir was spielen?«
»Für Spiele bin ich zu alt.«
»Stimmt gar nicht. Daddy sagt, dafür ist niemand zu alt. Deshalb lassen sich die Leute ja an Straßenecken auf das Hütchenspiel und Kartentricks ein und verlieren ihr Geld.« Sie sah das Interesse auf seinem Gesicht und versprach: »Wenn du was mit mir spielst, bringe ich dir einen Kartentrick bei.«
Luke war gewieft genug, um zu wissen, wie man verhandelte. »Bring mir den Kartentrick bei, danach spiele ich mit dir.«
»Nee, nee.« Mit ihrem selbstgefälligen Lächeln ähnelte sie verblüffend einer Frau, die wußte, daß ein Mann ihr in die Falle gegangen war. »Ich zeige dir den Kartentrick, dann spielen wir, und danach bringe ich dir bei, wie er funktioniert.«
Sie nahm die Karten vom Tisch und mischte sie geschickt, während Luke sich auf den Bettrand setzte und fasziniert ihre Hände beobachtete.
»Also, du suchst dir irgendeine Karte aus, die du gerade gesehen hast, und sagst laut, welche es ist.«

»Großartiger Trick, wenn ich sie dir nenne«, murmelte er. Aber er entschied sich für Pik-König.
»Oh, das geht nicht«, sagte Roxanne.
»Warum nicht, verdammt? Du hast gesagt, jede Karte, die ich sehe.«
»Aber den Pik-König konntest du gar nicht sehen. Er ist überhaupt nicht da.« Lächelnd drehte sie die Karten wieder um, und Luke blieb der Mund offenstehen. Verdammt, er hatte diesen König doch gerade noch gesehen.
»Du hast ihn in deiner Hand verschwinden lassen.«
Sie grinste zufrieden. »Hab ich nicht.« Um es zu beweisen, legte sie die Karten auf ihren Schoß und hob beide Hände. »Such dir eine neue aus.«
Diesmal paßte Luke scharf auf und wählte die Kreuz-Drei. Mit einem theatralischen Seufzer schüttelte Roxanne den Kopf.
»Du suchst dir dauernd fehlende Karten aus.« Langsam drehte sie die Karten um, und Luke sah, daß die Drei fehlte – dafür war aber der König wieder im Spiel. Ärgerlich wollte er nach den Karten greifen, aber Roxanne hielt sie hoch über ihren Kopf.
»Ich glaube nicht, daß das ein normales Spiel ist.«
»Etwas nicht glauben zu können ist eben das Geheimnis der Zauberei«, zitierte Roxanne mit wichtiger Miene ihren Vater. Sie mischte die Karten rasch durch und breitete sie auf der Bettdecke aus. Mit einer Handbewegung deutete sie auf die beiden Karten, die Luke sich ausgesucht hatte und die jetzt wieder unter den zweiundfünfzig anderen waren.
Seufzend gab er sich geschlagen. »Okay, wie hast du das gemacht?«
»Erst spielen wir«, grinste sie.
Am liebsten hätte er sie zum Teufel geschickt. Aber noch viel lieber wollte er wissen, wie der Trick funktionierte.
Nach zwei Spielen holte er etwas zu trinken und ein paar Plätzchen. Roxanne freute sich, daß er Wort gehalten und nicht herumgenörgelt hatte.
»Jetzt zeig ich's dir. Aber du mußt schwören, das Geheimnis niemals zu verraten.«

»Ich habe den Eid bereits geleistet.«
»Wann?« fragte sie mißtrauisch. »Und wieso?«
Er hätte sich glatt die Zunge abbeißen können. »Vorhin bei der Probe«, erklärte er widerstrebend. »Ich springe ein, bis du nicht mehr voller Flecken bist.«
Sie überlegte schweigend, wobei sie langsam die Karten mischte. Es half ihr immer beim Nachdenken, wenn sie ihre Hände beschäftigte. »Du übernimmst meine Rolle?«
»Max hat gesagt, ohne dich sei eine Lücke in der Nummer. Ich springe nur ein.« Mit einer Diplomatie, die ihm selbst ganz neu war, fügte er hinzu: »Bloß vorübergehend. Vielleicht nur heute abend.«
»Na ja, ich glaube, dann ist es okay. Daddy hat gesagt, es tut ihm leid, daß er gedroht hat, mich zu ersetzen, weil das gar niemand könnte.«
Luke beneidete sie glühend um diese Gewißheit, daß ihr Vater sie liebte. Wie schön mußte es sein, so viel Vertrauen haben zu können.
»So, jetzt schau zu.« Roxanne begann ihm den Trick zu erklären. »Zuerst mußt du die Karten schon mal richtig mischen.« Sie teilte sie in zwei Stapel auf und zeigte es ihm mit der Geduld einer Lehrerin, die einem Erstkläßler das Schreiben beibringt.
Zweimal machte sie ihm den Trick Schritt für Schritt vor, dann reichte sie ihm das Kartenspiel. »Jetzt versuch du's.«
Wie Max richtig erkannt hatte, besaß Luke geschickte Hände.
»Das ist klasse«, murmelte er.
»Magie ist sowieso das Tollste, was es gibt.«
Sie lächelten sich zu und waren, wenigstens für einen Moment, einfach zwei Kinder, die ein großartiges Geheimnis miteinander teilten.

VIERTES KAPITEL

Lampenfieber war eine neue, aufregende Erfahrung für Luke. Selbstbewußt und voller Vorfreude wartete er hinter den Kulissen. In einem gebrauchten Frack, den die gutmütige Mama Franconi hastig geändert hatte, fühlte er sich wie ein Star. Immer wieder ging er im Kopf die Nummer durch, während Max das Publikum mit einigen Taschenspielertricks aufwärmte.

Es ist nichts weiter dabei, dachte er. Ein reines Kinderspiel, das ihm, solange Roxanne außer Gefecht gesetzt war, pro Abend zusätzlich zehn Dollar einbrachte. Wenn die Prognose des Arztes stimmte, bedeutete das, daß er einhundert Dollar mehr in seiner Miami-Kasse hatte.

Er gratulierte sich zu seinem Glück und mustere die Leute in der ersten Reihe. Da tippte Mouse ihm auf die Schulter.

»Gleich kommt dein Stichwort.«

»Wie?«

»Dein Stichwort.« Mouse deutete zur Bühne, wo Lily in ihrem glitzernden Trikot umherstolzierte und für die Männer im Publikum die Hüften schwenkte.

»Mein Stichwort.« Luke spürte sein Blut zu Eiswasser erstarren, und sein Herz flatterte wie ein kleiner Vogel.

Mouse brummte zustimmend und schubste Luke auf die Bühne.

Gelächter brandete auf, als der magere Junge in seinem viel zu großen Frack hereinstolperte. Lukes Gesicht war weiß wie ein Laken. Er verpaßte den Einsatz, hatte seine ersten Worte total vergessen. Kalter Schweiß brach ihm aus. Stocksteif und wie gelähmt vor Angst starrte er auf die vielen grinsenden Gesichter.

»Ah.« Lässig schlenderte Max zu ihm hinüber. »Mein junger Freund scheint etwas verloren zu haben.« Er strich Luke scheinbar freundlich übers Haar. Die Zuschauer sahen nicht, daß er ihn dabei fest in den Nacken kniff, um ihn durch den Schock aus seiner Erstarrung zu reißen.

Luke zuckte zusammen, blinzelte und schluckte. »Ich ... eh ...« Scheiße, was sollte er noch mal sagen? »Hab meinen Hut verloren«, stieß er hastig hervor, und dann wurde sein weißes Gesicht feuerrot, als das Publikum erneut lachte. Zur Hölle mit diesen Idioten, dachte Luke und straffte die Schultern. In diesem Moment verwandelte er sich von einem verängstigten kleinen Jungen in einen arroganten jungen Mann. »Ich hab eine Verabredung mit Lily. Und eine so schöne Frau kann ich nicht ohne meinen Hut zum Tanzen ausführen.«

»Eine Verabredung mit Lily?« Wie sie es einstudiert hatten, schaute Max zunächst überrascht drein und dann verärgert. »Ich fürchte, da irren Sie sich. Die entzückende Lily ist heute abend mit mir verabredet.«

»Da hat sie wohl ihre Meinung geändert.« Luke grinste selbstbewußt. »Sie wartet schon auf mich. Wir gehen aus.« Mit einer schwungvollen Bewegung zauberte er eine große rote Rose aus seinem Revers. »In die Stadt.«

Der Applaus für seinen ersten öffentlichen Zaubertrick hatte auf ihn die gleiche Wirkung wie eine verführerische Frau. Luke Callahan hatte seine Berufung gefunden.

»Ich verstehe.« Max warf einen Seitenblick ins Publikum. »Sind Sie nicht ein wenig zu jung für eine Frau von Lilys Format?«

Jetzt war er in sicherem Fahrwasser. »Was mir an Jahren fehlt, mache ich an Energie wett.« Diese Bemerkung, zu der er spöttisch grinste, rief lautes Gelächter hervor. Luke fühlte, wie sein Herz einen regelrechten Satz machte.

»Natürlich kann ein Gentleman seine Dame nicht ohne Hut ausführen.« Max rieb sich die Hände und blickte zur linken Bühnenseite. »Leider ist das der einzige Hut, den ich heute abend gesehen habe.« Ein Scheinwerfer schwenkte auf den übergroßen Zylinder. »Er scheint mir allerdings ein wenig zu groß, selbst für jemanden, der so aufgeblasen ist wie Sie.«

Luke reckte sich auf die Fußspitzen und hakte die Daumen

in den Hosenbund. »Ich durchschaue ihre Tricks, Alter. Es ist wirklich besser für Sie, wenn Sie meinen Hut wieder in eine normale Größe zurückverwandelten.«
»Ich?« Max tat entrüstet. »Beschuldigen Sie mich etwa, ich wolle Ihnen durch Zauberei den Abend mit Lily verderben?«
»Jawohl, verdammt noch mal. Es waren nicht ganz die Worte, die sie einstudiert hatten, aber das machte nichts. Luke war in seinem Element. Er schlenderte über die Bühne und tippte gegen die Hutkrempe. »Los, Beeilung.«
»Nun gut.« Mit einem Seufzer über die ungehobelten Manieren des Jungen deutete Max einladend auf den Hut. »Wenn Sie so freundlich wären, einzusteigen?« Er lächelte, als Luke ihn skeptisch beäugte.
»Okay, aber keine krummen Sachen.« Gewandt hüpfte Luke hinein. »Mit mir nicht, das sage ich Ihnen.«
Doch sobald sein Kopf unterhalb der Hutkrempe verschwunden war, hob Max den Zauberstab. »Und eins, zwei, drei – eine hübsche Zauberei.« Er griff in den Hut und zog ein weißes Kaninchen heraus. Während das Publikum brüllend Beifall klatschte, kippte Max den Hut um, damit alle sehen konnten, daß er leer war. »Ich bezweifle, daß Lily jetzt noch Interesse an einem Abend mit ihm hat.«
Auf ihr Stichwort erschien Lily und kreischte entsetzt beim Anblick des zappelnden Kaninchens, das Max in der Hand hielt. »Nicht schon wieder!« Mit ärgerlichem Gesicht wandte sie sich ans Publikum. »Das ist schon das vierte Kaninchen in diesem Monat. Ich sage Ihnen, meine Damen, fangen Sie bloß nie was mit einem eifersüchtigen Zauberer an.« Gelächter ertönte, und sie wandte sich an Max. »Verwandle ihn sofort zurück.«
»Aber Lily …«
»Verwandle ihn auf der Stelle zurück!« Sie stemmte die Hände in die Hüften. »Sonst bin ich mit dir fertig.«
»Nun gut.« Widerstrebend steckte Max das Kaninchen zurück in den Hut und tippte zweimal mit seinem Stab an die Krempe. Luke sprang mit wutverzerrtem Gesicht heraus.

Das Publikum applaudierte begeistert, als Luke mit erhobenen Fäusten auf Max zuging, und alle lachten lauthals, als hinten an seinem Frack der weiße Schwanz sichtbar wurde. Luke hatte rasch begriffen, wie man den Applaus ein wenig herauskitzelte. Mit gerecktem Hals drehte er sich dreimal im Kreis, bemüht, einen Blick auf sein Hinterteil zu erhaschen.
»Tja, so kann es gehen«, sagte Max, nachdem sich die Zuschauer etwas beruhigt hatten. »Aber um zu zeigen, daß ich nicht nachtragend bin, lasse ich ihn wieder verschwinden.«
Lily schmollte. »Versprochen?«
»Mein Ehrenwort.« Max riß sein Cape herunter, warf es über Luke und strich mit seinem Zauberstab über die verdeckte Gestalt. Während das Cape zu Boden sank, faßte er danach und riß es mit Schwung hoch.
»Max!« keuchte Lily entsetzt.
»Ich habe Wort gehalten«, erklärte er mit einer tiefen Verbeugung vor ihr. »Der Schwanz ist weg. Aber der überhebliche Kerl auch.«
Mittlerweile stand Luke schon wie angewurzelt hinter den Kulissen. Sie applaudierten. Sie jubelten. Und es galt ihm. Er beugte sich vor und sah zu Max, der sich gerade bereit machte, Lily zu zersägen.
Nur für einen Sekundenbruchteil trafen sich ihre Blicke. Aber er sah die Freude und ein solches Verständnis in den Augen des anderen, daß Luke die Kehle eng wurde.
Zum erstenmal in seinem Leben begann er, einen Mann zu lieben. Und er empfand keine Spur von Scham dabei.

Die letzte Vorstellung war schon lange vorbei, aber in seinen Ohren hallte immer noch der Applaus und das Gelächter wider, wie ein altbekanntes Lied, dessen Melodie man nicht mehr aus dem Sinn bekommt.
Er war jemand gewesen. Für einige kurze Augenblicke war er jemand von wirklicher Bedeutung gewesen. Vor Dutzenden verblüffter Zuschauer war er verschwunden.
Und sie hatten es tatsächlich geglaubt.
Das ist das Geheimnis, dachte Luke, während er an den müden Ausrufern vorbeischlenderte, die den wenigen späten

Besuchern ihre Sprüche entgegenriefen. Menschen glauben zu lassen, daß eine Illusion Wirklichkeit ist, und sei es nur für ein paar Sekunden – das ist Macht, echte Macht, weitaus größere, als wenn man andere mit seinen Fäusten einschüchterte. Luke war so erfüllt von diesem Machtgefühl, daß er meinte, der Kopf müsse ihm zerspringen.

Max würde es sicher verstehen, aber er wollte diesen wunderbaren Rausch heute, an seinem ersten Abend, lieber ganz allein genießen.

Die zehn Dollar, die Max ihm nach der letzten Vorstellung gegeben hatte, knisterten in seiner Hand. Er schaute auf die wirbelnden Lichter des Riesenrads und hörte das Rumpeln der Wagen, die über die Achterbahn sausten. Heute konnte er überall mitfahren.

Beim Anblick der kleinen Gestalt in Jeans und einem weiten Hemd, die in einiger Entfernung vorbeihastete, blieb er stehen und fluchte ärgerlich.

»Roxanne! He, Rox!« Er lief hinter ihr her und ergriff ihren Arm. »Was zum Teufel machst du hier draußen?«

Sie schaute ihn wütend an. Er hatte gut reden. Sie war es leid, dauernd im Bett zu liegen und sich elend zu fühlen, während er an ihrer Stelle auf der Bühne stand. Die Tage waren endlos, in den Nächten quälte sie der Juckreiz, und bald würden sie in New Orleans sein, und die Sommersaison war vorbei.

»Ich will Riesenrad fahren.«

»Von wegen.«

Ein ärgerliches Rot überzog ihr blasses Gesicht. »Du hast mir nichts zu sagen, Luke Callahan, kapiert? Ich fahre jetzt auf dem Riesenrad.«

»Hör mal, du kleiner Schwachkopf ...« Aber noch ehe er ausreden konnte, hatte sie ihn schon fest in den Bauch geboxt und rannte davon. »Gottverdammt, Roxy!« Er erwischte sie nur, weil sie anstehen mußte. Luke wollte sie aus der Warteschlange ziehen, aber diesmal fing sie an, ihn zu beißen.

»Mensch, bist du verrückt geworden?«

»Ich will mit dem Riesenrad fahren, klar?« Sie verschränkte trotzig die Arme vor der Brust. Die bunten Lichter spielten über ihr gesprenkeltes Gesicht.

Sollte sie doch machen, was sie wollte. Schließlich war er nicht für sie verantwortlich. Aber er blieb trotzdem an ihrer Seite, obwohl er beim besten Willen nicht wußte, warum. Er griff sogar nach seinem Geld, um für beide zu bezahlen. Doch der Mann an der Kasse, der Roxy gut kannte, winkte sie durch.

Wie eine Prinzessin, die eine Audienz gewährte, nickte sie Luke zu. »Du kannst mitfahren, wenn du willst.«

»Tausend Dank.« Er ließ sich neben sie auf den Sitz fallen und wartete, daß sich der Sicherheitsbügel schloß.

Als das Rad sich in Bewegung setzte, begann Roxanne nicht etwa zu kreischen wie die anderen, sondern lehnte sich zurück, schloß die Augen und lächelte. Noch Jahre später würde Luke sich an diesen Moment mit einem wohligen Gefühl erinnern.

Erst nach einer Weile brach sie das Schweigen.

»Ich bin es so leid, ewig im Bett zu liegen, wo ich die Lichter nicht sehen kann und erst recht nicht die Leute.«

»Es ist doch immer dasselbe.«

»Es ist jeden Abend anders.« Sie öffnete ihre Augen und beugte sich vor. Der Wind zerzauste ihr Haar. Sie sah aus wie eine Hexe, die durch die Lüfte ritt. »Siehst du diesen dürren Mann dort unten, den mit dem Strohhut? Ich habe ihn noch nie gesehen. Und das Mädchen in Shorts mit dem dicken Pudel auf dem Arm, das kenn ich auch nicht. Alles ist immer wieder ganz anders.« Sie bog den Kopf zurück und schaute zu den Sternen. »Ich habe immer geglaubt, wir würden geradewegs bis zum Himmel fahren, bis ich ihn anfassen und ein Stück mit hinunternehmen könnte.« Sie lächelte, da sie inzwischen alt genug war, um sich über diese kindischen Gedanken zu amüsieren … aber auch noch Kind genug, um sich zu wünschen, es wäre wahr.

»Würde dir groß was nutzen hier unten.« Luke lächelte ebenfalls. Es war lange her, seit er auf einem Riesenrad gefahren war, so lange, daß er sich kaum noch an das Gefühl erinnern konnte, wenn einem das Herz in die Hose rutscht und der Magen bis in die Kehle steigt.

»Du warst gut heute in der Vorstellung«, sagte Roxanne plötzlich. »Ich habe gehört, wie Daddy mit Lily darüber geredet hat. Sie haben gedacht, ich schlafe.«
»Ja?« Er bemühte sich, möglichst gleichgültig zu klingen.
»Er hat gesagt, daß er es dir gleich angesehen hat, und du hättest ihn nicht enttäuscht.« Roxanne streckte ihre Arme aus. Der kühle Luftzug fühlte sich wunderbar auf ihrer juckenden Haut an. »Ich glaube, du gehörst jetzt mit zu unserer Nummer.«
Das Kribbeln, das Luke überlief, hatte nichts mit der raschen Abwärtsbewegung des Riesenrads zu tun. »Hab ich wenigstens eine Beschäftigung, solange ich hier bin«, erwiderte er und zuckte scheinbar unbekümmert die Schultern. Doch als er zu ihr hinüberschaute, sah er, daß sie ihn abschätzend musterte.
»Er hat gesagt, du hättest für dein Alter schon viel zuviel erlebt und gesehen. Was meint er damit?«
Max weiß es, dachte Luke erschrocken und fühlte sich gleichzeitig gedemütigt und zornig. Irgendwie weiß er es. Luke spürte, daß er blaß geworden war, aber seine Stimme blieb ruhig. »Keine Ahnung, wovon du redest.«
»Blödsinn, erzähl schon.«
»Das geht dich nichts an.«
»Wenn du bei uns bleibst, doch. Ich weiß auch alles über Mouse und Lily und LeClerc.«
»Wer ist denn LeClerc?«
»Er kocht in New Orleans für uns und hilft Daddy bei den Kabarettnummern. Er hat früher Banken ausgeraubt.«
»Echt?«
Roxanne nickte, zufrieden über sein neugieriges Gesicht. »Er ist im Gefängnis gewesen, weil er erwischt wurde. Er hat Daddy beigebracht, wie man jedes Schloß auf der Welt aufkriegt.« Sie merkte, daß sie vom Thema abkam. Deshalb sagte sie rasch: »Also, jetzt muß ich auch alles über dich wissen. Das ist nur gerecht.«
»Ich habe noch nicht gesagt, daß ich bleibe. Ich habe eigene Pläne.«
»Du bleibst bestimmt. Daddy will es und Lily auch. Wenn

du was lernen willst, bringt Daddy dir das Zaubern bei, genau wie mir. Nur bin ich bestimmt besser als du.« Sie überhörte sein abfälliges Schnauben. »Das ist mal sicher.«
»Werden wir ja sehen«, murmelte er, während das Riesenrad abermals nach oben stieg. Er hielt sein Gesicht in den Wind. Und er hatte das Gefühl, daß alles, was er heute abend erlebt hatte, nichts war im Vergleich mit dem, was noch kommen würde.

FÜNFTES KAPITEL

Lukes erster Eindruck von New Orleans war ein kunterbuntes Durcheinander von Geräuschen und Gerüchen. Max, Lily und Roxanne schliefen im Wohnwagen. Er hatte sich jedoch in der Fahrerkabine des Lasters zusammengerollt und war allmählich eingedöst, da Mouse die ganze Zeit nur tonlos vor sich hin gesummt hatte. Luke hatte ihn zu überreden versucht, das Radio anzumachen, aber Mouse war stur geblieben. Er wollte sich durch nichts in dem Vergnügen stören lassen, seinem Motor zu lauschen.

Nun aber drangen andere Laute an Lukes Ohr, hohe Stimmen und schreiendes Gelächter, das scheppernde Röhren von Saxophonen, Trompetengeschmetter und Trommelschläge. Im ersten Moment glaubte er, sie seien wieder auf dem Rummelplatz. Es roch nach fremden Gewürzen und irgendwelchen Speisen, doch über allem lag der Gestank nach Abfall, der in der Hitze verrottete.

Gähnend öffnete er die Augen und schaute blinzelnd aus dem Fenster.

Unzählige Menschen strömten durch die Straßen. Er entdeckte einen Jongleur, der wie Jesus aussah und orangefarbene Bälle in die Luft warf, die in der Dunkelheit leuchteten. Eine ungeheuer dicke Frau in einem blumengemusterten Mumuu tanzte ganz allein zu den Klängen eines Dixies, die aus einer offenen Tür drangen.

Der Zirkus ist scheinbar in der Stadt, dachte Luke und setzte sich auf.

Doch dann sah er, daß sie gar nicht mehr mit den anderen unterwegs waren, sondern sich mitten auf einem viel größeren Rummelplatz befanden. Einem, der stets an Ort und Stelle blieb.

»Wo sind wir?«

»Daheim«, erwiderte Mouse schlicht.

Luke hätte nicht sagen können, warum das Wort ihn zum Grinsen brachte.

Die Musik wurde allmählich leiser, die Straßen stiller. Im flackernden Licht der Laternen sah er alte Backsteinhäuser, üppig bepflanzte Balkone und Gestalten, die in Hauseingängen zusammengerollt schliefen.

Er begriff nicht, wie irgend jemand bei all der Musik, den Gerüchen, der unglaublichen Hitze schlafen konnte. Seine Müdigkeit war wie weggeblasen, und das Schneckentempo, in dem Mouse dahinschlich, machte ihn immer ungeduldiger.

Luke wollte endlich ans Ziel kommen. Wo auch immer das war.

»Mensch, Mouse, wenn du noch langsamer kriechst, fahren wir gleich rückwärts.«

»Immer mit der Ruhe.« Mouse stoppte zu Lukes Verblüffung mitten auf der Straße und stieg aus.

»Was hast du vor?« Luke kletterte ebenfalls aus der Kabine. Mouse stand bereits an einem offenen schmiedeeisernen Tor.

»Du kannst das Ding nicht mitten auf der Straße abstellen. Das lockt doch bloß die Bullen an.«

»Will nur meine Erinnerung auffrischen.« Mouse strich sich versonnen übers Kinn. »Muß rückwärts rein.«

»Hier?« Luke riß die Augen auf. »Hier willst du rückwärts reinfahren?« Ungläubig musterte er das Tor und anschließend die Breite des Wohnwagens. »Das geht nie im Leben.«

Mouse lächelte, und seine Augen funkelten vor Freude. »Du bleibst da stehen, falls ich dich brauche.« Er schlenderte zurück zum Laster.

»Das klappt nie«, rief Luke ihm nach.

Aber Mouse begann bereits, leise vor sich hinsummend den Laster samt Wohnwagen über die schmale Straße zu manövrieren.

Mit offenstehendem Mund beobachtete Luke, wie der schwarze Anhänger sicher wie auf Schienen durch die Öffnung glitt.

Mouse blinzelte Luke aus dem Laster zu.

Das war absolute Maßarbeit. Aus irgendeinem Grund hätte Luke am liebsten laut gejubelt.
»Mann, du bist der Größte«, schrie er übermütig als Mouse aus der Kabine kletterte, und wirbelte im nächsten Moment wie ein angriffsbereiter Boxer herum, als im Haus ein Licht aufflammte. In der Tür erschien eine Gestalt. »Wer ist das?«
»LeClerc.« Mouse klapperte mit den Schlüsseln in seiner Hosentasche und ging zum Tor, um die Eisentüren zu schließen.
LeClerc kam näher. »Ihr seid also wieder da.« Luke stand vor einem kleinen Mann mit grauem Haar und Vollbart, einem schneeweißen T-Shirt und ausgebeulten grauen Hosen, die von einem Stück Tau festgehalten wurden. In seinen Worten schwang ein leichter Akzent mit. »Und ihr habt bestimmt Hunger, oder?«
»Haben nicht gerade gefastet«, lachte Mouse.
»Na, um so besser.« LeClercs Gang war steif, und er hinkte ein wenig. Luke nahm an, daß er sicher zehn Jahre älter war als Max. Sein Gesicht erschien ihm wie eine ramponierte Landkarte, auf der Hunderte von eingefahrenen Straßen verzeichnet waren. Die scharfen braunen Augen unter den buschigen Brauen standen weit auseinander.
LeClerc betrachtete den mageren Jungen, der mit wachsamem Blick dastand, um entweder jederzeit davonzulaufen oder zu kämpfen.
»Und wer ist das?«
»Das ist Luke«, sagte Max, der mit der schlafenden Roxanne im Arm aus dem Wohnwagen kam. »Er gehört jetzt zu uns.«
Die beiden Männer wechselten einen Blick und verstanden sich ohne weitere Worte.
»Noch einer, aha.« LeClercs Lippen verzogen sich zu einem kleinen Lächeln, ohne daß er seine Pfeife aus dem Mund nahm. »Na ja. Und wie geht's meinem *bébé?«*
Roxanne streckte noch halb schlafend die Arme aus und wurde von LeClerc in Empfang genommen. Sie schmiege sich an seine hagere Gestalt, als sei er ein Federkissen. »Kriege ich ein Beignet?«

»Ich mache eins nur für dich.« LeClerc nahm seine Pfeife aus dem Mund, um sie auf die Wange zu küssen. »Dir geht's wieder besser, ja?«
»Ich hatte ewig lange Windpocken. Ich werde nie, nie wieder krank.«
»Ich gebe dir ein *Gris-gris*. Solch ein Amulett schützt dich vor allen bösen Einflüssen.« Er strahlte, als Lily aus dem Wohnwagen kam. Sie trug einen schweren Kosmetikkoffer, und über ihrem Arm hing eines ihrer seidenen Negligés. »Ah, Mademoiselle Lily.« LeClerc gelang es trotz des Kindes, sich zu verbeugen. »Hübscher als je zuvor.«
Kichernd hielt sie ihm die Hand hin, die er mit Nachdruck küßte. »Schön, wieder daheim zu sein, Jean.«
»Kommt rein, kommt rein. Ich mache ein schönes Mitternachtsessen für euch.«
Max ging voraus über den Hof, in dem in Hülle und Fülle Rosen, Lilien und Begonien blühten. Eine kleine Treppe führte zu einer Tür, durch die man in die Küche kam. Dort brannte ein Licht, das sich auf blankgeputzten weißen Kacheln und dunklem Holz spiegelte.
Auf einem kleinen Herd aus Ziegeln, die früher einmal rot gewesen waren, jedoch durch die Hitze im Lauf der Zeit ein sanftes Graurosa angenommen hatten, stand eine beleuchtete Plastikstatue der Heiligen Jungfrau und eine indianische Rassel, geschmückt mit Perlen und Federn.
Es war herrlich kühl in diesem Raum, und trotzdem hätte Luke schwören können, daß er den verlockenden Duft von frischgebackenem Brot roch.
Getrocknete Sträuße aus Kräutern und Gewürzen baumelten neben Zwiebel- und Knoblauchzöpfen von der Decke herab, an eisernen Haken über dem Herd hingen glänzende Kupfertöpfe. Ein weiterer Topf stand auf der hinteren Platte. Was auch immer dort kochte, es roch einfach paradiesisch.
Ein mächtiger Tisch in der Mitte des Raums war bereits mit Schüsseln und Tellern gedeckt, neben denen hellkarierte Leinenservietten lagen. LeClerc, der Roxanne immer noch auf dem Arm hatte, holte einen weiteren Teller und Besteck aus dem Schrank.

»Gumbo«, seufzte Lily und legte Luke einen Arm um die Schultern. Sie wünschte sich so sehr, daß er sich hier zu Hause fühlte. »Niemand kocht so gut wie Jean. Warte nur, bis du es probiert hast, Luke. Wenn ich nicht aufpasse, platze ich innerhalb einer Woche regelrecht aus meinem Kostüm.«
»Aber heute abend machst du dir darüber keine Sorgen, sondern ißt.« LeClerc setzte Roxanne auf einen Stuhl, nahm zwei dicke Tücher und hob den Topf vom Herd.
Luke betrachtete fasziniert die Tätowierung, die von seinem schmalen Handgelenk bis hinauf zur Schulter reichte. Es waren Vipern in etwas verblaßtem Blau und Rot, die sich über die ledrige Haut schlängelten.
Sie wirkten so lebendig, als könnten sie in jedem Moment loszischen.
»Gefällt's dir?« LeClercs Augen blitzten fröhlich, als er Luke musterte. »Schlangen sind flink und schlau. Bringen mir Glück.« Er stieß einen zischenden Laut aus, als er Luke seinen Arm hinstreckte. »Für dich sind Schlangen aber nichts, Junge.« Lachend teilte er das dicke würzige Gumbo aus. »Du hast einen jungen Wolf mitgebracht, Max. Man muß aufpassen, daß er nicht zubeißt.«
»Ein Wolf braucht sein Rudel.« Max deckte einen Korb auf, in dem ein goldbrauner Brotlaib lag, und reichte ihn Lily.
»Und was bin ich, LeClerc?« Roxanne, die jetzt hellwach war, löffelte eifrig ihr Gumbo.
»Du?« Ein sanftes Lächeln überzog das zerfurchte Gesicht, als er mit seiner breiten knorrigen Hand über ihr Haar strich. »Mein kleines Kätzchen.«
»Bloß ein Kätzchen?«
»Nun, Kätzchen sind klug, tapfer und gescheit, und manche wachsen zu Tigern heran.«
Ihre Miene hellte sich auf, und sie blickte Luke aus geschlitzten Augen an. »Und Tiger können Wölfe fressen.«

Als der Mond langsam unterging und selbst die leise Musik aus der Bourbon Street allmählich verstummte, setzte sich LeClerc im Hof auf eine Marmorbank, die umgeben war von seinen geliebten Blumen.

Zwar war Max der Besitzer des Hauses, aber erst Jean LeClerc hatte daraus ein Zuhause gemacht, in einem ganz eigenen, unnachahmlichen Stil. Dabei hatte er sich zwar nach Max' Vorliebe für gediegene Eleganz gerichtet, doch inspiriert hatten ihn vor allem die Erinnerungen an seine lange zurückliegende Kindheit in einer Hütte in den Bayous, an wildwachsende Blumen, die seine Mutter in Plastiktöpfen zog, an Düfte von Kräutermischungen und Gewürzen, an Stoffe und spiegelblank polierte Hölzer.

LeClerc wäre gern wieder in die Sümpfe zurückgekehrt, aber er konnte sich ein Leben ohne Max und seine Familie nicht mehr vorstellen.

Zufrieden rauchte er seine Pfeife und lauschte auf die Geräusche der Nacht. Eine leise Brise raschelte in den Blättern der Magnolien, linderte ein wenig die Hitze und versprach den ersehnten Regen. Die hohe Luftfeuchtigkeit, die Ziegel und Mörtel im Französischen Viertel allmählich verwittern ließ, hing wie ein Nebel über der Stadt.

Er hatte Max nicht kommen hören, obwohl er Ohren wie ein Luchs besaß, doch er spürte seine Gegenwart.

»Also, was willst du mit dem Jungen anfangen?« fragte er und betrachtete die Sterne.

»Ihm eine Chance geben«, erwiderte Max. »Die gleiche Chance, die du mir vor vielen, vielen Jahren gegeben hast.«

»Seine Augen würden am liebsten alles verschlingen, was sie sehen. Das könnte gefährlich werden.«

Max setzte sich zu LeClerc auf die Bank. »Willst du, daß ich ihn wegschicke?«

»Jetzt ist es zu spät für solche Überlegungen.«

»Lily hat ihn liebgewonnen«, begann Max und wurde von LeClercs grollendem Lachen unterbrochen.

»Nur Lily, *mon ami?*«

Max zündete sich eine Zigarre an. »Ich hab den Jungen gern.«

»Du liebst ihn«, verbesserte LeClerc. »Und das ist nur zu verständlich, denn wenn du ihn anschaust, siehst du dich selbst. Er weckt Erinnerungen in dir.«

Es fiel Max schwer, das zuzugeben. »Er erinnert mich daran,

nichts zu vergessen. Wenn du den Schmerz vergißt, die Einsamkeit, die Verzweiflung, vergißt du, dankbar dafür zu sein, daß das alles hinter dir liegt. Das hast du mir beigebracht, Jean.«

»Und mein Schüler hat seine Lektion so gut gelernt, daß er jetzt klüger ist als sein Meister. Sehr schön.« LeClerc wandte den Kopf, und seine dunklen Augen leuchteten. »Wirst du dich auch darüber freuen können, wenn er dich eines Tages übertrifft?«

»Ich weiß nicht.« Max blickte auf seine Hände hinab. Es waren gute Hände, beweglich, flink und geschickt. Er wagte nicht, daran zu denken, wie er es verkraften würde, wenn er einmal alt wurde. »Ich habe angefangen, ihm das Zaubern beizubringen. Ob ich ihm eines Tages auch das andere beibringe, habe ich noch nicht entschieden.«

»Vor diesen Augen wirst du nicht lange Geheimnisse bewahren können. Was hat er gemacht, als du ihn gefunden hast?«

Max mußte lächeln. »Sich als Taschendieb betätigt.«

»Ah.« LeClerc grinste. »Also ist er bereits einer von uns. Ist er so gut, wie du damals warst?«

»Vielleicht sogar besser«, gab Max zu. »Er ist dreister und hat weniger Angst. Aber es ist ein gewaltiger Unterschied, ob man Brieftaschen auf einem Rummelplatz klaut oder in Villen und feine Hotels einbricht.«

»Dir hat dieser Schritt damals keinerlei Mühe gemacht. Bereust du etwas, *mon ami?«*

»Absolut nichts«, lachte Max. »Ist das eigentlich normal?«

»Du bist nun einmal zum Stehlen geboren«, entgegnete LeClerc schulterzuckend. »Genauso wie zum Zaubern. Und offensichtlich liegt es dir ebenso, Streuner aufzulesen. Es ist schön, daß du wieder zu Hause bist.«

»Ich freue mich auch, wieder daheim zu sein.«

Einen Moment lang saßen sie schweigend und in Gedanken versunken nebeneinander. Dann kam LeClerc wieder zur Sache.

»Die Diamanten, die du aus Boston geschickt hast, waren außergewöhnlich.«

»Ich fand die Perlen aus Charleston besser.«
»O ja«, seufzte LeClerc. »Sie waren prachtvoll, aber die Diamanten hatten solch ein Feuer, daß es mir direkt weh getan hat, Geld dafür zu nehmen.«
»Und was hast du bekommen?«
»Zehntausend. Für die Perlen leider nur fünf.«
»Die Freude, sie in den Händen zu halten, wiegt mehr als der Profit.« Er erinnerte sich mit Vergnügen daran, wie majestätisch sie einen Abend lang auf Lilys Haut ausgesehen hatten. »Und die Gemälde?«
»Zweiundzwanzigtausend. Ich persönlich fand die Bilder allerdings eher primitiv. Diese englischen Maler besaßen keine Leidenschaft«, fügte er hinzu und tat die Landschaft von Turner mit einem Schulterzucken ab. »Die chinesische Vase behalte ich noch für eine Weile. Hast du die Münzsammlung mitgebracht?«
»Nein. Als Roxanne krank wurde, habe ich diese Sache gestrichen.«
»War sicher besser«, nickte LeClerc. »Die Sorge um sie hätte dich nur abgelenkt.«
»Vermutlich. Also, bis die Vase abgesetzt ist, beträgt der Zehnt... dreitausend-siebenhundert. «Angesichts von LeClercs mürrischem Gesicht mußte Max lächeln. »Das ist nun wirklich nicht der Rede wert.«
»Bis Ende des Jahres wirst du auf diese Weise fünfzehntausend weggeschmissen haben, mindestens. Zähl mal zusammen, welche Summe bei deinen ewigen zehn Prozent in den vielen Jahren schon zusammengekommen ist. Und alles nur, um dein Gewissen zu beruhigen.«
»Ein kleines Almosen«, verbesserte Max ihn fröhlich. »Ich mache es nicht, um mein Gewissen zu beruhigen, sondern aus reiner Freude am Schenken. Ich bin ein Dieb, Jean, und zwar ein ausgezeichneter, der nichts von den Leuten hält, die er bestiehlt. Dafür aber um so mehr von denen, die nichts besitzen.« Er musterte die glühende Spitze seiner Zigarre. »Ich kümmere mich zwar nicht besonders um die moralischen Maßstäbe des anderen, aber ich habe durchaus eigene moralische Prinzipien.«

»Die Kirche, der du deinen Zehnt gibst, lehrt, daß du in der Hölle landest.«

»Ich habe mich schon aus schlimmeren Zwangslagen befreit.«

»Das ist kein Scherz.«

Max unterdrückte ein Lächeln, als er aufstand. Er wußte, daß LeClercs Religiosität die ganze Skala vom Katholizismus bis zu Voodoo umfaßte und allen erdenklichen Aberglauben noch dazu. »Dann betrachte es als eine Art Versicherung. Vielleicht wird meine sentimentale Großzügigkeit uns beiden mal einen kühleren Platz im Jenseits verschaffen. Gehen wir schlafen.« Er legte LeClerc die Hand auf die Schulter. »Morgen erzähle ich dir, was ich für die nächsten Monate geplant habe.«

Luke wußte, daß er im Himmel gelandet war. Es gab am nächsten Tag nichts für ihn zu tun, und so streifte er im Haus umher und verschlang dabei die Beignets, die er sich aus der Küche geholt hatte. Die Spur aus Puderzucker, die er hinterließ, zog sich vom ersten Stock die Treppe hinauf bis auf einen der großen, blumengeschmückten Balkone und wieder zurück.

Er konnte sein Glück einfach nicht fassen.

Er hatte ein eigenes Zimmer bekommen und den Großteil der Nacht nur alles staunend angeschaut ... das hohe geschnitzte Kopfbrett des Betts, die glänzende Tapete, das gedämpfte Muster des Teppichs, den großen Schrank, in den nach Lukes Schätzung mehr Kleider hineinpaßten, als irgendwer in seinem ganzen Leben brauchen konnte.

Und dann stand noch eine große blaue Vase voller Blumen im Zimmer. Er hatte noch nie Blumen im Zimmer gehabt, und eigentlich war das auch eher was für Mädchen. Aber trotzdem gefiel es ihm.

Luke huschte lautlos wie ein Gespenst durch das Haus. Er war sich noch nicht ganz sicher, wie er LeClerc einschätzen sollte und ging im daher auf seinen Erkundungsstreifzügen möglichst aus dem Weg.

Er bewunderte die eleganten Möbel, obwohl er nicht einmal wußte, daß es sich dabei um französische und englische Antiquitäten handelte. Aber er fand, daß diese prächtig schimmernden Tische, die zierlichen Sofas, die hübschen Porzellanlampen und die idyllischen Landschaftsgemälde genau zu Max paßten.

Sein Lieblingsplatz war jedoch der Balkon draußen vor seinem Zimmer. Dort konnte er die Sonne genießen, die Blumen riechen und Touristen beobachten, die Fotos machten und Souvenirs erstanden.

Unwillkürlich fiel ihm auf, wie sorglos alle mit ihren Geldbörsen umgingen. Frauen steckten sie in Handtaschen, die ihnen über die Schultern baumelten. Männer schoben sie in die Gesäßtaschen ihrer Jeans ... es war das reinste Paradies für jeden Taschendieb. Wenn aus Miami nichts wurde, konnte er hier mühelos sein Gehalt als Zauberlehrling aufbessern.

»Du bist überall voll Zucker«, erklang Roxannes Stimme hinter ihm.

Luke fuhr zusammen. Er warf einen Blick auf seine Hände und wischte sie hastig an seinen Jeans ab. »Na und?«

»LeClerc wird toben. Zucker zieht Insekten an.«

»Ich mache es nachher sauber.«

Sie kam zu ihm ans Geländer. »Was tust du hier?«

»Einfach gucken.«

»Daddy sagt, wir können uns den ganzen Tag freinehmen. Morgen müssen wir mit den Proben für die neue Kabarettnummer im Club anfangen.«

»In welchem Club?«

»Im Magic Door.« Sie spielte mit den Blumen, die sich um das Geländer rankten. »Wir können dort größere Illusionen machen als auf dem Jahrmarkt. Manchmal geht Daddy auch während des Tages rüber und führt Taschenspielereien für einige Gäste vor.«

Luke vergaß seine Furcht vor LeClercs Ärger und möglichen Strafen. Er wußte nicht, welche Rolle er in einer Kabarettnummer spielen würde, aber er wollte auf alle Fälle mit dabeisein. »Wie viele Vorstellungen pro Abend?«

»Zwei.« Sie hatte eine Clematisblüte abgepflückt und versuchte, sie hinter ihr Ohr zu stecken. »Um acht und um elf. Wir sind die Stars des Programms.« Sie zog eine Grimasse. »Deshalb muß ich jeden Tag nach der Schule ein Nickerchen machen. Wie ein Baby.«

Roxannes Probleme waren Luke herzlich gleichgültig. »Macht er auch die Kartentricks?«

Sie schlenderte zurück ins Zimmer, um ihren Blumenschmuck im Spiegel zu betrachten. »Oh, er erfindet andere.«

Luke nickte. In seinem Kopf entstand ein Plan. Er beherrschte die Tricks, die Roxanne ihm auf sein ständiges Drängen hin gezeigt hatte, schon ziemlich gut. Und er hatte täglich mindestens eine Stunde mit den Hütchen geübt. Er mußte es Max nur mal zeigen. Es wäre schrecklich, wenn man ihn jetzt aus der Nummer strich.

»Daddy hat mir Geld für Eis gegeben. Sollen wir losgehen und uns eins kaufen?«

»Nein.« Luke war viel zu sehr mit seinen Gedanken beschäftigt, um sich von dieser Einladung ablenken zu lassen. »Verschwinde, ja? Ich muß nachdenken.«

»Um so mehr kriege ich«, erwiderte Roxanne spitz und trollte sich schmollend.

Sobald er allein war, zog Luke seine Karten heraus und begann zu üben. Doch er hatte kaum angefangen, als er erneut abgelenkt wurde.

Es war eine Stimme, eine Stimme, die ihm durch Mark und Bein ging. Er versuchte sie zu überhören, aber er war wie hypnotisiert von diesem volltönenden Alt, der nur für ihn allein zu erklingen schien. Wie magisch angezogen trat er hinaus auf den Balkon.

Er entdeckte sie sofort. An der Ecke stand eine Frau in einem wallenden geblümten Kleid, mit einem roten Turban auf dem Kopf und einer Haut wie schimmerndes Ebenholz. Sie sang hingebungsvoll und ohne jede Begleitung Gospels, eine Pappschachtel zu ihren Füßen.

Er war bis ins Innerste berührt von ihrem Gesang. Etwas so Schönes hatte er noch nie zuvor gehört.

Die Stimme schwebte durch das ganze Viertel. Die Frau

machte weder eine Pause, als sie eine kleine Zuhörerschar angelockt hatte, noch achtete sie auf die Münzen, die in ihre Schachtel regneten.

Luke überlief eine Gänsehaut, und seine Kehle war wie zugeschnürt.

Hastig rannte er ins Zimmer und kramte aus dem Beutel, den er unter dem Kopfkissen versteckt hatte, einen zerknüllten Dollarschein heraus. Dann lief er hinaus in den Flur und stürmte die Treppe hinunter.

In der Halle entdeckte er Roxanne, die Puderzucker aufwischte, während LeClerc sie beaufsichtigte und ihr eine Strafpredigt hielt.

»Gegessen wird in der Küche, nicht im ganzen Haus. Sieh zu, daß du auch alle Krümel auffegst, hörst du?«

»Mache ich ja.« Sie hob den Kopf, um Luke die Zunge rauszustrecken.

Sein Herz war so erfüllt von dieser Musik, und gleichzeitig war er so verwirrt darüber, daß Roxanne ihn nicht verpetzte, daß er die letzte Stufe verfehlte. Mit einem erstickten Aufschrei streckte er den Arm aus, um sich abzufangen.

Luke kam es vor, als geschehe das folgende in Zeitlupe. Er sah die blutroten Rosen in der Kristallvase, die im Sonnenlicht funkelte, sah entsetzt, wie seine Hand dagegen schlug, spürte das kühle Glas an seinen Fingern und stieß ein verzweifeltes Stöhnen aus, als sie umkippte.

Mit einem Krachen wie ein scharfer Pistolenschuß zerschmetterte die Vase auf dem Holzboden. Regungslos starrte Luke auf die glitzernden Scherben zu seinen Füßen.

Luke brauchte kein Französisch zu verstehen, um zu wissen, daß die Worte, die LeClerc ausstieß, ziemlich wilde Flüche waren. Er rannte nicht davon, er rührte sich nicht einmal von der Stelle, sondern wartete völlig versteinert darauf, geschlagen zu werden.

»Was fällt dir ein, wie ein Wilder durch das Haus zu toben! Sieh dir an, was du gemacht hast – die Waterford zerbrochen, die Rosen zerknickt, und der ganze Boden steht unter Wasser. Imbécile!«

»Jean«, ertönte Max' ruhige Stimme.

»Die Waterford, Max!« LeClerc kauerte sich hin. »Der Junge ist gerannt, als seien alle Höllenhunde hinter ihm her. Ich sage dir, er braucht dringend ...«

»Jean«, wiederholte Max. »Genug. Schau dir sein Gesicht an.« LeClerc sah, daß der Junge weiß wie ein Gespenst war. Seine dunklen Augen wirkten starr und leblos. Seufzend richtete er sich auf. »Ich hole eine andere Vase«, brummte er und ging davon.

»Daddy.« Roxanne griff erschrocken nach der Hand ihres Vaters. »Warum sieht er so komisch aus?«

»Schon gut, Roxy. Lauf zu.«

»Aber Daddy ...«

»Lauf schon«, wiederholte er und gab ihr einen kleinen Schubs.

Roxanne ging zurück ins Wohnzimmer, doch gleich hinter der Tür blieb sie stehen. Diesmal war ihr Vater viel zu abgelenkt, um es zu bemerken.

»Du enttäuschst mich, Luke«, sagte Max ruhig.

Luke zuckte zusammen. Die Traurigkeit in Max' Stimme traf ihn viel mehr als Beschimpfungen oder Schläge.

»Es tut mir leid«, flüsterte er erstickt. »Ich kann dafür bezahlen. Ich habe Geld.«

Schick mich nicht weg, bat er mit stummen Blicken. Bitte, schick mich nicht weg.

»Was tut dir leid?«

»Ich habe nicht aufgepaßt, wo ich hingelaufen bin. Ich bin ungeschickt. Und dumm.« Und alles andere, was man ihm während der zwölf Jahre seines kurzen Lebens ständig vorgehalten hatte. «Es tut mir leid«, wiederholte er und wartete immer verzweifelter auf die Schläge oder – was noch schlimmer, sehr viel schlimmer wäre – auf den Stoß zur Tür hinaus.

»Ich hab mich nur so beeilt, weil ich Angst hatte, sie würde weggehen.«

»Wer?«

»Die Frau. Die an der Ecke singt. Ich wollte ...« Luke merkte, wie absurd das alles klang und schaute hilflos auf den zerknüllten Geldschein in seiner Hand.

»Ich verstehe.« Und weil er wirklich verstand, war Max tief gerührt. »Sie singt oft dort. Du wirst sie bald wieder hören.«
Unsicher und bestürzt schaute Luke auf. Der kleine Funken Hoffnung machte seine Angst noch größer. »Ich darf – ich darf bleiben?«
Mit einem tiefen Atemzug bückte sich Max und hob eine Kristallscherbe auf. »Was siehst du hier?«
»Sie ist zerbrochen. Ich habe sie zerbrochen. Ich denke nie an irgend jemand anderen außer an mich selbst, und ich ...«
»Hör auf.«
Luke zuckte zusammen und begann zu zittern. Wenn Max ihn schlug, würde er es nicht wie gewohnt einfach abschütteln und vergessen können. Dann wären all seine Hoffnungen zerstört.
»Sie ist zerbrochen«, sagte Max mit bemühter Ruhe. »Und es ist wohl wahr, daß du sie zerbrochen hast. Hast du es mit Absicht getan?«
»Nein, aber ich ...«
»Schau dir das an.« Er hielt Luke die Scherbe hin. »Es ist ein Stück Glas. Eine Vase ist ein Gegenstand, den jeder gegen entsprechende Bezahlung erwerben kann. Glaubst du, du bedeutest mir weniger als diese Scherben hier?« Ärgerlich warf er sie beiseite. »Denkst du so gering von mir, daß du glaubst, ich würde dich schlagen, weil du ein Stück Glas zerbrochen hast?«
»Ich ...« Luke hatte Mühe zu atmen, so stark war der Druck in seiner Brust. Er konnte die Tränen nicht mehr zurückhalten, auch wenn er sich deswegen noch so sehr schämte. »Bitte, schick mich nicht weg.«
»Mein lieber Junge, weißt du nach all diesen Wochen, die du mit mir zusammen bist, immer noch nicht, daß ich anders bin als sie?«
Luke brachte kein Wort heraus und senkte den Kopf.
»Ich habe das gleiche hinter mir wie du.« Max spürte, daß es Zeit war für den nächsten Schritt und zog ihn an sich. Der Junge erstarrte automatisch in seiner tiefsitzenden Angst. Doch sie begann langsam zu verschwinden, als Max ihn behutsam mit sich auf eine Treppenstufe zog. »Niemand wird dich wegschicken. Du bist hier sicher.«

Er wußte, daß er sich schämen sollte, sein Gesicht wie ein Baby an Max' Brust zu drücken und zu heulen. Aber es war ein gutes Gefühl, diese starken Arme um sich zu spüren.
Was für ein merkwürdiger Junge das ist, wunderte Max sich, den ein Lied so rührt, daß er sich deswegen sogar von einem seiner kostbaren Dollars trennen würde. Wie tief mußte er durch die gedankenlosen Grausamkeiten von Erwachsenen verletzt worden sein.
»Kannst du mir erzählen, was sie mir dir gemacht haben?«
Luke wünschte sich im Augenblick nichts sehnlicher, als daß Max ihn verstand. »Ich konnte nichts machen. Ich konnte nichts dagegen tun.«
»Ich weiß.«
Während die Tränen über seine Wangen liefen, flammte der alte Zorn in ihm auf. »Sie haben mich die ganze Zeit geschlagen. Wenn ich etwas gemacht hatte, wenn ich nichts gemacht hatte, wenn sie betrunken waren, wenn sie nüchtern waren.« Er klammerte sich mit aller Kraft an Max' Hemd. »Manchmal haben sie mich eingesperrt, und ich habe an die Schranktür geschlagen und gebettelt, mich rauszulassen. Ich konnte nicht raus. Ich konnte nie raus.«
Er zitterte bei der Erinnerung daran, wie er haltlos weinend in dem dunklen Schrank gekauert hatte, der ihm wie ein Sarg vorgekommen war.
»Wenn mal ein Sozialarbeiter kam und ich nicht das Richtige sagte, ist er mit dem Gürtel auf mich los. Das letzte Mal ... das letzte Mal, ehe ich weglief, habe ich gedacht, er bringt mich um. Und das wollte er auch. Ich weiß, daß er es wollte, ich konnte es ihm ansehen. Aber ich weiß nicht, warum. Ich weiß nicht, warum.«
»Es war nicht deine Schuld. Du brauchst dir keine Vorwürfe zu machen.« Max streichelte dem Jungen über den Kopf und kämpfte gegen seine eigenen Erinnerungen. »Man erzählt Kindern immer, es gebe keine Monster, weil man es entweder selbst glaubt oder weil man will, daß das Kind sich sicher fühlt. Aber es gibt Mojnster, Luke, und am erschreckendsten ist, daß sie wie ganz normale Menschen aus-

sehen.« Er hielt den Jungen ein Stück von sich weg und betrachtete sein gequältes Gesicht. »Aber das alles ist jetzt vorbei.«
»Ich hasse ihn.«
»Das ist dein gutes Recht.«
Luke öffnete den Mund, aber die ungeheure Scham schnürte ihm die Kehle zu. Doch als er in Max' Augen blickte, die ihn so ruhig und verständnisvoll anschauten, begann er zu sprechen. »Er ... einmal hat er abends einen Mann mitgebracht. Es war spät, und sie waren betrunken. Al ist rausgegangen und hat die Tür abgeschlossen. Und der Mann ... er wollte ...«
»Schon gut.« Er versuchte, Luke wieder an sich zu ziehen, aber der Junge war vor Entsetzen erneut wie erstarrt.
»Er hat mich mit seinen feisten Händen betatscht und wollte mich küssen.« Luke wischte sich mit dem Handrücken über den Mund. »Er hat gesagt, daß er Al bezahlt hat, und ich soll ihn nur machen lassen. Und ich sei dumm, weil ich nicht wisse, was er meint.«
Seine Tränen waren versiegt, und er empfand nur noch den Zorn, einen maßlosen, brennenden Zorn. »Ich verstand nichts, bis er sich auf mich wälzte. Ich dachte, er wollte mich ersticken, aber dann ...« Das Grauen in Erinnerung an den schwitzenden, nach Gin stinkenden Mann mit den gierig tastenden Händen ließ ihn verstummen.
»Dann wußte ich's. Ich wußte es.« Er ballte die Hände zu Fäusten, so daß sich die Nägel tief in seine Handflächen gruben. »Ich hab ihn geschlagen und geschlagen, aber er hat nicht aufgehört, ich habe gebissen und geschrien, meine Hände waren voller Blut, und er hielt sich das Gesicht und schrie ebenfalls. Dann ist Al reingekommen und hat mich verprügelt. Und ich kann mich nicht erinnern ... ich weiß nicht, ob ...« Das war das Schlimmste, daß er es nicht wußte. »In dieser Nacht wollte er mich umbringen. Da bin ich weggelaufen.«
Max schwieg lange Zeit, so lange, daß Luke befürchtete, er habe viel zuviel erzählt. Vielleicht verachtete Max ihn jetzt. Doch schließlich sagte er: »Du hast alles richtig gemacht.«

Seine Stimme klang so verständnisvoll, daß Luke abermals die Tränen in die Augen schossen. »Und das kann ich dir versprechen. Niemand wird dich je wieder anfassen, solange du bei mir bist. Und ich werde dir zeigen, wie man aus dem Schrank rauskommt.« Max blickte ihm fest in die Augen. »Niemand soll dich je wieder einsperren können.«
Luke wollte etwas sagen, aber die Worte blieben ihm in der Kehle stecken. Doch er zwang sich zu reden. Er mußte es wissen, sein ganzes Leben hing davon ab. »Ich kann bleiben?«
»Bis du von selbst gehen willst.«
Seine Dankbarkeit war so ungeheuer, daß er glaubte, er würde platzen. »Ich bezahle die Vase«, stieß er hervor. »Ich verspreche es.«
»Das hast du bereits. Jetzt lauf, und wasch dir das Gesicht. Wir machen hier am besten Ordnung, ehe LeClerc noch einen Wutanfall kriegt.«
Max blieb auf den Stufen sitzen, nachdem Luke die Treppe hinaufgelaufen war. Von ihrem Versteck im Wohnzimmer aus hörte Roxanne ihren Vater seufzen. Sie weinte.

SECHSTES KAPITEL

In den nächsten Tagen versuchte Luke, sich möglichst unauffällig zu verhalten. Er war etwas unsicher, was LeClerc anging, er wußte nur, daß er im Haushalt das Sagen hatte. Luke vermied es, im über den Weg zu laufen und machte niemals wieder den Fehler, irgendwo Krümel zu hinterlassen.

Er ging mit Lily einkaufen, trug ihre Tüten durch die Straßen, saß geduldig in Boutiquen, während sie unermüdlich Kleider anprobierte, stand neben ihr, wenn sie in Schaufenstern Schmuckstücke bewunderte.

Aus Liebe zu ihr ließ er sich ohne ein Wort von ihr neu einkleiden, auch wenn er mit ihrer Wahl der Kleidungsstücke nicht immer einverstanden war. In seiner freien Zeit durchstreifte er das Viertel, lauschte den Straßenmusikern und schaute den Artisten am Jackson Square zu.

Aber die schönste Zeit für Luke kam, wenn sie probten.

Das Magic Door war ein kleiner verräucherter Club, in dem es ewig nach Whiskey roch. An heißen Nachmittagen waren die Jalousien heruntergelassen, zum Schutz vor der Sonne und neugierigen Touristen. Die Klimaanlage lief auf Hochtouren, ohne jedoch viel zu bezwecken, denn durch die starken Scheinwerfer auf der Bühne herrschte eine Hitze wie in einem Ofen.

Die Wände des Clubs waren mit rotgold gemustertem Samt tapeziert, und die Wand hinter der Bar war mit Spiegeln verkleidet, um den Raum optisch zu vergrößern.

Luke liebte diesen Ort.

Jeden Nachmittag saß Lester Friedmont, der Geschäftsführer, vorne am ersten Tisch, nippte an einem Bier und paffte an dem kurzen Stummel einer Zigarre. Lester war ein rundlicher Mann mit einem gewaltigen Bauch. Er trug stets ein weißes kurzärmliges Hemd mit einer Krawatte und dazu passende Hosenträger. Seine schwarzen Schuhe waren im-

mer auf Hochglanz poliert, das schüttere Haar mit Frisiercreme nach hinten gekämmt, und auf der Spitze seiner kantigen Nase thronte eine dicke schwarze Brille.
Eine fette bunte Katze namens Fifi strich ihm um die Beine, falls sie nicht gerade von einem Teller naschte, der unter der Bar für sie bereitstand.
Friedmont besaß die Fähigkeit, zur gleichen Zeit die Proben zu beobachten und seine Kommentare abzugeben, die Putzfrauen anzutreiben und am Telefon zu reden, das er stets in Reichweite hatte.
Es dauerte etliche Nachmittage, bis Luke begriff, daß Friedmont ein Buchmacher war.
Gleichgültig, wie oft sie einen Trick wiederholten, Lester war stets begeistert. »Herrgott, Max, du mußt mir verraten, wie du das gemacht hast, ja?«
»Tut mir leid, Lester. Berufsgeheimnis.«
Also blieb Lester nichts anderes übrig, als erneut Wetten anzunehmen und sich den Bauch zu kratzen.
Max hatte vor, den Auftritt mit Kartenspieltricks und einigen Zaubereien mit farbigen Tüchern zu beginnen, ähnlich wie auf dem Jahrmarkt. Dann wollte er einen Trick mit einer tanzenden Kristallkugel bringen, ehe der Schwebeakt mit Roxanne an die Reihe kam, und zuletzt sollte die Nummer mit Lily als zersägter Jungfrau folgen.
Max nutzte die Probe, um Luke in verschiedener Hinsicht zu prüfen. Er bezweifelte nicht, daß der Junge einen aufgeweckten Verstand und geschickte Hände besaß. Jetzt testete er, ob er auch Herz hatte. »Schau zu«, sagte er, »und lerne.«
Max zog Seidentücher in vielen lebhaften Farben aus seinen Taschen. Luke beobachtete ihn grinsend. Er verstand noch nicht, daß die Länge der Vorführung das Entscheidende war. Je länger sie dauerte, desto länger würde das Publikum lachen … und in die Irre geführt werden.
»Streck deine Arme aus«, befahl Max und drapierte die Tücher scheinbar aufs Geratewohl darüber. »Es kommt noch Musik dazu. Lily?«
Sie stellte den Kassettenrecorder an, und ein Straußwalzer erklang.

»Es ist ein schöner langsamer Walzer«, sagte Max. »Was sich an den Gesten widerspiegeln muß.« Seine Hände schwebten über den Tüchern, während er Luke umkreiste. »Wenn ich an deiner Stelle eine hübsche Frau aus dem Publikum auf die Bühne hole, verstärkt das natürlich noch die Wirkung. Und die Reaktion färbt wiederum auf das Publikum ab.« Mit einer raschen Bewegung faßte Max das Ende eines Tuchs, riß es hoch und wirbelte eine endlose Girlande ordentlich zusammengebundener Tücher durch die Luft.

Luke riß verblüfft die Augen auf, ehe er zu lachen begann.

Max ballte die Tücher zu einem farbigen Ball zusammen. »Du siehst, selbst bei einem solch kleinen Trick ist die richtige Präsentation genau so wichtig wie die Geschicklichkeit. Einen Trick gut zu beherrschen, ist niemals genug. Es kommt darauf an, ihn gekonnt vorzuführen.« Er warf einen bunten Ball in die Luft ... und die Tücher waren wieder getrennt. Nacheinander schwebten sie zu Boden.

Roxanne klatschte lachend in die Hände. »Das war schön, Daddy.«

»Mein bestes Publikum.« Er bückte sich, um die Seidentücher aufzuheben. »Willst du auch mal?«

Roxanne biß sich auf die Lippen. »Mit so vielen kann ich's noch nicht.«

»Dann zeig, was du kannst.«

Nervös und stolz zugleich suchte sie sechs Tücher aus. Sie wandte sich an das imaginäre Publikum, schwenkte jedes einzeln in der Luft und drapierte sie dann über Lukes Arm. Ganz konzentriert vollführte sie zum Klang der Musik eine Reihe langsamer Pirouetten um Luke, lächelte ihm zu und strich mit den Händen über die Tücher wie eine Frau, die eine Katze streichelte. Dann packte sie das Ende eines Tuchs und wirbelte die ganze bunte Girlande hoch über ihren Kopf. Mit einem triumphierenden Lachen schlang sie die Tücher um ihre Schultern.

»Gut gemacht«, nickte Max anerkennend. »Sehr gut.«

»Sie ist klasse, Max«, rief Lester. »Laß sie diese Nummer mal vor Publikum ausprobieren.«

»Was meinst du, Roxanne?« Max strich ihr übers Haar. »Bereit für einen Soloauftritt?«
»Darf ich?« Begeistert strahlte sie ihn an. »Daddy, bitte, darf ich?«
»Wir werden bei der ersten Vorstellung mal einen Versuch wagen, dann sehen wir weiter.«
Mit einem Freudenschrei rannte sie zu Lily. »Darf ich Ohrringe tragen? Echte? Ja, darf ich?«
Max lächelte. »Du darfst dir sogar neue kaufen.«
»Die blauen aus dem Schaufenster im Laden am Ende der Straße, ja?«
»Dann macht ihr beiden jetzt zwanzig Minuten Pause«, schlug Max vor. »So viel Zeit braucht eine Frau mindestens, um den richtigen Schmuck zu ihrem Kostüm auszuwählen.« Es war ihm recht, ein wenig mit Luke allein zu sein.
»Also.« Nachdem Roxanne und Lily verschwunden waren, griff Max nach einem Kartenspiel. »Du fragst dich, warum ein kleines Mädchen etwas kann, das du nicht kannst.«
Luke errötete, aber er schaute ihm fest in die Augen. »Ich kann alles lernen, was sie kann.«
»Möglich.« Max fächerte die Karten auf. »Ich könnte dir sagen, daß es ein Fehler ist, sich Roxanne oder irgend jemand anderen als Maßstab zu nehmen. Aber du würdest nicht auf mich hören.«
»Du könntest mir alles beibringen.«
»Das könnte ich«, stimmte er zu.
»Ich weiß schon einiges. Ich habe dauernd geübt.«
»Ach ja?« Max reichte ihm die Karten. »Zeig's mir.«
Nervös mischte Luke. »Du findest es bestimmt noch nicht sehr gut, weil du ja weißt, wie es funktioniert.«
»Da irrst du dich. Das beste Publikum eines Zauberers sind andere Zauberer. Weil sie nämlich den Sinn der Vorführung begreifen. Verstehst du ihn auch?«
»Na, um halt was vorzuführen«, erwiderte Luke.
»Mehr nicht? Komm, setzen wir uns.« Er nahm eine Karte aus dem Spiel, das Luke ihm hinhielt. »Einen Trick vorzuführen, kann jeder lernen. Man braucht nur zu wissen, wie er funktioniert und etwas Geschicklichkeit, die sich durch

Übung verfeinern läßt. Aber Zauberei ...« Er betrachtete die Karte und schob sie wieder ins Spiel. »Zauberei vereint für eine kurze Zeitspanne das Wirkliche mit dem Unwirklichen, so daß sich selbst der größte Skeptiker verwundert die Augen reibt. Sie gibt den Menschen das, was sie sich insgeheim wünschen.«

»Und was ist das?« Luke mischte die Karten, hob ab und überreichte Max seine Karte. Er errötete vor Stolz, als Max beifällig nickte.

»Ausgezeichnet. Mach noch einen.« Er lehnte sich zurück, während Luke die Karten vorbereitete. »Was sie sich wünschen? Übertölpelt zu werden, genarrt zu werden ... und staunen zu können. Sie wollen sehen, wie das Unbegreifliche direkt vor ihrer Nase passiert.« Max öffnete die Hand und zeigte Luke einen kleinen roten Ball, warf ihn auf den Tisch und zog die andere Hand unter dem Tisch hervor. Als er sie öffnete, lag der rote Ball darin.

»Ich weiß genau, wie du das gemacht hast«, grinste Luke. »Aber ich habe es nicht gesehen.«

»Weil ich dich angeschaut habe und du mich automatisch ebenfalls angeschaut hast. Deshalb sieh ihnen stets in die Augen. Unschuldig, selbstgefällig, wie immer es dir gerade paßt. Aber schau ihnen in die Augen. Dadurch wird eine Illusion ehrlich.«

»Ein Trick ist doch ein Betrug, nicht wahr?«

»Nur wenn du es nicht schaffst, daß das Publikum diesen Betrug genießt.« Er nickte zufrieden, als Luke die vier Asse vorzeigte, die zuoberst auf dem gemischten Kartenspiel lagen. »Deine Technik ist gut, aber das allein genügt nicht. Wo bleibt die entsprechende Präsentation, die dem Publikum klarmacht, daß es nicht einfach nur ein gut einstudierter Trick ist, sondern Magie?« Er schob Luke die Karten wieder zu. »Ich sage es noch mal: Setz mich in Erstaunen.«

Max sah, wie Luke sich konzentrierte. »Ich will noch mal den ersten machen.»

»Na gut, laß hören.«

Luke errötete, aber er räusperte sich, atmete tief durch und begann. Er hatte diese kleine Darbietung seit Wochen geübt.

»Ich möchte Ihnen ein paar Kartentricks zeigen. Natürlich werden Ihnen die wenigsten Zauberer vorher sagen, was sie tun wollen. Aber ich bin noch ein Kind. Ich kann es nicht besser.« Er fächerte die gemischten Karten auf und hielt sie seinem imaginären Publikum hin, damit alle erkennen konnten, daß es ganz gewöhnliche Karten waren. »Ich bitte nun diesen Herrn hier, sich eine auszusuchen, irgendeine.« Luke breitete die Karten auf dem Tisch aus und wartete, bis Max eine herausgriff. »Diese?« fragte er mit sichtlichem Unbehagen. »Wollen Sie wirklich diese Karte?«

Max spielte mit und nickte. »Jawohl, das will ich.«

»Nicht lieber diese hier?« Luke tippte auf die Karte am Ende des Fächers. »Nein?« Er schluckte hörbar, als Max den Kopf schüttelte. »Okay. Denken Sie daran, ich bin bloß ein Kind. Wenn Sie nun bitte die Karte dem Publikum zeigen würden? Passen Sie auf, daß ich sie nicht sehe«, fügte er hinzu, während er sich gleichzeitig den Hals verrenkte, um einen Blick darauf zu erhaschen. »Gut.« Seine Stimme klang unsicher. »Ich glaube, Sie können sie jetzt wieder zurücklegen, irgendwohin, egal wo. Dann müssen Sie mischen – oder soll ich es machen?« fragte er hoffnungsvoll.

»Nein, ich mache es selbst.«

»Gut.« Luke stieß einen tiefen Seufzer aus. »Wenn sie gemischt sind, hebe ich ab und werde durch Zauberei genau die Karte vorzeigen, die dieser freundliche Herr sich ausgesucht hat.« Er griff in seine Tasche, zog ein unsichtbares Taschentuch heraus und wischte sich über die Stirn. »Ich glaube, das genügt. Wirklich, schon gut, es ist genug gemischt.« Luke nahm die Karten. Nachdem er sie auf den Tisch gelegt hatte, strich er mit den Händen darüber und murmelte: »Das müßte sie sein. Bitte sehr!« Er hielt triumphierend eine Karte in die Höhe. Als Max den Kopf schüttelte, fragte er niedergeschlagen: »Ist sie es wirklich nicht? Ich hab doch bestimmt alles richtig gemacht. Warten Sie mal.« Er steckte die Karte zurück, murmelte wieder etwas vor sich hin und wählte erneut eine falsche.

»Mit diesem Kartenspiel muß etwas nicht stimmen. Ich glaube, Ihre Karte ist überhaupt nicht dabei. Sie haben mich

betrogen.« Er stand erzürnt auf und stolzierte zur Rampe. »Und jemand hier im Saal steckt mit Ihnen unter einer Decke. Sie da.« Er deutete auf Lester, der damit beschäftigt war, Wetten anzunehmen. »Los, raus damit.«
»Womit denn, Junge?«
»Mit der Karte. Ich weiß, daß Sie sie haben.«
»Nein, nein.« Lester klemmte sich den Telefonhörer unters Kinn und hielt beide Hände hoch. »Ich hab keine Karte, Junge.«
»Ach nein?« Luke griff an Lesters dickem Bauch vorbei in den Hosenbund und zog eine Karo-Neun heraus. »Sie sind wohl gerade zu einem Pokerspiel unterwegs?«
Während Lester vor Lachen brüllte, hielt Luke die Karte hoch, damit das Publikum sie erkennen konnte. »Danke. Vielen Dank. Sie waren ein guter Mitspieler«, sagte er zu Lester. »Stehen Sie auf, und verbeugen Sie sich.«
»Klar, Junge, klar.« Amüsiert stand Lester auf. »Der Junge hat was drauf, aus dem wird was, Max. Das ist sicher.«
Luke strahlte über das Kompliment. Aber es war nichts, gar nichts verglichen damit, daß Max lachte.
»Na bitte.« Max legte ihm eine Hand auf die Schulter. »Das war eine gekonnte Vorstellung. Mal sehen, ob wir es in die Nummer einbauen können.«
Luke starrte ihn mit offenem Mund an. »Im Ernst?«
Max zauste ihm das Haar und freute sich, daß Luke nicht zurückschreckte. »Im Ernst.«

Es war nur eine kurze Fahrt von New Orleans nach Lafayette. Mouse saß am Steuer der dunklen Limousine, während Max entspannt die Augen schloß und sich mental vorbereitete. Zwischen einem Diebstahl und einem Auftritt auf der Bühne bestand kein besonders großer Unterschied, jedenfalls für ihn nicht. Als er vor vielen, vielen Jahren damit begonnen hatte, konnte er diese beiden Talente gut miteinander verbinden. Damals war es eine Sache des Überlebens gewesen.
Jetzt, da er älter und reifer war, achtete er darauf, strikt zwischen den beiden Tätigkeiten zu trennen. Auch das war eine

Sache des Überlebens. Da sein Name immer bekannter wurde, wäre es in höchstem Maße leichtsinnig, sein Publikum zu bestehlen.
Und Max war kein leichtsinniger Mensch.
Er war in materieller Hinsicht zwar mittlerweile nicht mehr auf Diebestouren angewiesen, doch es war schwierig, diese alte Gewohnheit, die er so perfekt beherrschte, abzulegen.
Und vor allem machte ihm das Stehlen einfach Freude.
Früher war es für ihn, der als Kind ohne Liebe aufgewachsen, mißbraucht und ausgesetzt worden war, eine Möglichkeit gewesen, sich zu beweisen, daß er dennoch eine gewisse Macht besaß.
Heute war es eine Sache des Stolzes.
Er war ganz einfach einer der Besten in diesem Metier. Und er suchte sich seine Opfer wohlüberlegt aus. Es waren stets Menschen, denen ein Verlust nicht weh tat.
Es geschah selten, daß er in der Nähe seines Wohnorts tätig wurde. Aber eine Ausnahme durfte er schon mal machen.
Wenn er die Augen schloß, konnte er das prachtvolle Halsband aus Aquamarinen und Diamanten vor sich sehen – ein wahres Meisterstück. Persönlich bevorzugte er feurige Edelsteine – Rubine oder Saphire, doch darauf konnte er nicht immer Rücksicht nehmen. Falls seine Informationen korrekt waren, würden diese Aquamarine ihm eine beachtliche Summe einbringen.
LeClerc hatte bereits einen Käufer dafür.
Selbst nach Abzug des Zehnten und der Unkosten rechnete Max damit, daß noch ein hübscher Batzen für Roxannes College-Sparbuch übrigbleiben würde – und für das Sparbuch, das er kürzlich für Luke angelegt hatte.
Er lächelte vor sich hin, da ihm die Ironie an der Sache nicht entging – ein Dieb, der sich Gedanken um Sparbücher machte.
In den vielen mageren Jahren, die hinter ihm lagen, hatte er gelernt, wie wichtig Erspartes war. Seine Kinder sollten niemals hungern müssen und frei wählen können, welchen Weg sie einschlagen wollten.
»Da sind wir, Max.«

Max öffnete die Augen und stellte fest, daß Mouse am Bürgersteig angehalten hatte. Es war eine ruhige Wohngegend mit großen eleganten Häusern, die geschützt hinter Bäumen und blühenden Sträuchern lagen.
»Zeitvergleich.«
Mouse blickte auf die Uhr. »Zehn nach zwei.«
»Gut.«
»Die Alarmanlage ist wirklich ein Kinderspiel. Man muß bloß die beiden roten Drähte durchschneiden. Aber wenn du willst, komme ich mit und mache es für dich.«
»Danke, Mouse.« Max streifte sich dünne schwarze Handschuhe über. »Ich glaube, das kann ich selbst. Wenn der Safe dort ist, wo LeClerc gesagt hat, bin ich in sieben oder acht Minuten fertigt. Erwarte mich also hier um Punkt halb drei. Wenn ich länger als fünf Minuten über die Zeit bin, fährst du los.« Als Mouse nur brummte, tippte ihm Max auf die Schulter. »Ich muß mich darauf verlassen können.«
»Du kommst zurück«, sagte Mouse und kauerte sich auf seinem Sitz zusammen.
»Und wir werden um mehrere tausend Dollar reicher sein.« Max stieg aus dem Wagen und verschwand in der Dunkelheit. Einen halben Block weiter sprang er über eine niedrige Steinmauer. In dem dreistöckigen Wohnhaus brannte nirgends Licht, aber er machte sicherheitshalber eine Runde um das Gebäude, ehe er die Alarmbox suchte. Dann schnitt er die roten Drähte durch. Mouse irrte sich nie.
Aus dem weichen Lederbeutel, der an seinem Gürtel befestigt war, nahm er einen Glasschneider und einen Saugnapf. Wolken trieben vor dem Mond und veränderten ständig die Lichtverhältnisse, aber er hätte seine Aufgabe sogar blind erledigen können.
Es gab ein leises Klicken, als er nach innen griff und den Haken löste. Dann herrschte Stille. Wie immer lauschte er einige Zeit, bevor er eintrat.
Es war jedesmal wieder ein ganz unbeschreibliches Hochgefühl, ein dunkles, stilles fremdes Haus zu betreten, ein Gefühl der Macht und Überlegenheit.

Lautlos wie ein Schatten huschte er durch die Küche ins Eßzimmer und weiter in den Flur.
Sein Herz schlug rasch. Ein angenehmes Prickeln überlief ihn, fast so wie die Vorfreude auf guten Sex.
Er fand nach LeClercs Beschreibung mühelos die Bibliothek und den Safe, der hinter einer falschen Tür versteckt lag.
Max klemmte sich eine Ministablampe zwischen die Zähne, drückte ein Stethoskop neben das Schloß und begann.
Er genoß diese Arbeit. In der Bibliothek roch es ein wenig nach verblühten Rosen und Pfeifentabak, und draußen wehte ein leichter Wind, so daß die Äste eines Kastanienbaums hin und wieder über das Fenster strichen. Wenn er Zeit dazu hätte, würde er sicher irgendwo eine Karaffe mit Brandy finden und sich einen Schluck gönnen.
Er hatte den Safe beinahe geöffnet, da hörte er das Wimmern.
Langsam drehte er sich um, jederzeit zur Flucht bereit. Doch dann entdeckte er im Licht seiner Taschenlampe einen Welpen, nicht älter als ein paar Wochen. Mit einem neuerlichen Wimmern kauerte er sich vor ihn und pinkelte auf den Perserteppich.
»Ein wenig spät, um mich zu bitten, dich rauszulassen«, flüsterte Max. »Und leider habe ich keine Zeit, es saubermachen. Du wirst es wohl morgen früh ausbaden müssen.«
Max arbeitete weiter und öffnete mit einem zufriedenen Seufzer den Safe. Der Welpe trottete näher und schnüffelte an seinen Schuhen.
»Glücklicherweise bin ich heute hier und nicht erst in einem Jahr, wenn du groß genug sein wirst, mich zu beißen. Obwohl ich bereits eine Narbe an meinem Hinterteil habe, die von einem Pudel stammt, der nicht viel größer war als du.«
Er überging die Wertpapiere und öffnete ein Samtkästchen, in dem die Aquamarine schimmerten. Mit einer Juwelierlupe prüfte er die Steine und nickte anerkennend.
»Wunderschön, nicht wahr?« Er steckte sie in seinen Beutel. Als er sich bückte, um den Welpen zum Abschied zu strei-

cheln, hörte er leise Schritte auf der Treppe. »Flöhchen?« flüsterte eine hohe, aufgeregte Frauenstimme. »Flöhchen, bist du da unten?«
»Flöhchen?« frage Max und streichelte den Hund mitleidig.
»Also manche sind mit ihren Namen richtig gestraft.«
Er schloß den Safe und verschwand rasch in einer dunklen Ecke.
Eine Frau mittleren Alters, die ein Haarnetz trug und ihr Gesicht dick mit Nachtcreme eingerieben hatte, kam auf Zehenspitzen in den Raum. Der Welpe jaulte und wollte schwanzwedelnd zu Max laufen.
»Da ist ja Mamas Baby!« Kaum einen Schritt von ihm entfernt, hob sie den Hund hoch. »Wo wolltest du denn hin? Du böser Hund!« Sie gab ihm einen schmatzenden Kuß, während der Welpe sich zappelnd zu befreien suchte. »Hast du Hunger? Hast du Hunger, Schatzimaus? Dann kriegst du ein schönes Schälchen Milch, ja?«
Max schloß die Augen und bedauerte den Hund von ganzem Herzen. Er wehrte sich winselnd, aber die Frau hielt ihn fest an sich gedrückt und ging in Richtung Küche davon.
Da ihm dieser Weg nach draußen nun versperrt war, öffnete Max leise ein Fenster. Mit etwas Glück würde sie sich, so intensiv mit dem Welpen beschäftigen, daß sie das ordentliche kleine Loch in der gläsernen Küchentür gar nicht bemerkte.
Andernfalls, überlegte Max, habe ich immer noch einen guten Vorsprung.
Er schloß das Fenster und bemühte sich, nicht auf die Stiefmütterchen zu trampeln.
Luke konnte nicht schlafen. Der Gedanke an seinen ersten Auftritt am nächsten Abend erfüllte ihn mit einem unbeschreiblichen Hochgefühl. Gleichzeitig gingen ihm alle möglichen Schreckensvisionen durch den Kopf.
Wenn er sich nun ungeschickt anstellte? Oder wenn er den Trick völlig vergaß? Was war, wenn das Publikum ihn auslachte?

Dabei wußte er, daß er gut sein konnte, wirklich gut. Aber viele Jahre lang hatte er immer wieder zu hören bekommen, er sei dumm, wertlos, tauge nichts. Diese Unsicherheit ließ sich nicht so leicht abschütteln.

Gegen Schlaflosigkeit kannte Luke nur ein Mittel, und das war Essen. Nach wie vor hielt er es für das Sicherste, sich rasch etwas zu gönnen, wenn niemand in der Nähe war, der es ihm verbieten konnte.

Er streifte seine Shorts über und huschte leise die Treppe hinunter. In der Küche fand sich bestimmt noch etwas von dem Schweinebraten, und LeClercs Nußkuchen war ebenfalls nicht zu verachten.

Beim Klang von LeClercs Stimme blieb er stehen und fluchte unterdrückt. Er wußte immer noch nicht genau, wie er den alten Mann einschätzen sollte. Aber als er Max lachen hörte, schlich er näher.

»Auf deine Informationen ist stets Verlaß, Jean. Die Pläne, der Safe, die Edelsteine ... Über den kleinen Hund will ich mich daher nicht allzusehr beklagen.«

»Letzte Woche hatten sie noch keinen Hund. Nicht mal vor fünf Tagen.«

»Jetzt haben sie einen.« Max lachte und trank einen Schluck Brandy. »Und er ist noch nicht mal stubenrein.«

»Dank der Heiligen Jungfrau, daß er nicht gebellt hat.« LeClerc goß einen Schuß Bourbon in seinen Kaffee. »Solche Überraschungen mag ich gar nicht.«

»Da sind wir unterschiedlicher Ansicht. Ich liebe es«, sagte Max mit leuchtenden Augen. »Andernfalls wäre doch alles nur Routine, findest du nicht?« Er hielt die funkelnde Halskette hoch und ließ die Steine durch seine Finger gleiten. »Ob die Tatsache, daß dieses gute Stück hier die Bezahlung für eine Spielschuld war, sie davon abhalten wird, den Verlust zu melden?«

»Egal, man wird jedenfalls nie herausfinden, wer sie stibitzt hat.« LeClerc wollte ihm mit seiner Tasse zuprosten und erstarrte. Langsam stellte er sie zurück auf den Tisch. »Ich fürchte, heute Nacht haben die Wände hier mindestens zwei Ohren.«

Max blickte auf und seufzte. »Luke.« Er winkte. »Komm her.« Als Luke in die Küche kam, musterte er das Gesicht des Jungen. »Du bist noch so spät auf?«

»Ich konnte nicht schlafen.« Obwohl er eigentlich so tun wollte, als habe er nichts gesehen, starrte Luke unwillkürlich auf die Halskette. Doch weil er Max inzwischen restlos vertraute, schaute er schließlich auf und sagte ganz ruhig: »Du hast sie gestohlen.«

»Ja.«

Vorsichtig streckte Luke eine Hand aus und berührte einen der blaßblauen Edelsteine. »Warum?«

Max lehnte sich zurück und nippte an seinem Brandy. »Warum nicht?«

Ein Grinsen erschien auf Lukes Gesicht. Eine solche Antwort gefiel ihm weit besser als ein Dutzend spitzfindiger Rechtfertigungen. »Dann bist du ein Dieb.«

»Unter anderem. Bist du enttäuscht?«

In Lukes Augen sah Max die Antwort, noch ehe der Junge etwas erwiderte. »Nein, du könntest mich nicht enttäuschen.« Er schüttelte heftig den Kopf. »Niemals.«

»Sei da nicht so sicher.« Max berührte flüchtig seine Hand und griff dann wieder nach der Kette. »Die Vase, die du neulich zerbrochen hast, war ein Gegenstand – und diese Kette ist ebenfalls einer. Gegenstände besitzen nur so viel oder so wenig Wert, wie die Leute ihnen beimessen.« Er schloß seine Hände, schlug die Fäuste zusammen und öffnete sie wieder. Beide Hände waren leer. »Auch das ist nur eine Illusion. Ich habe meine Gründe dafür, mir das zu nehmen, was für andere einen gewissen Wert besitzt. Eines Tages erzähle ich sie dir vielleicht. Bis dahin bitte ich dich, nicht darüber zu sprechen.«

»Ich sage niemandem was.« Eher wollte er tot umfallen. »Ich kann dir helfen. Jawohl«, wiederholte er wütend, als LeClerc abfällig schnaubte. »Ich kann als Taschendieb gutes Geld verdienen.«

»Luke, so etwas wie schlechtes Geld gibt es gar nicht. Aber mir ist es lieber, du leerst keine Taschen mehr, falls es nicht bei einer Vorstellung zur Nummer gehört.«

»Aber warum ...?«
»Ich will es dir sagen.« Er bedeutete Luke, sich zu setzen, und die Juwelen waren plötzlich wieder in seiner Hand. »Wenn du so weitergemacht hättest wie auf dem Rummelplatz, hättest du sehr leicht erwischt werden können. Und das wäre höchst bedauerlich gewesen.«
»Ich bin vorsichtig.«
»Du bist jung«, verbesserte Max. »Ich bezweifle, daß du dich jemals gefragt hast, ob die Leute, die du bestohlen hast, sich den Verlust leisten konnten.« Er schüttelte den Kopf, ehe Luke antworten konnte. »Damals warst du in Not. Jetzt nicht mehr.«
»Aber du stiehlst doch auch.«
»Weil ich mich dazu entschlossen habe. Weil ich es ganz einfach genieße. Und aus vielerlei Gründen, die du ...« Er brach ab und lachte leise. »Ich wollte gerade sagen, die du nicht verstehen würdest. Aber du würdest es verstehen.« Er schwieg einen Moment versonnen. »Ich war ungefähr in deinem Alter, als LeClerc mich aufgelesen hat. Ich schlug mich durch, indem ich ein paar Groschen mit dem Hütchenspiel und Kartentricks verdiente oder Brieftaschen stibitzte. Ich war ebenfalls aus solch einem Alptraum geflüchtet, den eigentlich kein Kind erleben dürfte. Dank der Zauberei konnte ich mich über Wasser halten. Durch Zaubern und Stehlen. Als ich später die Wahl hatte, beschloß ich, meine Kunstfertigkeit auf beiden Gebieten zu nutzen und zu verfeinern. Ich entschuldige mich nicht dafür, ein Dieb zu sein. Jedesmal wenn ich stehle, nehme ich mir nur etwas zurück, das man mir gestohlen hat.«
Er trank einen Schluck und lachte. »Ach, das wäre ein gefundenes Fressen für jeden Psychiater. Nein, ich entschuldige mich nicht, aber ich will dich auch nicht irgendwie beeinflussen. Ich werde dich das Zaubern lehren, Luke. Und wenn du älter bist, triffst du ebenfalls deine Wahl.«
Luke überlegt. »Weiß es Roxanne?«
Zum erstenmal zeigte sich eine Spur von Unsicherheit auf Max' Gesicht. »Ich sehe keinen Grund, warum sie es wissen sollte.«

Das machte die Sache noch besser. Für Luke bedeutete es ungeheuer viel, etwas zu wissen, das Roxanne nicht wußte. »Ich will alles von dir lernen.«
»Das sollst du auch. Und da wir gerade davon reden, wir müssen anfangen, uns um deine Ausbildung zu kümmern.«
Lukes Begeisterung erhielt einen unerwarteten Dämpfer. »Was soll das heißen? Ich will nicht in die Schule.«
»Aber natürlich.« Lässig reichte Max die Halskette an LeClerc weiter. »Der Papierkram dürfte kein Problem sein. Ich denke, er ist am besten der Sohn meines Cousins und kürzlich Waise geworden.«
»Ich brauche eine Woche«, bemerkte LeClerc. »Vielleicht zwei.«
»Ausgezeichnet. Dann ist alles zusammen, wenn der Unterricht nach den Herbstferien wieder anfängt.«
»Ich gehe nicht in die Schule«, wiederholte Luke. »Ich brauche keine Schule. Du kannst mich nicht dazu zwingen.«
»O doch«, erwiderte Max freundlich. »Du wirst in die Schule gehen, du mußt es sogar, und ich kann dich sehr wohl dazu zwingen.« Luke wäre mit Begeisterung jederzeit für ihn gestorben, aber er war ganz und gar nicht breit, sich fünf Tage in der Woche für etliche Stunden zu langweilen. »Ich gehe nicht.«
Max lächelte nur.

SIEBTES KAPITEL

Luke ging zur Schule. Alle seine Ausreden, Bitten und Drohungen stießen auf taube Ohren. Als er entdeckte, daß ihm selbst die gutherzige Lily nicht beistand, gab Luke auf.

Jedenfalls tat er so.

Sie konnten ihn zwingen, morgens aufzustehen, sich anzuziehen und unter LeClercs Adlerblicken mit einem Bündel langweiliger Bücher in Richtung Schule loszutrotten.

Aber sie konnten ihn nicht dazu zwingen, irgendwas zu lernen.

Es begann ihm allerdings bald auf die Nerven zu gehen, daß Roxanne ständig mit ihren Einsen angab. Und es regte ihn auf, wie sie strahlte, wenn Max oder Lily sie lobten. Jeden Abend hockte das kleine Biest hinter der Bühne und machte zwischen den Vorstellungen fleißig Hausaufgaben.

Max hatte ihren Auftritt mit den Tüchern inzwischen fest in die Nummer eingebaut.

Luke wußte, daß auch er Einsen schreiben konnte – wenn er es gewollt hätte.

Eigentlich war es lächerlich – bloß eine Zahl auf einem Stück Papier –, aber um zu beweisen, daß er sich nicht von einem rotznäsigen Mädchen übertrumpfen ließ, lernte er für die Geographiearbeit. So entdeckte er, daß es sogar Spaß machte, etwas über die Bundesstaaten und die Hauptstädte zu erfahren, vor allem als er zusammenzuzählen begann, in wie vielen dieser Staaten er schon gewesen war.

Später konnte er es kaum erwarten, damit anzugeben. Aber er ließ sich absichtlich nichts anmerken. Sollte sein Geographietest mit der leuchtend roten Eins darunter hinter der Bühne aus dem Heft rutschen – dann war das mehr oder weniger Zufall.

Er explodierte fast vor Ungeduld, bis Lily das Blatt entdeckt hatte und aufhob.

»Was ist das?« Ihre Augen wurden ganz groß, und er sah

darin etwas, das er bisher nur selten gesehen hatte. Sie war stolz auf ihn! Er wurde rot bis zu den Zehenspitzen. »Luke! Das ist ja großartig! Warum hast du denn nichts gesagt?«
»Was?« Das alberne Grinsen, das sein Gesicht überzog, paßte nicht recht zu der gespielten Gleichgültigkeit, aber er zuckte nur die Schultern. »Ach, das. Ist doch nichts Besonderes.«
»Von wegen.« Lachend drückte sie ihn an sich. »Es ist fabelhaft. Du hast nicht eine Frage falsch beantwortet, keine einzige!« Aufgeregt rief sie Max, der gerade irgend etwas mit Lester diskutierte. »Max! Schatz, das mußt du dir anschauen.«
»Was denn?«
»Das hier!« Triumphierend schwenkte Lily den Test vor seinem Gesicht. »Sieh mal, was unser Luke gemacht hat, ohne jemandem ein einziges Wort zu sagen.«
»Ich würde es mir ja gern ansehen, wenn du mal stillhältst.« Er warf Luke einen anerkennenden Blick zu. »Sieh an, du hast dich endlich entschieden, deinen Verstand zu gebrauchen. Und wie man sieht, mit hervorragendem Resultat.«
»Es ist doch nicht so wichtig.« Nun war er wirklich verlegen. So viel Wirbel wegen einer dummen Note. »Es ging bloß darum, etwas auswendig zu lernen.«
»Mein lieber Junge.« Max strich Luke über die Wange. »Das ganze Leben besteht nur aus Lernen. Wenn du das einmal begriffen hast, gibt es kaum etwas, das du nicht schaffen kannst. Das hast du gut gemacht. Sehr gut.«
Als Max und Lily zurück auf die Bühne gingen, um die nächste Nummer vorzubereiten, blieb Luke regungslos stehen und genoß diese unglaubliche Freude. Sie wurde allerdings ein wenig getrübt, als er sich umdrehte und feststellte, daß Roxanne ihn aufmerksam musterte.
»Was gibt's hier so zu glotzen?«
»Dich«, sagte sie einfach.
»Laß das.« Er stapfte davon.
Roxanne schaute ihm lange nach. Wie immer, wenn sie verwirrt war.

Die Schule war gar nicht so schlecht. Luke entdeckte, daß er es einigermaßen aushalten konnte, und er schwänzte höchstens einen oder zwei Tage pro Monat. Seine Zensuren waren gut. Er bekam zwar nicht dauernd Einsen wie Roxanne, aber ihm reichte es.

Eines Tages brachte ihn ein blaues Auge und eine blutige Lippe allerdings zu der Erkenntnis, daß er auch sonst noch einiges zu lernen hatte. Während er sich wutschnaubend auf den Heimweg machte, mit blauen Flecken und um drei Dollar und siebenundzwanzig Cent Taschengeld ärmer, plante er seine Rache. Er wäre mit ihnen fertiggeworden, mit allen dreien, diesen dreckigen Fieslingen, wenn der Direktor, dieser blöde Kerl, nicht eingegriffen und der Sache ein Ende gemacht hätte.

In Wirklichkeit hätte Luke wohl mindestens zwei blaue Augen davongetragen, wenn Mr. Rampwick nicht erschienen wäre, aber sein Stolz ließ ihn die Sache anders sehen. Er hoffte nur, daß er sich zu Hause waschen konnte, ehe ihn irgend jemand sah. Vielleicht ließen sich die schlimmsten Spuren mit Schminke überdecken.

»Was hast du denn gemacht?«

Luke verfluchte sich dafür, daß er vor sich hingestarrt hatte statt aufzupassen. Um ein Haar wäre er mit Roxanne zusammengestoßen.

»Geht dich nichts an.«

»Du hast dich geprügelt.« Roxanne schwang ihre rosafarbene Büchertasche über die Schulter und stemmte eine Hand in die Hüfte. »Das wird Daddy gar nicht gefallen.«

»Scheiß drauf.« Doch ganz wohl war ihm nicht. Ob Max ihn bestrafen würde? Er würde ihn bestimmt nicht schlagen, das hatte er versprochen. Aber so sehr Luke sich auch wünschte, es glauben zu können, blieb immer noch ein Rest Zweifel.

»Deine Lippe blutet.« Seufzend kramte Roxanne ein Taschentuch heraus. »Hier. Nein, nicht mit der Hand abwischen, sonst verschmierst du bloß alles.« Geduldig tupfte sie ihm die Wunde ab. »Setz dich mal hin, ich komme sonst nicht richtig ran. Du bist zu groß für mich.«

Brummelnd ließ sich Luke auf der Treppe eines Ladens

nieder. Es war ihm ganz recht, noch ein bißchen Zeit zu haben, ehe er nach Hause kam. »Gib her, ich kann das selbst.«
Roxanne betrachtete interessiert sein Auge, das sich bereits blau verfärbte. »Hast du jemanden geärgert?«
»Ja. Sie waren sauer, weil ich mein Geld nicht rausrücken wollte. Jetzt halt die Klappe.«
»Sie haben dich verprügelt und dir dein Geld abgenommen? Wer?«
Die Demütigung machte ihm weit mehr zu schaffen als seine Verletzungen. »Dieser Dreckskerl Alex Custer. Ich hätte mich schon gegen ihn behauptet, wenn mich nicht zwei seiner schleimigen Kumpane festgehalten hätten.«
»Wo sind sie hin?« Zu Lukes Verblüffung sprang sie auf. »Wir holen Mouse und zahlen es ihnen heim.«
»Wir? Von wegen!« Er grinste, obwohl seine aufgeplatzte Lippe dabei wie Feuer brannte. »Du bist bloß ein Kind – und noch dazu ein Mädchen. Au!« Roxanne hatte ihm kurzerhand einen kräftigen Tritt gegen das Schienbein versetzt. »Was soll das, verdammt?«
»*Ich* kann mich wehren«, fauchte sie. »Wer hat denn hier ein zerschlagenes Gesicht? Du!«
»Und jetzt noch ein gebrochenes Bein«, entgegnete er. Obwohl sie ihn getreten hatte, fand er ihre Hitzköpfigkeit eher komisch. »Ich kann mich auch wehren. Ich brauche keine Hilfe, klar?«
»Schon gut«, murrte Roxanne. Nach kurzem Überlegen meinte sie: »Es ist sowieso besser, sich nicht zu prügeln. Es macht viel mehr Spaß, es jemandem mit Köpfchen heimzuzahlen.«
»Das ist bei einem solchen Idioten wie diesem Alex keine Kunst.«
»Um so besser. Wir werden ihn reinlegen«, erklärte sie und setzte sich wieder.
»Nichts da mit ›wir‹. Schlag dir das aus dem Kopf.« Trotzdem hatte sie ihn neugierig gemacht.
»Du hast nicht genug Erfahrung, um das allein hinzukriegen. Man muß ihn irgendwie bloßstellen, ohne daß er was davon merkt.« Sie strich ihren Rock glatt und begann nach-

zudenken. »Ich kenne seinen kleinen Bruder, Bobby. Er kneift dauernd die Mädchen und klaut anderen das Essen.« Roxanne lächelte boshaft. »Eigentlich hatte ich daran gedacht, das mit ihm zu machen, aber ich denke, es wäre auch was für Alex.«

»Was?«

»Erzähl ich dir später. Jetzt müssen wir heim, sonst wundern sie sich, wo wir bleiben.«

Luke schwieg., da er sich nicht anmerken lassen wollte, wie neugierig er war. Außerdem machte er sich Sorgen, was passieren würde, wenn er zur Küchentür hereinkam. Sie würden ihn wahrscheinlich anbrüllen. Oder Max würde ihn mit diesem tiefen Blick anschauen und dann die schrecklichen Worte sagen.

Du enttäuschst mich, Luke.

Das wäre noch schlimmer, viel, viel schlimmer.

Es gab tatsächlich lautstarkes Gebrüll, als er Roxanne in die Küche folgte, aber es war wahrhaftig nicht das, was Luke erwartet hatte.

»Herzlichen Glückwunsch zum Geburtstag!«

Luke fuhr zurück, als sei er geschlagen worden. Max, Lily, Mouse und LeClerc hatten sich rings um den Küchentisch versammelt, auf dem ein großer, mit brennenden Kerzen verzierter Kuchen stand.

Während er die anderen noch sprachlos anstaunte, rief Lily erschrocken: »Schatz! Was ist passiert?«

Doch als sie besorgt zu ihm laufen wollte, hielt Max sie zurück. Seine Stimme blieb ganz ruhig. »Du hattest eine Prügelei?«

Luke zuckte nur die Schultern, aber Roxanne hielt ihm die Stange. »Drei gegen einen, Daddy, das waren doch Feiglinge, nicht wahr?

»In der Tat.« Behutsam hob er Lukes Kinn etwas an. »Überleg dir das nächste Mal sorgfältiger, wie deine Chancen stehen.«

»Komm, ich hab was für dich.« LeClerc nahm eine Flasche aus einem Regal und goß etwas von ihrem Inhalt auf ein sauberes Tuch. Als er es an Lukes geschwollenes Auge preßte, ließ der schlimmste Schmerz nach. »Drei?« meinte er augenzwinkernd. »Dann ist das wohl ihr Blut auf deinem Hemd, *oui?*«

Es war das erstemal, daß er LeClercs Anerkennung spürte. Luke grinste und gab zu: »Verdammt richtig.«

»Jedenfalls hast du uns eine genauso große Überraschung bereitet wie wir sie dir bereiten wollten«, seufzte Lily. »Ich hoffe aber, unsere ist besser. Herzlichen Glückwunsch zum Geburtstag, Schatz.«

»Blas' besser die Kerzen aus, ehe mir noch das Haus abbrennt«, schlug Max vor, als Luke die Torte nur regungslos anschaute.

»Vergiß nicht, dir dabei was zu wünschen«, erinnerte ihn Roxanne, die sich hinzudrängte, als Mouse ein Foto machen wollte.

Er hatte nur einen Wunsch: dazuzugehören. Und es schien, als sei ihm dieser Wunsch bereits erfüllt worden.

Das berauschende Erlebnis, zum erstenmal zum Geburtstag einen Kuchen zu bekommen und Geschenke auszupacken, die ganz allein für ihn bestimmt waren, vertrieb alle Gedanken an Alex und Rache aus seinem Sinn.

Roxanne dagegen war nicht so leicht abzulenken.

Zwei Tage später lief das Unternehmen an, das entweder mit einer Genugtuung oder einem zerschlagenen Gesicht enden würde.

Er mußte zugeben, daß es ein klug ausgedachter Plan war. Oder sogar, wie Roxanne es ausdrückte, mörderisch gut. Luke befolgte ihren Rat und sorgte dafür, daß Alex und seine beiden Helfershelfer sahen, wie er auf einen Markt schlenderte, der nur einen Block von der Schule entfernt lag. Er kaufte eine Flasche Traubensaft – Alex' Lieblingsgetränk –, öffnete sie und nahm einen tiefen Schluck.

Auf dem Rückweg tat er so, als habe er Alex jetzt erst entdeckt. Dabei bemühte er sich, ein möglichst ängstliches Gesicht zu machen. Wie bei einem Hai, der Blut gewittert hatte, genügte das, um Alex prompt herbeizulocken.

Jetzt ist der kleine Schwachkopf dran, dachte Luke, während

er eine Gasse hinunterrannte und dabei das Fläschchen öffnete, das eines von LeClercs selbstfabrizierten Heilmitteln enthielt.

Rasch goß er das starke Abführmittel in den Saft, im Vertrauen darauf, daß Roxanne sich damit auskannte und er nicht drauf und dran war, jemanden umzubringen. Obwohl er deswegen keine übermäßigen Gewissensbisse empfunden hätte.

Nachdem er das leere Fläschchen wieder in die Tasche gesteckt hatte, drehte er sich gespielt panisch herum. Er hatte absichtlich diese Sackgasse ausgesucht. Sollten sie ihn ruhig noch mal verdreschen. Wenigstens einer von ihnen würde später auf jeden Fall dafür büßen.

»Was ist los, du Scheißer?« Alex merkte, daß sein Gegner in der Falle saß und grinste. »Verlaufen?«

»Ich will keine Schwierigkeiten.« Luke unterdrückte seinen Stolz und tat, als zittere er vor Angst. »Ich habe kein Geld mehr. Ich hab alles hierfür ausgegeben.«

»Kein Geld?« Alex griff nach der Flasche und drängte Luke gegen die Wand. »Sieh nach, ob er lügt, Jerry.« Er nahm einen tiefen Schluck.

Luke wimmerte und ließ es zu, daß der andere Junge seine Taschen durchwühlte. Er wollte sicher sein, daß Alex die Flasche auch leerte.

»Er hat nix«, verkündete Jerry. »Gib mir auch 'nen Schluck ab, Alex.«

»Besorg dir selbst was.« Alex setzte die Flasche an den Mund, trank aus und warf sie ins Gebüsch. »So, jetzt zur Sache.«

Aber diesmal war Luke vorbereitet. Wenn man nicht kämpfen konnte, sollte man besser das Weite suchen. Er senkte den Kopf und rammte ihn Alex in den Bauch. Alex torkelte gegen die anderen beiden, so daß alle drei wie ein Kartenhaus übereinander stürzten. Luke sauste los. Ehe sie sich wieder aufgerappelt hatten, konnte er längst weg sein, denn er war schneller als sie , das wußte er. Aber sie sollten ihn ruhig jagen. Ein bißchen Bewegung sorgte bestimmt dafür, daß die Sache bei Alex in Gang kam.

Er lockte sie in Richtung Jackson Square, die Royal-Street hinunter, schlidderte bei St-Ann um die Ecke und warf einen Blick über die Schulter. Alex war käseweiß, und der Schweiß strömte ihm über das Gesicht. Erst vor Max' Haus blieb Luke stehen. Er überlegte gerade, ob er noch weiterrennen sollte, als er sah, daß Alex sich stöhnend den Bauch hielt.
»He, was ist los?« Jerry zerrte ihn am Arm. »Los, Man, sonst entwischt er uns.«
»Mein Bauch! Mein Bauch!« Alex flitzte davon und kauerte sich hinter einigen Rhododendren.
»Herrgott«, rief Jerry angewidert. »Das ist ja eklig.«
»Kann nicht, kann nicht mehr«, war alles, was Alex herausbrachte, während LeClercs Abführmittel erbarmungslos seine Wirkung tat.
»Oh, das gibt's doch nicht.« Wie aus dem Nichts tauchte plötzlich Roxanne auf. »Da sitzt ein Junge im Gebüsch und macht dorthin! Mommy!« quiekte sie mit aufgeregter Babystimme. »Mommy, komm schnell.«
»Mach schon, Alex! Herrje, jetzt mach doch!« Jerry und sein Kumpan schauten sich bestürzt um. Als sie sahen, daß mehrere Erwachsene herbeieilten, hielten sie es für besser, sich schleunigst aus dem Staub zu machen und ließen den stöhnenden Alex kurz entschlossen im Stich.
Mit hochzufriedener Miene schlenderte Roxanne zurück in den Hof. »War das nicht besser, als ihn zu verdreschen?« sagte sie zu Luke. »Das hätte er rasch vergessen, aber diese Sache nicht.«
»Und du hast mal behauptet, ich sei gemein«, grinste er.
Vom Balkon seines Schlafzimmers aus hatte Max fast das komplette Drama beobachtet und alles gehört, was er hören mußte. Meine Kinder, dachte er stolz. Sie wissen sich zu helfen und kommen allein zurecht. Wie würde sich Moira über ihre Tochter freuen.
Er dachte nicht oft an seine Frau, die wie ein rothaariger Wirbelwind durch sein Leben gefegt war. Er hatte sie geliebt, o ja, er hatte sie aus tiefstem Herzen geliebt, mit einem fast ungläubigen Staunen über dieses wunderschöne und temperamentvolle Geschöpf.

Selbst nach so vielen Jahren fiel es ihm schwer zu glauben, daß dieses sprühende Leben durch solch eine lächerliche Lappalie ausgelöscht worden war.
Ein geplatzter Blinddarm. In ihrer Unbekümmertheit hatte sie nicht auf die Schmerzen geachtet – und dann war es zu spät gewesen. Eine halsbrecherische Fahrt zum Krankenhaus, und die Notoperation hatten sie nicht mehr retten können. Doch sie hatte ihm das kostbarste Andenken an ihre gemeinsame Zeit hinterlassen.
Ja, Moira wäre sicher stolz auf ihre Tochter gewesen.
Er wandte sich um und betrachtete Lily, die ein zusätzliches Paar Socken in seine Reisetasche packte.
Lily. Schon allein bei ihrem Namen mußte er lächeln. Das Schicksal hatte es gut mit ihm gemeint, daß ihm gleich zwei wunderbare Frauen ihre Liebe geschenkt hatten.
»Du brauchst das nicht für mich zu tun.«
»Ich mache es aber gern.« Sie überzeugte sich, ob frische Klingen in seinem Rasierer waren, ehe sie das Rasierzeug einpackte. »Ich werde dich vermissen.«
»Ehe du überhaupt merkst, daß ich weg war, bin ich schon wieder daheim. Houston liegt praktisch um die Ecke.«
»Ich weiß«, seufzte sie und schmiegte sich an ihn. »Mir wäre bloß einfach wohler, wenn ich mit dir kommen könnte.«
»Mouse und LeClerc sind doch Schutz genug, meinst du nicht?« Er küßte sie sanft auf die Schläfen. Lily hatte eine Haut so glatt wie die Blütenblätter der gleichnamigen Blume.
»Wahrscheinlich.« Sie schloß die Augen, als seine Lippen über ihre Kehle strichen. »Und jemand muß ja bei den Kindern bleiben. Glaubst du wirklich, daß die Sache eine Viertelmillion wert ist?«
»Aber mindestens. Diese Ölbarone legen ihr Geld mit Vorliebe in Kunst und Juwelen an.«
Der Gedanke an das viele Geld war schon aufregend, aber nicht annähernd so aufregend wie seine Zärtlichkeiten. Max knabberte sanft an ihrem Ohr. »Ich hab' die Tür abgeschlossen.«
Max lachte leise und drängte sie aufs Bett. »Ich weiß.«

Auf dem kurzen Flug von New Orleans nach Houston saß Mouse am Steuerknüppel der Cessna. Es war reichlich Zeit, um die Pläne noch einmal durchzugehen. Das Haus, dem sie in ein paar Stunden einen Besuch abstatten würden, war eine riesige, weitläufige Ranch mit über fünfhundert Quadratmetern Wohnfläche.

Die Pläne, über denen er brütete, hatten ihn etwas mehr als fünftausend Dollar gekostet, doch diese Investition hielt Max angesichts des voraussichtlichen Profits für durchaus angemessen.

Die Besitzer der Crooked-R-Ranch hatten vor allem amerikanische und orientalische Kunstwerke des neunzehnten und zwanzigsten Jahrhunderts erworben, allerdings nicht aus Sammlerleidenschaft, ja nicht einmal aus Freude an ihrer Schönheit. Sie betrachteten es als reine Investition und ließen daher die einzelnen Stücke von fachkundigen Agenten auswählen.

Max hatte keine Zweifel, daß diese Experten ihre Sache verstanden und sich das Unternehmen deshalb für ihn lohnen würde.

Die Liste, die er sich aus den Unterlagen einer Versicherungsgesellschaft in Atlanta beschafft hatte, führte außer den Kunstgegenständen auch genügend Schmuckstücke auf, um einen kleinen Juwelierladen damit auszustatten.

Da die Versicherungssumme beträchtlich war, konnte er getrost davon ausgehen, daß sein Gewinn es ebenfalls sein würde. Schließlich war das Versicherungsgeschäft stets mit Risiken behaftet, und einer mußte letztendlich draufzahlen.

Max lächelte LeClerc zu, der krampfhaft mit beiden Händen die Armlehnen umpackt hielt. Um den Hals trug er ein silbernes Kruzifix, ein goldenes altägyptisches Henkelkreuz, einen Talisman aus Kristall und eine Adlerfeder. Auf seinem Schoß lagen ein Rosenkranz, eine schwarze Hasenpfote und ein Beutel mit farbigen Halbedelsteinen.

LeClerc sicherte sich in sämtlichen Richtungen ab, wenn er fliegen mußte.

Da er die Augen fest geschlossen hatte und lautlos betete, stand Max auf, um für sie beide einen kleinen Brandy einzugießen.

LeClerc kippte ihn hastig hinunter. »Es ist für den Menschen unnatürlich, in der Luft zu sein. Damit fordert man nur die Götter heraus.«

»Man fordert sie bei jedem Atemzug heraus. Es tut mir leid, daß du meinetwegen diese Tortur auf dich nehmen mußt, aber es könnte sein, daß meine Abwesenheit in New Orleans aufgefallen wäre, wenn wir uns die Zeit genommen hätten zu fahren.«

»Deine Zauberei macht dich allmählich zu berühmt.«

»Ohne sie bin ich nichts. Und der Ruhm hat auch seine Vorteile. Es gilt mittlerweile für die einflußreichen Damen der Gesellschaft als schick, mich zu ihren Dinnerpartys einzuladen.« Er zog eine Münze aus der Luft und begann damit zu spielen. »Natürlich in der Hoffnung, daß ich sie und ihre Partygäste unterhalte.«

»Wie ein Gaukler«, schnaubte LeClerc, aber Max zuckte nur die Schultern.

»Wenn du so willst. Ich bin immer bereit, für eine hervorragende Mahlzeit zu zahlen. Und ich erhalte mehr als die entsprechende Gegenleistung durch die Kontakte, die ich dabei knüpfe. Unsere Freunde in Houston waren entzückt über meine improvisierte Vorstellung letztes Jahr bei dieser Soiree in Washington. Was für ein Glück für uns, daß sie damals gerade zu Besuch bei ihrem Cousin, dem Senator, waren.«

»Noch besser ist, daß sie jetzt in Europa sind.«

»Stimmt. Obwohl es keine große Herausforderung darstellt, etwas aus einem unbewohnten Haus zu stehlen.«

Nach ihrer Landung schlüpfte Mouse in eine Chauffeuruniform. Sie stiegen in eine Limousine um, die in der reichen Wohngegend weniger auffällig war als ein einfacher Wagen. Auf dem Rücksitz überprüfte Max zu den Klängen von Mozartsonaten ein letztes Mal seine Werkzeuge.

»Zwei Stunden«, verkündete er. »Nicht mehr.«

LeClerc streifte bereits seine Handschuhe über – wie ein altes Zirkuspferd, das die Musik hört und nervös auf seinen Auftritt wartet.

Es war Monate her, seit er zuletzt ein Schloß geknackt oder

das Vergnügen gehabt hatte, einen Safe zu öffnen. Den ganzen Sommer über hatte er sozusagen zölibatär gelebt und konnte es kaum mehr erwarten.
Ohne Max konnte er sich solche aufregenden Abenteuer allerdings nicht mehr gönnen. Obwohl sie nie darüber sprachen, wußten beide, daß LeClerc inzwischen zu alt war. Ein junger Mann würde eines Tages mit Mouse und Max ein neues Trio bilden. Und dieser Tag würde bald kommen. Bereits jetzt begleitete er Max nur noch bei leichteren Unternehmungen. Wenn die Ranch nicht leerstehen würde, wäre er jetzt daheim und würde Lily Gesellschaft leisten.
Aber LeClerc war darüber nicht verbittert, sondern vielmehr dankbar für die Chance, noch einmal diese Aufregung miterleben zu dürfen.
In der gewundenen Auffahrt fuhren sie an der Statue eines nackten Knaben mit einem Karpfen in den Händen vorbei. Wenn die Texaner daheim sind, plätschert aus dem Karpfenmaul sicher Wasser in das Vogelbad, dachte Max.
»Eine Lektion für dich, Mouse. Selbst mit noch so viel Geld kann man sich nicht guten Geschmack kaufen.«
Die Männer parkten vor dem Haus und stiegen aus. Max und LeClerc gingen zum Kofferraum, Mouse huschte davon, um sich um die Alarmanlage zu kümmern. Es war stockdunkel, da nicht einmal eine schmale Mondsichel am Himmel stand.
»Reichlich Land«, meine LeClerc erfreut. »Und jede Menge hoher Bäume. Hier müßten die Nachbarn schon Ferngläser haben, um sich gegenseitig in die Fenster zu schauen.«
»Wollen wir hoffen, daß sich heute nacht keiner als Spanner betätigt.« Max nahm eine große, mit Samt ausgelegte Kiste aus dem Kofferraum und eine Rolle Schallisolierung, wie man sie oft in Theatern benutzte.
Schweigend warteten sie, bis Mouse zehn Minuten später zurückkehrte. »Entschuldigung, hat etwas gedauert. War ein ziemlich gutes System.«
»Schon in Ordnung.« Max spürte das vertraute Kribbeln in

den Fingerspitzen, als sie zur Eingangstür gingen. Er nahm ein Bündel Dietriche heraus und machte sich an die Arbeit.
»Warum so umständlich? Mouse kann sie doch aufbrechen. Der Alarm ist schließlich ausgeschaltet.«
»Das wäre zu plump«, murmelte Max mit halb geschlossenen Augen. »Es dauert ... nur noch einen Augenblick.«
Wie üblich war auf sein Wort Verlaß. Wenig später standen sie in einer überwältigenden dreigeschossigen Eingangshalle, in deren schwarzweißem Marmorboden ein Goldfischteich eingelassen war. Neben dem Teich stand eine Statue der Venus.
»Mensch«, staunte Mouse ehrfürchtig.
»In der Tat. Man möchte sich am liebsten erst einmal in Ruhe umschauen und alles bewundern.« Max sah zu einer enormen Garderobe aus Stierhörnern hinüber.
Sie trennten sich. LeClerc ging die breite Treppe hinauf, um aus dem Safe im Schlafzimmer die Juwelen der Dame des Hauses zu holen. Mouse und Max blieben im Erdgeschoß. Geschickt schnitten sie dort Gemälde aus ihren Rahmen, die Max viel zu protzig fand, und verstauten sie zusammengerollt in der Samtkiste. Skulpturen aus Bronze, Marmor und Stein wurden sorgsam in die Schallisolierung eingewickelt.
»Ein Rodin.« Max hielt einen Moment inne. »Ein wirklich bemerkenswertes Stück. Siehst du, wie der Künstler es geschafft hat, die flüssige Bewegung einzufangen, Mouse?«
Mouse sah bloß ein komisches Gebilde aus Stein. »Klar, Max, ist nicht übel.«
Max seufzte nur, während er den Rodin ehrfürchtig zwischen schwere Stoffbahnen packte. »Nein, das nicht«, sagte er, als er die Bronzearbeit bemerkte, die Mouse in der Hand hielt.
»Ist aber wirklich schwer. Ein ganz solides Ding. Muß eine Menge wert sein.«
»Zweifellos, sonst wäre es nicht in dieser Sammlung. Aber es fehlt ihm an Stil, Mouse, und an Schönheit. Und darauf kommt es an. Sonst könnten wir ja auch Banken ausrauben, nicht wahr?«

»Klar.« Er verschwand im nächsten Zimmer und schleppte gleich darauf die Figur eines Cowboys herbei, der rittlings auf einem bockenden Pferd saß. »Wie ist es mit dem hier, Max?«

Max betrachtete die Skulptur. Ein gutes Stück und wahrscheinlich schwer wie ein Laster. Obwohl sie nicht seinem Geschmack entsprach, merkte er, daß Mouse davon angetan war. »Ausgezeichnet. Am besten bringst du sie gleich, so wie sie ist, raus zum Auto. Wir sind fast fertig.«

»Wir sind fertig.« LeClerc kam die Treppe heruntergeschlendert und deutete auf seinen gefüllten Beutel. »Ich weiß nicht, was die Herrschaften nach Europa mitgenommen haben, aber sie haben jedenfalls reichlich Glitzerkram für uns zurückgelassen.« Es war ihm schwergefallen, die Wertpapiere und das Bargeld in den beiden Safes zu ignorieren, aber Max lehnte es aus Aberglaube ab, Geld zu stehlen. Und LeClerc respektierte jeden Aberglauben. »Schaut euch das mal an.«

Er zog eine dreireihige Kette aus Diamanten und Rubinen heraus. Abfällig schnaubend hielt Max sie ans Licht. »Wie kann man solch wunderschöne Steine derart gräßlich verarbeiten? Die Dame sollte uns dafür dankbar sein, daß sie dieses Ding nie wieder tragen muß.«

»Ist mindestens fünfzigtausend wert.«

»Hm.« Möglich, dachte Max und wünschte, er hätte seine Lupe dabei. Er würde ein paar der besten Steine auswählen und eine passende Halskette für Lily daraus anfertigen lassen. Nach einem Blick auf seine Uhr nickte er. »Ich glaube, unser Einkaufsbummel ist vorbei. Sollen wir einpacken? Wir könnten rechtzeitig zu einem späten Frühstück zu Hause sein.«

TEIL ZWEI

Ein Teufel, ein geborner Teufel,
an dessen Wesen keine Erziehung etwas ändern kann,
an den mein menschenfreundliches Bemühen
verloren ist, gänzlich verloren …

– WILLIAM SHAKESPEARE –

ERSTES KAPITEL

Als Luke sechzehn war, brachte Mouse ihm auf kleinen Nebenstraßen das Autofahren bei. Zu Anfang gab es manche kleineren Karambolagen, und einmal, als Luke versuchte, gleichzeitig zu schalten, zu lenken und zu bremsen, wären sie fast in einem Sumpf gelandet. Aber Mouse hatte endlose Geduld.

Luke sehnte sich danach, endlich ein ganzer Mann zu sein, und der Besitz des Führerscheins erschien ihm wie ein entscheidender Schritt in diese Richtung. Doch selbst das verblaßte angesichts eines anderen bedeutsamen Ereignisses – seine Verabredung mit Annabelle Walker. Der Abend begann mit einem Kinobesuch und zwei Riesenportionen Popcorn und endete mit Sex auf dem Rücksitz des gebrauchten Nova, den er sich von seinen Ersparnissen gekauft hatte.

Weder für Annabelle noch für den Nova waren solche Aktivitäten etwas Neues. Aber für Luke war es das erste Mal, und er war vollkommen überwältigt von dem wundervollen Gefühl, Annabelles nackte Brüste zu streicheln, während das Zirpen der Grillen ihr Keuchen und Stöhnen begleitete. Man hätte Annabelle für ein kleines Flittchen halten können, doch sie kletterte nur mit einem Jungen auf den Rücksitz, wenn sie ihn süß fand, wenn er nett zu ihr war und außerdem gut küßte.

Luke entsprach in sämtlichen Punkten ihren Anforderungen. Als sie zuließ, daß er seine Hand unter ihr T-Shirt schob, um diese üppigen Kugeln zu betasten, konnte er es kaum fassen. Aber als sie den Reißverschluß seiner Jeans öffnete, begriff er, daß die Tore zum Paradies nun erst wirklich aufgingen.

»O Annabelle.« Er fummelte an dem Knopf ihrer Jeans, während sie ihn mit ihren Fingern zum Wahnsinn trieb. Er hatte natürlich gehofft, ein wenig mit ihr herumknutschen zu können, aber nie hätte er zu träumen gewagt, daß sie nach ein paar Verabredungen schon bereit war, es richtig mit ihm zu machen.

Nun ließ er sich die Gelegenheit natürlich nicht entgehen.
»Laß mich ...« Er wußte nicht mal genau, *was*, doch jedes Wort war sowieso überflüssig, als er ihr rotes Spitzenhöschen abstreifte.
Das Blut pochte in seinem Unterleib wie eine Dschungeltrommel, die den Rhythmus für seine tastenden Finger vorgab. Annabelle begann leise zu seufzen, und bald schon wurde daraus ein gieriges Stöhnen, ein heftiges Keuchen. Immer ungestümer drängte sie ihm ihre beiden Hüften entgegen. Die Fenster, die Luke wegen der herbstlichen Kühle geschlossen hatte, beschlugen, und der Wagen verwandelte sich in eine dampfende Sauna, die nach Sex roch.
Fasziniert spürte er, wie ihre Muskeln sich unter seinen Händen zusammenzogen, während ihre Schreie höher wurden und sie schließlich mit einem Juchzer kam.
Voller Ungeduld, endlich das zu erleben, was er bisher nur aus verschwommenen Erzählungen in der Schule kannte, drückte er sein Gesicht zwischen ihre Brüste und zerrte die Levis von seinen Hüften.
Es war ein so ungeheures Gefühl, tatsächlich eine Frau in Besitz zu nehmen, daß er fast die Beherrschung verlor. Doch ein kleiner Rest seines Verstandes blieb kühl, seltsam unbeteiligt, sogar leicht amüsiert.
Da lag er, Luke Callahan, mit bloßem Hintern in seinem ramponierten Nova, die Bee Gees zwitscherten im Radio – Herrgott, ausgerechnet die Bee Gees –, und Annabelle spreizte bereitwillig und überaus gekonnt die Beine.
Sein Schwanz fühlte sich an wie eine mächtige Rakete, die auf der Abschußrampe vibrierte. Er konnte nur hoffen, daß es keinen Frühstart gab.
Es lag nicht an seiner Geschicklichkeit, daß er ihr mehr gab als die anderen Jungen, mit denen sie bislang ausgegangen war. Es war seine Unerfahrenheit, gemischt mit gesunder Neugier und einem unglaublichen Glücksgefühl! Diese überwältigenden Empfindungen zu spüren und zu sehen, welches Vergnügen er ihr bereitete, war etwas so Schönes, wie er es selten erlebt hatte.

»O Liebster.« Annabelle bäumte sich ihm entgegen und preßte ihre Beine um seine Hüften. »Ich kann nicht länger warten. Ich kann einfach nicht mehr.«
Ihm erging es nicht anders. Ehe seine Lust ihn überwältigte, hörte er noch, wie sie seinen Namen rief. Es klang wie ein Jubelschrei.
Dank Annabelle würde er am Montag mit einem Ruf in die Schule zurückkehren, auf den jeder heranwachsende Junge stolz sein konnte.

Das Haus war bis auf eine Lampe, die man in der Küche hatte brennen lassen, dunkel, als er, verschwitzt und ganz erfüllt von seinem Erlebnis, heimkam.
Er war froh, allein zu sein. Was für ein Glück, daß er jedes zweite Wochenende auftrittsfrei hatte, da Max die Ansicht vertrat, er solle die Gelegenheit haben, auch auf anderen Gebieten Erfahrungen zu sammeln!
Das hatte er heute nacht wahrhaftig getan.
Er öffnete den Kühlschrank und kippte direkt aus der Flasche einen halben Liter Orangensaft hinunter. Grinsend summte er vor sich hin, bis er sich umdrehte und Roxanne im Nachthemd in der Tür erblickte.
»Das ist widerlich.« Sie deutete auf die Flasche in seiner Hand.
Genau wie er war sie im Laufe der Jahre in die Höhe geschossen. Aber während Luke mit seinen knapp 1,80 m nicht mehr als durchschnittlich groß war für sein Alter, überragte Roxanne alle anderen Mädchen in ihrer Klasse und sogar die meisten Jungen, was hauptsächlich an ihren langen Beinen lag.
»Hab dich nicht so.« Er stellte die Flasche auf den Tisch.
»Vielleicht hätte jemand anderes auch gern noch was gehabt.« Obwohl sie nicht im geringsten durstig war, marschierte sie zum Kühlschrank und blickte prüfend hinein. Nachdem sie sich eine Flasche ausgesucht hatte, musterte sie Luke skeptisch und rümpfte die Nase. Sie kannte dieses Parfüm. »Du stinkst, du bist wieder mit *ihr* ausgegangen.«

Roxanne haßte Annabelle Walker, schon allein deshalb, weil sie zierlich, blond und hübsch war, und weil Luke so viel Zeit mit ihr verbrachte.
»Was geht dich das an?«
»Sie färbt ihr Haar und trägt zu enge Kleider.«
»Sie trägt sexy Kleider«, verbesserte Luke, der sich als Experte fühlte, was dieses Thema betraf. »Du bist ja bloß neidisch, weil sie einen Busen hat und du nicht.«
»Kriege ich auch noch.« Mit ihren fast dreizehn Jahren war Roxanne zutiefst beschämt, daß sich bei ihr noch gar nichts tat. Fast alle Mädchen in ihrer Klasse hatten wenigstens knospende Brüste, aber sie war immer noch so flach wie ein Brett. »Und meiner ist dann garantiert besser als ihrer.«
»Klar.« Der Gedanke an Roxanne mit Brüsten amüsierte ihn. Anfänglich. Doch als er länger darüber nachdachte, wurde ihm etwas merkwürdig zumute. »Jetzt verschwinde.«
»Ich wollte bloß was trinken.« Sie schenkte sich ein Glas ein. »Du weißt, daß ich samstags nicht zu einer festen Zeit ins Bett muß.«
»Dann gehe ich.« Wie sollte man weiter auf einer Wolke der Lust schweben, wenn dieses kleine Biest dabei war? Er schlenderte aus der Küche und die Treppe hinauf in sein Zimmer. Dort streifte er seine Kleider ab und warf sich aufs Bett.
Er hatte sich an duftende saubere Laken gewöhnt, obwohl er sie immer noch nicht für selbstverständlich nahm. Und nur selten geschah es, daß er hungrig zu Bett ging. Und seit langem hatte er keine wirkliche Angst mehr erlebt.
In den vergangenen vier Jahren war er durch die meisten östlichen Bundesstaaten Amerikas gereist, hatte auf Rummelplätzen und auf richtigen Bühnen in kleinen Clubs Vorstellungen gegeben. Und nachdem Max – mit einigem Bedauern – im vorigen Sommer den Jahrmarkt verkauft hatte, waren sie nach Europa gereist, wo Max große Erfolge eingeheimst hatte.
Luke hatte etwas Französisch gelernt und beherrschte die gängigen Kartentricks. Alles in allem hätte sein Leben nicht schöner sein können.

Zufrieden sank er in den Schlaf – und wachte zu seiner Bestürzung eine Stunde später schweißgebadet und wimmernd wieder auf.
Er war wieder einmal dort in dieser vollgestopften Zweizimmerwohnung gewesen. Ein Gürtel war wie eine Peitsche auf ihn herabgezischt, und er hatte nirgendwohin flüchten, sich nirgends verstecken können.
Luke setzte sich auf und atmete in tiefen Zügen die kühle Herbstluft ein. Den Kopf auf die Knie gestützt, wartete er, daß das Zittern nachließ. Es war seit Monaten nicht mehr passiert, daß sein Unterbewußtsein ihm diesen Streich gespielt hatte. Er hatte geglaubt, er hätte es geschafft. Jedesmal, wenn einige Wochen oder gar Monate ohne einen dieser gräßlichen Träume vergingen, war er sicher, daß dieses Kapitel endgültig hinter ihm lag.
Doch dann tauchte plötzlich alles wieder auf, wie ein grinsendes Gespenst, das über ihn herfiel, um ihn hohnlachend zu quälen.
Entschlossen sprang Luke aus dem Bett und zog seine Hosen an. Er war kein Kind mehr, sollte eigentlich nicht mehr zitternd aus einem Alptraum aufwachen und sich wünschen, Lily oder Max seien da, um ihn zu trösten.
Er wollte eine Runde laufen, um sich wieder zu beruhigen und diese widerlichen Erinnerungen abzuschütteln.
Als er die Treppe hinunterkam, hörte er grelle Schreie und gedämpftes Stimmengewirr. Verwundert blickte er ins Wohnzimmer, wo Roxanne mit gekreuzten Beinen auf dem Boden saß und eine Schüssel Popcorn im Schoß hielt.
»Was machst du da?«
Sie schrak zusammen, wandte aber nicht den Blick vom Bildschirm ab. »Ich sehe mir einen Gruselfilm an. *Das Schloß der lebenden Toten.* Dieser Graf balsamiert Leute ein. Klasse.«
»Scheußlich.« Trotzdem setzte er sich neugierig auf die Couch und langte in Roxannes Popcornschüssel. Er fühlte sich nach wie vor ein bißchen zittrig, aber noch ehe Christopher Lee seine wohlverdiente Strafe bekam, war er schon eingeschlafen.

Roxanne wartete, bis sie sicher war, daß er tatsächlich schlief. Dann streckte sie vorsichtig die Hand aus und streichelte ihm übers Haar.

»Sie werden so rasch erwachsen, Lily.«
»Ich weiß, Schatz«, seufzte Lily und stieg in die bunte längliche Kiste. Sie probten allein im Club eine neue Nummer, die Max ›Die zerteilte Dame‹ getauft hatte.
»Roxy ist bald ein Teenager.« Max klappte die Verschlüsse zu. »Wie lange es wohl noch dauert, bis uns picklige Jünglinge ins Haus gerannt kommen?«
Lily lächelte und wackelte mit den Händen und Füßen, die aus den Löchern der Kiste ragten. »Nicht mehr sehr lange. Aber keine Sorge, Max, sie ist viel zu vernünftig und weiß genau, was sie will.«
»Ich hoffe, du hast recht.«
»Sie ist die Tochter ihres Vaters.« Ihrer Rolle entsprechend wimmerte und stöhnte Lily herzerweichend, als Max nach einem juwelenbesetzten Krummsäbel griff.
»Damit meinst du, sie ist dickköpfig, ehrgeizig und eigensinnig.«
Lily schwieg, während Max sich daranmachte, die Kiste zu zerschneiden. Nachdem er die Hälften wieder zusammengefügt hatte, fragte sie: »Du bist nicht traurig, daß die Kinder erwachsen werden, Liebster, oder?«
»Ein wenig vielleicht. Es erinnert mich daran, daß ich älter werde. Luke fährt inzwischen Auto und läuft hinter Mädchen her.«
»Hinterherzulaufen braucht er ihnen wahrhaftig nicht. Sie werfen sich ihm regelrecht an den Hals«, schnaubte Lily empört und seufzte. »Jedenfalls sind es gute Kinder. Ein prachtvolles Paar.«

Die eine Hälfte dieses prachtvollen Paars stand zwei Block weiter am Straßenrand und legte mit ihren Kartentricks gutgläubige Touristen herein, von denen es derzeit in der Stadt nur so wimmelte. Roxanne hatte der Versuchung einfach nicht widerstehen können.

Sie war ordentlich bekleidet mit rosafarbenen Jeans und Jacke, einer geblümten Bluse und schneeweißen Turnschuhen. Ihr Haar war zu einem Pferdeschwanz zurückgebunden und ihr Gesicht so sauber gewaschen, daß die Sommersprossen leuchteten.
Sie entsprach genau dem Bild eines netten kleinen Mädchens – was sie auch beabsichtigt hatte. Roxanne kannte sich schließlich in Illusionen aus.
Sie hatte bereits über zweihundert Dollar eingenommen, obwohl sie darauf achtete, die einzelnen Mitspieler nicht allzusehr zu schröpfen. Eigentlich ging es ihr nicht um das Geld – auch wenn sie es genauso zu schätzen wußte wie ihr Vater. Sie machte es, weil sie Spaß daran hatte.
Erneut warf sie die drei Karten auf den kleinen Klapptisch. Von einem beleibten Mann in einem Hawaiihemd nahm sie einen Einsatz über fünf Dollar entgegen, drehte die Karten um und begann sie geschickt hin und her zu schieben.
»Passen Sie genau auf die schwarze Königin auf. Nicht blinzeln. Nicht niesen. Dauernd beobachten. Dauernd beobachten.« Ihre kleinen Hände bewegten sich blitzschnell. Und natürlich war die Königin längst weggesteckt.
Sie nahm weitere fünfzig Dollar ein und zahlte zwanzig wieder aus, um die Leute bei Laune zu halten. Irgendwo ganz in der Nähe spielte ein einsamer Straßenmusiker auf seiner Trompete. Roxanne beschloß, daß es Zeit war, Schluß zu machen.
»Das wär's für heute. Ich danke Ihnen, meine Damen und Herren. Noch einen schönen Aufenthalt in New Orleans.«
Sie wollte gerade die Karten einsammeln, als jemand ihr Handgelenk packte.
»Noch ein Spiel. Ich bin bis jetzt nicht dazu gekommen, mein Glück auf die Probe zu stellen.«
Es war ein Junge von achtzehn oder neunzehn Jahren mit einer drahtigen Figur. Er trug verblichene Jeans und ein bedrucktes T-Shirt. Sein struppiges Haar war goldblond und umrahmte wie ein etwas verwilderter Heiligenschein das schmale, scharfgeschnittene Gesicht. Seine dunkelbraunen Augen schauten sie durchdringend an.

Er erinnerte sie irgendwie an Luke – nicht vom Aussehen her, sondern weil auch er diese unterdrückte Aggressivität ausstrahlte und man ihm ohne weiteres zutrauen konnte, daß er gemein war. Seiner Sprechweise nach schien er nicht aus New Orleans zu stammen, aber woher er kam, ließ sich nicht sagen.

»Zu spät«, erklärte sie freundlich.

Doch er ließ nicht los. Statt dessen lächelte er sie an, so daß seine strahlend weißen Zähne blitzten, und Roxanne überlief plötzlich ein merkwürdiges Prickeln. »Nur ein Spiel«, bat er. »Ich habe dich die ganze Zeit beobachtet.«

Wie gewöhnlich konnte sie einer direkten Herausforderung einfach nicht widerstehen. Obwohl sie instinktiv spürte, daß sie es besser bleiben lassen sollte, siegte ihr Stolz.

»Gut, für eins habe ich noch Zeit. Der Wetteinsatz beträgt fünf Dollar.«

Bereitwillig zog er einen Geldschein aus der Gesäßtasche und warf ihn auf den Tisch.

Roxanne legte die Karten aus, zwei rote Königinnen und dazwischen eine schwarze. »Behalte die schwarze Dame im Auge.« Sie drehte die Karten um und entschied sich im Bruchteil einer Sekunde, sie nicht mit einem flinken Handgriff verschwinden zu lassen, sondern die Herausforderung anzunehmen. Immer schneller schob sie die Karten hin und her, ohne dabei einen Blick von dem Jungen zu wenden.

Sie hatte genügend Erfahrung, um zu erkennen, daß das Spiel ihm nicht neu war. Doch nun war es für einen Rückzieher zu spät, jetzt ging es um ihre Ehre.

Obwohl sie nicht hingeschaut hatte, wußte sie genau, wo sich die schwarze Königin befand. »Und – wo ist sie jetzt?«

Ohne zu zögern, tippte er auf die linke Karte. Ehe sie sie umdrehen konnte, packte er wieder ihre Hand. »Das mache ich.« Er deckte die Herz-Königin auf.

»Scheint so, als seien meine Hände flinker als deine Augen.«

Hastig drehte er die übrigen Karten auf und war sichtlich verblüfft, daß die schwarze Königin genau dort lag, wo sie am Anfang gewesen war – in der Mitte.

»Scheint so«, murmelte er. Mürrisch schaute er zu, wie sie seinen Fünfer und die Karten einsteckte.
»Mehr Glück beim nächsten Versuch.« Sie klappte den Tisch zusammen, klemmte ihn sich unter den Arm und wollte gehen.
Aber so leicht gab er nicht auf. »He, Mädchen«, rief er und lief neben ihr her. »Wie heißt du?«
Sie warf ihm einen Seitenblick zu. »Roxanne. Warum?«
»Wollte es nur gern wissen. Ich bin Sam. Sam Wyatt. Du bist gut. Wirklich gut.«
»Weiß ich.«
Er lachte, aber insgeheim überdachte er rasch seine Möglichkeiten. Wenn er es schaffte, sie in eine weniger belebte Gegend zu locken, konnte er sich seine fünf Dollar zurückholen und ihr auch noch den Rest abnehmen. »Du bist ganz schön geschickt. Wie alt bis du – zwölf?«
Roxanne schnaubte entrüstet.
»Mann, das war ein Kompliment, Süße.«
Sie schien geschmeichelt zu sein, zumindest ein klein wenig, entweder wegen seines Kompliments oder weil ein Junge seines Alters sie ›Süße‹ genannt hatte. Seine Taktik funktionierte also.
»Vor ein paar Monaten habe ich in New York einen Kerl gesehen, der fünf- bis sechshundert Mäuse pro Tag einnahm. Er war keinen Deut besser als du. Wie lange bist du schon in dem Gewerbe?«
»Ich bin überhaupt nicht in diesem Gewerbe.« Der Gedanke, daß man sie für irgendeine Ausreißerin halten konnte, die sich mit kleinen Betrügereien durchschlug, empörte Roxanne. »Ich bin Zauberin«, erklärte sie. »Das vorhin war eine Art Probe – und noch dazu eine bezahlte.«
»Eine Zauberin.« Sam bemerkte, daß nur noch wenige Passanten unterwegs waren, und niemand sah so aus, als würde er ihm irgendwelche Schwierigkeiten machen, wenn er sich die Tasche des Mädchens schnappte und losrannte. »Zeigst du mir mal einen Trick?« Er legte eine Hand auf ihren Arm und wollte sie gerade zu Boden stoßen.

»Roxanne!« Luke kam über die Straße gelaufen. »Was zum Teufel treibst du hier? Du sollst längst bei der Probe sein.«
»Bin schon unterwegs«, entgegnete sie mürrisch. Sie ärgerte sich, daß er ausgerechnet jetzt auftauchen und sie bei ihren ersten Flirtversuchen stören mußte. »Warum bis *du* eigentlich noch nicht im Club?«
»Das laß mal meine Sorge sein.« Er musterte den Tisch unter ihrem Arm und ahnte, was sie gemacht hatte. Es fuchste ihn maßlos, daß sie ohne ihn losgezogen war. Und bei Sams Anblick sträubten sich ihm förmlich die Nackenhaare.
»Wer ist das?«
»Ein Freund von mir«, erwiderte Roxanne impulsiv. »Sam, das ist Luke.«
Sam lächelte unbekümmert. »Wie geht's?«
»Du bist nicht hier aus der Gegend?«
»Bin gerade erst angekommen. Ich reise so durch die Lande, weißt du?«
»Aha.« Trotz des freundlichen Lächelns gefiel ihm dieser Kerl gar nicht. Vor allem störte ihn sein verschlagener Blick. »Wir sind spät dran. Roxy. Gehen wir.«
»Gleich.« Luke sollte sich bloß nicht einbilden, er könnte mit ihr umspringen wie mit einem Baby. »Möchtest du nicht mitkommen, Sam, und dir die Probe anschauen? Wir sind gleich da drüben im Magic Door.«
Seine Hoffnung, ihr die Tasche abzunehmen, konnte er wohl abschreiben. Aber so leicht gab Sam nicht auf. Vielleicht zahlte sich die Begegnung mit Roxanne auf andere Weise aus. »Das wäre toll. Meinst du wirklich, es ist okay?«
»Na klar.« Sie nahm seine Hand und brachte ihn zu ihrem Vater.

Sam gab sich freundlich, liebenswürdig und verstand es bestens, seinen Charme einzusetzen. Während der Probe applaudierte er begeistert, zeigte sich ungläubig erstaunt und lachte stets an den richtigen Stellen.
Als Lily ihn zum Essen einlud, nahm er mit schüchterner Dankbarkeit an.

Er fand LeClerc alt und dumm, Mouse vertrottelt und beschränkt – und gab sich gewaltige Mühe, auf beide einen guten Eindruck zu machen.

Anschließend verzog er sich für den Rest des Tages, damit er nicht zu aufdringlich erschien. Als er später im Magic Door erschien, um sich die Vorstellung anzuschauen, wurde er herzlich begrüßt. Er sorgte dafür, daß Lily sah, wie er zögernd etwas Kleingeld abzählte, um ein Getränk zu bezahlen.

»Max.« Sie zupfte an seinem Ärmel, als er hinter die Bühne kam, während Luke allein seine Taschenspielereien vorführte. »Dieser Junge steckt in Schwierigkeiten.«

»Luke?«

»Nein, nein. Sam.«

»Einen Jungen kann man ihn kaum mehr nennen, Lily. Er ist fast ein Mann.«

»Er ist nicht viel älter als Luke.« Sie spähte nach draußen und sah, daß Sam an der Bar immer noch an seinem ersten Coke nippte. »Ich glaube nicht, daß er Geld hat, und bestimmt weiß er auch nicht, wohin.«

»Er scheint nicht gerade nach Arbeit zu suchen.« Max wußte selbst nicht recht, warum es ihm so widerstrebte, seine Hilfe anzubieten.

»Schatz, eine Arbeit zu finden ist heutzutage nicht leicht. Könntest du ihm nicht was besorgen?«

»Vielleicht. Laß mir einen oder zwei Tage Zeit.«

Einen oder zwei Tage war alles, was Sam brauchte. Um ein wenig nachzuhelfen, rollte er sich in der Nacht im Hof der Nouvelles zusammen, so daß man ihn am Morgen dort entdecken müßte.

Obwohl er hellwach war, beobachtete er mit halb geschlossenen Augen, wie Roxanne aus der Küchentür kam. Er stöhnte, bewegte sich und fuhr scheinbar erschrocken auf, als sie ihn erblickte.

»Was machst du denn da?«

»Nichts.« Verlegen rollte er seine zerschlissene Decke zusammen. »Gar nichts.«

»Warum schläfst du hier draußen?«

Sam blickte betreten zu Boden. »Hör zu, es wäre mir lieb, wenn du niemandem was davon sagst, okay?«

»Hast du kein Zimmer?«

»Bin rausgeschmissen worden.« Er zuckte bemüht tapfer die Schultern und schaute sie gleichzeitig niedergeschlagen an. »Na ja, es wird sich schon was ergeben. Ich wollte einfach bloß nicht die ganze Nacht draußen auf der Straße bleiben. Ich dachte, daß ich hier niemanden stören würde.«

Roxanne hatte ein genauso weiches Herz wie ihr Vater. »Komm schon rein.« Sie streckte die Hand aus. »LeClerc macht gerade Frühstück.«

»Ich brauche keine Almosen.«

Sein Stolz imponierte ihr erst recht. »Daddy kann dir sicher einen Job geben. Ich frage ihn.«

»Würdest du das machen?« Er nahm ihre Hand. »Mann, ich wäre dir wirklich dankbar, Rox. Sehr sogar.«

ZWEITES KAPITEL

Max konnte seiner Tochter nur selten etwas abschlagen, und so stellte er Sam Wyatt ein – trotz seines unerklärlichen Widerstrebens, den Jungen in seinen Kreis aufzunehmen. Sam erhielt den Auftrag, sich um die Requisiten zu kümmern, eine Beschäftigung, die er als weit unter seiner Würde empfand und die seinen Fähigkeiten nicht im geringsten entsprach.

Aber er spürte instinktiv, daß ihm ein Tor zu größeren und wesentlich besseren Möglichkeiten geöffnet würde, wenn er zu den Nouvelles gehörte. Er verachtete diese Trottel, die ihn so mitleidig aufgenommen hatten, als sei er ein herrenloser Straßenköter. Aber Sam konnte warten, bis sich die Gelegenheit ergab, aus dieser Gutmütigkeit zu schlagen. Er verbrachte Stunden damit, die Ausrüstung auf und abzubauen, hielt die Requisiten in Schuß und gelobte sich, es dem alten Mann eines Tages heimzuzahlen, daß er ihm eine solch erniedrigende Arbeit angeboten hatte. Doch nach außen war er stets freundlich und aufmerksam, besonders Roxanne gegenüber, und Lily machte er schüchterne Komplimente. Denn Sam hatte schon vor langer Zeit entdeckt, daß die tatsächliche Macht stets bei den Frauen lag.

Er beging nicht den Fehler, mit Luke zu konkurrieren, den Max wie seinen Sohn behandelte, aber der Haß auf Luke half ihm, die elend langweiligen Tage zu überstehen. Luke dagegen machte aus seiner Abneigung keinen Hehl. Keiner von ihnen hätte einen Grund dafür nennen können, aber sie hatten sich auf den ersten Blick verabscheut.

Und Sam wartete nur darauf, Luke eines Tages einmal demütigen zu können.

Ansonsten war er mit seiner Situation leidlich zufrieden und freute sich auf die bevorstehende Reise nach Los Angeles.

Auch Max dachte mit Vergnügen an diese Woche, in der sie im Magic Castle auftreten würden. Außerdem waren sie von Brent Taylor, dem Filmstar und Hobbyzauberer, zu einer Dinnerparty eingeladen worden, und nicht zuletzt wollte Max seiner Familie etwas von der glitzernden Welt Hollywoods zeigen.

Davon abgesehen gab es in den Villen von Beverly Hills viel zu holen, wodurch dieses sowieso schon lukrative Engagement noch einträglicher werden würde.

Er hatte sich bereits zwei Häuser ausgesucht. Sobald sie in Los Angeles waren, würde er sie sich persönlich anschauen und dann eine Entscheidung treffen.

Sie bezogen mehrere Zimmer im Beverly Hills Hotel. Max beobachtete amüsiert, wie Luke den Hotelpagen und das Zimmermädchen mit ein paar Taschenspielertricks begeisterte. Der Junge kann was, dachte er zufrieden. Er kann sogar allerhand.

Mittags lud er seine Familie und sämtliche Mitglieder der Truppe zu einem üppigen Lunch ins Maxim ein. Danach schickte er Lily und Roxanne einkaufen.

»Also dann.« Max zündete sich eine Zigarre an. »Mouse und ich müssen uns noch um einige geschäftliche Angelegenheiten kümmern, aber ihr anderen habt für heute frei, um euch die Stadt anzusehen. Morgen früh um neun sehe ich bitte alle froh und munter zur Probe wieder.«

Während die anderen gingen, setzte sich Luke auf den Platz neben Max. »Ich muß mit dir reden.«

»Ja, bitte.« Max bemerkte die Nervosität und den entschlossenen Gesichtsausdruck des Jungen. »Gibt es ein Problem?«

»Ich glaube nicht, daß es ein Problem ist.« Luke holte tief Luft. »Ich will mitkommen.« Er fuhr fort, noch ehe Max etwas einwenden konnte. Seit Tagen hatte er diese Rede vorbereitet. »Ich kenne den Ablauf, Max. Du und Mouse zieht los, um euch ein paar Häuser anzusehen. Das meiste, was du brauchst, hast du bereits – eine Kopie der Versicherungsliste, den Schaltplan der Alarmanlage, den Grundriß des Hauses, und du weißt einigermaßen über die Lebensgewohnheiten der Bewohner Bescheid. Jetzt willst du dich noch ein wenig persönlich umschauen und entscheiden, wann und wo du zuschlägst.«

Max strich sich über den Schnurrbart. Er wußte nicht genau, ob er ärgerlich oder beeindruckt sein sollte. »Du bist gut informiert.«

»Ich habe vier Jahre Zeit gehabt, um die Augen offenzuhalten, und die ganze Zeit darauf gewartet, daß du mich mitmachen läßt.«

»Mein lieber Junge ...«

»Ich bin kein Junge mehr«, erwiderte Luke und rückte noch dichter an ihn heran. »Und ich will wissen, ob du mir vertraust ... oder nicht.«

»Es geht hier nicht um Vertrauen, Luke, sondern um den richtigen Zeitpunkt.«

»Du willst mir doch nicht erzählen, daß du versuchst, mich davor zu bewahren, auf die schiefe Bahn zu geraten?«

Max lächelte. »Bestimmt nicht. Ein Heuchler bin ich nie gewesen, und ich bin genauso egoistisch wie jeder Vater, der hofft, daß sein Sohn einmal in seine Fußstapfen tritt. Aber ...«

Luke legte ihm eine Hand auf den Arm. »Aber?«

»Du bist noch so jung, und um ein erfolgreicher Dieb zu sein, braucht es doch etwas Reife, Erfahrung ...«

»Und vor allem Mut«, warf Luke ein, worauf Max laut auflachte.

»Das allerdings. Aber außerdem auch ein gewisses Maß an Geschicklichkeit, Raffinesse und Kaltblütigkeit. In ein paar Jahren bis du vielleicht soweit, aber vorläufig ...«

»Wie spät ist es?«

Verwirrt blickte Max auf seine Uhr. Oder vielmehr dorthin, wo seine Uhr gewesen war. »Ich habe schon immer gesagt, daß du geschickte Hände hast.«

»Du weißt nicht, wie spät es ist?« Luke drehte sein Handgelenk um. Das Sonnenlicht glitzerte auf Max' goldener Rolex. »Es ist fast drei. Du solltest jetzt zahlen, damit wir aufbrechen können.« Luke winkte den Kellner heran. Geistesabwesend griff Max in sein Jackett – und stutzte.

»Ein wenig knapp bei Kasse?« Luke holte Max' Brieftasche aus seiner Jacke. »Diesmal geht es auf mich. Ich bin vor kurzem zufällig zu etwas Geld gekommen.«
Max nickte versonnen und lächelte Mouse zu. »Du hast heute nachmittag auch frei. Luke kann mich fahren.«
»In Ordnung, Max. Dann schaue ich mir mal diese Fußabdrücke der Filmstars vor dem Kino am Hollywood Boulevard an.«
»Viel Spaß.« Mit einem Seufzer streckte Max die Hand nach seiner Brieftasche aus. »Bereit?« fragte er Luke.
»Ich bin seit Jahren bereit.«

Obwohl New Orleans in all seiner verfallenden Pracht und mit seinem bunten Straßenleben der einzige Ort war, an dem Luke sich immer zu Hause fühlen würde, gefiel ihm Beverly Hills. Die breiten, von Palmen gesäumten Boulevards und die Häuser der vielen Stars in den umliegenden Bergen, die nur durch einen leichten Dunstschleier zu sehen waren, sorgten für eine Atmosphäre wie im Film. Vermutlich lebten gerade deshalb zahlreiche Schauspieler so gern in dieser Stadt.
Unterwegs begegneten ihnen gelegentlich Streifenwagen der Polizei, die hier keine zerkratzten und staubigen Autos waren, sondern blitzblanke, die in der Nachmittagssonne glitzerten.
Die meisten Grundstücke lagen hinter hohen Mauern und Hecken verborgen. Zweimal sahen sie einen der Busse, die Besichtigungstouren zu den Häusern der Prominenten machten. Luke wunderte sich, daß sich irgend jemand für eine solche Fahrt interessierte, da es doch im Grunde nichts weiter zu sehen gab als Steinmauern und Baumwipfel.
Max öffnete seine Aktentasche. »Warum willst du eigentlich unbedingt stehlen?«
»Weil es Spaß macht«, erwiderte Luke, ohne auch nur eine Sekunde nachzudenken. »Und weil ich's gut kann.«
Max nickte zufrieden. Seiner Ansicht nach war es stets am besten, das zu tun, was einem Spaß machte und wozu man talentiert war. »Der Hotelpage, der unsere Koffer hinauf-

trug und so begeistert war von deinen Taschenspielertricks, hatte eine Uhr und eine Brieftasche. Hast du sie ihm abgenommen?«

»Nein.« Überrascht schaute Luke ihn an. »Warum sollte ich?«

»Warum nicht, ist eher die Frage.« Max löste seine Krawatte und legte sie zusammengefaltet in die Tasche.

»Ach, es macht doch keinen Spaß, wenn es so einfach ist. Außerdem ist er ein armer Teufel, der sich mühsam seinen Lebensunterhalt verdient.«

»Man könnte einwenden, daß auch ein Dieb nur versucht, sich seinen Lebensunterhalt zu verdienen.«

»Wenn das alles wäre, was ich wollte, könnte ich gleich einen Lebensmittelladen überfallen.«

»Ein solches Unterfangen käme also für dich nicht in Betracht?«

»Nee, das hat doch keinen Stil.«

Max faltete sein frisches weißes Hemd zusammen und legte es zu der Krawatte. »Luke, du machst mich tatsächlich stolz.«

»Es ist wie bei der Zauberei«, meinte Luke, nachdem sie eine Weile geschwiegen hatten. »Du willst das machen, was du am besten kannst, und wenn du dabei schon andere überlistest, dann wenigstens einigermaße stilvoll. Stimmt's?«

»Ganz genau.« Max streifte sich ein kurzärmeliges, grellbunt kariertes Polyesterhemd über.

»Was machst du da eigentlich?«

»Ich schlüpfe nur in das passende Kostüm.« Er setzte sich eine Baseballmütze und eine verspiegelte Sonnenbrille auf. »Ich hoffe doch, daß ich jetzt wie ein Tourist aussehe.«

Luke hielt an einem Stoppschild und musterte ihn abfällig. »Du siehst aus wie ein Idiot.«

»Na also. Halte hinter dem Bus da vorne.«

Luke gehorchte und beäugte mißmutig die Baseballmütze, die Max ihm hinhielt. »Muß das sein? Du weißt, daß ich kein Baseballfan bin.«

»Wirst es schon aushalten.« Max schlang sich ein Fernglas und eine Kamera um den Hals und stieg aus dem Wagen. »Das da ist Elsa Langtrees Haus«, erklärte er mit einem ausgeprägten Südstaaten-Akzent und spähte wie die anderen Touristen neugierig durch das schmiedeeiserne Gittertor. »Mann, das ist eine Frau!«

Luke spielte mit. »Mensch, Daddy, die ist doch uralt.«

»Ich würde sie trotzdem nicht von der Bettkante schubsen.«

Die ganze Gruppe lachte über diese Bemerkung. Während die anderen Touristen dem Führer zuhörten und Fotos schossen, ging Max zurück zum Bus und kletterte flink auf das Dach. Mit dem Teleobjektiv seiner Kamera fotografierte er die Mauer, das dreistöckige Haus im

Kolonialstil, die Nebengebäude und die Außenbeleuchtung.

»He, Kamerad.« Der Busfahrer streckte den Kopf aus dem Fenster. »Runter da, ja? Herrgott, bei jeder Tour ist so ein Verrückter dabei.«

»Ich wollte bloß mal sehen, ob ich Elsa irgendwo entdecke.«

»Mensch, Daddy, komm jetzt! Du machst vielleicht Sachen.«

»Okay, okay. Oh, warte! Ich glaube, ich sehe sie. Elsa!« schrie er und nutzte die Verwirrung der Touristen, die zurück zum Tor drängelten, um seine letzten Aufnahmen zu machen.

Der Fahrer fluchte und schimpfte, bis Max wieder hinunterkletterte und sich verlegen grinsend entschuldigte. »Ich bin seit zwanzig Jahren ein Fan von ihr. Hab sogar meinen Wellensittich nach ihr benannt.«

»Ja, ja, das wird sie sicher freuen.«

Mit offensichtlichem Widerstreben ließ Max sich von Luke zum Wagen davonziehen. »Warte nur, bis ich das den Jungs daheim erzähle. Die werden staunen.«

»Hast du, was du brauchst?« fragte Luke kurze Zeit später.

»Ich denke schon. Wir sehen uns aber noch das Haus von Lawrence Trent an. Er besitzt eine erstklassige Sammlung wertvoller Schnupftabakdosen aus dem neunzehnten Jahrhundert.«

»Und was hat Elsa?«
»Abgesehen von ihrem unverkennbaren weiblichen Charme?«
Max suchte im Radio einen Sender mit klassischer Musik.
»Smaragde, mein lieber Junge. Die Dame hat eine besondere Vorliebe für Smaragde. Sie passen zu ihren Augen.«

Für Smaragde hatte Max ebenfalls eine besondere Vorliebe, doch nachdem LeClerc die Bilder entwickelt hatte, zeigte sich, daß ein Einbruch bei Trent weitaus einfacher sein würde. Mehr brauchte Max nicht, um sich zu entscheiden. Er würde sich die Steine holen.

»Hohe Absätze, Roxanne?«
Ein wenig unsicher, aber sichtlich stolz stand Roxanne auf ihren neuen zentimeterhohen Pumps hinter den Kulissen.
»Ich bin alt genug dafür.«
»Wenn ich mich nicht irre, bist du immer noch zwölf«, meinte ihr Vater.
»Was sind schon ein paar Monate! Und außerdem geben sie dem Kostüm mehr Pep.« Vorsichtig drehte sie sich in ihrem blauen, sternenbesetzten Trikot um die eigene Achse. »Und durch die paar Zentimeter mehr komme ich auf der Bühne besser zur Geltung.« Da ihre Brüste scheinbar noch ewig brauchten, um sich zu entwickeln, wollte sie wenigstens aus ihrer Größe Kapital schlagen. »Hier im Magic Castle einen guten Eindruck zu machen, ist doch wichtig, oder?« Sie lächelte gewinnend.
»Natürlich.« Und es blieben nur noch dreißig Sekunden bis zum Auftritt. »Ich nehme an, du hast sowieso keine Ersatzschuhe mitgebracht.«
Strahlend küßte sie seine Wange. »Wir werden sie umhauen.«
Vielleicht lag es am Scheinwerferlicht oder an seinen Gedanken, doch als der Vorhang sich hob, sah er sie für einen Moment als erwachsene Frau – schlank, hübsch, selbstbewußt, mit verführerisch blitzenden Augen und einer geheimnisvollen Ausstrahlung.

Und dann war sie einfach nur wieder sein kleines Mädchen, das Stöckelschuhe trug und das Publikum mit den Seidentüchern bezauberte. Wenig später lagen die Tücher zu ihren Füßen, und sie wandte sich zu ihrem Vater um, der sie in Trance versetzte für den folgenden Schwebeakt.
Leise Klaviermusik erklang, und Max bewegte langsam seine Hände vor ihrem Gesicht auf und ab, bis ihre Augen zufielen.
Nachdem er einen mannshohen glitzernden Stab zwischen ihren Schulterblättern plaziert hatte, ging er einen Schritt nach links, streckte die Arme aus, und wie auf eine stummen Befehl begannen sich ihre gestreckten Beine anzuheben, bis ihr Körper parallel zur Bühne schwebte. Mit einem anderen Stab strich er über und unter ihrem Körper hin und her. Als er den ersten Stab, der sie stützte, entfernte und beide Lily übergab, applaudierte das Publikum heftig.
Zu den Klängen von Beethoven begann Roxanne sich nun zu drehen und schwebte zuletzt in der Luft stehend einen halben Meter über der Bühne. Zentimeter für Zentimeter ließ Max sie weiter sinken, bis ihre Füße wieder den Bühnenboden berührten.
Dann weckte er sie auf.
Roxanne öffnete unter donnerndem Applaus die Augen. Schon lange gab es für sie kein herrlicheres Geräusch.
»Hab dir's ja gesagt, Daddy«, flüsterte sie leise.
»Das hast du, meine Süße.«
Sam stand hinter der Bühne und schaute kopfschüttelnd zu. Alles bloß Schwindel, dachte er. Doch am meisten ärgerte ihn, daß niemand ihn in das Geheimnis einweihen wollte. Aber auch dafür würden die Nouvelles einmal büßen.
Dabei mußte ihm seiner Ansicht nach nur mal jemand zeigen, wie es funktionierte. Er würde es genauso leicht nachmachen können wie jeden anderen Trick. Daß die Leute tatsächlich gutes Geld für diesen Betrug zahlten, obwohl sie genau wußten, daß es nur alberne Tricks waren, konnte er kaum fassen. Dieser Gedanke ließ ihn gar nicht mehr los.

Es müßte einen Weg geben, irgendwie Profit daraus zu schlagen. Er zündete sich eine Zigarette an und schaute Luke mißmutig bei seinem Auftritt zu. Dieser verdammte Wichtigtuer hält sich für was ganz Besonderes, dachte er, weil er dort im Scheinwerferlicht steht, die Aufmerksamkeit auf sich zieht und alle ihm applaudieren.

Aber eines Tages würde er im Rampenlicht stehen und dieses Gefühl der Macht genießen, davon war Sam überzeugt. Denn Macht über andere war es, was Sam sich am meisten wünschte.

Nach Ende der Vorstellung suchte Brent Taylor, der bekannte Schauspieler, Max in seiner Garderobe auf. »Mr. Nouvelle, ich habe noch nie etwas Besseres gesehen.« Begeistert schüttelte er Max die Hand.

»Sie schmeicheln mir, Mr. Taylor.«

»Brent, bitte.«

»Brent, und nennen Sie mich Max. Es ist ein bißchen eng hier drinnen, aber es wäre mir eine Ehre, wenn sie mir bei einem Brandy Gesellschaft leisten würden.«

»Mit Vergnügen. Die Verwandlungsnummer war einfach wunderbar und der Schwebeakt spektakulär. Ich freue mich schon auf meine Dinnerparty, wo wir mehr Zeit haben werden, über Zauberei zu plaudern.«

»Darüber unterhalte ich mich stets besonders gern.« Er reichte ihm einen Cognacschwenker.

»Und wir sollten auch über den Zauber sprechen, den das Fernsehen auf die Menschen ausübt.«

»Ich habe leider wenig Gelegenheit, das Fernsehprogramm zu verfolgen. Meine Kinder sind auf diesem Gebiet die Experten.«

»Und selbst bereits hervorragende Zauberkünstler. Ich könnte mir denken, daß sie begeistert wären, ihr Können in einer eigenen Fernsehshow zeigen zu dürfen.«

Max bedeutete Taylor, sich auf das kleine Sofa zu setzen und nahm selbst vor dem Schminktisch Platz. »Die Zauberei verliert auf dem Bildschirm ihre Magie.«

»Das kann natürlich sein. Aber bei Ihrem Gespür für Theatralik könnte es wunderbar werden. Ich will ganz offen sein, Max. Ich habe von einer Fernsehgesellschaft das Angebot bekommen, eine Serie von Varietéshows zu produzieren, und da wäre natürlich eine Sendung mit dem Großen Nouvelle der Knüller.«

»Max?« Luke schaute zur Tür herein. »Tut mir leid, aber draußen ist ein Reporter von der *L.A. Times*.«

»Ich komme gleich. Brent Taylor, Luke Callahan.«

»Freut mich, Sie kennenzulernen.« Taylor stand auf, um Luke die Hand zu schütteln. »Sie sind schon jetzt ein Meister Ihres Fachs. Ich habe Sie sehr bewundert.«

»Danke. Ich bewundere Sie auch in Ihren Filmen.« Luke blickte von Taylor zu Max. »Ich sage ihm, er soll an der Bar warten, ja?«

»Ist recht.«

»Ein erstaunlich gutaussehender Junge«, bemerkte Taylor, als sie wieder allein waren. »Sollte er sich entschließen, nicht in Ihre Fußstapfen zu treten, könnte ich ihm sicher auf Anhieb sechs Filmrollen verschaffen.«

Max lächelte. »Ich fürchte, er ist fest entschlossen, es mir nachzutun. Nun, was Ihr Angebot betrifft …«

Luke konnte es kaum abwarten, doch erst nach der zweiten Vorstellung ergab sich die Gelegenheit, mit Max zu reden. Sobald er in seiner Garderobe verschwunden war, platzte Luke herein.

»Wann wollen wir es machen?«

»Bitte?« Max saß am Schminktisch und entfernte sein Bühnen-Make-up. »Was machen?«

»Die Fernsehsendung, die Taylor produzieren will. Ob wohl hier in Los Angeles gedreht wird?«

Mit energischen Bewegungen reinigte Max sein Gesicht. »Nein.«

»Wir könnten auch Außenaufnahmen in New Orleans machen.« Er sah bereits alles vor sich – die Scheinwerfer, die Kameras, den ganzen aufregenden Trubel.

Max warf das gebrauchte Tuch beiseite. »Wir werden gar nichts machen, Luke.«

»Wir lassen vielleicht besser die Nahaufnahmen ganz weg, aber wir … Was?« fragte er erstaunt, da er bisher gar nicht richtig zugehört hatte. »Was meinst du damit?«

Max lockerte seine Krawatte und stand auf, um sich den Smoking auszuziehen. »Ich habe abgelehnt.«

»Aber warum denn? Wir würden Millionen Menschen an einem einzigen Abend erreichen.«

»Die Zauberei verliert auf dem Bildschirm ihre Magie.« Max hängte das Jackett auf und löste seine Manschettenknöpfe.

»Nicht unbedingt. Wir könnten es live machen. Mit einem kleinen Publikum im Studio.«

»Unser Terminplan würde es sowieso nicht zulassen.« Max legte die Manschettenknöpfe in ein kleines goldenes Kästchen. Eine Melodie aus *Schwanensee* erklang, als er den Deckel öffnete.

Luke schwieg, da ihm ganz plötzlich ein Gedanke gekommen war. Max hatte ihn die ganze Zeit über nicht ein einziges Mal angeschaut. »Das ist alles Blödsinn. Du willst es meinetwegen nicht.«

Max schloß langsam den Deckel, und die Musik verstummte. »Wie kommst du auf so eine alberne Idee?«

»Ist doch klar. Du hast Angst, es gibt zu viel Rummel um uns. Deshalb hast du letztes Jahr auch den Auftritt in der Carson-Show abgelehnt. Du willst keine Fernsehsendungen machen, weil du glaubst, dieses Schwein oder meine Mutter würden mich vielleicht sehen und Schwierigkeiten machen.«

Max zog sein Frackhemd aus und hängt es auf einen gepolsterten Bügel. Mit einem Finger strich er die Falten glatt. »Ich habe meine Gründe dafür, wenn ich eine Entscheidung treffe.«

»Wegen mir«, murmelte Luke niedergeschlagen. »Ich bin schuld.«

»Rede keinen Unsinn, Luke.« Max legte ihm eine Hand auf die Schulter, aber Luke wich zurück. Es war das erstemal seit Jahren, daß der Junge ihn abwehrte. »Nimm es doch nicht so schwer.«

»Wie denn sonst?« Luke hätte am liebsten irgendwas zerschmettert, irgendwas zerschlagen, aber er ballte nur die Hände zu Fäusten. »Es ist meine Schuld.«

»Das ist keine Frage von Schuld, sondern von Prioritäten. Du bist vielleicht noch zu jung, um das zu verstehen, aber die Zeit vergeht, und in zwei Jahren bist du achtzehn. Wenn ich mich dann entscheide, ein Angebot vom Fernsehen anzunehmen, sieht alles ganz anders aus.«

»Ich will aber nicht, daß du wartest. Nicht meinetwegen.« Seine Augen funkelten wütend. »Falls es Schwierigkeiten gibt, werde ich schon damit fertig. Ich bin kein Kind mehr. Und vermutlich ist sie sowieso tot. Ich hoffe wahrhaftig, daß sie tot ist.«

»Nicht.« Max' Stimme klang scharf. »Was immer sie getan hat, sie bleibt deine Mutter und hat dir das Leben gegeben. Wünsche niemandem den Tod, Luke. Er kommt schnell genug zu uns allen.«

»Verlangst du etwa von mir, daß ich sie liebe?«

»Für deine Gefühle trägst du die Verantwortung. Genauso wie ich für meine Entscheidungen.« Max fühlte sich plötzlich erschöpft. Er hatte gewußt, daß er irgendwann einmal darüber würde sprechen müssen – und er hatte sich vor diesem Tag gefürchtet. »Sie ist nicht tot.«

Luke fuhr zurück. »Woher weißt du das?«

»Glaubst du etwa, ich wäre die ganze Zeit über irgendwelche Risiken eingegangen?« Max griff nach einem frischen Hemd. Er hatte Mühe, die Ruhe zu bewahren. »Ich habe mich auf dem laufenden gehalten, wo sie ist, wie es ihr geht, was sie macht. Ein Schritt in deine Nähe, nur ein einziger, und ich hätte dich an einen Ort gebracht, wo sie dich nicht hätte finden können.«

Luke merkte, wie all seine Wut verrauchte. Er fühlte sich nur noch leer und ziemlich erbärmlich. »Ich weiß nicht, was ich sagen soll.«

»Du mußt auch nichts sagen. Alles, was ich getan habe, hätte jeder Vater für seinen Sohn getan, und das bist du für mich. Als einzige Gegenleistung bitte ich dich, noch zwei kurze Jahre geduldig zu sein.«

»Ich kann das nie im Leben wiedergutmachen«, erwiderte Luke mit gesenktem Kopf.

»Du beleidigst mich, wenn du auch nur daran denkst.«

»Du und Lily ...« Er verstummte. Manche Gefühle ließen sich einfach nicht in Worte ausdrücken. »Ich würde alles für dich tun.«

»Dann vergiß diese Sache hier vorerst. Geh, und zieh dich um. Ich habe heute nacht noch etwas zu erledigen.«
Luke horchte auf und sah ihn gespannt an. Max fragte sich verwundert, wie es möglich war, daß der Junge sich innerhalb dieser kurzen Zeit, die sie in der engen Garderobe gestanden hatten, in einen Mann hatte verwandeln können. Aber es war ein Mann, mit breiten Schultern und aufrechter Haltung, der ihn aus dunklen Augen direkt anblickte.
»Die Sache bei Langtree? Ich komme mit.«
Max setzte sich seufzend hin, um seine Bühnenschuhe auszuziehen. »Du machst es mir heute abend wirklich schwer, Luke. Ich habe dir schon einmal nachgegeben, aber es ist ein großer Unterschied, ob es darum geht, sich ein Objekt anzusehen oder ein Ding zu drehen.«
»Ich komme mit dir, Max.« Luke trat einen Schritt vor, so daß Max gezwungen war, zu ihm aufzuschauen. »Du redest immer von Entscheidungen. Ist es nicht an der Zeit, daß du mich meine eigenen treffen läßt?«
Max antwortete erst nach einer langen Pause. »Wir fahren in einer Stunde. Du brauchst dunkle Kleidung.«

Max war froh, daß Elsa Langtree sich nicht solch ein kleines Schoßhündchen hielt wie viele andere Schauspielerinnen. Elsa bevorzugte Männer – die im Verlauf der Jahre immer jünger und muskulöser geworden waren. Kürzlich hatte sie sich von Ehemann Nummer sieben, einem professionellen Footballer, scheiden lassen und plante gegenwärtig die Hochzeit mit Ehemann Nummer acht, einem achtundzwanzigjährigen Bodybuilder.
Elsa war neunundvierzig, und die Zeit lief ihr davon.
Was Männer betraf, mochte ihr Geschmack eher kläglich sein. Doch ansonsten war er erstklassig, wie Max erklärte, als er und Luke über die zweieinhalb Meter hohe Mauer kletterten, die das Grundstück umgab.
»Reiche Leute verlieren oft jeden Maßstab. Aber dieses Haus, das Elsa vor ungefähr zehn Jahren bauen ließ, ist einfach wunderschön. Sie hatte natürlich erstklassige Innenar-

chitekten engagiert, aber trotzdem hat sie sich um jedes Detail, um jeden Farbton und jedes Möbelstück persönlich gekümmert.«

»Woher weißt du das alles?«

»Es gehört einfach zu den Vorbereitungen dazu, alles über die Bewohner im Erfahrung zu bringen, genauso wie man den Grundriß des Hauses kennen muß.« Er blieb im Schutz einiger Sträucher stehen. »Wie du siehst, ist es ein ausgezeichnetes Beispiel für Kolonialarchitektur. Sehr traditionelle Linienführung, weich, feminin und genau zu Elsa passend.«

»Es ist groß«, bemerkte Luke.

»Natürlich, aber nicht protzig. Im Haus darfst du nur sprechen, wenn es unbedingt notwendig ist. Und bleib die ganze Zeit über an meiner Seite. Meine Anweisungen werden exakt und ohne Zögern befolgt, klar?«

Luke nickte. Sein ganzer Körper prickelte vor Ungeduld. »Ich bin bereit.«

Max fand den Schaltkasten der Alarmanlage hinter einem Blumenkasten auf der rückwärtigen Veranda. Er schraubte den Deckel ab und durchschnitt die entsprechenden Drähte. Erst nachdem er den Kasten wieder zugeschraubt hatte, ging er voraus zur Terrassentür.

»Diese Tür hat ein Künstler aus New Hampshire entworfen«, murmelte Max. »Wäre eine Sünde, sie zu beschädigen.« Statt den Glasschneider zu nehmen, suchte er seine Dietriche heraus und machte sich an die Arbeit. Es dauerte eine Weile. In der Stille der Nacht hörte Luke das leise Summen der Filteranlage im Swimmingpool, das Rascheln einiger Nachtvögel in den Bäumen, das gedämpfte Klicken von Metall auf Metall, bis Max ihm schließlich triumphierend zuflüsterte, daß die Tür offen sei.

Zum erstenmal empfand er dieses berauschende Gefühl, ein fremdes Haus zu betreten, in dem ahnungslose Menschen schliefen. Und sich zu holen, was man wollte.

Im Wohnzimmer hing noch der Hauch eines Parfüms in der Luft. Max, der sich den Grundriß genau eingeprägt hatte, steuerte die Küche an und ging dann weiter zu der Tür, die in den Keller führte.

»Warum ...«

Max schüttelte nur stumm den Kopf und stieg die Treppe hinab. Die Wände waren mit dunklem Kiefernholz getäfelt. In der Mitte des Hauptraums stand ein Billardtisch, der umgeben war von Hanteln und einem großen Sortiment von Gewichten. Eine Bar aus Eiche nahm eine ganze Wand ein.

»Das Spielzimmer für ihre Männer«, flüsterte Max.

»Hier bewahrt sie ihre Juwelen auf?«

»Nein«, lächelte Max. »Aber hier unten ist der Sicherungskasten. Der Safe hat eine zusätzliche elektronische Sperre. Ziemlich raffiniert und schwierig zu knacken. Wenn jedoch der Strom abgestellt ist ...«

»... geht er ohne weiteres auf.«

»Genau.« Max öffnete die Tür des benachbarten Raums. »Ist das nicht praktisch?« meinte er. »Alles ordentlich beschriftet.« Er legte einige Schalter um. »Das dürfte genügen.« Lächelnd wandte er sich zu Luke. »Wie fühlst du dich?«

»Wie beim ersten Mal, als ich mit Annabelle auf den Rücksitz kletterte«, hörte Luke sich sagen und errötete.

Max preßte die Lippen zusammen, konnte aber ein Lachen kaum unterdrücken. »O ja, ein sehr passender Vergleich.« Er drehte sich um und ging wieder die Treppe hinauf.

In der Bibliothek hinter einem prachtvollen Gemälde von O'Keeffe fanden sie den Safe, der sich, wie erwartet, mühelos öffnen ließ. Max trat einen Schritt zurück und winkte Luke heran.

Vom Vater auf den Sohn, dachte er stolz, während Luke die Schmuckschatullen herausnahm und die Deckel öffnete. Im Strahl seiner Taschenlampe betrachtete er hingerissen die glitzernden Steine, prachtvoll in Gold und Platin gefaßt. Daß er nicht eine Sekunde lang überlegte, was sie in klingender Münze wert wären, hätte Max ungeheuer befriedigt.

»Warte«, flüsterte Max ihm leise ins Ohr. »Was so funkelt, ist oft nur Straß.« Er nahm eine Lupe aus seinem Beutel und untersuchte die Steine rasch. »Einfach herrlich«, seufzte er.

»Wie gesagt, Elsa hat einen exquisiten Geschmack.« Er schloß den Safe und hängte das Bild wieder zurück. »Es ist eine Schande, den O'Keeffe hierzulassen. Aber das erscheint mir nur fair, findest du nicht?«
Luke stand mit den Smaragden im Wert von etlichen tausend Dollar in den Händen neben ihm – und grinste.

DRITTES KAPITEL

In der kurzen Zeit, die Sam bei den Nouvelles war, hatte er bereitwillig jede erdenkliche Aufgabe übernommen, hatte ständig ein freundliches Lächeln zur Schau getragen und immer ein schmeichelndes Wort parat gehabt. Er hatte verständnisvoll zugehört, als Lily ihm von Lukes Vergangenheit erzählte, und ihr Herz gewonnen, indem er eine Geschichte über eine tote Mutter und einen brutalen Vater erfand – was seinen Eltern schlicht die Sprache verschlagen hätte, die in einem bescheidenen Haus in Bloomfield in New Jersey lebten und niemals in den sechzehn Jahren, die er unter ihrem Dach gewohnt hatte, eine Hand im Zorn gegen ihn erhoben hatten. Er hatte dieses spießige Leben gehaßt und seine Eltern nur verachtet. Sie hingegen waren ruhige, hart arbeitende Menschen, die sein Verhalten einfach nicht begreifen konnten.

Seit er zum Teenager geworden war, hatte er ihnen mit seinem rebellischen Verhalten nur Kummer gemacht. Mit vierzehn stahl er zum erstenmal das Auto und fuhr Richtung Manhattan. Er hätte es vielleicht sogar bis dorthin geschafft, wenn er so klug gewesen wäre, die Maut für den Tunnel zu zahlen. Die Polizei hatte ihn zurück nach Bloomfield gebracht. Danach war er nur noch verstockter und aufsässiger geworden.

Sam entwickelte sich zu einem geschickten Ladendieb, stahl Uhren, Modeschmuck, Make-up und verkaufte dann anschließend alles billig an Schulkameraden.

Zweimal war er in die Schule eingebrochen und hatte dort aus reinem Vergnügen die Fenster eingeschlagen oder Wasserrohre zerstört. Er war klug genug, nicht mit seinen Heldentaten zu prahlen und stets so höflich zu seinen Lehrern, daß nie ein Verdacht auf ihn fiel.

Zu Hause führte er sich ganz anders auf und brachte seine Mutter regelmäßig zum Weinen. Seine Eltern wußten, daß er sie bestahl. Mal fehlte ein Zwanziger aus der Geldbörse, Nippsachen oder ein Schmuckstück verschwanden. Sie konnten nicht begreifen, warum er sich so benahm, da er doch alles hatte, was er brauchte. In Wirklichkeit ging es ihm auch gar nicht um das Stehlen selbst, er hatte seine Freude daran, andere zu quälen.

Seine Eltern wollten ihm von einem Psychologen helfen lassen, doch wenn sie es geschafft hatten, ihn dorthin zu schleppen, starrte er nur stumm vor sich hin. Als er sechzehn war, lehnte seine Mutter es ab, ihm das Auto zu geben. Da schlug er ihr ein blaues Auge, nahm die Schlüssel und fuhr davon. In der Nähe der Grenze zu Pennsylvania hatte er das Auto stehenlassen und war nie wieder zurückgekehrt.

Mittlerweile verschwendete er keinen Gedanken mehr an seine Eltern, es gab keine Erinnerungen an Weihnachten, an Geburtstage oder Reisen ans Meer. Sam war dies alles so gleichgültig, als ob es nie existiert hätte.

Die Nouvelles versorgten ihn mit Taschengeld und boten ihm einen erstklassigen Unterschlupf. So hatte er Zeit, in Ruhe seine nächsten Schritte zu planen. Da sie sich seiner Ansicht nach von ihm ausnutzen ließen, verachtete er sie genausosehr wie er die beiden Menschen verachtet hatte, denen er das Leben verdankte.

Am meisten haßte er Luke, obwohl er selbst nicht wußte, warum. Aber er wollte auch gar nicht darüber nachdenken. Doch da er spürte, daß Roxanne auf mädchenhafte Weise für Luke zu schwärmen begonnen hatte, setzte Sam alles daran, sie ihm abspenstig zu machen.

Außerdem hielt er sie für das schwächste Glied der Gruppe. Er widmete ihr Zeit und Aufmerksamkeit, hörte ihr zu, bewunderte ihre Geschicklichkeit beim Zaubern und schmeichelte ihr so lange, bis sie ihm ein paar Tricks zeigte. So gewann er allmählich ihr Vertrauen, und sie empfand immer mehr Zuneigung für ihn.

Gegen Ende seines zweiten Monats in New Orleans beschloß er, daß es Zeit war, sich ihre Einfältigkeit zunutze zu machen. Er ging ihr oft entgegen, wenn sie aus der Schule kam, wofür Max und Lily ihm besonders dankbar waren. So auch an einem kühlen, feuchten Wintertag, an dem die Menschen die Straßen entlanghasteten, um in ihre warmen Häuser zu kommen. Roxanne blieb zum Schutz vor dem Nieselregen unter den Markisen und betrachtete die Schaufenster. Viele Ladeninhaber kannten sie gut und freuten sich über ihre Besuche.

Sam entdeckte sie schon von weitem und machte sich in bester Stimmung daran, seinen Plan in die Tat umzusetzen.

»Hallo, Rox, wie war's in der Schule?«

»Ganz okay.« Sie lächelte ihm zu.

Einer der Läden an der Royal Street war vollgestopft mit allerlei Trödel. Die Inhaberin besserte ihr Einkommen auf, indem sie nebenbei Tarotkarten legte und aus der Hand las. Sam hatte sich diesen Laden ausgesucht, weil Madame D'Amour nur selten Kundschaft hatte und Roxanne oft bei ihr hereinschaute.

»Willst du dir nicht mal wieder die Karten legen lassen?« grinste er. »Vielleicht kannst du herausfinden, wie du bei der letzten Arbeit abgeschnitten hast?«

»Ich frage nie solch dummes Zeug.«

»Du könntest fragen, wann du einen Freund kriegst.« Er betrachtete sie mit einem Blick, bei dem sie ein wohliger Schauder überlief, und öffnete die Tür, ehe sie weitergehen konnte. »Vielleicht verrät sie dir sogar, wann du heiratest.«

»Du glaubst doch gar nicht wirklich an die Karten«, meinte Roxanne unsicher.

»Sehen wir mal, was sie dir erzählt. Vielleicht tue ich's dann.«

Madame D'Amour, deren kantiges Gesicht von großen dunklen Augen beherrscht wurde, saß hinter der Theke. Sie hatte wie üblich reichlich Rouge aufgelegt, trug einen purpurfarbenen Kaftan und eine ihrer vielen Turbane, unter dem nur ein paar Strähnen ihres tiefschwarz gefärbten Haares hervorlugten. An ihren Ohren baumelten schwere Ohrringe aus Bergkristall, und um den Hals hatte sie mehrere Silberketten geschlungen. An beiden Handgelenken klirrten Armreifen.

Sie war bestimmt über sechzig und behauptete, von Zigeunern abzustammen, was möglicherweise sogar stimmte. Roxanne war fasziniert von ihr.

Als die Türglocke läutete, blickte sie auf und lächelte. Bunte Tarotkarten lagen in einem Keltischen Kreuz vor ihr auf der Theke.
»Ich dachte mir schon, daß meine kleine Freundin mich heute besuchen kommt.«
Roxanne kam näher und betrachtete die Karten. Die übermäßige Hitze in dem kleinen Laden kümmerte sie nicht. Es roch immer so wundervoll nach dem Weihrauch, den Madame verbrannte, und nach ihrem Parfüm, das sie großzügig gebrauchte.
»Bist du gekommen, um etwas zu kaufen, oder weil du eine Antwort suchst?«
»Haben Sie Zeit für eine Lesung?«
»Für dich immer, Schätzchen. Vielleicht trinken wir dabei eine heiße Schokolade, *oui*?« Sie blickte hinüber zu Sam, und ihr Lächeln gefror ein wenig. Irgend etwas an dem Jungen gefiel ihr nicht, trotz seines freundlichen Lächelns und seiner hübschen Augen. »Und du? hast du auch eine Frage an die Karten?«
»Eigentlich nicht.« Er schien etwas verlegen zu sein. »Mir ist das ein wenig unheimlich. Laß dir ruhig Zeit, Rox. Ich muß noch was im Drugstore abholen. Wir sehen uns daheim.«
»Okay.« Während Madame nach den Karten griff und aufstand, ging Roxanne schon auf den Vorhang zu, der den Laden von einem Hinterzimmer trennte. »Sag Daddy, ich komme gleich.«
»Klar. Bis dann.« Ein höhnisches Grinsen überzog sein Gesicht, als der Vorhang sich hinter den beiden geschlossen hatte. Er öffnete die Ladentür ein Stück, damit die Glocke läutete, und huschte dann rasch an den Tischen vorbei zurück zur Theke. Darunter stand eine bemalte Zigarrenkiste, in der Madame die täglichen Einnahmen aufbewahrte. Die Beute war nicht sonderlich groß – das Geschäft ging an regnerischen Wintertagen schleppend –, aber Sam scharrte alles bis auf den letzten Pfennig in seine Tasche und blickte sich hastig um, ob er sonst noch etwas Lohnenswertes entdeckte. Am liebsten hätte er den ganzen Laden aus reiner Zerstörungslust kurz und klein geschlagen. Aber er stopfte sich nur die Jackenta-

schen mit einigen kleineren Nippsachen voll, ehe er wieder zur Tür schlich. Vorsichtig hielt er die Ladenglocke fest, schlüpfte hinaus und schloß die Tür leise hinter sich.

Im Laufe der nächsten Woche raubte Sam vier weitere Läden aus, häufig mit Hilfe der ahnungslosen Roxanne, die im Viertel bekannt war. Da alle sie gern mochten, konnte er damit rechnen, daß sich die Angestellten oder Ladenbesitzer mit ihr unterhielten und dadurch so abgelenkt waren, daß er sich bedienen konnte. Was immer gerade greifbar war, stopfte er sich in die Taschen, ganz egal, ob es sich dabei um wertvolle Porzellandöschen oder billige Souvenirs handelte. Es gelang ihm sogar noch einmal, eine Kasse auszuräumen, während Roxanne mit dem Ladenbesitzer im Hinterzimmer war, um eine Porzellanpuppe zu bewundern, die gerade aus Paris eingetroffen war.

Der Wert seiner Beute spielte für Sam keine Rolle, aber er hatte ungeheure Freude daran, die unschuldige vertrauensselige Roxanne als ahnungslose Komplizin zu mißbrauchen. Niemand würde jemals Maximillian Nouvelles kleinen Liebling beschuldigen, billigen Krimskrams zu klauen. Mit ihrer Hilfe konnte er sich also gewissenlos und nach Herzenslust die Taschen füllen.

Doch das beste in diesem Winter war, daß er Annabelle verführte.

Es ging ganz leicht. Er hatte nur Augen und Ohren offenhalten und die richtige Gelegenheit nutzen müssen.

Wie die meisten Liebespaare hatten auch Luke und Annabelle hin und wieder Streit. Meistens ging es darum, daß sie der Ansicht war, Luke habe nicht genügend Zeit für sie. Sie quengelte zunehmend, er solle Proben ausfallen lassen oder bei den Vorstellungen früher verschwinden, weil sie mit ihm zu einer Party wollte, zum Tanzen, zu einer Ausfahrt. Trotz aller Verliebtheit war Luke jedoch viel zu professionell – sei es als Zauberer oder als Dieb –, um eine Vorstellung oder eine nächtliche Unternehmung abzusagen. Nicht einmal Annabelle zuliebe.

»Du weißt, daß ich nicht kann«, seufzte er ungeduldig und nahm den Hörer ans andere Ohr. »Ich habe dir das doch alles schon vor Tagen erklärt, Annabelle.«

»Du bist einfach bloß dickköpfig«, jammerte sie unter Tränen, und Luke fühlte sich wie der letzte Dreckskerl. »Mr. Nouvelle würde es bestimmt verstehen.«

»Weiß ich nicht«, erwiderte Luke – weil er Max gar nicht erst gefragt hatte. »Ich habe an diesem Wochenende Vorstellung, Annabelle. Soll ich etwa die Nummer platzen lassen?«

»Ich sehe schon, das Zaubern bedeutet dir mehr als ich.«

Luke hütete sich zu sagen, daß sie damit völlig recht hatte. »Es ist mein Job.«

»Lucys Party wird die größte des Jahres, und einfach alle gehen dorthin. Ihr Dad hat sogar eine richtige Band engagiert. Ich sterbe, wenn ich das verpasse.«

»Dann geh doch«, sagte Luke ungeduldig. »Ich habe dir doch gesagt, es ist okay. Ich erwarte nicht, daß du allein zu Hause sitzt.«

»Ja, klar«, schniefte sie empört. »Ohne meinen Freund auf der größten Party des Jahres aufkreuzen, wie sieht das denn aus? Ach, bitte, Schatz«, flehte sie, »könntest du dich nicht wenigstens nach der ersten Show kurz verdrücken und mich zu Lucy bringen? Dann kannst du ja wieder verschwinden.«

Die Versuchung war groß. Es würde sicher ein aufregender Abend werden. Doch Luke war klug genug, um zu wissen, daß es besser war, einer Versuchung von vornherein zu widerstehen.

»Tut mir leid, Annabelle. Ich kann nicht.«

»Du willst nicht«, erwiderte sie eisig und legte abrupt auf.

»Herrgott«, murmelte er verärgert.

»Zoff mit den Weibern?« Sam kam mit einem Apfel in der Hand aus der Küche. Zumindest schien es so. In Wahrheit hatte er das gesamte Gespräch belauscht und bereits seine Pläne geschmiedet.

»Sie kapiert es einfach nicht.« Vor lauter Wut vergaß Luke kurzfristig seine Abneigung gegen Sam. »Warum zur Hölle soll ich sämtliche Verpflichtungen über den Haufen werfen, nur weil Lucy Harbecker eine idiotische Party gibt?«

Sam biß verständnisvoll nickend in seinen Apfel. »Ach, sie wird schon drüber wegkommen.« Er versetzte Luke einen freundlichen Schubs. »Und wenn nicht, was soll's? Puppen gibt's schließlich jede Menge, stimmt's?« zwinkerte er und ging die Treppe hinauf. Heute abend würde er sich ganz sicher irgendeine Ausrede einfallen lassen, um sich vor seiner Arbeit zu drücken. Denn er wollte auf eine Party gehen.

Während Luke das Publikum im Magic Door anheizte, klopfte Sam, der angeblich Kopfschmerzen und Fieber hatte, bei Annabelle. Sie öffnete selbst mit verdrießlicher Miene und vom Weinen geschwollenen Augen.

»Ach, hallo, Sam«, schniefte sie und strich sich das Haar glatt. »Was machst du den hier?«

»Luke hat mich geschickt.« Lächelnd zog er hinter seinem Rücken einen Strauß bunter Margariten hervor,

»Oh.« Sie nahm die Blumen und roch daran. Das war zwar nett, aber noch lange keine Entschädigung dafür, daß sie den tollsten Abend des Jahres versäumte. »Er will mich wohl damit trösten.«

»Es tut ihm wirklich leid, Annabelle. Er wäre gern auf die Party gegangen.«

»Ich auch«, fauchte sie, ehe sie seufzend die Schultern hochzog. Ihre Eltern waren heute ausgegangen, ihr selbst war der ganze Abend verdorben, und die einzige Entschädigung dafür sollte ein Strauß blöder Blumen sein. »Na ja, danke, daß du sie gebracht hast.«

»War mir ein Vergnügen. Einer hübschen Frau Blumen zu bringen, ist nicht gerade eine unangenehme Aufgabe.« Bewundernd und leicht begehrlich schaute er sie an und senkte dann hastig den Blick. »Ich gehe wohl besser wieder. Du hast sicher was vor.«

»Nein, eigentlich nicht.« Sie war geschmeichelt von seinem Blick und fand es rührend, wie er versuchte, seine Gefühle zu verbergen. Da nur ein endlos langer, öder Abend vor ihr lag, schien es albern, einen attraktiven Mann vor der Tür stehenzulassen. »Vielleicht möchtest du gern auf eine Cola reinkommen? Falls du nichts Besseres vorhast.«

»Das wäre nett. Wenn du sicher bist, daß deine Leute nichts dagegen haben?«

»Ach, die sind ausgegangen und kommen erst spät zurück.« Sie schaute kokett zu ihm auf. »Und ich freue mich über ein wenig Gesellschaft.«
»Ich auch.«
Er spielte zuerst den Schüchternen und hielt auf der Couch gebührlich Abstand, während sie zusammen Musik hörten. Allmählich ging er zu der Rolle des verständnisvollen Vertrauten über, vermied jedoch jede Kritik an Luke, da er fürchtete, daß Annabelle sonst auf ihn losgehen würde. Unter dem Vorwand, sie ein wenig für die entgangene Party zu entschädigen, forderte er sie schließlich – mit gut gespielter Unbeholfenheit – zum Tanzen auf.
Sie fand seine schüchterne Bewunderung süß und schmiegte ihren Kopf an seine Schulter. Als er sacht ihren Rücken zu streicheln begann, seufzte sie nur.
»Ich bin so froh, daß du vorbeigekommen bist. Jetzt geht's mir schon wieder viel besser.«
»Der Gedanke, daß du ganz allein und unglücklich bist, war schrecklich. Luke ist so ein Glückspilz, ein Mädchen wie dich zu haben.« Er sorgte dafür, daß seine Stimme immer unsicherer klang. »Ich ... ich denke dauernd an dich, Annabelle. Ich weiß, das ist falsch, aber ich kann nichts dagegen machen.«
»Wirklich?« Ihre Augen leuchteten, als sie den Kopf hob, um ihn anzuschauen. »Was denkst du denn so?«
»Wie schön du bist.« Er näherte seinen Mund ihren Lippen und spürte, daß sie ihn nicht zurückstoßen würde. Wie dumm Frauen doch waren! Man brauchte ihnen bloß zu sagen, sie seien schön, und schon glauben sie jedes Wort. »Wenn du zu ihm nach Hause oder in den Club kommst, muß ich dich dauernd anschauen.« Er küßte sie ganz flüchtig und fuhr hastig zurück, als sei er über seine eigene Unverfrorenheit erschrocken. »Tut ... mir leid«, stammelte er verlegen. »Ich sollte besser wieder verschwinden.«
Aber er rührte sich nicht von der Stelle, sondern schaute sie nur regungslos an. Und genau wie er es gehofft hatte, war sie es nun, die den ersten Schritt machte und ihre Arme um seinen Hals schlang. »Geh nicht, Sam.«

Er war süß, er war nett zu ihr, und er küßte gut. Er erfüllte also genau Annabelles Ansprüche.
Als er später mit ihr auf der Couch lag und sie nahm, erschauderte sein Körper vor Lust. Aber noch weit mehr Vergnügen bereitete es ihm, Luke auf diese Weise zu demütigen.

Während Sam sich mit der stöhnenden Annabelle auf dem rosengemusterten Sofa ihrer Mutter vergnügte, suchte Madame im Magic Door den Weg hinter die Bühne. Es war ihr mehr als unangenehm, die Überbringerin schlechter Nachrichten zu sein, und sie hatte diese Aufgabe nur übernommen, weil sie sich Sorgen um Roxanne machte. Die finanziellen Einbußen, die sie und die anderen Kaufleute im Viertel erlitten hatten, waren ihr dagegen eher gleichgültig.
»Monsieur Nouvelle?«
Max wandte sich um und erblickte Madame in der Tür seiner Garderobe. Ein freudiges Lächeln erschien auf seinem Gesicht. Er stand auf, nahm ihre Hand und küßte sie. »*Bonsoir,* Madame, *bienvenue*. Ich bin entzückt über Ihren Besuch.«
»Ich wünschte, ich könnte sagen, ich sei nur gekommen, um mir die Vorstellung anzuschauen, *mon ami,* aber leider hat mein Besuch einen anderen Grund.«
»Gibt es ein Problem?« fragte er besorgt.
»*Oui*, und ich muß mich deswegen bedauerlicherweise an Sie wenden. Können wir hier reden?«
»Natürlich.« Er schloß die Tür und führte sie zu einem Stuhl.
»Anfang dieser Woche bin ich im Laden beraubt worden.«
Max fand es durchaus normal, daß ihn der Zorn packte, obwohl er selbst ein Dieb war. Madame war erstens eine Freundin und konnte sich zweitens solche Einbußen kaum leisten. »Wie hoch war Ihr Verlust?«
»Neben etlichen kleinen Schmuckstücken rund einhundert Dollar. Es ist nur eine Unannehmlichkeit, Monsieur, nicht gerade eine Tragödie. Ich habe es zwar gemeldet, aber das führt natürlich zu nichts. In unserem Beruf lernt man, Ver-

luste zu akzeptieren. Ich hätte mich gar nicht weiter darum gekümmert, nur hörte ich ein paar Tage darauf, daß auch noch andere Läden – die Boutique in der Bourbon Street und das Rendezvous in der Conti Street – beraubt worden sind, und wieder waren es nur kleine Summen. Dann traf es den Laden nebenan, diesmal war der Verlust schon etwas beträchtlicher. Mehrere wertvolle Porzellanstücke wurden mitgenommen, dazu einige hundert Dollar Bargeld.«

Max strich sich über seinen Bart. »Hat irgend jemand die Täter gesehen?«

»Vielleicht.« Madame spielte mit dem Amulett, das sie um den Hals trug. »Als wir uns miteinander berieten, stellte sich heraus, daß jedesmal, wenn etwas verschwunden war, zuvor jemand, den wir gut kannten, im Laden gewesen war. Womöglich nur ein Zufall.«

»Ein Zufall?« Max hob eine Braue. »Das erscheint mir recht unwahrscheinlich. Warum kommen Sie damit zur mir, Madame?«

»Weil dieser Besucher Roxanne war.«

Madame preßte ihre Lippen zusammen, als sie sah, wie sich Max' Gesichtsausdruck veränderte. Verschwunden war die Besorgnis, das Interesse, der offenkundige Wunsch zu helfen. »Madame«, sagte er mit gefährlich leiser Stimme und blitzenden Augen. »Sie wagen es?«

»Ich wage es, Monsieur, weil ich das Kind liebe.«

»Trotzdem beschuldigen Sie es, sich in Läden zu schleichen und Menschen, die sie gern haben und die ihr vertrauen, zu bestehlen?«

»Nein.« Madame hob die Schultern. »Ich beschuldige sie nicht. Sie würde sich nichts heimlich einstecken, da sie genau weiß, daß sie nur zu fragen brauchte und ich ihr alles geben würde, was sie möchte. Aber sie war bei diesen Besuchen nicht allein, Monsieur.«

Max bekämpfte seinen Zorn und stand auf, um Brandy einzuschenken. Er reichte Madame ein Glas und nahm selbst einen Schluck, ehe er fragte: »Und wer war bei ihr?«

»Samuel Wyatt.«

Max nickte stumm. Betroffen merkte er, daß er gar nicht

sonderlich überrascht war. Er hatte den Jungen aufgenommen und für ihn getan, was er konnte, aber die ganze Zeit über hatte er irgendwie gewußt, daß Sam es ihm nicht danken würde.

»Einen Moment, bitte.« Er ging zur Tür und rief nach Roxanne. Sie trug noch ihr Kostüm und küßte Madame strahlend auf die Wangen.

»Das ist aber wirklich schön, daß Sie heute gekommen sind. Sie müssen sich unbedingt die neue Nummer ansehen. Luke und ich haben sie in der Frühvorstellung zum erstenmal vor Publikum aufgeführt. Und wir waren gut, nicht wahr, Daddy?«

»Ja.« Er schloß die Tür und legte ihr die Hand auf die Schulter. »Ich muß dich etwas fragen, Roxanne. Und ich bitte dich, mir die Wahrheit zu sagen, hörst du?«

Ihr Lächeln verschwand. Sie blickte ihn ernst und ein wenig erschrocken an. »Ich würde dich nie anlügen, Daddy. Nie.«

»Du warst Anfang dieser Woche in Madames Laden?«

»Am Montag nach der Schule. Madame hat mir die Karten gelegt.«

»Warst du allein?«

»Ja – als sie mir die Karten legte, meine ich. Sam ist mit mir hingegangen, aber dann wieder verschwunden.«

»Hast du etwas aus Madames Laden mitgenommen?«

»Nein. Ich möchte vielleicht die kleine blaue Flasche kaufen, die mit dem Pfau drauf. Für Lily zum Geburtstag. Aber am Montag hatte ich kein Geld dabei.«

»Ich habe nicht von kaufen geredet, Roxanne, sondern von *mitnehmen*.«

»Ich ...« Ihre Lippen begannen zu zittern, als sie verstand. »Ich würde Madame nie bestehlen, Daddy. Das könnte ich niemals. Sie ist meine Freundin.«

»Hast du gesehen, daß Sam irgend etwas eingesteckt hat, bei Madame oder in einem der anderen Läden, die er in dieser Woche mit dir besucht hat?«

»Oh, Daddy, nein.« Der Gedanke trieb ihr die Tränen in die Augen. »Das hat er bestimmt nicht.«

»Wir werden sehen.« Er küßte ihre Wange. »Es tut mir leid, Roxanne, aber die Wahrheit ist manchmal nicht sehr angenehm. Trotzdem muß man sie akzeptieren. Nun vergiß das alles schnell wieder, und denk nur noch an die Vorstellung.«
»Er ist mein Freund.«
»Das hoffe ich.«

Es war schon nach eins, als Max die Tür zu Sams Zimmer öffnete. Sam war hellwach, aber er tat, als öffne er verschlafen die Augen.
»Fühlst du dich besser?« fragte Max.
»Ich glaube.« Sam lächelte müde. »Tut mir leid, daß ich heute abend nicht zur Stelle war.«
»Nicht so wichtig.« Max knipste das Licht an und ignorierte Sams überraschten Protest. »Ich entschuldige mich im voraus für mein Benehmen, doch es ist leider nötig.« Er ging zum Schrank.
»Was ist los?«
Max schob die Kleider beiseite. »Ich versuche nur herauszufinden, ob du uns alle wirklich derartig hintergangen hast, daß ich dich aus meinem Haus werfen muß. Wobei ich immer noch hoffe, daß ich dir Unrecht tue.«
»Du hast kein Recht, in meinen persönlichen Sachen herumzuschnüffeln.« Sam sprang aus dem Bett und packte Max am Arm.
»Komm schon, Sam.« Mit verlegen geröteten Wangen trat Mouse ins Zimmer und zog ihn zur Seite.
»Du verfluchter Depp, nimm deine Finger von mir«, brüllte Sam, und als er sah, daß Max nach einer Schachtel griff, verlor er endgültig die Beherrschung. »Du gottverdammter Scheißkerl, dafür bringe ich dich um.«
Ruhig nahm Max den Deckel ab und musterte den Inhalt. Das Bargeld war ordentlich mit Gummibändern gebündelt, und einige der Schmuckstücke, die Madame ihm beschrieben hatte, lagen ebenfalls in dem Kästchen. Andere hatte er vermutlich schon verkauft.
»Ich habe dich in meinem Haus aufgenommen«, sagte Max niedergeschlagen, »wofür ich keine Dankbarkeit erwarte, da du

dich als Gegenleistung nützlich gemacht hast. Aber ich habe dir mein Kind anvertraut, und sie hat dich für ihren Freund gehalten. Du hast sie benutzt und zwar in einer Art, daß du zusammen mit diesen Sachen auch ein Stück ihrer Kindheit gestohlen hast. Wenn ich ein gewalttätiger Mensch wäre, würde ich dich allein deswegen umbringen.«

»Sie wußte doch genau Bescheid«, rief Sam. »Sie hat doch dabei mitgemacht. Sie …«

Er verstummte, als Max ihm kräftig ins Gesicht schlug.

»Vielleicht bin ich am Ende gewalttätiger, als ich dachte. Du packst jetzt deine Sachen und verschwindest auf der Stelle. Doch du verläßt nicht nur dieses Haus, sondern das ganze Viertel. Ich kenne jeden Zentimeter des Vieux Carré. Wenn du bis zum Tagesanbruch noch irgendwo in der Nähe bist, werde ich es erfahren. Und dann Gnade dir Gott.«

Er nahm die Schachtel und wandte sich zum Gehen. »Laß ihn los, Mouse. Sieh zu, daß er seine Sachen packt – aber nur seine Sachen.«

»Das wirst du noch bereuen, du Bastard.« Sam wischte sich das Blut von den Lippen. »Ich schwöre dir, dafür sollst du bezahlen.«

»Ich habe bereits bezahlt«, entgegnete Max, »aber das wirst du wohl kaum verstehen.«

Sam riß seine Jeans von einer Stuhllehne und stieg hinein. »Macht's dich scharf, wenn du mir dabei zuschaust?« fuhr er Mouse an, während er sie überstreifte.

Mouse errötete nur, gab aber keine Antwort.

»Ich bin wirklich froh, von hier zu verschwinden.« Er zog ein Hemd über. »Die letzten Monate habe ich mich zu Tode gelangweilt.«

»Dann hau endlich ab.« Luke stand in der Tür. Seine Augen funkelten. »Und danach räuchern wir am besten erst mal das Zimmer aus. Hier stinkt's nach einer Drecksau, die ein kleines Kind für ihre miesen Tricks benutzt.«

»Genau das hat ihr gerade gefallen«, grinste Sam und stopfte seine Kleider in einen Rucksack. »So und nicht anders muß man nämlich mit den Weibern umspringen – frag bloß mal Annabelle.«

»Was soll das heißen?«
Sam schlüpfte in die Jacke, die Lily ihm geschenkt hatte. Sie würde ihn im Winter schön warm halten. »Na ja, vielleicht interessiert es dich, daß ich heute abend, während du brav deine Pflicht erfüllt hast, dein Mädchen bis zum Wahnsinn gevögelt habe.« Seine Lippen verzogen sich zu einem eiskalten Grinsen, als Luke ihn ungläubig anstarrte. »Mitten auf dieser häßlichen Couch im Wohnzimmer. In fünf Minuten hatte ich sie soweit, daß sie aus ihrem Höschen stieg. Sie mag's am liebsten, wenn sie oben ist, nicht? Damit man es ihr richtig besorgen kann. Das Muttermal unter ihrer linken Titte ist verdammt sexy, findest du nicht auch?«
Kampflustig machte er sich bereit, als Luke mit wutverzerrtem Gesicht auf ihn zusprang. Aber Mouse war schneller. Er packte Luke und zerrte ihn zur Tür. »Das ist er nicht wert. Komm schon, Luke, laß ihn. Er ist's nicht wert.« Sams Lachen klang hinter ihnen her, als Mouse ihn die Treppe hinunterschob. »Geh nach draußen und kühl dich ab.«
»Laß mich los, verflucht!«
»Max will, daß er abhaut und mehr nicht.« Unerschütterlich stand Mouse auf der obersten Treppenstufe. Er würde Luke notfalls einen Kinnhaken verpassen, damit er Ruhe gab. »Geh raus und mach einen Spaziergang. Ich sorge dafür, daß er verschwindet.«
Na gut, dachte Luke, dann gehe ich eben nach draußen – und warte dort auf ihn. Er stürmte in den Hof. Von dort aus wollte er Sam folgen und ihn außer Sichtweite des Hauses nach Strich und Faden verprügeln.
Doch dann hörte er das Weinen. Roxanne lag zusammengerollt auf einer steinernen Bank bei den Azaleen und schluchzte herzzerreißend.
Luke brachte es nicht fertig, einfach weiterzugehen und so zu tun, als hätte er nichts gehört. Er hatte Roxanne nicht mehr weinen gesehen, seit sie vor vielen Jahren die Windpocken gehabt hatte.
»Komm schon, Roxy.« Luke ging zur Bank und strich ihr linkisch über den Kopf. »Hör auf damit.«
Sie schluchzte weiter, ohne aufzuschauen.

»Herrgott.« Widerstrebend setzte er sich neben sie. »Komm schon, du wirst doch nicht wegen dem Blödmann weinen. Er ist ein Dreckskerl, ein dummer Idiot.« Seufzend zog er sie in seine Arme und merkte, daß er ebenfalls allmählich ruhiger wurde. »Er ist es nicht wert«, sagte er halb zu sich selbst und erkannte, daß Mouse völlig recht gehabt hatte.

»Er hat mich benutzt«, stieß Roxanne hervor. »Er hat so getan, als sei er mein Freund, und dabei hat er mich bloß benutzt, um Leute zu bestehlen, die ich gern habe. Ich habe gehört, was er zu Daddy gesagt hat. Anscheinend haßt er uns und hat uns die ganze Zeit nur gehaßt.«

»Vielleicht. Was schert uns das?«

»Ich habe ihn mit hierhergebracht.« Sie preßte die Lippen zusammen. Sie wußte nicht, ob sie sich das jemals verzeihen konnte. »Hat er – hat er tatsächlich das mit Annabelle gemacht?«

Luke holte tief Luft und drückte Roxanne an sich. »Ich denke schon.«

»Es tut mir leid für dich.«

»Wenn sie sich so einfach mit ihm eingelassen hat, glaube ich nicht, daß ihr wirklich was an mir lag.«

»Er wollte dich verletzen.« Sie strich tröstend über Lukes Arm. »Er wollte uns alle verletzen, deshalb hat er auch gestohlen. Es ist nicht so wie bei Daddy.«

»Ja, ja«, erwiderte Luke geistesabwesend – und dann erstarrte er plötzlich. »Was?«

»Du weißt schon, das mit dem Stehlen. Daddy würde nie einen Freund bestehlen oder jemanden, den er dadurch schädigt.« Sie gähnte. Das Weinen hatte sie müde gemacht. »Er nimmt nur Juwelen und solche Sachen, die gut versichert sind.«

»Himmelnochmal.« Er schob sie ein Stück von sich. »Wie lange weißt du das schon? Wie lange weißt du schon, was wir machen?«

Das Mondlicht schimmerte in ihren verweinten Augen, doch sie lächelte verschmitzt. »Das habe ich schon immer gewußt.«

Sam verließ zwar das Haus, jedoch nicht das Viertel. Erst

hatte er noch eine Rechnung zu begleichen. Es gab nur eine Erklärung dafür, daß man ihm auf die Schliche gekommen war. Roxanne mußte ihn verpfiffen haben.
Dabei hatte dieses kleine Luder genau gewußt, was er tat, davon war Sam fest überzeugt. Sie war schließlich mit ihm in die Läden gegangen, und jetzt schob sie ihm die ganze Schuld zu. Nur ihretwegen hatte man ihn aus dem warmen Nest geworfen und davongejagt. Das sollte sie ihm büßen.
Er versteckte sich auf dem Weg, den sie immer zur Schule nahm und suchte Schutz vor dem dünnen Nieselregen. Er haßte es zu frieren.
Ein Grund mehr, es ihr heimzuzahlen.
Stundenlang mußte er in der Kälte lauern, bis er sie endlich erblickte. Den Rucksack über dem Rücken, schlenderte sie mit gesenktem Kopf dahin. Er wartete, bis sie nahe genug herangekommen war.
Dann sprang er mit einem Satz auf sie zu und zerrte sie in eine schmale Gasse. Roxanne hob instinktiv die Fäuste, um sich zu wehren – und senkte sie wieder, als sie Sam erkannte.
Ihre Augen waren immer noch gerötet, aber sie schaute ihn ruhig und mit einem gefährlichen Funkeln an.
»Was willst du?«
»Mich ein klein wenig mit dir unterhalten ...«
Der gehässige Ausdruck auf seinem Gesicht war ihr so unheimlich, daß sie am liebsten weggelaufen wäre. Er sah aus, als sei er zu allem fähig.
»Daddy hat dir gesagt, daß du verschwinden sollst.«
»Meinst du etwa, ich hätte Angst vor so einem alten Knacker?« Er gab ihr einen Schubs, daß sie gegen eine Mauer flog. »Ich tue, was ich will, und im Moment will ich mit dir abrechnen, Roxy.«
»Was?« fuhr sie ihn an. Sie vergaß vor Überraschung den Schmerz an ihrer Schulter. »Ich hab dich mit zu uns nach Hause genommen. Ich habe Daddy gebeten, dir einen Job zu geben. Ich habe dir geholfen, und du hast meine Freunde bestohlen. Was redest du da von abrechnen?«
»Wohin willst du?« Er packte sie, als sie an ihm vorbeigehen

wollte. »Zur Schule? Heute nicht. Ich finde, du solltest mir etwas Gesellschaft leisten.« Er legte eine Hand um ihren Hals. »Du hast mich verpfiffen, Rox.«
»Nein«, stieß sie hervor. »Aber ich hätte es getan, wenn ich es gewußt hätte.«
»Bleibt sich wohl gleich, was?« Erneut versetzte er ihr einen Schubs, so daß ihr Kopf gegen die Mauer schlug – und heulte im nächsten Moment auf, da sie ihm mit den Fingernägeln das Gesicht zerkratzt hatte. Vor Schreck ließ er sie los.
Sie hatte fast das Ende der Gasse erreicht, ehe er sie erwischte. »Du kleine Schlampe«, keuchte er und riß sie zu Boden. Trotz seiner Schmerzen erfaßte ihn plötzlich eine merkwürdige Erregung. Er konnte mit ihr machen, was immer er wollte, niemand würde ihn daran hindern.
Benommen rappelte sie sich auf Hände und Knie hoch. Sie ahnte, daß er etwas vorhatte, daß er sie nicht nur schlagen würde, und war entschlossen, sich nach Kräften zu wehren.
Doch das war gar nicht nötig. Roxanne hatte ihn nicht kommen sehen. Luke stürzte sich mit einem wütenden Aufschrei auf Sam.
Dann sah man nur noch Faustschläge. Ihre Beine zitterten, doch sie schaffte es aufzustehen und schaute sich nach irgendeiner Waffe um. Schließlich griff sich nach dem Deckel einer Mülltonne und lief zu den beiden Kämpfern zurück.
Luke brauchte jedoch keine Hilfe. Er hockte mit gespreizten Beinen auf Sam und schlug methodisch und gnadenlos auf ihn ein.
»Das ist genug!« Sie warf den Deckel zur Seite und hielt seine Arme fest. »Hör auf, du bringst ihn sonst noch um. Luke! Daddy würde nicht wollen, daß du dir die Hände verletzt.«
Ihre ruhige, sachliche Stimme brachte ihn wieder zur Besinnung. Er betrachtete seine aufgerissenen und blutigen Knöchel und mußte lachen. »Stimmt. Bist du in Ordnung?«
Er war maßlos wütend über die Sache mit Annabelle gewesen. Doch als er sah, wie Sam über Roxanne herfallen wollte, war er regelrecht ausgerastet.

»Ja. Ich wollte ihn gerade in die Eier treten, aber trotzdem danke, daß du ihn für mich verdroschen hast.«

»War mir ein Vergnügen. Hol deine Schultasche, und warte am Bürgersteig auf mich.«

»Du willst ihn doch nicht noch weiter schlagen, oder?« Sie musterte Sams Gesicht. Falls sie sich nicht irrte, war seine Nase gebrochen, und er hatte einige Zähne verloren.

»Nein.« Er deutete mit dem Kopf zum Ende der Gasse. »Geh schon, Rox. Ich komme gleich.«

Mit einem letzten Blick auf Sam wandte sie sich um und ging davon.

»Ich könnte dich dafür umbringen, daß du sie angefaßt hast.« Luke beugte sich zu ihm hinab. »Und wenn du noch einmal in ihre Nähe oder in die Nähe meiner Familie kommst, bringe ich dich wirklich um.«

Sam stützte sich mühsam auf die Ellbogen, als Luke aufstand. Er hatte das Gefühl, als sei er von einem Laster überrollt worden. Sein Gesicht brannte wie Feuer. Noch nie hatte jemand gewagt, ihn zu schlagen.

»Das zahle ich dir heim«, krächzte er. Luke grinste nur verächtlich.

»Kannst du gern versuchen. Nimm es als Gratislektion, Wyatt, und mach dich davon, solange du noch fähig bist zu gehen. Das nächste Mal breche ich dir nicht bloß die Nase.«

Als Luke verschwunden war, sank Sam mit schmerzverzerrtem Gesicht zusammen. Sein Haß aber war noch größer geworden. Eine Tages, gelobte er sich, eines Tages sollten sie alle dafür bezahlen.

VIERTES KAPITEL

Paris, 1982

Paris im Frühling war herrlich, doch Roxanne hatte im Moment keinen Sinn für die Schönheit dieser Stadt. »Ich bin kein Kind mehr«, erklärte sie energisch.

»Das ist mir durchaus bewußt.« Max, dessen Haar im Laufe der Jahre grau geworden war, goß ungerührt etwas Sahne in seinen starken französischen Kaffee.

»Ich habe ein Recht darauf mitzukommen. Ich gehöre genauso dazu.«

Max strich Butter auf sein Croissant, biß ein Stück ab und betupfte sich die Lippen mit einer Serviette. »Nein«, erwiderte er lächelnd und aß weiter.

Roxanne hätte am liebsten getobt vor Wut, aber damit würde sie ihren Vater erst recht nicht überzeugen, daß sie inzwischen erwachsen war und ihren Platz an seiner Seite einnehmen konnte.

Das Wohnzimmer ihrer großzügigen Suite im Ritz war wundervoll eingerichtet. Roxanne wirkte wie geschaffen für eine solch luxuriöse Umgebung, in ihrem weich fließenden Morgenrock aus Seide, mit den dezenten Smaragden an ihren Ohren und dem geflochtenen Zopf, der über ihren Rücken hing.

Doch sie sehnte sich von ganzem Herzen nach nächtlichen Streifzügen durch dunkle Gassen und über rußige Dächer. Wenn sie doch nur endlich ihren Vater überzeugen könnte, daß es jetzt an der Zeit war, sie mitzunehmen.

»Daddy …«, schmeichelte sie lächelnd. »Ich verstehe ja, daß du mich nur beschützen willst.«

»Die wichtigste Aufgabe aller Eltern.«

»Das ist lieb von dir. Aber du mußt mich auch erwachsen werden lassen.«

Er schaute sie an und seufzte wehmütig. »Trotz aller mir zur Verfügung stehenden magischen Tricks wird sich das nicht verhindern lassen.«

»Ich bin bereit«, versicherte sie eifrig und nahm seine Hand. »Schon lange. Ich bin genausogut wie Luke ...«

»Du hast keine Ahnung, wie gut Luke ist.« Max tätschelte ihr die Hand und frühstückte weiter. Wie oft hatten sie schon diese Diskussion geführt, seit sie im zarten Alter von vierzehn verkündet hatte, daß sie jetzt auch bei seinen nächtlichen Unternehmungen mitmachen wollte. Dabei hatte er bis dahin keine Ahnung gehabt, daß sie überhaupt davon wußte.

Roxannes Blick wurde eisig, und Max mußte ein Lachen unterdrücken. »Selbst wenn er noch so gut ist«, erklärte sie, »kann ich noch besser sein.«

»Es handelt sich nicht um einen Wettbewerb, meine Liebe.«

Und ob, dachte Roxanne. Sie sprang auf und lief wieder durch das Zimmer. Seit Jahren war es ein Wettkampf, und zwar ein äußerst verbissener. »Es liegt nur daran, weil ich kein Mann bin«, stieß sie bitter hervor.

»Das hat nichts damit zu tun. Solche albernen Vorurteile kann mir sicher niemand vorwerfen.« Max schob seufzend seinen Teller beiseite. »Du bist einfach noch zu jung, Roxy.«

Etwas Schlimmeres hätte er gar nicht sagen können. »Ich bin fast achtzehn«, fuhr sie auf. »Wie alt war er denn, als du ihn das erste Mal mitgenommen hast?«

»Viel älter – wenn auch nicht unbedingt an Jahren, aber innerlich. Roxanne, ich möchte, daß du aufs College gehst und all das lernst, was ich dir nicht beibringen kann. Daß du dich erst einmal selbst entdeckst.«

»Ich weiß längst, wer ich bin.« Herausfordernd straffte sie die Schultern, und Max sah sie plötzlich als die erwachsene Frau, die sie einmal sein würde. Sein Stolz überwältigte ihn beinah. »Du hast mir alles beigebracht, was ich wissen muß.«

»Nicht annähernd genug«, erklärte er ruhig. »Lily und ich haben dich sehr behütet, vielleicht zu sehr, und nun möchten wir, daß du einen Schritt in die Selbständigkeit machst, ganz allein.«

»Und was ich will, spielt keine Rolle? Ich will dabeisein, wenn du in Chaumet den Safe öffnest. Ich will wissen, was es für ein Gefühl ist, in der Dunkelheit zu stehen und die Azzedine-Diamanten in den Händen zu halten.«

Max verstand sie nur zu gut. Er bereute zwar, daß er ihr von diesen Juwelen, von ihrer spektakulären Schönheit und der geheimnisvollen Geschichte, die sie umgab, erzählt hatte, doch nun hatte es keinen Sinn, es zu bedauern.

»Dein Tag wird kommen, wenn es denn sein soll. Aber diesmal nicht.«

»Verdammt, ich will ...«

»Was immer du willst – du wirst warten müssen«, erklärte er sachlich und war froh, als ein Klopfen an der Tür ihre Diskussion unterbrach.

Roxanne unterdrückte ihre Wut und öffnete mit einem Lächeln auf dem Gesicht, das jedoch sofort wieder verschwand, als sie Luke sah.

»Hast eine Abfuhr gekriegt, was?« Er grinste über ihren eisigen Blick und schlenderte lässig an ihr vorbei. Der Duft ihres Parfüms war unglaublich verführerisch. Zum Glück hatte er sich inzwischen genügend im Griff, so daß sie seine Reaktion nicht merkte.

»Max.« Er bediente sich aus dem silbernen Korb mit Gebäck. »Ich wollte dir nur Bescheid sagen, daß die restliche Ausstattung endlich angekommen ist.«

»Ah, das ist gut. Setz dich und trink einen Kaffee. Ich sehe selbst nach, ob alles in Ordnung ist. Du kannst Roxanne Gesellschaft leisten.«

Lieber wollte er zur Hölle fahren, als mit ihr allein zu sein. Es war im ganz normalen Alltag schon schwer genug, aber in dieser Situation wäre es eine einzige Qual. Denn er wußte verdammt gut, daß sie nichts unter ihrem Morgenrock trug.

»Ich komme mit dir.«

»Nicht nötig.« Max drückte ihn wieder auf seinen Stuhl. »Mouse und ich kümmern uns schon darum. Heute nachmittag können wir dann eine Probe abhalten.« Er ging zum Spiegel, um seine Krawatte zurechtzurücken, und strich sich den Schnurrbart glatt.

Ob sie eigentlich nicht merken, wie es zwischen ihnen knistert, fragte er sich. Als könnten in jedem Moment die Funken sprühen. Ach, diese jungen Leute heute. Lächelnd beobachtete er im Spiegel, daß die beiden wie zwei Straßenkatzen den größtmöglichen Abstand hielten.

»Wenn Lily aufwacht, sagt ihr, sie soll sich heute morgen mal allein amüsieren. Wir treffen uns um zwei im La Palace.« Er küßte seine Tochter auf die Wange. *»Au revoir, ma belle.«*

»Wir sind noch nicht fertig!«

»Um zwei«, sagte er. »In der Zwischenzeit solltet ihr beiden einen Bummel durch Paris unternehmen.«

Sobald ihr Vater die Tür hinter sich geschlossen hatte, erklärte Roxanne entschlossen: »Ich lasse mich nicht mehr so einfach abschieben!«

»An mir liegt's nicht.«

Sie marschierte zum Tisch und schlug mit der Hand darauf, daß das Porzellan klapperte. »Und was würdest du sagen?«

Sie war im Laufe der letzten Jahre so schön geworden, daß er es kaum ertragen konnte. Doch er ließ sich seine Gefühle nicht anmerken und schaute ihr direkt in die Augen. »Ich wäre ebenfalls dagegen.«

»Aber warum denn?« rief sie betroffen.

»Weil du noch nicht soweit bist.«

»Woher willst du das wissen?« Sie warf trotzig den Kopf zurück. »Woher willst du das wissen, wozu ich bereit bin?«

Das Licht, das durch die Fenster hereinströmte, spielte über ihr Haar. Luke wandte hastig den Blick ab, da er befürchtete, sie könne das Verlangen in seinen Augen sehen.

»Es ist ein himmelweiter Unterschied, ob man Touristen mit dem Hütchenspiel hereinlegt, Rox, oder Juwelen aus einer Villa klaut.« Er griff nach seiner Tasse, um seine Hände irgendwie zu beschäftigen. Es war eine erprobte Taktik, sie in Wut zu versetzen. Wenn sie wütend war, kam er wenigstens nicht auf dumme Gedanken. Das hoffte er jedenfalls.

»Ich bin genausogut wie du, Callahan. Du wußtest nicht mal, wie man ein Kartenspiel anständig mischt, bis ich es dir beigebracht habe.«

»Es ist immer schwer, einsehen zu müssen, daß man von einem anderen übertroffen worden ist.«

Eine tiefe Röte überzog ihr Gesicht, und sie richtete sich kerzengerade auf. Zu seinem Elend sah Luke deutlich jede Rundung ihres Körpers unter dem Morgenrock. »Du armseliger Wicht könntest mich nicht mal auf Stelzen übertrumpfen.«

Er lächelte nur. »Über wen haben denn sämtliche Zeitungen beim letzten Auftritt in New York geschrieben?«

»Ein Idiot, der sich gefesselt in einen Schrankkoffer stecken und in den East River schmeißen läßt, ist natürlich ein gefundenes Fressen für die Journalisten.« Seit er sich mehr und mehr mit spektakulären Entfesselungsnummern beschäftigte, war sie jedesmal, wenn er sich in eine Kiste einsperren ließ, hin- und hergerissen zwischen Bewunderung für seinen Mut und Verärgerung über diese Kraftmeierei.

»Ich habe im Mittelpunkt gestanden, weil ich es geschafft habe, dort rauszukommen«, erklärte er und nahm eine der französischen Zigarren, für die er eine Vorliebe entwickelt hatte. »Weil ich der Beste bin. Du solltest dich mit deinen hübschen Illusionen zufriedengeben, Rox, und mit deinen netten kleinen Freunden ...« Die er am liebsten allesamt ermordet hätte. »Überlaß die gefährliche Arbeit uns. Wir verstehen uns darauf.«

Es gelang ihm gerade noch, ihr Handgelenk zu packen, um zu verhindern, daß ihre Faust seine Nase traf. Er stand auf und zog sie mit einem Ruck zu sich heran.

Unwillkürlich durchlief sie ein sehnsüchtiges Prickeln. Sie wünschte sich, ihn dafür hassen zu können, daß es immer schwerer wurde, ihre Gefühle zu unterdrücken.

»Paß bloß auf«, warnte er mit ruhiger Stimme, was ihr verriet, daß es ihr gelungen war, ihn in Wut zu versetzen – offenbar das einzige Gefühl, das sie jederzeit bei ihm auslösen konnte.

»Glaub bloß nicht, du könntest mir angst machen ...«

Er nahm ihr Kinn in seine Hand, und sie schloß erwartungsvoll die Augen. Sehnsüchtig öffnete sie ihre Lippen, ohne es selbst zu merken.

»Ich könnte Schlimmeres tun«, stieß er mühsam hervor. »Und wir würden beide dafür büßen müssen.«

Und ehe etwas geschah, das er sich nie würde verzeihen können, schob er sie von sich fort und verließ mit hastigen Schritten das Zimmer. »Um zwei Uhr. Im Kostüm«, rief er ihr noch schroff zu und schloß rasch die Tür hinter sich.
Roxanne ließ sich mit zitternden Knien auf einen Stuhl fallen und holte mehrmals tief Atem. Eine Sekunde lang, eine flüchtige Sekunde lang, hatte er sie angeschaut, als wisse er, daß sie eine Frau ist. Eine begehrenswerte Frau. Eine Frau, die er begehrte.
Benommen schüttelte sie den Kopf. Was für ein lächerlicher Gedanke. Er hatte nie etwas anderes in ihr gesehen als ein lästiges Übel. Und wenn schon! Es kümmerte sie nicht. Diese alberne kindische Schwärmerei war längst vorbei.
Überhaupt interessierte sie sich sowieso nicht für Männer. Sie hatte viel wichtigere Pläne.
Und auf gar keinen Fall würde sie warten, bis sie vier Jahre College hinter sich hatte, ehe sie sich ihre Träume erfüllte. Nicht einmal eine Woche würde sie warten.
Es war höchste Zeit, sich gründlich die nächsten Schritte zu überlegen. Sie hatte schon lange genug über diese Idee gebrütet. Lächelnd legte sie die Füße hoch, schlug die Beine übereinander und griff übermütig nach der brennenden Zigarre, die Luke liegengelassen hatte. Versonnen blies sie Rauchringe an die Decke, während sie ihre Pläne schmiedete.

Luke war heilfroh, daß er so viel mit den Vorbereitungen für den Auftritt im La Palace und der Sache in Chaumet um die Ohren hatte, so daß ihm keine Zeit blieb, über Roxanne nachzudenken.
Es sei denn um drei Uhr morgens, wenn er wieder einmal schweißgebadet aufwachte, weil er von ihr geträumt hatte. In qualvoller Deutlichkeit hatte er sich mit ihr auf irgendeiner verschwiegenen Waldlichtung gesehen, wo sie sich provozierend an ihn drängte. Ihr prachtvolles Haar streifte über das taufeuchte grüne Gras, und ihre hexenhaften Augen glühten vor Leidenschaft.
Wenn es eine Hölle gab, würde er allein für diese Träume

dort büßen, davon war Luke überzeugt. Er war schließlich fast so etwas wie ihr Bruder. Und dieser Gedanke war das einzige, was ihn daran hinderte, seine wilden Träume in die Tat umzusetzen.

Außerdem würde sie ihn erbarmungslos auslachen, wenn er sich seine Gefühle auch nur anmerken ließ.

Eines Abends hatte er wieder einmal das dringende Bedürfnis, nach draußen zu gehen. Vielleicht lenkte ihn ein schöner langer Spaziergang vor dem Abendessen durch die Pariser Dämmerung von den Gedanken an Roxanne ab. Er griff nach seiner schwarzen Lederjacke und blieb kurz vor dem Spiegel stehen, um sich mit den Fingern durch das Haar zu streichen.

Er trug es so lang, daß es bis über den Kragen fiel, wenn er es nicht zu einem Zopf zusammenband. Seine langen dunklen Wimpern brachten ihn längst nicht mehr in Verlegenheit. Er wußte vielmehr, daß ein Blick aus seinen blauen Augen selten seine Wirkung verfehlte.

Vor einiger Zeit hatte er sich bei einem Auftritt die Nase gebrochen – und war ein wenig enttäuscht gewesen, als der Bruch so gut verheilt war, daß man nichts mehr davon sehen konnte.

Mit seinen einundzwanzig Jahren hatte er seine volle Körpergröße von 1,85 m erreicht und war auch innerlich reifer geworden. Es geschah nur noch selten, daß die alten Ängste, die ihn während der Kindheit so oft gequält hatten, in ihm aufflackerten. In den Jahren mit Max hatte er gelernt, sich zu beherrschen und seine Gefühle unter Kontrolle zu halten, wofür er mehr als dankbar war.

Und mit der nötigen Willenskraft würde er im Lauf der Zeit auch seine Gefühle für Roxanne überwinden.

Er wandte sich vom Spiegel ab und verließ das Zimmer. Auf dem Weg zum Lift begegnete ihm ein hübsches blondes Zimmermädchen, das einen Wagen durch die Gänge schob. Offenbar wollte sie zusätzliche Handtücher verteilen und die üblichen Betthupferl auf die Kissen legen. Luke hatte sich inzwischen derart an solche Annehmlichkeiten gewöhnt, daß er sie kaum noch wahrnahm.

»*Bonsoir*«, grüßte er mit einem flüchtigen Lächeln.

»*Bonsoir, Monsieur.*« Schüchtern wandte sie den Blick ab und klopfte an eine Tür auf der anderen Seite des Flurs.

Luke war schon fast bei den Fahrstühlen, als er abrupt stehenblieb. Dieser Duft – das war doch Roxannes Parfüm. Oder war er so durcheinander, daß er sie schon überall roch? Langsam drehte er sich um und musterte das Zimmermädchen, das gerade mit ihrem Hauptschlüssel die Tür öffnete.

Diese Beine, diese langen schlanken Beine unter dem schwarzen Rock – das war Roxanne!

Sie wollte soeben leise die Tür hinter sich schließen, als er sich mit einer Hand dagegen stemmte. »Was zur Hölle treibst du hier?«

Mit Unschuldsmiene schaute sie ihn an. »*Pardon?*«

»Laß das, Roxanne. Was hast du vor?«

»Halt's Maul«, zischte sie wütend, packte seinen Arm und zog ihn hinein. »Woher wußtest du, daß ich es war?«

Er konnte ihr schlecht sagen, daß er ihre Beine überall erkannt hätte. Also log er. »Meinst du etwa, du könntest irgend jemanden mit dieser Aufmachung zum Narren halten?«

In Wirklichkeit war die Verkleidung perfekt. Durch die freche blonde Kurzhaarperücke wirkte sie völlig fremd, und selbst ihre Augenfarbe war – offenbar dank brauner Kontaktlinsen – eine andere. Mit Hilfe eines geschickten Makeups hatte sie den Ton ihrer Haut und ihre Gesichtsform verändert, hatte ihre Hüften ein wenig ausgepolstert und trug einen dieser raffinierten Büstenhalter, die nach Lukes Ansicht verboten werden müßten, da sie derart aufreizend die weibliche Anatomie zur Geltung brachten, daß jeder Mann Stielaugen bekam.

»Mist«, fluchte sie leise. »Ich habe zehn Minuten bei Lily im Zimmer verbracht, ohne daß sie mich erkannt hat.«

Weil sie nicht seit zwei Jahren beim Anblick deiner Beine auf dumme Gedanken kommt, dachte er.

»*Ich* bin jedenfalls nicht auf diese Maskerade reingefallen. Also, was zur Hölle machst du hier?«

»Ich klaue Mrs. Melvilles Schmuck.«

»Den Teufel wirst du tun.«
Sie funkelte ihn böse an. Unverkennbar Roxanne, dachte Luke, trotz der braunen Augen. »Laß mich in Ruhe. Ich bin jetzt einmal hier drin und gehe bestimmt nicht mit leeren Händen raus. Ich habe alles genau geplant, und du wirst mir die Sache nicht vermasseln.«
»Und was machst du, wenn Mrs. Melville nach den *gendarmes* schreit?«
»Dann bin ich natürlich genauso erschrocken und wütend wie alle anderen im Hotel.« Sie drehte sich um und ging direkt zur Kommode. Ehe sie die Schubladen öffnete, zog sie ein Tuch aus ihrer Tasche, um keine Fingerabdrücke zu hinterlassen.
»Glaubst du etwa, sie hat das Zeug einfach so in einer Schublade herumliegen?« schnaufte er spöttisch. »Das Ritz hat dafür Safes.«
Roxanne warf ihm einen vernichtenden Blick zu. »Dort bewahrt sie ihren Schmuck aber nicht auf. Ich habe gehört, wie sie deswegen neulich abends mit ihrem Mann gestritten hat. Sie will ihren Schmuck lieber zur Hand haben, damit sie freie Auswahl hat, wenn sie sich abends anzieht.«
Nicht schlecht, dachte Luke. Sehr gut sogar. »Und was machst du, wenn einer von ihnen hereinkommt, während du hier herumstöberst?«
»Ich stöbere ja nicht herum.« Rasch schloß sie die Schublade. »Ich bin hier, um das Bett fertigzumachen. Und was hast du für eine Ausrede?«
»Okay, Rox. Genug ist genug.« Er packte ihren Arm. »Wir haben das Ding in Chaumet seit Monaten geplant. Ich lasse nicht zu, daß du mit solchen lächerlichen Spielereien alles verdirbst.«
»Das eine hat nichts mit dem anderen zu tun.« Sie riß sich los. »Und es ist erst recht nicht lächerlich. Hast du die Klunker gesehen, die diese Frau trägt?«
»Könnte Straß sein.«
»Das werde ich schon rausfinden.« Sie zog eine Juwelierlupe aus ihrer Tasche. »Du brauchst nicht zu glauben, ich sei dumm. Ich weiß, was ich tue.«

»Ich auch, und deshalb verschwindest du schleunigst ...« Er brach ab, als er einen Schlüssel im Schloß hörte. »O Scheiße.« – »Soll ich schreien und behaupten, du hättest dich ins Zimmer gedrängt und über mich herfallen wollen?« lächelte sie boshaft.

Ihm blieb keine Zeit für eine Antwort. Mit einem wütenden Blick entschied er sich für den einzigen Ausweg, der ihm blieb, und tauchte unter das Bett.

Grinsend begann Roxanne, die Bettücher zu glätten. Als die Tür sich öffnete, errötete sie gekonnt.

»Oh, Monsieur Melville«, sagte sie mit deutlichem Akzent, »soll ich ... später kommen?«

»Nicht nötig, Schätzchen.« Er war ein großer muskulöser Texaner Mitte Fünfzig und litt wegen des ungewohnten französischen Essens unter Verdauungsstörungen. »Machen Sie nur weiter.«

»*Merci.*« Roxanne schüttelte die Kissen auf, wobei sie sich bewußt war, daß Melville eingehend ihr Hinterteil betrachtete.

»Kann mich nicht erinnern, Sie hier schon mal gesehen zu haben.«

»Ich ... bin sonst in einem anderen Stockwerk.« Sie beugte sich noch ein wenig weiter über das Bett. Warum dem geilen alten Knaben nicht was für sein Geld bieten, dachte sie übermütig und warf ihm unter halb gesenkten Wimpern einen Blick zu. »Möchten Sie noch mehr Handtücher, Monsieur? Kann ich Ihnen sonst noch etwas besorgen?«

»Na ja.« Er kam näher heran und zwinkerte. Sein Atem roch leicht nach Bourbon. »Woran haben Sie denn so gedacht, meine Kleine?«

Sie klimperte kichernd mit den Wimpern. »O Monsieur, Sie necken mich, *oui?*«

Mit dir möchte ich gern noch was ganz anderes machen, dachte er. Ein so hübsches kleines Päckchen auszuwickeln wäre bestimmt viel lustiger als die Oper, in die seine Frau ihn schleppen wollte. Seine Verdauungsstörungen waren vergessen, und er beschloß, sich einen kleinen Flirt zu gönnen.

»Ich war schon immer scharf auf französische Törtchen.«

Melville tätschelte ihr den Hintern und strich über ihre Brüste. Luke hörte unter dem Bett ihr Gekicher und fletschte förmlich die Zähne.
Errötend schaute Roxanne zu Melville auf. »O Monsieur, ihr Amerikaner!«
»Ich bin nicht nur Amerikaner, Süße. Ich bin Texaner.«
»Oh.« Sie ließ ihn an ihrem Hals knabbern, während Luke hilflos die Fäuste ballte. »Ist das wahr, was man über Texaner sagt, Monsieur? Daß bei ihnen alles ... größer ist?«
Melville lachte laut auf und küßte sie fest auf den Mund. »Verdammt richtig, Süße. Davon können Sie sich gern selbst überzeugen.« Luke ahnte, daß er sie aufs Bett drängen wollte und war drauf und dran, hervorzustürzen.
»Monsieur, ich bin im Dienst.« Roxanne befreite sich kichernd aus seinen Armen. »Man wird mich entlassen.«
»Und später, wenn Sie nicht im Dienst sind?«
Sie warf ihm einen verführerischen Blick zu. »Vielleicht könnten wir uns um Mitternacht treffen? Es gibt in der Nähe ein kleines Café, das Robert.«
»Ja, ich glaube, das geht.« Er zog sie wieder an sich. »Also gut, ich komme. Wie heißt du, Schätzchen?«
»Monique.« Sie strich ihm über die Wange. »Ich kann es kaum erwarten.«
Er blinzelte ihr lüstern zu, ehe er aus dem Zimmer schlenderte und bereits von einem heißen Abenteuer mit einer jungen Französin träumte.
Roxanne ließ sich übermütig lachend aufs Bett fallen.
»Wahrhaftig sehr witzig«, fauchte Luke, als er aus seinem Versteck kroch. »Du hast dich von oben bis unten betatschen und um ein Haar sogar von ihm besteigen lassen. Ich sollte dich übers Knie legen.«
»Ach, sei doch nicht so kindisch«, kicherte sie, doch als Luke ihren Arm packte und sie hochriß, sah sie, daß er tatsächlich wütend war und verkniff sich jedes weitere Wort.
»Verstehst du das unter Erwachsensein, Rox? Warst verdammt gut, o ja. Von wie vielen dieser Collegeburschen, mit denen du ausgehst, hast du dich eigentlich schon überall befummeln lassen?«

Diesmal errötete sie wirklich. »Das geht dich nichts an.«
»Von wegen! Ich bin …« Verrückt nach dir. Es gelang ihm gerade noch, die Worte zu verschlucken. »Jemand muß auf dich aufpassen.«
»Das kann ich sehr gut selbst.« Sie war erschrocken über den Schauer, der sie überlief, und stieß ihn von sich. »Und zu deiner Information, du Schwachkopf, er hat nicht *mich* betatscht. Ich bin so ausgestopft, daß man eine Matratze damit füllen könnte.«
»Darum geht es nicht. Los, und jetzt verschwinden wir hier.«
»Du verschwindest. Ich habe noch was vor.« Entschlossen warf sie den Kopf zurück. »Jetzt erst recht. Dieser fiese Dreckskerl hat's verdient, daß er seiner Frau einen ganzen Korb neuer Juwelen kaufen muß. Sich so einfach mit irgendeinem kleinen französischen Flittchen in einem billigen Café zu verabreden!«
Wider Willen mußte Luke lachen. »Du bist das französische Flittchen, Rox.«
»Und ich sorge auch dafür, daß er sein schweinisches Verhalten bereut. Denn jetzt kann er zwar erzählen, daß er ein Zimmermädchen gesehen hat, aber er wird sich hüten, mich allzu genau zu beschreiben, weil er nämlich ein schlechtes Gewissen hat. Das ist noch besser, als wenn er mich überhaupt nicht gesehen hätte.« Sie marschierte zum Schrank, tastete über das oberste Regal und grinste. »Na bitte.«
Sie reckte sich auf Zehenspitzen, um den großen Schmuckkoffer herunterzuziehen.
»Gott, Luke, das Ding wiegt sicher zwanzig Pfund.« Ehe er ihr helfen konnte, hatte sie ihn auf den Boden gestellt und kauerte sich daneben. »Der gehört mir«, sagte sie warnend und stieß seine Hand weg. Sie nahm einen Satz Dietriche aus ihrer Tasche, wählte einen aus und machte sich an die Arbeit. Luke stoppte die Zeit und mußte zugeben, daß sie besser, viel besser war, als er gedacht hatte, denn nach dreiundvierzig Sekunden war das Schloß geknackt.
»O Mann«, seufzte sie atemlos, als die den Deckel öffnete.

Es funkelte, glitzerte und schimmerte derart, daß sie sich wie Aladin in seiner Schatzhöhle fühlte – oder eher wie einer der vierzig Räuber. »Sind die nicht herrlich?«

»Falls sie echt sind.« Luke empfand ebenfalls dieses vertraute Prickeln, aber er ließ sich nichts anmerken. »Außerdem bewundert ein Profi nicht derart hingerissen seine Beute.«

»Mache ich gar nicht. Na ja, vielleicht ein bißchen«, lachte sie und strahlte ihn an. »Luke, ist das nicht fabelhaft?«

»Falls ...« Seine Stimme versagte. Er mußte sich räuspern. »Falls sie echt sind«, wiederholte er.

Roxanne untersuchte bereits mit der Lupe eine Kette aus Saphiren und Diamanten. »Die sind echt, Callahan.« Rasch prüfte sie die übrigen Stücke, ehe sie sie in Handtücher einwickelte. »Absolut lupenrein scheinen mir die Diamanten zwar nicht, aber immerhin. Ich schätze sie auf, na – hundertsechzig, hundertsiebzigtausend Dollar.«

Insgeheim stimmte er ihr zu, aber er zog sie nur wortlos hoch, wischte den Koffer ab und stellte ihn mit Hilfe eines Handtuchs zurück.

»Gehen wir.«

»Komm schon, Luke«, lachte sie. »Du kannst wenigstens sagen, daß ich es gut gemacht habe.«

»Anfängerglück«, grinste er.

»Das war kein Glück.« Sie stupste ihn mit einem Finger gegen die Brust. »Ob es dir nun paßt oder nicht, Callahan, du hast eine neue Partnerin.«

FÜNFTES KAPITEL

»Du bist unfair.«

Roxanne war bereits im Kostüm und lief wütend in der engen Garderobe ihres Vaters auf und ab.

»Ich habe bewiesen, daß ich etwas kann«, beharrte sie.

»Du hast bewiesen, daß du impulsiv, unbesonnen und dickköpfig bist.« Nachdem er seine Manschettenknöpfe angelegt hatte, schaute Max auf und sah im Spiegel ihr wütendes Gesicht. »Und ich wiederhole es noch mal, du wirst bei der Sache in Chaumet nicht mitmachen. So, und nun sind es noch zehn Minuten bis zum Auftritt, junge Dame. Sonst noch etwas?«

Enttäuscht ließ sie sich auf einen Stuhl sinken. »Daddy, warum vertraust du mir nicht?« fragte sie bedrückt.

»Ich vertraue dir durchaus. Allerdings mußt du mir ebenfalls vertrauen, wenn ich dir sage, daß du noch nicht soweit bist.«

»Aber der Schmuck der Melvilles ...«

»Dieses Risiko hättest du niemals eingehen dürfen.« Er stand kopfschüttelnd auf. Niemand verstand besser als er, wie sehr sie sich nach solchen nächtlichen Abenteuern sehnte. Schließlich war sie seine Tochter.

Und in Wahrheit war er sogar ungeheuer stolz auf sie. Was wohl auf ein getrübtes Urteilsvermögen schließen läßt, dachte er mit einem verstohlenen Lächeln, aber jeder Vater würde so empfinden.

»*Ma belle,* ich will dir etwas sagen. Fische niemals in eigenen Gewässern. Es war leichtsinnig von dir, in unserem Hotel etwas zu stehlen.«

Roxanne schaute ihn fragend an. »Soviel ich weiß, hast du die Juwelen nicht zurückgebracht, Daddy.«

»Nein«, erwiderte er zögernd und fühlte sich ertappt. »Einem geschenkten Gaul schaut man nicht ins Maul – und das gilt sozusagen auch bei Diamanten. Heute nacht geht es aber um mehr, weit mehr. Die Planung läuft sei Monaten, Ro-

xanne, der Ablauf ist bis zur letzten Sekunde genau durchkalkuliert. Selbst wenn ich dich oder sonst jemanden mitnehmen wollte, käme dadurch alles durcheinander.«
»Das ist nur eine Ausrede«, entgegnete sie trotzig wie ein kleines Mädchen, dem man verbot, zu einer Party zu gehen.« Das nächste Mal findest du wieder eine andere.«
»Es ist die Wahrheit. Und wenn es nächstes Mal nicht geht, ist es ebenfalls wahr. Wann habe ich dich je belogen?«
Roxanne schwieg. Er hatte gelegentlich die Wahrheit ein wenig zurechtgebogen – aber regelrecht angelogen? Nein, noch nie. »Ich bin genausogut wie Luke.«
»Genau das hat er immer über dich gesagt, wenn es um die Zauberei ging.« Er nahm ihre Hand und küßte sie. »Und nun ist es Zeit für unsere Vorstellung.«
»Na gut.« Sie öffnete die Tür und blicke über die Schulter zurück. »Daddy, meinen Anteil von den hundertsechzig kriege ich aber!«
Er grinste von einem Ohr zum anderen. Was für eine prachtvolle Tochter er doch hatte. »Aber sicher, mein Mädchen.«

Im Zuschauerraum des La Palace drängten sich Filmstars, Mannequins und andere Berühmtheiten. Max hatte für dieses kritische Publikum eine besonders raffinierte Show zusammengestellt, die allen Beteiligten ganze Konzentration abverlangte.
Wie sie es gelernt hatte, schob Roxanne jeden anderen Gedanken beiseite. Zum Auftakt führte sie die Nummer mit den schwebenden Kugeln vor. Luke stand hinter den Kulissen und beobachtete sie. In ihrem smaragdgrünen Kleid und mit ihrer wilden Mähne sah sie wie eine langstielige Rose aus. Das Publikum war von ihrer Schönheit ebenso gefesselt wie von den silbernen Bällen, die frei in der Luft zu schweben und zu tanzen schienen.
Er neckte sie gern damit, daß ihre Nummern nur glanzvolle Effekthaschereien seien. Aber in Wahrheit war ihr Können ganz außergewöhnlich. Selbst er geriet jedesmal wieder in ihren Bann, obwohl er wußte, wie die Tricks funktionierten. Sie hob die Arme, auf denen jeweils drei Bälle schwebten.

Zur Musik von Debussy legte Lily grüne Seidentücher darüber und trat zurück. Roxanne ließ durch eine rasche Drehung die Tücher zu Boden gleiten – und wo eben noch die schimmernden Kugeln gewesen waren, saßen nun weiße Tauben.

Das Publikum tobte vor Begeisterung, als sie sich verbeugte und die Bühne verließ. Luke grinste ihr zu, während Mouse die Tauben in ihre Käfige lockte. »Vögel sind ja ganz nett, Rox, aber wenn du mit einem Tiger arbeiten würdest …«

»Leck mich …« Sie verstummte nur, weil Lily ihr hinter die Bühne gefolgt war und mißbilligend den Kopf schüttelte.

»Seid friedlich, Kinder. Mouse, Schatz, paß auf, daß die beiden sich benehmen. Ich muß wieder zurück.« Sie seufzte. »Wahrhaftig, Max heckt dauernd neue Möglichkeiten aus, mich zu zersägen.« Nach einem Blick auf Luke eilte sie nach draußen zu Max, der sich für den Begrüßungsapplaus bedankte.

»Du weißt, was sie hat, nicht wahr?« fragte Roxanne leise.

»Lily hat gar nichts«, entgegnete Luke und beobachtete Max, der die spektakuläre Nummer damit begann, daß er Flammen aus seinen Fingerspitzen schießen ließ. Zum krönenden Abschluß würde er Lily mit Laserstrahlen in drei Teile zerschneiden.

»Sie macht sich Sorgen um dich. Gott weiß, warum.«

Ihre Bemerkung machte ihn betroffener als er sich eingestehen wollte. »Dazu hat sie keinen Grund. Ich weiß, was ich tue.«

Roxanne hätte ihn am liebsten geschlagen. Aber sie war viel zu sehr Profi, um sich einen Wutanfall in den Kulissen zu erlauben. Mit ihrer Meinung hielt sie allerdings nicht hinter dem Berg. »Ja, das weißt du immer, stimmt's? Seit Max und Lily dich aufgenommen haben, hast du stets getan, was dir paßte. Verdammt, sie lieben dich, und es macht Lily fertig, daß du ständig riskantere Nummern entwickelst.«

Er unterdrückte seine Schuldgefühle, denn nagende Gewissensbisse durfte er sich bei seinen Auftritten nicht leisten. »Das ist nun mal mein Job. Du läßt glitzernde Bälle in der Luft schweben, ich zerbreche Ketten. Und wir alle stehlen.« Seine Augen blitzten. »Das ist unser Leben.«

»Es würde dich nichts kosten, etwas weniger waghalsig zu sein.«

Einen Augenblick lang schauten sie sich an. In seinen Augen lag ein merkwürdiger Ausdruck, der ihr ganz fremd war. »Du irrst dich«, sagte er ruhig und ging davon.

Roxanne mußte sich zwingen, ihm nicht nachzulaufen und ihn anzuflehen, damit aufzuhören. Doch sie wußte, daß es sinnlos wäre. Und Luke hatte recht. Das, was sie taten, war ihr Leben, obwohl Lily zum Beispiel die Diebstähle keineswegs billigte und schon gar nicht verstand, warum Max solche Risiken einging. Aber mit Lukes Entfesselungsnummern würde sie sich genauso abfinden müssen.

Er würde immer der einsame Wolf sein, wie LeClerc ihn vor vielen Jahren einmal genannt hatte. Er würde das tun, was ihm paßte und seinen Weg gehen. Als ob er sich ständig etwas beweisen müßte, dachte sie.

Aber das half ihr auch nicht weiter. Wenn sie ehrlich war, erging es ihr wie Lily – sie hatte eine Heidenangst vor dem Finale der heutigen Show.

Weder Max noch Lily bemerkten, wie nervös sie war. Nach außen konnte sie ihre Aufregung beherrschen. Das war eine Frage der Willenskraft. Aber es gelang ihr nicht, die Bilder zu verdrängen, die ihr immer und immer wieder durch den Sinn gingen.

In endlosen Wiederholungen sah sie vor sich, wie Luke unter Wasser in einem Glaskasten gefangen war – und vergeblich darum kämpfte, sich zu befreien.

Es ist mal wieder der Höhepunkt der Show, dachte Max, als das Scheinwerferlicht hinüber zu Luke schwenkte. Niemand, nicht einmal Lily, wußte, was es ihn gekostet hatte, Luke das Finale zu überlassen. Aber es ist Zeit, dachte Max, meinen Platz der Jugend zu räumen. Und der Junge ist so talentiert, so besessen. Er versteht es, das Publikum zu fesseln.

Max lächelte über diese Gedanken, während der Vorhang sich hob und die gläserne Kammer sichtbar wurde. Luke hatte sie selbst entworfen, die Form, die Glasscheiben, sogar die Messingbeschläge in Gestalt von Zauberern und Hexen. Luke wußte exakt, wieviel Wasser sie enthalten mußte, so daß sie bis an den Rand gefüllt war, wenn er gefesselt hineingesenkt wurde.

Er wußte auf die Sekunde genau, wieviel Zeit er benötigte, um sich von den Ketten, den Handschellen und den Fesseln zu befreien, mit denen er an die Seitenwände gekettet wurde. Und er wußte, wieviel Gnadenfrist ihm bleiben würde, falls etwas schiefging.

Roxanne stand neben der Kammer. Sie hatte das Kostüm gewechselt und war nun ganz in Weiß gekleidet. Trotz ihrer Aufregung lag ein Lächeln auf ihrem Gesicht, als sie Luke das Hemd abstreifte, so daß er bis zur Taille nackt war.

Sie achtete nicht auf die Narben, die seinen Rücken überzogen. Nicht einmal in all den Jahren hatte sie sie erwähnt, da sie wußte welche demütigenden Erinnerungen er mit ihnen verband.

Zwei Freiwillige aus dem Publikum legten ihm schwere Ketten an, seine überkreuzten Arme wurden vor der Brust zusammengebunden, die stählernen Handschellen angelegt, seine bloßen Füße an eine Holzplatte gekettet.

Zu den leisen, unheilvollen Klängen einer Cellomusik stieg die Plattform, auf der Luke stand, in die Höhe, während er zu reden begann.

»Es heißt, daß der große Houdini infolge der Verletzungen, die er sich bei dieser Nummer zugezogen hat, ums Leben gekommen ist. Seit seinem Tod ist es der besondere Ehrgeiz jedes Entfesselungskünstlers, diese Nummer zu wiederholen und die Herausforderung erfolgreich zu bestehen.«

Er blickte hinab zu Mouse, der verlegen in seiner arabischen Tracht auf der Bühne stand und einen riesigen Hammer in der Hand hielt. »Wir werden hoffentlich die starken Muskeln meines Freundes nicht benötigen, um das Glas zu zerschlagen.« Er blinzelte Roxanne zu. »Aber vielleicht brauche ich die schöne Roxanne für eine Mund-zu-Mund-Beatmung.«

Roxanne achtete kaum auf seine Worte, aber das Publikum applaudierte lachend.

»Wenn ich in die Kammer versenkt worden bin, wird sie luftdicht versiegelt.« Das Publikum hielt den Atem an, als die Plattform umgedreht wurde. Luke hing jetzt mit dem Kopf nach unten über dem Wasser. Er begann, mit tiefen Atemzügen seine Lungen zu füllen. Roxanne übernahm die weiteren Erläuterungen.

»Wir bitten um absolute Ruhe während der Nummer. Richten Sie Ihre Aufmerksamkeit auf die Uhr.« Ein Scheinwerfer beleuchtete eine große Uhr hinter der Bühne. »Sie sehen darauf die Sekunden verstreichen, sobald Callahan in die Kammer eingetaucht ist.« Luke wurde zentimeterweise auf die Wasseroberfläche hinabgesenkt. »Callahan hat lediglich vier Minuten, um aus dieser Kammer zu entkommen, ehe wir gezwungen sind, das Glas zu zerschlagen. Ein Arzt steht für den Notfall bereit.«

Jetzt mußte sie sich umwenden. Mit einer dramatischen Handbewegung deutete sie auf Luke, dessen Kopf bereits unter Wasser war. Sie beobachtete, wie er tiefer sank, bis sein Körper ganz untergetaucht war. Dann hörte sie den dumpfen Laut, mit dem die Plattform die Kammer luftdicht verschloß. Sein Haar schwebte im Wasser, und seine leuchtend blauen Augen schauten sie direkt an.

Nun senkte sich ein dünner weißer Vorhang herab und verbarg alle vier Seiten der Kammer.

Die Uhr begann zu ticken.

»Eine Minute«, verkündete Roxanne. Ihre Stimme verriet nichts von der Aufregung, die sie gepackt hatte. Sie konnte förmlich sehen, wie Luke sich von den Handschellen befreite und half ihm in Gedanken. Inzwischen mußte er bereits dabei sein, die Ketten zu öffnen.

Im Publikum entstand Geraune, als die Uhr zwei Minuten anzeigte. Roxanne spürte, wie ihre Handflächen feucht wurden und der Schweiß über ihren Rücken lief. Durch das weiße Tuch hindurch sah sie eine schattenhafte Bewegung.

Er hat keine Möglichkeit, um Hilfe zu rufen, dachte sie beklommen, als die Zeiger der Uhr sich der Dreiminutenmarkierung näherten. Keine Möglichkeit, irgendein Zeichen zu geben, falls er keine Luft mehr hat. Hilflos und allein könnte er sterben, ehe sie den Vorhang beiseite reißen und Mouse das Glas zerschmettern konnte – und das alles nur wegen seines dummen Ehrgeizes.

»Drei Minuten«, sagte sie, und nun merkte man ihr die Angst an. Das Publikum beugte sich gespannt vor.

»Drei zwanzig.« Verzweifelt blickte sie zu Mouse. »Drei fünfundzwanzig. Bitte, meine Damen und Herren, bleiben Sie ganz ruhig. Behalten Sie Platz.« Sie holte tief Atem und glaubte förmlich zu spüren, wie Luke erstickte. »Drei Minuten vierzig Sekunden.«

Eine Frau begann hysterisch irgend etwas auf Französisch zu schreien, woraufhin das ganze Publikum in Aufruhr geriet. Viele sprangen auf. Die Uhr zeigte, daß fast vier Minuten verstrichen waren.

»O Gott, Mouse.« Noch acht Sekunden blieben übrig. Roxanne verlor die Beherrschung und riß den Vorhang herunter. Genau in diesem Moment drückte Luke mit der Schulter die Plattform beiseite, tauchte auf und sog gierig die Luft ein. Seine Augen leuchteten triumphierend, als die Zuschauer jubelnd applaudierten. Das war die dreißig Sekunden wert gewesen, die er absichtlich unter Wasser gewartet hatte, obwohl er längst frei gewesen war.

Er reckte eine Hand in die Luft und atmete tief ein und aus. Diesen kleinen dramatischen Effekt würde er bei der nächsten Show wiederholen, nahm er sich vor. Er packte die Plattform, zwang sich aus der Kammer und landete triefnaß auf der Bühne.

Impulsiv beugte er sich über Roxannes Hand, und zum Entzücken der romantischen Franzosen küßte er sie.

»Du zitterst ja«, bemerkte er. »Sag bloß nicht, du hättest Angst gehabt, ich würde es nicht schaffen.«

Statt ihre Hand zurückzureißen, wie sie es am liebsten getan hätte, lächelte sie ihm strahlend zu. »Ich hatte nur Angst, Mouse müßte das Glas zerbrechen. Weißt du, wieviel es kostet, eine neue bauen zu lassen?«

»Das ist meine Roxanne.« Er küßte noch einmal ihre Hand. »Ich liebe deine Geldgier.«
Diesmal ertrug sie die Berührung seiner Lippen wirklich nicht mehr. »Du tropfst mich ganz voll, Callahan«, sagte sie und trat zurück, um ihm allein den Applaus im Scheinwerferlicht zu überlassen.

Es brachte Roxanne fast um, tatenlos herumsitzen zu müssen. Unruhig lief sie im Wohnzimmer auf und ab, während Lily es sich auf der Couch bequem gemacht hatte und einen alten Schwarzweißfilm im Fernsehen anschaute.
»Das ist genauso erniedrigend wie stundenlang am Telefon zu hocken in der Hoffnung, der Idiot, der dich neulich ins Kino eingeladen hat, ruft endlich wieder an«, sagte sie. »Typisch Mann, so mit Frauen umzuspringen.«
Lily murmelte nur zustimmend.
»So machen sie das schon seit Anbeginn der Zeit.« Roxanne ließ sich in einen Sessel fallen, stand jedoch gleich wieder auf und zog die Gardinen zur Seite. Mürrisch betrachtete sie die glitzernden Lichter des nächtlichen Paris. »Schon die Neandertaler sind auf die Jagd gezogen und haben die Frauen am Feuer zurückgelassen. Die Wikinger haben fröhlich ihre Raubzüge unternommen, während die Frauen zu Hause blieben. Die Cowboys sind davongeritten in die Weiten der Prärie, andere Männer sind aufs Meer hinausgefahren oder als Soldaten in den Krieg marschiert. Und wo waren wir?« Roxanne wirbelte herum, daß ihr geblümter Morgenrock flatterte. »Wir haben an den Fenstern gestanden, auf Bahnhöfen gewartet, haben Keuschheitsgürtel getragen oder am verdammten Telefon gehockt. Also, ich will mir nicht von einem Mann mein Leben diktieren lassen.«
»Liebling.« Lily putzte sich herzhaft die Nase, als der Abspann über den Bildschirm lief. »Es ist die Liebe, die diktiert, Schätzchen, nicht der Mann.«
»Dann zur Hölle damit.«
»O nein. Die Liebe ist das Beste im Leben.« Lily seufzte zufrieden über den herzzerreißend romantischen Film. »Max ist nur der Ansicht, daß es richtiger ist, noch etwas zu warten.«

»Und was ist mit dem, was ich für richtig halte?«

»Du hast doch noch alle Zeit der Welt.« Lily kuschelte sich genüßlich in ihren Morgenrock aus pfauenblauer, mit rosafarbenen Straußenfedern besetzter Seide. »Die Jahre gehen so rasch dahin, Roxy. Du kannst dir das jetzt noch nicht vorstellen, aber ehe du dich versiehst, fangen sie an zu fliegen. Und ohne Liebe ist am Ende alles nur leer. Für was immer du dich entscheidest, wenn die Liebe dazugehört, ist es schon richtig.«

Es hat keinen Sinn, mit Lily zu diskutieren, dachte Roxanne. Sie war nun einmal eine hoffnungslose Romantikerin. Roxanne hielt sich für wesentlich nüchterner und war heilfroh darüber. »Hast du nie mit ihnen gehen wollen? Wolltest du nie dazugehören?«

»Ich gehöre dazu.« Lily lächelte versonnen. »Ich weiß, daß Max nachher zur Tür hereinkommt und diesen besonderen Blick in den Augen hat, der mir sagt, daß er rundum zufrieden ist mit sich und der Welt. Er brennt darauf, mir alles zu erzählen, es mit mir zu teilen, und braucht es, daß ich ihm sage, wie klug und gerissen er ist.«

»Und das genügt dir?« Trotz ihrer Liebe zu Max und Lily fand Roxanne diese Einstellung fürchterlich. »Seinem Ego zu schmeicheln?«

Lilys Lächeln verschwand, und ihre Augen blitzten. »Ich habe genau das Leben, das ich mir wünsche, Roxanne. In all den Jahren, die wir zusammen sind, hat Max mich nicht ein einziges Mal schlecht behandelt oder absichtlich meine Gefühle verletzt. Dir bedeutet das vielleicht nicht viel, aber mir schon. Er ist sanft und freundlich und gibt mir alles, was ich mir wünsche.«

»Entschuldige.« Roxanne griff nach Lilys Hand. Obwohl sie ihre Haltung nicht verstand, hatte sie sie nicht beleidigen wollen. »Es macht mich rasend, daß sie mich ausschließen, und nun lasse ich es an dir aus.«

»Schatz, ich verstehe dich schon. Du bist nun einmal die Tochter deines Vaters.«

»Vielleicht hätte er lieber einen Sohn gehabt.«

»So etwas darfst du nicht einmal denken.«

»Luke nimmt er mit«, erwiderte sie voll Bitterkeit. »Ich dagegen sitze hier und drehe Däumchen.«
»Roxy, du bist erst siebzehn.«
»Und ich hasse es, siebzehn zu sein.« Sie sprang auf, marschierte zum Fenster und öffnete es. Tief sog sie die Luft ein. »Ich hasse es, dauernd auf alles warten zu müssen und ständig zu hören, daß ich noch so viel Zeit habe.«
»Sicher, das ist ganz natürlich.« Lily betrachtete Roxanne lächelnd. Sie ist so wunderschön, dachte sie, und so voller Ungeduld, sich endlich ins Leben zu stürzen. Wie schrecklich es ist, siebzehn zu sein, kein Kind mehr und auch noch nicht erwachsen. Wie wundervoll und schrecklich zugleich. »Ich kann dir einen Rat geben, aber vielleicht ist es nicht unbedingt das, was du hören möchtest.«
Roxanne hielt ihr Gesicht in die kühle Nachtluft und schloß die Augen. Wie sollte sie Lily die brennenden Sehnsüchte erklären, die sie empfand? »Einen guten Rat zu hören schadet nie, ihn zu befolgen dagegen oft.«
Lily lachte über das Zitat, das von Max stammte. »Versuche, Kompromisse zu finden.« Roxanne stöhnte erbittert. »Kompromisse einzugehen ist nicht so schlecht«, fuhr Lily fort, »wenn du es bist, die die Bedingungen festlegt.« Sie stand auf und war froh, daß Roxanne sich mit einem nachdenklichen Blick zu ihr umwandte. »Du bist eine Frau. Willst du daran etwas ändern?«
Roxanne erinnerte sich daran, wie unendlich stolz sie gewesen war, als ihre Brüste endlich begonnen hatten zu knospen. »Nein«, lächelte sie. »Das will ich nicht.«
»Dann mach es dir zunutze, Schatz.« Lily legte ihr eine Hand auf die Schulter. »Das bedeutet nicht das gleiche wie …«
»Es auszunutzen?« fragte Roxanne.
»Genau«, strahlte Lily. »Nutze das, was dir gegeben ist, deinen Verstand, dein Aussehen, deine Weiblichkeit. Die Frauen, die sich so verhalten, sind seit Jahrhunderten schon emanzipiert gewesen. Die Männer haben es bloß nicht immer gemerkt, das ist alles.«
»Ich will darüber nachdenken«, nickte Roxanne und küßte

Lily auf die Wange. »Danke.« Sie horchte auf, als sie den Schlüssel in der Tür hörte, und bemerkte überrascht, daß Lily vor Aufregung errötete. Roxanne fand es rührend, daß sie nach so vielen Jahren mit Max immer noch wie ein junges Mädchen reagierte.
Flüchtig überlegte sie, ob sie je einen Mann finden würde, bei dem es ihr ebenso gehen würde.
Max kam zur Tür herein, gefolgt von Luke, der Roxanne grinsend einen Beutel zuwarf.
»Noch wach?« Max zog Lily an sich und küßte sie übermütig. »Was kann ein Mann sich mehr wünschen, Luke, als nach einem erfolgreichen Unternehmen heimzukommen und zwei hübsche Damen vorzufinden, die ihn erwarten?«
»Ein kaltes Bier«, antwortete Luke und ging zur Minibar. »Es war eine irrsinnige Hitze in diesem Tresorraum.« Er öffnete ein Bier und trank die Hälfte in einem Zug leer.
Er sieht aus wie ein Barbar, dachte Roxanne. Düster, verschwitzt – und ungeheuer männlich. Hastig wandte sie sich zu ihrem Vater um. Ja, das war ein Mann mit Klasse. In seinem dunklen Kaschmirpullover, den tadellos gebügelten schwarzen Hosen, mit gepflegtem Schnurrbart und leicht nach Eau de Cologne duftend wirkte er wie ein Aristokrat. Es gibt eben zweierlei Diebe, dachte sie und setzte sich auf die Sofalehne.
»Wo sind Mouse und LeClerc?« fragte Lily.
»Beide schon ins Bett. Ich habe Luke noch auf einen Schlummertrunk eingeladen. Mein lieber Junge, vielleicht könntest du den Chardonnay öffnen, den wir kalt gestellt haben?«
»Sicher.« Während er die Flasche entkorkte, blickte er zu Roxanne. »Möchtest du nicht sehen, was in dem Beutel ist, Rox?«
»Doch, schon.« Sie hatte sich nicht anmerken lassen wollen, wie neugierig sie war und nahm sich vor, keine allzu große Begeisterung zu zeigen. Doch als die Diamanten in ihrer Hand glitzerten, vergaß sie alle Beherrschung. »Oh, wie wunderbar.«

»Nicht wahr?« Max nahm den Beutel und schüttete die restlichen Steine in Lilys Hände. »Ein hervorragender Schliff und erstklassige Qualität. Was schätzt du, Luke? 1,5 Millionen?«
»Eher schon zwei.« Er reichte Roxanne ein Glas Wein und stellte Lilys auf den Tisch.
»Du könntest recht haben.« Max nickte dankend, als Luke ihm ein Glas brachte. »Ich muß zugeben, daß es mir schwerfiel, nicht zu habgierig zu sein, als ich dort in diesem Tresorraum stand und diesen Schatz aus Smaragden, Saphiren und Rubinen sah. Oh, Lily, es waren prachtvolle Stücke – herrlich gearbeitete Halsketten aus erstklassigen Steinen.« Er seufzte. »Aber diese hübschen Steinchen sind leichter zu transportieren und abzusetzen.«
Luke erinnerte sich besonders an ein goldenes Halsband im byzantinischen Stil, in das Smaragde, Diamanten, Topaze und Amethyste eingearbeitet gewesen waren. Roxanne hätte damit wie eine Königin ausgesehen.
Er hatte sich vorgestellt, es ihr umzulegen und ihr dabei zu gestehen, wie erregend der Gedanke für ihn war, ihr etwas zu schenken, das niemand außer ihm jemals sehen würde. Und sie hätte ihn ausgelacht.
Er fuhr aus seinen Gedanken auf, als Max ihm eine Frage stellte. »Entschuldige. Wie bitte?«
»Beschäftigt dich etwas?«
»Nein. Ich bin bloß müde, das ist alles. Es war ein langer Tag. Ich lege mich gleich hin.«
Lily vergaß augenblicklich die Diamanten in ihrer Hand. »Schatz, willst du denn nicht noch wenigstens ein Sandwich essen?« fragte sie besorgt. »Du hast heute abend kaum etwas angerührt.«
»Ach, nein, hab keinen Hunger.« Er gab ihr einen Kuß auf die Wange, wie er es sich im Laufe der Jahre angewöhnt hatte. »Schlaf gut, Lily. Gute Nacht, Max.«
»Du warst heute ausgezeichnet, Luke«, sagte Max. »Schlaf gut.«
An der Tür warf er einen Blick über die Schulter zurück. Max hatte Lily im Arm, Roxanne saß auf der Sofalehne, hatte den

Kopf an die Schulter ihres Vaters gelehnt und hielt in beiden Händen die kristallklaren Steine. Wie ein Familienporträt, dachte er. Meine Familie. Und er hämmerte sich am besten gut ein, daß Roxanne so etwas wie eine Schwester für ihn war.

»Bis morgen, Rox.«

Er schloß die Tür und ging über den Flur in sein Zimmer, wo er für den Rest der Nacht von ihr träumen würde.

Roxanne quälte ihn jedoch nicht nur in seinen Träumen. Am nächsten Tag hüpfte sie gleich nach der Probe auf den Motorroller eines blonden Lümmels, winkte ihm fröhlich zu und raste mit ihm davon ins rücksichtslose Pariser Verkehrsgewühl.

»Wer zur Hölle war das?« fragte Luke.

Max blieb bei einem Blumenverkäufer stehen und kaufte eine Nelke für sein Knopfloch. »Wer denn?«

»Der Idiot, mit dem Roxanne gerade weg ist.«

»Ach, dieser Junge?« Max steckte sich die rote Blüte ans Revers. »Antoine oder Alastair oder so ähnlich. Er studiert an der Sorbonne. Ein Künstler, glaube ich.«

»Du läßt sie einfach mit irgendeinem Kerl wegfahren, den du nicht mal kennst?« Luke konnte es nicht fassen. »Mit einem *Franzosen?*«

»Roxanne kennt ihn«, erwiderte Max. Zufrieden mit sich und der Welt nahm er einen tiefen Atemzug. »Ich glaube, wenn Lily sich umgezogen hat, gehen wir zum Essen in ein kleines malerisches Café, wo man draußen sitzen kann.«

»Wie kannst du jetzt bloß an Essen denken?« Luke mußte sich beherrschen, um Max nicht kräftig zu schütteln. »Deine Tochter ist gerade mit einem wildfremden Kerl weggefahren. Wer sagt dir, daß er nicht irgendein Wahnsinniger ist?«

Max lachte und beschloß, noch ein Dutzend Rosen für Lily zu kaufen. »Roxanne kann sehr gut auf sich selbst achten.«

»Er hat ihre Beine angestarrt«, erklärte Luke finster.

»Na ja, deswegen kann man ihm wohl kaum Vorwürfe machen, oder? Ah, da ist ja Lily.« Er überreichte ihr mit einer schwungvollen Verbeugung die Rosen.

Roxanne hatte einen wunderschönen Tag auf dem Land verbracht. Beim Picknick auf einer Wiese voll duftender Blumen hatte ihr junger französischer Begleiter ihr im Schatten eines Kastanienbaums Gedichte vorgelesen.
Sie hatte jede Sekunde genossen – auch die sanften, erregenden Küsse und die leise geflüsterten Zärtlichkeiten in der romantischen Sprache der Welt. Mit einem verträumten Lächeln auf den Lippen und glänzenden Augen schlüpfte sie jetzt in ihr Zimmer.
»Was zur Hölle hast du getrieben?«
Sie fuhr erschrocken zusammen. Luke saß auf einem Stuhl am Fenster, hatte eine Flasche Bier in der Hand und musterte sie mit finsterem Gesicht. Im Aschenbecher neben ihm glimmte der Stummel einer Zigarre.
»Callahan, du verdammter Idiot! Mich hätte fast der Schlag getroffen. Was machst du denn hier in meinem Zimmer?«
»Warten, bis du dich endlich bequemst heimzukommen.«
Mit ihrem windzerzausten Haar erinnerte sie Luke an eine Frau, die gerade nach einem wilden Liebesabenteuer aus dem Bett kam, was seine Wut noch mehr anstachelte.
»Rede nicht so dummes Zeuge. Ich habe noch eine gute Stunde Zeit, ehe wir ins Theater müssen.«
Sie hatte sich von dem Dreckskerl küssen lassen. O ja, das wußte er ganz genau, er brauchte sie nur anzuschauen – dieser verträumte Blick, diese weichen Lippen, die sanften Augen. Außerdem war ihre Bluse zerknittert. Vermutlich hatte sie mit ihm im Gras gelegen und …
Er durfte gar nicht daran denken.
Es war schlimm genug, wenn sie zu Hause mit amerikanischen Burschen ausging. Aber mit einem Franzosen …
Für jeden Mann gab es gewisse Grenzen.
»Ich möchte wissen, was dir in den Sinn gekommen ist. Was denkst du dir dabei, einfach mit irgendeinem französischen Idioten namens Alastair loszufahren?«
»Wir haben ein Picknick gemacht. Und er ist kein Idiot, sondern ein ausgesprochen lieber, sensibler Mann. Ein Künstler. Und übrigens, sein Name ist Alain.«

»Es schert mich einen Dreck, wie er heißt.« Luke stand langsam auf. »Du gehst jedenfalls nicht noch mal mit ihm aus.«
Eine Sekunde lang verschlug es ihr vor Verblüffung die Sprache. Aber nur für eine Sekunde. »Was zum Teufel bildest du dir ein, mir Vorschriften zu machen? Ich kann ausgehen, mit wem ich will.«
Er packte ihr Handgelenk und zog sie mit einem Ruck an sich. »Von wegen.«
»Wer sollte mich daran hindern?« fragte sie trotzig. »Du etwa? Du hast mir gar nichts zu sagen, Callahan.«
»Da irrst du dich«, stieß er grimmig hervor. Fast gegen seinen Willen hatte er eine Hand in ihr Haar vergraben. Er nahm den Duft von Gras, Sonne und wilden Blumen wahr. Der Gedanke, daß ein Fremder ihr so nahe gewesen war, brachte ihn um den Verstand. »Du hast zugelassen, daß er dich anrührt. Wenn das noch mal passiert, bringe ich ihn um.«
Sie hätte über seine Drohung gelacht, wenn sie nicht gesehen hätte, daß er es tatsächlich ernst meinte. »Du bist nicht ganz dicht. Wer mich anrührt oder nicht, bestimme ganz allein ich. Und bei ihm hat es mir gefallen.« Sie wußte, daß dies das Ungeschickteste war, was sie hatte sagen können, aber sie konnte nicht anders. »Bei dir gefällt es mir eben nicht.«
»Wirklich nicht?« Seine Stimme war leise und sanft, was sie viel mehr erschreckte als alle grimmigen Drohungen. »Ich glaube, du brauchst eine kleine Gratislektion.« Während er seinen Mund auf ihre Lippen preßte, verfluchte er sich bereits selber dafür.
Eine überwältigende Hitze flammte in ihr auf. Ihr stockte der Atem, und sie vergaß jede Gegenwehr. Dieser Kuß war etwas völlig anderes als die sanften Zärtlichkeiten des jungen Franzosen und die linkischen Umarmungen der andern, mit denen sie bisher ausgegangen war. Er küßte sie mit einer wilden, fast aggressiven Leidenschaft, und das Kratzen seiner Bartstoppel erhöhte das berauschende Gefühl, daß sie endlich, endlich ein richtiger Mann in den Armen hielt.

Noch nie zuvor hatte sie so etwas erlebt – und sie konnte sich nicht vorstellen, daß irgendeine Frau auf der Welt sich nicht wünschte, so geküßt zu werden.
Luke bog ihren Kopf zurück. Wenn er schon zur Hölle fahren mußte, dann sollte es die Sache wenigstens wert sein. Weiter wollte er gar nicht denken.
Es war genauso, wie er es sich immer vorgestellt hatte – und doch ganz anders. Stöhnend drängte sie sich ihm entgegen, erwiderte begierig seine Küsse, flüsterte seufzend seinen Namen und brachte ihn völlig um den Verstand.
Er hatte nur noch den einen Wunsch, sie aufs Bett zu zerren, ihr die Kleider herunterzureißen und sie zu nehmen. Sein Verlangen war so groß, daß er kaum noch atmen konnte. Sein Herz raste, seine Lungen schmerzten, und er glaubte zu ersticken.
Abrupt riß er sich von ihr los. Nach Atem ringend versuchte er, wieder zur Besinnung zu kommen. Sie klammerte sich weiter an ihn, ihre Augen waren dunkel, ihre Lippen halb geöffnet, als sehne sie sich nach mehr. Eine Welle der Scham überflutete ihn, und er schob sie schroff zur Seite.
»Luke ...«
»Nicht.« Wenn sie ihn jetzt auch nur flüchtig berührte, würde er jede Beherrschung verlieren und wie ein Tier über sie herfallen. Um sie davor zu schützen, richtete er alle Wut, die er über sein eigenes Verhalten empfand, gegen sie. »Eine Gratislektion«, wiederholte er und tat, als bemerke er den verletzten Blick in ihren Augen nicht. »Das ist die Behandlung, die du herausforderst, wenn du mit fremden Männern ausgehst.«
Sie besaß genügend Stolz und Selbstbeherrschung, um ihn nicht merken zu lassen, wie gedemütigt sie war. »Dabei bist du der einzige, der mich je so behandelt hat. Merkwürdig, nicht? Denn dich kenne ich. Das dachte ich jedenfalls.« Sie wandte sich um und starrte aus dem Fenster. Auf keinen Fall sollte er sehen, daß sie mit den Tränen kämpfte. »Verschwinde aus meinem Zimmer, Callahan. Wenn du mich je wieder anfaßt, wirst du es mir büßen.«

Er büßte bereits jetzt. Luke ballte die Hände zu Fäusten, um nicht dem Drang nachzugeben, ihr über das Haar zu streicheln. Er ging zur Tür. »Ich habe das ganz im Ernst gemeint, Roxanne.«

Sie warf ihm über die Schulter einen wütenden Blick zu. »Ich auch.«

SECHSTES KAPITEL

Roxanne befolgte Lilys Rat und schloß mit Max einen Kompromiß – obwohl sie es lieber als Handel betrachtete. Sie würde sich an der Universität einschreiben und ernsthaft studieren. Falls sie nach einem Jahr immer noch bei den geheimen Unternehmungen ihres Vaters mitmachen wollte, würde er sie in die Lehre nehmen.

Roxanne fand, daß sie mit dieser Regelung leben konnte. Erstens lernte sie gern, und zweitens hatte sie nicht vor, ihre Meinung zu ändern.

Daß ihr durch das Studium und die Arbeit auf der Bühne kaum Freizeit blieb, war ihr ebenfalls recht. So konnte sie Lukes Gesellschaft meiden.

Sie hätte ihm verziehen, daß er sie angebrüllt und herumkommandiert hatte; erst recht hätte sie ihm den Kuß verziehen. Aber nie würde sie ihm verzeihen, daß er in diesem wunderbaren Erlebnis nichts weiter als eine Lektion gesehen hatte, die er ihr erteilen wollte.

Allerdings war sie Profi genug, um zu wissen, daß nichts ihre gemeinsame Arbeit beeinträchtigen durfte. Wenn Proben angesetzt waren, probte sie mit ihm, und Abend für Abend traten sie gemeinsam auf, ohne daß sie sich etwas von ihren Gefühlen anmerken ließ.

Wenn die Truppe auf Tournee ging, reisten sie zusammen wie höfliche Fremde, die sich zufällig in einem Flugzeug, einem Zug oder einem Taxi begegnet waren.

Nur einmal, als Lily sich darüber beklagte, daß Lukes Entfesselungsnummern immer komplizierter und gefährlicher wurden, kam etwas von ihrer unterdrückten Aufruhr ans Licht.

»Laß ihn doch«, fauchte Roxanne. »Männer wie er müssen sich dauernd etwas beweisen.«

Ihre Rache bestand darin, mit einer ganzen Reihe attraktiver Männer auszugehen. Oft brachte sie ihre Verehrer mit zum

Essen, zu Partys oder zum gemeinsamen Lernen. Ganz besonders genoß sie es, wenn ihr jeweiliger Kavalier – wie Lily sie nannte – während der Vorstellung im Publikum saß und Luke es wußte.

Sie hatte eine Schwäche für den intellektuellen Typ. Obwohl Max ihn ständig gedrängt hatte weiterzumachen, hatte Luke nach einem Jahr vom College die Nase voll gehabt. Es bereitete Roxanne ein diebisches Vergnügen, ganz beiläufig zu erwähnen, daß Matthew Jura studierte oder Philip an seinem Abschluß in Wirtschaftswissenschaften arbeitete.

Roxanne selbst studierte Kunstgeschichte und Edelsteinkunde. Solide Kenntnisse auf diesen Gebieten würden ihnen später zugute kommen, wenn es darum ging, den Wert von Kunstwerken und Edelsteinen einzuschätzen, die sie stehlen wollten, erklärte sie ihrem Vater.

Max war begeistert und stolz auf ihren Weitblick.

Genauso freute es ihn, daß sein Ruf als Zauberkünstler und das Ansehen seiner Truppe stetig wuchs. Die Academy of Magical Arts hatte ihn als Magier des Jahres ausgezeichnet, und da er es nicht länger für nötig hielt, allzu großes Aufsehen zu vermeiden, hatten die Nouvelles bereits zwei erfolgreiche Fernsehshows gemacht. Außerdem hatte Max sich vor kurzem bereit erklärt, ein Buch über Zauberei zu schreiben.

Vor einem Monat hatte er eine reiche Dame aus Baltimore um eine Brosche aus Opalen und Diamanten erleichtert, samt dazu passenden Ohrringen. Seinen gesamten Anteil am Profit – nach Abzug des Zehnten – hatte er in unzählige uralte Bücher, Landkarten und Dokumente gesteckt, um den sogenannten Stein der Weisen zu erforschen, dem seit einiger Zeit sein ganzes Interesse galt.

Für manche war es nur eine Legende, für Max dagegen ein neues Ziel, das er auf dem Höhepunkt seiner beiden Karrieren dringend brauchte. Er wünschte sich brennend, diesen Stein, den Traum jedes Magiers, zu besitzen. Nicht, um Eisen in Gold zu verwandeln, sondern als Sinnbild für alles, was er in seinem Leben gelernt und erreicht, genommen und gegeben hatte.

Die Entdeckung des Steins der Weisen würde Maximillian Nouvelles größte Leistung sein. Danach, so hoffte er, konnte er sich zufrieden in den Ruhestand zurückziehen. Lily und er würden wie Vagabunden um die Welt reisen, während ihre Kinder die Familientradition fortführten.

Obwohl der Winter in New Orleans kühl und verregnet war, fühlte Max sich rundum zufrieden. Das gelegentliche Stechen in seinen Händen bei feuchtem Wetter bekämpfte er mit einigen Schmerztabletten und vergaß es rasch wieder.

Roxanne mochte den Regen. Sie stand auf dem überdachten Balkon von Geralds Apartment und fühlte sich wohl und geborgen. Sie beobachtete einige Passanten, die über die nassen Bürgersteige eilten. Gerald kochte in seiner winzigen Küche Café au lait, und sie genoß den Duft, der zu ihr hinausdrang. Es ist schön, hierzusein, dachte sie. Sie hatten an diesem Abend keine Vorstellung, und sie war gern mit Gerald zusammen. Er war klug und lieb, mochte die Musik Gershwins und ausländische Filme. Sein kleines Apartment über einem Souvenirladen war vollgestopft mit Büchern, Schallplatten und Videos. Gerald war Filmstudent und besaß mehr Filme, als Roxanne je in ihrem Leben gesehen hatte.

Heute wollten sie sich Ingmar Bergmanns *Wilde Erdbeeren* und Hitchcocks *Vertigo* anschauen.

»Ist dir nicht kalt?« Gerald brachte ihr einen Pullover hinaus. Er war ein gutaussehender Mann, vielleicht zwei Zentimeter kleiner als Roxanne, wirkte aber durch seine breiten Schultern größer. Sein glattes rotblondes Haar fiel ihm in die Stirn, was Roxanne besonders anziehend fand, und sein markantes Gesicht erinnerte sie ein wenig an Harrison Ford. Die Hornbrille brachte seine ernsten braunen Augen erst richtig zur Geltung.

»Eigentlich nicht.« Trotzdem folgte sie ihm hinein.»Die Stadt sieht heute wie ausgestorben aus. Alle haben es sich zu Hause gemütlich gemacht.«

»Ich bin froh, daß du es dir bei mir gemütlich gemacht hast.«

»Ich auch.« Sie gab ihm einen Kuß. »Mir gefällt es hier.« Sie trafen sich seit einem Monat ziemlich regelmäßig, aber Roxanne war das erste Mal in seinem Apartment.

Es war eine typische Studentenbude. Filmposter schmückten die Wände, auf der durchgesessenen Couch lag eine verblichene Tagesdecke, der zerkratzte hölzerne Schreibtisch in der Ecke war überladen mit Büchern. Auf technischem Gebiet war Geralds Ausstattung allerdings auf dem neusten Stand.
»Diese Heimkinoanlagen sind bestimmt bald der Renner.«
»Gegen Ende dieses Jahrzehnts werden Videogeräte in amerikanischen Haushalten so alltäglich sein wie Fernsehapparate. Jeder wird seine eigene Videokamera besitzen und als Amateurregisseur fungieren.« Er strich über ihr Haar, das sie sich kürzlich auf Kinnlänge abgeschnitten hatte. »Vielleicht läßt du mich eines Tages ja einen Film über dich drehen.«
»Über mich?« lachte sie. »Kann ich mir nicht vorstellen.«
Er konnte es sich dafür um so besser vorstellen. Er nahm ihre Hand und führte sie zur Couch. »Zuerst den Bergmann, okay?«
»Schön.« Sie schmiegte sich an ihn, während Gerald irgendwelche Knöpfe auf der Fernbedienung drückte – um erstens den Recorder einzuschalten und zweitens die Kamera zu starten, die er gut versteckt zwischen zwei Bücherstapeln aufgestellt hatte.
Roxanne fand den Bergmann-Film nicht besonders interessant. Vermutlich bin ich dafür nicht intellektuell genug. Da sind mir wilde Verfolgungsjagden schon lieber, dachte sie und hatte Mühe, sich auf die bedächtigen Schwarzweißbilder zu konzentrieren.
Es machte ihr nichts, daß Gerald einen Arm um sie gelegt hatte. Er roch leicht nach Mundwasser und billigem Eau de Cologne. Sie erhob auch keine Einwände, als er ihre Schulter zu streicheln begann und sich schließlich zu ihr beugte, um sie zu küssen.
»Gerald.« Lachend wandte sie den Kopf ab, als er gar nicht mehr aufhören wollte. »Du verpaßt noch den ganzen Film.«
»Den habe ich schon mal gesehen.« Seine Stimme klang heiser und atemlos, während er hastige Küsse auf ihren Hals drückte.

»Ich aber nicht.« Sie war ein wenig verärgert über seine allzu eindeutigen Absichten.
»Findest du ihn nicht erotisch? Allein die Metaphorik dieser Bildersprache.«
»Eigentlich nicht.« Sie hätte gut darauf verzichten können, genau wie auf seine plumpen Annäherungsversuche. »Aber ich bin vielleicht einfach zu nüchtern für solche Feinheiten.« Sie wich seinen Küssen aus, konnte aber nicht schnell genug seine Hände abwehren, die an den Knöpfen ihrer Bluse zu fummeln begannen. »Hör auf, Gerald«, erklärte sie ruhig, um seine Gefühle nicht zu verletzen. »Ich will das nicht. Deshalb bin ich nicht hergekommen.«
»Seit ich dich zum erstenmal gesehen habe, bin ich verrückt nach dir.« Es gelang ihm, ihre Beine auseinanderzuzwängen. Ungestüm drängte er sich gegen sie. Sie spürte seine Erregung, und ihr wurde allmählich unbehaglich zumute. »Ich werde dich nackt ausziehen und zu einem Star machen, Baby.«
»Nein, das wirst du nicht.« Entschlossen schlug sie ihm auf die Hand, als er nach ihrer Brust griff. Das war ein Fehler, wie sie sofort erkannte, da ihn ihre Gegenwehr nur noch stärker erregte. »Verdammt, laß mich.« Sie stieß ihn von sich und hörte, wie ihre Bluse zerriß.
»Ach, du hast es gern, wenn man etwas grober zupackt, ja? Sehr schön.« Ungeduldig griff er nach dem Reißverschluß ihrer Jeans. »Das ist gut. Sieht noch besser aus. Wir werden es uns nachher anschauen.«
»Du Dreckskerl.« Sie wußte später nicht mehr, ob es Zufall gewesen war oder ob sie in panischer Angst um sich geschlagen hatte, jedenfalls landete ihr Ellbogen so fest an seiner Schläfe, daß er sie losließ. Ohne zu zögern, versetzte sie ihm einen Hieb mit der Faust auf die Nase.
Blut spritzte auf ihre Bluse. Er jaulte wie ein getretener Hund und hob die Hände vor das Gesicht. Roxanne sprang auf, griff ihre Tasche und schlug sie gegen seinen Kopf.
Seine Brille flog durch das Zimmer. »Mensch!« Zwischen seinen Fingern tropfte das Blut hindurch. »Du hast mir die Nase gebrochen, verdammt!«

»Probier so was noch mal, und ich brech dir auch deinen verfluchten Pimmel.«
Er wollte aufstehen, sank aber wieder zurück, als sie wie ein Boxer beide Fäuste hob.
»Komm nur«, fauchte sie. In ihren Augen standen Tränen der Wut. »Willst du dich mit mir anlegen, du Schwein?«
Er schüttelte den Kopf und wischte sich mit einer Ecke der Tagesdecke das Blut von der Nase. »Verschwinde bloß. Mann, du bist ja irre.«
»Jawohl.« Sie spürte, daß sie kurz davor war, hysterisch zu werden. Am liebsten hätte sie wieder und wieder auf ihn eingeschlagen, bis er genauso entsetzt und hilflos war wie sie vor wenigen Augenblicken. »Denk dran, du Schwein, und komm ja nicht wieder in meine Nähe.« Während er was von Krankenhaus und Anzeige faselte, stürmte sie aus dem Zimmer und schlug die Tür hinter sich zu.
Roxanne war bereits einen Block weiter und hielt Ausschau nach einem Taxi, als sie plötzlich begriff. Einen Star aus dir machen? Sie schrie vor Wut laut auf.
Der Mistkerl mußte die ganze Sache gefilmt haben.

Obwohl der Regen nachgelassen hatte und es nur noch nieselte, war die Nacht kalt und unangenehm.
Luke stand im Hof der Nouvelles und hielt einen Brief in der Hand, der ihn aus heiterem Himmel zurück in seine Vergangenheit katapultiert hatte. Cobb. Der Bastard hatte ihn gefunden. Zum Schutz vor dem Regen schlug er den Kragen seiner Jacke hoch und fragte sich, wie er jemals hatte glauben können, daß dieses Kapitel endgültig vorbei sei.
Nur ein paar geschriebene Worte hatten genügt, um aus Callahan, dem erfolgreichen Zauberer und Entfesselungskünstler, wieder Luke, den kleinen verängstigten Jungen zu machen.
Callahan, lange nicht gesehen. Freue mich darauf, über alte Zeiten zu reden. Wenn du keine Unannehmlichkeiten haben willst, triff mich heute abend um zehn im Bodine's in der Bourbon Street. Versuch besser keine faulen Tricks, sonst rede ich mal ausführlich mit den Nouvelles. Al Cobb.

Er hätte den Wisch am liebsten lachend in winzige Schnipsel zerrissen, zum Beweis, daß er jetzt ein Mann geworden war, dem solche lächerlichen Drohungen nichts bedeuteten. Aber seine Hände hatten gezittert, sein Magen zog sich zusammen, und er wußte, daß er sich nicht von seiner Vergangenheit hatte befreien können.
Trotzdem war er kein ängstliches Kind mehr. Er knüllte das Papier zusammen, steckte es in die Tasche und trat hinaus auf die Straße. Er würde sich heute abend mit Cobb treffen und irgendeinen Weg finden, um ihn endgültig aus seinem Leben verschwinden zu lassen.
Das ungemütliche Wetter drückte noch mehr auf seine Stimmung. Fluchend zog er die Schultern hoch und ging weiter. Als ein Taxi um die Ecke bog, überlegte er, ob er nicht lieber fahren sollte, statt bei dieser Nässe zu Fuß zu gehen. Vielleicht würde sich dadurch seine Laune etwas bessern.
Zu seiner Überraschung sah er Roxanne aus dem Wagen steigen.
»Schon so früh zurück?« fragte er sarkastisch. »Hat dein vieräugiger Freund dich nicht gut unterhalten?«
»Leck mich, Callahan.« Mit gesenktem Kopf eilte sie an ihm vorbei und hoffte, ungesehen ins Haus schlüpfen zu können. Aber Luke packte ihren Arm und hielt sie fest.
»Na, na, wer wird denn ...« Abrupt verstummte er, als er die zerrissene und blutbespritzte Bluse unter ihrer hellen Jacke sah. »Was ist passiert?«
»Nichts. Laß mich los.«
»Was ist passiert?« wiederholte er mit erstickter Stimme. »Mädchen, was ist passiert?«
»Nichts.« Warum fing sie jetzt an zu zittern? Es war doch vorbei. »Gerald hatte eine andere Vorstellung davon, wie der Abend in seinem Apartment verlaufen sollte als ich. Und davon mußte ich ihn ziemlich handgreiflich abbringen.«
Sie hörte Luke tief Atem holen – doch es klang eher wie das Fauchen eines Tieres. Als sie in sein Gesicht blickte, beschleunigte sich ihr Herzschlag noch mehr. Seine Augen blitzten wie gefährliche Messer.
»Ich bringe ihn um.« Er grub seine Finger so fest in

ihre Schultern, daß sie aufschrie, ehe er sich umdrehte und davonstürmte. Roxanne mußte laufen, um ihn einzuholen.

»Luke! Sei vernünftig.« Obwohl ihr fast das Herz stehenblieb, als er sich mit grimmiger Miene zu ihr umdrehte, versicherte sie: »Es ist nichts passiert. Gar nichts. Mir geht's gut.«

»Du bist überall voll Blut.«

»Aber es ist nicht meins.« Sie versuchte zu lächeln und strich sich das nasse Haar aus dem Gesicht. »Komm schon, ich weiß deine Ritterlichkeit zu schätzen, aber ich habe die Sache schon selbst geregelt. Du weißt ja nicht mal, wo der Dreckskerl wohnt.«

Er würde ihn schon finden. Irgendwie wußte Luke, daß er den Bastard aufspüren konnte wie ein Wolf ein Kaninchen aufspürte. Er merkte auch daß Roxannes Hand zitterte.

»Hat er dich verletzt?« Es kostete ihn Mühe, mit ruhiger Stimme zu reden, aber er wollte sie nicht noch mehr verängstigen. »Sag mir die Wahrheit, Rox. Hat er dich vergewaltigt?«

»Nein.« Sie wehrte sich nicht, als Luke seinen Arm um sie legte. Sie zitterte nicht aus Angst, sondern weil sie sich verraten fühlte. Sie hatte geglaubt, Gerald zu kennen, hatte ihn gemocht, und er hatte sie rücksichtslos zum Sex zwingen wollen. »Nein, er hat mich nicht vergewaltigt. Ich schwöre es.«

»Er hat deine Bluse zerrissen.«

Sie lächelte grimmig. »Er hat behauptet, ich hätte ihm die Nase gebrochen, aber ich glaube, ich habe sie leider nur blutig geschlagen.« Sie lachte auf und lehnte den Kopf an Lukes Schulter. Es war ein gutes Gefühl, seine Nähe und das stetige Pochen seines Herzens zu spüren. Wann immer es wirklich schlimm wird, ist Luke da, dachte sie. »Du hättest ihn jammern hören sollen. Luke, ich will nicht, daß Max oder Lily davon erfahren. Bitte.«

»Max hat ein Recht ...«

»Ja, sicher.« Sie hob den Kopf. Die Regentropfen auf ihrem

Gesicht sahen aus wie Tränen. »Aber es würde ihn nur unnötig aufregen. Es ist ja nichts passiert, wozu ihm also unnötig einen Schreck einjagen?«
»Ich sage nichts. Wenn ...«
»Ich wußte, daß es ein ›wenn‹ geben würde.«
»Wenn«, wiederholte Luke und hob mit einem Finger ihr Kinn an, »du mich mit diesem Dreckskerl reden läßt. Ich will dafür sorgen, daß er in Zukunft die Hände von dir läßt.«
»Da brauchst du dir wirklich keine Gedanken zu machen, glaub mir. Eher läßt er es mir gerichtlich verbieten, mich ihm noch einmal auf zehn Meter zu nähern.«
»Entweder rede ich mit ihm oder mit Max.«
»Du Sturkopf.« Sie seufzte und überlegte. »Na gut, ich sage dir, wo du ihn findest, wenn ...«
»Aha – wenn?«
»Wenn du schwörst, daß du wirklich nur mit ihm redest. Es ist nicht mehr nötig, daß du losziehst und jemanden für mich zusammenschlägst.« Sie lächelte und wußte, daß er ebenfalls an Sam Wyatt dachte. »Diesmal habe ich das schon allein besorgt.«
»Nur reden«, versicherte Luke. Es sei denn, er fand, daß ein bißchen mehr Nachdruck angebracht wäre.
»Tatsächlich könntest du mir einen Gefallen tun.« Sie zögerte ein wenig, da es ihr schwerfiel, darüber zu reden. »Ich bin nicht ganz sicher, aber er ... er hat so was gesagt, daß ...«
»Was?«
»Ich glaube, er hatte irgendwo heimlich eine Kamera laufen. Wollte das Ereignis filmen, weißt du?«
Luke öffnete den Mund, aber er brachte vor Verblüffung keinen Ton heraus – was wahrscheinlich auch besser war. »Wie bitte?«
»Er studiert Film«, erklärte sie hastig. »Ist total filmverrückt und hat so einen Videofimmel. Deshalb bin ich ja mit in sein Apartment gegangen. Wir wollten uns ein paar klassische Filme anschauen. Und er ...« Sie holte tief Atem. »Na ja, ich bin ziemlich sicher, daß er eine Kamera laufen hatte, damit wir uns nachher selbst anschauen könnten.«
»Dieses perverse Arschloch.«

»Ich habe nur gedacht, wenn du schon unbedingt mit ihm reden willst, könntest du ihn vielleicht dazu bringen, daß er dir das Band gibt.«

»Verlaß dich drauf. Und wenn du je wieder so was machst ...«

»Ich?« Sie stemmte die Hände in die Hüften. »Hör mal, du Schwachkopf, ich bin fast vergewaltigt worden. Das heißt, ich bin das Opfer, kapiert?«

»Ich habe doch nicht gemeint ...«

»Halt die Klappe. Das ist wieder mal typisch männlich. Du denkst natürlich, ich muß es irgendwie herausgefordert haben, ja? Garantiert meinst du, ich hätte diesen armen, wehrlosen Mann in meine Fänge gelockt und dann um Hilfe geschrien, als es zur Sache ging.«

»Blödsinn.« Er zog sie fest an sich. »Tut mir leid. Ich habe nichts dergleichen gemeint. Herrgott, Roxanne, kannst du nicht verstehen, was du mir für einen Schrecken eingejagt hast? Ich weiß nicht, was ich getan hätte, wenn er ... Ich weiß wirklich nicht, was ich dann getan hätte.«

»Schon gut.« Ein Schauder überlief sie bei der Erinnerung.

»Okay.« Er streichelte sie tröstend, und sein Mund suchte unwillkürlich ihre Lippen. »Niemand wird dir jemals wieder etwas tun.« Sanft küßte er die Regentropfen von ihren Lippen, doch rasch wurden seine Küsse immer leidenschaftlicher. Sie schlang ihre Arme um seinen Hals, und einen Moment lang, einen herrlichen Moment lang, gab er sich der Illusion hin, es könne Wirklichkeit sein.

»Fühlst du dich besser?« fragte er mit einem angespannten Lächeln und wich einen Schritt zurück.

»Jetzt schon«, flüsterte sie leise und wollte seine Wange streicheln. Als er ihre Hand ergriff und seine Lippen in die Handfläche drückte, wunderte sie sich, daß die Regentropfen auf ihrer Haut nicht zischten.

»Rox ... wir sollten besser ...« Er verstummte. Nur wenige Meter entfernt ging ein Mann an ihnen vorbei. Luke hatte ihn sofort erkannt.

Wie hatte er auch nur einen Moment lang vergessen können, daß er sich an diesem Abend noch seiner Vergangenheit stellen mußte?
Roxanne durfte von dieser häßlichen Sache nie etwas erfahren.
»Geh rein«, befahl er.
»Aber Luke ...«
»Geh rein. Jetzt gleich.« Er schob sie auf das Tor zu. »Ich habe noch etwas vor.«
»Ich warte auf dich.«
»Nein.« Ehe er sich umwandte, sah sie flüchtig den gequälten Ausdruck in seinen Augen.
Luke verschwand in der Dunkelheit, um seinen ehemaligen Peiniger zu treffen.

»Ist eine ganze Weile her, Junge«, nickte Al Cobb. Der schmuddelige Stripteaseschuppen in der Bourbon Street war genau die richtige Umgebung für ihn. Es roch nach abgestandenen Drinks, und in der unpersönlichen Atmosphäre mühten sich ein paar verhärmte Frauen mit plump-erotischen Darbietungen ab.
Luke hatte einen Arm über die Rückenlehne seines Stuhls gelegt und zwang sich, Ruhe zu bewahren. Mit aller Kraft unterdrückte er die häßlichen Erinnerungen, die in ihm aufblitzten. »Was willst du?«
»Einen Drink, eine kleine Unterhaltung.« Cobb musterte die Brüste der Kellnerin und starrte abschätzig auf ihre Hüften. »Bourbon, einen doppelten.«
»Black Jack«, bestellte Luke, da er heute etwas Stärkeres brauchte als sein gewohntes Bier.
»Der richtige Drink für einen Mann«, grinste Cobb und zeigte seine tabakfleckigen Zähne. Die jahrelange Abhängigkeit von der Flasche war nicht spurlos an ihm vorübergegangen. Selbst in dem trüben Licht konnte Luke das Gewirr der geplatzten Äderchen in seinem Gesicht sehen, wie es typisch für Trinker war. Er hatte außerdem beträchtlich an Gewicht zugelegt, so daß sein Strickhemd sich über der Taille spannte.
»Ich habe gefragt, was du willst.«

Cobb schwieg, bis die Drinks vor ihnen standen. Er nahm einen tiefen Schluck und schaute zur Bühne, wo ein üppiger Rotschopf sich aus ihrer Verkleidung als französisches Zimmermädchen schälte.
»Mensch, sieh dir diese Titten an.« Cobb stürzte seinen Drink hinunter und bestellte mit einer Handbewegung einen neuen. Er grinste Luke an. »Was ist los, Junge? Magst du keine Möpse?«
»Was machst du in New Orleans?«
»Bißchen Urlaub.« Cobb leckte sich die Lippen, während die Tänzerin ihre Brüste knetete und wippen ließ. »Da ich schon mal in der Nähe war, dachte ich, ich schaue mal nach dir. Willst du nicht wissen, wie's deiner Mutter geht?«
Luke nippte vorsichtig an seinem Whiskey. Die Wärme des Alkohols taute seine erstarrten Muskeln ein wenig auf. »Nein.«
»Das gehört sich aber«, meinte Cobb mißbilligend. »Sie lebt jetzt in Portland. Wir treffen uns immer noch ab und zu. Sie fing an, mir Geld dafür abzuknöpfen, verstehst du?« Er zwinkerte Luke vielsagend zu und freute sich, als er sah, wie Luke die Zähne zusammenbiß. »Aber die alte Maggie ist sentimental genug, um mich kostenlos drüberzulassen, wenn ich mal bei ihr reinschaue. Soll ich sie von dir grüßen?«
»Nein. Ich habe ihr nichts zu sagen.«
»Das ist aber echt mies.« Cobb kippte einen weiteren Bourbon hinunter, während die Musik lauter und wilder wurde. Ein Mann versuchte auf die Bühne zu klettern und wurde sofort aus dem Lokal geworfen. »So warst du schon immer. Wenn du noch ein bißchen geblieben wärst, hätte ich dir etwas Respekt eingebleut.«
Luke beugte sich vor. Seine Augen blitzten. »Oder mich zum Stricher gemacht.«
»Du hattest ein Dach über dem Kopf und was zu essen im Bauch.« Cobb zuckte die Schultern. »Ich hab bloß eine kleine Gegenleistung erwartet.« Es fiel ihm nicht ein, Respekt vor Luke zu haben. Er wußte noch ganz gut, wie leicht er den Jungen mit ein paar kräftigen Hieben hatte einschüchtern können. »Aber das liegt jetzt hinter uns, was? Du bist ja neu-

erdings eine ganz große Nummer. Mich hätte fast der Schlag getroffen, als ich dich im Fernsehen sah.« Er schnaufte. »Zauberkunststücke, Herrgott im Himmel. Hast wohl gelernt, wie du deinen Zauberstab richtig gebrauchen mußt, was Luke?« Er brüllte vor Lachen über seinen Witz, bis ihm die Tränen in die Augen traten. »Du und dieser alte Knabe habt euch ja ein paar erstklassige Puppen dafür zugelegt.«

Sein Lachen verstummte abrupt, als Luke ihn am Kragen packte und zu sich heranzog. Ihre Gesichter waren sich so nahe, daß Luke den Whiskey in Cobbs Atem riechen konnte. »Was willst du?« wiederholte er gefährlich leise.

»Willst du frech werden, Junge?« Er griff mit seinen dicken Fingern nach Lukes Handgelenk und merkte überrascht, wie kräftig er geworden war. Aber an seiner Überlegenheit hatte er dennoch keine Zweifel. »Willst du dich etwa mit mir anlegen?«

O ja, das wollte er, mehr als alles andere auf der Welt. Aber tief in ihm gab es immer noch den verängstigten kleinen Jungen, der an den peitschenden Ledergürtel dachte. »Ich will dir nicht noch mal über den Weg laufen.«

»Wir leben in einem freien Land.« Cobb war klug genug, um zu wissen, daß ein Streit ihn nicht ans Ziel bringen würde. Er riß sich los und bestellte einen weiteren Drink. »Das Problem ist nur, daß man für jede Kleinigkeit zahlen muß. Du verdienst gutes Geld mit deinen Zauberkunststückchen.«

»Das also ist es?« Luke hätte am liebsten gelacht, wenn ihm der Ekel nicht die Kehle zugeschnürt hätte. »Du willst Geld?«

»Hab schließlich geholfen, dich großzuziehen, oder? Ich war so was wie dein Vater.«

Jetzt mußte er tatsächlich lachen, aber es klang so zornig, daß die in der Nähe sitzenden Gäste mißtrauisch zu ihnen herüberschauten. »Verpiß dich.« Ehe er aufstehen konnte, packte Cobb ihn am Hemdsärmel.

»Ich könnte dir und diesem alten Knaben, mit dem du dich eingelassen hast, einige Schwierigkeiten machen. Ich bräuchte bloß ein paar Zeitungsfritzen anrufen. Was meinst du, was die Fernsehproduzenten denken würden, wenn sie

ein paar hübsche Geschichten über dich lesen? Callahan – so nennst du dich jetzt, was? Nur einfach Callahan. Der Entfesselungskünstler – und Stricher.«
»Das ist eine Lüge.« Trotzdem wurde Luke bleich. Wieder einmal überflutete ihn die Erinnerung an diese fetten Hände, die ihn betatschten, an das heftige schwere Atmen. »Ich hab mich nicht von ihm anrühren lassen.«
»Du weißt doch gar nicht, was passiert ist, nachdem ich dich besinnungslos geprügelt hatte.« Cobb sah befriedigt, daß sein Bluff funktionierte und genoß das ungläubige Entsetzen, den Ekel in Lukes Augen. »Auf jeden Fall würden die Leute ins Grübeln kommen, nicht? Und meinst du, deine süße kleine Puppe läßt sich noch mal von dir flachlegen, wenn sie rausfindet, daß du zwölf alte schwule Böcke bedient hast?« Er grinste gehässig. »Ob es eine Lüge ist oder Wahrheit, spielt keine Rolle, Junge, wenn's erst mal gedruckt ist.«
»Ich bringe dich um«, stieß Luke angewidert hervor. Schweiß trat ihm auf die Stirn.
»Wäre einfacher, mich zu bezahlen.« Zuversichtlich griff Cobb nach einer neuen Zigarette. »Ich brauch gar nicht viel. Ein paar tausend reichen für den Anfang.« Er blies Luke den Rauch ins Gesicht. »Morgen. Danach schreibe ich dir gelegentlich mal eine Zeile und sag dir, wieviel ich will und wohin du's schicken sollst. Andernfalls ... müßte ich den Zeitungsfritzen erzählen, daß du dich an Perverse verkauft und deiner armen Mutter das Herz gebrochen hast, als du einfach abgehauen bist und dich mit diesem Nouvelle eingelassen hast. Es gibt bestimmt irgendwelche Gesetze, gegen die er verstoßen hat, als er einfach einen kleinen Ausreißer aufgenommen hat. Könnte auch so klingen, als hätte er noch eine andere Verwendung für dich gehabt. Du weißt schon.« Er lächelte zufrieden über Lukes angeekeltes Gesicht. »Am Ende fragen die Leute sich noch, ob er nicht vielleicht das umsonst bekommen hat, wofür andere bei dir zahlen mußten.«
»Laß Max aus der Sache raus.«
»Aber gern.« Cobb nickte bereitwillig. »Du bringst mir

morgen abend zweitausend hierher, um deinen guten Willen zu zeigen, und ich verschwinde wieder. Falls du nicht auftauchst, muß ich eben einen Anruf beim *National Enquirer* machen. Ich glaub nicht, daß all die lieben Kinderchen und ihre Mommies und Daddies viel für einen Zauberer übrig haben, der auf kleine Jungs steht. Für die Königin von England könnt ihr jedenfalls bestimmt keine Vorstellung mehr geben, wenn man dich wegen gewerbsmäßiger Unzucht anklagt. So nennt man das, glaub ich.« Cobb lachte und stand auf. »Morgen abend. Ich warte hier.«

Luke blieb sitzen und rang nach Atem. Lügen, verfluchte Lügen. Mit zitternder Hand griff er nach seinem Glas. Niemand würde im Ernst glauben, daß Max …

Angeekelt preßte er seine Hände vor die Augen.

Cobb hatte recht. Wenn es erst einmal in den Zeitungen stand, würden die Leute anfangen zu reden, zu tuscheln, und selbst wenn es tausendmal nur Lügen waren, etwas würde davon haftenbleiben.

Wenn es nur um ihn allein ginge, wäre es noch egal. Aber der Gedanke an Max oder Lily war unerträglich. Oder wenn Roxanne davon erfuhr … Gütiger Gott. Hastig stürzte er den Rest des Whiskeys hinunter, bestellte noch einen und begann, sich gründlich zu betrinken.

Roxanne war unbemerkt ins Haus und in ihr Zimmer geschlüpft. Nach einem langen heißen Bad hatte sie sich wieder einigermaßen gefangen und sich anschließend auf den Balkon gesetzt, um auf ihn zu warten.

Sie sah ihn schwankend durch den Nieselregen näher kommen. Ab und zu stolperte er, blieb stehen und ging mit der übertriebenen Achtsamkeit eines Betrunkenen wieder los. Ihre ganze Angst und Sorge um ihn verwandelte sich schlagartig in rasende Wut.

Dieser verdammte Kerl hatte sie in ihrem aufgelösten Zustand einfach stehengelassen und war seelenruhig losgezogen, um einen zu heben. Oder mehrere, wie es schien. Roxanne verknotete fest den Gürtel ihres Bademantels und eilte hinunter in den Hof.

»Du Schwachkopf.«

Er versuchte das Gleichgewicht zu halten und grinste. »Baby, was machst'n hier im Regen? Holst dir noch was.« Unsicher kam er einen Schritt näher. »Mann, bis du schön, Roxy. Machst mich ganz verrückt.«

»Das sehe ich.« Auf ein Kompliment, das so genuschelt war, daß man die Worte kaum verstand, konnte sie gern verzichten. Sie packte reflexartig seinen Arm, als er schwankte. »Ich hoffe bloß, du mußt morgen früh dafür zahlen.«

»Morgen abend«, murmelte er und stützte sich auf sie. Alles drehte sich um ihn. »Muß morgen abend zahlen.«

»Falls du die Nacht überlebst.« Seufzend schlang sie seinen Arm um ihre Schultern. »Los, Callahan, sehen wir mal, ob wir einen betrunkenen Iren ins Bett kriegen, ohne das ganze Haus aufzuwecken.«

»Mein Urgroßvater kam aus Sligo. Das hat mir meine Mutter mal gesagt. Hab ich dir das schon erzählt?«

»Nein«, keuchte sie, bemüht, ihn zur Nebentür zu zerren.

»Hat angeblich eine Stimme wie ein Engel gehabt. Hat in Pubs gesungen, weiß du?« Der kühle Regen lief über sein Gesicht, als er den Kopf zurücklehnte. »Dreckskerl war mein Vater. Hab nichts von ihm in mir.«

»Nein, bloß etliche Liter Whiskey, so wie du stinkst.«

Er grinste und prallte gegen die Tür, ehe sie sie öffnen konnte. »Tut mir leid. Du riechst gut, Rox. Wie eine Blumenwiese im Regen.«

»Aha, der irische Poet.« Doch sie errötete unwillkürlich, während sie ihn mit einer Hand stützte und mit der anderen die Tür aufstieß.

»Ich bin richtig froh, daß du keine Titten hast wie diese Schnalle heute abend. Ich glaube nicht, daß ich so was mag.«

»Welche Schnalle?« zischte Roxanne böse. »Ach, ist ja auch egal.«

»Ich find's nicht besonders aufregend, irgendeiner Puppe beim Strippen zuzusehen, wenn ringsum noch ein Dutzend andere Kerle hocken. Allein zu zweit gefällt's mir besser, weißt du?«

»Faszinierend.« Gnadenlos versetzte sie ihm einen Stoß, daß

er gegen den Küchentisch taumelte. »Läßt mich im Regen stehen und rennt los in einen Stripschuppen. Du bis echt ein Kavalier, Callahan.«
»Ich bin ein Bastard«, erklärte er leutselig. »Schon so geboren, und so sterbe ich auch.« Er drehte sich zu ihr um, als sie versuchte, ihn zur Treppe zu bugsieren. »Vielleicht sollte ich ihn einfach umbringen. Wäre wenigstens ein glatter Schlußstrich.«
»Nein, du hast mir versprochen, du würdest bloß mit ihm reden.«
Luke fuhr sich mit der Hand übers Gesicht, um sich zu überzeugen, daß es noch da war. »Mit wem?«
»Gerald.«
»Ach ja.« Er stolperte über die erste Stufe und setzte sich zu Roxannes Erbitterung einfach hin, als wolle er auf der Stelle einschlafen. »Es ist unheimlich, so verflucht unheimlich, diese verdammten Erinnerungen. Du warst vielleicht nicht in der Lage, dich zu wehren, bist betatscht und besabbert worden und – o Herrgott ...« Seine Stimme war nur noch ein Flüstern. »Will nicht mehr daran denken.«
»Dann laß es. Denk lieber daran, nach oben zu kommen.«
»Muß mich hinlegen«, brummte er ärgerlich, als sie an ihm zerrte. »Laß mich in Ruhe.«
»Du wirst hier nicht einschlafen wie ein besoffener Penner, auch wenn du einer bist. Lily gerät vor Sorgen aus dem Häuschen, wenn sie dich hier findet.«
»Lily.« Angetrieben von Roxanne kroch er seufzend weiter die Treppe hinauf. »Die erste Frau, die ich je geliebt hab. Sie ist die Beste. Niemand soll Lily weh tun.«
»Klar. Jetzt komm schon. Nur noch ein kleines Stückchen.« In der Hitze des Gefechts hatte sich ihr Morgenrock ein wenig geöffnet und bot Luke einen aufregenden Blick auf ihre Schenkel. Selbst der Whiskey verhinderte nicht, daß sein Blut in Wallung geriet. »Komm in die Hölle«, stöhnte er. »Geradewegs in die Hölle. Herrgott, ich wünschte, du würdest ab und zu mal was drunter tragen. Laß mich nur mal ...« Aber als er die Hand ausstreckte, um diese weiße Haut zu berühren, landete er mit einem Rums auf dem obersten Treppenabsatz.

»Hoch mit dir, Callahan«, zischte Roxanne. »Du weckst noch das ganze Haus.«
»Okay, okay.« Mit Roxannes Hilfe schaffte er es aufzustehen und bemühte sich nach Kräften um eine gerade Haltung.
»Meinst du, mir wird schlecht?« fragte er. In seinem Magen hatte er ein ziemlich komisches Gefühl.
»Das hoffe ich«, fauchte sie und schleppte ihn mehr oder weniger zu seinem Schlafzimmer. »Das hoffe ich wahrhaftig.«
»Ist eklig. Fast so wie damals, als Mouse mir meine erste Zigarette gegeben hat. Ich trink nie mehr was, Rox.«
»Ja, ja. Da sind wir – Scheiße.«
Er stürzte auf das Bett und zog sie mit sich, ehe sie es verhindern konnte. Er landete so heftig auf ihr, daß ihr die Luft wegblieb.
»Geh sofort runter, Callahan.«
Er antwortete nur mit einem unverständlichen Gemurmel. Schläfrig schmiegte er seine Lippen an ihren Hals.
»Laß das. Oh ... verdammt«, stöhnte sie, als er eine Hand auf ihre Brust legte und ein wohlig prickelnder Schauder sie überlief.
»Weich«, murmelte er. »Weich und sanft.« Zärtlich strich er über den dünnen Seidenstoff.
»Luke, küß mich.« Ihr Körper stand bereits in Flammen. »Küß mich, wie du es schon einmal getan hast.«
»Mm-hm.« Er stieß einen tiefen Seufzer aus und war eingeschlafen.
»Luke.« Sie schüttelte ihn. Das konnte doch nicht wahr sein. Nicht zweimal in einer Nacht! Aber als sie ihn grob am Haar packte und seinen Kopf hochzog, sah sie, daß er tatsächlich weggetreten war. Leise fluchend biß sie die Zähne zusammen und schob seinen starren Körper zur Seite.
Sie ließ ihn vollständig angezogen quer über dem Bett liegen und beschloß, ihm die altbewährte kalte Dusche zu verpassen.

SIEBTES KAPITEL

Er hätte sich fast umgebracht. Gepeinigt von einem teuflischen Kater und durch die Begegnung mit Cobb aus dem Gleichgewicht gebracht, war es Luke schwergefallen, sich zu konzentrieren, und er verlor jedes Zeitgefühl. Dabei hätte er es wissen müssen. In der Entfesselungskunst gab es Regeln, unbarmherzige Regeln, die schlicht und einfach zwischen Leben und Tod entschieden.

Aber aus Stolz hatte er alle Bedenken ignoriert und die übliche Nummer in der Frühvorstellung vorgeführt.

In einer Zwangsjacke und mit Fußfesseln aus Eisen kauerte er in einer Metallkiste. Es war heiß und finster dort drinnen wie in einem Kellerverlies. Er bekam kaum noch Luft und spürte die alte Panik in sich aufsteigen.

Du bleibst da drin, Junge. Er hörte Cobbs höhnisches Kichern. *Du bleibst da drin, bis ich dich rauslasse. Vergiß das nicht.* Ein beklemmendes Gefühl der Hilflosigkeit packte ihn, und überall in der Dunkelheit lauerte die Angst, um sich auf ihn zu stürzen. Er atmete bewußt langsam, während er sich bemühte, seine Hände zu befreien.

Er konnte es schaffen. Wieder und wieder hatte er bewiesen, daß ihn niemand mehr einsperren konnte.

Ich habe den Schlüssel, tönte Cobbs Stimme, *und du kleiner Dreckskerl bleibst da drin. Es ist Zeit, daß du mal lernst, wer hier der Boß ist.*

Er sah den Schrank wieder vor sich, in dem der kleine, schluchzende Junge sich die gefesselten Hände an der Tür blutig hämmerte. Luke wurde das Atmen schwer, sein Herz schlug unregelmäßig und dröhnte in seinen Ohren. Übelkeit erfaßte ihn und eine grauenvolle Angst.

Impulsiv zerrte er an seinen Fesseln und stöhnte auf, als das Eisen in seine Handgelenke schnitt. Er roch den süßlichen Geruch seines eigenen Bluts.

Du atmest zu rasch, sagte er sich. Das Keuchen seiner Lungen, die nach Sauerstoff rangen, machte ihn noch nervöser. Beruhige dich, verdammt, beruhige dich.

Er verdrehte gewaltsam seinen Körper, spürte das vertraute Stechen und Ziehen in seinen Gelenken und schaffte es endlich, die Zwangsjacke zu lockern.

In seinen Schläfen pochte es, und er mußte erneut pausieren, bis die Schmerzen nachließen.

Während er den Whiskey verfluchte, mußte er unwillkürlich an gestern nacht denken und an Roxanne. Obwohl er sich bemühte, diese Erinnerung zu unterdrücken und sich auf die Befreiung der Arme zu konzentrieren, dachte er an ihre weiche Haut, die er gestreichelt und an ihren schlanken Körper, der sich an ihn gedrängt hatte.

O Gott, Herrgott, hatte er sie verführt? Hatten seine Verwirrung und seine Betrunkenheit dazu geführt, daß er die Phantasien auslebte, die ihn seit Jahren quälten?

Der Schweiß strömte an ihm herab. Er hatte jedes Zeitgefühl verloren. Wenn er noch Atem übrig gehabt hätte, hätte er sich selbst verflucht. Als er endlich die Zwangsjacke abgestreift hatte, fühlte er sich völlig zerschlagen.

Er bräuchte lediglich an die Kiste zu hämmern – so wie einst gegen die Schranktür. Nur würde man ihm diesmal öffnen und ihn herauslassen. Dann konnte er wieder frische Luft atmen.

Ein greller Schmerz durchzuckte ihn, als sein Kopf gegen die Seitenwand der Kiste schlug, und hinter seinen geschlossenen Augenlidern sah er Cobbs höhnisch grinsendes Gesicht und hörte seine widerlichen Lügen.

Ich kann mit ihm fertig werden, dachte sich Luke benommen. Mit ein bißchen Geld stopfe ich ihm das Maul.

Roxanne. Diese Bilder von Roxanne auf dem Band, das er dem verängstigten Gerald abgenommen hatte. Er konnte hören, wie ihre Bluse zerriß, wie sie verlangte, daß er sie losließ, er sah das Blut spritzen, konnte es fast riechen.

Und wie sie ausgesehen hatte. Gott, wie sie ausgesehen hatte, als sie mit geballten Fäusten vor ihm stand, wie eine tapfere Amazone, trotz aller Angst und Wut.

Er hätte sie am liebsten an sich gezogen und so lange gestreichelt, bis sie aufgehört hätte, zu zittern. Und diesen Gerald hätte er liebend gern nach Strich und Faden verdroschen.
Und gleichzeitig schämte er sich. Hatte er in seiner Betrunkenheit Roxanne das angetan, was Gerald nur versucht hatte?
Nein. Das war dummes Zeug. War er nicht wach geworden und vollständig angezogen gewesen – einschließlich seiner Schuhe? Ihm war nur hundeübel gewesen von dem Gestank nach schalem Whiskey. Wenn er mit Roxanne geschlafen hätte, hätte er sich daran erinnert.
Unsicher hob er eine Hand und versetzte sich eine energische Ohrfeige und gleich noch ein, um den Nebel in seinem Kopf zu vertreiben.
Dann machte er sich wieder an die Fußfesseln und atmete vorsichtig die dünner werdende Luft ein.

»Es dauert zu lange.« Panik lag in Roxannes Stimme. »Daddy, er ist volle zwei Minuten über der Zeit.«
»Ich weiß.« Max nahm ihre eiskalte Hand. »Er hat noch Zeit.« Er verschwieg, daß er in der Garderobe nach einem einzigen Blick auf Lukes bleiches Gesicht und seine verstörten Augen verlangt hatte, diese Nummer in der heutigen Vorstellung zu streichen.
Doch Luke hatte entschieden abgelehnt. Der Junge war jetzt ein Mann, den er nicht mehr herumkommandieren konnte.
»Da stimmt was nicht.« Er mußte längst bewußtlos und kurz vor dem Ersticken sein. »Verdammt.« Sie wollte gerade in die Kulissen laufen, um die Schlüssel von Mouse zu holen, als der Deckel der Kiste mit einem Schlag aufflog.
Begeistert applaudierte das Publikum, als Luke sich schweißgebadet verbeugte und mit tiefen Atemzügen seine Lungen füllte. Max sah, daß er schwankte und machte Roxanne ein Zeichen. Sie eilte sofort auf die Bühne, um die Zuschauer mit einigen Taschenspielertricks abzulenken.
»Idiot. Blödmann. Schwachkopf«, stieß sie zwischen ihren

zusammengebissenen Zähnen hervor, während sie strahlend lächelte, als sie seinen Arm packte und ihn von der Bühne führte. »Was zur Hölle hast du getrieben?«

Lily stand schon bereit mit einem Handtuch und einem großen Glas Wasser. Luke stürzte es bis auf den letzten Tropfen hinunter. Es war ihm maßlos peinlich, daß er sich so wackelig fühlte.

»Vor allem rauszukommen versucht«, keuchte er und rieb sich den Schweiß vom Gesicht. Als er schwankte, stützte Roxanne ihn, während sie ihn weiter ausschimpfte.

»Du hättest heute überhaupt nicht dort reingehen sollen, nachdem du letzte Nacht derart gesoffen hast.«

»Das ist mein Job«, entgegnete er. Es war ein gutes, ein viel zu gutes Gefühl, sie so nahe zu spüren. Rasch löste er sich aus ihrem Arm und ging zu seiner Garderobe. Roxanne heftete sich an seine Fersen.

»Das heißt noch lange nicht, daß du dich umbringen mußt. Und wenn du ...« Sie blieb an der Tür zu seiner Garderobe stehen. »Oh, Luke, du blutest ja.«

Flüchtig musterte er seine verletzten Handgelenke und die abgeschürften Fußknöchel. »Hatte ein paar Probleme mit den Fußfesseln.« Er wehrte sie ab, als sie ihm folgen wollte. »Ich will mich umziehen.«

»Das muß behandelt werden. Laß mich ...«

»Ich sagte, ich will mich umziehen.« Sein Blick war so kühl, daß sie erstarrte. »Ich brauche niemanden, der sich um mich kümmert.«

Sie preßte die Lippen zusammen. Wußte er nicht, daß eine solch kalte Abfuhr sie hundertmal mehr verletzte als ein wütendes Wort? Trotzig hob sie das Kinn. Natürlich wußte er das.

»Warum behandelst du mich so, Luke? Nach gestern nacht ...«

»Ich war betrunken«, erwiderte er schroff, aber sie schüttelte den Kopf.

»Vorher warst du nicht betrunken. Als du mich geküßt hast.«

Er hätte blind sein müssen, um ihren bittenden Blick nicht

zu sehen. Er fühlte sich krank, elend und hundemüde. »Du warst durcheinander«, entgegnete er mit erzwungener Ruhe. »Und ich auch. Ich wollte dich nur beruhigen, das ist alles.«
»Du Lügner. Du hast mich begehrt.«
Er lächelte absichtlich spöttisch, was ihm unglaublich schwerfiel. »Baby, wenn ich etwas will, dann nehme ich es mir. Soviel habe ich in den vergangenen zehn Jahren gelernt. Spar dir deine Fantasien für deine kleinen Collegefreunde auf. Und jetzt hab ich noch was zu tun, ehe die nächste Vorstellung anfängt.«
Er ließ sie stehen, schloß die Tür von innen und lehnte sich mit einem tiefen Seufzer dagegen.
Gerade noch mal davongekommen, Callahan, dachte er. In mehr als nur einer Hinsicht. Um endlich diese Schmerzen loszuwerden, machte er sich rasch auf die Suche nach Aspirin. Er mußte sich noch mit Cobb treffen, und dabei wollte er einen klaren Kopf haben.
Niemand kannte den Wert des rechten Zeitpunkts besser als Maximillian Nouvelle. Er wartete geduldig bis nach der zweiten Vorstellung, hatte auch nicht die Einwände von Lily und Roxanne gehört, als Luke sich bei der Spätvorstellung erneut in die Eisenkiste sperren ließ. Max wußte genau, daß ein Mann, der sich seinen Dämonen nicht stellte, leicht von ihnen vernichtet werden konnte.
Zu Hause lud er Luke auf einen Schlummertrunk ins Wohnzimmer ein und reichte ihm einen Brandy, noch bevor er ablehnen konnte.
»Ich bin nicht gerade in der Stimmung für einen Drink.« Schon bei dem Gedanken an Alkohol krampfte sich Lukes Magen zusammen.
Max setzte sich in seinen Lieblingssessel und wärmte den Brandy in seinen Händen an. »Nun, dann kannst du mir wenigstens Gesellschaft leisten, während ich mir einen gönne.«
»Es war ein langer Abend«, wandte Luke ein.
»Allerdings.« Max deutete auf einen Sessel. »Setz dich.«
Luke gehorchte ohne einen Widerspruch. Max verfügte selbst heute noch über diesen bezwingenden Blick, dem

bereits der zwölfjährige Junge damals gefolgt war. Er zog eine Zigarre heraus, spielte jedoch nur damit und wartete.

»Es gibt alle möglichen Methoden, sich umzubringen«, begann Max mit freundlicher Stimme, als wolle er eine Geschichte erzählen. »Ich halte diesen Weg zwar generell für einen Ausdruck von Feigheit, aber das muß jeder mit sich selbst ausmachen. Meinst du nicht auch?«

Luke war ratlos. Er wußte, daß Max stets etwas bezweckte, wenn er scheinbar unverfänglich plauderte, und zuckte nur die Schultern, um nicht unversehens in eine Falle zu tappen.

»Sehr treffend ausgedrückt«, sagte Max sarkastisch und nahm einen Schluck Brandy.

»Falls du so etwas noch einmal in Erwägung ziehst«, fuhr er fort, »würde ich eine raschere, saubere Methode vorschlagen, wie zum Beispiel den Gebrauch der Pistole, die im obersten Fach meines Kleiderschranks liegt.« Ehe Luke sich von seiner Verblüffung erholen konnte, hatte Max ihn schon blitzschnell mit seiner freien Hand am Hemdkragen gepackt. Er zog ihn zu sich heran und schaute ihm direkt in die Augen. Seine Stimme bebte vor Zorn. »Mißbrauche nie wieder meine Bühne für einen feigen Selbstmordversuch.«

»Max, um Himmels willen.« Luke fühlte, wie die starken, sehnigen Finger sich um seine Kehle schlossen und ihm die Worte abdrückten, ehe Max ihn abrupt freigab.

»Ich habe nie eine Hand gegen dich erhoben.« Den ganzen Abend über hatte er geschwiegen und sich nichts anmerken lassen, aber nun war es mit seiner Selbstbeherrschung vorbei. »Ein Jahrzehnt ist es her, seit ich dir dieses Versprechen gegeben habe, und ich habe es stets gehalten. Doch ich warne dich. Wenn du jemals wieder so etwas machst, werde ich dir Vernunft einbleuen.« Er musterte Luke mit funkelnden Blicken. »Natürlich müßte ich dich dabei von Mouse festhalten lassen, aber das versichere ich dir, daß ich weiß, wie man zuschlagen muß, damit es richtig weh tut.«

Wütend sprang Luke auf, doch er verschluckte seine schar-

fen Worte, denn er sah plötzlich, daß Max Tränen in den Augen hatte. Dieser Anblick demütigte ihn mehr, als tausend Abreibungen es getan hätten.
»Ich hätte die Nummer heute abend nicht machen sollen«, erwiderte er ruhig. »Ich war nicht in Form und hatte Probleme, die ich nicht verdrängen konnte. Ich wußte es, aber ich konnte nicht ... Ich wollte mir nichts antun, Max, das schwöre ich. Es war bloß Dummheit und Stolz.«
»Läuft auf dasselbe hinaus, nicht wahr?« Max nahm einen Schluck, um sich wieder zu fangen. »Du hast Lily zum Weinen gebracht, und das kann ich dir nur schwer verzeihen.«
Zum erstenmal sei Jahren fühlte Luke wieder diese lähmende Angst, daß man ihn wegschicken und er alles verlieren würde, was ihm kostbar war. »Ich habe nicht nachgedacht.« Er wußte, daß dies eine lahme Entschuldigung war. Am liebsten hätte er ihm alles erzählt, aber das war unmöglich. Er mußte um jeden Preis verhindern, daß seine Familie in diese schmutzige Geschichte mit hineingezogen wurde. »Ich rede mit ihr und versuche, es in Ordnung zu bringen.«
»Tu das.« Max legte ihm tröstlich und verständnisvoll eine Hand auf die Schulter. »Geht es um eine Frau?«
Luke dachte an Roxanne und an seine qualvolle Sehnsucht nach ihr, die sicher dazu beigetragen hatte, daß er so durcheinander gewesen war. Die Begegnung mit Cobb und der viele Alkohol hatten ihm dann den Rest gegeben. Er zuckte nur die Schultern.
»Ich könnte dir sagen, daß keine Frau es wert ist, sein Leben oder seinen Seelenfrieden für sie aufs Spiel zu setzen. Aber das wäre natürlich eine Lüge«, lächelte er. »Es gibt einige, die jede Dummheit wert sind, und ein Mann ist gleichzeitig gesegnet und gestraft, wenn er eine solche Frau findet. Möchtest du darüber reden?«
»Nein«, erwiderte Luke knapp. Der Gedanke daran, mit Max über sein kaum zu bezwingendes Verlangen nach seiner Tochter zu sprechen, war beinah schon komisch. »Ich habe die Sache unter Kontrolle.«
»Sehr gut. Vielleicht möchtest du gern von unserem nächsten Coup hören?«

»Ja. Gern.«
Zufrieden, daß die Angelegenheit nun bereinigt war, lehnte Max sich zurück. »LeClerc ist auf einige interessante Informationen gestoßen. Ein hochrangiger Politiker hält sich in einem Vorort von Maryland in der Nähe unserer Hauptstadt eine Geliebte.« Max nahm einen Schluck Brandy, und Luke griff ebenfalls nach seinem Glas. Inzwischen hatte er nicht mehr das Gefühl, sein Magen sei ein Minenfeld.
»Dieser Abgeordnete ist sich nicht zu schade, Bestechungsgelder anzunehmen – meiner Ansicht nach eine besonders schäbige Art und Weise, seinen Lebensunterhalt zu verdienen, aber bitte. Immerhin ist er klug genug, nicht seinen Lebensstil zu ändern, was nur Spekulationen hervorrufen würde, sondern investiert statt dessen still und heimlich in Schmuck und Kunst. Diese Anschaffungen bewahrt er dann bei seiner Geliebten auf.«
»Sie muß eine tolle Nummer im Bett sein.«
»Vermutlich.« Max strich sich über seinen üppigen Schnurrbart. »Es ist kaum verständlich, daß ein Mann, der seine Ehefrau und seine Wähler betrügt, auf der anderen Seite der Frau, die ihm bei seinen Betrügereien hilft, Kostbarkeiten im Wert von rund zwei Millionen anvertraut.« Max seufzte kopfschüttelnd. Die menschliche Natur war wirklich ein faszinierendes Rätsel. »Ich würde das zwar nicht in Gegenwart der entzückenden Damen unseres Hauses sagen, aber ein Mann wird oft nicht von seinem Verstand gelenkt, sondern von seinem Schwanz.«
Luke grinste. »Ich dachte, die Liebe geht bei einem Mann durch den Magen.«
»Ganz recht, mein lieber Junge, aber genauso häufig durch den Unterleib. Wir sind im Grund Tiere, wenn auch Tiere mit Intelligenz. Wir dringen in eine Frau ein mit dem unbewußten Wunsch, in die Gebärmutter zurückzukehren.«
»Ich würde nicht sagen, daß ich dabei unbedingt an so was denke«, meinte Luke skeptisch.
Max schwenkte zufrieden seinen Brandy. Er sah, daß es ihm mit diesen kleinen Abschweifungen gelungen war, den Jungen zum Reden zu bringen. »Ich will damit sagen, Luke, daß sich

in einem bestimmten Stadium – Gott sei Dank – der Verstand ausschaltet und nur noch der Instinkt regiert. Das Denken spielt lediglich vorher eine Rolle – beim Flirten, bei der Jagd, der Verführung, den kleinen romantischen Spielchen. Wenn ein Mann erst mal in einer Frau ist, schaltet der Verstand ab, und jede Kontrolle ist dahin. Vermutlich ist Sex aus diesem Grund gefährlicher als Krieg – und sehr viel verlockender.«

Luke konnte nur den Kopf schütteln. »Es ist gar nicht so unmöglich, die Sache zu genießen, ohne den Verstand zu verlieren.«

»Offensichtlich hast du noch nicht die richtige Frau gefunden. Aber du bist ja noch jung«, erwiderte Max. »Also, reden wir über unsere Reise nach Washington.«

Die Planungszeit dauerte sechs Monate. Sämtliche Einzelheiten wurden so sorgfältig ausgefeilt wie die Bühnenshow der Nouvelles, die sie im Kennedy Center aufführen würden.

Im April, als die Kirschbäume in Blüte standen, reiste Luke nach Potomac in Maryland. Er trug einen Nadelstreifenanzug, eine blonde Perücke, einen gestutzten Bart und sprach mit Bostoner Akzent, während er mit einem eifrigen Makler die Runden machte. Vorgestellt hatte er sich als Charles B. Holderman und erklärte, er suche im Auftrag eines wohlhabenden Industriellen aus New England ein passendes Haus in einem der eleganten Vororte.

Er genoß seinen kleinen Ausflug, und daß er für einige Tage Roxanne nicht sah, war ihm ebenfalls nur recht. Sie hatte sich für jenen Abend auf die hinterhältigste und wirksamste Weise gerächt – indem sie schlicht und einfach so tat, als sei überhaupt nichts geschehen.

Luke hatte sich seit Monaten nicht mehr richtig entspannen können und betrachtete die Reise als eine Art Arbeitsurlaub. Er bewohnte eine ruhige Suite im altehrwürdigen Madison, spielte vor den Touristen, bummelte durchs Smithsonian, wo ihn besonders die dort ausgestellten Edelsteine interessierten – und freute sich einfach, einmal ganz allein zu sein.

Er besichtigte etliche Häuser und stellte zahlreiche Fragen, wie sie jeder Interessent gestellt hätte, die aber auch für einen potentiellen Einbrecher wichtig waren.
Wer lebte in der Nachbarschaft, und welche Berufe hatten diese Nachbarn? Gab es irgendwo kläffende Hunde? Regelmäßige Polizeistreifen? Welche Firma konnte man mit der Installierung einer Alarmanlage beauftragen und so weiter.
Schließlich ging Luke direkt zu Miranda Leesburg. Er schlenderte den gepflasterten, von Blumen umsäumten Weg hinauf und klopfte an die Haustür aus massiver Eiche.
Da er die Bilder der flotten Blondine kannte, wußte er bereits, was ihn erwartete. Sie war in den Dreißigern, hatte einen umwerfenden Körper und kalte blaue Augen. Resigniert hörte er das schrille Hundegebell. Er hatte gewußt, daß sie zwei Spitze hatte. Schade, daß es Kläffer waren.
Als sie die Tür öffnete, bemerkte er überrascht, daß sie ihr blondes Haar straff zu einem Pferdeschwanz zurückgebunden hatte und ihr Gesicht mit den scharfgeschnittenen Zügen schweißnaß war. Um den Hals hatte sie ein Handtuch geschlungen, und ihr üppiger Körper steckte in einem grellroten, hautengen Trikot.
Sie hob die Hunde hoch und drückte sie beruhigend an ihre Brüste, die sich wie schneeweiße Monde über dem dünnen Stoff wölbten.
Luke hätte sich beinah genüßlich die Lippen geleckt. Er begann zu verstehen, warum der gute Senator dieses Prachtstück versteckt hielt.
Auf Fotos wirkte sie auf eine eher kühle, reservierte Art hübsch. In natura strahlte sie dagegen genügend Sexappeal aus, um jeden Mann im Umkreis von ein paar Metern den Atem zu rauben. Und Luke war ihr sehr viel näher.
»Ich bitte um Entschuldigung«, sagte er mit seinem deutlichen Yankee-Akzent. »Hoffentlich störe ich nicht.« Die Hunde kläfften immer noch, und er mußte lauter sprechen, um den Lärm zu übertönen. »Mein Name ist Holderman, Charles Holderman.«
»Ja?« Sie musterte ihn ausführlich von Kopf bis Fuß. »Ich habe Sie schon in der Nachbarschaft gesehen.«

»Mein Arbeitgeber interessiert sich für ein Anwesen in dieser Gegend«, lächelte Luke. Ihm wurde langsam unangenehm heiß.
»Tut mir leid, mein Haus steht nicht zum Verkauf.«
»Sicher, das ist mir klar. Ich frage mich trotzdem, ob Sie mir einen kleinen Moment Ihrer Zeit opfern würden? Wir können gern hier draußen miteinander reden, wenn Ihnen das angenehmer ist.«
»Warum sollte mir das angenehmer sein?« Erneut musterte sie ihn kritisch. Jung, gutgebaut, verklemmt. Sie bückte sich, um die Hunde auf den polierten Hartholzboden zu setzen, und scheuchte die Tiere mit einem kleinen Klaps auf die Hinterteile hinein. Da ihr Geliebter seit zwei Wochen auf Reisen war, um Spenden zu sammeln, war ihr mehr als langweilig. Dieser Charles B. Holderman könnte eine interessante Ablenkung sein. »Weswegen wollten Sie mich sprechen?«
»Ihre ... Gartengestaltung.« Mühsam riß er seine Blicke von ihren Brüsten los. »Mein Arbeitgeber hat sehr bestimmte Vorstellungen davon, wie der Garten seines zukünftigen Hauses beschaffen sein soll. Und Ihr Grundstück finde ich geradezu beispielhaft. Haben Sie den Steingarten neben ihrem Haus selbst angelegt?«
Sie lachte und tupfte sich die Brüste mit dem Handtuch ab. »Mein Lieber, ich kann eine Primel nicht von einer Petunie unterscheiden. Das hat ein Gartenfachbetrieb erledigt.«
»Aha. Dann könnten Sie mir vielleicht einen Namen oder eine Telefonnummer geben?« Er zog ein schmales, in Leder gebundenes Buch aus seiner Brusttasche. »Das wäre ganz wunderbar.«
»Ich glaube, ich kann Ihnen helfen. Kommen Sie rein. Ich suche mal die Geschäftskarte raus.«
»Sehr freundlich von Ihnen.« Luke steckte das Buch wieder ein und begann, sich den Grundriß des Flurs, die Lage der Treppe sowie die Größe und Anzahl der Zimmer einzuprägen. »Ihr Haus ist fantastisch.«
»Ja, ich hab's vor ein paar Monaten neu einrichten lassen.«
Alle Räume waren in Pastellfarben gehalten, die Tapeten zierten sanfte Blumenmuster, so daß eine betont feminine

Atmosphäre herrschte. Der üppige Körper in dem grellroten Trikot wirkte in diese Umgebung noch aufreizender – wie eine exotische Blüte auf einer Bauernwiese.
Luke blieb stehen, um sich abzulenken, und bewunderte ein Gemälde von Corot. »Wunderschön«, sagte er. Miranda blickte erstaunt über die Schulter.
»Interessieren Sie sich etwa für Bilder?« Sie zog einen Schmollmund und trat zu ihm.
»Ja. Ich liebe Kunst. Corot mit seinem verträumten Stil ist einer meiner Lieblingsmaler.«
»Corot, ach ja.« Sie scherte sich einen Deut um den Stil, aber den Wert des Bildes kannte sie bis auf den letzten Cent. »Ich hab nie begriffen, wozu jemand Bäume und Büsche malt.«
Luke lächelte. »Vielleicht weil er sich fragt, wer oder was dahinter steckt.«
Sie lachte. »Das ist gut, Charles, sehr gut. Ich habe eine Kartei in der Küche. Kommen Sie doch mit. Sie trinken was Kaltes, und ich suche in der Zeit nach der Adresse der Gärtnerei.«
»Mit Vergnügen.«
Auch in der Küche herrschte wie im ganzen Haus dieser sanfte feminine Charme. Die Möbel waren in Elfenbein und Malve gehalten, und an den Fenstern standen Töpfe mit Usambaraveilchen in der Sonne. Ein runder Glastisch mit vier schlichten Polsterstühlen stand auf einem blaßrosa Teppich in der Mitte des Raumes. Nicht ganz passend dazu klang aus den Lautsprechern der harte Rhythmus eines schrillen Hardrock-Songs.
»Ich habe gerade Gymnastik gemacht, als Sie klopften.« Miranda holte einen Krug Limonade aus dem Kühlschrank. »Ich halte mich gern in Form, wissen Sie?« Sie stellte den Krug ab und strich sich mit den Händen über die Hüften. »Solche Musik bringt mich richtig in Schwung.«
Luke biß sich auf die Zunge, um nicht vor Gier zu hecheln. Statt dessen antwortete er, wie Holderman es getan hätte. »Ich bin überzeugt, das ist recht anregend.«
»Und ob.« Sie holte zwei Gläser und schenkte ein. »Setzen Sie sich doch, Charles. Ich suche die Karte heraus.«

Sie stellte die Gläser auf den Tisch und ging dicht an ihm vorbei zu einer Kommode. Ihr moschusartiger Duft weckte prompt sein bestes Stück, das sich nicht mehr geregt hatte, seit er dank des vielen Whiskeys auf Roxanne eingeschlafen war.
Gib Ruhe, mein Guter, dachte er und richtete seine Krawatte, ehe er nach seinem Glas griff.
»Wunderbarer Tag«, sagte er lässig, während sie in der Schublade wühlte. »Was für ein Glück für Sie, daß sie ihn zu Hause genießen können.«
»Ach, ich kann ziemlich frei über meine Zeit verfügen. Ich habe eine kleine Boutique in Georgetown, aber um den Alltagskram kümmert sich eine Geschäftsführerin.« Sie nahm eine Visitenkarte aus der Schublade und warf ihm einen neckischen Blick zu. »Sind Sie verheiratet, Charles?«
»Nein. Geschieden.«
»Ich auch.« Erfreut lächelte sie. »Ich habe herausgefunden, daß es mir lieber ist, das Haus für mich allein zu haben und mein Leben selbst zu bestimmen. Wie lange sind Sie noch in dieser Gegend?«
»Leider nur noch ein oder zwei Tage. Ob mein Chef nun hier ein Anwesen kauft oder nicht, meine Arbeit ist jedenfalls beendet.«
»Dann geht es zurück nach ...?«
»Boston.«
»Hmm.« Das war gut. Ja, sogar sehr gut. Wenn er länger geblieben wäre, hätte sie ihn gleich wieder weggeschickt. So allerdings war er genau die richtige Abwechslung nach zwei endlosen frustrierenden Wochen. Hin und wieder amüsierte Miranda sich gern einmal – ganz diskret – mit einer kleinen Affäre.
Weder sie noch der Senator kannten den Mann, und eine schnelle anonyme Nummer wäre sehr viel besser für ihre Gemütsverfassung als eine Stunde auf dem verdammten Trimmgerät.
»Aha ...« Sie strich sich langsam über den Unterleib. »Sie scheinen mir ein Mann zu sein, der nicht lange fackelt, stimmt's?«

Luke stellte sein Glas ab, das ihm beinahe aus der Hand geglitten wäre. »Sozusagen.«
»Sehr schön.« Ohne den Blick von ihm zu wenden, steckte sie die Karte in ihr Bikinihöschen. »Warum holen Sie sich nicht, was Sie möchten?«
Luke überlegte nur eine Sekunde. Es lief zwar nicht ganz so, wie er es sich vorgestellt hatte, aber was sagte Max immer? Ein Gramm Spontanität ist oft mehr wert als ein Pfund Planung.
»Aber gern.« Viel rascher als sie es ihm zugetraut hatte, war er bei ihr und schob seine Hand unter den Bund ihres Slips. Sie war heiß und naß.
Wollüstig stöhnend bog sie sich zurück, während er ihr den Slip herunterzog. Mit zwei raschen Bewegungen hatte er seine Hose geöffnet und stieß brutal zu. Der erste Orgasmus überrumpelte sie. So viel Geschick hätte sie ihm nie zugetraut.
»O Herrgott!« stieß sie entzückt hervor und schlang ihre Beine um seine Hüften, als er ihre Taille umfaßte und sie mit starken Armen hochhob. Sie keuchte erstickt. Einen derart wilden Ritt hatte sie noch nie erlebt.
Luke beobachtete sie. Obwohl er mit allen Sinnen dieses verrückte Abenteuer genoß, war sein Verstand klar genug, um die schwachen Linien um ihre Augen und ihre verzerrten Lippen zu bemerken. Er sah, daß die Hunde hereingeschlichen waren. Sie hockten unter dem Glastisch und lauschten neugierig auf die Geräusche, die ihr Frauchen von sich gab.
Luke richtete sich mit seinem Rhythmus nach der heißen Rockmusik, die aus den Lautsprechern dröhnte. Nach ihrem dritten Höhepunkt sah er, daß sie fast am Ende war, doch erst nachdem sie ein weiteres Mal gekommen war, gönnte er sich einen eigenen Orgasmus. Aber selbst dann hatte er noch genug Selbstbeherrschung, um zu verhindern, daß sie in sein Haar griff und ihm die Perücke herunterriß.
»Gütiger Gott.« Miranda wäre erschöpft zu Boden gesunken, wenn er sie nicht festgehalten hätte. »Wer hätte gedacht, daß solch eine Ladung Dynamit in diesem langweiligen Anzug steckt?«

»Nur mein Schneider.« Etwas verspätet zog er ihren Kopf heran und küßte sie.
»Wann hast du gesagt, mußt du wieder weg?«
»Morgen abend. Aber heute habe ich noch ein wenig Zeit.« Und diese Zeit konnte er genausogut dazu verwenden, sich das Haus anzuschauen. »Hast du auch ein Bett?«
Miranda schlang die Arme um seinen Hals. »Ich habe sogar vier. Wo willst du anfangen?«

»Du schaust sehr selbstzufrieden drein«, meine LeClerc, als Luke seinen Koffer daheim im Flur abstellte.
»Hab den Job bestens erledigt. Warum sollte ich da nicht zufrieden sein?« Luke öffnete seinen Aktenkoffer und nahm ein Notizbuch voller Anmerkungen und Skizzen heraus. »Der Grundriß des Hauses. Zwei Safes, einer in ihrem Schlafzimmer, einer im Wohnzimmer. Unten im Flur hängt ein Corot und über ihrem Bett ein verdammter Monet.«
LeClerc überflog rasch die Notizen. »Und wie hast du die Gemälde und den Safe in ihrem Schlafzimmer entdeckt, *mon ami?«*
»Ich hab mich von ihr flachlegen lassen.« Grinsend schälte sich Luke aus seiner Lederjacke. »Ich fühle mich richtig billig.«
»Es zerreißt mir das Herz«, sagte LeClerc amüsiert. »Das nächste Mal sorge ich dafür, daß Max mich schickt.«
»*Bonne chance*, mein Alter. Eine Stunde mit dieser Dame, und du wärst reif für die Intensivstation. Gütiger Gott, sie hatte Tricks drauf, die du ...« Er brach ab, als er ein Geräusch hörte. Oben an der Treppe stand Roxanne und umklammerte das Geländer. Ihr Gesicht war bis auf zwei rote Flecken auf den Wangen ausdruckslos und bleich. Wortlos drehte sie sich um und verschwand. Gleich darauf wurde eine Tür zugeknallt.
Jetzt fühlte er sich tatsächlich schäbig und schmutzig – und hätte sie mit Wonne dafür erwürgt. »Verflucht, warum hast du mir nicht gesagt, daß sie hier ist?«
»Du hast nicht gefragt«, erwiderte LeClerc schlicht. »*Allons*. Max ist im Arbeitszimmer. Er will bestimmt hören, was du herausgefunden hast.«

Roxanne hatte sich auf ihr Bett geworfen und kämpfte gegen den Drang, irgend etwas gegen die Wand zu schmeißen. Aber diese Befriedigung würde sie ihm nicht geben. Sie brauchte ihn nicht und scherte sich gar nicht um ihn. Wenn er meinte, er müsse sich mit irgendwelchen billigen Flittchen einlassen, war das allein seine Sache.

Aber er sollte in der tiefsten Hölle dafür schmoren, daß er es auch noch genoß.

Es gab ein Dutzend – oder doch zumindest ein halbes Dutzend – Männer, die überglücklich wären, sie von ihrer Jungfräulichkeit zu befreien. Vielleicht war es an der Zeit, sich einen geeigneten Kandidaten auszusuchen.

Dann konnte sie ihm genausogut ihre sexuellen Erlebnisse unter die Nase reiben, bis er vor Wut zerplatzte

Entschlossen setzte sie sich auf. Nein, das fehlte noch, daß sie eine derartige Entscheidung aus gekränktem Stolz heraus traf.

Aber eins war sicher. Von heute an würde sie nicht mehr daheim warten, während die Männer allein den ganzen Spaß hatten. Wenn sie sich das Haus in Potomac vornahmen, würde sie mit dabeisein.

Ganz egal wie.

»Ich bin soweit, Daddy.« Roxanne nahm eine ordentlich zusammengefaltete Bluse aus ihrem Koffer und legte sie in eine Kommode. »Und ich habe meinen Teil der Abmachung gehalten.« Sorgfältig ordnete sie die Wäsche in eine andere Schublade ein. »Ich habe mein erstes Jahr an der Universität mit besten Noten abgeschlossen, und wenn der Unterricht im Herbst wieder beginnt, setze ich wie versprochen mein Studium fort.«

»Das weiß ich alles zu schätzen, Roxanne.« Max stand am Fenster des Zimmers im Washingtoner *Ritz*. Draußen flimmerte die Luft in der Gluthitze des Sommers. »Aber diese Sache ist seit Monaten in der Planung. Es ist besser, wenn du zuerst mal bei einem kleineren Unternehmen mitmachst.«

»Ich fange lieber gleich ganz oben an.« Ordentlich wie es ihre Art war, begann sie Kleider im Schrank aufzuhängen. »Ich bin kein dummes Kind mehr und weiß seit Jahren über alles Bescheid. Ich kann genausogut und manchmal sogar rascher als LeClerc ein Schloß knacken. Und Mouse hat mir sämtliche Motoren erklärt und was er sonst über technische Anlagen weiß.« Nachdem sie die Schranktür geschlossen hatte, blickte sie ihrem Vater fest in die Augen. »Ich kenne mich besser mit Computern aus als irgendeiner von euch. Du hast ja selbst gesehen, wie wichtig solche Kenntnisse sind.«

»Ich bin dir auch sehr dankbar für deine Hilfe. Allerdings ...«

»Komm nicht wieder mit Ausreden, Daddy. Es ist an der Zeit.«

»Abgesehen von allem, was du erwähnt hast, mußt du auch bedenken, daß eine solche Sache rein körperlich sehr anstrengend ist.«

»Meinst du etwa, ich hätte nur meiner Gesundheit zuliebe letztes Jahr jede Woche fünf Stunden trainiert?« Roxanne spürte, daß sie jetzt nicht nachgeben durfte. Sie hatte sich für ihren Weg entschieden, und nun war die Zeit gekommen, den ersten Schritt zu machen. »Weigerst du dich vielleicht, weil du als Vater Skrupel hast, mich auf die sogenannte schiefe Bahn zu bringen?«

»Was für eine Idee«, erwiderte Max schockiert und beleidigt zugleich. »Zufälligerweise betrachte ich unsere Profession als eine uralte und hochgeachtete Kunst, liebes Kind. Das, was wir machen, ist schließlich etwas völlig anderes als irgendwelche plumpen Straßenräubereien oder primitive Banküberfälle von schießwütigen Rowdies. Wir sind echte Künstler«, erklärte er mit leidenschaftlichem Nachdruck.

»Nun dann.« Sie küßte seine Wange. »Wann geht es los?«

Er betrachtete das verschmitzte Lächeln auf ihrem Gesicht und mußte lachen. »Du machst mir wirklich alle Ehre, Roxanne.«

»Ich weiß, Max«, grinste sie. »Ich weiß.«

ACHTES KAPITEL

Das Kennedy Center bot genau den passenden Rahmen für die großangelegte Bühnenshow. Max hatte die anderthalbstündige Vorstellung wie ein dreiaktiges Theaterstück konzipiert, mit einem kompletten Orchester, ausgefeilter Lichtregie und prachtvollen Kostümen. Zahlreiche Fernsehkameras filmten das ganze Ereignis für eine Sondersendung, die im Herbst ausgestrahlt werden sollte.

Zu Beginn erschien Max allein auf der dunklen Bühne, von einem einzelnen Scheinwerfer erhellt. Er war in einen dunkelblauen, mit schimmerndem Silber durchsetzten Samtumhang gehüllt. In einer Hand hielt er einen silbernen Zauberstab, in der anderen eine Kristallkugel.

So mochte Merlin ausgesehen haben, während er seine geheimen Ränke schmiedete.

Max hob die Kugel in die Höhe, in der pulsierende Lichter zuckten, und sprach über die Geschichte der Zauberkunst, über Bannsprüche und Drachen, Alchemie und Hexerei. Und dann begann die Kugel zu schweben, wie über die Spitze des Zauberstabs hinaus, wobei das pulsierende Licht zunächst rot, dann blau, gelb und grün flackerte. Entsetzt schrie das Publikum auf, als die Kugel abrupt zu Boden stürzte, doch wenige Zentimeter vor dem Aufprall zog sie schwebend einen weiten Kreis und stieg langsam wieder höher, bis sie in Max' ausgestreckter Hand lag. Noch einmal hielt er sie in die Höhe, tippte mit dem Zauberstab dagegen und warf sie schließlich in die Luft. Die Kugel verschwand, und ein Schauer aus Silberfunken regnete hinunter auf die Bühne, ehe alles dunkel wurde.

Als die Lichter wieder aufflammten, stand Roxanne im Kegel eines Scheinwerfers, in ein silbrig schimmerndes Kostüm gekleidet. Sterne glitzerten in ihrem Haar, sie hatte die Arme über die Brust gekreuzt und die Augen geschlossen.

Das Orchester stimmte eine Passage aus Beethovens sechster Sinfonie an, und Roxanne schlug langsam die Augen auf.
Sie sprach über die Magie der Liebe, über geheime Rituale und fehlgeschlagene Hexerei. Als sie ihre Arme öffnete und sie in die Höhe hob, stoben Funken von ihren Fingerspitzen. Ein plötzlicher Wind zerzauste ihr Haar. Neben ihr wurde im Scheinwerferlicht ein kleiner Tisch sichtbar, auf dem eine Glocke und eine Kerze standen. Daneben lag ein Buch. Sie wölbte die Hände, aus denen Flammen zügelten, und hielt sie über die Kerze. Nachdem sie die Flammen erstickt hatte, begannen sich auf einen Wink ihrer Hand die Seiten des Buchs umzuwenden, schneller und immer schneller, bis die Blätter nur so wirbelten. Die Glocke erhob sich vom Tisch und läutete. Unter dem Tisch flackerten plötzlich aus dem Nichts drei Kerzen hell auf. Die Flammen stiegen höher und höher und schienen auf Roxanne überzugreifen. Sie warf die Arme erneut hoch, und alles verschwand in einer Wolke von Rauch. Im gleichen Moment leuchtete auf der linken Bühnenseite ein zweiter Scheinwerfer auf, in dessen Licht Luke sichtbar wurde.
Sein schwarzes Kostüm war mit glitzerndem Gold besetzt. Make-up betonte seine Wangenknochen und hob seine Brauen hervor. Das tiefdunkle Haar fiel ihm auf die Schulter. Er sah aus wie eine Mischung aus einem Satyr und einem Piraten. Unwillkürlich machte ihr Herz einen verräterischen Satz.
Durch die Rauchwolke voneinander getrennt, standen sie sich gegenüber. Herausfordernd hatte sie einen Arm ausgestreckt, und von ihren Fingerspitzen schoß ein Lichtstrahl auf ihn zu, den er aufzufangen schien. Das Publikum begleitete das Duell mit anhaltendem Applaus. Langsam bewegten sie sich aufeinander zu, Feuer stob auf, und das Scheinwerferlicht leuchtete grell wie die Sonne.
Roxanne verdeckte ihre Augen mit den Händen, als wolle sie sich schützen. Doch dann sanken ihre Arme kraftlos herab, sie begann zu schwanken, als habe Luke sie in Trance versetzt. Er umkreiste sie mit erhobenen Händen und ließ sie langsam, ganz langsam zurückweichen, bis sie

plötzlich zu schweben begann und zuletzt kerzengerade ausgestreckt auf einer blaugrauen Rauchwolke zu liegen schien.
Er vollführte eine rasche Drehung um die eigene Achse, und als er sich wieder dem Publikum zuwandte, hielt er einen schmalen silbernen Reif in der Hand, den er über ihren Körper führte. Dann beugte er sich zu ihr, als wolle er sie küssen. Das hatten sie nicht geprobt. Er spürte, wie sie sich verkrampfte.
»Verdirb's nicht, Rox«, flüsterte er, riß seinen Umhang herunter und warf ihn über sie. Einen Moment lang sah man noch die Umrisse ihrer Gestalt, bevor sie sich aufzulösen begannen. Als der Umhang zu Boden flatterte, hielt Luke einen weißen Schwan in den Armen.
Hinter der Bühne ertönte ein Donnerschlag, Luke hob seinen Umhang auf, kauerte sich zu Boden, warf ihn über sich – und war verschwunden.
»Die kleinen Extrazugaben kannst du dir sparen«, fuhr Roxanne ihn an, sobald sie ihn eingeholt hatte.
»Ach ja?« Er reichte Mouse den Schwan und war froh, daß ihn das Tier nicht wieder gebissen hatte. »Ich fand es ganz nett. Was meinst du, Mouse?«
Mouse streichelte den Schwan. Er war der einzige, der sich das gefahrlos erlauben konnte. »Na ja – ich auch. Jetzt muß ich Myrtle füttern.«
»Siehst du?« grinste Luke. »Ihm hat's gefallen.«
»Wenn du das noch mal versuchst, erlaube ich mir auch einen kleinen Scherz.« Sie tippte ihm auf die Brust. »Dann stehst du aber mit einer blutigen Lippe da.«
Er packte ihr Handgelenk, ehe sie davonstürmen konnte. Draußen bejubelte das Publikum Max und Lily, das Lukes Hochstimmung noch verstärkte. Nie im Leben hatte er sich besser gefühlt.
»Hör mal, Rox, was wir auf der Bühne machen, ist reine Show. Genauso ein Job wie die Sache morgen nacht in Potomac.« Irgendein Dämon trieb ihn dazu, ihr den Weg zu versperren und sie gegen die Wand zu drängen. »Nichts Persönliches.«

Ihr Herz klopfte beängstigend rasch, aber sie zwang sich zu einem unverbindlichen Lächeln. »Vielleicht hast du recht.«
Er roch ihr Parfüm, die Bühnenschminke, die leicht verschwitzte Haut. »Natürlich habe ich recht. Es ist nur eine Sache von ...« Im blieb die Luft weg, als sie ihm einen Ellbogen in den Bauch rammte. Geschmeidig huschte sie an ihm vorbei und lächelte, diesmal allerdings triumphierend.
»War nicht persönlich gemeint«, säuselte sie, eilte in ihre Garderobe und verschloß die Tür, um das Kostüm zu wechseln.
Bei ihrer nächsten Begegnung waren sie, nur durch eine dünne Sperrholzplatte getrennt, in einer Trickkiste eingesperrt und hatten nur wenige Sekunden, um ihre Plätze zu tauschen.
»Mach das nicht noch mal«, zischte Luke, während sie die Positionen wechselten. »Ich schwöre dir, ich schlage zurück.«
»Oh, da zittere ich aber vor Angst.« Roxanne sprang an Lukes Stelle unter donnerndem Applaus aus der Kiste.
Bei der Schlußverbeugung kniff Luke sie fest genug, daß sie garantiert einen blauen Fleck bekommen würde. Roxanne trat ihm kräftig auf den Fuß.
Mit einer eleganten Geste zog er Rosen aus der Luft und reichte sie ihr. Lächelnd nahm sie die Blumen entgegen, und ehe sie reagieren konnte, hatte er sie gepackt und küßte sie. So einfach wollte er sie nicht davonkommen lassen.
Denn nur für das begeisterte Publikum sah es aus wie ein Kuß. In Wahrheit biß er sie.
»Du Mistkerl«, fauchte sie, gezwungenermaßen lächelnd trotz ihrer schmerzenden Lippe, ehe sie Hand in Hand die Bühne verließen. Luke hielt die Luft an, als sie seinen Daumen packte und verdrehte.
»Jesus, Rox, nicht! Ich kann ohne meine Hände nicht arbeiten.«
»Dann laß die Finger von mir, klar?« Jetzt würde ihm sein Daumen wenigstens genauso weh tun wie ihr die Unterlippe. Gemeinsam betraten sie neben Max und Lily die Bühne für eine letzte Verbeugung.

»Ich liebe das Showgeschäft«, lachte Roxanne übermütig.
Die Vorsicht hielt Luke davon ab, ihr ins Hinterteil zu treten. Er nahm ihre Hand und war diesmal auf der Hut. »Ich auch ....«

Der krönende Abschluß des Abends war der festliche Empfang im Weißen Haus. Roxanne hielt eigentlich ebensowenig von Politik wie Max, da er zwar zur Wahl ging, was er als sein Recht und seine Pflicht betrachtete, das Ganze aber eher als eine Art Glücksspiel einstufte.
Es waren auch nicht die Politiker, die Roxanne gefielen, sondern das förmliche Milieu in Washington. Ein himmelweiter Unterschied zu New Orleans, dachte sie und betrachtete die elegant gekleideten und doch irgendwie spießig wirkenden Tänzer im Ballsaal.
»Du hast es weit gebracht mit deiner Zauberei.«
Roxanne drehte sich um, und ihr freundliches Lächeln verflog umgehend. »Sam! Was machst du denn hier?«
»Ich genieß die kleine Feier – fast so sehr, wie ich eure Vorstellung genossen habe.« Er nahm ihre Hand und hob sie an seine Lippen.
Er hatte sich erstaunlich verändert. Aus dem schlampigen, schlecht gekleideten Teenager war ein schlanker, gepflegter Mann geworden. Sein rotblondes Haar war tadellos geschnitten, er trug einen Frack, und an seiner Hand glitzerte ein dezenter Diamantring. Roxanne erhaschte den Duft eines teuren Herrenparfüms, als er sich über ihre Hand beugte.
Irgendwie schien er in die Atmosphäre im Weißen Haus zu passen. Er strahlte die unverwechselbare Aura von Wohlstand und Erfolg aus. Und wie in der Politik, dachte sie, liegt darunter der leichte Gestank der Korruption.
»Du bist erwachsen geworden, Roxanne. Und wunderschön.«
Sie zog hastig ihre Hand zurück, wie sie das Gefühl hatte, als sei sie mit einer lebensgefährlichen elektrischen Hochspannungsleitung in Kontakt gekommen. »Das könnte ich auch von dir sagen.«

Er lachte, und seine makellosen Zähne blitzten. Keine Spur war mehr von den Zahnlücken, die Luke ihm geschlagen hatte. »Sollen wir tanzen?«
Sie hätte leicht mit einer schlagfertigen oder koketten Antwort ablehnen können, doch dann siegte ihre Neugier, und sie begleitete ihn wortlos auf die Tanzfläche zu den anderen Paaren.
Er entpuppte sich zu ihrer Überraschung als vollendeter Tänzer. »Ich muß sagen«, begann sie, »daß das Weiße Haus der letzte Ort ist, an dem ich erwartet hätte, dich wiederzusehen. Aber ... Katzen landen ja stets auf den Füßen.«
»Ich habe mir immer vorgenommen, euch – euch alle – einmal wiederzusehen. Seltsam, daß das Schicksal uns ausgerechnet hier zusammenführt.« Er zog sie näher an sich und genoß das leise Widerstreben ihres Körpers, obwohl sie anmutig seiner Führung folgte. »Die Vorstellung heute abend war wirklich etwas ganz anderes als die kleinen Auftritte in diesem schäbigen Club damals in New Orleans. Besser sogar als die Show, die Max für das Magic Castle zusammengestellt hatte.«
»Er ist der Beste, den es gibt.«
»Sein Talent ist phänomenal«, stimmte Sam zu. Er beugte sich dichter zu ihr und sah die Wachsamkeit in ihren Augen, was ihn prompt erregte. Er drängte sich näher an sie, so daß sie die Reaktion seines Körpers spüren konnte. »Aber atemberaubend fand ich dich und Luke, das muß ich zugeben. War sehr sexy, diese Nummer.«
»Eine Illusion«, erwiderte sie nüchtern. »Für Gefühle ist auf der Bühne kein Platz.«
»Falls irgendein Mann im Publikum dabei kühl geblieben ist, als du unter seinen Händen schwebtest, dann war er sowieso schon tot.« Es wäre interessant, sie im Bett zu haben und so weit zu bringen, daß sie alles mit sich machen ließ. Eine wundervolle Revanche. »Ich jedenfalls bin sehr lebendig, das kann ich dir versichern.«
Ruhig schaute sie ihn an. »Falls du glaubst, ich sei geschmeichelt von der Beule in deiner Hose, Sam, irrst du dich.« Zufrieden sah sie, daß er wütend die Lippen zusammenpreßte.

Und sie bemerkte auch, daß sein Blick noch genauso verschlagen und gemein war wie früher. »Wo bist du hin, als du New Orleans verlassen hast?«

»Hierhin und dahin«, erwiderte er und stellte fest, daß es noch besser wäre, sie nicht nur zu nehmen, sondern zunächst richtig zu demütigen.

»Und schließlich hat dich das Schicksal nach Washington geführt?«

»Auf Umwegen. Im Moment bin ich zufälligerweise die rechte Hand des Senators aus Tennessee.«

»Du machst Witze.«

»Absolut nicht. Und ich habe die Absicht, auf der Karriereleiter noch sehr viel höher zu klettern.«

Sie brauchte einen Moment, um sich zu fangen. »Nun, das paßt zu dir. In der Politik sind Schwindel und Betrug ja an der Tagesordnung. Aber meinst du nicht, deine früheren Eskapaden könnten sich vielleicht nachteilig auf deine ehrgeizigen Pläne auswirken?«

»Im Gegenteil. Durch meine schwierige Kindheit bin ich besonders prädestiniert dafür, mich um die Probleme unserer Kinder zu kümmern, unserem wertvollsten Gut. Außerdem bin ich ein Vorbild dafür, was man aus sich machen kann.«

»Vermutlich hast du in deinem Lebenslauf nicht angegeben, daß du ein unwissendes Kind benutzt hast, um dessen Freunde zu bestehlen.«

»Was waren wir für ein Team!« Er lachte, als ob seine Diebeszüge nur harmlose Scherze gewesen seien. »Und ein noch weitaus besseres Team würden wir jetzt abgeben.«

»Leider muß ich dir sagen, daß diese Vorstellung mich geradezu anekelt.« Mit einem Lächeln löste sie sich aus seinen Armen und wollte gehen, doch er packte so fest nach ihrer Hand, daß sie zusammenzuckte.

»Ich glaube, es gibt manches, was wir am besten begraben sein lassen, findest du nicht auch, Roxanne? Denn falls du plötzlich das dringende Bedürfnis hättest, über einen alten Bekannten zu tratschen, müßte ich es euch mit gleicher Münze heimzahlen.« Sein Blick war eisig, als er sie näher an sich heranzog. Für jeden unbefangenen Beobachter schien

es, als wollten sie sich küssen. »Ich habe New Orleans nicht sofort verlassen, sondern es mir zur Aufgabe gemacht, die Augen offenzuhalten, Fragen zu stellen und soviel wie möglich in Erfahrung zu bringen. Falls ich mich nicht sehr irre, würdest du es bestimmt vorziehen, daß manches nicht ans Licht kommt.«
Sie spürte, daß ihr die Farbe aus dem Gesicht wich. »Ich weiß nicht, wovon du redest. Laß mich los, du tust mir weh.«
»Es wäre mir lieber, wenn ich das nicht bräuchte.« Er lockerte seinen Griff. »Es sei denn unter anderen, erfreulicheren Umständen, zum Beispiel bei einem ruhigen Essen um Mitternacht, bei dem wir unsere alte Bekanntschaft erneuern können.«
»Nein. Mag sein, daß es ein Schlag für dein Ego ist, Sam, aber ich habe weder an deiner Vergangenheit, deiner Gegenwart noch an deiner Zukunft ein Interesse.«
»Dann werden wir über vergnüglichere Dinge reden.« Er flüsterte ihr einen Vorschlag ins Ohr, der so unverfroren war, daß Roxanne schwankte, ob sie zusammenzucken oder laut lachen sollte. Doch noch ehe sie reagieren konnte, packte jemand ihren Arm und riß sie zurück.
»Laß deine Finger von ihr.« Mit wütendem Gesicht drängte sich Luke zwischen Roxanne und Sam. »Rühr sie nie wieder an.«
»Ach, offenbar habe ich da jemandem auf die Zehen getreten«, lächelte Sam, der sich nicht im mindesten aus der Ruhe bringen ließ. Er hatte also doch recht gehabt. Nicht alle Funken, die er auf der Bühne zwischen den beiden hatte sprühen sehen, waren das Ergebnis der Spezialeffekte gewesen.
»Luke!« Roxanne sah, daß etliche Köpfe sich zu ihnen umwandten und hängte sich rasch bei ihm ein. »Ein Empfang im Weißen Haus ist nicht der richtige Ort, um eine Szene zu machen.«
»Ich sehe, du bist nicht nur schön, sondern auch vernünftig.« Sam nickte ihr zu, aber er behielt Luke im Auge. Er spürte nach wie vor nur Eifersucht und Haß. »Ich würde auf die Dame hören, Callahan. Immerhin sind wir hier auf meinem Territorium, nicht auf deinem.«

»Weißt du eigentlich, wie viele Knochen du in deiner Hand hast?« fragte Luke mit mordlustig funkelnden Augen. »Wenn du sie noch mal anrührst, wirst du es wissen. Weil ich dir dann nämlich jeden einzelnen breche.«
»Hör auf. Ich bin kein Beutestück, um das ihr beiden euch streiten könnt.« Erleichtert sah sie ihren Vater und Lily herankommen. »Schluß jetzt, ja? Daddy!« Mit scheinbarer Freude wandte sie sich an Max. »Stell dir vor, wer hier ist. Sam Wyatt!«
»Max.« Sam begrüßt ihn formvollendet und küßte Lily die Hand. »Lily, du bist schöner als je zuvor.«
»Du wirst nie erraten, was Sam hier in Washington treibt«, fuhr Roxanne fort, als hätte sie einen lieben alten Freund wieder getroffen.
Max war kein nachtragender Mensch, aber auch niemand, der zu überschwenglichen Reaktionen neigte. »Du hast dich also auf die Politik verlegt?«
»Jawohl. Man könnte sagen, das verdanke ich dir.«
»Wirklich?«
»Du hast mir den Umgang mit Publikum beigebracht.« Er grinste, als wolle er auf einem politischen Werbeplakat Erfolg und jugendliche Energie verkörpern. »Senator Bushfield.« Sam winkte einen gepflegten Mann mit Halbglatze und müden braunen Augen heran. »Ich glaube, Sie haben die Nouvelles bereits kennengelernt.«
»Ja, ja.« Trotz seiner ersichtlichen Erschöpfung klang seine Stimme voll und herzlich. »Fabelhafte Show, wie ich Ihnen schon sagte, Nouvelle.«
»Ich habe sie bisher nicht erwähnt, Senator, weil ich meine alten Freunde überraschen wollte. Ich habe nämlich einmal mehrere Monate als Zauberlehrling bei unserem verehrten Meister verbracht.«
»Was Sie nicht sagen?« Bushfield horchte interessiert auf.
»O ja.« Sam lächelte und plapperte etwas von einem verwirrten, desillusionierten jungen Burschen, der von einem großzügigen Mann und seiner Familie aufgenommen worden war und so auf den rechten Weg gefunden hatte. »Leider«, schloß er, »war ich nicht besonders für die Bühne

geeignet. Aber als ich die Nouvelles verließ, hatte ich neuen Lebensmut und war fest entschlossen, etwas aus mir zu machen. Ohne sie wäre ich nicht dort, wo ich heute bin.«

»Das kann ich mir denken.« Bushfield klopfte Sam väterlich auf die Schulter. »Dieser Junge wird es zu was bringen. Die nötigen Fähigkeiten hat er zweifellos.« Er zwinkerte Max zu. »Er mag vielleicht beim Hokuspokus nicht sehr gut gewesen sein, aber die Wähler kann er mit seinem Charme wahrhaftig um die Finger wickeln.«

»An Charme hat es Sam noch nie gefehlt«, erwiderte Max. »Eher an einem bestimmten Ziel.«

»Das ist mittlerweile anders.« Er blickte zu Luke. »Ich weiß genau, was ich will.«

»Dieser schleimige Dreckskerl hat dich überall betatscht.«

Roxanne seufzte. Es war kaum zu glauben, daß Luke schon wieder mit dieser alten Leier anfing. Dabei war sie ihm absichtlich fast vierundzwanzig Stunden lang aus dem Weg gegangen. »Wir haben bloß getanzt, du Dummkopf.«

»Er hat dir den Hals besabbert.«

»Wenigstens hat er mich nicht gebissen«, erwiderte sie und lehnte sich zurück. Mouse, der schweigend am Steuer saß, fuhr langsam die Gegend rund um Mirandas Haus ab.

»Hör auf, an das Schwein zu denken, Callahan, und denk lieber an unseren Job.«

»Ich möchte bloß mal wissen, was er vorhat«, brummte Luke. »Wirklich Pech, daß wir ihm über den Weg laufen mußten.«

»Ob etwas Pech oder Glück ist, mein Junge«, bemerkte Max vom Vordersitz, »entscheidet sich nur dadurch, was wir damit anfangen.« Max streifte sein Jackett und die falsche Hemdbrust ab, unter der ein dünner schwarzer Pullover zum Vorschein kam.

Auf dem Rücksitz nahmen Luke und Roxanne ähnliche Verwandlungen vor. »Bleib jedenfalls von ihm weg.«

»Du kannst mich mal.«

»Kinder.« Max schüttelte den Kopf. »Wenn ihr euch nicht benehmen könnt, nimmt Daddy euch nicht mit auf die Schatzsuche. Fünfunddreißig Minuten«, sagte er zu Mouse. »Nicht mehr, nicht weniger.«

»In Ordnung, Max.« Mouse parkte am Bürgersteig und drehte sich um. Ein breites Grinsen lag auf seinem Gesicht. »Hals- und Beinbruch, Roxy.«

»Danke, Mouse.« Sie beugte sich vor, um ihn zu küssen, ehe sie aus dem Wagen stieg.

Es war eine ruhige, warme Nacht. Das Licht des sichelförmigen Mondes wurde immer wieder von Nebelschwaden verdeckt. Es roch nach Rosen und Jasmin, nach frischgemähtem Gras und harzigem Mulch.

Sie huschten über den Rasen, an Azaleen und blühenden Sommerblumen vorbei. Irgend etwas strich in der Dunkelheit an ihnen vorüber. Roxanne erschrak und stieß mit Luke zusammen. Ihr Herz hämmerte.

Aber es war nur eine Katze, auf der Suche nach einer Maus oder einem liebeshungrigen Kater.

»Nervös, Rox?« Luke Zähne blitzten in der Dunkelheit.

»Nein.« Ärgerlich eilte sie weiter.

»Es gibt hier in der Nähe Wald«, flüsterte er. »Aber ich glaube, mit Wölfen brauchen wir nicht zu rechnen. Ein paar wilde Hunde vielleicht.«

»Halt die Klappe, ja?« Trotzdem blickte sie sich unbehaglich um, ob irgendwo tückische gelbe Augen leuchteten.

Wie geplant trennten sie sich an der östlichen Ecke des Hauses. Luke verschwand, um die Telefonleitungen durchzuschneiden, und Max machte sich daran, das Alarmsystem lahmzulegen.

»Man braucht dazu eine ruhige Hand«, belehrte er seine Tochter. »Man darf sich weder beeilen noch allzu unbekümmert vorgehen. Übung macht den Meister, das gilt für jede Profession. Ein Künstler kann nie genug üben. Selbst die größte Ballerina trainiert ihr ganzes Berufsleben lang unermüdlich.«

Roxanne hielt die Lampe und beobachtete genau jeden seiner Handgriffe.

»Diese Anlage ist auf einen bestimmten Code programmiert. Mit etwas Geschick ist es möglich, sie von hier draußen zu blockieren.«

»Woher weißt du, wann du es geschafft hast?«

Er lächelte und vergaß den bohrenden Schmerz in seinen verkrampften Fingern. »Eine Sache der Intuition und Erfahrung. Und außerdem geht dann dieses kleine Licht da oben aus. Na bitte«, flüsterte er, als der rote Punkt erlosch.

»Sechs Minuten vorbei.« Luke erschien hinter ihnen.

»Wir werden das Glas nicht zerschneiden, erklärte Max, während sie zur rückwärtigen Terrassentür eilten. »Es ist verdrahtet, siehst du? Selbst bei abgeschaltetem Alarm ist das eine verzwickte Angelegenheit – und sehr viel zeitraubender, als das Schloß zu knacken.«

Er nahm seinen Satz Dietriche heraus, ein Geschenk, das er vor über dreißig Jahren von LeClerc erhalten hatte, und reichte ihn beinah feierlich an Roxanne weiter. »Versuche dein Glück, Liebes.«

»Herrje, Max, sie wird ewig dazu brauchen.«

Roxanne warf Luke einen finsteren Blick zu, ehe sie sich an die Arbeit machte. Doch nicht einmal er konnte ihr diesen Moment verderben. Geduldig und so geschickt wie ein Chirurg ging sie mit geschlossenen Augen konzentriert zu Werk, wobei sie das Ohr dicht an die Tür hielt.

Im Geiste sah sie genau den Mechanismus des Schlosses vor sich.

Ein Lächeln überzog ihr Gesicht, als sie das leise Klicken hörte. Jawohl!

»Das ist die reinste Musik«, flüsterte sie, und Max traten vor Stolz Tränen in die Augen.

»Zwei Minuten, achtunddreißig Sekunden.« Er blickte zu Luke. »Genausogut, glaube ich, wie du damals.«

Anfängerglück, dachte Luke, aber er behielt seine Meinung für sich. Nacheinander schlüpften sie durch die Tür und trennten sich wieder.

Lukes Grundriß des Hauses war so exakt gewesen, daß sie darauf verzichtet hatten, sich die Baupläne zu beschaffen. Roxannes Aufgabe waren die Gemälde. Sie schnitt sie sorgfältig aus ihren Rahmen und verstaute die Corots, Monets und eine besonders schöne Straßenszene von Pissarro zusammengerollt in ihrem Rucksack, ehe sie zu ihrem Vater ins Wohnzimmer lief.

Er war grade dabei, den Safe zu öffnen. Roxanne wußte, daß sie ihn nicht stören durfte. Sie beobachtete ihn voller Stolz und fand, daß er aussah wie Merlin, der eine Zauberei ausheckte.

Sie lächelten einander zu, als die Tür sich öffnete.

»Jetzt rasch, Liebes.« Er kippte den Inhalt der mit Samt ausgelegten Schmuckschatullen in den Beutel, den sie am Gürtel trug. Da sie ihm beweisen wollte, was sie auf dem College gelernt hatte, holte Roxanne eine Lupe hervor und untersuchte im Licht ihrer Taschenlampe die Steine einer Saphirbrosche.

»Berliner Blau«, murmelte sie mit Kennerblick. »Mit einem ausgezeichneten ...« In diesem Augenblick hörten sie das Jaulen eines Hundes.

»O Scheiße.«

»Ruhig.« Max legte ihr eine Hand auf den Arm. »Beim ersten Anzeichen, daß es Probleme gibt, bist du zur Tür raus und läufst zurück zu Mouse.«

Sie spürte förmlich, wie ihre Nerven bebten, aber ihre Loyalität war stärker. »Ich lasse dich nicht allein.«

»O doch.« Mit raschen Bewegungen leerte Max den Safe.

Im ersten Stock musterte Luke finster die knurrenden Spitze. Er wußte von seinem Besuch her, daß sie es gewohnt waren, auf dem Bett ihres Frauchens zu schlafen.

Aus diesem Grund hatte er sich vorsichtshalber zwei fleischige Knochen eingesteckt.

Miranda murmelte etwas im Schlaf und drehte sich auf die andere Seite.

Er kauerte sich hin und winkte den Hunden, da er es nicht wagte, sie mit Worten zu locken. Aber sie brauchten keine weitere Aufforderung mehr, da sie den Imbiß längst gewittert hatten. Eifrig sprangen sie vom Bett und schnappten sich diese unerwarteten Leckerbissen.

Zufrieden zog Luke die falsche Buchreihe von einem Brett

des Bücherschranks und machte sich daran, den dahinterliegenden Safe zu öffnen. Daß in unmittelbarer Nähe eine Frau schlief, war ein wenig irritierend.
Eine interessante neue Erfahrung, dachte er.
Und dann fiel ihm auch noch ein, daß die gute Miranda splitternackt schlief.
Es war an sich schon stets sehr erregend, ein Schloß zu knacken, aber diesmal verspürte er dabei einen unverkennbar sexuellen Kitzel. Bis er den Safe geöffnet hatte, war er in einem Zustand, daß er Mühe hatte, nicht lauthals über diese absurde Situation zu lachen.
Er konnte zu ihr ins Bett steigen und sie im Schlaf verführen. Immerhin wußte er ja, wie sie es gern hatte.
Und sie würde sich bestimmt nicht abgeneigt zeigen, da war er sicher.
Es wäre zweifellos eine aufregende Sache – aber leider unmöglich.
Ein echter Jammer, dachte Luke. Sie hätte ihre wahre Freude an mir. Ich hätte es ihr derart besorgt, daß sie der Verlust der Juwelen gar nicht mehr interessiert hätte. Er mußte sich auf die Lippen beißen, um sein Lachen zu unterdrücken, als er aus dem Zimmer schlich.
»Du bist zwei Minuten über die Zeit.« Roxanne stand unten im Flur. »Ich wollte gerade zu dir hochkommen.« Sie musterte ihn mißtrauisch. »Warum gehst du so komisch?«
Luke schnaubte erstickt und stakste linkisch die Treppe hinunter.
»Bist du verletzt? Bist du …« Sie brach ab, als sie sah, was mit ihm los war. »Herrgott, bist du pervers!«
»Nur ein kerngesunder normaler Mann, Roxy.«
»Krank«, zischte sie und empfand verrückterweise einen regelrechten Stich der Eifersucht. »Ekelhaft.«
»Völlig normal, glaub mir.«
»Na, Kinder«, mahnte Max wie ein geduldiger Schullehrer. »Nun kommt, darüber könnt ihr im Auto ausführlicher diskutieren.«
Roxanne flüsterte Luke weitere Beschimpfungen zu, während sie über den Rasen eilten. Doch als sie das Auto er-

reichten, hatte die Erregung über dieses Abenteuer die Oberhand gewonnen. Sie warf sich lachend hinter Mouse in den Sitz und küßte ihn, während er langsam losfuhr. Max erhielt ebenfalls einen schmatzenden Kuß, und da sie in großmütiger Stimmung war – und vielleicht auch ein klein wenig rachsüchtig –, drehte sie sich um und preßte Luke ihre Lippen fast auf den Mund.

»O Gott.«

»Hoffentlich leidest du ordentlich.« Übermütig warf sie den mit Edelsteinen gefüllten Beutel in die Luft. »Okay, Daddy, und was machen wir als Zugabe?«

NEUNTES KAPITEL

Ungeduldig lief Roxanne in Madames Laden zwischen bunten Lampenschirmen und Bilderrahmen, kristallenen Zauberstäben und juwelenbesetzten Kästchen hin und her. In ihren verblichenen Jeans und dem übergroßen bedruckten T-Shirt erschien sie Madame wie das Musterexemplar einer Collegestudentin, die gerade ihren Abschluß in der Tasche hatte und es kaum erwarten konnte, daß ihr Leben endlich begann.

Madame zählte einem Kunden sorgfältig das Wechselgeld hin. Nach dreißig Jahren im Geschäft lehnte sie solch modernen Firlefanz wie Registrierkassen immer noch entschieden ab. Die alte, handbemalte Zigarrenkiste unter der Theke leistete ihr ebenso gute Dienste.

»Viel Spaß damit«, wünschte sie und schüttelte den Kopf, als der Kunde mit einem ausgestopften Papagei unter dem Arm den Laden verließ. Diese Touristen kauften einfach alles. »Also, *pichouette,* bist du gekommen, um mir dein College-Diplom zu zeigen?«

»Nein. Ich glaube, Max läßt es gerade vergolden.« Sie lächelte flüchtig und spielte mit einer Porzellantasse, die schon ein wenig angeschlagen war. »Man könnte glauben, ich hätte das Heilmittel gegen Krebs entdeckt.«

»Den Abschluß als Fünftbeste deines Jahrgangs zu machen, ist doch auch wirklich beachtlich.«

Roxanne zuckte nur die Schultern. Sie war schrecklich unruhig. »Dazu brauchte es nur Fleiß und ein gutes Gedächtnis.«

»Was also macht dir Sorgen?«

Roxanne stellte die Tasse ab und holte tief Atem. »Mein Vater.« Es war eine Erleichterung, es einmal laut auszusprechen. »Seine Hände sind nicht mehr so, wie sie einmal waren.«

Mit niemandem konnte sie über dieses Problem reden, nicht einmal mit Lily. Obwohl alle wußten, daß seine Arthritis immer schlimmer wurde. Seine Knöchel schwollen an, die Finger versteiften, und weder Ärzte noch Arzneien oder Massagen halfen. Doch eigentlich machten die Schmerzen ihm viel weniger zu schaffen als seine Angst, daß er das verlor, was ihm am meisten bedeutete – die Fähigkeit, zu zaubern.

»Selbst Max kann die Zeit nicht anhalten, *petite*.«

»Ich weiß, ich weiß. Nur kann ich es einfach nicht akzeptieren. Und es sind nicht bloß die körperlichen Veränderungen, Madame. Er brütet viel zu viel allein in seinem Arbeitszimmer vor sich hin und beschäftigt sich andauernd mit diesem verfluchten Stein der Weisen. Seit Luke letztes Jahr ausgezogen ist, ist es noch schlimmer geworden.«

»Aber Roxanne«, entgegnete Madame, verwundert über die Bitterkeit in ihrer Stimme anläßlich der letzten Worte, »Luke ist ein erwachsener Mann und braucht seine eigene Wohnung.«

»Er brauchte nur ein ungestörtes Plätzchen für seine Frauengeschichten.«

Madame verkniff sich ein Lächeln. »Das ist Grund genug. Und er wohnt doch ganz in der Nähe. Arbeitet er nicht weiterhin mit Max zusammen?«

»Doch, doch.« Roxanne winkte ungeduldig ab. »Ich wollte nicht vom Thema abschweifen. Es ist mein Vater, der mir Sorgen macht. Er ist derart besessen von diesem verdammten Stein, daß ich kaum noch an ihn herankomme.«

»Was ist das für ein Stein?«

Roxanne hob das Tarotspiel auf, das wie immer auf der Theke lag, und begann es zu mischen. »Der Stein der Weisen ist bloß ein Mythos, Madame, eine Illusion. Der Legende nach kann dieser Stein alles in Gold verwandeln. Und ...« Sie warf ihr einen bedeutungsvollen Blick zu, »... den Alternden die Jugend und den Kranken die Gesundheit zurückgeben.«

»Und du glaubst nicht an solche Dinge? Gerade du, die du dein Leben lang mit Magie zu tun hattest?«

»Eben weil ich weiß, was dahintersteckt.« Roxanne begann ein keltisches Kreuz zu legen. »Nämlich Übung und

Fingerfertigkeit, jede Menge Schweiß und die richtige Portion Dramatik. Ich glaube an die Kunst der Magie, Madame, nicht an magische Steine oder an das Übernatürliche.«

»Ich verstehe.« Madame blickte auf die Tarotkarten. »Dennoch suchst du dort deine Antworten?«

»Hm«, Roxanne hatte gerade begonnen, die Karten zu interpretieren, und errötete. »Nur zum Zeitvertreib.« Hastig wollte sie die Karten zusammenraffen, doch Madame hielt ihre Hand fest.

»Es wäre eine Schande, nicht wenigstens nachzuschauen, was sie dir sagen wollen.« Sie beugte sich über das ausgelegte Kreuz. »Das Mädchen steht an der Schwelle zur Frau. Es wird bald eine Reise unternehmen. Im übertragenen Sinne wie auch in der Realität.«

Roxanne lächelte unwillkürlich. »Wir machen eine Kreuzfahrt. Nach Norden, den St.-Lorenz-Strom hinauf. Wobei wir natürlich auftreten werden. Max betrachtet es als eine Art Arbeitsurlaub.«

»Bereite dich auf Veränderungen vor.« Madame deutete auf das Rad des Schicksals. »Die Verwirklichung eines Traums ... wenn du weise bist. Und die Zerstörung eines Traums durch jemanden aus der Vergangenheit. Leid – aber das wird die Zeit heilen.«

»Und die Todeskarte?« Roxanne spürte zu ihrer Überraschung eine kleine Gänsehaut, als sie auf das grinsende Skelett blickte.

»Vom ersten Atemzug an jagt der Tod das Leben.« Madame strich bedächtig über die Karte. »Du bist noch zu jung, um zu spüren, wie er einem ins Ohr flüstert. Aber dieser Tod hier ist kein Tod. Begib dich auf deine Reise, *pichouette,* und lerne.«

Luke konnte es kaum erwarten, endlich aufzubrechen. Nichts war ihm im Moment lieber, als aus der Stadt zu verschwinden. Auf seinem Couchtisch lag, adressiert und frankiert, die letzte Zahlung an Cobb.

Die Geldforderungen waren im Laufe der Jahre mit unerbittlicher Regelmäßigkeit gekommen. Manchmal zweitausend, manchmal viertausend, im Durchschnitt fünfzigtausend jährlich.

Luke hätte diese Zahlungen leicht verschmerzt, denn Geld hatte er mehr als genug. Aber jedesmal, wenn er eine solche Postkarte in seinem Briefkasten fand, stieg wieder diese schauerliche Übelkeit in ihm auf.

2 T, stand etwa darauf, oder 5 T, dazu die Nummer eines Postfachs. Sonst nichts.

Im Verlauf der vier Jahre hatte Luke gemerkt, daß Cobb viel gerissener war, als er ihm zugetraut hätte. Ein Narr hätte versucht, im großen Stil abzukassieren. Aber Cobb, der gute alte Al, hielt offenbar ein kleines, aber regelmäßiges Einkommen für weit besser.

Luke sehnte sich danach, das alles einmal zu vergessen – die Postkarten, das beständige Unbehagen und die Sorgen um Max, der immer besessener wurde mit seinem legendären Stein der Weisen.

Auf dem Schiff würden sie zu beschäftigt sein, um sich irgendwelche Gedanken zu machen. Sie würden immer wieder in neuen Häfen anlegen, mußten Vorstellungen geben und sich mit dem kleinen Fischzug beschäftigen, den sie in Manhattan vorhatten.

Und in seiner spärlichen Freizeit wollte sich Luke an den Pool legen, Kopfhörer aufsetzen, die Nase in einem Buch vergraben und sich von einer attraktiven, hüftschwenkenden Stewardeß mit kühlem Bier versorgen lassen.

Alles in allem war er mit seinem Leben sehr zufrieden. Er hatte etwas mehr als zwei Millionen auf seinem Schweizer Bankkonto und noch einmal so viel in verschiedenen Wertpapieren in den Staaten angelegt und daneben ein wenig in Immobilien investiert. In seinem Schrank hingen Anzüge aus der Saville Row und von Armani, obwohl er am liebsten nach wie vor Jeans von Levi's trug. Auch wenn er sich in Nikes wohler fühlte, standen in seinem Regal polierte Gucci-Schuhe und etliche John-Lobb-Boots. Er fuhr ein flottes Sportcoupé und flog mit seiner eigenen

Cessna, gönnte sich importierte Zigarren, französischen Champagner und hatte eine Schwäche für italienische Frauen.

Für einen halbverhungerten jugendlichen Taschendieb hatte er wahrhaftig viel erreicht.

Der Preis, den er dafür zahlte, um dieses Leben weiterführen zu können, waren die kleinen Summen an seinen Erpresser – und die Unterdrückung eines stetig bohrenden Verlangens.

Roxanne.

Aber Max hatte ihn gelehrt, nie auf die Kosten zu achten, falls nicht der eigene Stolz auf dem Spiel stand.

Luke ging mit seinem Becher Kaffee hinaus auf den Balkon. Mädchen in hübschen Sommerkleidern schlenderten über den Jackson Square, Babys wurden in Sportwagen spazierengefahren, Touristen waren mit Kameras um den Hals unterwegs. Drei schwarze Kinder führten einen rasanten Steptanz auf, und das fröhliche Klick-Klack ihrer Schuhe drang bis zu ihm hinauf. Es freute ihn, daß sie so viele Zuschauer angelockt hatten.

Die Frau, die er an seinem ersten Tag in New Orleans gehört hatte, sang nicht mehr im Viertel. Er vermißte ihre Lieder und hatte nie wieder erlebt, daß ihn ein Gesang derart ergriffen hatte. Aber es machte ihm immer Freude, wenn sich die Pappschachteln der Straßenkünstler mit Münzen füllten.

Ohne Max, dachte er, ohne Max und Lily hätte mir vermutlich viel Schlimmeres geblüht, als für ein paar Pennies zu tanzen.

Ein wehmütiges Gefühl überkam ihn bei diesem Gedanken. Er wußte, warum Max sich immer mehr aus der Nummer zurückzog und sie zunehmend ihm und Roxanne allein überließ. Er glaubte sogar zu verstehen, warum Max so viel Zeit dem verdammten Stein der Weisen widmete. Und das tat weh. Max wurde alt.

Als es klopfte, wandte er sich unwillig um und ging, um die Tür zu öffnen. Doch dann strahlte er.

»Lily.« Er küßte ihre Wange und genoß den wunderbar vertrauten Duft nach Chanel, ehe er ihr die Taschen und Schachteln abnahm, mit denen sie beladen war.

»Ich war einkaufen«, strahlte sie, »wie du wohl siehst. Ich dachte, ich muß mal bei dir vorbeischauen. Hoffentlich störe ich nicht.«
»Du störst nie.« Er stellte ihre Einkäufe auf einen Sessel. »Bist du endlich soweit, Max den Laufpaß zu geben und bei mir einzuziehen?«
Sie lachte dieses fröhlich perlende Lachen, das er so liebte. Obwohl sie inzwischen über vierzig war, erschien sie ihm noch genauso schön wie damals, als er sie zum erstenmal auf der Bühne gesehen hatte. Es kostete sie inzwischen ein paar weibliche Zaubertricks mehr, bis sie mit ihrem Aussehen zufrieden war, aber Lily verfügte in dieser Hinsicht über unerschöpfliche Quellen.
»Ich käme höchstens, um einmal diese Damen zu begutachten, die sich hier die Klinke in die Hand geben.«
»Für die Richtige würde ich sie alle miteinander zum Teufel schicken.«
Lily lachte zwar nicht, aber ihre Augen funkelten amüsiert. »Das glaube ich dir sogar. Nur werde ich darüber vermutlich alt und grau werden. Aber«, fuhr sie fort, ehe er etwas erwidern konnte, »ich bin nicht hergekommen, um über dein Liebesleben zu reden – auch wenn es noch so spannend sein mag.«
»Du schaffst es noch, daß ich rot werde«, grinste er.
»Von wegen.« Sie war stolz auf ihn, so stolz, daß sie fast platzte. Er war groß und stattlich und sah prachtvoll aus. Und was noch sehr viel wichtiger war, er besaß ein gutes Herz, und daran war sie nicht ganz unschuldig, das wußte sie. »Ich wollte fragen, ob ich dir beim Packen helfen soll – oder ob du noch irgendwas brauchst, wenn ich einmal beim Einkaufen bin, vielleicht Socken oder Unterwäsche?«
Luke konnte nicht anders. Erst stellte seinen Kaffee ab, nahm ihr Gesicht in seine Hände und küßte sie. »Ich liebe dich, Lily.«
Sie errötete vor Freude. »Ich liebe dich auch. Und ich weiß, wie Männer es hassen, Koffer zu packen und Unterhosen und so weiter einzukaufen.«

»Ich bin bestens versorgt.«
»Wahrscheinlich haben alle Löcher oder einen ausgeleierten Bund.«
Mit ernster Miene hob er die Hand zum Schwur. »Ich schwöre bei Gott, ich habe kein einziges Paar eingepackt, mit denen ich mich schämen müßte, wenn ich in einen Unfall geriete.«
Sie schnaubte. »Du machst dich über mich lustig.«
»Klar. Wie wär's mit einem Kaffee?«
»Lieber etwas Kaltes, wenn du was da hast.«
»Limonade?« Er ging in die Küche. »Ich muß eine Vorahnung gehabt haben, daß du vorbeikommen würdest, als ich heute morgen diese verdammten Zitronen ausgepreßt habe.«
Er nahm einen Henkelkrug aus dem Kühlschrank und holte zwei Gläser. Seine Küche war klein und ordentlich, es gab einen altmodischen Gasherd mit zwei Kochplatten, einen schmalen Kühlschrank, und auf dem Fenstersims standen selbstgezogene Kräuter, was Lily ganz besonders gefiel.
»Ich weiß, daß du tüchtig bist.« Es tat nur ein wenig weh, daß er so mühelos ohne sie zurechtkam. »Du hast immer schon alles gekonnt, was du dir vorgenommen hast.« Sie nahm ihr Glas, in dem das Eis klirrte, und schlenderte zurück ins Wohnzimmer. »Du hast wirklich einen guten Geschmack.«
Sie strich mit der Fingerspitze über die Rückenlehne seines kleinen Sofas.
»Den habe ich euch zu verdanken.«
»Max, besser gesagt. Mein Geschmack ist gräßlich, ich habe nun mal eine Schwäche für Kitsch.«
»Was immer ich bin, habe ich euch beiden zu verdanken.« Er nahm ihre Hand und zog sie zu sich auf das Sofa. »Und jetzt raus mit der Sprache.«
»Wieso? Ich bin wirklich nur einfach bloß mal vorbeigekommen.«
»Ich sehe dir an, daß du Sorgen hast.«
»Welche Frau hat sie nicht?« Aber sie wandte unwillkürlich den Blick ab.

Er strich ihr sanft über die Wange. Sie war noch immer so weich wie die eines Babys. »Laß mich dir helfen.«
Diese schlichten Worte genügten, daß sie ihre fröhliche Maske fallen ließ, hinter der sie sich versteckt hatte. Tränen schossen ihr in die Augen. Luke nahm ihr das Glas ab, stellte es zur Seite und zog sie in die Arme.
»Ich weiß, ich bin albern, aber ich kann's nicht ändern.«
»Schon gut.« Er küßte ihre Wange und wartete.
»Ich glaube, Max liebt mich nicht mehr.«
»Was?« Er hatte sie verständnisvoll und mitleidig trösten wollen, aber nun mußte er lauthals lachen. »Was für ein Schwachsinn. Oh, Scheiße«, murmelte er, als sie hilflos zu schluchzen begann. »Nicht, Lily, weine nicht.« Frauentränen waren das einzige, was ihn völlig wehrlos machte. »Tut mir leid, daß ich gelacht habe. Wieso kommst du auf so etwas Albernes?«
»Er ... er ...«, stieß sie unter Tränen hervor, brachte aber kein Wort heraus.
Luke streichelte ihren Rücken und beschloß, seine Taktik zu ändern. »Okay, okay, keine Sorge. Ich gehe jetzt auf der Stelle rüber und schlag ihn gründlich zusammen.«
Trotz ihres Kummers mußte sie lachen. »Ich liebe ihn so sehr, weißt du? Daß ich Max gefunden habe, ist das Beste, was mir je passiert ist. Du weißt ja nicht, wie es vorher war.«
»Nein«, entgegnete er ruhig und drückte sie an sich. »Das weiß ich nicht.«
»Wir waren so arm. Aber das war in Ordnung, weil ich eine wundervolle Mutter hatte. Auch nachdem Daddy gestorben war, schaffte sie es, uns irgendwie durchzubringen. Sie sorgte immer dafür, daß es auch mal ein kleines Extravergnügen gab, einen Kinobesuch oder ein Eis. Erst Jahre später habe ich erfahren, daß sie von Zeit zu Zeit Geld von Männern nahm. Aber sie war keine Hure.« Lily hob ihr tränenüberströmtes Gesicht. »Es war ihre einzige Möglichkeit, um für uns Kinder zu sorgen.«
»Dann kannst du stolz auf sie sein.«
Sie war tief gerührt über sein Verständnis. »Ich war schon mal verheiratet. Max weiß davon, aber sonst niemand.«

»Dann wird es auch von mir niemand erfahren.«

»Es war ein Fehler, ein ganz schrecklicher Fehler. Ich war erst siebzehn, und er sah so gut aus.« Sie lächelte ein wenig, weil sie wußte, wie albern es klang. »Ich wurde schwanger, also heirateten wir. Er haßte es, arm zu sein und eine Frau zu haben, der morgens schlecht war, und so ließ er es manchmal an mir aus.«

Sie spürte Lukes Anspannung und schwieg beschämt. Doch dann redete sie hastig weiter. »Schließlich sagte ich ihm, daß ich ihn verlasse. Meine Mom hatte mir beigebracht, daß man sich nicht verprügeln lassen darf. Da erzählte er mir, sie sei bloß eine Hure, und ich sei nicht besser. Anschließend hat er mich furchtbar geschlagen, und ich verlor das Baby.« Sie schloß für einen Moment die Augen. »Dabei ging etwas in mir kaputt, und man sagte mir, ich könne keine Kinder mehr bekommen.«

»Das tut mir leid.« Luke fühlte sich entsetzlich hilflos.

»Ungefähr um diese Zeit starb meine Mutter. Ich glaube, ihr Vorbild und die Erinnerung daran, welche Opfer sie gebracht hat, damit ich es ein bißchen besser haben sollte, halfen mir, stark zu werden. Deshalb bin ich auch nicht wieder zu ihm zurück, obwohl er sich entschuldigte und versprach, mich nie wieder zu schlagen. Ich habe mir Arbeit auf dem Rummelplatz besorgt. Hab Wahrsagerin gespielt, an einigen Buden gearbeitet, was es so alles gibt. Und dann habe ich Max kennengelernt. Er war damals schon zauberhaft, er und die kleine Roxanne. Ich glaube, ich habe mich in beide auf den ersten Blick wahnsinnig verliebt. Er hatte seine Frau verloren und vielleicht auch ein kleines Stück von sich selbst. Und ich war verrückt nach ihm, daher tat ich, was jede kluge Frau getan hätte. Ich habe ihn verführt.«

Luke drückte sie fester an sich. »Ich wette, er hat sich mit Zähnen und Klauen gewehrt, nicht wahr?«

Sie mußte lachen. »Er hätte alles von mir haben können, ohne mir etwas geben zu müssen«, seufzte sie. »Aber er nahm mich bei sich auf, behandelte mich wie eine Dame und zeigte mir, wie es zwischen einem Mann und einer Frau sein soll. Er hat mir eine Familie geschenkt. Doch vor allem hat er mich geliebt – einfach um meiner selbst willen. Du weißt, was ich meine.«

»Ja, ich weiß. Aber ich glaube nicht, daß die ganze Sache nur einseitig war, Lily. Ich denke, du hat genausoviel gegeben, wie du bekommen hast.«

»Ich habe es immer versucht, Luke. Ich liebe ihn jetzt seit fast zwanzig Jahren und könnte es bestimmt nicht ertragen, ihn zu verlieren.«

»Wie kommst du auf solche Gedanken? Er ist verrückt nach dir. Wie ihr beiden miteinander umgeht, war immer etwas ganz Besonderes für mich. Es hat mir viel bedeutet, das zu erleben.«

»Er ist so gleichgültig geworden.« Sie holte einige Male tief Atem, um sich zu beruhigen. »Sicher, er ist immer noch ganz lieb zu mir, wenn er sich mal dran erinnert, daß ich da bin. Max würde weder mich noch sonst jemanden absichtlich verletzen. Aber er verbringt Stunden um Stunden allein über seinen Büchern und Aufzeichnungen. Ach, dieser verfluchte Stein.« Sie kramt in ihrer Tasche nach einem Tuch und putzte sich die Nase. »Zuerst fand ich es ja irgendwie interessant. Mal angenommen, es gäbe ihn wirklich? Aber die Sache nimmt ihn inzwischen so sehr in Anspruch, daß kaum noch Platz für irgend etwas anderes bleibt. Er vergißt darüber sogar Verabredungen und die Mahlzeiten. Letzte Woche wären wir fast zu einer Vorstellung zu spät gekommen. Ich weiß, er macht sich Sorgen, weil er manche Taschenspielertricks nicht mehr beherrscht. Das Ganze wirkt sich auch aus auf …« Sie verstummte und überlegte, wie sie es taktvoll ausdrücken konnte. »Ich will damit sagen, daß Max immer, nun ja, recht munter gewesen ist … sexuell. Aber seit kurzem hat er kaum noch … du weißt schon.«

Luke verstand und war mehr als verlegen. »Na ja, ich …«

»Aber das allein meine ich gar nicht. Mir fehlt einfach seine Zuwendung. Er dreht sich nachts nicht mehr zu mir um, greift nicht mehr nach meiner Hand und schaut mich nicht so an wie früher.« Wieder liefen Tränen über ihre Wangen.

»Er hat zuviel um die Ohren, Lily. Das ist alles. Wir haben

eine neue Fernsehshow geplant, dann schreibt er ein weiteres Buch, und wir wollen wieder nach Europa auf Tournee gehen. Und da sind ja auch noch die nächtlichen Unternehmungen. Max hat sich schon immer viel zuviel aufgeladen.«
Er erwähnte nicht, daß er Max bei ihrem letzten Einbruch dabei ertappt hatte, wie er ratlos vor einem offenen Safe stand. Fast fünf Minuten hatte es gedauert, bis er wieder zu sich gekommen war und sich daran erinnert hatte, wo er war und was er gerade machte.
»Weißt du, was ich denke?« Er nahm Lily das Spitzentuch ab und trocknete ihre Tränen. »Ich glaube, du bist genauso überlastet wie Max – kein Wunder bei dem ganzen Trubel um Roxys Abschluß und den Vorbereitungen für die kommende Saison. Und ich – ach, warte mal!« Er nahm ihre Hand und drehte die Handfläche nach oben. »Ich sehe eine lange Seereise«, erklärte er mit ernster Stimme, so daß Lily lachen mußte. »Nächte im Mondlicht, sanfte Meeresbrisen, eine herrliche Romanze.« Er zwinkert ihr zu. »Und großartigen Sex.«
»Du kannst doch gar nicht aus der Hand lesen.«
»Und ob, verlaß dich drauf.« Er drückte seine Lippen in ihre Hand. »Du bist die schönste Frau, die ich je gekannt habe, und Max liebt dich – fast so sehr wie ich. Na, na, bitte nicht wieder anfangen zu tröpfeln.«
»Okay.« Sie blinzelte heftig. »Ich heule nicht mehr.«
»Du kannst mir glauben, wenn ich sage, daß alles gut wird. Wir kommen mal für eine Weile aus allem raus, entspannen uns richtig und schlürfen genüßlich Champagnercocktails auf dem Achterdeck.«
»Vielleicht braucht er wirklich nur ein bißchen Erholung«, seufzte sie getröstet. Ich wollte dich nicht mit meinen Sorgen belasten, Luke, wirklich nicht. Aber ich bin sehr froh, daß du da warst.«
»Ich auch. Lade nur jederzeit alles bei mir ab, wenn dir danach ist.«
»Jetzt geht's schon wieder.« Sie wischte sich die Tränen ab. »Bist du sicher, daß ich nicht für dich packen soll?«
»Schon erledigt. Ich kann es auch kaum noch erwarten, daß es endlich losgeht.«

»Ich freue mich wirklich darauf.« Sie griff nach ihrer Limonade und nahm einen Schluck. Ihre Kehle war ganz ausgetrocknet. »Aber ich habe noch überhaupt nichts gepackt. Roxanne ist schon fix und fertig und hat bloß zwei Koffer gebraucht. Ich begreife wirklich nicht, wie sie das macht.«
»Das kleine Biest war schon mit acht Jahren eine Ordnungsfanatikerin.«
»Aber sie ist jetzt keine acht mehr. Warte, bis du das Cocktailkleid siehst, das sie für den Kapitänsempfang gekauft hat.«
»Und was ist mir dir? Irgendwelche sexy Klamotten in diesen Taschen?«
»Ein paar.«
Da er wußte, wie gern Lily ihre Einkäufe vorführte, tat Luke ihr den Gefallen. »Willst du sie mir nicht zeigen?«
»Vielleicht«, meinte Lily kokett und stellte ihr Glas ab. Dabei fiel ihr Blick auf den Brief, den er auf dem Tisch liegengelassen hatte, und sie erstarrte. »Cobb.« Verwundert schaute sie ihn an. »Warum schreibst du ihm?«
»Mache ich gar nicht.« Mit einem stummen Fluch riß Luke den Brief vom Tisch und stopfte ihn in seine Tasche.
»Lüg mich nicht an.« Ihre Stimme war plötzlich scharf. »Lüge mich niemals an.«
»Ich habe bloß gesagt, ich schreibe ihm nicht.«
»Was ist dann in dem Umschlag?«
Sein Gesicht wurde starr. »Nichts.«
Sie schwieg einen Moment bestürzt. »Ich habe immer geglaubt, du vertraust mir«, sagte sie ruhig und stand auf. »Es wird Zeit, ich muß gehen.«
»Nicht.« Er griff nach ihrer Hand. »Verdammt, Lily, schau mich nicht so an. Ich erledige die Sache allein und auf meine Weise. Überlaß es mir.«
»Natürlich.« Wie so manche Frauen hatte sie eine Art, widerspruchslos nachzugeben, daß sich jeder Mann automatisch wie ein Schuft fühlte. »Du bist doch pünktlich um acht bei uns, nicht? Wir wollen den Flug nicht verpassen.«
»Verdammt noch mal, ich bezahle ihn, klar? Ich schicke ihm hin und wieder Geld, und er läßt mich dafür in Ruhe.«

Lily setzte sich wieder. »Er erpreßt dich?«
»Höflich ausgedrückt kann man es so nennen.« Wütend auf sich selbst marschierte Luke hinüber zum Fenster. »Keine Sorge, ich kann es mir leisten.«
»Aber warum?«
Er schüttelte nur den Kopf. Weder mit ihr noch mit irgend jemand anderem würde er jemals über seine Vergangenheit sprechen. Oder über die Alpträume, die ihn jedesmal ein oder zwei Nächte lang quälten, wenn er eine der weißen Postkarten in seinem Briefkasten fand.
»Solange du ihn bezahlst, wird er nie aufhören«, sagte Lily. Sie war erneut aufgestanden und legte ihm sanft eine Hand auf die Schulter. »Er wird dich nie in Frieden lassen.«
»Mag sein. Aber er weiß etwas, was so beschämend für mich ist, daß ich bereit bin, ihn zu bezahlen, damit er es für sich behält.« Die Steptänzer waren weitergezogen zu einer anderen Straßenecke. Im Park flatterten Tauben auf. »Und er könnte ohne weiteres noch sehr viel mehr dazuerfinden. Solange ich das mit ein paar Tausendern verhindern kann, ist es mir das wert.«
»Glaubst du nicht, daß er dir nichts mehr tun kann?«
»Nein.« Er wandte sich zu ihr um. Seine Qual war ihm förmlich anzusehen. »Das glaube ich nicht. Aber schlimmer ist, daß ich nicht weiß, wem er sonst noch schaden könnte. Und jetzt bedräng mich nicht weiter, Lily.«
»Das will ich gar nicht. Aber ich bitte dich, daß du mir vertraust.« Sie reckte sich auf die Zehenspitzen, um ihn auf die Wange zu küssen. »Ich weiß, ich bin ein albernes, flatterhaftes Geschöpf und ...«
»Hör auf.«
Sie lachte nur. »Schatz, ich weiß selbst am besten, wie ich bin, aber ich bedaure es nicht. Ich bin eine Frau mittleren Alters, die zu viel Make-up trägt und sterben wird, ohne daß irgend jemand ein graues Haar auf ihrem Kopf gesehen hat. Aber ich stehe fest zu den Menschen, die ich liebe. Schick diesen Scheck ab, wenn du meinst, es müsse sein. Und wenn er mehr verlangt als du aufbringen kannst, komm zu mir. Ich habe mir auch was zur Seite gelegt.«

»Danke.« Er räusperte sich. »Aber seine Forderungen halten sich in Grenzen.«

»Noch etwas will ich dir sagen: Ganz egal, was du getan hast, es kümmert mich nicht. Selbst wenn du wer weiß was anstellst, wäre ich immer auf deiner Seite.« Sie wandte sich um und begann ihre Taschen einzusammeln. »Und jetzt gehe ich besser nach Hause. Ich brauche sicher die halbe Nacht, bis ich fertig gepackt habe. Oh, du meine Güte.« Sie preßte ihre Hände an die Wangen. »Zuerst muß ich mir das Gesicht richten. Ich kann doch so nicht unter die Leute.« Sie eilte mit ihrer Handtasche ins Bad. »Weißt du, Luke, du könntest doch eigentlich gleich mitkommen und die Nacht in deinem alten Zimmer schlafen. Dann hätten wir morgen früh gleich alles zusammen.«

Ja, dachte er und grub seine Hände in die Taschen. Ganz abgesehen davon wäre es schön, wieder mal daheim zu sein, wenn auch nur für eine Nacht.

»Ich hole meine Sachen«, rief er, »dann können wir sofort los.«

ZEHNTES KAPITEL

Die Unterkünfte für die Unterhaltungskünstler an Bord der *Yankee Princess* waren nicht ganz so luxuriös, wie Roxanne es sich erhofft hatte, aber da sie die Stars des Programms waren, hatte man ihnen wenigstens Außenkabinen gegeben, etwas oberhalb der Wasserlinie.

Sie war dankbar, daß sie ihre winzige Zwei-Bett-Kabine die nächsten sechs Wochen lang nicht noch mit jemandem teilen mußte, und begann gleich ihre beiden Koffer auszupacken. Wie es ihre Gewohnheit war, faltete sie alles ordentlich zusammen oder hängte es in den schmalen Schrank. Wenn das Signal zum Ablegen gegeben wurde, wollte sie auf alle Fälle wieder an Deck sein.

Sorgfältig stellte sie die alten Flaschen und Gläser auf, die sie seit Jahren sammelte und mit Parfüms und Lotionen gefüllt hatte. Es war eine Plackerei gewesen, sie bruchsicher zu verpacken, statt einfach Plastikbehälter mitzunehmen. Aber der Anblick war so hübsch, daß sie fand, es habe sich gelohnt.

Ehe sie die Kabine verließ, warf sie rasch einen Blick in den Spiegel. Sie war froh, daß ihr Haar wieder bis auf Schulterlänge gewachsen war, nachdem sie es vor zwei Jahren überstürzt hatte kurzschneiden lassen. Die Pflege kostete zwar viel mehr Zeit, aber sie war eitel genug, um diesen Aufwand gern in Kauf zu nehmen.

Kritisch begutachtete sie ihr Make-up. Sie hatte ein wenig mehr Lidschatten und ein Hauch Rouge aufgelegt, was im Grund keine Eitelkeit war, wie sie sich sagte. Zur Aufgabe der Nouvelles gehörte es nämlich, sich unter die Passagiere zu mischen und die Gäste ein wenig zu unterhalten.

Eine solch kleine Gegenleistung war für eine sechswöchige Fahrt auf einem eleganten Luxusdampfer sicher nicht zuviel verlangt.

Roxanne griff nach ihrer Leinentasche und eilte hinaus. In den engen Gängen suchten die neu an Bord gekommenen

Passagiere ihre Kabinen, und überall lagen stapelweise Gepäckstücke. Es juckte Roxanne förmlich in den Fingern. Wie leicht konnte man hier und da, einfach im Vorbeischlendern, etwas mitgehen lassen – als pflücke man Blumen auf der Wiese, dachte sie lächelnd.
Aber sie würden noch Zeit genug für ein wenig Spaß haben. Sechs ganze Wochen lang. Und heute nachmittag hatte sie erst mal Urlaub. Oben an der Treppe wandte sie sich um und eilte am Swimmingpool vorbei zum Achterdeck, wo aufgeregte Passagiere an ihren Empfangscocktails nippten, eifrig mit Videokameras filmten oder an der Reling lehnten und darauf warteten, der Skyline von Manhattan zum Abschied winken zu können.
Sie nahm vom Tablett eines Stewards ein Glas mit einem rötlichen Rumcocktail und musterte ihre Mitreisenden, während sie daran nippte.
Roxanne schätzte das Durchschnittsalter auf fünfundsechzig. Es gab einige Familien mit Kindern und ein paar Jungverheiratete, aber größtenteils waren es Ehepaare im gesetzten Alter, ältere Singles und ein paar betagte Gigolos.
»Der richtige Name für diesen Dampfer wäre ›Greisenkahn‹«, flüsterte Luke ihr ins Ohr, der von irgendwoher plötzlich aufgetaucht war.
»Ich finde es wunderbar.«
»Das ist es auch.« Er legte freundschaftlich den Arm um ihre Schultern. Da sie die nächsten Wochen auf relativ engem Raum zusammenleben mußten, hatte er beschlossen, alle Auseinandersetzungen zu vermeiden. »Schau dir diesen feinen Pinkel dort an.«
Er hatte den Cocktail abgelehnt und statt dessen eine Flasche Bier genommen. Mit dieser deutete er auf einen schmucken silberhaarigen Herrn in einem marineblauen Blazer und schicken weißen Hosen, um den sich bereits ein Schwarm hingerissener Rentnerinnen versammelt hatte. »Ganz Kavalier alter Schule.«
»Sieht man auf den ersten Blick«, nickte sie amüsiert. »Was wettest du, daß er einen rasanten Cha-Cha-Cha draufhat?«
»Wahrscheinlich legt er auch eine heiße Rumba hin. Und

da.« Er deutete auf eine etwas hausbacken wirkende Blondine in einem pinkfarbenen Jogginganzug. Sie hatte eine Kamera und ein Fernglas um den Hals geschlungen, machte abwechselnd Fotos oder betrachtete den Hafen und nippte dazwischen an ihrem Drink. »Typisch Touristin.«

»Du Snob.«

Er grinste nur. »Komm schon, jetzt such du jemanden aus.«

Sie blickte prüfend über das Deck und seufzte genüßlich. »O ja, das ist genau mein Typ. Ein Bild von einem Mann.«

Luke musterte den braungebrannten blonden Schiffsoffizier in seiner prachtvollen weißen Uniform. Seine Laune verfinsterte sich augenblicklich. »Wenn du auf solche Lackaffen stehst.«

»Und ob.« Seine Reaktion bereitete ihr diebisches Vergnügen. Sie stieß einen tiefen Seufzer aus. »O ja, das tue ich. Sieh mal, da ist Mouse.« Roxanne winkte heftig, und er kam zu ihnen herüber. »Na, wie findest du's?«

»Großartig.« Sein blasses rundes Gesicht war vor Freude gerötet. Er trug ein kurzärmeliges geblümtes Hemd, das Lily für ihn ausgesucht hatte. »Ich hab mit runter in den Maschinenraum gedurft. Jetzt muß ich mich erst mal um die Ausstattung für die Show und das alles kümmern, aber später, haben sie gesagt, kann ich mit rauf auf die Brücke.«

»Gibt's da unten auch Frauen?« frage Luke.

»Im Maschinenraum?« grinste Mouse verlegen. »Nee. Bloß auf Bildern an den Wänden.«

»Bleib bei mir, Kumpel. Ich besorg dir ein paar echte.«

»Laß ihn in Ruhe, du Sexprotz.« Roxanne hängte sich bei Mouse ein. »Hört mal.« Die Schiffssirene stieß zwei langgezogene Signaltöne aus. »Wir legen ab.«

»Sieh mal, ein Deck über uns«, murmelte Luke.

Sie blickte nach oben und sah Lily, die ein leichtes, hellblaues Sommerkleid trug. Neben ihr stand Max in einem naturfarbenen Leinenjackett und dunkelblauen Hosen, und hinter den beiden entdeckte sie LeClerc.

Luke nahm ihre Hand. »Mach dir keine Sorgen, es wird bestimmt alles gut.«

»Ja, natürlich.« Sie schüttelte rasch ihre Beklommenheit ab. »Gehen wir zu ihnen rauf. Ich will ein paar Fotos machen.«

Bereits die erste Besprechung aller Künstler an Bord machte klar, daß die nächsten sechs Wochen keine kostenlose Vergnügungsfahrt sein würden. Die Nouvelles sollten an diesem Abend eine kleine Kostprobe ihrer Kunst geben, und auch die anderen Entertainer würden sich mit kurzen Auftritten vorstellen. An Bord waren eine französische Sängerin, ein Komiker, der seine Darbietungen mit Jongliereinlagen würzte, und eine sechsköpfige Gesangs- und Tanztruppe, die sich die Moonglades nannten.

Von allen wurde erwartet, daß sie sich außerdem an den unterschiedlichen Veranstaltungen von Bingo bis zu Strandausflügen als Animateure beteiligten. Als man entdeckte, daß Roxanne fließend Französisch sprach, wurde sie sofort den beiden Schiffsdolmetschern als Hilfskraft zugeteilt.

Oberstes Gebot für alle war, stets freundlich und nett zu sein. Doch eine engere Beziehung zu den Passagieren war ebenso untersagt wie übermäßiger Alkoholgenuß oder die Annahme von Trinkgeldern. Die Mahlzeiten wurden erst dann eingenommen, wenn die Passagiere fertig waren. Und falls es Schwierigkeiten auf See geben sollte, würden die Mannschaft und alle Angestellten die Rettungsboote erst besteigen, nachdem sämtliche Passagiere in Sicherheit waren.

Einige Mitglieder der Truppe hatte bereits Erfahrung mit Kreuzfahrten und stöhnten, als die wöchentlichen Aufgaben verteilt wurden. Doch Jack, der Reiseleiter, ein alter Hase in seinem Metier, winkte ab. »Wenn Sie irgendwas benötigen, kommen Sie getrost zu mir. Und kümmern Sie sich gar nicht um diese Meckerer. Die zusätzliche Arbeit mit den Passagieren ist meistens reiner Spaß.«

»Das behauptet er jedenfalls.« Eine große schlanke Blondine namens Dori lächelte Luke und Roxanne verschmitzt zu. »Sagt mir Bescheid, ob ihr irgendwelche Hilfe braucht beim Eingewöhnen. Wir haben um halb vier im Kino eine erste Durchlaufprobe. Das ist auf dem Promenadendeck, achtern.«

»Die erste Vorstellung ist um acht«, schloß Jack. »Machen Sie sich in der Zwischenzeit mit den Gegebenheiten an Bord vertraut.«

Roxanne erhielt ein fuchsienrotes T-Shirt mit dem Aufdruck *Yankee Princess,* ein Namensschild, das daran befestigt wurde, und ein aufmunterndes Schulterklopfen, ehe sie losgeschickt wurde. Sie schaute sich ein wenig um, wanderte noch mal durch das halbe Schiff, beantwortete Fragen, lächelte, wünschte Passagieren eine gute Reise.

Am Spätnachmittag gelang es ihr, einen Apfel und ein paar Stückchen Käse vom Büfett zu ergattern, das die Passagiere schon ziemlich abgeräumt hatten, und mit in den Lagerraum zu schmuggeln, der ihr und Lily gleichzeitig als Garderobe diente.

»So viele Leute«, seufzte Roxanne. »Und was sie alles wissen wollen.«

»Jedenfalls sind alle nett und freundlich.« Lily konnte gerade noch das Gleichgewicht halten. Um ein Haar wäre sie in eine Pappdekoration gestolpert. Hastig streifte sie sich ihr Kostüm über. »Man trifft wirklich Leute von überall her. Es ist beinah wie auf Tournee.«

»Max gefällt es, oder?«

»Und wie. Er findet es herrlich.«

Das war die Hauptsache für Roxanne, auch wenn sie es nicht ganz so herrlich finden konnte. Das beständige Schaukeln des Schiffs bekam ihr nicht besonders. »Glaubst du, das geht die ganze Zeit so weiter?«

»Was denn, Schatz?«

»Diese Schaukelei.« Sie legte den Apfel fort, um nach ihrem Kostüm zu greifen.

»Ach, das? Irgendwie fühlt man sich wie in einer Wiege, nicht? Richtig beruhigend.«

»Na ja.« Roxanne schluckte schwer.

Sie schaffte es, die erste Vorstellung durchzuhalten, doch dann rannte sie schnurstracks in ihre Kabine. Sie hatte gerade das Schlimmste überstanden, als Luke erschien.

»Ich hatte doch abgeschlossen«, sagte sie mit aller Würde, die sie aufbringen konnte, obwohl sie wie ein Häufchen Unglück auf dem Boden hockte.

»Ich habe auch fast dreißig Sekunden gebraucht, um die Tür zu öffnen.«
»Daß ich abgeschlossen hatte, bedeutet doch wohl, daß ich allein sein will, oder?«
»Klar.« Er ließ kaltes Wasser auf ein Handtuch laufen, half ihr hoch und führte sie zum Bett. »Setz dich, und leg dir das in den Nacken.«
»Woher hast du gewußt, daß mir schlecht ist?« seufzte sie dankbar.
Er strich über ihr grünlich schillerndes Kleid. »War nicht zu übersehen. Dein Gesicht hatte die gleiche Farbe wie dein Kostüm.«
»Jetzt bin ich wieder okay.« Zumindest hoffte sie es. »Ich gewöhne mich schon noch an das Schlingern. Oder meinst du nicht?« fragte sie kleinlaut.
»Bestimmt.« Es war ein derart ungewohnter Anblick, Roxanne Nouvelle mutlos zu sehen, daß Luke sich beherrschen mußte, um sie nicht gleich an sich zu ziehen und zu trösten.
»Nimm das hier.« Er reichte ihr zwei weiße Tabletten.
»Was ist das?«
»Bloß was gegen die Seekrankheit. Los, runter damit.« Wie eine fürsorgliche Krankenschwester drehte er das Handtuch um und drückte die kühlere Seite wieder an ihren Nacken. »Wenn es nicht nachläßt, hole ich den Schiffsarzt.«
»Wirklich blöd.« Eher ärgerlich als verlegen schluckte sie die Tabletten und hoffte, daß sie sie unten behielt. »Ich konnte mit jeder Achterbahn auf dem Jahrmarkt fahren, ohne daß es mir das Geringste ausgemacht hätte. Und jetzt liege ich nach einem Abend auf einem lächerlichen Boot schon auf der Nase.«
»Das gibt sich bald.« Zufrieden stellte er fest, daß ihre Gesichtsfarbe fast wieder normal war. »Wenn du dich noch wackelig fühlst, können wir in der zweiten Vorstellung ein bißchen improvisieren.«
»Kommt nicht in Frage.« Sie stand entschlossen auf, obwohl sie noch reichlich unsicher auf den Beinen war. »Eine Nouvelle schmeißt keine Vorstellung. Laß mir nur noch

eine Minute Zeit.« Sie ging ins Bad, um sich den Mund auszuspülen und ihr Make-up zu überprüfen. »Übrigens ... danke«, sagte sie, als sie wieder zurückkam. »Du hast was gut bei mir.«

»Nicht der Rede wert. Fertig?«

»Klar.« Sie öffnete die Tür. »Luke, du verrätst das doch niemandem, oder?«

»Weiß gar nicht, was du meinst«, entgegnete er mit gespielter Verwunderung.

»Okay.« Sie lächelte ihm zu. »Ich revanchiere mich bei Gelegenheit.«

Roxanne war erleichtert, daß sie in den folgenden beiden Tagen keine Anzeichen der Seekrankheit mehr verspürte. Wahrscheinlich war nicht nur die Schaukelei des Schiffs daran schuld gewesen, sondern der ganze Trubel, der Rum auf nüchternen Magen und ihre Nervosität zu Beginn der Reise. Trotzdem schämte sie sich ein wenig wegen ihrer Schwäche, da sie immer stolz darauf gewesen war, mit allem fertig zu werden. Allerdings hatte sie viel zuviel zu tun, um lange darüber nachzugrübeln.

Jack hatte recht gehabt. Es machte Spaß, sich ein wenig um die Passagiere zu kümmern, und sie freute sich, daß auch die anderen sich gut eingewöhnt zu haben schienen. Max und Lily waren Schiedsrichter bei einem Tanzwettbewerb, Mouse verbrachte den Großteil seiner Freizeit im Maschinenraum oder in den Mannschaftsquartieren, und LeClerc hatte rasch drei Pokerkumpane gefunden.

Sie spürte, wie alle von Stunde zu Stunde entspannter wurden. Und dann entdeckte sie eines Tages Max an einem Treppenaufgang. Er wirkte völlig verloren.

»Daddy?« Er gab keine Antwort. Sie berührte seinen Arm. »Daddy?«

Er zuckte zusammen und erstarrte. Panik lag in seinem Blick, und Roxanne merkte, daß er heillos verwirrt war und sie nicht einmal erkannte.

»Daddy«, wiederholte sie mit zitternder Stimme. »Alles in Ordnung?«

Er blinzelte, ein Muskel zuckte in seinem Gesicht, und ganz allmählich wurde sein Blick wieder klarer. »Natürlich«, entgegnete er ärgerlich. »Warum denn nicht?«
»Na ja, ich dachte, du ...« Sie zwang sich zu einem Lächeln. »Ich habe geglaubt, du hättest dich verlaufen. Mir passiert das auch dauernd.«
»Ich weiß ganz genau, wohin ich gehe.« Max spürte den heftigen Schlag seines Herzens. Einen Moment lang hatte er sich wirklich nicht mehr daran erinnern können, wo er war oder was er gerade tat. Aus lauter Bestürzung herrschte er seine Tochter an. »Mir braucht niemand nachzuschnüffeln. Und ich mag es schon gar nicht, wenn man jeden meiner Schritte kontrolliert.«
»Entschuldige.« Alle Farbe wich aus ihren Wangen. »Ich war nur gerade auf dem Weg zu deiner Kabine.« Sie bemerkte, daß er ein Buch unter den Arm geklemmt hatte. Ein uraltes zerfleddertes Buch über Alchemie. »Ich wollte dich ganz bestimmt nicht kontrollieren.«
»Tut mir leid«, erwiderte er, und seine Stimme klang schon wieder sanfter. »Ich war nur in Gedanken ganz woanders.« Hastig zog er die Schlüssel aus der Tasche, um die Tür zu seiner geräumigen Kabine zu öffnen. Mouse, LeClerc und Luke warteten bereits.
»Alle versammelt?« Max setzte sich an den Sekretär. »Dann kommen wir gleich zur Sache.«
»Lily ist noch nicht da«, wandte Luke ein und sah zu seiner Bestürzung, daß Max sich mit ausdruckslosem Gesicht umschaute.
»Ah ... ja, ja.«
Roxanne unterbrach das unbehagliche Schweigen. »Für die Talentshow Ende der Woche haben sich schon mindestens ein Dutzend Passagiere angemeldet. Das wird bestimmt eine lustige Sache.«
»Wieviel willst du drauf wetten, daß einer ›Moon River‹ zum besten gibt?« grinste Luke.
Roxanne rieb sich nervös die Hände, aber sie lächelte. »Gar nichts. Wie ich gehört habe, will Mrs. Steiner einen Steptanz vorführen. Am Ende ...« Sie verstummte erleichtert, als Lily den Raum betrat.

»Entschuldigt meine Verspätung«, sagte sie ein wenig atemlos. »Drüben am Pool war ein Eisbildhauer am Werk. Das hättet ihr wirklich sehen sollen.«
Max winkte nur ungeduldig ab. »Also, wie sieht es aus?«
LeClerc verschränkte die Hände hinter dem Nacken. »Da wäre das Ehepaar Di Mato in Kabine 767. Diamantohrringe – schätzungsweise zwei Karat, eine Rolexuhr und ein Saphiranhänger von fünf bis sechs Karat.«
»Die beiden feiern doch gerade ihren fünfzigsten Hochzeitstag«, warf Roxanne ein und nahm sich eine Traube aus dem Obstkorb, der auf dem Tisch stand. »Den Anhänger hat er ihr aus diesem Anlaß geschenkt. Sie sind noch richtig verliebt ineinander.«
Max lächelte verständnisvoll. »Irgendwelche anderen Vorschläge?«
»Mrs. Gullager in 620«, meinte Roxanne. »Manschettenarmband, Halskette, Ohrringe, alles mit Rubinen besetzt. Scheinen Erbstücke zu sein.«
»Ach, sie ist ein so lieber Mensch.« Lily warf Roxanne einen bittenden Blick zu. »Ich habe neulich mit ihr Tee getrunken. Sie lebt mit ihren beiden Katzen in Roanoke, Virginia.«
»Ein anderer Kandidat?« fragte Max in die Runde.
»Da wäre noch Harvey Wallace in 436.« Luke zuckte die Schultern. »Manschettenknöpfe mit Diamanten, Krawattennadel, ebenfalls eine Rolex. Aber ... Scheiße, das ist wirklich ein lustiger alter Bursche.«
»Ja, der ist nett«, nickte Mouse. »Er hat einen Oldtimer, wir haben stundenlang gefachsimpelt.«
»Die Jamisons«, schlug LeClerc vor. »Kabine 710. Ein Diamantring von schätzungsweise fünf Karat, ein Rubinring, ebenfalls fünf Karat, eine antike Smaragdbrosche ...«
»Nancy und John Jamison?« unterbrach Max. »Mit ihnen habe ich erst gestern auf dem Promenadendeck Bridge gespielt und mich wunderbar dabei unterhalten. Er produziert Küchenmaschinen, und sie hat eine Buchhandlung in Corpus Christi.«
»*Bon dieu*«, stöhnte LeClerc.

»Wir sind eine sentimentale Bande, was?« Roxanne tätschelte ihm die Hand. »Geradezu eine Schande für dich. Aber wißt ihr, es ist scheinbar unmöglich, Leute zu bestehlen, mit denen man tagaus, tagein zusammenlebt. Besonders, wenn wir sie gern mögen.«

Max nickte versonnen. »Du hat ganz recht. Wenn erst einmal eine emotionale Bindung besteht, ist der Spaß an der Sache dahin.« Er musterte prüfend die Gesichter in der Runde. »Sind wir uns also einig, daß wir diese Woche nichts unternehmen?«

Alle waren einverstanden, bis auf LeClerc, der stumm die Zähne zusammenbiß.

»Nun mach nicht so ein Gesicht.« Luke nahm ein Glas Mineralwasser und prostete ihm zu. »Wir haben noch fast sechs Wochen vor uns. Irgend jemand wird in dieser Zeit schon an Bord kommen, den wir nicht mögen.«

»Dann warten wir vorerst einmal ab«, erklärte Max.

Während die anderen die Kabine verließen, fragte Luke: »Max, hast du eine Minute Zeit für mich?«

»Natürlich.«

Luke wartete, bis sie allein waren. »Warum tust du Lily das an?«

»Wie bitte?« Max wirkte vollkommen entgeistert.

»Mann, du brichst ihr das Herz.«

»Das ist ja absurd.« Entrüstet stand Max auf und griff nach seinem Buch. »Wie kommst du auf diese lächerliche Idee?«

Ungeduldig nahm Luke ihm das Buch ab und warf es ärgerlich aufs Bett. »Lily war am Tag vor unserer Abreise nach New York bei mir und hat sich deinetwegen die Augen ausgeheult.«

»Meinetwegen?« Erschüttert setzte Max sich wieder hin. »Warum denn?«

»Weil du sie vernachlässigst. Weil du so gleichgültig bist. Du bist so verflucht besessen von diesem blöden Zauberstein, daß du nicht mal mehr siehst, was vor deiner eigenen Nase passiert. Sie glaubt, du liebst sie nicht mehr. Und nachdem ich gesehen habe, wie du dich in den letzten Tagen ihr gegenüber verhalten hast, verstehe ich, wie sie auf solche Ideen kommen konnte.«

Max war blaß geworden. »Das ist doch absoluter Schwachsinn. Sie hat keinen Grund, an meinen Gefühlen zu zweifeln.«
»Wirklich nicht?« Luke setzte sich auf den Bettrand. »Wann hast du dir denn das letzte Mal die Mühe gemacht, ihr zu sagen, was du für sie empfindest? Hast du mit ihr schon mal im Mondschein an Deck gesessen und auf Meer geschaut? Du weißt, wieviel Wert sie auf solche Kleinigkeiten legt, aber hast du dir jemals dafür Zeit genommen? Hast du dieses Bett auch mal für irgendwas anderes als zum Schlafen benutzt?«
Max erstarrte. »Du gehst zu weit. Viel zu weit.«
»Das ist mir egal. Ich will nicht länger diesen verletzten Blick in ihren Augen sehen müssen. Sie würde für dich ihr Leben opfern, und du kannst ihr nicht mal zehn Minuten deiner kostbaren Zeit schenken.«
»Du irrst dich.« Max starrte auf seine geballten Fäuste. »Und wenn Lily das wirklich glaubt, irrt sie sich ebenfalls. Ich liebe sie. Ich habe sie immer geliebt.«
»Was du nicht sagst! Du hast sie nicht mal angesehen, als sie vorhin hereinkam.«
»Das war eine geschäftliche Besprechung«, protestierte er und verstummte. Er war immer stolz auf seine Ehrlichkeit gewesen. »Vielleicht bin ich in letzter Zeit wirklich etwas abgelenkt gewesen, ein wenig zu sehr mit mir selbst beschäftigt.« Er schaute auf. »Ich würde sie nie absichtlich verletzen. Eher würde ich mir das eigene Herz rausschneiden.«
»Dann sag ihr das.« Luke wandte sich zur Tür. »Ihr, und nicht mir.«
»Warte.« Max überlegte. Wenn er Lily wirklich so gekränkt hatte, wollte er alles tun, um es wiedergutzumachen. Ein Lächeln erschien auf seinen Lippen. »Du mußt mir einen Gefallen tun.«
Daß Luke zögerte, zeigte Max, wie wütend er war – und ihm wurde erst richtig klar, was er angerichtet hatte. »Welchen?«
»Erstens, daß diese Unterredung unter uns bleibt. Zweitens wäre ich dir dankbar, wenn du Lily nach der letzten Vorstel-

lung heute abend ungefähr dreißig Minuten lang aufhalten würdest. Dann mußt du dafür sorgen, daß sie direkt hierherkommt.«

»Gut.«

»Luke?«

Er hatte die Hand schon auf der Türklinke. »Ja?«

»Danke. Hin und wieder braucht ein Mann jemanden, der ihm seinen Fehler bewußtmacht – und sein Glück. Du hast beides getan.«

»Hauptsache, du machst es wieder gut.«

»O ja, das habe ich vor.« Max lächelte. »Soviel kann ich zumindest versprechen.«

»Wir waren gut.« Roxanne ließ sich auf einen Hocker in einer Ecke der Disco fallen. Die zweite Vorstellung war genauso erfolgreich verlaufen wie die erste.

»Wir haben sie richtig begeistert.« Luke setzte sich und streckte seine Beine aus. »Was natürlich bei einem Publikum mit diesem Altersdurchschnitt nicht allzu schwer ist.« Roxanne kicherte. »Sei nicht so grausam. Tu lieber was Nützliches, und hol mir und Lily etwas zu trinken.«

»Ach, danke, ich verzichte.« Lily schaute sich nach Max um. »Gönnt ihr beiden euch doch ruhig noch etwas Spaß.«

»Nichts da.« Luke packte ihre Hand. »Du kannst nicht einfach verschwinden, ohne wenigstens einmal mit mir zu tanzen.« Er zog sie lachend auf die Tanzfläche.

»Das ist deine Konkurrentin?« Dori ließ sich auf Lukes leeren Stuhl fallen.

»Sie ist nicht ohne, das kannst du mir glauben.«

»Glaub ich dir. Sie ist wirklich toll.« Dori winkte einer Kellnerin. »Abgesehen davon hat sie noch immer eine fabelhafte Figur. Wie wär's mit einem Drink?«

»Ein Glas Weißwein«, nickte Roxanne. »Eine Pink Lady für Lily und ein Bier für Luke.«

»Also zwei Bier«, bestellte Dori. »Die erste Runde geht auf mich. Weiß du, ich arbeite gern auf Kreuzfahrtschiffen. Die meisten Passagiere sind wild entschlossen, Spaß zu haben. Das macht gleich alles leichter. Und man lernt so viele unterschiedliche Menschen kennen. Übrigens, da wir gerade davon reden – was ist mit ihm los?«

Roxanne blickte zu Luke, der mit Lily über die Tanzfläche wirbelte. »Bitte?«

»Ich meine, er ist umwerfend, jung – und allein? Er ist doch normal, oder?«

Roxanne lachte. »Eindeutig.«

»Wie kommt es dann, daß du nicht längst zugegriffen hast?«

Roxanne verschluckte sich fast an ihrem Weißwein. »Zugegriffen?«

»Roxanne, er ist ein Prachtstück, bei dem einem das Wasser im Mund zusammenläuft.« Dori leckte sich über die Lippen. »Ich würde mich ja selbst an ihn ranmachen, nur angle ich nicht gern im fremden Gewässern.«

»Ich verstehe nicht«, erwiderte Roxanne verblüfft.

»Na, ihr beiden! Das ist doch offensichtlich.«

»Ach? Was ist so offensichtlich?«

»Zwischen euch gibt's genug erotische Spannung, um glatt das Schiff in Brand zu setzen.«

Roxanne spürte, wie sie errötete und hoffte, daß man es bei den blitzenden Lichtern in der Disco nicht merkt. »Das siehst du ganz falsch.«

»Ach ja?« Dori blickte wieder zu Luke hinüber. »Soll das heißen, daß du ihn nicht willst?«

»Nein. Ich meine, ja. Ich meine …« Roxanne war völlig aus der Fassung gebracht. »Ich meine nur, daß die Dinge nicht so sind, wie es scheint.«

»Weil du es nicht anders willst?«

»Weil … weil es einfach so ist.«

»Aha. Na ja, ich will mich auch nicht einmischen.«

Roxanne mußte lachen. »Ja, das habe ich doch gleich gemerkt.«

Dori grinste. »Sonst würde ich dir jedenfalls den schlichten, alten Rat geben, ihn zu umgarnen und zu verführen. Und falls das nicht funktioniert, vergiß ihn. So, jetzt muß ich aber wieder los.«

»Bis später.« Roxanne spielte nachdenklich mit ihrem Weinglas. Sie war so in Gedanken versunken, daß sie zusammenzuckte, als Luke und Lily sich wieder zu ihr setzten.
»Ach, das hat Spaß gemacht.« Außer Atem griff Lily nach ihrem Glas.
»Trink aus, dann tanzen wir noch mal.«
»O nein«, winkte sie ab. »Das mach mal lieber mit Roxy.«
Roxanne verschluckte sich und wurde tiefrot.
»Nur immer mit der Ruhe.« Luke klopfte ihr auf den Rücken. »Willst du tanzen, Rox?«
»Nein. Na ja, vielleicht später.« Ihr ganzer Körper prickelte, und ihr Herz raste plötzlich. Was war nur los mit ihr? Konnte es sein, daß Dori recht hatte? Nachdenklich trank sie einen weiteren Schluck. Umgarne ihn. Na gut, sie würde einen Versuch wagen. »Es war schön, euch zuzuschauen.« Sie berührte flüchtig Lukes Hand. »Du tanzt gut, Callahan.«
Er sah sie verblüfft an. Diesen merkwürdigen Schimmer in ihren Augen hätte er bei jeder anderen Frau als unverblümte Aufforderung aufgefaßt. Bei Roxanne fragte er sich dagegen, ob sie zuerst beißen oder kratzen würde. »Danke.« Er nahm sein Bier und blicke beiläufig auf die Uhr.
»Noch eine Verabredung?« schnurrte Roxanne.
»Was? Nein.«
Na, das ist ja interessant, dachte Lily. Ein kleines Katz- und Mausspiel, bei dem Roxanne die Rolle der Katze übernommen hatte. »Ihr beiden solltet einen Spaziergang auf Deck machen. Es ist so ein herrlicher Abend.«
»Gute Idee. Gehen wir doch alle zusammen.« Luke ergriff Lilys Hand. Er mußte sie noch zehn Minuten aufhalten, und wenn er sich Roxanne anschaute, so war es wahrscheinlich am klügsten, sich danach schleunigst aus dem Staub zu machen.
»Ach nein, ich bin müde.« Lily gähnte herzhaft. »Ich gehe ins Bett.«
»Du hast noch nicht ausgetrunken.« Luke setzte sich wieder und hielt unerschütterlich ihre Hand fest. »Und ich wollte dich noch fragen … Gott, ausgerechnet jetzt fiel ihm nichts ein! »Ob du meinst, daß es morgen in Sydney regnen wird.«

»In Australien?«
»Nein, in Nova Scotia. Dort legen wir morgen früh an. Ich habe – ein paar Stunden frei und wollte vielleicht einen Stadtbummel machen.«
Sieh mal an, daß dachte Roxanne, er ist ja nervös. Irgendwie fand sie es richtig rührend – und aufregend. »Oh, das hatte ich auch vor«, sagte sie. »Hättest du was dagegen, wenn ich mich anschließe?«
»Na ja ...«
»Ich bin wirklich müde.« Lily gähnte erneut und entzog Luke ihre Hand. »Viel Spaß noch, ihr beiden.«
Scheiße, dachte Luke. Er konnte nur hoffen, daß die Zeit gereicht hatte. »Ich bin auch müde.« Luke stand gleich auf, als Lily gegangen war. Roxanne folgte seinem Beispiel ohne Zögern.
»Nach einem Spaziergang an Deck kannst du bestimmt noch besser schlafen.« Sie stand so nahe bei ihm, daß sie den Kopf zurücklegen mußte, um ihm in die Augen zu schauen. Ihre Lippen waren nur wenige Zentimeter von seinem Mund entfernt.
»Bestimmt nicht.« Er dachte an all das, was er in einer warmen Mondnacht gern mit ihr machen würde. »Und du solltest auch ins Bett gehen.«
»So früh?« Sie strich sanft über seinen Arm. »Nun, es findet sich bestimmt noch jemand, der gern mit mir tanzen oder spazierengehen möchte.« Sie küßte ihn flüchtig auf die Lippen. »Gute Nacht, Callahan.«
Stumm schaute er ihr nach. Sie schlenderte zu einem Tisch, an dem einige der anderen Künstler saßen, und bezweifelte, daß er auch nur ein Auge zutun würde.

Lily schloß die Tür ihrer Kabine auf und lächelte bei der Vorstellung, daß Roxanne und Luke jetzt Hand in Hand im Mondschein auf Deck spazierengingen. Sie wartete schon so lange darauf, daß die beiden Kinder sich endlich fanden. Vielleicht ja heute nacht, dachte sie und öffnete die Tür. »Oh.« Völlig perplex blieb sie stehen, als sie die Rosen erblickte, das Kerzenlicht, und die Musik hörte. Max hatte eine Flasche Champagner geöffnet und trat auf sie zu. Er reichte ihr eine Rose und küßte ihre Hand. Dann schloß er leise die Tür und sperrte ab. »O Max.«

»Ich hoffe, es ist nicht zu spät für eine kleine Feier, um den Beginn der Reise zu feiern.«

»Nein.« Sie preßte die Lippen zusammen und unterdrückte ihr Tränen. »Das ist es nicht. Es ist nie zu spät.«

Er nahm ihr Gesicht in seine Hände. »Mein Herz«, flüsterte er. Seine Lippen waren zärtlich und sanft, als er sie küßte, bis beide die vertraute Leidenschaft ergriff.

Als sie sich voneinander lösten, entdeckte sie in seinem Blick das alte Zwinkern, das sie so hinreißend fand. »Darf ich dich um einen kleinen Gefallen bitten?«

»Das weißt du doch.«

»Das purpurrote Negligé, das du eingepackt hast – würdest du es anziehen, während ich den Champagner einschenke?«

ELFTES KAPITEL

Endlich hatte er es begriffen. Es hatte ein paar Tage gedauert und ebenso viele unruhige Nächte, aber endlich hatte Luke kapiert.

Sie versuchte offenbar, ihn zum Wahnsinn zu treiben.

Das war die einzige vernünftige Erklärung für Roxannes Verhalten. Für einen unbefangenen Beobachter schien es ganz harmlos, wenn sie ihn anlächelte. Aber er sah genau dieses verführerische Leuchten in ihren Augen, das einladend, herausfordernd und amüsiert zugleich wirkte. Ebenso harmlos erschien es, daß sie ihn zu einer der Tanzvorführungen lockte – angeblich weil sie es versprochen hatte, sich zu beteiligen. Aber spätestens als sie eine atemberaubende Rumba aufs Parkett legte, war ihm klar, daß sie ihn ganz bewußt provozieren wollte.

Es wirkte auch vollkommen harmlos, daß sie keinen Tag vergehen ließ, ohne ihm einen dieser flüchtig hingehauchten Küsse zu geben, die ihn fast um den Verstand brachten.

Diese ganzen, scheinbar so harmlosen Veränderungen in ihrem Verhalten und ihre verwirrende Ausstrahlung machten ihn regelrecht verrückt.

Mürrisch stapfte er die Treppe hinauf zum Promenadendeck, um Roxanne zu suchen. Er war doch kein Botenjunge, das hätte er Jack auch fast gesagt. Aber wie hätte er ihm vernünftig erklären sollen, warum er sich mit aller Gewalt dagegen sträubte, Roxanne zu fragen, ob sie bei der Party mit dem Kapitän die Passagiere begrüßen wollte?

Sie lagen nach wie vor im Hafen von Quebec. Vom Schiff aus konnte man die idyllische Umgebung bewundern, die steilen Straßen, das elegante Château Frontenac. Es hatte Spaß gemacht, mit ihr durch die Stadt zu schlendern, ihr Lachen zu hören, an ihrer Freude teilzuhaben.

Aber wie er die nächsten fünf Wochen überstehen sollte, ohne durchzudrehen, wußte er beim besten Willen nicht.

Da man erst morgen früh um sieben ablegen würde, hatten viele Passagiere beschlossen, bis dahin an Land zu bleiben. Die anderen hatten sich um diese Zeit zum Tee versammelt, so daß kein Mensch auf Deck zu sehen war.

Nur Roxanne lag in einem Liegestuhl. Eine verspiegelte Sonnenbrille verdeckte ihre Augen, in der Hand hielt sie ein Buch, und ein winziger Bikini verhüllte gerade eben das Allernötigste.

Luke unterdrückte einen heftigen Fluch.

Sie hatte ihn gleich erspäht, als er an der Treppe aufgetaucht war. Nun starrte sie, ohne aufzublicken, in ihr Buch, während sie versuchte, nicht auf ihren wilden Herzschlag zu achten.

Lässig blätterte sie eine Seite um und griff nach dem Glas, das auf einem Tisch neben ihr stand.

»Mir scheint, du lebst gern gefährlich.«

Fragend blickte sie über den Rand ihrer Brille zu ihm auf. »Findest du?«

»Ein Rotschopf, der in der Sonne liegt, fordert einen Sonnenbrand ja geradezu heraus.« In Wahrheit war ihre Haut weder verbrannt noch gebräunt, sondern schimmerte so wundervoll wie ein reifer Pfirsich.

»Ich bleibe nicht mehr lange.« Lächelnd schob sie ihre Brille wieder zurück. Ein wohliges Prickeln überlief sie. »Und ich bin von oben bis unten eingecremt.« Sie strich sich mit einer Fingerspitze langsam über den Oberschenkel. »Hast du Lily den Spitzenfächer gegeben, den du für sie gekauft hast?«

»Ja.« Luke steckte seine Hände in die Taschen. »Du hattest recht. Sie war begeistert.«

»Siehst du? Du brauchst mir nur zu vertrauen.«

Sie lehnte sich genüßlich zurück, während er ihren Körper regelrecht mit den Augen verschlang. Dieses verfluchte kleine Biest.

»Jack will wissen, ob du heute abend beim Empfang aushilfst. Eines der Mädchen ist krank geworden.«

»Ja, gern.« Sie hob eine Bein und kratzte sich am Knie. »Möchtest du einen Schluck?« Sie hielt ihm ihr Glas hin. »Dir scheint heiß zu sein.«

»Nein, danke.« Es würde ihm allerdings weitaus besser gehen, wenn er es fertigbrächte, zu verschwinden. Aber seine Füße schienen förmlich am Deck festgenagelt zu sein. »Mußt du nicht langsam rein und dich fertigmachen?«
»Ich habe noch reichlich Zeit. Tust du mir einen Gefallen?« Sie räkelte sich wie eine Katze, ehe sie nach der Lotion griff und ihm die Flasche zuwarf. »Reib mir den Rücken ein, ja?«
»Deinen Rücken?«
»Hmm.« Sie verstellte den Liegestuhl, rollte sich herum und machte es sich bequem.
Er drückte die Flasche so fest, daß es ihn nicht gewundert hätte, wenn die Lotion in hohem Bogen herausgespritzt wäre.
Mit zusammengebissenen Zähnen kauerte er sich neben sie und drückte etwas Lotion auf ihre Schultern. Sie seufzte erneut und lächelte.
»Fühlt sich gut an. Schön warm.«
»Das liegt daran, weil die Flasche in der Sonne gestanden hat.« Er begann die Lotion mit den Fingerspitzen zu verteilen. Bleib ruhig und gelassen. Schließlich ist es bloß ein Rücken. Nichts weiter als Haut und Knochen. Aber so weich und samten. Ihm wurde das Atmen schwer.
Roxanne räkelte sich wohlig. Die Berührungen seiner Hände schienen ihren ganzen Körper in Flammen zu setzen und stachelten unwillkürlich ihre Phantasie an. Aber Luke war nicht der einzige, der sich zu beherrschen verstand. Nur ihre Stimme klang ein wenig heiser, als sie ihn bat, das Oberteil aufzuhaken.
Er erstarrte. »Bitte?«
»Das Oberteil«, wiederholte sie. »Mach es auf, sonst habe ich nachher einen weißen Streifen.«
»Ach so, klar.« Ist ja nichts weiter dabei, sagte er sich, aber er zuckte zweimal zurück, ehe er sich wieder unter Kontrolle hatte.
»Hmm«, seufzte Roxanne genüßlich, »du könntest direkt bei Inga anfangen.«
»Inga?«
»Die Masseuse. Ich habe mich gestern abend eine halbe

Stunde lang von ihr behandeln lassen, aber sie ist gar nichts gegen dich, Callahan. Daddy hat immer schon deine Hände bewundert, weißt du?« Sie lachte leise. Es fiel ihr immer schwerer, nicht vor Wonne zu stöhnen.

Luke erging es nicht anders. Ihr Nacken war derart verführerisch, daß er kaum widerstehen konnte, nicht seine Lippen auf die glatte Haut zu pressen. Er stellte sich vor, wie er sie herumdrehte, dieses lächerliche Nichts von Bikini wegriß, wie sie ihn aufstöhnend umarmte.

Und dann, endlich …

Herrgott, wir sind mitten auf einem Schiffsdeck, dachte er erschrocken. Am hellichten Tag, und schlimmer, viel schlimmer noch, wir sind so gut wie Geschwister.

Er richtete sich hastig auf und verschloß nach zwei unsicheren Versuchen die Flasche. »Das reicht wohl.«

Roxanne hob den Kopf und hielt mit einer Hand das Oberteil fest. Mit der anderen schob sie ihr Brille ein Stück nach unten. Ihre Augen waren dunkel und versonnen. »Meinst du?«

Daß sie so leicht seine Willenskraft schwinden lassen konnte, versetzte ihn in Wut. »Ich habe nur vorgesorgt, daß du dir keinen Sonnenbrand holst« erwiderte er schroff. »Du tust uns beiden einen Gefallen, wenn du in Zukunft vernünftiger bist.«

Sie zwang sich zu einem Lächeln. »Um wen von uns beiden hast du eigentlich Angst, Callahan?«

Luke wagte nicht, darauf zu antworten. »Treib es nicht auf die Spitze, Roxy.«

Doch genau das hatte sie vor. Sie hatte vor, es so weit zu treiben, bis es, so oder so, zu einer Entscheidung kam.

»Auf wen bist du so sauer, *loup?«*

»Auf niemanden.« Luke stand mit LeClerc draußen vor dem Casino und beobachtete die Paare auf der winzigen Tanzfläche.

»Und warum schaust du dann so finster drein?« LeClerc zerrte an der verhaßten Krawatte, die er gezwungenermaßen an diesem letzten Abend der Kreuzfahrt tragen mußte. »Du hast einen Ausdruck in den Augen, daß alle Männer zurückschrecken und alle Frauen wohlig erschaudern.«

Trotz seiner Stimmung mußte Luke grinsen. »Vielleicht ist mir das gerade recht. Wo ist diese nette Französin, der du dauernd nachgelaufen bist?«
»Marie-Claire kommt noch.« LeClerc kaute an seiner Pfeife, während Luke sich eine Zigarre anzündete. »Eine prächtige Frau mit Fleisch auf den Knochen und Feuer im Leib.« Er grinste. »Eine reiche Witwe ist ein Gottesgeschenk für einen Mann. Sie hat Juwelen – ah.« Er küßte seine Fingerspitzen und seufzte. »Letzte Nacht hatte ich ihren Opalanhänger in der Hand. Zehn Karat, *mon ami,* vielleicht zwölf, umgeben von einem Dutzend lupenreiner Diamanten. Aber du und die anderen habt es fertiggebracht, daß ich mich schon schuldig fühle, wenn ich bloß daran denke, ihn ihr abzunehmen. Also werde ich ihr morgen Adieu sagen, und sie wird heim nach Montreal fahren mit ihrem Opal und ihren Diamanten, mit einem wundervollen Rubinring und unzähligen anderen Kostbarkeiten … ich darf gar nicht daran denken. Nur ihre Tugend habe ich ihr gestohlen.«
Amüsiert legte Luke ihm eine Hand auf die Schulter. »Manchmal ist das schon genug, *mon ami.*« Er blickte zur Tür.
Dort stand der Erste Offizier neben Roxanne und küßte ihr gerade die Hand. Die Tatsache, daß der Mann ein hochgewachsener, braungebrannter Grieche war, war schlimm genug. Aber daß Roxanne ihn anlachte, war geradezu empörend. Sie trug ein aquamarinfarbenes kurzes Kleid, enganliegend und trägerlos, das nicht nur Arme und Schultern, sondern den gesamten Rücken frei ließ und überhaupt aus erstaunlich wenig Stoff bestand.
Ihr Haar hatte sie hochgesteckt, so daß jeder Mann in Versuchung geriet, es zu lösen, um zu sehen, wie diese Mähne auf ihre goldbraunen Schultern fiel.
»Sie wird nichts damit erreichen.«
»Wie?«
»Ich weiß, was sie vorhat«, knurrte Luke. »Aber das funktioniert nicht.« Er marschierte zur Bar, um sich einen Whiskey zu gönnen. LeClerc lachte leise.
»Es hat bereits funktioniert, *mon cher loup*. Der Wolf ist der Füchsin in die Falle gegangen.«

Zwei Stunden später stand Roxanne hinter der Bühne und wartete auf ihren ersten Auftritt. Heute, am letzten Abend der Kreuzfahrt, wollten die Nouvelles noch einmal alle in Staunen versetzen.

Max und Lily machten den erfolgreichen Anfang mit einer ihrer Variationen der zersägten Frau. Sobald Lily wieder zusammengesetzt war und sie sich verbeugten, eilte Luke auf die Bühne, um das Publikum mit seinen Sprüchen und einigen Taschenspielertricks in Stimmung zu halten.

»Und wenn man mir die Handschellen angelegt hat, habe ich noch dreißig Sekunden. Harry?« Er lächelte dem kleinen bebrillten Mann an seiner Seite zu. »Ich darf sie doch Harry nennen?«

»Klar.«

»Also, Harry, ich möchte, daß Sie die Zeit für mich stoppen. Hat Ihre Uhr einen Sekundenzeiger?«

»Ja, sicher.« Hilfsbereit streckte Harry den Arm aus – und schaute verdutzt auf sein nacktes Handgelenk.

»Er ist wirklich klasse.« Dori spähte über Roxannes Schulter. Luke beendete die Nummer und gab beiden Männern, die verlegen grinsten, ihr Eigentum zurück. Das Orchester stimmte eine flotte Melodie an, um das Finale einzuleiten.

»Sie waren großartig. Jetzt können Sie sich entspannen. Nichts für ungut.« Augenzwinkernd überreichte er Harry die Krawatte, die er von seinem Hals gelöst hatte. Dann machte er sich daran, Harrys Jackett abzubürsten, rückte es gerade und zog die Ärmel zurecht.

»Warum spielt er denn jetzt den Kammerdiener?« fragte Dori.

»Warte nur ab.«

Schließlich schien Luke zufrieden und schüttelte den beiden ein letztes Mal herzlich die Hände. Als Harry sich umwandte, um die Bühne zu verlassen, griff Luke von hinten nach seinem Kragen. Ein schneller Ruck, und er hielt das hellblaue Hemd in der Hand, während der Mann auf seine nackte Brust unter dem Anzugjackett glotzte.

»Heiliger Strohsack! Wie hat er das denn gemacht? Wie hat er die Ärmel aus dem Jackett gekriegt?«

Roxanne lachte, wie jedesmal, wenn sie Luke bei diesem Trick zuschaute. »Das ist leider Berufsgeheimnis«, grinste sie und eilte auf die Bühne.
Sie standen nebeneinander, trugen das gleiche Kostüm – Fracks mit glitzernden Aufschlägen – und lieferten sich eine Art Duell mit einigen Taschenspielertricks. Präzise aufeinander abgestimmt, ließen sie in rascher Folge Gegenstände erscheinen und verschwinden, vervielfältigten sie, veränderten Farbe und Größe.
Zum krönenden Abschluß wollte Luke die versprochene Entfesselungsnummer zeigen, zu der er Roxannes Assistenz brauchte.
Die Musik setzte wieder ein, und Luke streckte die Arme aus. Roxanne legte ihm die Handschellen an, verschloß sie und schlang sicherheitshalber noch eine Kette um seine Hände. Dann drehte sie die Kiste mit geöffnetem Deckel im Kreis, so daß alle sehen konnten, daß sie vier Seitenwände und einen festen Boden hatte. Luke stieg hinein.
Sie drückte seinen Kopf hinunter und schloß den Deckel, legte die Riegel vor und nahm einen Schlüssel aus ihrer Tasche, um jeden einzeln zu sichern. Danach stieg sie auf den Deckel und zog einen Vorhang herab, der die Kiste rundum verdeckte. Von ihr selbst war nur noch der Kopf zu sehen.
»Ich zähle bis drei«, rief sie. »Eins. Zwei.«
Ihr Kopf verschwand – und Luke erschien. »Drei.«
Das Publikum brach in Applaus aus, der noch zunahm, als der Vorhang herunterfiel, denn nun trug Luke einen weißen, mit Silber besetzten Frack. Während er sich verbeugte, warf er einen etwas unsicheren Blick über seine Schulter. Aus der Kiste ertönte heftiges Klopfen.
»Hoppla. Hatte ich ganz vergessen.« Er schnippte mit den Fingern, und in seiner Hand erschien ein Schlüssel. Nachdem er damit die Kiste aufgeschlossen hatte, schob er die Riegel zurück und öffnete den Deckel.
»Klasse, Callahan, wirklich sehr witzig.«
Grinsend bückte er sich und hob Roxanne aus der Kiste auf seine Arme. Auch sie trug einen weißen Frack, und nun wa-

ren *ihre* Hände mit den Handschellen und der Kette gefesselt. Ohne sie abzusetzen, verbeugte er sich und trug sie von der Bühne.

»Fertig?« murmelte er.

»Fast. Jetzt.«

Er kehrt wieder um, und die begeisterten Zuschauer sahen, daß jetzt ihre Hände frei und dafür seine gefesselt waren.

»Du hättest ein paar Sekunden schneller sein können«, beschwerte er sich später, als er sie hinter die Bühne getragen hatte. »Bei den Taschenspielereien warst du immer einen Tick zu spät dran.«

»Nein, du warst einen Tick zu schnell.« Sie lächelte, weil ihr nicht entgangen war, wie rasch sein Herz schlug. »Willst du dich etwa mit mir streiten, Callahan?«

»Nein. Achte nur besser auf das verdammte Timing.«

»Ich habe alles im Griff«, murmelte sie, als er davonging. Sie hoffte wahrhaftig, daß sie alles im Griff hatte, denn jetzt galt es. Nervös schaute sie zum fünften Mal prüfend in den Spiegel. Ihr Haar umrahmte locker ihr Gesicht, auf dem nur ein Hauch von Make-up lag, und der lange Morgenrock aus elfenbeinfarbener Seide schmiegte sich eng an ihren Körper. Sie sprühte etwas Parfüm in die Luft, ehe sie entschlossen ihre Kabine verließ.

Luke hatte sich schon ausgezogen und trug nur noch graue Pants. Um sich abzulenken, dachte er gerade über eine neue Entfesselungsnummer nach.

Er grunzte geistesabwesend, als es klopfte. Doch dann war er völlig verblüfft, daß Roxanne die Kabine betrat.

»Roxanne, du? Ist irgendwas?«

»Ich glaube nicht.« Sie lehnte sich gegen die Tür, weniger um ihn zu provozieren, als vielmehr, damit ihre Beine aufhörten zu zittern. Ehe sie zu ihm ging, drehte sie den Schlüssel um. Behutsam legte sie ihre Hände auf seine nackte Brust. Sie spürte, daß er zitterte und sein Herz rascher schlug.

Ihr Selbstbewußtsein wuchs. »Du hattest recht«, flüsterte sie. »Ich war immer einen Tick zu spät – bisher. Und das hätte ich schon vor langer Zeit ändern sollen.«

Seine Nerven waren zum Zerreißen gespannt. Sie duftete geradezu sündhaft verführerisch. »Ich hab zu tun, Roxanne, und auf irgendwelche Rätsel keine Lust.«
»Auf dieses weißt du längst die Antwort.« Mit einem leisen Lachen strich sie über seine Schultern. Seine Muskeln waren fest angespannt. »Was ist das Ergebnis, wenn ein Mann und eine Frau nachts in einer kleinen Kabine allein sind?«
»Ich habe gesagt ...« Aber sie verschloß ihm den Mund mit ihren Lippen. Vergeblich bemühte er sich, die Reaktion seines Körpers zu unterdrücken und hoffte inständig, wenigstens verhindern zu können, daß es noch weiterging.
»Na bitte«, lächelte sie. »Ich wußte, daß du die Antwort kennst.«
Er wich ein Stück zurück. Es kostete ihn alle Kraft, sie nicht an sich zu reißen. »Und jetzt ist das Spiel vorbei. Nun verschwinde wieder. Ich muß noch arbeiten.«
Seine verletzende Gleichgültigkeit traf sie wie ein Messerstich. Aber dann flammte ihr Trotz auf. So nicht, dachte sie, nicht ohne Kampf. Sie würde ihn verführen, ohne daß er merkte, wieviel Angst sie hatte.
»Das hat schon damals nicht funktioniert, als ich zwölf war.« Sie drängte ihn in eine dunkle Ecke. »Heute funktioniert es erst recht nicht mehr. Schau mich an.« Ihr Lächeln war herausfordernd und spöttisch zugleich. »Ich weiß, daß du mich beobachtest, wenn wir zusammen in einem Zimmer sind. Ich kann fast hören, was du dabei denkst.« Ihre Augen waren wie dunkle, tiefe Seen, in denen er förmlich zu ertrinken drohte, ihre Stimme wie ein Nebel, der ihn einhüllte.
»Du fragst dich, wie es wäre mit uns beiden, stimmt's?« Sie strich zärtlich mit einem Finger über seine Wange. »Und mir geht es genauso. Du fragst dich, was für ein Gefühl es wäre, all das mit mir zu machen, was du dir insgeheim wünscht. Und ich frage mich das auch.«
Er war wie benommen. Noch nie zuvor hatte er so etwas erlebt, und niemals hätte er geglaubt, daß sie ihn derart behexen könnte. Zu seiner Bestürzung spürte er, wie seine Willenskraft mit jeder Sekunde schwächer wurde.

Das Licht zeichnete schimmernde Reflexe in ihr Haar. Ohne nachzudenken, hob er eine Hand, um nach dieser wilden Mähne zu greifen.
»Du hast keine Ahnung, was ich mit dir tun möchte. Sonst würdest du schreiend davonrennen.«
Unwillkürlich drängte sie sich an ihn. Ihr Verlangen war stärker als ihre Unsicherheit. »Ich habe keine Angst.«
»Weil du nicht genug Verstand hast.« Er zog seine Hand zurück und schob sie mit einem Ruck von sich. »Ich bin keiner deiner braven Collegebubis, Rox, die dir höfliche Komplimente machen und dir sagen, was du gern hören willst. Ich bin ganz anders, glaub mir. Also sei ein braves Mädchen und geh jetzt.«
Sie wehrte sich mit aller Kraft gegen die Tränen, die ihr in die Augen schießen wollten, und hob trotzig den Kopf. »Ein braves Mädchen bin ich noch nie gewesen. Und ich werde nicht gehen.«
Er seufzte, doch es klang so amüsiert und spöttisch, daß sie zusammenzuckte. »Roxy, du zwingst mich leider dazu, deine Gefühle zu verletzen.« Obwohl er innerlich vor Anspannung bebte, tätschelte er ihr gutmütig die Wange. Er wußte genau, daß dieses gönnerhafte Verhalten sie weit tiefer traf als eine Ohrfeige. »Du hast dich hübsch zurechtgemacht, um deine Verführungskünste auszuprobieren, und ich bin wirklich geschmeichelt, daß du mich dafür ausgesucht hast.«
»Du ... du verdammter ...«, stieß sie hervor, und ihre Augen blitzten vor Wut. Seine Taktik funktionierte also – zum Glück.
»Es ist richtig rührend, und ich weiß es zu schätzen, aber ich bin nicht interessiert. Du bist nun mal nicht mein Typ, Baby.« Er lehnte sich lässig gegen die Kommode.
»Du ...« Sie fühlte sich so gedemütigt, daß sie kaum ein Wort herausbrachte. »Soll das heißen, du willst mich nicht?«
»Ganz genau.« Er griff nach einer Zigarre, »du hast es erfaßt, Roxanne.«
Um ein Haar hätte sie ihm geglaubt. Ein leichtes Lächeln lag auf seinen Lippen, seine Stimme klang ruhig und herablassend, und seine Augen funkelten amüsiert. Ja, fast hätte sie

ihm wirklich geglaubt. Doch dann sah sie, daß er die Hände krampfhaft zu Fäusten geballt hatte und, ohne es zu merken, die Zigarre zerdrückte.

Sie senkte den Blick, damit er das triumphierende Aufblitzen in ihren Augen nicht sah. »Na gut, Luke. Ich bitte dich nur um eines.«

Er atmete hörbar erleichtert auf. »Keine Sorge, Roxy. Ich werde es niemandem verraten.«

»Das meine ich nicht.« Sie hob den Kopf, und sein unbekümmertes Lächeln verschwand. »Ich bitte dich nur darum – beweise es.«

Ohne den Blick von ihm zu wenden, griff sie nach ihrem Gürtel und knotete ihn auf.

»Laß das.« Die zerdrückte Zigarre fiel ihm aus der Hand. »Herrgott, Roxanne, was machst du da?«

»Ich zeige dir nur das, was du nicht haben willst, wie du behauptest.« Mit einer leichten Schulterbewegung ließ sie den seidenen Morgenrock zu Boden gleiten. Darunter trug sie einen dünnen, spitzenbesetzten Unterrock. Einer der schmalen Träger glitt wie von selbst von ihrer Schulter. »Wenn du die Wahrheit sagst, dürfte es ja kein Problem sein. Oder?«

»Zieh dich wieder an.« Seine Stimme klang unsicher.»Raus hier. Hast du überhaupt keinen Stolz?«

»Oh, sogar eine ganze Menge.« Zufrieden sah sie das aufflackernde Verlangen in seinen Augen. »Im Moment scheint es mir nur an Scham zu fehlen.« Die Seide knisterte leise, als sie die Arme um seinen Nacken schlang. »Ich habe offenbar keinen Funken Schamgefühl mehr.« Sie neigte den Kopf vor und biß ihn leicht in die Unterlippe. Als er unwillkürlich aufstöhnte, lachte sie leise. »Sag mir noch mal, daß du nicht interessiert bist.« Ihre halbgeöffneten Lippen berührten seinen Mund. »Sag es mir noch mal.«

»Verdammt, Rox.« Er griff mit beiden Händen in ihr Haar und drängte sie gegen die Kommode. »Ist es das, was du willst? Du willst gern mal sehen, was passiert, wenn du mich so provozierst? Leg es besser nicht drauf an.« Noch immer hoffte er, daß es ihm irgendwie gelingen würde, kühl zu bleiben und sie durch seine Gefühllosigkeit abzuschrecken.

Sie hob herausfordernd den Kopf. »Warum nicht?«
Er verfluchte sie und schimpfte sich selbst, während er sie gleichzeitig zum Bett zog und mit ihr auf die Matratze sank. Rücksichtslos glitten seine Hände über ihren Körper und zerrissen den seidigen Unterrock. Eine wahnsinnige Erregung hatte ihn gepackt.
Er verdiente es, dafür in der Hölle zu schmoren. Aber bei Gott, zuerst wollte er mit ihr den Himmel erleben.
Roxanne spürte trotz des Aufruhrs, der in ihr tobte, seinen Zorn – und seine Gier. Er hat gelogen, dachte sie glücklich und stöhnte, als er voller Leidenschaft ihre Brüste küßte.
Alles nur Lügen!
Erschaudernd vergrub sie ihre Finger in sein Haar. Das war die Wahrheit, dieses wahnsinnige Chaos aus Empfindungen. Alles übrige war nur Illusion und Täuschung.
Atemlos hob er den Kopf und schaute sie an. Sein Zorn war verschwunden.
Ihr Körper bebte vor Verlangen, und er wußte, wie er diese Sehnsucht stillen konnte. Doch gleichzeitig hatte er panische Angst, völlig die Kontrolle zu verlieren.
Aber es war längst zu spät. »O Rox«, murmelte er und strich sanft über ihre Schultern.
Ohne Zögern schlang sie ihre Arme um seinen Nacken. »Callahan, wenn du jetzt aufhörst, bringe ich dich um.«
Beinahe übermütig lachte er auf. »Roxy, das könnte ich jetzt nur noch, wenn ich stürbe.« Er schaute sie an. Sein Gesicht wirkte genauso konzentriert, wie sie es schon Dutzende Male gesehen hatte, wenn er sich auf eine komplizierte Illusion oder eine gefährliche Entfesselungsnummer vorbereitete. »Ich kann dich heute nacht nicht mehr gehen lassen, Roxanne.«
»Gott sei Dank«, lächelte sie.
»Es ist tatsächlich besser, wenn du anfängst zu beten«, warnte er, ehe sich sein Mund auf ihre Lippen senkte.

ZWÖLFTES KAPITEL

Endlich. Das war der letzte klare Gedanke, der Roxanne durch den Sinn ging, als Luke seinen Mund auf ihre Lippen preßte.

Eine andere Frau hätte sich vielleicht leise geflüsterte Zärtlichkeiten, behutsame Küsse und sanftes Streicheln gewünscht, aber das alles war ihr gleichgültig. Sämtliche Wünsche, die sie jemals gehabt hatte, sämtliche Fantasien, die sie sich jemals ausgemalt hatte, gingen in Erfüllung, als er wild und ungestüm ihren Körper erforschte.

Und sie gab sich ihm völlig hin, wie in einem Rausch. Selbst in ihren kühnsten Träumen hätte sie nie gedacht, daß so etwas möglich war.

Es kam ihr vor wie eine Achterbahnfahrt, und sie klammerte sich beinah hilflos an ihn, um sich nicht völlig in diesem Strudel zu verlieren.

Ihr ganzer Körper zitterte unter seinen Berührungen, ihr Mund erwiderte begierig seine Küsse, ihr Seufzen, ihr Keuchen raubten ihm den Verstand.

Max hatte recht gehabt, als er sagte, daß in solchen Augenblicken der Verstand vollkommen abschaltete. Luke kannte nur noch die verzehrenden Bedürfnisse seines Körpers und konnte es kaum noch ertragen. Ungeduldig riß er die zerfetzten Reste ihres Unterrocks beiseite.

Er spürte, daß sie längst bereit war. Mit ungestümem Streicheln trieb er sie zu einem ersten Höhepunkt.

Sie bäumte sich auf, verkrampfte sich, irgend etwas in ihr explodierte, und sie verlor jede Kontrolle. Kaum hatte sie begriffen, was geschehen war, drängte er sie grob wieder zurück und fiel über sie her.

Sie wollte ihm sagen, er solle wenigstens einen Moment warten, bis sie wieder zu Atem und zur Besinnung gekommen war. Aber er ließ ihr keine Chance.

Wie ausgehungert streiften seine Lippen über ihren Körper,

er neckte sie mit seinen Zähnen, seiner Zunge, bis sich tief in ihr ein Feuer ausbreitete, das sie bis in die letzte Faser erfüllte.

»Bitte.« Ihre Hände suchten verzweifelt nach irgendeinem Halt und gruben sich in das zerknüllte Bettuch. »Bitte«, stöhnte sie.

Luke streifte seine Pants ab. Das Blut hämmerte in seinem Kopf und in seinem Leib. Er zitterte am ganzen Körper, als er ihre Hüften anhob und sich tief in sie vergrub.

Mit einem Aufschrei bog sie sich ihm entgegen. Der Schmerz, der sie durchzuckte, war wie ein eisiger Blitz in dieser Hitze. Unwillkürlich versuchte sie zu entkommen und stöhnte unterdrückt.

»O Herrgott, Roxanne.« Schweiß stand auf seiner Stirn, und es kostete ihn beinah übermenschliche Anstrengung, innezuhalten, um sie nicht noch mehr zu verletzten. »Lieber Gott.«

Noch Jungfrau. Er schüttelte hilflos den Kopf. Sie war noch Jungfrau gewesen, und er fiel wie ein verfluchter Berserker über sie her.

»Tut mir leid, Baby. Es tut mir so leid.« Sinnlose Worte, dachte er, als er die Tränen sah, die ihr über die Wangen liefen. Er stützte sich auf seine zitternden Arme und begann, sich so behutsam wie möglich zurückzuziehen. »Ich tu dir nicht mehr weh.«

Sie seufzte leise. Der Schmerz ließ allmählich nach. Statt dessen breitete sich ein Gefühl der Wärme in ihr aus, und sie hob instinktiv die Hüften, um ihn nicht zu verlieren.

»Beweg dich nicht«, stieß er mühsam hervor und glaubte, wahnsinnig zu werden. »Um Gottes willen, nicht ... Ich lasse dich in Ruhe.«

Sie öffnete die Augen und blickte ihn fest an. »Den Teufel wirst du.« Entschlossen packt sie seine Hüften und glaubte, ihn fluchen zu hören. Aber sie war nicht ganz sicher. Denn plötzlich war jeder Schmerz verschwunden, und ein tiefes, köstliches Vibrieren hatte ihren Körper erfaßt.

Er war unfähig zu widerstehen – und er war glücklich darüber. Er vergrub sein Gesicht in ihrem Haar und ließ es geschehen.

Sie hatte das Gefühl, ihr Körper würde in tausend glitzernde Stücke zerspringen, sobald sie sich bewegte. Das war es also, was die Dichter besangen. Sie lächelte. Es war ganz nett gewesen, aber sie hätte nicht gerade Verse darüber verfassen mögen. Aber das jetzt, dachte sie und streckte mit einem wohligen Seufzer eine Hand aus, um Lukes Rücken zu streicheln, das ist schön. Neben ihm zu liegen und seinen raschen Herzschlag zu spüren. Sie hätte tagelang so liegenbleiben können.

Roxanne bedauerte es, als er sich auf den Rücken rollte, und kuschelte sich an ihn, um weiter seine Wärme und Nähe zu spüren.

Was bin ich nur für ein Schwein, dachte Luke und starrte an die Decke. Ich habe sie wie ein Tier genommen, rücksichtslos und ohne Raffinesse. Er schloß die Augen. Wenn ihn seine Schuldgefühle nicht umbrachten, dann würde das spätestens Max besorgen.

Aber wenigstens mußte er versuchen, sie irgendwie zu beruhigen.

»Rox.«

»Hm?«

»Es tut mir leid.«

Verträumt schmiegte sie ihren Kopf an seine Schulter. »Ja, ja.«

»Ich will nicht, daß du dir deswegen Sorgen machst oder ein schlechtes Gewissen hast.«

»Weswegen?«

»Na ja, das hier«, erwiderte er ungeduldig. Mußte sie so schläfrig, so sexy, so verdammt befriedigend klingen? »Es war ein Fehler, aber es darf nicht alles kaputtmachen?«

Roxanne öffnete die Augen, und das Lächeln auf ihren Lippen verschwand. »Ein Fehler? Du willst mir sagen, daß das, was gerade geschehen ist, ein Fehler war?«

»Natürlich war es das.« Er setzte sich auf und suchte nach seinen Hosen. »In jeder Hinsicht.« Er warf einen Blick über seine Schulter und biß die Zähne zusammen. Sie hatte sich aufgesetzt, und das zerzauste Haar fiel verführerisch bis auf ihre Brüste. Doch der Blutfleck auf dem zerknäulten Laken vertrieb sofort sein erneut aufkeimendes Verlangen.

»Wirklich?« Das schöne, wohlige Gefühl war verschwunden. Wenn Luke nicht so sehr mit seinen Gewissensbissen beschäftigt gewesen wäre, hätte er das kampflustige Funkeln in ihren Augen gesehen. »Dann sag mir doch mal ein paar Gründe, warum.«

»Um Himmels willen, du bist praktisch meine Schwester.«

»Aha.« Sie verschränkte die Arme. »Aber eben nur ›praktisch‹, wie du es ausdrückst. Verwandt sind wir nämlich nicht, Callahan.«

»Max hat mich damals aufgenommen.« Luke öffnete eine Schublade und holte ein Hemd heraus, das er Roxanne zuwarf. »Er hat mir nicht nur ein Zuhause gegeben, sondern ein neues Leben. Und ich habe sein Vertrauen mißbraucht.«

»Blödsinn.« Sie schleuderte das Hemd zurück. »Ja, er hat dich aufgenommen und dir ein Zuhause gegeben. Aber was eben passiert ist, geschah zwischen uns und nur zwischen uns. Mit Max hat das gar nichts zu tun.«

»Er hat mir vertraut.« Luke kam zurück zum Bett und streifte Roxanne entschlossen das Hemd über den Kopf. Sie stieß ihn von sich und sprang auf.

»Meinst du, Max würde dich deshalb aus dem Haus jagen?« Wütend riß sie das Hemd herunter. »Du bist nicht mein Bruder, verdammt, und falls du mir jetzt erzählen willst, daß du vor ein paar Minuten geschwisterliche Gefühle für mich gehegt hast, bist du ein verdammter Lügner.«

»Nein, das will ich nicht.« Er packte ihre Schultern und schüttelte sie. »Ich habe überhaupt nicht nachgedacht, genau das ist es ja. Ich wollte dich. Ich habe dich seit Jahren begehrt, es hat mich regelrecht aufgefressen.«

Sie warf herausfordernd den Kopf zurück, doch gleichzeitig verbreitete sich in ihr eine wohlige Wärme. Seit Jahren. Er hatte sie seit Jahren begehrt. »Und deshalb stellst du dich jetzt so an? Nur weil du dir mit deiner dummen verdrehten Logik eingeredet hast, es sei so was wie – emotionaler Inzest?«

Er wollte etwas erwidern, aber es kam ihm plötzlich selbst lächerlich vor. »Ja – und?«

Auf alles mögliche war er gefaßt gewesen, doch nicht darauf, daß sie zu lachen begann, bis ihr die Tränen über die Wangen liefen und sie sich wieder aufs Bett fallen ließ. »Ach, du armer Schwachkopf.«
Es war regelrecht demütigend, daß eine nackte Frau, die sich seinetwegen vor Lachen krümmte, ihn so sehr erregte, daß er sich beinahe erneut auf sie gestürzt hätte.
»Ich finde das nicht besonders komisch.«
»Ehrlich? Das ist doch zum Brüllen.« Sie strich sich kichernd das Haar aus dem Gesicht. »Und außerdem schrecklich nett. Wolltest du meine Ehre schützen, liebster Luke?«
»Halt die Klappe.«

Sie wischte sich lachend die Tränen fort. »Denk mal nach, Callahan. Denk bloß mal eine Minute lang richtig nach. Da stehst du, zerfressen von Schuldgefühlen vor mir, weil du eine Frau geliebt hast, die mit allen erdenklichen Mitteln versucht hat, dich zu verführen. Eine Frau, die du fast dein Leben lang kennst – die aber, wohlgemerkt, nicht mit dir verwandt ist, sondern alleinstehend und alt genug, um zu wissen, was sie will. Findest du das nicht auch komisch?«
»Nicht besonders«, brummte er mürrisch und stopfte die Hände in die Taschen.
»Du hast wohl deinen Sinn für Humor verloren?«
Sie schlang ihr Arme um ihn. Ihre nackten Brüste schmiegten sich an seinen Körper, und sie merkte zufrieden, daß ihn unwillkürlich ein Schauder überlief. Aber er erwiderte die Umarmung nicht. »Tja, wenn du so denkst, werde ich dich wohl jedesmal verführen müssen. Und ich glaube, ich bin gerade dabei.« Sie biß ihn leicht auf die Lippe und lächelte, da sie seine Reaktion nur zu deutlich spürte.
»Laß das«, entgegnete er – allerdings wenig überzeugend. »Es gibt noch andere Gründe.«
»Okay.« Sie strich mit einem Finger über seinen Rücken und küßte spielerisch seinen Hals. »Laß hören.«
»Verdammt, du warst noch Jungfrau.« Er packte ihre Arme und schob sie von sich.

»Das hat dich gestört? Ich habe immer gedacht, alle Männer würden das besonders genießen – das Raumschiff-Enterprise-Syndrom, weißt du?«
»Was?«
»Na ja, Neuland zu erobern, das noch nie jemand betreten hat.«
»Herrgott.« Er unterdrückte ein Lachen. »Schau mal, Roxanne, der springende Punkt ist, daß ich die ganze Sache nicht richtig angefangen habe.«
»Ach nein?« fragte sie neugierig. »Ich kann mir nicht denken, daß es derart verschiedene Methoden gibt.«
Luke war fassungslos. Himmel hilf, sie war nicht nur Jungfrau, sondern einfach unmöglich – und außerdem verdammt erotisch in all ihrer Unschuld. »Was zur Hölle war denn bloß los mit all diesen Collegeboys? Haben sie nicht gewußt, was sie mit dir anfangen sollen?«
»Ich denke doch – wenn ich es gewollt hätte.« Sie lächelte selbstbewußt. »Aber ich habe immer nur dich gewollt.«
Nichts hatte ihn je so gerührt wie diese Worte. Sanft streichelte er über ihr Haar. »Ich habe dir weh getan. Wenn du bleibst, werde ich dir wahrscheinlich wieder weh tun. Du hast keine Ahnung, wie ich bin, du weißt nichts über mich und …«
»Ich weiß alles.« Vorsichtig streichelte sie die Narben auf seinem Rücken. »Ich weiß es seit Jahren, seit dem Tag, an dem du es Max erzählt hast. Ich habe euch belauscht – und um dich geweint. Nicht.« Sie zog ihn fest in ihre Arme, ehe er sich abwenden konnte. »Glaubst du wirklich, daß ich dich deswegen verachten würde, was dir als Kind angetan worden ist?«
»Ich will kein Mitleid«, stieß er hervor.
»Ich rede nicht von Mitleid. Aber von Verständnis. Denn ich habe dich mein ganzes Leben lang geliebt – und dagegen kannst du dich nicht wehren.«
Er zuckt hilflos die Schultern. »Ich weiß nicht, was ich sagen soll.« – »Sag gar nichts. Sei einfach bei mir.«

Es blieb wenig Zeit, das Gefühl zu genießen, in Lukes Armen aufzuwachen, und erst recht keine, den Morgen über zu faulenzen. Roxanne kuschelte sich noch für einen Moment näher an ihn, während sie den Lautsprecherdurchsagen lauschte. Eine monotone Stimme gab Anweisungen, wie das Schiff zu verlassen war.

Nach einem langen, schläfrigen Kuß stand sie mit einem frustrierten Stöhnen auf und streifte sich Lukes Jogginghosen und ein Hemd über. Mit einer Hand hielt sie die Hosen fest, während sie die Kabinentür einen Spaltweit öffnete und hinaus in den Gang späht. Luke lachte. Sie warf ihm über die Schulter einen Blick zu.

Ihr Haar war zerzaust, ihr Gesicht errötet, ihre Augen verträumt. Man sieht es ihr förmlich an, dachte er mit angehaltenem Atem. So und nicht anders sieht eine Frau aus, die die Nacht mit ihrem Geliebten verbracht hat.

Und er war ihr Geliebter. Ihr erster. Ihr einziger.

»Alle Mann an Deck, Callahan.« Ihre Stimme klang heiser. »Wir sehen uns in fünfzehn Minuten.«

»Aye, aye.«

Roxanne hielt die Hosen fest und rannte in ihre Kabine. Pünktlich auf die Minute meldete sie sich später an Deck, um ihre Hilfe anzubieten. Um sie herum drängten sich die Passagiere mit ihrem Gepäck, gähnten und schwatzten und warteten darauf, daß sie an die Reihe kamen. Roxanne schüttelte unzählige Hände, ließ sich auf die Wangen küssen und tauschte Umarmungen aus, während der Lärm allmählich nachließ.

Gegen zehn waren nur noch die Mannschaft und die restlichen Passagiere, die mit zurück nach New York fuhren, an Bord. Im Laufe des Vormittags würden allmählich die Neuankömmlinge eintreffen. Max nutzte die Pause, um eine Probe anzusetzen.

Es ist schön, daß Max wieder so bei der Sache ist, dacht Roxanne. Er arbeitete zwar langsamer als sie es gewohnt war, aber er schien wieder ganz konzentriert. Sie hoffte, daß sie sich umsonst Sorgen gemacht hatte.

Mit sich selbst war Roxanne ebenfalls sehr zufrieden. Sie führte routiniert ihre Tricks vor, ohne zu verraten, was ihr in Wirklichkeit durch den Sinn ging; Bilder von der letzten

Nacht, bei denen ihr ganz heiß wurde. Daß niemand etwas davon ahnte, wie unglaublich sich ihr Leben verändert hatte, bereitete ihr ein ganz besonderes Vergnügen.

Aber natürlich irrte sie sich da.

Lily seufzte jedesmal überglücklich, wenn sie zu Roxanne und Luke hinüberblickte und war zutiefst gerührt. LeClerc lächelte verstohlen, und sogar Mouse errötete und grinste.

Nur Max schien absolut nichts zu merken.

»Ist das nicht wundervoll?« strahlte Lily, als sie und Max eine freie Stunde nutzten und es sich auf dem verlassenen Lido-Deck mit Bouillon und Kräutertee bequem machten.

»Das ist es wirklich.« Er drückte ihre Hand in dem Glauben, sie rede von der Stille, der kühlen Brise und dem Blick auf Montreal.

»Mir ist, als wäre ein Traum wahr geworden. Ich habe langsam schon geglaubt, es würde nie passieren.«

»Es war die ganze Woche über viel zu tun«, stimmte er zu. Und leider hatte er so gut wie gar keine Zeit gehabt, sich seinen Nachforschungen über den Stein der Weisen zu widmen. Vielleicht konnte er, wenn sie in Sydney anlegten, ein paar Stunden über seinen Büchern und Aufzeichnungen verbringen. Er kam dem Ziel immer näher, das spürte er geradezu.

»Ob es geholfen hat, daß wir diese Kreuzfahrt machen?« Ich meine, so eng beieinander konnten sie sich einfach nicht aus dem Weg gehen wie bisher.«

»Bestimmt nicht.« Max blinzelte verwirrt. »Wer?«

»Roxy und Luke, du Dummer.« Sie stützte ihre Ellbogen auf den Tisch und seufzte verträumt. »Ich wette, sie schlendern jetzt gerade Hand in Hand durch Montreal.«

»Roxanne und Luke?« war alles, was Max erwidern konnte. »Roxanne und Luke?«

»Aber ja doch, Liebling. Was hast du denn geglaubt, wovon ich rede?« Sie lachte gutmütig. Männer hatten einfach keinen Sinn für solche Sachen. »Hast du nicht gesehen, wie sie sich heute morgen angeschaut haben? Ein Wunder, daß nirgends ein Feuer ausgebrochen ist, so wie es zwischen ihnen geknistert hat.«

»Geknistert hat es zwischen den beiden schon immer. Sie tun nichts anderes, als sich zu streiten.«
»Schatz, das war nur eine Art Paarungsritual.«
Er verschluckte sich an seinem Tee. »Paarungs...«, stotterte er. »Gütiger Gott.«
»Max, Liebling.« Besorgt nahm Lily seine Hände. Sie zitterten. »Du bist doch nicht etwa wütend darüber, oder? Sie passen so wunderbar zusammen und sie sind so verliebt.«
»Du willst sagen, daß er ... daß sie ...« Er brachte es einfach nicht heraus.
»Ich habe natürlich nicht gelauscht, aber so, wie sie heute morgen miteinander umgingen, würde ich sagen, daß sie ... es gemacht haben.« Als Max sie weiterhin niedergeschmettert anstarrte, wiederholte sie bestürzt: »Max, du bist doch nicht etwa wütend?«
»Nein. Nein.« Er schüttelte den Kopf. Unsicher stand er auf und ging wie in Trance zur Reling. Sein Baby. Ihm war, als sei ihm ein Stück seines Herzens weggerissen worden. Sein kleines Mädchen. Und der Junge, den er seit so langer Zeit als seinen Sohn betrachtete. Sie waren erwachsen geworden. Tränen stiegen ihm in die Augen. »Ich hätte es wohl merken müssen, nehme ich an«, murmelte er, als Lily einen Arm um ihn legte.
Behutsam zog er sie näher an sich. »Ob sie es auch so schön haben werden wie wir, was meinst du?«
Sie lehnte ihren Kopf an seine Schulter und lächelte. »So schön wie wir kann es niemand haben, Max.«

In dieser Nacht kam er zu ihr. Sie wartete bereits auf ihn. Obwohl sie sich immer wieder gesagt hatte, es sei albern, war sie viel nervöser als am Abend zuvor. Wahrscheinlich lag es daran, daß sie beim ersten Mal die Initiative ergriffen und genau gewußt hatte, was sie wollte.
Doch heute nacht sah alles anders aus.
Sie war dankbar, daß er nicht gleich nach der letzten Vorstellung in ihre Kabine gekommen war, sondern ihr Zeit gelassen hatte, ihr Bühnen-Make-up zu entfernen, das Kostüm

auszuziehen und einen schlichten blauen Morgenrock überzustreifen. Doch gleichzeitig war sie nur noch unsicherer geworden. Ihr Herz schlug viel zu rasch.

Der Nachmittag war wunderschön gewesen. Lily hatte mit ihrer Vermutung recht gehabt. Sie waren durch die Straßen Montreals geschlendert und draußen vor einem Café in der Sonne gesessen. Auf ihrer Frisierkommode stand ein Blumenstrauß, den er für sie bei einem Straßenhändler gekauft hatte.

»Es war ein gutes Publikum heute abend«, meint Roxanne nun und ärgerte sich gleichzeitig über diese belanglose Bemerkung.

»Ja, stimmt.« Mit einer raschen Handbewegung ließ er eine einzelne weiße Rosenblüte in seiner Hand erscheinen.

»Danke«, lächelte sie und versuchte, ihre Nervosität zu bezwingen. Schließlich wußte sie jetzt, was sie zu erwarten hatte und konnte sich auf seine Zärtlichkeiten freuen. Der Schmerz ging schnell vorüber und war nur ein geringer Preis für das herrliche Danach, wenn sie in seinen Armen lag und sich an ihn schmiegen konnte.

Luke sah ihr die Verunsicherung so deutlich an, daß er sich am liebsten immer wieder verflucht hätte für sein gedankenloses Verhalten in der vergangenen Nacht. Aber das nutzte jetzt nichts mehr.

Als er mit einer Hand ihre Wange streichelte, schaute sie ihn an, und er war dankbar, daß in ihrem Blick mehr lag als nur Angst. Und die Angst wollte er ihr nehmen. Mit einer flinken Bewegung ließ er eine Kerze in seiner Hand erscheinen.

Roxanne lachte. »Nicht schlecht.«

»Warte nur ab.« Er ging zur Kommode und zog einen Kristallständer, den er aus dem Speisesaal gemopst hatte, aus der Tasche. Vorsichtig stellte er die Kerze auf und schnippte mit den Fingern. Der Docht flackerte auf.

»Soll ich applaudieren?« fragte Roxanne.

»Noch nicht.« Er schaltete das Licht aus. »Damit kannst du warten, bis die Vorstellung vorüber ist.«

Erneut überkam sie eine leise Unsicherheit. »Aha, demnach habe ich noch mehr zu erwarten?«

»Viel mehr sogar.« Luke war fest entschlossen, sie für seine Gedankenlosigkeit gestern nacht zu entschädigen. Er nahm ihre Hand und drückte seine Lippen auf das schmale Handgelenk, wo ihr Puls wie ein Trommelwirbel schlug. »Ich habe doch gesagt, daß es mehr als eine Möglichkeit gibt, Roxanne.« Zärtlich küßte er ihre Wangen. »Aber genau wie beim Zaubern ist es besser, es zu zeigen, als nur davon zu erzählen.« Er nahm ihr die Rose aus den Fingern. »Ich werde dir nicht wieder weh tun.«

Unsicherheit und Sehnsucht spiegelten sich in ihren Augen. »Es ist in Ordnung«, flüsterte sie.

»Vertrau mir.«

»Das tue ich.«

»Nein, noch nicht«, sagte er und küßte sie . »Aber bald.« Er zog sie in seine Arme.

Unwillkürlich verkrampfte sie sich, obwohl sie sich danach sehnte, seine starken Hände und seine fordernden Küsse zu spüren. Doch heute abend waren seine Lippen sanft und lockend.

»Laß dich von mir entführen.« Er lächelte, als sie unbewußt leise aufstöhnte. »In ein magisches Land.«

Roxanne hatte bereits das Gefühl zu schweben, noch ehe er diesen ersten leidenschaftlichen Kuß beendete und mit seinem Mund zum Ansatz ihrer Kehle glitt, wo ihr Puls unruhig flatterte. Ihre Arme, die sie um seinen Hals schlingen wollte, sanken kraftlos hinab. Und er wußte, sie gehörte ihm.

»Ich möchte dich anschauen«, flüsterte er und streifte sanft ihren Morgenrock ab. »Laß mich dich anschauen.«

Ihre Schönheit nahm ihm fast den Atem, doch er berührte sie nur mit den Fingerspitzen, strich sanft über ihre Haut und genoß das leise Beben, das seine Liebkosung hervorrief.

»Wir haben uns gestern viel zu wenig Zeit gelassen.« Er senkte den Kopf und umkreiste sanft, ganz sanft mit seiner Zuge ihre Brustwarzen. »Vielleicht haben wir es auch wieder einmal eilig.« Er schaute sie an. »Aber jetzt werden wir uns alle Zeit der Welt nehmen, Roxanne.« Seine Hand glitt über ihren Körper bis hinab zu dem lockigen Dreieck zwischen ihren Schenkeln.

Mit wachsender Erregung beobachtete er ihren verschwommenen Blick, hörte ihr abgerissenes Atmen und spürte die warme Feuchtigkeit, die ihm verriet, daß sie längst bereit für ihn war.

»Ich will alles mit dir machen, lauter wundervolle Dinge.«

Er nahm die Rose und strich mit den seidigen Blütenblättern über ihre Brüste, rund um die aufgerichteten Spitzen, ließ sie über ihre Taille und die Hüften gleiten.

»Sag mir, was du gern magst.«

Er hatte sein Hemd und seine Hose abgestreift und war nun genauso nackt wie sie.

»Ich kann nicht.« Sie hob die Hand, um ihn zu berühren. »Mach einfach weiter.«

»Damit?« Er neckte die Spitze ihrer Brust mit der Zunge und nahm sie sanft zwischen die Zähne. Ihr Stöhnen erregte ihn noch mehr.

Es war die reinste Folter und gleichzeitig so köstlich, daß sie es kaum ertragen konnte. Ihre Haut schien unter den Zärtlichkeiten seiner Hände und Lippen zu vibrieren. Als seine Zunge über ihre Schenkel glitt, begriff sie, daß es keinen Zentimeter ihres Körpers gab, den er nicht in Besitz nehmen würde, und daß sie ihm nichts verwehren konnte.

Sie öffnete sich ihm mit einem erwartungsvollen Seufzer, und ganz plötzlich hatte sie das Gefühl, in einem Hitzeschwall zu explodieren, der jede Zelle ihres Körpers erreichte. Ihr Aufschrei verebbte in einem tiefen und wohligen Stöhnen.

Doch er gab sich noch immer nicht zufrieden. Genüßlich streichelte er sie weiter, bis sie glaubte, den Verstand zu verlieren.

Das Seufzen und Stöhnen, die geflüsterten Zärtlichkeiten, das flackernde Kerzenlicht und der sanfte Schein des Mondes, der Duft der Blumen und dieses wahnsinnige Leidenschaft – das alles würde sie nie mehr vergessen.

Es war wundervoll, was er mit ihr machte, genau wie er versprochen hatte, überwältigend und unerträglich.

Und endlich, endlich kam er zu ihr.

Er glitt mühelos in sie hinein, und sie war mehr als bereit, ihn zu empfangen. Ihr Körper bog sich ihm entgegen. Niemals hätte sie geglaubt, daß es solche süßen Empfindungen geben könnte, und als er seinen Rhythmus beschleunigte, wuchs ihr Verlangen bis ins Unermeßliche.

»Roxanne«, keuchte er heiser. Mit aller Gewalt zügelte er seine Leidenschaft. »Schau mich an. Ich will dich dabei ansehen.«

Seine Stimme schien vom anderen Ende eines langen dunklen Tunnels zu kommen, in dem ihr Körper trieb. Seine Augen leuchteten tiefblau.

»Jetzt gehörst du mir.« Leidenschaftlich senkte er seinen Mund auf ihre Lippen, als sie den Gipfel erreichte. Nur mir, dachte er und gönnte sich ebenfalls die Erlösung.

Als der Rausch nach und nach abebbte, wandte sie sich langsam zu ihm, um seinen Mund zu suchen. Er antwortete mit einem unverständlichen Murmeln und rollte ein wenig zur Seite.

»Besser«, seufzte sie, da sie jetzt wieder atmen konnte, und rieb ihre Wange an seiner Brust. »Ich habe nicht gewußt, daß es so sein kann.«

Ihm erging es nicht anders. Aber Luke fürchtete, es würde albern klingen, wenn er es laut sagte, und streichelte ihr nur über das Haar. »Ich habe dir nicht weh getan?«

»Nein. Ich fühle mich ...« Ihr wohliges Seufzen klang wie das Schnurren einer zufriedenen Katze. »Als wäre ich hinauf zum Mond geflogen.« Sie strich über seine Brust und fühlte seine Bauchmuskeln zusammenzucken. Interessant, dachte sie und lächelte verstohlen. Mal sehen, ob sich nicht noch mehr bei ihm rührt.

»Also...« Sie hob den Kopf und grinste verschmitzt. »Wie viele Möglichkeiten gibt es denn nun eigentlich?«

»Laß mir nur ein paar Minuten Zeit, dann zeige ich's dir.«

Übermütig warf sich Roxanne auf ihn. »Warum zeigst du es mir nicht gleich?« schlug sie vor und bedeckte seinen Mund mit ihren Lippen.

DREIZEHNTES KAPITEL

Luke und Roxanne hätten beide heftig abgestritten, daß sie der romantischen Atmosphäre dieser Kreuzfahrt zum Opfer gefallen waren. Das Rauschen des Meeres, die strahlenden Sonnenuntergänge und menschenleere Decks im Mondschein – das alles mochte vielleicht auf andere seine Wirkung haben, doch nicht auf sie. Jede Anspielung, daß sie regelrechte Flitterwochen verlebten, hätten beide vehement abgewehrt. Und dennoch genossen sie es seit drei Wochen ausgiebig, einander zu entdecken und hemmungslos ihre Liebe auszukosten.

Zu seiner Erleichterung merkte Luke, daß er kein eifersüchtiger Narr mehr war. Es gefiel ihm sogar, daß alle Männer sich nach Roxanne umschauten, wenn sie einen Raum betragt, und er beobachtete lächelnd, wie sie mit anderen flirtete – selbstbewußt und stolz, denn er wußte genau, daß sie ihm gehörte.

Roxanne entdeckte, daß aus dem harten, verwirrten Jungen, der er fast sein ganzes Leben lang gewesen war, ein Mann geworden war, der sanft und zärtlich sein konnte, leidenschaftlich, charmant und hingebungsvoll.

Selbst in einem menschenüberfüllten Raum geschah es oft, daß sie alles andere vergaßen und sich, ohne einander zu berühren oder miteinander zu reden, in den Blick des anderen versenkten.

Vielleicht kamen sie deshalb auch beide zu dem Schluß, daß eines noch fehlte, um ihre Flitterwochen perfekt zu machen – ein kleines, prickelndes Unternehmen.

Ihr Diebesblut wurde langsam unruhig. Bislang hatten sie lediglich Mrs. Cassell um einige alte Schmuckstücke erleichtert. Da diese Lady ihre sieben Tage an Bord der *Yankee Princess* damit verbracht hatte, sich unablässig zu beschweren und Jack das Leben zur Hölle zu machen, hatten die Nouvelles es als eine Sache der Ehre betrachtet, ihr einen echten Grund zum Jammern zu geben.

Nur war das Unternehmen leider mehr als simpel gewesen. Roxanne war zwischen zwei Auftritten in Mrs. Cassells Kabine gehuscht und hatte sich den verschlossenen Schmuckkoffer geschnappt, der in einem Stapel halb ausgepackter Gepäckstücke stand. Nach einem Blick auf das Schloß hatte sie ihren Plan geändert. Statt den Koffer Luke zu übergeben, hatte sie ihn mit einer von Mrs. Cassells Haarklemmen geöffnet, den Schmuck eingesteckt, das Köfferchen wieder verschlossen und die Kabine verlassen.
Wie geplant kam Luke ihr bereits entgegen.
»Probleme?«
»Überhaupt nicht.« Lächelnd klopfte sie auf ihre Tasche. »Ich muß nur rasch was aus der Kabine holen«, sagte sie, als er grinste. »Pünktlich auf mein Stichwort bin ich wieder da.«
Luke riß sie in seine Arme, um sie zu küssen, und tastete dabei in ihren Taschen nach der Beute. »Du hast drei Minuten, Roxy.«
Sie brauchte weniger als eine halbe Minute, um alles in dem falschen Boden ihres Schminkkoffers zu verstecken. Es blieb ihr sogar noch Zeit genug, den Lippenstift zu erneuern, den Luke verschmiert hatte, und trotzdem pünktlich zu erscheinen.
Alle waren sich einig, daß der Schmuck erlesen war, nur daß alles so leicht vonstatten ging, trübte ihre Freude ein wenig. Die Nouvelles sehnten sich nach einer Herausforderung.
»Vielleicht sollten wir überlegen, ob in einem der Häfen was zu machen wäre«, meinte Roxanne geistesabwesend. Sie stand neben Lily an Deck. Die neuen Passagiere kamen nach und nach an Bord, tranken ihre Empfangscocktails und machten eifrig Fotos. Luke und Mouse waren zum Olympiastadion gezogen, um sich das Spiel der Expos gegen die Dodgers anzuschauen.
»Das könnten wir wohl.« Lilys Gedanken gingen immer wieder zu Max. Sie war vor Tagesanbruch aufgewacht und hatte ihn mitten unter seinen Büchern auf dem schmalen Sofa entdeckt. Er hatte mit einer Münze gespielt, die ihm beim zweiten Versuch aus den Fingern geglitten war. Die Erinnerung an sein gequältes Gesicht ließ sie

nicht mehr los. Am schlimmsten war es für sie zu wissen, daß sie ihm diese Schmerzen nicht abnehmen konnte.
»Ich dachte an Newport«, fuhr Roxanne fort. »Dort wimmelt es von Villen. Wir könnten uns wenigstens mal ein paar Häuser anschauen.«
»Du bist ihm so ähnlich.« Lily seufzte. »Wenn du nicht gerade mitten in einem Projekt steckst, planst du eines. Nur dann bist du glücklich.«
»Das Leben ist zu kurz, um die Arbeit nicht zu genießen«, lächelte sie schalkhaft. »Und ich liebe meine wahrhaftig.«
»Was würdest du tun, wenn plötzlich alles aus wäre?« Lily spielte nervös mit dem Jadeanhänger, den Max ihr in Halifax gekauft hatte. »Wenn du es nicht mehr könntest ... das Zaubern und das andere?«
»Wenn ich eines Morgens aufwachte und alles sei vorbei? Wenn nur noch der ganz gewöhnliche Alltag bliebe?« Roxanne überlegte und lachte dann. Mit einundzwanzig war die Vorstellung, daß man jemals alt werden könnte, fast absurd. »Meinen Kopf in den ersten verfügbaren Gasherd stecken.«
»Sag so was nicht.« Lily packte ihre Hand und drückte sie so fest, daß es schmerzte. »Sag das nie, nie wieder.«
»War doch nur ein Witz«, erwiderte Roxanne überrascht. »Du müßtest mich besser kennen. Leute, die so etwas machen, haben vergessen, daß nichts für immer dauert. Ganz egal, wie wundervoll oder wie schrecklich etwas ist, irgendwann ist es vorbei.«
»Natürlich.« Lily ließ sie los, aber ihre Kehle war wie zugeschnürt. »Hör nicht auf mein Gerede. Ich glaube, ich bin nur übermüdet.«
Als Roxanne sie näher anschaute, sah sie trotz Lilys sorgfältigem Make-up die leichten Schatten unter ihren Augen. »Ist alles in Ordnung? Fühlst du dich nicht gut?«
»Doch, doch.« Niemand sollte merken, was in ihr vorging. »Nur müde und – ach, es ist albern, aber ich glaube, ich habe ein bißchen Heimweh. Ich habe schon seit Tagen Sehnsucht nach LeClercs Gumbo.«
»Ich weiß, was du meinst«, lächelte Roxanne, denn ihr selbst

erging es nicht anders. »Trotz des großartigen Essens hier würde man nach ein paar Wochen hundert Dollar für einen Cheeseburger und Fritten geben – und zehnmal soviel für einen Tag, an dem man mal mit niemandem reden muß.«

Lily merkte, daß sie unbedingt allein sein mußte, ehe sie doch noch die Fassung verlor. »Also, ich stehle mich jetzt davon.« Mit einem Zwinkern küßte sie Roxanne auf die Wange. »Ich husche für eine Stunde runter in die Kabine, gönne mir eine Gesichtsmaske, ein Fußbad und ein Kapitel aus meinem Liebesroman.«

»Ach, du machst mich richtig neidisch.«

»Ich will dir was sagen. Wenn du solange für mich einspringst, revanchiere ich mich in einer Stunde.«

»Abgemacht. Falls jemand fragt, sage ich, du nähst neue Pailletten auf dein Kostüm.«

»Das ist eine gute Ausrede.« Lily eilte davon.

Roxanne blickte sich auf dem Deck um. Neue Gesichter, dachte sie, lauter neue Gesichter. Sie hatte immer gern Abwechslung gehabt, aber jetzt wünschte sie sich, Luke wäre bei ihr. Es machte viel mehr Spaß, mit ihm gemeinsam die Neuankömmlinge zu beobachten und zu jedem Namen und Geschichten zu erfinden.

Mit einem einstudierten Lächeln drehte sie sich um, als jemand ihren Namen rief – und erstarrte für einen Moment, ehe sie sich wieder gefangen hatte. Sie war schließlich ein Profi.

»Sam. Wie klein die Welt doch ist!«

»Nicht wahr?« Er sah aus, als sei er geradewegs einem Bericht über die passende Bekleidung auf Kreuzfahrten im *Gentleman's Quarterly* entstiegen. Seine gelbbraunen Hosen hatten messerscharfe Bügelfalten, sein Leinenhemd war eines von der Sorte, die mit Absicht zerknittert aussahen und ein Vermögen kosteten, und an den Füßen trug er Docksiders. Er hatte den Arm um eine schlanke, elegante Blondine gelegt. Sie trug bauschige Seidenhosen in einem leuchtenden Blau, das zu ihren Augen paßte, dazu eine weich fallende Bluse in gleicher Farbe. Roxanne musterte beeindruckt die einreihige Perlenkette und den Ring mit dem daumengroßen Saphir.

»Justine, mein Schatz, ich möchte dir eine liebe alte Freundin vorstellen, Roxanne Nouvelle. Roxanne, meine Frau, Justine Spring Wyatt.«

»Wie nett.« Justines Lächeln war freundlich, doch ihre Augen blieben kühl. Rasch schüttelte sie ihr die Hand.

»Ist mir ein Vergnügen.« Die perfekte Frau eines Politikers, dachte Roxanne und betrachtete ihre Ohrringe, die aus zwei tränenförmigen, indigoblauen Steinen an schimmernden Perlen bestanden.

»Ich bin erstaunt, dich hier zu sehen«, meinte Sam. »Und doppelt überrascht, daß du zum Personal gehörst.« Sein Blick streifte das Namensschild an ihrer Brust und verweilte dort ein wenig, ehe er wieder aufschaute. »Hast du mit der Zauberei aufgehört?«

»Absolut nicht. Wir geben Vorstellungen an Bord.«

»Fabelhaft.« Er hatte es natürlich längst gewußt. Und der Gedanke, eine Woche mit den Nouvelles zu verbringen, war unwiderstehlich gewesen. »Roxanne ist nämlich eine ganz ausgezeichnete Zauberin, Justine.«

»Wie interessant.« Ihre Zähne blitzten, als sie ein wenig gönnerhaft lächelte. »Geben Sie auch Vorstellungen auf Kindergeburtstagen?«

»Noch nicht.« Roxanne nahm einen Cocktail vom Tablett eines vorbeikommenden Kellners. »Ist das Ihre erste Reise auf der *Yankee Princess?«*

»Auf diesem Schiff ja. Ansonsten habe ich schon einige Kreuzfahrten hinter mir – in der Karibik, im Mittelmeer und so weiter.« Sie hob eine schmale weiße Hand und spielte geistesabwesend mit ihrem Ring. Das Blitzen und Funkeln der Diamanten, die den Saphir umgaben, brachte Roxannes Blut regelrecht in Wallung – fast wie ein langer, leidenschaftlicher Kuß.

»Wie nett.« Es kostete sie ziemliche Selbstbeherrschung, sich nicht die Lippen zu lecken. »Ich hoffe, Sie genießen diese Kreuzfahrt ebensosehr.«

»Ganz sicher. Ich war begeistert, als Sam vorschlug, auf diese Weise unsere Flitterwochen zu verbringen.«

»Ach, Sie sind frisch verheiratet?« Da sie wußte, daß es ein typisch weiblicher Blick war und niemand als ungewöhnlich auffallen würde, musterte Roxanne Justines Verlobungsring, den ein Stein von gut und gerne zehn Karat zierte, und den Ehering aus Platin, der mit Diamanten besetzt war. Am liebsten hätte sie sie mit ihrer Lupe untersucht. »Wie wundervoll. Gratuliere, Sam.«

»Danke. Ich würde gern deine Familie wiedersehen – und Luke natürlich auch.«

»Du triffst sie ganz sicher noch. War nett, Sie kennenzulernen, Justine. Viel Spaß auf Ihrer Kreuzfahrt.«

Lächelnd schlenderte sie davon. Endlich hatten sie ein passendes Opfer gefunden.

Luke nutzte eine Pause, um in der Sauna unter Deck seine Müdigkeit auszuschwitzen. Er hatte bestimmt nicht mehr als fünf Stunden pro Nacht geschlafen, seit Roxanne in seine Kabine marschiert war und mit wilder Entschlossenheit ihren Willen durchgesetzt hatte.

Er wollte sich beileibe nicht darüber beklagen. Doch hier konnte er in Ruhe seinen Kopf klären und über das nachdenken, was Roxanne ihm am Nachmittag erzählt hatte.

Mr. und Mrs. Samuel Wyatt.

Von allen Kreuzfahrtschiffen auf der ganzen Welt, dachte er mit einer Grimasse, mußten sie sich ausgerechnet dieses aussuchen. Nun ja. Roxanne war hellauf begeistert von der Idee, Braut und Bräutigam um die Klunker der Dame zu erleichtern, aber er war etwas unsicher, ob sie ein solches Risiko eingehen sollten.

Zumindest wollte er sich die Sache zuerst einmal sorgfältig überlegen.

Als sich die Tür der Sauna öffnete, schaute Luke hoch, schloß allerdings gleich wieder die Augen und blieb gegen die Wand gelehnt sitzen.

»Hab schon gehört, daß du an Bord bist, Wyatt.«

»Na, verbringst du immer noch deine Zeit damit, Karnickel aus deinem Arsch zu ziehen?« Sam machte es sich auf der Bank unter Lukes Platz bequem. Ein paar diskrete Erkundigungen hatten genügt, um zu erfahren, wo Luke seine freie Stunde verbrachte. »Und tanzt brav nach der Pfeife des Alten?«

»Hast du je gelernt, wie man mit einer Hand anständig die Karten mischt?«
»Ich habe schon vor einiger Zeit solche Spielereien aufgegeben.«
Luke lächelte. »Die Wahrheit ist, daß du immer ungeschickte Hände hattest – nur kleine Mädchen herumschubsen, das konntest du gut.«
»Ich sehe, du bist nachtragend.« Sam rekelte sich auf der Bank. Als Fitneß in Mode gekommen war, war er von Anfang an mit Eifer dabeigewesen, und seinem Körper sah man die tägliche Übungsstunde mit seinem privaten Trainer an.
Dank seiner Position – und jetzt auch dank des Geldes seiner Frau – konnte er sich alles leisten, was für ein gepflegtes Äußeres erforderlich war: die besten Friseure, regelmäßige Maniküren und gezielte kosmetische Behandlungen. Er entsprach exakt dem Image eines jungen, dynamischen Aufsteigers. Und nun verfügte er auch noch über genügend Wohlstand.
»Merkwürdig«, fuhr er fort. »Roxanne offenbar nicht. Sie war ... sehr freundlich zu mir.«
Im Gegensatz zu früher blieb Luke ganz ruhig. Er war lediglich amüsiert. »Mein Guter, sie würde dich am liebsten glatt in der Luft zerfetzen.«
»Wirklich?« Sam verkrampfte sich unwillkürlich. »Ich könnte mir eher denken, sie würde ziemlich schnell entdecken, daß ich weit besser zu ihr passe. Eine Frau wie sie wüßte einen kultivierten Mann von Welt in angesehener Position sicher zu schätzen – eher als einen, dem es nie so recht gelungen ist, seine rauhen Kanten abzuschleifen. Du bist immer noch ein Versager, Callahan.«
»Ich bin immer noch so manches.« Luke öffnete die Augen und musterte Sams Gesicht. »Gute Arbeit, deine Nase. Niemand käme auf die Idee, daß sie mal gebrochen war.« Er rekelte sich genüßlich und stand auf. »Bis später.«
Sam ballte die Fäuste, als die Tür hinter Luke ins Schloß fiel. Offenbar braucht er eine härtere Lektion, dachte Sam. Ich

sollte vielleicht ein Telegramm an Cobb schicken. Mir scheint, es ist an der Zeit, die Schraube fester anzuziehen. Und zwar sehr viel fester.
»Glaubt mir, das ist einfach ideal.« Verdrossen musterte Roxanne die Gesichter der anderen in der Runde. Die Besprechung in der Kabine ihres Vaters, zu der sie sich zwischen zwei Vorstellungen getroffen hatten, verlief leider nicht so, wie sie es sich erhofft hatte. »Jede Frau, die am hellichten Nachmittag solche Klunker trägt, muß säckeweise davon haben. Und jede Frau, die ein Schwein wie Sam heiratet, verdient es, ausgeplündert zu werden.«
»Das mag ja alles sein.« Max verschränkte seine Finger. Er hatte Mühe, sich zu konzentrieren. »Trotzdem ist es ein Risiko, jemanden zu bestehlen, den man kennt, vor allem, wenn man auf so engem Raum beieinander lebt wie hier auf dem Schiff.«
»Ich sehe da keine Schwierigkeiten«, beharrte Roxanne. »LeClerc, wenn ich dir Fotos und detaillierte Beschreibungen von einigen der besten Stücke besorgte, und du bestellst über deinen Kontaktmann entsprechende Kopien, wie lange würde das dauern?«
»Eine Woche, vielleicht zwei.«
Sie schnaubte entrüstet. »Wenn du richtig Dampf machst!«
Er überlegte. »Na ja, bei entsprechend guter Bezahlung vier oder fünf Tage. Aber dann kommt natürlich noch die Lieferzeit dazu.«
»Dafür gibt's ja Federal Express.« Sie wandte sich wieder an ihren Vater. »Wir tauschen den Schmuck in der letzten Nacht der Kreuzfahrt aus. Bis Justine zu Hause ist und irgendwas merkt, sind wir längst über alle Berge, und niemand kann uns was nachweisen.« Ungeduldig wartete sie auf eine Antwort.
»Daddy?«
»Was?« Max kehrte mit einem Ruck in die Gegenwart zurück und brauchte einen Moment, ehe er den Faden wiedergefunden hatte. »Wir haben viel zu wenig Zeit, um alles ordentlich zu planen.«
Zu seiner Bestürzung merkte er, daß er bei dem Gedanken

an diese Geschichte fast in Panik geriet. Wie sollte er ein solches Unternehmen leiten, wenn er kaum noch klar denken konnte? Die anderen schauten ihn verwundert an.
»Die Antwort lautet nein«, stieß er schroff hervor und sprang auf. Er wollte endlich allein sein und nicht mehr diese betroffenen und mitleidigen Blicke sehen müssen. »Damit Ende der Diskussion.«
»Aber ....«
»Ende«, schrie er. »Noch habe ich hier die Leitung, junge Dame. Wenn ich deine Ratschläge und Anregungen brauche, bitte ich dich darum. Bis dahin gilt, was ich sage. Ist das klar?«
»Sicher.« Aus Stolz verbarg sie, wie entgeistert und verletzt sie war. Er hatte sie noch nie angeschrien. Nie im Leben. Natürlich hatten sie sich manchmal gestritten, aber das waren harmlose Auseinandersetzungen gewesen. Das wutverzerrte Gesicht ihres Vaters erschien ihr plötzlich völlig fremd.
»Wenn du mich nun entschuldigst? Ich will vor der Vorstellung noch einen Spaziergang machen.«
Luke stand auf, als die Tür hinter Roxanne ins Schloß gefallen war. »Du hast natürlich recht damit, die Sache abzulehnen, Max, aber meinst du nicht, du warst ein wenig zu grob mit ihr?«
»Spar dir deine Ratschläge«, fuhr Max ihn an. »Wie ich mit meiner Tochter umgehe, ist nicht deine Angelegenheit. Du schläfst vielleicht mit ihr, aber ich bin ihr Vater. Auch wenn ich dich bei uns aufgenommen habe, heißt das noch lange nicht, daß du dich ungefragt in Familienangelegenheiten einmischen darfst.«
»Max!« rief Lily entsetzte, aber Luke schüttelte nur den Kopf.
»Schon gut, Lily. Ich glaube, ich mache jetzt auch einen Spaziergang.«

Roxanne stand an der Reling und starrte hinaus auf das Meer, in dem sich funkelnd das Licht der Sterne spiegelte. Sie hatte teuflische Kopfschmerzen und drängte mit aller Gewalt die Tränen zurück, die hinter ihren Augen brannten. Sie wollte nicht heulen wie ein kleines Kind, mit dem der Vater geschimpft hatte.

Als sie Schritte herankommen hörte, drehte sie sich um, aber es war nicht Luke, wie sie gehofft hatte, sondern Sam.
»Bezaubernd.« Er griff nach ihrem Haar, das im Wind wehte. »Eine wunderschöne Frau in einer sternklaren Nacht auf See.«
»Suchst du deine holde Gattin?« Sie schaute betont an ihm vorbei. »Ich sehe sie nämlich nirgends.«
»Justine ist keine Frau, die einem Mann ständig auf der Pelle hängen muß.« Er stützte seine Hände auf die Reling, so daß sie zwischen seinen Armen gefangen war. Unwillkürlich überlief ihn ein lustvolles Prickeln. Sie war wunderschön und gehörte einem anderen. Mehr braucht es nicht, um sie zu begehren. »Sie ist attraktiv, elegant, reich und ehrgeizig. In ein paar Jahren wird sie eine ausgezeichnete Figur auf dem Washingtoner Parkett abgeben.«
»Mit solch romantischen Komplimenten hast du sie sicher restlos bezaubert.«
»Manche Frauen ziehen ein offenes Wort vor.« Er beugte sich dichter zu ihr, doch Roxanne stemmte eine Hand gegen seine Brust.
»Ich bin zwar nicht deine Frau, Sam, aber auch mir ist ein offenes Wort lieber. Ich finde dich abstoßend, erbärmlich und plump. Du interessierst mich ungefähr so sehr wie ein totes Stinktier am Straßenrand«, erklärte sie freundlich und lächelte. »Warum verschwindest du nicht, ehe ich noch etwas Beleidigendes sagen muß?«
»Das wirst du bereuen.« Seine Stimme klang ebenfalls ruhig, da mittlerweile noch andere Passagiere über das Deck schlenderten. Doch seine Augen waren eiskalt. »Sehr sogar.«
»Kann ich mir nicht denken. Ich habe es nämlich ungeheuer genossen.« Sie blickte ihn ebenso kühl an, aber in ihren Augen glühte tiefe Verachtung. »Und jetzt geh mir bitte aus dem Weg.«
Vor Zorn vergaß er seine Zurückhaltung. Er packt ihre Arme. »Ich bin noch nicht fertig mit dir.«
»Ich glaube ...« Sie brach ab und schob Sam beiseite, um hastig zwischen ihn und Luke zu springen. »Nicht.« Entschlossen hielt sie Luke zurück.

»Geh rein, Roxanne.«Über ihren Kopf hinweg starrte er Sam an, der längst tot umgefallen wäre, wenn Blicke töten könnten.
»Nein.« Sie wußte, daß er imstande wäre, Sam über Bord zu werfen. Auch wenn ihr die Vorstellung noch so sehr gefiel, mußte sie um jeden Preis verhindern, daß er solch eine Dummheit beging. »Wir haben in ein paar Minuten einen Auftritt. Wenn du ihn schlägst und dir deine Hand verletzt, platzt unsere ganze Nummer.« Sie warf Sam einen wütenden Blick zu. »Verschwinde, oder ich schwöre, ich lasse ihn los.«
»Na gut. Hier ist auch nicht der richtige Ort, um eine Szene zu veranstalten. Es gibt andere Gelegenheiten.« Er nickte Luke zu. »Verlaß dich drauf.«
Roxanne hielt Luke so lange fest, bis Sam unter Deck verschwunden war. »Du verdammter Idiot«, zischte sie.
»Ich?« Er kochte noch immer vor Wut und wiederholte nur: »Ich?«
»Natürlich. Ist dir klar, was du beinah angerichtet hättest? Wie hätten wir zum Beispiel Jack oder dem Kapitän erklären sollen, warum du einen Passagier zusammengeschlagen oder über Bord geschmissen hast?«
»Er hat dich angefaßt. Gottverdammt, als ich kam, hatte er dich gegen die Reling gedrückt. Glaubst du, ich könnte ruhig dabei zusehen, wie jemand dich so behandelt?«
»Was bist du? Sir Callahan? Mein strahlender Ritter? Ich will dir was sagen, Kumpel.« Sie tippte ihm energisch mit einem Finger gegen die Brust. »Ich bin kein schwaches, wimmerndes Weibchen, das man vor dem bösen Drachen retten muß. So was erledige ich selbst, kapiert?«
»Ja, kapiert.«Ungestüm riß er sie an sich und küßte sie, bis sie nicht mehr protestierte und die Arme um ihn schlang.
»Tut mir leid.« Sie vergrub ihr Gesicht an seine Schulter. »Daß ich so wütend war, hatte gar nichts mit diesem Idioten zu tun, und auch nicht mit dir.«
»Ich weiß.« Er küßte ihr Haar. Er hatte ebenfalls Max' Peitsche zu spüren bekommen, und dieser Hieb brannte weit schlimmer als alle Schläge von Cobb.

»So war er noch nie zu mir.« Sie preßte die Lippen zusammen und versuchte, sich zu fangen. »Es ging gar nicht um den Job, Luke. Es war nicht …«

»Ich weiß«, wiederholte er. »Ich habe auch keine Erklärung dafür, Rox, außer daß er vielleicht andere Sorgen hat oder sich nicht gut fühlt. Es gibt bestimmt Dutzende Gründe. Er hat dich schließlich noch nie so angefahren. Du darfst es ihm nicht übelnehmen.«

»Du hast recht.« Sie seufzte. »Ich war hysterisch.« Sanft streichelte sie seine Wange. »Und ich habe es an dir ausgelassen, als du den Macho rausgekehrt hast. Hättest du ihn wirklich für mich zusammengeschlagen, Baby?«

Er grinste erleichtert, da sie offenbar wieder auf andere Gedanken kam. »Darauf kannst du wetten, Süße. Ich hätte ihn zermalmt.«

Sie erschauderte theatralisch und hob ihm die Lippen entgegen. »Von einem richtig starken Kerl lasse ich mich besonders gern küssen.«

»Na, das kannst du haben.«

Selten war ihm ein Weg so schwergefallen wie der Gang durch den schmalen, mit Teppichboden ausgelegten Flur zu Lukes Kabine. Er wußte, daß seine Tochter dort war, zusammen mit dem Mann, den er immer als seinen Sohn betrachtet hatte. Er hob die Hand, um zu klopfen, und ließ sie wieder sinken. Heute abend schmerzten seine Finger, daß es kaum auszuhalten war. Entschlossen klopfte er an die Kabinentür, als wolle er sich dadurch bestrafen.

Luke öffnete und erstarrte förmlich vor Verlegenheit. »Max? Kann ich irgendwas für dich tun?« fragte er betont höflich.

»Ich möchte gern für einen Moment reinkommen, wenn es dir nichts ausmacht.«

Luke zögerte. Zum Glück waren er und Roxanne noch völlig angezogen. »Sicher. Möchtest du einen Drink?«

»Nein, danke.« Mit unglücklicher Miene schaute er zu seiner Tochter. »Hallo, Roxanne.«

»Hey, Daddy.«

Einen Moment lang rührte sich keiner von ihnen – drei Menschen, die so vieles miteinander geteilt hatten. Max merkte, daß alle Worte, die er sich zurechtgelegt hatte, wie weggeblasen waren. »Es tut mir leid, Roxy«, war das einzige, was ihm einfiel. »Ich habe keine Entschuldigung dafür.«

Sie entspannte sich sichtlich. »Ist schon gut.« Für ihn konnte sie sogar ihren Stolz vergessen. Mit ausgestreckten Händen ging sie auf ihn zu. »Ich glaube, ich war eine richtige Nervensäge.«

»Nein.« Beschämt von ihrer Großmütigkeit hob er ihre Hände an seine Lippen. »Du hast nur deine Ansicht vertreten, wie ich es immer von dir erwartet habe. Ich war nicht fair zu dir und schon gar nicht freundlich.« Er lächelte etwas kläglich. »Wenn es dir irgendein Trost ist, dann kann ich dir sagen, daß Lily mich zum erstenmal seit fast zwanzig Jahren angeschrien und mir Schimpfnamen an den Kopf geworfen hat.«

»Ach? Wie hat sie dich denn genannt?«

»Blödmann, zum Beispiel.«

»Na, da muß ich ihr aber mal ein paar bessere Ausdrücke beibringen«, meinte sie und küßte ihn. »Du verträgst dich doch wieder mit ihr?«

»Ich denke, ich habe bessere Karten, wenn ich mich erst wieder mit *dir* vertrage.«

»Ach, das ist schon geschehen.«

»Mit euch beiden.« Max schaute zu Luke.

Roxanne verstand nicht ganz, was er meinte, aber sie ahnte, daß sie die beiden besser allein ließ. »Gut, dann gehe ich mal zu Lily und ebne dir ein bißchen den Weg.« Sie berührte im Vorbeigehen Lukes Arm und verließ die Kabine.

»Es gibt manches, was ich dir sagen muß.« Hilflos wie selten zögerte Max. »Ich glaube, ich nehme doch einen Drink.«

»Sicher.« Luke holte eine kleine Flasche Brandy aus der untersten Kommodenschublade. »Cognacschwenker gibt's leider keine.«

»Es geht auch so.«

Luke goß drei Finger hoch Brandy in Wassergläser. »Du willst sicher einiges über mich und Roxanne sagen«, begann er. »Ich wundere mich, daß du das nicht schon längst getan hast.«

»Es fällt mir schwer, es zuzugeben, aber ich wußte nicht, wie. Was ich heute nachmittag gesagt habe ...«

»Du hat mit Rox gestritten, nicht mit mir.«

»Luke.« Max legte ihm bittend eine Hand auf den Arm und schaute ihn voller Bedauern an. »Sei nicht so abweisend zu mir. Ich war wütend, aber im Zorn kommt nicht immer die Wahrheit ans Licht. Ich habe dich verletzt, weil mir etwas ganz anderes sehr zu schaffen machte, und ich schäme mich deswegen.«

»Vergiß es.« Luke stellte sein Glas ab und stand auf. »Es war bloß ein Wutausbruch, mehr nicht.«

»Glaubst du etwa das, was ich im Zorn gesagt habe, mehr als das, was ich dir all die Jahre über gesagt und gezeigt habe?«

Luke schaute ihn an, und seine Augen waren wieder die des wilden, unbesonnenen Jungen. »Ich verdanke dir alles, mein ganzes Leben. Du schuldest mir nichts.«

»Ein Jammer, daß Menschen nicht erkennen, welche Macht Worte besitzen. Sie würden sonst vorsichtiger damit umgehen. Es ist leichter für Roxanne, mir zu vergeben, weil sie nicht an meiner Liebe gezweifelt hat. Ich hatte gehofft, auch du würdest nie einen Grund haben, daran zu zweifeln.« Max stellte sein unberührtes Glas zur Seite. »Du bist der Sohn, den Lily und ich nie haben konnten. Kannst du verstehen, daß ich oft vollkommen vergessen habe, daß du nicht mein leibliches Kind bist? Und daß es mir, wenn ich mich wieder daran erinnerte, völlig gleichgültig war?«

Luke schwieg einen Moment lang. Er brachte kein Wort heraus. Dann setzte er sich langsam aufs Bett. »Ja. Denn es hat Zeiten gegeben, in denen ich es ebenfalls fast vergessen habe.«

»Und möglicherweise konnte ich deshalb nur sehr schwer akzeptieren, was sich zwischen dir und meiner Tochter entwickelt.«

Luke lachte auf. »Es hat mir selbst ganz schön zu schaffen gemacht, so sehr, daß ich sie fast weggeschickt hätte.« Er schaute auf. »Aber ich konnte nicht, Max, nicht einmal dir zuliebe.«

»Es hätte auch keinen Sinn gehabt.« Er verstand seine beiden Kinder. Er legte eine Hand auf Lukes Schulter und drückte sie fest. »Gratislektion«, murmelte er, und Luke lächelte.
»Liebe und Magie haben sehr viel gemeinsam. Sie bereichern die Seele, erfreuen das Herz – und beide verlangen, daß man unermüdlich daran arbeitet.«
»Ich werde es beherzigen.«
»Tu das.« Max wollte zur Tür gehen, aber er blieb stehen, als ihm ein Gedanke kam. »Ich hätte gern Enkelkinder«, sagte er. »Ja, ich hätte sehr gern Enkelkinder.«
Luke starrte ihn nur sprachlos an.

VIERZEHNTES KAPITEL

Sam war recht zufrieden damit, daß sich seine Pläne entwickelten. Er war gesellschaftlich hoch angesehen und verfügte über einigen Einfluß in Washington. Als rechte Hand des Senators hatte er sein eigenes, elegant eingerichtetes Büro und eine eigene Sekretärin, die stets genau wußte, wo sich nützliche Informationen aufstöbern ließen.

Er plante, innerhalb von sechs Jahren die Position des Senators zu übernehmen. Die nötigen Grundlagen besaß er – jahrelange aufopfernde Arbeit im Staatsdienst, gute Kontakte in Washington, in der Geschäftswelt und bei den einfachen Leuten von der Straße.

Angesichts dieser vielen Vorteile wäre Sam beinahe schon bei der bevorstehenden Wahl angetreten. Aber er hatte erkannt, daß etwas Geduld sinnvoller war. Seine Jugend sprach im Augenblick noch gegen ihn, und nicht wenige hätten es ihm verübelt, wenn er gegen diesen alten Knacker Bushfield kandidiert hätte.

Daher richtete er seinen Blick ganz auf die neunziger Jahre. Er hatte Justine Spring, der wohlhabenden Erbin einer Warenhauskette mit tadellosem Aussehen und makelloser Herkunft, den Hof gemacht und sie geheiratet. Sie war Mitglied bei den richtigen wohltätigen Organisationen, konnte ohne eine Miene zu verziehen eine Dinnerparty für fünfzig Gäste planen und besaß zusätzlich den Vorteil, daß sie auf Fotos traumhaft zur Geltung kam.

Als Sam ihr den Ehering ansteckte, war er sich bewußt gewesen, daß er einen weiteren wichtigen Schritt geschafft hatte. Die Amerikaner hatten es lieber, wenn die führenden Männer der Nation verheiratet waren. Wenn seine Planung aufging, würde er sich als stolzer Vater seines ersten Kindes um einen Sitz im Senat bewerben, und Justine würde gerade mit dem zweiten und letzten Kind schwanger sein, was sich besonders gut in den Medien machte.

Sam sah sich ganz in der Nachfolge Kennedys – natürlich nicht, was die Politik anging. Die Zeiten hatten sich geändert. Aber die Jungenhaftigkeit, das gute Aussehen, die hübsche Frau und die kleine Familie – das paßte genau ins Bild. Und es würde funktionieren, weil er das Spiel kannte. Mit langsamen, exakt kalkulierten Schritten würde er die Leiter zum Weißen Haus emporsteigen. Zur Hälfte hatte er es bereits geschafft.

Nur eines quälte ihn – der Gedanke an die Nouvelles. Sie waren die letzten Stolpersteine, die er noch aus dem Weg räumen mußte. Ganz abgesehen davon, daß er sich auch aus persönlichen Gründen an ihnen rächen wollte. Es war wichtig, sie derart fertigzumachen, daß sämtliche Wahrheiten, die sie über seinen Charakter ausplaudern konnten, als Hirngespinste abgetan werden würden.

Er hatte reichlich Zeit gehabt, sie auf der Kreuzfahrt aus nächster Nähe zu beobachten, und während er behaglich im luxuriösen Helmsley Palace in New York saß, wo bald die Feierlichkeiten anläßlich des einhundertjährigen Geburtstags der Freiheitsstatue beginnen sollten, konnte er in Ruhe seine Eindrücke ordnen.

Der alte Mann wirkte müde. Sam wußte noch, wie blitzschnell er vor einem Jahrzehnt mit seinen Händen gewesen war, und heute? Interessant war außerdem, daß er soviel Zeit damit verbrachte, nach diesem komischen Stein zu suchen.

Sam schrieb *Der Stein der Weisen* auf das elegante Briefpapier des Hotels und umkreiste die Worte. Vielleicht wäre es nicht schlecht, einige seiner Männer mit Nachforschungen nach diesem Stein zu beauftragen.

Lily war noch immer ganz die alte – geschmacklos, viel zu jugendlich gekleidet und noch genauso naiv. Er hatte ihr eines Tags lange an Deck Gesellschaft geleistet, wo sie sich überglücklich darüber gezeigt hatte, daß er es im Leben zu etwas gebracht hatte.

Als Sam sich seine Eindrücke von Roxanne in Erinnerung rief, fand er es schwer zu glauben, daß sich das magere hochaufgeschossene Mädchen mit der wilden Mähne in eine solch hinreißende Frau verwandelt hatte. Man konnte fast an Zauberei glauben. Ein Jammer, daß er nicht die Möglichkeit gehabt hatte, seine Netze nach ihr auszuwerfen, ehe er Justine kennenlernte. Er hätte es genossen, sie zu verführen und all das mit ihr zu treiben, was seine hübsche, aber leidenschaftslose Frau schockierend und abstoßend fand.

Aber solche Gedanken, selbst wenn sie noch so verlockend waren, durfte er sich gar nicht erst leisten. Der Vorfall auf dem Schiff hätte um ein Haar in einer Szene geendet, die einem Mann des öffentlichen Lebens – zumal einem verheirateten Mann – schlecht zu Gesicht stand.

Womit er zu Luke kam. Immer wieder Luke. Bei ihm lag der Schlüssel zu den Nouvelles. Mouse und LeClerc waren unbedeutende Randfiguren. Sie zählten nicht. Aber Luke zu vernichten, würde den Nouvelles das Genick brechen. Außerdem wäre es ein ganz besonderer Genuß für ihn.

Die Sache mit Cobb verlief leider nicht so, wie Sam es sich erhofft hatte. Es hatte Jahre gedauert, bis er es sich finanziell leisten konnte, Detektive zu engagieren, um Nachforschungen über Lukes Herkunft anzustellen. Und es hatte ihn eine beträchtliche Summe gekostet.

Doch dann betrachtete er es als eine Investition in die Zukunft und als Baustein für seine mögliche Rache. Es war ein unglaublicher Glücksfall, daß Lukes Mutter eine alkoholkranke Hure war, aber Cobb – das war das krönende Sahnehäubchen.

Sam schloß die Augen und dachte an jene schäbige Bar am Hafen, in der die erste Begegnung stattgefunden hatte.

Es hatte nach Fisch und Urin gerochen, nach billigem Whiskey und Tabak. Am anderen Ende des Raumes knallten lautstark Billardkugeln gegeneinander, und die Männer am Spieltisch warfen mürrische Blicke zu ihm herüber.

Eine verlebte Hure saß allein an der Theke und wartete auf Kundschaft. Abschätzig hatte sie Sam gemustert, ehe sie sich wieder ihrem Whiskey zuwandte.

Sam hatte sich bewußt eine dunkle Ecke ausgewählt. Er trug einen Hut, tief ins Gesicht gezogen, und einen unförmigen

Mantel, der seine Gestalt verbarg. Es war reichlich kühl in der Bar. Schneeregen trieb von draußen an die Fensterscheiben. Aber Sam schwitzte trotzdem vor Aufregung.
Er sah Cobb hereinkommen und beobachtete, wie er seinen Gürtel mit der breiten Schnalle hochzog, ehe er sich umschaute. Als er die Gestalt in der Ecke erblickt hatte, nickte er und schlenderte bemüht lässig zur Theke. Er brachte ein Glas Whiskey mit zum Tisch.
»Sie wollen was Geschäftliches mit mir besprechen?« fragte er schroff, noch bevor er seinen ersten Schluck genommen hatte.
»Ich habe ein Angebot für Sie.«
Cobb zuckte die Schultern und versuchte, gelangweilt dreinzublicken. »So?«
»Ich glaube, wir haben einen gemeinsamen Bekannten.« Sam ließ seinen eigenen Drink unberührt auf dem Tisch stehen. Er hatte mit leichtem Ekel bemerkt, daß das Glas nicht allzu sauber war. »Luke Callahan.«
Die Überraschung war Cobb deutlich anzusehen, obwohl er antwortete: »Kann ich nicht behaupten.«
»Wir wollen die Sache nicht unnötig komplizieren. Sie treiben es seit Jahren mit Callahans Mutter, selbst heute noch hin und wieder. Sie haben früher mit ihr zusammengelebt und waren so was wie – ein inoffizieller Stiefvater. Damals haben Sie sich manchmal als Zuhälter betätigt und es auch mal im Pornogeschäft probiert, wobei Sie sich auf Kinder und Halbwüchsige spezialisiert hatten.« Cobbs Gesicht wurde rot. »Ich hab keine Ahnung, was dieser undankbare Scheißer Ihnen erzählt hat, aber ich habe ihn gut behandelt. Hab ihn ernährt und ihm gezeigt, wo's langgeht.«
»Was seine Spuren hinterlassen hat, wie ich selbst gesehen habe.« Sam lächelte so breit, daß seine weißen Zähne blitzten.
»Der Junge brauchte Disziplin.« Nervös kippte Cobb noch einen Schluck Whiskey hinunter. »Ich hab ihn im Fernsehen gesehen. Ist jetzt 'ne große Nummer. Hab aber nicht erlebt, daß er mir oder seiner alten Dame wenigstens mal was zugesteckt hätte für all die Jahre, die wir für ihn gesorgt haben.«

Genau das hatte Sam gehofft – Verbitterung, Groll und Neid. »Sie finden also, er schuldet Ihnen was?«

»Verdammt richtig.« Cobb beugte sich vor, konnte aber in der dämmrigen, verrauchten Bar Sams Gesicht nur undeutlich erkennen. »Falls er Sie hergeschickt hat, damit ...«

»Niemand hat mich hergeschickt. Auch mir ist Callahan etwas schuldig geblieben. Sie könnten mir ein wenig behilflich sein.« Sam griff in seine Tasche und zog einen Umschlag heraus. Cobb griff danach und glotzte auf die fünfhundert Dollar in gebrauchten Zwanzigern.

»Was wollen Sie dafür?«

»Befriedigung. Ich habe an folgendes gedacht ...«

Und so hatte Cobb seine Reise nach New Orleans unternommen.

Leider hatten die Erpressungen nicht die erhoffte Wirkung gezeigt. Kommentarlos zahlte Luke die geforderten dreißig- oder vierzigtausend im Jahr. Da Sam sich genau darüber informiert hatte, welches Einkommen Luke jährlich versteuerte, wollte er nun den Einsatz erhöhen. Wenn Luke nach New Orleans zurückkehrte, würde dort schon eine schlichte weiße Postkarte auf ihn warten. Diesmal lautete die Zahl darauf zehntausend.

Nach einigen solcher Zahlungen mußte er zweifellos am Ende sein.

Wütend zerknüllte Luke die weiße Karte in der Faust und warf sie quer durch den Raum.

Zehntausend Dollar. Aber nicht die Summe an sich versetzte ihn in Panik, denn Geld hatte er genug und konnte sich leicht mehr verschaffen. Es war die Erkenntnis, daß Cobb erstens nie Ruhe geben würde und zweitens immer habgieriger wurde.

Das nächste Mal konnten es zwanzigtausend oder dreißigtausend sein.

Soll der Dreckskerl doch zu den Zeitungsfritzen gehen, dachte er. Was scherten ihn irgendwelche miesen Schlagzeilen.

DIE SCHRECKLICHE KINDHEIT
DES MEISTERZAUBERERS

Na und?

HEUTE ENTFESSELUNGSKÜNSTLER,
FRÜHER STRICHER

Und wenn schon!

DIE PERVERSE DREIECKSBEZIEHUNG DER NOUVELLES
Zauberer hat Affäre mit Lehrmeister
und dessen Tochter

O Gott. Luke rieb sich mit den Händen über das Gesicht und versuchte nachzudenken. Er hatte ein Recht auf sein Leben, verdammt? Das Leben, das er sich Stück für Stück erkämpft hatte, seit er aus dieser verkommenen Wohnung weggelaufen war – mit zerschlagenem Rücken und gequält von dem Gedanken an das Vergangene.

Er könnte es nicht ertragen, wenn das alles ans Licht gezerrt würde. Er wollte nicht hilflos zusehen müssen, wie die einzigen Menschen, die er je geliebt hatte, mit diesem Dreck besudelt wurden. Und trotzdem geriet er jedesmal ein Stück tiefer in den Sumpf, wenn er brav auf diese Postkarten antwortete.

Es gab natürlich eine Alternative, über die er bisher nicht nachzudenken gewagt hatte. Luke nahm eine Teetasse und betrachtete das zierliche Veilchenmuster auf dem cremefarbenen Porzellan. Geträumt hatte er davon, aber nie ernsthaft darüber nachgedacht. Er konnte nach Miami fliegen, Cobb aus seinem Loch locken und endlich das tun, wonach er sich jedesmal gesehnt hatte, wenn der Gürtel auf seinen Rücken geklatscht war. Er konnte ihn töten.

Die Tasse zerbrach in seiner Hand, aber Luke rührte sich nicht, obwohl das Blut aus der Wunde quoll. Dieses Bild hypnotisierte ihn förmlich.

Ja, er konnte ihn töten.

Ein Klopfen an der Tür brachte ihn abrupt in die Wirklichkeit zurück, daß er Mühe hatte, seine Gedanken abzuschütteln, als er öffnete.

»Hallo!« Roxannes Haar war tropfnaß, und das T-Shirt klebte an ihrem Körper. Sie duftete so wunderbar wie eine regennasse Sommerwiese. »Wie wär's, hättest du Lust auf ein Picknick?« fragte sie und küßte ihn.
»Ein Picknick?« Nachdem er die Tür hinter ihr geschlossen hatte, deutete er auf den strömenden Regen draußen vor dem Fenster. »Na ja, ich nehme an, bei einem solchen Wetter gibt es wenigstens keine Ameisen.«
»Gegrillte Hähnchenschenkel«, sagte sie und hielt eine Pappschachtel hoch.
»Ach ja?«
»Und außerdem habe ich eine große Schüssel von LeClercs Kartoffelsalat aus dem Kühlschrank stibitzt. Dazu gibt es einen guten weißen Bordeaux.«
»Mir scheint, du hast an alles gedacht. Außer an den Nachtisch.«
Mit einem verschmitzten Blick kniete sie sich auf den Teppich. »Oh, daran habe ich auch gedacht. Hol du uns erst mal ein paar Gläser und ... was ist das denn?« Sie hob eine zerbrochene Porzellanscherbe hoch.
»Ich – ich hab eine Tasse zerbrochen.«
Als er sich bückte, um die Scherben aufzulesen, sah sie das Blut auf seiner Hand. »Was hast du gemacht?« Mit dem Saum ihrer Bluse tupfte sie es hastig weg.
»Nur ein Kratzer, Frau Doktor.«
»Mach keine Witze.« Aber sie sah mit Erleichterung, daß es wirklich nur eine kleine Wunde war. »Deine Hände sind immerhin einiges wert – beruflich, meine ich.«
Er strich mit einem Finger über die Rundung ihrer Brüste. »Nur beruflich?«
»Ja. Allerdings habe ich zugegebenermaßen auch ein persönliches Interesse an ihnen.« Nachdem sie ihm einen Kuß gegeben hatte, setzte sie sich wieder auf den Boden. »Wie ist es nun mit Gläsern – und einem Korkenzieher?«
Er stand auf, um in die Küche zu gehen. »Zieh dir inzwischen besser ein trockenes Hemd über. Du tropfst sonst noch den ganzen Kartoffelsalat voll.«
»Nur keine Sorge.« Das durchweichte T-Shirt landete klat-

schend einen Schritt hinter ihm auf dem Fußboden. Luke grinste, und seine Anspannung löste sich. Scheint ein interessantes Picknick zu werden, dachte er. Hühnchen, Kartoffelsalat und eine nasse, halbnackte Frau. »Ich liebe praktisch veranlagte Frauen.«

Es war dunkel, die Luft war schwer, und es stank nach Schweiß. Von vier Seiten umgaben ihn Wände, und die Decke hing so tief herab wie der Deckel eines Sargs.

Es gab keine Tür, kein Schloß, kein Licht.

Er wußte, daß er nackt war. Die drückende Hitze lastete auf ihm wie ein tonnenschweres Gewicht. Etwas lief über ihn hinweg. Eine entsetzliche Sekunde lang befürchtete er, es seien Spinnen. Aber es war nur ein Rinnsal Schweiß.

Er versuchte ganz, ganz still zu sein, doch sein angestrengtes Atmen hallte förmlich von den Wänden wider.

Sie würden kommen, wenn er nicht still war.

Aber er konnte nichts dagegen machen, daß sein Herz so panisch in seiner Brust donnerte, und immer wieder ein ersticktes Keuchen aus seiner Kehle drang.

Seine Hände waren gefesselt. Das Seil schnitt in seine Gelenke, als er daran zerrte, um sich zu befreien. Er roch Blut und schmeckte seine Tränen. In seinen abgeschürften Handgelenken brannte der Schweiß wie Feuer.

Er mußte raus. Irgendwie mußte er entkommen. Aber es gab keine Falltür, keinen kunstvollen Mechanismus, kein geheimes Brett, das bei seiner Berührung zur Seite gleiten würde.

Er war ja nur ein Kind. Und es war so schwer zu denken, so schwer, stark zu sein. Der Schweiß erstarrte zu kleinen Eiskristallen auf seiner Haut, als er plötzlich merkte, daß er nicht allein in der Kiste war. Er hörte das erregte Atmen dich neben sich, roch den sauren Gestank nach Gin.

Er heulte auf wie ein Wolf, als die Hände ihn packten, warf sich hin und her, zuckte, bäumte sich auf.

»Du tust gefälligst, was man dir gesagt hat. Du tust, was man dir gesagte hat, du kleiner Dreckskerl.«

Ein Gürtel sauste zischend auf ihn herab, er fuhr schreiend hoch, und einen Moment lang sah er nichts als Dunkelheit.

Auf seiner Haut brannte noch der Gürtelhieb – und dann griff jemand nach ihm.
Mit geballten Fäusten und gefletschten Zähnen zuckte er zurück – und schaute in Roxannes verblüfftes Gesicht.
»Du hattest einen Alptraum«, sagte sie ruhig, obwohl ihr das Herz bis zum Hals schlug. Er sah aus, als sei er nicht bei Sinnen. »Es war bloß ein Traum, Luke. Aber jetzt ist es vorbei.«
Allmählich fand er sich wieder in der Wirklichkeit zurück und schloß stöhnend die Augen. Sie spürte sein Zittern, als sie ihn vorsichtig an der Schulter berührte. »Du hast um dich geschlagen. Ich konnte dich gar nicht wach bekommen.«
»Tut mir leid.« Fahrig rieb er sich mit der Hand über das Gesicht.
»Du brauchst dich nicht zu entschuldigen.« Sanft strich sie ihm das schweißfeuchte Haar aus der Stirn.
Er griff nach der Flasche und trank einen Schluck Wein.
»Erzählst du's mir?«
Er schüttelte nur den Kopf. Es gab Dinge, die er niemandem erzählen konnte, nicht einmal ihr. »Es ist vorbei.«
In seiner Wange zuckte ein nervöser Muskel. Roxanne strich behutsam mit einem Finger darüber.
»Soll ich dir ein Glas Wasser holen?«
»Nein.« Er griff nach ihrer Hand, ehe sie aufstehen konnte, und hielt sie so fest, als könne er es nicht einmal ertragen, wenn sie nur ins nächste Zimmer ginge. »Bleib einfach bei mir, okay?»
»Okay.« Sie schlang ihre Arme um ihn.
Ihre Nähe vertrieb die letzten Reste des Alptraums. Sehnsüchtig vergrub er sein Gesicht an ihrer Schulter.
»Es regnet immer noch«, murmelte er.
»Hmm.« Sie streichelte seinen Rücken, der die Spuren der alten Narben trug. »Ich habe das Geräusch gern, und wenn das Licht so sanft ist und die Luft so schwer, ist es noch schöner.«
Er schaute nach draußen und sah vor der Terrassentür die leuchtenden Geranien, die sich standhaft gegen das Unwetter behauptet hatten. »Ich habe rote Blumen immer am liebsten

gehabt, ohne eigentlich zu wissen, warum. Dann habe ich eines Tages erkannt, daß sie mich an dein Haar erinnern. Und da habe ich gewußt, daß ich dich liebe.«
Sie hielt inne, und ihr Herz machte vor Freude einen Satz. »Ich hätte nie geglaubt, daß du mir das jemals sagen würdest.« Mit einem unsicheren Lachen küßte sie seine Kehle. »Ich habe schon überlegt, ob ich zu Madame gehen und um einen speziellen Trank bitten soll.«
»Ich brauche keine Zaubertränke, nur dich.« Er schaute ihr in die Augen. »Ich hatte Angst, es zu sagen. Diese drei Worte sind wie ein Zauberspruch, der alle erdenklichen Komplikationen auslösen kann.«
»Zu spät«, lachte sie. »Jetzt ist er ausgesprochen worden.« Sie nahm seine Hände. »Ich liebe dich auch, und es gibt nichts, was daran etwas ändern könnte. Keine Hexerei und keine Zaubersprüche.«
»Daran soll sich auch niemals etwas ändern.«
Eines war ihm in diesem Moment klargeworden: Er würde Cobb bezahlen, sich notfalls mit dem Teufel persönlich anlegen, um Roxanne zu schützen und ihr gemeinsames Glück zu bewahren. Sie sah das rasche Aufblitzen in seinen dunklen Augen. »Ich brauche dich, Roxanne.« Er ließ ihre Hände los, um sie näher an sich zu ziehen. »Gott, wie sehr ich dich brauche.«
Die Stärke seines Verlangens sprang wie ein Buschfeuer auf sie über und entzündete ihre Leidenschaft, bis eine verzehrende Hitze sie erfaßt hatte.
Er packte ihre Hände und hielt sie fest, während er mit seinem Mund ihren Körper erforschte, und sie genoß dieses berauschende Gefühl, ganz in Besitz genommen zu werden. Mehr, mehr, war alles, was sie denken konnte.
Sie riß sich los und fiel wie besessen mir ihren Küssen über ihn her. Er zitterte unter ihren Berührungen, und das Bewußtsein ihrer Macht erhöhte noch ihr Vergnügen. Er hatte ihr alles beigebracht, sie alle Spielarten gelehrt, und nun war aus der Schülerin eine Meisterin geworden.
Mit einem tiefen, atemlosen Lachen antwortete sie auf sein halblautes Stöhnen. Sie erschien ihm wie eine verführerische Hexe.

»Roxanne«, keuchte er abgerissen. »Mach. Um Gottes willen.«
»O nein, Callahan. Ich bin noch längst nicht mit dir fertig.« Sie neckte seine Brustwarzen mit ihren Lippen und glitt tiefer über seinen Brustkorb, über seinen angespannten Bauch, bis er einen wilden Fluch ausstieß.
Sein Verlangen war wie ein rasendes Tier, das mit aller Gewalt um Befreiung kämpfte. Aber sie hielt es in Schach und verhinderte immer wieder den letzten entscheidenden Schritt.
»Du bringst mich um«, stieß er hervor.
»Ich weiß.« Genüßlich trieb sie ihn mit flinken Berührungen ihrer Zunge bis kurz vor den Gipfel und hörte dann wieder auf.
»Sag es mir noch mal.« Ihre Augen glühten. »Sag es mir jetzt, wo du mich so sehr begehrst, daß es dich fast zerreißt. Sag es mir.«
»Ich liebe dich.« Er packte mit unsicheren Händen ihre Hüften, als sie sich auf ihn setzte.
»Die magischen Worte«, flüsterte sie und nahm ihn in sich auf.
Mit geschlossenen Augen warf sie den Kopf zurück und genoß vollkommen regungslos dieses Gefühl, ihn zu spüren.
Nie würde er diesen Anblick vergessen – diese sanft gebräunte Haut, ihre halbgeöffneten Lippen, die geschlossenen Augen und das wildzerzauste Haar, das wie ein feuriger Wasserfalls über ihren Rücken fiel.
Plötzlich erschauderte sie in einem raschen, ungestümen Orgasmus. Ein langsames tiefes Stöhnen kam von ihren Lippen, und mit einem versonnenen Lächeln öffnete sie die Augen wieder.
Sie griff nach seinen Händen und ritt ihn wie eine Besessene, bis sie schließlich kraftlos auf ihn hinabsank.
Der Regen hatte aufgehört, und die ersten schwachen Sonnenstrahlen erhellten das Zimmer.
»Zieh zu mir«, sagte er und strich ihr über das Haar.
Sie hob den Kopf und lächelte. »Meine Koffer sind längst gepackt.«

Er grinste und kniff sie verspielt in ihren hübschen Hintern. »Ganz schön selbstsicher, was?«
»Und ob. Ich habe nur eine Frage.«
»Welche?«
»Wer übernimmt das Kochen?«
»Na ja.« Während er sie behutsam streichelte, suchte er nach einer guten Ausrede. »Ich lasse alles anbrennen.«
»Ich auch«, erwiderte Roxanne prompt.
»Und mit Restaurants sieht es hier in der Gegend schlecht aus.«
»Ja«, grinste sie. »Da haben wir leider Pech.«
Sie schmiegte sich wieder in seine Arme. Wenn die Frage, wie sie ihren Hunger stillen sollten, ihr größtes Problem war, konnten sie wahrhaftig zufrieden sein.

FÜNFZEHNTES KAPITEL

Trotz aller Gegensätze klappte ihr Zusammenleben reibungslos. Immerhin kannten sie sich seit Jahren und waren vertraut mit den Gewohnheiten, den Fehlern und Eigenheiten des anderen.

Sie stand im Morgengrauen auf – er zog sich noch einmal die Decke über den Kopf. Er duschte endlos, wobei er das ganze heiße Wasser verbrauchte – sie nahm Bücher mit in die Badewanne und blieb, in einen Roman versunken, im Schaum liegen, bis das Wasser kalt wurde.

Rockmusik dröhnte aus der Stereoanlage, wenn Luke die Auswahl bestimmte – und seelenvoller Blues, wenn es nach Roxanne ging.

Doch sie hatten auch vieles gemeinsam. Keinem von ihnen wäre es je eingefallen, sich darüber zu beschweren, einen bestimmten Teil einer Nummer immer und immer wieder zu üben. Sie schwärmten beide für die Cajun-Küche, für Filme aus den vierziger Jahren und liebten lange ziellose Wanderungen durch das Viertel.

Und sie brüllten beide, wenn sie sich stritten – was im Laufe der nächsten Wochen häufig vorkam.

Doch dadurch blühten sie geradezu auf. Die Reibereien gehörten ebenso zu ihrer Beziehung wie das Atmen, und beide hätten es bedauert, wenn es sie nicht gegeben hätte.

Während die feuchte Augusthitze sich über New Orleans senkte, stritten und vertrugen sie sich in schöner Regelmäßigkeit. Sie knurrten und fauchten sich an, und oft endete alles in übermütigem Gelächter.

Zu ihrem Geburtstag schenkte er ihr einen eleganten Zauberstab aus Amethyst, mit dünnem Silberdraht umwickelt und mit Rubinen, Zitrinen und tiefblauen Topazen besetzt. Sie legte ihn auf den Tisch am Fenster, und wenn die Sonne darauf schien, pulsierten funkelnde Blitze durch das Zimmer.

Sie waren rasend verliebt und teilten alles miteinander. Alles, bis auf das Geheimnis, für das Luke jeden Monat mit einem Barscheck über zehntausend Dollar zahlte.
Max hatte eine Zusammenkunft einberufen, aber er ließ sich Zeit, mit der Besprechung anzufangen. Zufrieden nippte er an LeClercs heißem, mit Zichorien gewürztem Kaffee und genoß es, wieder einmal seine ganze Familie um sich versammelt zu sehen. Daß Roxanne und Luke nicht mehr unter seinem Dach lebten, hatte ihm mehr zu schaffen gemacht, als er jemals angenommen hätte. Dabei wohnten sie nur ein kleines Stück entfernt.
Trotzdem bedrückte es ihn, daß sich innerhalb kurzer Zeit so vieles geändert hatte. Seine Kinder waren keine Kinder mehr, und seine Hände mit den steifen Fingern wollten ihm immer seltener gehorchen.
Selbst seine Gedanken schienen ihm zu entgleiten, was ihn am meisten erschreckte. Manchmal mußte er innehalten und sich mühsam besinnen, da er völlig den Faden verloren hatte. Das alles lag wahrscheinlich nur daran, daß er so vieles im Kopf hatte. Dadurch erklärte sich auch, warum er sich auf dem Weg zum Französischen Markt verlaufen und völlig ratlos in einer Stadt gestanden hatte, die er fast sein ganzes Leben lang kannte. Und warum sollte er sonst immer wieder alles mögliche vergessen, wie den Namen seines Börsenmaklers, oder wo LeClerc seit Jahren die Kaffeetassen aufbewahrte?
Aber heute, als er alle um sich versammelt sah, fühlte er sich geradezu wie neugeboren, und er begann mit zuversichtlicher Stimme zu sprechen.
»Ich glaube, ich habe etwas Interessantes für uns entdeckt. Eine besondere Juwelensammlung.« Er bemerkte, daß Roxanne zu Luke hinüberblickte. »Vor allem interessiert mich der Saphirschmuck dieser Kollektion. Die Dame scheint eine Schwäche für diese Steine zu haben, aber es gibt auch noch ein recht elegantes Halsband aus Perlen und Diamanten, das nicht zu verachten ist. Natürlich ist das nur ein kleiner Teil der Kollektion, aber, wie ich glaube, genug für unsere Bedürfnisse.«
»Wie viele Stücke?« Roxanne zog ein Notizbuch aus ihrer

Handtasche, um sich die nötigen Informationen zu notieren. Max strahlte vor Stolz über seine tüchtige und praktische Tochter.

Er verschränkte seine Hände und bemerkte, daß jetzt, da es wieder etwas zu tun gab, die Schmerzen völlig verschwunden waren. »Zehn mit Saphiren, zwei Halsketten, drei Paar Ohrringe, ein Armband, zwei Ringe, eine Anstecknadel und ein Beisteckring. Versichert für eine halbe Million. Das Halsband wird auf neunzigtausend geschätzt, aber ich glaube, das ist leicht übertrieben. Achtzigtausend ist wohl realistischer.«

Luke nahm sich ein Plätzchen von einem Teller, den Lily ihm reichte. »Haben wir irgendwelche Abbildungen?«

»Natürlich. Jean?«

LeClerc griff nach der Fernbedienung und schaltete Fernseher und Videorecorder ein. »Ich habe Fotos auf Video übertragen.« Als das erste Bild erschien, zündete er sich seine Pfeife an. »Hübsche Sachen. Diese Halskette ist zwar vom Stil her etwas konservativ, aber die Steine sind gut, zehn kornblumenblaue Saphire mit einem Gesamtgewicht von 25 Karat. Die Diamanten sind von bester Qualität mit einem Gesamtgewicht von schätzungsweise 8,2 Karat.«

Beim nächsten Bild, das einen Ring zeigte, schaute Roxanne überrascht zu ihrem Vater.

»Justine Wyatt. Wenn das nicht der Ring ist, den sie letzten Sommer auf dem Schiff getragen hat, fresse ich einen Besen.«

»Keine Sorge«, lächelte Max. »Es ist exakt derselbe.«

Roxanne lachte übermütig auf. »Wir machen es also doch noch! Warum hast du mir das nicht erzählt?«

»Es sollte eine Überraschung sein.« Max freute sich über ihre Begeisterung. »Betrachte es als ein verfrühtes Weihnachtsgeschenk, obwohl es eher auf Ostern zugehen wird, bis wir mit den Vorbereitungen soweit sind.« Er deutete auf den Bildschirm. »Mach weiter, Jean. Diese Fotos waren aus den Versicherungsunterlagen kopiert. Unser eigener Beitrag dürfte unterhaltsamer sein.«

Im raschen Vorlauf huschten die Bilder über den Schirm, und dann folgten Videoaufnahmen von Bord der *Yankee Princess*.

»Selbstgedreht«, grinste Mouse stolz. »Hab ich aufgenommen.«
»Ja, wir haben einen zweiten Spielberg in unserer Mitte«, gratulierte Max.
Das Video war gestochen scharf, die Bilder keine Spur verwackelt, der Ton perfekt. Die langsamen Schwenks und die Großaufnahmen gingen ohne das Wackeln typischer Amateuraufnahmen ineinander über.
»Ach, sieh mal. Da ist die nette Mrs. Woolburger. Weißt du noch, Max? Sie saß bei jeder Vorstellung in der ersten Reihe.«
»Und da ist Dori.« Roxanne beugte sich vor und stützte ihre Ellbogen auf die Knie. »Und ... oh.« Sie errötete ein wenig, als Mouse zur Reling schwenkte, wo sie und Luke sich ausgiebig küßten.
Es war merkwürdig und aufregend, sich selbst zu sehen, wie sie ihre Finger in Lukes Haar vergrub und er den Kopf zu ihr neigte.
»Das ist die Liebesgeschichte«, erklärte Mouse mit einem breiten Grinsen. »Gehört in jeden guten Film.«
»Laß noch mal zurücklaufen.« Luke legte Roxanne eine Hand auf die Schulter.
Roxanne nahm LeClerc die Fernbedienung ab, ehe er ihm den Gefallen tun konnte. »Aha, nun wird's interessanter«, murmelte sie, als Sam und Justine an Deck schlenderten. Aufmerksam betrachtete sie die Nahaufnahmen der Armbänder. Die Kamera folgte ihnen über das Deck, bis sie sich in zwei Liegestühle setzten.
Nicht ein Mal lächelten sie sich verstohlen zu oder berührten sich flüchtig, wie andere Frischverheiratete. Sie blätterte in irgendeinem Hochglanzmagazin, er las einen Thriller von Tom Clancy.
»Romantische Turteltauben, was?« Roxanne musterte Sam. »Er macht sich gut im Film. Bestimmt ein Vorteil in der Politik.«
»Barbie und Ken«, meinte Luke. »Die aufregenden Plastikmenschen.«
Mouse fand, daß Sam Haifischaugen hatte, aber er schwieg, weil er befürchtete, die anderen würden darüber lachen. Im

stillen wünschte er, Max wäre bei seiner ursprünglichen Entscheidung geblieben und sie würden die Finger von dieser Sache lassen. Aber für Mouse war Max der klügste Mensch der Welt, und es würde ihm nie einfallen, einen seiner Beschlüsse in Frage zu stellen.

Als der Film endete und wieder ein Standfoto auf dem Bildschirm erschien, stieß Roxanne einen leisen Pfiff aus.

»Also das ist das Halsband.«

»Erstklassig, nicht wahr?« Max begann wie ein eifriger Professor zu dozieren. »Dieses Halsband war ein Geschenk ihrer Eltern zum einundzwanzigsten Geburtstag vor knapp vier Jahren. Es wurde bei Cartier in New York für 92599 Dollar gekauft.«

»Ich kann gar nicht glauben, daß ich so etwas Schönes übersehen habe«, wunderte sich Roxanne.

»Sie trug es auf der Party am letzten Abend.« Lily erinnerte sich noch sehr gut daran. »Ich glaube, du und Luke wart bis zur Vorstellung – beschäftigt.«

»Oh.« Auch Roxanne erinnerte sich und warf Luke über die Schulter einen Blick zu. »Ja, das waren wir allerdings.«

Luke schlang einen Arm um ihre Taille und zog sie zu sich auf den Schoß. »Wirklich ein Prachtstück, nicht?«

Max strahlte. Ja, seine Kinder hatten Geschmack. »Das ist es. Dadurch wird es natürlich schwieriger, falls nicht sogar unmöglich, es zu veräußern. Ich glaube, das genügt nun, Liebling.«

Roxanne schaltete die Geräte aus. Max lehnte sich zurück. Sein Verstand war so klar, daß er sich fragte, ob er sich diese sonderbare Verwirrtheit, die ihn manchmal überkam, nur eingebildet hatte. »Wir erwarten in Kürze die Pläne des Hauses in Tennessee und der Zweitwohnung in New York. Die Schaltpläne der jeweiligen Alarmanlagen erhalten wir später.«

»Dann können wir wenigstens in Ruhe Weihnachten feiern«, erklärte Lily zufrieden, für die es eine wichtige Tradition war, ungestört die Feiertage zu genießen. »Da wir heute abend alle hier sind, können wir auch gleich den Baum schmücken.« Sie schaute unsicher zu Roxanne und Luke. »Jean hat einen Braten im Ofen.«

»Mir diesen kleinen knusprigen Kartoffeln und Karotten?« Luke spürte das sehnsüchtige Knurren seines Magens, der sich zwei Wochen lang mit Mahlzeiten aus Imbißläden und einem völlig mißlungenen Brathähnchen hatte abfinden müssen.
Roxanne versetzte ihm einen Rippenstoß. Schließlich hatte sie sich alle Mühe gegeben mit diesem blöden Hähnchen. »Der Mann ist schrecklich verfressen. Uns braucht niemand zu bestechen, damit wir bleiben.«
»Schaden tut's aber nichts.« Luke warf LeClerc einen flehentlichen Blick zu. »Gibt's auch frische Brötchen?«
»Und ob. Vielleicht bleiben sogar genügend Reste zum Mitnehmen fürs kleine Hündchen daheim – oder besser für einen jungen Wolf.«

Die Tage bis Weihnachten und Neujahr vergingen wie im Flug. Alle hatten Geschenke einzukaufen, es wurden Plätzchen gebacken, die bei Luke und Roxanne allerdings verbrannten, und wie jedes Jahr gaben sie eine Zaubervorstellung zugunsten des Kinderkrankenhauses, die fünftausend dringend benötigte Dollar einbrachte.

Das trübe, regnerische Wetter hielt sich hartnäckig bis in den März, worunter besonders die Straßenkünstler litten. LeClerc blieb meistens in seiner gemütlich warmen Küche und wagte sich nur selten hinaus. Nicht einmal zum Markt ging er mehr, denn er fühlte jeden Windstoß direkt bis in die Knochen.
Das Alter, dachte er mürrisch, ist ein verfluchtes Elend.
Als die Tür sich öffnete und ein eisiger Regenschauer mit hereinwehte, fuhr er auf.
»Mach die verdammte Tür zu. Das ist hier keine Höhle.«
»Entschuldige.«
Luke erhielt nur einen finsteren Blick zur Antwort. Er trug weder Hut noch Handschuhe und nur eine Jeansjacke zum Schutz vor den Elementen. LeClerc empfand bei seinem Anblick bitteren Neid.

»Kommst du her, um dir ein Almosen zu holen?«

Luke schnuppert genüßlich. Es roch verlockend nach Bratäpfeln. »Wenn ich was kriegen kann?«

»Warum lernst du nicht selbst mal kochen? Du bildest dir ein, du könntest wann immer es dir gerade einfällt hier reinspazieren und mit vollem Bauch wieder gehen. Ich betreibe aber keine Suppenküche.«

Da Luke hinreichend an LeClercs schroffe Art gewöhnt war, goß er sich nur seelenruhig eine Tasse Kaffee ein. »Ach, weißt du, ich glaube, ein Mann kann bloß eine begrenzte Anzahl von Sachen wirklich gut machen.«

LeClerc schnaubte höhnisch »Worin bist du denn so gut, *mon ami,* daß du nicht mal ein Ei kochen kannst?«

»Im Zaubern.« Luke nahm einen Teelöffel Zucker, ballte eine Faust und ließ die weißen Körner zwischen Daumen und Zeigefinger rieseln. Er wartete eine Sekunde, dann öffnete er die Hand, um zu zeigen, daß sie leer war. LeClerc schnaubte erneut, was allerdings auch ein Lachen sein konnte. »Und im Klauen.« Er reichte LeClerc die zerschlissene Brieftasche zurück, die er ihm aus der Gesäßtasche stibitzt hatte, als er an ihm vorbei zum Herd gegangen war. »Und in der Liebe.« Er griff nach seiner Tasse und nahm einen Schluck. »Aber das mußt du mir so glauben ohne Demonstration.«

LeClercs verwittertes Gesicht überzog ein Grinsen. »Du findest also, das alles machst du besonders gut, ja?«

»Sogar großartig. Also, wie wäre es mit einem dieser Bratäpfel?«

»Setz dich und iß am Tisch, wie man es dir beigebracht hat.« LeClerc, der sich insgeheim über die Gesellschaft freute, begann wieder seinen Sauerteig zu kneten, wobei sich die Schlangen an seinen Armen rhythmisch bewegten. »Wo ist Roxanne?«

»In ihrem Gymnastikkurs. Vielleicht geht sie danach noch mit ein paar anderen Frauen zum Essen.«

»Und da suchst du inzwischen was anderes zum Vernaschen, *oui?*«

»Ich habe mir den ganzen Tag lang über die neue Entfesselungsnummer den Kopf zerbrochen und brauchte mal eine

Pause.« Er wollte nicht zugeben, daß ihm die Wohnung ohne Roxanne bedrückend leer erschienen war. »Bis Mardi Gras bin ich soweit.«
»Das sind nur noch zwei Wochen.«
»Das genügt. Über dem Lake Pontchartrain an einem brennenden Seil zu baumeln – das gibt bestimmt einen ordentlichen Rummel. Challenger wettet fünfzigtausend darauf, daß ich nicht aus den Handschellen rauskomme und es zurück zur Brücke schaffe, bevor das Seil durchgebrannt ist.«
»Und wenn du es wirklich nicht schaffst?«
»Dann verliere ich fünfzigtausend und werde naß.«
LeClerc legte den Teig in eine große Schüssel und deckte ihn zu. »Das geht ganz schön tief runter.«
»Ich weiß, wie man richtig fallen muß.« Er löffelte eifrig den warmen, würzigen Apfel. »Ich wollte noch ein paar Details mit Max abklären. Ist er da?«
»Er schläft.«
»Jetzt?« fragte Luke erstaunt, »Es ist elf Uhr.«
»Er schläft nachts nicht mehr so gut.« Da LeClerc ihm den Rücken zugewandt hatte, während er sich den Teig von den Händen wusch, sah Luke nicht seine besorgte Miene. »Ein Mann hat wohl das Recht, in seinem eigenen Haus hin und wieder mal lange zu schlafen.«
»Na klar, aber das hat er doch früher nie gemacht.« Zum erstenmal fiel Luke auf, wie still es im Haus war. »Er ist doch okay, oder?«
Unwillkürlich mußte er daran denken, wie Max ständig seine Hände massierte, die Finger anspannte, streckte, sie immer wieder lockerte wie ein Pianist vor dem Auftritt.
»Wie schlimm ist es mit seinen Händen?« Luke sah, daß LeClerc förmlich erstarrte. Der süßliche Duft nach Gewürzen, Äpfeln und Brotteig bereitete ihm plötzlich beinahe Übelkeit.
»Keine Ahnung, was du meinst.« LeClerc drehte den Wasserhahn zu und griff nach einem Handtuch, ohne sich umzuwenden.
»Jean. Mach mir nichts vor. Du kannst mir glauben, daß es mir genauso zu schaffen macht wie dir.«

»Gottverdammt.« Der Fluch klang eher hilflos als wütend, und Luke wußte Bescheid.
»Ist er bei einem Arzt gewesen?«
»Lily hat ihn hingeschleppt.« LeClerc drehte sich endlich um. In seinen kleinen dunklen Augen spiegelte sich deutlich seine ganze Traurigkeit und Verbitterung. »Er kriegt Pillen gegen die Schmerzen. Die Schmerzen in seinen Fingern, *comprends?* Nicht die Schmerzen hier.« Er tippte sich auf sein Herz. »Und keine Tabletten können ihm seine Fähigkeiten zurückgeben, keine.«
»Es muß doch irgendein Mittel …«
»*Rien*«, unterbrach LeClerc. »Nichts. Jedes Menschenleben verläuft nach einem bestimmten Zeitplan, und irgendwann heißt es: Jetzt ist es soweit, daß man mit schmerzenden Knochen und steifen Gelenken aus dem Bett steigt. Und heute ist der Tag, an dem die Blase einen im Stich läßt und die Lungen schwächer werden oder das Herz aussetzt. Die Ärzte raten dies und verschreiben jenes, aber der *bon Dieu* hat die Zeit gesetzte, und wenn er sagt *c'est assez,* kann niemand was daran machen.«
»Das glaube ich nicht.« Luke wollte es einfach nicht glauben. Er schob seinen Stuhl zurück und stand auf. »Du meinst, wir können gar nichts daran ändern?«
»Bildest du dir das etwa ein?« LeClerc stieß ein kurzes Lachen aus, das eher wie ein Bellen klang. »Das ist die typische Arroganz der Jugend. Meinst du, es war Zufall, daß du an jenem Abend auf den Rummelplatz kamst und Max begegnet bist?«
Luke erinnerte sich immer noch an den machtvollen Sog, der von dem großen Plakat ausgegangen war, an die Augen, die ihn förmlich in das Zelt gelockt hatten. »Es war Glück.«
»Glück, *oui.* Das ist nur ein anderer Ausdruck für Schicksal.«
Luke hatte genug von LeClercs fatalistischer Philosophie. Das alles rührte viel zu sehr an seine eigenen, tief verwurzelten Überzeugungen. »Aber bei Max liegt die Sache doch ganz anders. Wir sollten einen richtigen Spezialisten für ihn suchen.«
»*Pourquoi?* Damit er Untersuchungen über sich ergehen las-

sen muß, die ihm bloß das Herz brechen? Er hat Arthritis. Gegen die Schmerzen kann man was tun, aber heilen läßt es sich nicht. *Du* ersetzt ihm jetzt die Hände. Du und Roxanne.«
Luke setzte sich wieder und starrte in seinen schwarzen Kaffee. »Weiß sie es?«
»Vielleicht nicht wörtlich, aber in ihrem Herzen weiß sie es längst. Genau wie du.« LeClerc zögerte, doch dann dachte er an sein eigenes Schicksal und beschloß, seinem Instinkt zu folgen. Er setzte sich zu Luke. »Da ist noch was«, sagte er ruhig.
Luke hob den Blick. »Was?« fragte er voller Unbehagen bei LeClercs ernstem Gesicht.
»Er verbringt Stunden mit seinen Büchern und Karten.«
»Der Stein der Weisen?«
»*Oui,* der Stein. Er redet mit Wissenschaftlern, mit Professoren, sogar mit spiritistischen Medien.«
»Es fasziniert ihn eben«, sagte Luke. »Was schadet das schon?«
»An sich vielleicht nichts. Ich glaube sogar, falls er ihn aufstöbert, wird er seinen Frieden finden. Aber bis dahin … Ich habe neulich gesehen, wie er auf eine Buchseite starrte, und eine Stunde später hatte er immer noch nicht umgeblättert. Es kommt vor, daß er Mouse beim Frühstück bittet, das Wohnzimmersofa ans Fenster zu stellen. Und beim Mittagessen fragt er, warum es umgestellt worden ist. Er sagt zu Lily, daß sie einen Trick proben müssen, und wenn sie lange genug im Arbeitszimmer auf ihn gewartet hat, geht sie ihn suchen und findet ihn mit seinen Büchern in der Bibliothek. Und er erinnert sich nicht mehr daran, daß er proben wollte.«
Luke bemühte sich vergeblich, die Angst abzuschütteln, die ihn überkam. »Er hat nun einmal viel im Kopf.«
»Sein Kopf ist es, der mir Sorgen macht.« LeClerc seufzte. Er fand, er sei zu alt, um zu heulen, aber ihm war wahrhaftig danach zumute, und er brauchte alle Kraft, dagegen anzukämpfen. »Gestern fand ich ihn im Hof. Er stand da, im Kostüm und ohne Mantel und fragte mich, wo der Laster sei.«
»Welcher Laster?«

»Eben, wir haben seit fast zehn Jahren keinen mehr.« LeClerc schaute Luke ruhig in die Augen. »Aber er fragt, ob Mouse ihn vor der Show zum Waschen gefahren hat. Ich sage ihm also, daß heute keine Vorstellung sei und er reinkommen soll.« LeClerc hob seine Tasse und nahm einen tiefen Schluck. »Er schaute sich ganz verloren um, und ich sah die Angst in seinen Augen. Ich habe ihn reingebracht und hinauf ins Bett. Er fragte, ob Roxanne aus der Schule heimgekommen sei, und ich hab gesagt, nein, noch nicht, aber bald. Dann meinte er, Luke muß seine hübsche Freundin mal wieder zum Essen mitbringen, und ich habe gesagt, *bien,* dann mache ich ein schönes *étouffée.* Schließlich ist er eingeschlafen, und beim Aufwachen hat er sich an nichts mehr erinnert.«

Luke öffnete die Hände, die er in seinem Schoß geballt hatte. »Herrgott.«

»Wenn ein Mann körperlich nachläßt, wird er halt ein wenig langsamer. Aber was macht er, wenn sein Verstand ihn im Stich läßt?«

»Er muß unbedingt zu einem Arzt.«

»Ja, ja, dafür sorgt Lily schon. Aber du mußt auch etwas tun.«

»Und was?«

»Du mußt dafür sorgen, daß er nicht mit dir nach Tennessee fliegt.« Ehe Luke etwas einwenden konnte, winkte LeClerc ab. »Bei den Planungen brauchst du ihn, aber nicht bei der Ausführung. Was ist, wenn er plötzlich nicht mehr weiß, wo er ist oder was er gerade tut? Kannst du das riskieren? Kannst du ihn solch einem Risiko aussetzen?«

»Nein«, antwortete Luke nach einer langen Pause. »Das kann ich nicht. Aber ich will ihn auch nicht kränken.« Er überlegte einen Moment und nickte dann. »Ich glaube, wir sollten ...«

»Jean, was ist das für ein wundervoller Duft?« Max schlenderte in die Küche und wirkte so gesund und munter, daß Luke drauf und dran war, LeClercs ganze Geschichte als maßlos übertrieben abzutun. »Ah, Luke, du bist also auch deiner Nase gefolgt. Wo ist Roxanne?«

»Mit ein paar Freundinnen ausgegangen. Einen Kaffee?«

Luke war bereits aufgestanden und ging zum Herd. Max setzte sich. Mit einem Seufzer streckte er die Beine aus, spannte und entspannte seine Finger, bewegte sie und spielte damit wie jemand, der an einem unsichtbaren Piano übte.
»Ich hoffe, sie trödelt nicht zu lange. Lily wollte nämlich mit ihr neue Schuhe kaufen gehen. Das Kind braucht anscheinend dauernd neue.«
Luke fuhr zusammen, so daß der Kaffee überschwappte. Max sprach über Roxanne, als sei sie wieder zwölf.
»Sie kommt gleich.« Er hatte das Gefühl, als schnüre ihm etwas die Brust zusammen, als er den Kaffee zum Küchentisch trug.
»Wie weit sind deine Pläne für die Entfesselungsnummer mit der Wasserkammer gediehen?«
Luke hätte ihn am liebsten angeschrien, er solle aufhören und diese Klammern abschütteln, die ihn irgendwo in der Vergangenheit festzuhalten schienen. Doch er erwiderte ruhig: »Ich arbeite eigentlich gerade an der Sache mit dem brennenden Seil. Weißt du noch? Sie ist für Mardi Gras angesetzt. Nächste Woche.«
»Brennendes Seil?« Max schien verwirrt. Die Kaffeetasse, die er an die Lippen gehoben hatte, zitterte. Es war schmerzlich, zu beobachten, wie er darum kämpfte, in die Gegenwart zurückzufinden. Sein Mund stand offen, seine Augen flackerten, doch dann wurde sein Blick wieder normal. Er trank bedächtig einen Schluck. »Du wirst sicher ziemlich viele Zuschauer anlocken. Es ist ausgezeichnet, daß die Presse so früh schon darüber berichtet hat.«
»Ich weiß. Und ich könnte mir keine bessere Rückendeckung für das Ding bei Wyatt wünschen. Ich möchte es nämlich in dieser Nacht machen.«
Max runzelte die Stirn. »Es sind noch eine Reihe kleinerer Einzelheiten abzuklären.«
»Es ist ja auch noch Zeit.« Luke verachtete sich selbst dafür, aber er lehnte sich lässig zurück und legte einen Arm über die Stuhllehne. »Ich möchte dich übrigens um einen Gefallen bitten, Max.«
»Sicher.«
»Ich möchte die Sache allein machen.« Luke sah Max seine

Enttäuschung und Bestürzung deutlich an. »Es ist wichtig für mich«, fuhr er fort. »Ich kenne die Regel, daß persönliche Gefühle stets außen vor bleiben müssen, aber diesmal ist es was anderes. Sam und ich haben noch eine Rechnung offen.«

»Ein Grund mehr, vorsichtig zu sein.«

»Ich weiß. Aber ich muß ihm noch etwas heimzahlen, und das wäre die ideale Möglichkeit, alte Schulden zu begleichen.« Zu guter Letzt zog er noch seine Trumphkarte, wofür er sich gleichzeitig jedoch noch mehr haßte. »Wenn du mir nicht vertraust oder glaubst, ich sei nicht gut genug, dann sag es nur.«

»Natürlich vertraue ich dir. Der springende Punkt ist nur ...« Eigentlich vermochte er gar nicht zu sagen, was der springende Punkt war, außer daß sein Sohn dabei war, sich erneut ein Stück von ihm zu entfernen. »Du hast recht, es ist höchste Zeit, daß du etwas auf eigene Faust versuchst. Du bist ohnehin der Beste.«

»Danke.« Am liebsten hätte er nach diesen unruhigen Händen gegriffen und sie gedrückt. Aber er hob nur seine Tasse und trank ihm zu. »Ich hatte ja auch den besten Lehrmeister.«

»Was soll das heißen, daß du die Sache allein machst?« fragte Roxanne. Sie war kaum zur Tür herein, als Luke die Bombe platzen ließ. Wütend folgte sie ihm ins Schlafzimmer.

»Genau das, was ich gesagt habe.«

»Von wegen. Wir arbeiten alle zusammen.« Trotz ihrer Verärgerung begann sie automatisch die Sporttasche auszupacken. »Daddy wäre nie damit einverstanden.«

»Das ist alles schon geklärt.« Luke streifte seine Jeansjacke ab und warf sie auf einen Stuhl. Sie rutschte von der Lehne und fiel zu Boden. »Kein Grund, so ein Theater zu machen.«

»Was heißt hier Theater!« Roxanne stellte die Tasche an den gewohnten Platz im Schrank. »Wir waren von Anfang an alle bei den Planungen dabei. Wieso bildest du dir jetzt ein, du könntest den ganzen Spaß allein haben?«

Er ließ sich aufs Bett fallen und verschränkte die Arme hinter dem Kopf. »Weil ich es so haben will.«

»Hör zu, Callahan ...«
»Hör du mir besser mal zu, Nouvelle.« Gewöhnlich mußte Roxanne lachen, wenn er sie mit ihrem Nachnamen anredete, aber diesmal verkniff sie es sich trotzig. »Max und ich haben die Sache besprochen, und er ist einverstanden, also ist das Thema damit erledigt.«
»Denkst du! Aber so lasse ich nicht mit mir umspringen.« Sie stemmte die Hände in die Hüften. »Ich bin dabei, mein Lieber, das steht fest.«
»Ich will es aber allein machen.«
»Super. Ich will glatte blonde Haare haben, aber siehst du mich deswegen jammern?«
»Ich mag deine Haare«, sagte er in der Hoffnung, sie abzulenken. »Sie sehen aus wie ein Bündel Korkenzieher, das in Brand geraten ist.«
»Ich mag sie besonders, wenn du nackt bist. Willst du dich nicht ausziehen, Rox?«
»Nimm lieber eine kalte Dusche, Callahan. Mich lenkst du jedenfalls nicht so einfach ab. Ich komme mit dir.«
»Wie du willst.« Es spielte eigentlich keine Rolle, ob sie mitkam oder nicht. »Aber ich habe das Kommando.«
»Das bildest du dir vielleicht ein.« Sie stützte sich auf das Fußende des Bettes. »Wir sind gleichberechtigte Partner, in jeder Hinsicht.«
»Ich habe mehr Erfahrung.«
»Das hast du in bezug auf Sex auch gesagt, aber ich habe ziemlich schnell aufgeholt, oder?«
»Da könntest du recht haben.« Er richtete sich auf und wollte nach ihr greifen, aber sie entwischte ihm lachend.
»Komm her«, befahl er.
Sei warf ihm einen langen verführerischen Blick über die Schulter zu. »Du siehst aus, als wärst du kräftig genug, um aufzustehen und mich zu fangen, wenn du mich wirklich haben willst.«
Luke war kein Anfänger bei diesem Spiel und blickte deshalb mit einem gleichgültigen Schulterzucken zur Decke. »Nein, danke. So interessiert bin ich auch wieder nicht.«
»Okay. Willst du heute früher zum Essen gehen, damit wir

nicht in den Rummel wegen der Mardi-Gras-Parade kommen?«
»Gute Idee.« Regungslos beobachtete er, wie sie langsam ihre Bluse abstreifte. Darunter trug sie einen dünnen weißen Sportbüstenhalter, der praktisch sein sollte, jedoch auf ihn mehr als aufreizend wirkte.
»Mir ist heute nach was richtig Scharfem zumute.« Sie faltete ordentlich die Bluse zusammen und legte sie auf die Kommode. Bedächtig knöpfte sie ihre Jeans auf. Er hörte das leise Sirren des Reißverschlusses und hatte Mühe, sich nicht zu verschlucken. »Ordentlich gewürzt.«
Unter ihren Jeans kam ein schneeweißes Baumwollhöschen zum Vorschein. Ihre Haut war blaß und makellos. Die Jeans wurden ebenso sorgfältig zusammengelegt wie die Bluse.
Sie griff nach ihrer Bürste und schlug sich lässig damit in die Handfläche. »Worauf hättest du denn Lust, Callahan?« Scheinbar unabsichtlich schlenderte sie dicht genug zum Bett, daß er ihren Arm packen konnte. Lachend landete sie auf der Matratze.
»Ich hab gewonnen«, behauptete er und rollte sich über sie.
»O nein. Es steht unentschieden.« Sie schlang die Arme um seinen Nacken. »Wir sind Partner. Vergiß das nicht.«

SECHZEHNTES KAPITEL

Auf den Straßen und Bürgersteigen des Viertels wimmelte es an diesem letzten Tag des Karnevals von ausgelassenen Menschen. Musik und Gelächter drang zu Luke und Roxanne herauf, wie seit drei Wochen schon, in denen ununterbrochen gefeiert worden war. Heute abend würde der wilde Trubel noch zunehmen, mit endlosen Paraden kostümierter und maskierter Menschen, ehe die vierzig vorösterlichen Fastentage begannen. Wie in jedem Jahr würde es auch besinnungslos Betrunkene geben, Überfälle, wilde Schlägereien und einige Morde. Bei all seiner wunderschönen, bunten Fröhlichkeit besaß der Mardi Gras auch ein finsteres Gesicht.

Wenn sie den Abend frei gehabt hätten, wären sie und Luke wahrscheinlich hinüber zu Max und den anderen gegangen und hätten das Treiben dort vom Balkon aus beobachtet. Diesmal hatten sie allerdings etwas anderes vor, nämlich Mr. und Mrs. Samuel Wyatt um schätzungsweise eine halbe Million in Juwelen zu erleichtern.

Im Grunde ein faires Geschäft, dachte Roxanne lächelnd. Die Wyatts würden eine unanständig hohe Summe bei ihrer Versicherung abkassieren und es dadurch leicht verschmerzen, daß ihnen die Klunker direkt vor ihrer Nase wegstibitzt worden waren. Und die Nouvelles würden dafür sorgen, daß sich der Reichtum ein wenig verteilte. Es war schließlich nicht nur die Familie Nouvelle, die davon profitierte.

Roxanne drückte eine Hand auf ihren Magen. Das letzte Essen war ihr gar nicht gut bekommen. Sie hoffte nur, daß es Luke besser erging. Einen Anfall von Übelkeit konnte er wahrhaftig nicht gebrauchen, wenn er kopfüber über dem Lake Pontchartrain hing.

Es würde allmählich Zeit, sich dorthin auf den Weg zu machen. in ungefähr einer Stunde sollte die Vorstellung begin-

nen, und Luke rechnete fest mit ihr. Ihr war schon jetzt mehr als unbehaglich zumute, aber eigentlich war es ihr bei all seinen Entfesselungsnummern nie anders ergangen.
Sie griff nach ihrer Handtasche und ließ sogleich mit einem Stöhnen wieder fallen.
Dieser verfluchte Pfannkuchen, dachte sie und rannte hastig ins Bad.

»Sie müßte längst hier sein.« Luke hatte Mühe, sich auf die bevorstehende Aufgabe einzustellen. Körperlich war er bereit, aber seine Gedanken schweiften immer wieder zu Roxanne. »Warum ist sie nicht gleich mitgekommen?«
»Weil sie während des Aufbaus nichts anderes zu tun gehabt hätte, als sich Sorgen zu machen.« Lily wandte keinen Blick von Max, der gerade einem Fernsehreporter ein Interview gab. Sie hatte ebenfalls große Sorgen. »Konzentriere du dich jetzt auf dich«, mahnte sie. »Roxanne kommt schon noch.«
»Der Himmel mag wissen, wie sie jetzt noch durchkommen will.« Er blickte über die Brücke. Hinter den Absperrungen drängten sich die Menschen und rangelten um die besten Plätze. Die Behörden waren so entgegenkommend gewesen, die Brücke eine Stunde lang für den Verkehr zu sperren. Aber das hatte die Zuschauer nicht daran gehindert, dennoch von beiden Seiten auf die Brücke zu strömen.
Unwillkürlich fragte sich Luke, wie viele Taschendiebe wohl an diesem Nachmittag dort ihrem Gewerbe nachgingen. Er gönnte ihnen von ganzem Herzen eine einträgliche Beute.
Aber wo zur Hölle steckte bloß Roxanne?
Er schützte seine Augen vor dem grellen Sonnenlicht und blickt noch einmal in Richtung New Orleans hinüber.
Doch Lily hatte recht. Er mußte sich jetzt unbedingt konzentrieren. Roxanne würde schon kommen.
So hoch über dem Wasser wehte ein kräftiger Wind, was er einkalkuliert hatte. Aber er wußte auch, daß die Naturgewalten mit ihren Launen letztlich unberechenbar waren.
Dieser Wind würde ihm ganz schön zusetzen.
»Fangen wir an.«
Er ging zur markierten Position. Die Zuschauer begannen

zu applaudieren und riefen ihm aufmunternde Anfeuerungen zu. Kameras richteten sich auf ihn. Nach einigen heiklen Gesprächen war Max einverstanden gewesen, daß Lily an seiner Stelle die Nummer präsentierte. Sie griff zum Mikrofon und hob eine Hand, damit Ruhe eintrat.

»Guten Tag, meine Damen und Herren. Sie haben heute das außergewöhnliche Vergnügen, eine der gewagtesten Entfesselungsnummern mitzuerleben, die es je gegeben hat – das »Brennende Seil.«

Sie erklärte den Ablauf der Nummer und stellte die beiden Polizisten vor, von denen einer aus New Orleans kam, der andere aus Lafayette. Fachkundig untersuchten die Beamten die Fesseln und die Zwangsjacke, die Luke verwenden wollte.

Nachdem seine Arme gefesselt waren, legte der Polizist aus Lafayette die Handschellen an und sicherte sie zusätzlich mit einer Kette. Der Schlüssel wurde Miß Louisiana übergeben, die in voller Abendgarderobe samt Tiara erschienen war. Der Kollege aus New Orleans legte ihm schließlich die Zwangsjacke an.

Das Seil um Lukes Fußgelenke zu binden, übernahm ein erfahrener Rodeochampion, der Spezialist für Lassos war. Schließlich spielte die Blaskapelle einer lokalen Highschool einen gewaltigen Tusch. Luke wurde mit dem Gesicht nach unten über die Wasserfläche des Lake Pontchartrain gesenkt. Irgendeine Frau in der Menge schrie entsetzt auf, wofür Luke sich im Geist bei ihr bedankte. Nichts war besser geeignet als eine leichte Hysterie oder ein paar hübsche Ohnmachtsanfälle, um die dramatische Spannung zu erhöhen.

Ein scharfer Windstoß trieb ihm die Tränen in die Augen. Sein Körper drehte sich und schwankte. Er arbeitete bereits an den Handschellen.

Er spürte den Ruck, als das Seil sich spannte. Fünf Sekunden blieben ihm, bevor ein Freiwilliger das Ende des Seils mit einer Fackel in Brand setzte und das Feuer auf ihn zugekrochen kam. Als der Wind ihn packte und spielerisch herumwirbelte, mußte er gegen ein für ihn ganz ungewohntes Schwindelgefühl ankämpfen.

Verfluchte Physik, dachte er. Ein Körper in Bewegung bleibt in Bewegung. Er schwang wie ein Pendel hin und her, was die Zuschauer begeisterte, ihm jedoch seine Aufgabe wesentlich erschwerte.

Lukes Befriedigung darüber, daß er inzwischen die Hände frei hatte, war nur von kurzer Dauer. Er konnte bereits den Rauch riechen. Geschmeidig wie eine Schlange verdrehte er seinen Körper in der Zwangsjacke, obwohl ein greller Schmerz durch seine geschundenen Gelenke schoß. Dann machte er sich eifrig an die Arbeit.

Er war ruhig und konzentriert. Nur ein einziger Gedanke beherrschte ihn.

Er würde nicht gefangen bleiben.

Lautes Gebrüll drang aus der Menge zu ihm heraus, als die Zwangsjacke ins Wasser stürzte. Das Rettungsboot, das auf den Wellen des Sees tanzte, gratuliert mit einem Hornsignal. Obwohl er sich über die Anerkennung freute, wußte Luke, daß es noch zu früh war, um den Champagner zu öffnen.

Mit einem angestrengten Grunzen spannte er seine Bauchmuskeln an und reckte sich nach oben, um den Knoten zu lösen, mit dem der Cowboy seine Füße gebunden hatte. Er wußte, daß das Feuer nur noch Zentimeter entfernt war und immer näher kam.

Leider hatte der Cowboy einige heikle Knoten geknüpft. Luke wünschte, er hätte LeClercs Rat befolgt und sich ein Messer in den Stiefel gesteckt. Aber jetzt war es zu spät, es zu bedauern. Er würde entweder diese Knoten aufkriegen oder bald seine qualmenden Füße im See abkühlen.

Er spürte, wie das Seil nachgab. Dieses letzte Stadium erforderte höchste Aufmerksamkeit. Falls er sich zu rasch befreite, würde er abstürzen, und wenn er zu lange wartete, würde er die Nummer mit einer Einlieferung ins Krankenhaus wegen Brandwunden beenden. Weder das eine noch das andere war besonders verlockend.

Er schlang seine Hände um das zweite Seil, das dünn wie ein Draht und daher für die Zuschauer unsichtbar war. Luke spürte die Hitze bereits an seinen Knöcheln, aber inzwischen hatte er sicheren Halt. Er befreite mit einem Ruck seine Füße

und begann, sich nach oben zu hangeln. Von der Brücke aus gesehen wirkte es, als klettere er an einer dünnen Feuersäule empor. Ganz ohne Blessuren ging es tatsächlich nicht ab. Nur gut, daß LeClerc seine Brandsalbe dabeihatte.
Jedesmal wenn der Wind ihn packte, ging ein Aufstöhnen durch die gespannte Zuschauermenge. Als er oben angelangt war, ergriff Mouse seine Arme und hielt ihn fest, während LeClerc sich zu ihm beugte, als wolle er ihm gratulieren.
»Hast du ihn?« zischte er Mouse zu.
»Klar.«
»*Bien.* LeClerc ließ ein Messer aus seinem Ärmel gleiten und durchtrennte beide Seile.
Aus der Menge tönten aufgeregte Schreie, als das brennende Seil in den See stürzte.
»Zieht ihr mich das restliche Stück rauf?« Luke konnte fast schon wieder normal atmen. Er wußte, daß er teuflische Schmerzen haben würde, sobald der Adrenalinstoß nachließ. Mouse half ihm auf die Füße. Alle Kameras richteten sich auf Luke, aber er schaute sich suchend um.
»Roxanne?«
»Muß aufgehalten worden sein.« Mouse versetzte ihm einen so kräftigen Klaps auf den Rücken, daß er schwankte. »Dein Hemd hat gequalmt«, grinste er. »Das war nicht übel, Luke. Vielleicht könnten wir nach San Francisco fahren und es auf der Golden Gate Brücke wiederholen? Wäre das nicht toll?«
»Klar.« Er strich sich mit einer Hand durchs Haar, um sicherzugehen, daß es nicht brannte. »Gute Idee.«

Vielleicht war es dumm und kindisch, aber Luke war wirklich stocksauer, als er noch ganz erfüllt von seinem Triumph, ins Schlafzimmer kam, wo er Roxanne ausgestreckt auf dem Bett fand.
»Na, das ist ja toll.« Er warf seine Schlüssel auf die Kommode.
Roxanne öffnete stöhnend die Augen. »Ich habe geglaubt, du hättest irgendeinen lebensgefährlichen Unfall gehabt, und dabei liegst du hier und machst ein gemütliches Nickerchen.«
»Luke …«
»Es war anscheinend nicht besonders wichtig für dich, daß

ich seit Monaten an dieser Nummer gearbeitet habe, daß es die tollste Sache war, die ich bisher gemacht habe, oder daß du versprochen hattest, du würdest bei mir sein.« Er marschierte zum Fußende des Betts, musterte sie kurz mit einem finsteren Blick und wandte sich ab. »Da erwartet man ein bißchen Unterstützung von seiner Frau ...«

»Seiner Frau?« Roxanne richtete sich auf. »Tu doch nicht so, als gehörte ich irgendwo zwischen deine Seidenanzüge und deine CD-Sammlung.«

»Du bist mir mehr wert als meine CD-Sammlung, aber offensichtlich bedeute ich dir nicht besonders viel, was?«

»Sei nicht so blöd.«

»Verdammt, Rox, du wußtest, wie wichtig das für mich war.«

»Ich wollte ja kommen, aber ich ...« Sie brach ab, als ihr Magen von neuem rebellierte. »Ach, Scheiße.« Hastig rappelte sie sich hoch und stürzte ins Bad.

Als es vorüber war, stand Luke mit einem feuchten Tuch und reumütigem Gesicht neben ihr. »Komm, Baby, ich bringe dich wieder ins Bett.« Widerstandslos ließ sie sich von ihm zurücktragen. »Tut mir leid, Rox.« Sanft wusch er ihr das verschwitzte Gesicht ab. »Ich platze hier rein und falle über dich her, ohne dich auch nur einmal richtig anzuschauen.«

»Sehe ich schlimm aus?«

»Frag nicht.« Er küßte ihre Stirn. »Was ist los?«

»Ich dachte, es seien die Pfannkuchen«, seufzte sie. »Ich hatte gehofft, du würdest auch ganz grün nach Hause kommen.«

»Mir geht's leider gut«, lächelte er. Ihre Stirn war feucht, aber Fieber hatte sie offenbar keines. »Ich würde sagen, du hast dir irgendeinen Virus eingefangen. So was kommt oft wie angeflogen.«

Wenn sie nicht so schwach gewesen wäre, hätte sie noch empörter protestiert. »Aber ich kriege so was nie.«

»Eben«, nickte er. »Nur wenn du dir mal was einfängst, dann richtig.« Abgesehen von dem Anfall von Seekrankheit an Bord der *Yankee Princess* hatte er sie tatsächlich noch nie angeschlagen erlebt. Bis jetzt.

»Ich muß mich einfach noch ein bißchen ausruhen. Es geht mir bestimmt bald wieder gut.«
»Roxanne.« Luke legte das Tuch zur Seite und nahm ihr Gesicht in beide Hände. »Du gehst nicht mit.«
Sie versuchte entrüstet, sich aufzusetzen. »Oh doch. Die ganze Sache war schließlich meine Idee, und ich lasse mir den Spaß bestimmt nicht entgehen, bloß weil ich einen schlechten Pfannkuchen gegessen habe.«
»Es waren nicht die Pfannkuchen«, verbesserte er. »Aber das spielt überhaupt keine Rolle. Auf alle Fälle geht es dir hundeelend.«
»Gar nicht. Mir ist nur ein bißchen komisch.«
»Du bist aber nicht fit genug, um mitzukommen.«
»Und ob!«
»Gut, dann mache ich dir einen Vorschlag. Du stehst jetzt auf und gehst bis ins Wohnzimmer und zurück. Schaffst du das, ohne auf die Nase zu fallen, läuft alles wie geplant. Schaffst du es nicht, mache ich's allein.«
Einer Herausforderung hatte sie noch nie widerstehen können. »Gut. Weg da.«
Als er aufgestanden war, biß sie die Zähne zusammen und schwang die Beine aus dem Bett. Obwohl ihr der Schweiß ausbrach und ihr schwindelig wurde, stand sie auf.
»Ohne dich festzuhalten«, mahnte Luke, als sie sich mit einer Hand an der Wand abstützte.
Entschlossen straffte sie die Schultern, marschierte rasch ins Wohnzimmer – und sank in einen Sessel. »Ich brauche bloß eine Minute.«
»Nichts da.« Er kauerte sich zu ihr. »Rox, du weißt, daß du es nicht schaffst.«
»Wir könnten es verschieben …« Sie brach ab und schüttelte den Kopf. »Nein, das wäre dumm. Ich bin dumm.« Erschöpft und frustriert lehnte sie sich zurück. »Ich finde es grausam, ausgerechnet bei dieser Sache nicht dabeizusein, Callahan.«
»Ich weiß.« Er hob sie hoch und trug sie zurück ins Bett. »Manchmal läuft es eben nicht ganz so, wie du es gern hättest.« Luke verschwieg, daß auch seine Pläne über den Haufen geworfen worden waren. Er hatte sich nämlich im stillen

ausgemalt, den gemeinsamen Triumph mit einem romantischen Abend zu krönen und ihr dabei einen Heiratsantrag zu machen. Aber das würde er bei erster Gelegenheit nachholen.
»Du kennst das Alarmsystem nicht so gut wie ich.«
»Wir sind alles unzählige Male durchgegangen«, erinnerte er sie. »Ich bin schließlich kein Anfänger.«
»Du wirst länger brauchen.«
»Sam und Justine sind in Washington. Ich habe also Zeit genug.
»Nimm Mouse mit.« Ängstlich griff sie nach seiner Hand. »Geh nicht allein.«
»Rox, keine Panik. Ich kann das im Schlaf. Das weißt du.«
»Ich habe so ein komisches Gefühl.«
»Kein Wunder«, meinte er. »Jetzt ruh dich bitte aus. Ich rufe Lily an, damit sie herkommt und auf dich aufpaßt. Laß eine Kerze für mich brennen, Baby.« Er küßte sie sanft. »Vor Sonnenaufgang bin ich wieder da.«
»Callahan.« Sie klammerte sich an ihn. Es war albern, aber am liebsten hätte sie ihn einfach festgehalten. »Ich liebe dich.«
Lächelnd beugte er sich zu ihr hinab, um sie erneut zu küssen, leicht und freundschaftlich. Später war mehr Zeit, ihr zu sagen, wieviel sie ihm bedeutete. »Ich liebe dich auch.«
»Hals- und Beinbruch.« Seufzend ließ sie ihn los.

Schon als Luke zum allerersten Mal ein Cockpit bestiegen hatte, um bei Mouse seine erste Stunde zu nehmen, hatte ihn die Flugleidenschaft gepackt. Das Fliegen bedeutete weit mehr für ihn als eine rein praktische Fähigkeit, die er in seinen beiden Berufen gut gebrauchen konnte. Es gab ihm vielmehr das überwältigende Gefühl, frei zu sein.
Das Flugzeug, das er steuerte, war auf den falschen Namen John Carroll Brakeman registriert, angeblich Geschäftsführer einer Versicherung. Um seine Tarnung nach außen hin abzurunden, hatte Luke sich einen kurzen Bart angeklebt und trug einen dreiteiligen Nadelstreifenanzug, den er ein wenig ausgepolstert hatte. Sein schwarzes Haar war an den Schläfen leicht ergraut.

Nach der Landung in Tennessee erfüllte er die vorgeschriebenen Formalitäten, meldete den Rückflug an und ging mit seiner Aktentasche zu dem Mercedes 450, den er bereits im voraus gemietet hatte. Er fuhr zum Hilton, bezog die reservierte Suite und hinterließ die Anweisung, nicht gestört zu werden.

Fünfzehn Minuten später eilte er, ohne Bart, Polsterung und silbernen Schläfen, die Treppe zum Parkplatz hinunter. Die dunkle Limousine, die er unter einem anderen Namen bestellt hatte, stand schon bereit.

Wenn er fertig war, würde er die Limousine wieder auf dem Parkplatz abstellen und zurück in sein Zimmer schlüpfen, seine Verkleidung anlegen und die Rechnungen begleichen. Um ungefähr eine halbe Million Dollar reicher würde er anschließend nach New Orleans zurückfliegen. Und niemand auf der Welt würde ihn mit dem Einbruch in Verbindung bringen.

Das ganze war vielleicht etwas umständlich, aber Max pflegte stets zu sagen, daß auch Umwege irgendwann ans gewünschte Ziel führten.

Zwei Blocks von Sams Haus entfernt parkte Luke den dunklen Wagen in einer von Bäumen gesäumten Straße. Man sah auf den ersten Blick, daß es in dieser Wohngegend geradezu musterhaft zuging. Alle Rasenflächen waren sorgfältig gestutzt, die Hunde gut erzogen und die Häuser um ein Uhr nachts längst dunkel, wie es sich gehörte.

Den Lichtkegeln der Straßenlampen konnte er leicht ausweichen. Von Kopf bis Fuß schwarzgekleidet glitt er durch die Dunkelheit. Der leichte Nebel würde ihm später beim Rückflug vielleicht einige Schwierigkeiten machen, aber im Moment hatte er eher das Gefühl, er sei speziell für ihn aufgestiegen. Das Licht des Halbmonds wurde immer wieder von vorbeiziehenden Wolken verdeckt, und in der Luft lag schon ein milder Hauch von Frühling.

Er umrundete Wyatts Grundstück. Das Haus war ein ausgedehntes Backsteingebäude mit weißen Säulen. Es stand kein Auto in der Auffahrt. Im Licht der Scheinwerfer, die das Grundstück beleuchteten, um Einbrecher abzuschrecken, sah er einige ordentliche Beete mit goldenen Osterglocken und mehrere immergrüne Bäume. Es tat ihm beinah leid, daß Sam in Washington war, denn was für ein Genuß wäre es gewesen, sich in sein Haus zu schleichen und ihn nach Herzenslust zu bestehlen, während er friedlich schnarchte.

Im Schutz eines hohen Zauns und einiger alter Laubbäume näherte sich Luke schließlich dem Haus.

Als er an der Alarmanlage zu arbeiten begann wünschte er, Roxanne wäre bei ihm. Die neuen computergesteuerten Systeme waren ein Ärgernis für jeden kreativen Einbrecher. Roxanne mit ihrem Sinn für Ordnung und ihrem logischen Verstand kam mit diesen Dingern dagegen bestens zurecht.

Obwohl er ihre Anweisungen genauestens im Kopf hatte, brauchte er zweimal so lange wie sie gebraucht hätte. Aber das mußte er ihr ja nicht unbedingt erzählen.

Zufrieden ging er danach zur Hintertür und knackte geschickt das Schloß. Diese Methode war ihm allemal lieber als ein Brecheisen zu benutzen, was jeder drittklassige Ganove fertigbrachte. Und erst recht würde er nie eine Glasscheibe einschlagen, wozu überhaupt keine Geschicklichkeit erforderlich war.

Die altvertraute Aufregung erfaßte ihn, als er ein ordentliches Wohnzimmer betrat, in dem es nach Limonenöl und Glyzinien roch. Es war immer wieder etwas Unbeschreibliches, in einem dunklen fremden Haus zu stehen – fast so, als belausche man die Geheimnisse der abwesenden Bewohner.

Luke ging leise weiter in den Korridor und wandte sich nach links zu Sams Büro. Ihm juckten bereits die Finger, endlich den Safe zu öffnen.

Er brauchte kein Licht. Seine Augen hatten sich rasch an die Dunkelheit gewöhnt, und er kannte den Grundriß des Hauses wahrscheinlich sehr viel besser als sein Besitzer.

Die Stille in einem leeren Haus war etwas Besonderes. Luke genoß diese Atmosphäre jedesmal wieder aufs neue.

Er stand bereits in Sams Büro, als er plötzlich spürte, daß irgend etwas anders war – und in der nächsten Sekunde flammte blendend hell das Licht auf.

»Komm nur herein, Luke.« Sam lehnte sich in seinem ledernen Schreibtischsessel zurück und lächelte. »Ich habe dich erwartet. Bitte.« Er deutete auf einen Stuhl. Luke sah die Pistole, die er in der Hand hielt. »Leiste mir bei einem Drink Gesellschaft.«

Auf dem Schreibtisch standen zwei Gläser Brandy. Luke wußte augenblicklich, daß er in eine Falle getappt war.

»Wie lange weißt du es schon?«

»Oh, bereits seit einigen Monaten.« Ohne die Waffe zu senken, beugte er sich vor, um nach seinem Glas zu greifen. »Ich schäme mich direkt, daß ich nicht schon viel früher darauf gekommen bin. Statt dessen war ich bisher davon ausgegangen, daß sich die Nouvelles ihren extravaganten Lebensstil dank irgendwelcher kleinen Erpressungen oder einiger harmloser Betrügereien leisten könnten. Setz dich. Es tut mir wirklich sehr leid, daß du allein gekommen bist.«

»Ich arbeite immer allein«, erwiderte Luke in der Hoffnung, wenigstens noch retten zu können, was zu retten war.

»Du warst schon immer herzergreifend ritterlich. Setz dich«, wiederholte er. Sams Stimme klang eiskalt. Luke sah ein, daß es klüger war, ihm zu gehorchen. »Der Brandy ist hervorragend.« Sam stellte sein Glas zur Seite, um nach dem Telefon zu greifen. »Keine Angst«, sagte er, als er das Aufblitzen in Lukes Augen bemerkte. »Ich rufe nicht die Polizei. Ich glaube kaum, daß wir sie brauchen.« Er drückte eine Reihe von Knöpfen und wartete. »Er ist da. Ja. Kommen Sie durch die Hintertür.« Lächelnd legte er den Hörer wieder auf. »Eine kleine Überraschung. So, und worüber wollen wir uns solange unterhalten?«

»Wenn du mich wegen Einbruchs oder versuchten Diebstahls anzeigen willst, könntest du vielleicht damit Glück haben«, sagte Luke ruhig. »Aber ich werde die ganze Sache so hinstellen, als sei es nur ein Scherz gewesen, mit dem ich einen alten Rivalen aus der Kindheit reinlegen wollte.«

Sam schien einen Moment zu überlegen. »Ich bezweifle, daß du damit durchkämst, vor allem, wenn ich erzählen würde, was ich – zugegebenermaßen erst kürzlich – begriffen habe. Du Hundesohn«, sagte er immer noch lächelnd. »Eine scheinheilige Bande seid ihr, alle miteinander. Euch zu entrüsten, weil ich in ein paar Läden etwas mitgehen ließ, während ihr selbst nichts als miese kleine Diebe seid.«

»Miese kleine Diebe nun gerade nicht«, verbesserte Luke und beschloß, doch den Brandy zu probieren. »Also, was willst du?«

»Was ich schon immer gewollt habe. Dich büßen zu lassen. Ich habe dich von Anfang an gehaßt. Laß deine Hände dort, wo ich sie sehen kann«, warnte er. Luke zuckte die Schultern und nahm einen Schluck Brandy. »Ich habe nie genau gewußt, warum, aber ich glaube, der Grund ist der, daß wir uns so ähnlich sind.«

Luke lächelte. »Du hast eine Waffe auf mich gerichtet, Wyatt. Du kannst mich töten oder mich ins Gefängnis bringen. Aber beleidige mich nicht.«

»Noch immer so kaltblütig und unverfroren wie eh und je. Diese Eigenschaften hätte ich vielleicht bewundert, wenn du nicht so ekelhaft überheblich gewesen wärst. Und wenn du mir damals nicht im Weg gewesen wärst, hätte ich eine gute Chance gehabt, die Nouvelles für meine Zwecke auszunutzen.«

»Nun, mein Lieber.« Eine kleine Hoffnung keimte in Luke auf. Falls er es schaffte, Sam in Wut zu bringen, beging er vielleicht einen Fehler. »Das hast du dir damals selbst gründlich versaut.«

Sams Augen funkelten zornig, aber er hielt weiterhin ruhig die Waffe auf ihn gerichtet. »Dafür hatte ich wenigstens meinen Spaß mit deinem Mädchen. Und ich hatte auch Roxanne beinahe so weit, daß sie mir aus der Hand fraß. Glaub mir, wenn ich geahnt hätte, wie sie sich entwickelt, hätte ich sie noch eher gefickt als diese – Annabelle, so hieß sie doch, nicht wahr?«

Luke umklammerte die Sessellehne, um sich nicht wutschnaubend auf ihn zu stürzen. »Ich hätte dir mehr als nur die Nase brechen sollen.«

»Da hast du zum erstenmal recht. Du hättest mich vernichten sollen, Callahan, denn jetzt werde ich dich vernichten. Kommen Sie rein, Mr. Cobb.«

Luke sprang so heftig auf, daß sein Brandy überschwappte, als er in der Tür seinen alten Peiniger erblickte.
»Ich glaube, ihr beiden kennt euch«, fuhr Sam fort. Oh. Ist das ein Genuß, dachte er. Herrlich. Es war ein unvergleichlicher Anblick zu sehen, wie Luke bleich wurde. Aber es würde noch besser werden, sogar sehr viel besser. Leise lachte er in sich hinein. »Es wird dich vermutlich überraschen, daß Mr. Cobb schon seit einer ganzen Zeit für mich arbeitet. Bedienen Sie sich an der Bar, während ich unseren gemeinsamen Freund ein wenig ins Bild setze.«
»Bin so frei.« Cobb ging hinüber und schenkte sich einen doppelten Whiskey ein. Ihm gefiel es, daß ein Mann von Wyatts Kaliber ihn in sein Haus eingeladen hatte. »Sieht aus, als hätte er dich am Wickel, Luke.«
»Ganz genau. Nachdem wir nun alle zusammen sind, will ich dir einiges erläutern.« Sam war so sehr von seinem Triumph erfüllt, daß seine Stimme vor Aufregung zitterte. »Es war meine Idee, daß Mr. Cobb sich mit dir in Verbindung setzt und dich monatlich um ein paar Tausend erleichtert. Du kannst dir meine Überraschung denken, als du stillschweigend und ohne mit der Wimper zu zucken zahltest, sogar nachdem ich ihm die Erlaubnis gab, die Summen zu erhöhen. Natürlich fragte ich mich, wie zahlt ein Mann – selbst wenn er ein recht ansehnliches Einkommen hat – Forderungen von über einhunderttausend Dollar im Jahr, ohne auch nur im geringsten seinen Lebensstil ändern zu müssen?« Sam schwieg kurz und lächelte. »Das kann er natürlich nicht, falls er nicht unbekannte Einnahmequellen hat. Also begann ich, etwas nachzuforschen. Ich habe so meine Verbindungen, du verstehst? Am Ende legte ich den Köder aus und wartete, daß du anbeißt. Die Unterlagen der Versicherungsgesellschaft, die Pläne meiner Alarmanlage, mein Terminplan, demzufolge ich diese Woche in Washington sein sollte – das gehörte alles zu meinem Spiel dazu. Hübsch, nicht wahr?«
Luke überlief eine Welle der Übelkeit, und kalter Schweiß stand ihm auf der Stirn. »Du hast mich in den Käfig gelockt«, stieß er hervor, »was aber nicht bedeutet, daß ich auch drinbleibe.«

»Das ist mir bewußt. Mit einem geschickten Anwalt könnte es dir gelingen, dich irgendwie herauszuwinden. Und da du leider allein gekommen bist, wäre es schwierig, wenn nicht unmöglich, den Nouvelles etwas nachzuweisen. Ich könnte dich allerdings auch schlicht und einfach umbringen.« Er hob nachdenklich die Waffe und zielte auf Lukes Stirn. »Aber dann wärst du nur tot.«

»Die Gans, die goldene Eier legt, bringt man nicht um.« Cobb kicherte über seinen eigenen Witz.

»Sehr wahr, vor allem nicht, wenn man sie langsam rösten kann.«

»Und er wird auch weiter brav bezahlen.« Cobb goß sich noch einen Whiskey ein.

»Ja, wenn auch nicht so, wie Sie meinen«, lächelte Sam und drückte den Abzug.

Der Schuß klang wie eine Explosion in dem kleinen Raum. Luke spürte förmlich die Schallwellen in seinem Körper. Benommen sah er, daß Cobb schwankte, sah den überraschten Ausdruck auf seinem Gesicht und das Blut, das aus dem sauberen schwarzen Loch floß, das plötzlich auf seiner Stirn erschienen war.

Das Whiskeyglas landete als erstes auf dem Boden und rollte über den hellen Perserteppich, und dann sackte Cobb zusammen.

»Das war einfacher, als ich gedacht hatte.« Sams Hand zitterte ein wenig, doch eher vor Aufregung als vor Nervosität. »Viel einfacher.«

»Herrgott.« Luke wollte aufspringen, aber seine Glieder waren bleischwer, und er bewegte sich so langsam, als müsse er sich durch tiefes Wasser kämpfen. Alles drehte sich um ihn, und dann schoß ihm der helle, blutbefleckte Teppich entgegen.

Als er aufwachte, dröhnte sein Kopf, als stecke er in einer Trommel.

»Du bist offensichtlich ganz schön zäh«, drang Sams Stimme von irgendwoher an sein Ohr. »Ich hatte gedacht, du wärst länger weggetreten.«

»Was?« Unsicher stützte Luke sich auf Hände und Knie und hob langsam den Kopf. Vor sich sah er Cobbs totenbleiches Gesicht. »O Gott.« Mit einer Hand wischte er sich den Schweiß vom Gesicht. Ihm war schwindelig und hundelend, aber trotzdem merkte er, daß er keine Handschuhe mehr trug.

»Bist du mir etwa nicht dankbar?« fragte Sam, der wieder hinter dem Schreibtisch saß. Als Luke zu ihm hinüberschaute, sah er in seiner Hand eine andere Waffe. »Immerhin hat der Mann dir das Leben zur Hölle gemacht, nicht wahr? Jetzt ist er tot.«

»Du hast nicht mal mit der Wimper gezuckt.« Sam, die Waffe, das Zimmer, alles schwankte, doch Luke kämpfte mit seiner ganzen Willenskraft darum, einen klaren Kopf zu bekommen. »Du hast ihn kaltblütig erschossen und nicht mal mit der Wimper gezuckt.«

»Besten Dank für das Kompliment. Denk dran, ich kann das mit dir genauso machen – mit Max, mit Lily oder mit Roxanne.«

Mühsam richtete Luke sich auf. Er wollte vor diesem Schwein nicht auf Knien liegen. Trotz allem Entsetzen fühlte er sich zutiefst gedemütigt. »Was willst du?«

»Genau das, was ich bekommen werde. Ich könnte jetzt die Polizei rufen und erzählen, daß du und Cobb hier eingebrochen seid, während ich noch in meinem Büro gearbeitet habe. Ich habe euch überrascht, du hast eine Waffe gezogen, ihr seid miteinander in Streit geraten, und du hast ihn erschossen. Dadurch warst du abgelenkt, und es gelang mir, an meine Waffe zu kommen. Das hier ist übrigens meine eigene Waffe.«

Er deutete auf die .25er in seiner Hand. Am liebsten hätte er abgedrückt und noch einmal dieses berauschende Machtgefühl genossen. Aber das wäre eine zu schnelle Lösung. Zu schnell – und zu endgültig.

»Die andere ist nicht registriert – aber dafür sind deine Fingerabdrücke darauf. Du wirst wegen Mordes angeklagt werden, und in Anbetracht deiner Verbindung zu Cobb bezweifle ich, daß du dich aus dieser Schlinge herauswinden kannst.«

Er lächelte genüßlich. Ja, das hatte er genial eingefädelt.
»Das wäre die eine Möglichkeit«, fuhr er fort. »Noch besser gefällt mir allerdings die zweite, die folgendermaßen aussieht: Ich lasse dich gehen. Allerdings mußt du die Leiche wegschaffen.«
»Gehen?« Luke strich sich mit einer Hand übers Gesicht. Es fiel ihm schwer, sich zu konzentrieren. »Einfach so?«
»Ganz recht. Nur gehst du nicht zurück nach New Orleans. Du nimmst auch keinerlei Kontakt mit den Nouvelles auf. Du verschwindest buchstäblich.« Das Grinsen auf Sams Gesicht wurde noch breiter, ehe er in ein wildes Kichern ausbrach. »Abrakadabra.« Luke lief es bei Sams Lachen kalt über den Rücken.
»Du hast den Verstand verloren.«
»Das hättest du wohl gern.« Sams Augen funkelten boshaft. »Nur weil du nicht zugeben willst, daß ich dich endlich, endlich doch geschlagen habe.«
»Das alles ... das alles hast du geplant, nur um dich an mir zu rächen?« Lukes Stimme klang verschwommen, da die Wirkung der Droge immer noch anhielt. Er sprach langsam und stockend, als habe er Mühe, die Worte selbst zu begreifen. »Nur deshalb hast du Cobb ermordet?«
»Erscheint dir der Aufwand übertrieben?« Sam lehnte sich in seinen Sessel zurück und drehte ihn lässig hin und her. »Vielleicht würde ich das an deiner Stelle ebenfalls denken.« Er wandte sich abrupt wieder zu Luke um und sah mit Genugtuung, wie er zusammenzuckte. »Aber dafür habe ich dich nun in der Hand. Und du wirst genau das tun, was ich sage. Andernfalls lasse ich dich wegen Mordes verhaften und sorge dafür, daß gegen Maximillian Nouvelle wegen schweren Diebstahls ermittelt wird – falls ich es nicht doch unterhaltsamer finde, ihn zu töten.«
»Er hat dich von der Straße aufgelesen.«
»Und mich wieder dorthin zurückbefördert.« Sam grinste verächtlich. »Ich hoffe, du erwartest keine Loyalität von mir, Callahan. Dich kümmert ja offenbar selbst nicht, was aus dem Alten wird.«
»Warum bringst du mich nicht einfach um?«

»Mir gefällt die Vorstellung besser, daß du dich in irgendeinem gottverlassenen Nest mühsam durchs Leben schlagen mußt, schweißgebadet von Roxanne träumst und von den Männern, die deine Stelle einnehmen. Daß du wieder ein genauso armes, verachtetes Schwein bist wie vorher, ehe du zu den Nouvelles kamst. Und diesem Schicksal entkommst du nicht, Callahan. Entweder du gehst, oder die Nouvelles müssen für den Rest ihres Lebens dafür büßen. Glaub übrigens nicht, du könntest jetzt verschwinden und in ein paar Wochen wieder auftauchen. Selbst wenn es dir gelingen sollte, deinen Kopf aus der Schlinge zu ziehen, werde ich sie Max um den Hals legen und fest zuziehen, das verspreche ich dir. Ich habe sämtliche Beweise, die ich gegen ihn brauche, dort im Safe, den du so gern geöffnet hättest.«

»Niemand würde dir glauben.«

»Nein? Einem hochangesehenen Staatsdiener mit einem makellosen Leumund? Einem Mann, der es aus eigener Kraft vom Straßenjungen bis zum aufstrebenden Politiker geschafft hat? Jeder würde mir glauben, besonders, wenn ich beteuere, daß ich bei aller Loyalität, die ich gegenüber dem alten Mann empfinde, die Augen nicht länger vor den Tatsachen verschließen konnte. Aber da ich sehe, wie senil der Gute geworden ist, befürworte ich gutherzig die dauerhafte Unterbringung in einer psychiatrischen Klinik anstelle einer Gefängnisstrafe.«

Eine eisige Angst überlief Luke. »Niemand wird Max einsperren.«

»Das liegt allein an dir, Callahan.«

Luke spürte, daß er machtlos war. »Gut, ich werde verschwinden, Wyatt. Aber du wirst dich nie absolut sicher fühlen können, denn eines Nachts werde ich wieder dasein.«

»Nimm deinen alten Freund mit, Callahan.« Er deutete auf Cobb. »Und denke jeden Tag an mich, wenn du in der Hölle bist.«

SIEBZEHNTES KAPITEL

Luke wußte, daß es dumm und riskant war, aber was spielte das noch für eine Rolle? Er ließ den zweiten Mietwagen auf dem Hotelparkplatz stehen und fuhr von der Lobby aus mit dem Fahrstuhl hinauf in sein Zimmer. Dort zog er eine Flasche Jack Daniels aus einer Papiertüte, stellte sie auf die Kommode und starrte sie lange Zeit an.

Schließlich öffnete er sie und nahm drei tiefe Schlucke. Obwohl der Whiskey wie Feuer in seinem Leib brannte, half er ihm auch nicht weiter.

Er hätte es wissen müssen. Als Kind hatte er genügend abstoßende Beispiele dafür erlebt, daß Alkohol Unglück nicht vertrieb, sondern nur verschlimmerte. Aber es war einen Versuch wert gewesen.

Immer noch glaubte er, Cobb zu riechen. Der Schweiß, das Blut, der Gestank nach Tod haftete noch an seiner Haut. Es war grauenhaft gewesen, die Leiche im Fluß zu versenken.

Er hatte ihm den Tod gewünscht. Wahrhaftig, er hatte ihm den Tod gewünscht. Aber er hatte nicht gewußt, was ein plötzlicher, gewaltsamer Tod bedeutete.

Luke konnte nicht vergessen, wie Sam den Schuß abgefeuert hatte – so lässig, als sei der Mord an einem Menschen vollkommen bedeutungslos. Er hatte es nicht aus Haß getan, nicht in blinder Leidenschaft oder aus Habgier, sondern so gedankenlos wie ein kleines Kind ein Bauwerk aus Holzklötzchen umstieß. Und alles nur, weil der tote Cobb ein klein wenig mehr von Nutzen für ihn war als der lebendige.

Luke ließ sich kraftlos auf das Bett fallen. Die ganzen Jahre über hatte er gedacht, er hätte alles unter Kontrolle. Doch das war eine Illusion gewesen, denn in Wirklichkeit hatte ständig jemand hinter der Szene gestanden, die ihn beobachtet und sich einen boshaften Spaß daraus gemacht, die Fäden zu ziehen.

Und alles nur wegen irgendeiner verrückten Eifersucht und

einem kindischen Haß. Jeder, der in dieser Nacht dabeigewesen wäre, hätte sofort gesehen, daß Sam nicht nur maßlos ehrgeizig und völlig kaltblütig war, er war regelrecht übergeschnappt.

Was konnte er tun? Luke rieb sich mit den Händen über die Augen, als wolle er die verstörenden Bilder wegwischen, um wieder klarer sehen zu können.

Er war in ein Privathaus eingebrochen. Wenn die Polizei einen entsprechenden Tip bekam, würde sie keine Mühe haben, die richtige Spur zu finden, und diese Spur führte direkt zu den Nouvelles. Und wenn er mit einer solch aberwitzigen Geschichte zur Polizei ging, wem würde man glauben – dem Dieb oder dem ehrbaren Bürger?

Trotzdem konnte er es riskieren. Obwohl er nicht sicher war, ob er die Gefangenschaft aushalten würde, ohne durchzudrehen, konnte er es riskieren. Aber er mußte damit rechnen, daß Sam seine anderen Drohungen wahr machte. Max in einer Irrenanstalt, Lily am Boden zerstört, Roxanne hinter Gittern. Vielleicht hatte Sam sogar so viel Geschmack am Morden gefunden, daß er sie alle umbrachte – mit der Waffe, auf der sich Lukes Fingerabdrücke befanden.

Eine panische Angst überkam ihn bei diesem Gedanken. Hastig griff er zum Telefon und wählte. Seine Hand umklammerte den Hörer. Sie antwortete beim ersten Läuten, als habe sie auf ihn gewartet.

»Hallo? Hallo, ist da jemand?«

Sie saß vermutlich im Bett, hatte den Hörer am Ohr und ein offenes Buch im Schoß, während ein alter Schwarzweißfilm über den Bildschirm flackerte – er sah dieses Bild so deutlich vor sich, als sei er bei ihr im Zimmer.

Und in diesem Moment wußte er, daß er sie nie wiedersehen durfte.

»Hallo? Luke, bis du das? Ist etwas …«

Langsam legte er auf.

Seine Entscheidung war gefallen. Hätte er sich gemeldet und ihr alles erzählt, hatte er hilflos zusehen müssen, wie sie unter dieser Katastrophe litt. Doch wenn er sie ohne ein Wort, ohne ein Zeichen verließ, würde sie ihn mit der Zeit lediglich hassen.

Schwerfällig stand er auf und holte sich die Flasche ins Bett. Der Whiskey würde zwar sein Elend nicht lindern, aber vielleicht konnte er so wenigstens schlafen.

Nachdem er geduscht und sich wieder verkleidet hatte, verließ er am Morgen das Hotel und fuhr zum Flughafen. Er wollte leben. Und sei es auch nur, um von Ferne darauf zu achten, daß Sam die Nouvelles in Ruhe ließ. Vielleicht auch, um abzuwarten, bis seine Zeit gekommen war, und seine Rache zu planen.
Wohin er gehen sollte, wußte er allerdings noch nicht, und sein Leben erschien ihm genauso leer wie die Flasche, die er im Hotel zurückgelassen hatte.

»Er müßte schon seit Stunden zurück sein.« Roxanne rieb nervös ihre Hände aneinander und lief im Arbeitszimmer ihres Vaters auf und ab. «Irgendwas ist schiefgegangen. Er hätte die Sache nie allein machen dürfen.«
»Es war nicht sein erster Job, mein Kind.« Max hob eine buntbemalte Schachtel von einer Bank hoch. Darunter kam ein abgetrennter Kopf zum Vorschein, der Mouses grinsende Gesichtszüge trug. »Er weiß schon, was er tut.«
»Warum hat er sich dann noch nicht gemeldet?«
»Das kann tausend Gründe haben.« Nach einem Knopfdruck auf eine Fernbedienung, die in Max' Ärmel verborgen war, gab der Kopf ein langes tiefes Stöhnen von sich. Ein weiterer Druck, und die Augen rollten nach links und rechts und der Mund öffnete sich. »Ausgezeichnet, ganz ausgezeichnet. Sehr lebensecht, findest du nicht?«
»Daddy.« Ungeduldig schob Roxanne die Schachtel wieder über den Kopf. »Luke ist in Schwierigkeiten. Ich weiß es.«
»Woher?« Max schaltete die Fernbedienung ab.
»Weil niemand etwas von ihm gehört hat, seit er gestern nacht von hier weg ist. Weil er heute morgen um sechs Uhr zurück sein wollte, und jetzt ist es fast Mittag. Weil man mir am Flughafen gesagt hat, John Carroll Brakeman habe seinen Rückflugplan eingereicht, sei aber nicht angekommen.«
»Sicher, das alles scheint beunruhigend. Genauso wie es

scheint, daß der Kopf immer noch in dieser Schachtel ist.« Mit einer schwungvollen Geste hob Max die Schachtel hoch. Der Kopf war verschwunden, statt dessen befand sich eine blühende Geranie darunter. »Du hast doch gelernt, daß vieles oft ganz anders scheint, als es tatsächlich ist.«
»Es geht hier nicht um einen Zaubertrick, verdammt.« Wie konnte er nur so ruhig bleiben?
Max legte ihr eine Hand auf die Schulter. »Er ist ein gescheiter Junge, Roxy. Er ist bald wieder daheim.«
»Woher willst du das wissen?« rief sie heftig.
»Das steht in den Karten.« Um sie ein wenig abzulenken, zog Max ein Kartenspiel aus der Tasche und breitete es fächerartig aus. Doch als er den Trick vorführen wollte, versagten seine steifen Finger ihm den Dienst. Bestürzt beobachtetet er, wie die Karten zu Boden flatterten.
Roxanne spürte seinen Schmerz so deutlich, als sei ihr selbst dieses Mißgeschick passiert. Sie bückte sich, um das Spiel einzusammeln, und begann hastig zu reden.
»Ich weiß, daß Luke manchmal seine Pläne ändert, aber doch nicht so.« Sie verfluchte die Karten, verfluchte das Alter, verfluchte ihre eigene Hilflosigkeit. »Meinst du, ich sollte losziehen und ihn suchen?«
Max starrte noch immer zu Boden, obwohl Roxanne die Karten längst aufgehoben hatte. Doch seine Gedanken waren ganz woanders. Als er wieder aufschaute, lag ein Lächeln in seinen Augen, ein sanftes freundliches Lächeln, das ihr regelrecht ins Herz schnitt. »Wenn wir gründlich genug und lange genug suchen, finden wir immer, was wir brauchen. Weißt du, daß viele glauben, es gibt mehr als nur einen Stein der Weisen? Aber das erscheint in Wahrheit nur so.«
»Daddy.« Mit Tränen in den Augen wollt Roxanne nach seiner Hand greifen, aber Max war meilenweit weg.
Abrupt schlug er mit einem Buch auf den Tisch, so daß Roxanne zusammenfuhr. Sein Lächeln war verschwunden, und seine Augen glühten leidenschaftlich. »Ich habe ihn beinahe aufgespürt.« Er packte ein dickes Bündel Papiere und schüttelte es heftig. »Und wenn ich ihn endlich habe ...« Behut-

sam legte er die Blätter wieder hin und strich sie glatt. »Nun, dann können sich alle von seiner Zauberkraft überzeugen, nicht wahr?«

»Ja, ganz bestimmt.« Sie schlang die Arme um ihn und drückte ihre Wange an sein Gesicht. »Komm doch mit nach oben, Daddy.«

»Nein, nein, lauf nur zu. Ich habe noch zu arbeiten.« Er setzte sich, um eifrig über uralten Büchern mit uralten Geheimnissen zu brüten. »Sage Luke, er soll Lester anrufen und sich erkundigen, ob die neuen Scheinwerfer angebracht worden sind.«

Sie öffnete den Mund, um ihn zu erinnern, daß der alte Manager des Magic Door sich vor drei Jahren zurückgezogen hatte, doch dann preßte sie nur fest die Lippen zusammen und nickte. »Gut, Daddy.«

Dann machte sie sich auf die Suche nach Lily.

Roxanne fand sie i

m Hof, wo sie Tauben mit Brotkrumen fütterte.

»LeClerc wird immer wütend, wenn er mich dabei erwischt.« Lily warf eine Handvoll in die Luft und lachte, als die Tauben sich darum zankten. »Sie machen alles voll, das stimmt, aber es ist so süß, wie sie mit den Köpfen nicken und einen mit diesen kleinen schwarzen Augen anschauen.«

»Lily, was ist los mit Daddy?«

»Wieso?« Lily erschrak. »Hat er sich weh getan?« Sie wollte aufspringen und ins Haus laufen, doch Roxanne hielt sie zurück.

»Nein, es ist nichts. Er sitzt im Arbeitszimmer und liest in seinen Büchern.«

»Oh.« Lily atmete erleichtert auf. »Du hast mir einen richtigen Schrecken eingejagt.«

»Ich bin eben auch erschrocken«, sagte Roxanne ruhig. »Er ist krank, nicht wahr?«

Lily schwieg einen Moment lang. Dann trat ein energischer Ausdruck in ihre blaßblauen Augen. »Wir sollten mal miteinander reden.« Sie schlang einen Arm um Roxannes Taille. »Setzen wir uns.«

Sie gingen zu einer Bank unter einem Baum am Springbrunnen, in dem munter das Wasser sprudelte.
»Laß mir eine Minute Zeit, Schätzchen.« Lily hielt Roxannes Hand, während sie mit der anderen den Tauben Brotkrumen zuwarf. »Ich liebe diese Jahreszeit«, sagte sie leise. »Ich finde den Frühlingsbeginn einfach zauberhaft. Die Narzissen und Hyazinthen blühen schon, die Tulpen kommen heraus. Dort im Baum ist ein Nest.« Sie blickte auf, aber ihr Lächeln war wehmütig und ein wenig verloren. »Jedes Jahr kehrt alles wieder. Die Vögel, die Blumen. Ich kann mich hier draußen hinsetzen, alles betrachten und weiß, daß manches für ewig ist.«
Die Tauben trippelten gurrend um ihre Füße. Von draußen vor den Toren hörte man das stetige Brausen des Verkehrs. Die Sonne schien, und eine leichte Brise raschelte in den ersten Blättern der Bäume. Irgendwo in der Nähe spielte ein Flötenspieler eine alte irische Melodie. ›Danny Boy.‹ Roxanne zitterte, da sie das Lied kannte. Es handelte von Tod und Verlust.
»Ich habe ihn zum Arzt geschleppt.« Lily drückte ihre Hand. »Max konnte sich noch nie ernsthaft gegen mein Genörgel zur Wehr setzen. Es wurden ein paar Test gemacht, und ich mußte ihn beschwatzen, noch einmal dorthin zu gehen, damit weitere Untersuchungen gemacht werden konnten. Er wollte nicht ins Krankenhaus, wo man alles auf einmal hätte erledigen können. Und ich … ich habe nicht darauf gedrängt. Ich wollte auch nicht, daß er in eine Klinik geht.«
»Welche Untersuchungen?« fragte Roxanne. Ihre Stimme klang ihr selbst ganz fremd.
»Alles mögliche. So viele, daß ich es gar nicht behalten habe. Sie haben ihn an Geräte angeschlossen und die Kurven studiert. Sie haben Blut- und Urinproben genommen und ihn geröntgt.« Sie zuckte hilflos mit den Schultern. »Vielleicht war es falsch, Roxy, aber ich habe sie gebeten, es mir zu sagen, wenn sie was herausfinden. Ich wollte nicht, daß man es Max mitteilt, falls es etwas Schlimmes sei. Ich weiß, du bist seine Tochter, aber ich …«
»Es war schon richtig.« Roxanne legte ihren Kopf an Lilys

Schulter. Sie brauchte eine Minute, bis sie genügend Mut gefaßt hatte. »Es ist etwas Schlimmes, nicht? Du mußt es mir sagen.«

»Er wird immer vergeßlicher werden«, sagt Lily mit bebender Stimme. »An manchen Tagen wird alles ganz in Ordnung sein, und an anderen wird er sich selbst mit Medikamenten nicht konzentrieren können. Man hat mir gesagt, es könne sein, daß diese Erkrankung ganz langsam verläuft, aber wir sollten uns darauf einrichten, daß es Zeiten geben kann, an denen er sich nicht mal mehr an uns erinnert.« Tränen liefen ihr über die Wangen. »Es könnte passieren, daß er wütend wird und sich gegen unsere Hilfe wehrt. Genausogut kann es aber sein, daß er einfach stillschweigend tut, was man ihm sagt. Es könne vorkommen, daß er in den Laden um die Ecke geht, um Milch zu holen, und nicht mehr heimfindet. Er kann sogar vergessen, wer er ist, und wenn die Krankheit weiter fortschreitet, kann er sich eines Tages endgültig in seine eigene Welt zurückziehen, wo ihn niemand mehr erreicht.«

Ein solcher Zustand war schlimmer, viel schlimmer als der Tod, so erschien es Roxanne. »Wir ... wir müssen mit ihm zu Spezialisten.«

»Der Arzt hat uns einen empfohlen. Ich habe ihn angerufen. Wir könnten Max nächsten Monat zu ihm nach Atlanta bringen.« Lily griff nach einem ihrer Spitzentücher und wischte sich die Augen. »Bis dahin will er sämtliche Untersuchungsergebnisse studieren. Die Krankheit heißt Alzheimer, Roxy, und ist unheilbar.«

»Dann werden wir selbst ein Heilmittel finden. Wir lassen nicht zu, daß das mit Max passiert.« Sie sprang hastig auf und wäre fast gestürzt, wenn Lily sie nicht festgehalten hätte.

»Schatz, du meine Güte, Liebling, was ist denn? Ich hätte es dir nicht so unverblümt sagen sollen.«

»Doch, ich bin nur zu rasch aufgestanden.« Aber das Schwindelgefühl hielt immer noch an, und die Übelkeit schnürte ihr den Magen zusammen.

»Du bist so blaß! Komm, wir gehen rein, und ich mache dir einen Tee.«

»Mir geht's gut«, behauptete Roxanne. »Es ist bloß irgendein blöder Virus.« Aber Lily zog sie energisch mit sich ins Haus. Kaum waren sie in der Küche, roch sie den Duft der herzhaften Suppe, die LeClerc gerade kochte. Sie wurde regelrecht grün im Gesicht. »Verdammt. Ausgerechnet jetzt«, stöhnte sie. Gefolgt von der aufgeregten Lily rannte sie zum Bad.

Nachdem sie sich übergeben hatte, war sie so erschöpft, daß sie nicht protestierte, als Lily sie ins Bett brachte und darauf bestand, daß sie sich hinlegte.

»Das sind nur diese ganzen Sorgen«, tröstete Lily.

»Es ist irgendein Virus.« Roxanne schloß die Augen und hoffte, daß ihr Magen jetzt leer war und nicht noch mehr hochkam. »Dabei dachte ich, es wäre wieder vorbei. Genau das gleiche ist mir gestern nachmittag schon passiert. Und abends ging es mir wieder prima. Heute morgen auch.«

Lily tätschelte ihre Hand. »Wenn du jetzt gesagt hättest, dir sei an zwei Tagen hintereinander *morgens* schlecht gewesen, hätte ich glatt gedacht, du wärst schwanger.«

»Schwanger!« Roxanne hätte am liebsten gelacht, aber die Sache schien ihr nicht besonders komisch. »Du kommst auf Ideen! Wenn man schwanger ist, wird einem nicht am Nachmittag übel.«

»Eigentlich nicht.« Trotzdem fragte Lily sicherheitshalber: »Ist mal eine Periode ausgeblieben?«

Roxanne bekämpfte den ersten Anflug von Panik, doch noch ein anderes Gefühl stieg in ihr auf – eine leise, ganz zarte Freude. »Ich bin ein wenig überfällig, das ist alles.«

»Wie lange?«

Roxanne zupfte unsicher an der Bettdecke. »Ein paar Wochen ... drei vielleicht.«

»O Schätzchen!« Lily war außer sich vor Entzücken. »Ein Baby!«

»Jetzt mach mich bloß nicht verrückt.« Vorsichtig legte Roxanne eine Hand auf ihren Bauch. Wenn dort drinnen ein Baby war, dann war es ein ziemlich gemeines Geschöpf. Unwillkürlich mußte sie lachen. Bei einem Vater wie Luke konnte sie eigentlich kaum ein sanftmütiges, stilles Wesen erwarten.

»Besorg' dir doch einen Schwangerschaftstest. Dann weißt du wenigstens Bescheid. Das wird Luke einfach umhauen.«
»Wir haben nie über dieses Thema gesprochen.« Plötzlich überkam sie die Angst. »Lily, wir haben nie über Kinder gesprochen. Er will vielleicht gar keine ...«
»Sei nicht albern. Er liebt dich. Du bleibst jetzt liegen, und ich hole dir ein Glas Milch.«
»Besser Tee. Ich glaube, etwas Tee könnte ich bei mir behalten – und ein paar Plätzchen vielleicht.«
»Keine Gelüste auf Erdbeeren und saure Gurken?« Sie kicherte, als Roxanne nur angewidert stöhnte. »Entschuldige, Schatz, aber ich bin so aufgeregt. Bin gleich wieder da.«
Ein Baby, dachte Roxanne. Warum hatte sie nicht daran gedacht, daß sie schwanger sein könnte? Oder hatte sie den Gedanken nur verdrängt? Seufzend drehte sie sich auf die Seite. Eigentlich war sie nicht besonders überrascht, und obwohl sie sich einbildete, regelmäßig die Pille genommen zu haben, tat es ihr auch nicht leid.
Lukes Baby. Was würde er dazu sagen? Wie würde er sich fühlen?
Es gab nur einen Weg, es zu erfahren. Sie mußte ihn finden. Entschlossen griff sie nach dem Telefon neben dem Bett und wählte.
Als Lily etwas später mit dem Tee, trockenem Toast und einer rosafarbenen Rosenknospe zurückkehrte, lag Roxanne wieder auf dem Rücken und starrte mit leerem Blick an die Decke.
»Er ist weg, Lily.«
»Wer?«
»Luke ist weg.« Sie richtete sich auf und schaute sie verzweifelt an. »Ich habe den Flughafen angerufen. Er ist heute morgen um fünf nach halb zehn in Tennessee gestartet.«
»Um halb zehn?« Lily stellte das Tablett auf die Kommode. »Aber jetzt ist es schon nach zwölf. Man braucht doch bloß eine Stunde bis nach New Orleans.«
»Er hat als Zielort nicht New Orleans angegeben. Ich mußte all meine Überredungskünste aufbieten, um seinen Flugplan zu erfahren, aber ich habe es geschafft.«

»Was meinst du damit, daß er nicht nach New Orleans wollte? Natürlich wollte er das.«
»Mexiko«, flüsterte Roxanne. »Er ist unterwegs nach Mexiko.«

Zweierlei wußte Roxanne am nächsten Morgen mit Sicherheit – erstens, daß sie wirklich schwanger war und zweitens, daß ein Mann tatsächlich spurlos vom Erdboden verschwinden konnte. Aber alles, was verschwinden konnte, ließ sich auch wieder herbeizaubern. Sie war nicht umsonst eine Zauberin in der zweiten Generation.
Sie schloß gerade ihre Reisetasche, als es klingelte. Luke! Das war ihr erster Gedanke. Sie stürmte aus dem Schlafzimmer zur Haustür.
»Wo bist du ... o Mouse.«
»Entschuldige, Roxy«, sagte er sichtlich betreten.
»Schon gut«, lächelte sie mühsam. »Hör mal, ich bin praktisch schon weg.«
»Weiß ich. Lily hat gesagt, daß du nach Mexiko willst, um Luke zu suchen. Ich komme mit.«
»Das ist nett von dir, Mouse, aber es geht schon.«
»Ich komme mit.« Er war vielleicht ein wenig schwerfällig, aber auch genauso hartnäckig, wenn es nötig war. »Du sollst nicht allein ... in deinem Zustand ...«, stotterte er und wurde blutrot im Gesicht.
»Lily strickt also schon Schühchen, was?« meinte sie kopfschüttelnd. »Mouse, es gibt keine Grund, sich Sorgen zu machen. Ich weiß, was ich tue, und die Tatsache, daß ich etwas mit mir herumschleppe, das so groß ist wie ein Stecknadelkopf, ist kein Hinderungsgrund.«
»Ich kümmere mich um dich. Das würde Luke von mir erwarten.«
»Wenn Luke so verdammt besorgt wäre, wäre er nicht in Mexiko«, fauchte sie. Es tat ihr sofort leid, als sie Mouses betroffenes Gesicht sah. »Entschuldige. Ich glaube, wenn man schwanger ist und die Hormone verrückt spielen, geht man leichter mal in die Luft. Ich habe schon alles arrangiert und nehme den nächsten Flug nach Mexiko.«

»Nicht nötig«, erklärte er standhaft. »Ich fliege dich.«
Roxanne wollte erneut protestieren, doch dann zuckte sie die Schultern. Vielleicht würde seine Gesellschaft ihr ganz guttun.

Nach der Landung auf dem Flughafen von Cancun schaffte Roxanne es gerade noch zur Damentoilette. Während sie sich übergab, fiel ihr auf, daß sie diese Übelkeitsanfälle fast so regelmäßig bekam, daß sie die Uhr danach stellen konnte. Vielleicht hatte das Baby ihren Ordnungssinn geerbt.
Als sie sich wieder einigermaßen im Griff hatte, kehrte sie zu Mouse zurück, der besorgt in dem winzigen, sonnendurchfluteten Terminal wartet. »Alles okay«, sagte sie. »Nur eine der Segnungen einer werdenden Mutter.«
»Und das geht jetzt neun ganze Monate so weiter?«
»Danke, Mouse«, seufzte sie. »Du bist sehr tröstlich.«
Fast eine Stunde lang versuchten sie, von der Flugaufsicht irgendwelche näheren Auskünfte über Luke zu bekommen. Ja, er sei zur Landung auf diesem Flughafen gemeldet gewesen. Nein, er sei nie angekommen, habe weder Funkkontakt gehabt noch die Erlaubnis beantragt, seinen Kurs zu ändern. Er sei einfach irgendwo über dem Golf verschwunden.
Oder, wie der fröhliche Fluglotse erklärte, *im* Golf.
»Er ist nicht abgestürzt, verdammt.« Roxanne marschierte wütend zurück zum Flugzeug. »Auf gar keinen Fall.«
»Er ist ein guter Pilot«, nickte Mouse. »Und ich habe vor dem Start das Flugzeug selbst überprüft.«
»Er ist nicht abgestürzt«, wiederholte sie. Sie rollte eine von Mouses Karten auf und begann die mexikanische Küste zu studieren. »Wohin könnte er geflogen sein, Mouse, wenn er beschlossen hätte, nicht in Cancun zu landen?«
»Das könnte ich dir vielleicht sagen, wenn ich wüßte, *warum*.«
»Aber das wissen wir eben nicht.« Sie drückte die kalte Flasche Cola, die Mouse ihr gekauft hatte, an ihre verschwitzte Stirn. »Vielleicht wollte er eine falsche Spur legen? Wir können wohl kaum Sam anrufen und uns erkundigen, ob zufäl-

ligerweise die Saphire seiner Frau geklaut worden sind. In den Nachrichten ist nichts von einem Einbruch gemeldet worden, aber man hält so etwas ja oft für eine Weile geheim. Falls er dabei in Schwierigkeiten geraten ist, hat er womöglich aus irgendwelchen idiotischen Gründen beschlossen, Kurs nach Westen zu nehmen, um John Carroll Brakeman verschwinden zu lassen.«

»Aber warum hat er sich nicht gemeldet?«

»Wie soll ich das wissen?« Sie hatte Mühe, nicht zu schreien. »Diese Inseln hier. Auf manchen gibt es Landebahnen. Offizielle und weniger offizielle. Für Schmuggler.«

»Ja, und?«

Sie reichte Mouse die Karte. »Dort schauen wir uns mal um.«

Sie verbrachten drei Tage damit, die ganze Küste nach Luke abzusuchen, drückten Geld in eifrig offengehaltene Hände und folgten zahllosen falschen Fährten.

Mouse kam sich bei Roxannes Übelkeitsanfällen ziemlich hilflos vor und wünschte, Lily wäre bei ihnen. Wenn er nur das geringste Aufhebens machte, ging Roxanne wie eine fauchende Katze auf ihn los. Andererseits beruhigten ihn ihre Wutanfälle. Ihm war klar, daß sie notfalls mutterseelenallein in den Dschungel marschieren würde. Bis sie Luke aufgespürt hatten, fühlte Mouse sich für sie verantwortlich. Wenn er fand, sie sei blaß oder zu erschöpft, zwang er sie, eine Pause zu machen und sich auszuruhen und ertrug ihre Wutausbrüche wie eine Eiche das Klopfen eines Spechts – schweigend und würdevoll.

Nach einigen ergebnislosen Tagen, als beide allmählich schon die Hoffnung verloren hatten, fanden sie das Flugzeug.

Eintausend mexikanische Dollar kostete Roxanne das zehnminütige Gespräch mit einem einäugigen mexikanischen Unternehmer in einer Dschungelhütte in der Nähe von Mérida. Er schnipselte mit einem Taschenmesser an seinen Nägeln, während eine Frau mit müden Augen und schmutzigen Füßen Tortillas briet.

»Er sagt, er will verkaufen, ob ich kaufen will.« Juarez kippte etwas Tequila in einen Zinnbecher und bot Roxanne großzügig die Flasche an.

»Nein, danke. Und wann haben Sie das Flugzeug gekauft?«

»Vor zwei Tagen. Für einen guten Preis.« Es war beinahe geschenkt gewesen, und die Befriedigung über dieses Geschäft versetzte Juarez selbst jetzt noch in eine umgängliche Stimmung. Außerdem gefiel ihm die hübsche Señorita. »Er braucht Geld. Ich gebe ihm Geld.«

»Wo ist er hin?«

»Ich stelle keine Fragen.«

Sie hätte am liebsten lautstark geflucht, aber da sie merkte, wie nervös die Frau am Herd war, entschied sie sich diplomatisch zu sein. Sie lächelte ihm bewundernd zu. »Aber Sie würden es wissen, wenn er noch in der Gegend wäre. Ein Mann wie Sie weiß sicher alles.«

»Si«, nickte er geschmeichelt. »Er ist verschwunden. Er kampierte eine Nacht im Dschungel und dann weg.« Juarez schnippte mit den Fingern. »Ganz rasch und ohne eine Spur. Wenn er weiß, daß eine so hübsche Frau ihn sucht, wartet er vielleicht irgendwo.«

Roxanne stand auf. Luke weiß genau, daß ich ihn suche, dachte sie müde. Und trotzdem lief er davon. »Würde es Ihnen etwas ausmachen, wenn ich mir das Flugzeug mal anschaue?«

»Bitte, bitte.« Etwas in ihren Augen hielt ihn davon ab, eine weitere Bezahlung für diese Gefälligkeit zu verlangen. »Aber da ist keine Spur von ihm.«

Juarez hatte recht. Es gab nicht einmal Aschenreste von seinen Zigarren. Keinerlei Anzeichen deuteten darauf hin, daß Luke jemals in diesem Cockpit hinter dem Steuerknüppel gesessen oder durch das Glas die Sterne betrachtet hatte.

»Wir können es weiter nördlich probieren«, schlug Mouse vor. »Oder im Landesinnern.« Der leere Blick und der benommene Ausdruck auf ihrem Gesicht waren ihm beinah unheimlich. »Könnte sein, er ist weiter ins Landesinnere.«

»Nein.« Sie schüttelte nur den Kopf. Obwohl die Sonne auf

das Dach des Flugzeugs knallte, war ihr so kalt, daß sie fröstelte. »Er hat hier seine Botschaft für uns hinterlassen.«
Verwirrt blickte sich Mouse im Cockpit um. »Aber Roxy, hier ist doch nichts.«
»Eben.« Sie schloß die Augen und gab endgültig jede Hoffnung auf. »Hier ist nichts, Mouse. Er will nicht gefunden werden. Fliegen wir wieder heim.«

TEIL DREI

Doch nun entsage ich der plumpen Zauberei.

– WILLIAM SHAKESPEARE –

ERSTES KAPITEL

Und nun war er also wieder zurück. Nach fünf Jahren. Roxanne hatte fast den Eindruck, als habe er als erfahrener Bühnenkünstler sein Comeback genau geplant, um den größtmöglichen Effekt zu erreichen. Und sie war sein Publikum.

Doch es gelang ihm nur für einen Moment, sie in seinen Bann zu ziehen.

Der Mann, der sie an sich drückte und sie küßte, war keine Illusion, sondern aus Fleisch und Blut. Es war alles so schmerzlich vertraut – sein kräftiger Körper, seine Küsse, ihre unwillkürliche Reaktion.

Er war wieder zu Hause.

Und er war so niederträchtig und gemein, daß sie ihn am liebsten wie eine Spinne zertreten hätte.

Sie grub ihre Hände in sein Haar und riß so plötzlich und mit voller Kraft daran, daß er aufschrie.

»Herrgott, Roxanne ...«

Blitzschnell hatte sie ihm einen Ellbogen in die Rippen gerammt und zielte mit ihrem Knie zwischen seine Beine. Es gelang ihm, den Tritt abzublocken, aber im nächsten Moment landete ihr Ellbogen an seinem Kinn.

Er sah Sterne und lag, ehe er es richtig begriffen hatte, schon auf dem Rücken. Roxanne hockte auf ihm und war drauf und dran, ihm das Gesicht zu zerkratzen.

Rasch packte er ihre Hände und hielt sie fest.

Während sie sich wütend anfunkelten, tauchten wie von selbst die sinnlichen Erinnerungen an früher in ihr auf, und sie wußte, daß er ebenfalls daran dachte.

»Laß mich los, Callahan.«

»Ich möchte gern, daß mein Gesicht so bleibt, wie es war, als ich herkam.«

Sie versuchte sich loszureißen, aber in den fünf Jahren, in denen er Gott weiß was getrieben hatte, war er keineswegs schwächer geworden. Er war immer noch stark wie ein Stier. Am liebsten hätte sie ihn gebissen, aber das wäre unter ihrer Würde gewesen.

»Behalte dein Gesicht«, erklärte sie verächtlich. »Es interessiert mich nicht.«

Er ließ sie los, behielt sie aber genau im Auge, bis sie aufgestanden war, anmutig und arrogant wie eine Göttin, die einem Teich entsteigt.

Mit einer unheimlichen Geschmeidigkeit, die sie nur zu gut von früher kannte, sprang er auf die Füße. Schweigend wandte sie sich um und goß sich ein Glas Champagner ein. Der erste Schluck schmeckte fade und trocken. Aber sie gewann auf diese Weise einen Moment Zeit, den sie dringend brauchte, um auch die letzten törichten Empfindungen für ihn zu verscheuchen.

»Immer noch da?« fragte sie, als sie sich wieder umwandte.

»Wir haben über vieles zu reden.«

»Meinst du?« Sie nahm einen weiteren Schluck. »Merkwürdig, mir fällt überhaupt nichts ein.«

»Dann rede ich allein.« Er stieg über die Wasserlache und die zerquetschten Rosen, um sich ebenfalls ein Glas einzuschenken. »Und du könntest mir zur Abwechslung einmal zuhören.« Ehe sie ihm ihr Champagnerglas ins Gesicht schleudern konnte, hatte er bereits ihr Handgelenk gepackt. »Möchtest du noch ein bißchen weiterkämpfen, Rox?« Seine Stimme klang tief und gefährlich. Und zu ihrer Bestürzung merkte Roxanne, daß ihr ein prickelnder Schauder über den Rücken lief. »Du würdest nur verlieren, soviel ist klar.«

Im stillen gab sie ihm recht. Doch sie hatte schließlich noch andere Waffen. Und sie würde alle einsetzen, um ihn für die fünf einsamen Jahre büßen zu lassen.

»Ich will den guten Champagner nicht an dich verschwenden.« Als sein Griff sich lockerte, hob sie das Glas wieder an ihre Lippen. »Und meine Zeit ist noch kostbarer. Ich habe eine Verabredung, Luke. Also mußt du mich leider entschuldigen.«

»Du hast frei bis zur Pressekonferenz morgen.« Er trank ihr

zu. »Ich habe mich bei Mouse erkundigt. Warum essen wir nicht zusammen? Dabei können wir über alles in Ruhe reden.«
Nur mühsam bezwang sie ihre Wut und setzte sich an ihre Frisierkommode. »Nein, danke.« Sie stellte ihr Glas ab und begann sich abzuschminken. »Genauso gern würde ich mit einer tollwütigen Fledermaus essen gehen.«
»Dann reden wir hier.«
»Luke, die Zeiten haben sich geändert.« Sie warf die gebrauchten Tücher beiseite, und er sah, daß sie unter der Bühnenschminke noch schöner war. Keines der Fotos, die er sich im Laufe der Jahre verschafft hatte, war ihr auch nur annähernd gerecht geworden. Und die Sehnsucht nach ihr, die ihn die ganzen Jahre gequält hatte, nahm jetzt noch zu.
»Mit den Jahren«, fuhr sie fort und verteilte Feuchtigkeitscreme auf ihrer Haut, »hält man vergangene Ereignisse entweder für bedeutsamer, als sie tatsächlich waren oder für unwichtiger. Das, was zwischen uns war, ist so unwichtig geworden, daß es fast vergessen ist. Also lassen wir es am besten dabei, einverstanden?«
»Ich weiß, ich habe dir weh getan«, begann er, doch als er ihren Blick im Spiegel sah, blieben ihm die weiteren Worte in der Kehle stecken. Der gequälte Ausdruck in ihren grünen Augen war fast unerträglich.
»Du hast keine Ahnung, was du mir angetan hast.« Ihre Stimme war kaum mehr als ein Flüstern. »Ich habe dich von ganzem Herzen geliebt, mit meiner ganzen Seele, bedingungslos. Aber du hast alles zerstört – und damit auch mich. Nein, laß das«, wehrte sie ab, als er die Hand ausstreckte. »Rühr mich nie wieder an.«
»Es ist dein gutes Recht, mich zu hassen. Ich bitte dich nur darum, mir zuzuhören, damit ich dir erklären kann, warum ...«
»Du verlangst zuviel von mir. Glaubst du wirklich, irgend etwas, das du sagen wirst, würde das, was geschehen ist, wiedergutmachen?« Sie drehte sich um und stand auf. »Meinst du, irgendeine Erklärung, die du mir auf-

tischst, könnte alles wieder in Ordnung bringen, so daß ich dich mit offenen Armen und aufgedecktem Bett willkommen heiße?«

Sie schwieg, da sie merkte, daß sie kurz davor gewesen war, loszuschreien und den kleinen Rest an Würde, den sie noch besaß, endgültig zu verlieren. »Ich habe wahrhaftig das Recht, dich zu hassen«, sagte sie ruhig. »Ganz abgesehen davon, daß du mir das Herz gebrochen hast und es mich sehr viel Leid und Not gekostet hat, mich wieder zu fangen, ist etwas anderes viel wichtiger – ich habe schlicht und einfach kein Interesse mehr an dir. Du bist nur noch eine hübsche Illusion für mich, Luke, und niemand weiß besser als ich, wie trügerisch solche Illusionen sind.«

Er wartete, bis er sich so weit im Griff hatte, daß seine Stimme ebenfalls ruhig klang. »Du willst mir einreden, daß du gar nichts mehr fühlst?«

»Was ich fühle, geht nur mich etwas an.«

Er stellte fest, daß er unbedingt etwas Abstand zu ihr brauchte und wandte sich ab. Dabei hatte er sich so lange danach gesehnt, bei ihr zu sein. Aber sie hatte recht. Es war viel Zeit vergangen, und diese Jahre ließen sich nicht mit magischen Tricks einfach wegzaubern.

Trotzdem würde er nicht zulassen, daß die Vergangenheit auch seine Zukunft beherrschte. Und er sehnte sich nach Rache. Doch dafür brauchte er sie.

»Wenn das die Wahrheit ist und du nichts mehr für mich empfindest, dürfte es kein Problem sein, mit mir zusammenzuarbeiten.«

»Ich arbeite allein.«

»Und zwar sehr gut.« Er zog eine Zigarre heraus und setzte sich. »Wie ich schon sagte, ich habe dir einen Vorschlag zu machen. Ein geschäftliches Angebot, von dem ich glaube, daß es dich sehr interessieren wird.«

Sie zuckte die Schultern und löste die Silbersterne an ihren Ohren. »Das bezweifle ich.«

»Der Stein der Weisen«, sagte er – und die Ohrringe fielen klirrend auf den Schminktisch.

»Komm mir nicht mit irgendwelchen faulen Tricks, Callahan.«

»Ich weiß, wer ihn hat. Ich weiß, wo er ist, und ich habe eine Idee, wie man an ihn rankommt.« Er lächelte. »Klingt nicht nach einem faulen Trick, oder?«
»Woher weißt du das alles?«
Vielleicht lag es am Aufflammen seines Feuerzeugs, als er seine Zigarre entzündete, daß Roxanne glaubte, ein wildes, ja bösartiges Glühen in seinen Augen zu sehen. »Sagen wir einfach, ich habe es mir zur Regel gemacht, solche Sachen zu wissen. Bist du interessiert?«
Sie zuckte die Schultern und begann, langsam ihr Haar zu bürsten. »Möglich. Wo ist er?«
Er brachte keinen Ton heraus, da ihn mit aller Macht seine Erinnerungen und Sehnsüchte überfluteten. Roxanne, die ihr rotgolden schimmerndes Haar bürstete und ihm über die Schulter zulachte – wie oft hatte er dieses Bild vor Augen gehabt.
Erneut trafen sich ihre Blicke im Spiegel. Die Luft schien plötzlich zu vibrieren. Ihre Hand zitterte ein wenig, als sie die Bürste beiseite legte.
»Ich habe gefragt, wo er ist.«
»Und ich habe gesagt, daß ich es weiß.« Er holte tief Luft. »Er liegt in einem Tresor in der Bibliothek eines Hauses in Maryland, das einem alten Freund von uns gehört.« Luke nahm einen Zug von seiner Zigarre und stieß eine dünne blaue Rauchwolke aus. »Sam Wyatt.«
Roxanne kniff die Augen zusammen. Luke kannte diesen Ausdruck und wußte, daß sie angebissen hatte. »Du willst mir erzählen, daß Sam den Stein der Weisen hat? Den Stein, nach dem Max seit Jahren sucht?«
»Genau. Er scheint echt zu sein. Sam glaubt jedenfalls fest daran.«
»Warum sollte er ihn sich verschafft haben?«
»Weil Max ihn haben möchte«, erwiderte Luke schlicht. »Und weil er überzeugt ist, daß er Macht verkörpert. Ich bezweifle, daß er für ihn irgendeine mystische Bedeutung hat. Es ist eher ein Siegessymbol. Max wollte ihn haben, und Sam hat ihn. Seit sechs Monaten, um genau zu sein.«
Roxanne brauchte etwas Zeit, um das alles zu verdauen. Sie

setzte sich wieder. Eigentlich hatte sie gar nicht wirklich an diesen Stein geglaubt, und manchmal hatte sie sogar diese Legende gehaßt, weil sich ihr Vater dadurch immer weiter aus der Realität zu entfernen schien. Doch falls er tatsächlich existierte …

»Woher weißt du das alles?«

Er hätte es ihr erzählen können, wie so vieles, was in diesen fünf Jahren gewesen war. Doch wenn er damit anfinge, müßte er alles erzählen. Und auch er hatte seinen Stolz.

»Das ist meine Sache. Ich frage dich, ob du daran interessiert bist, den Stein zu kriegen.«

»Falls ich interessiert wäre, gibt es nichts, was mich daran hindern könnte, ihn mir selbst zu holen.«

»Doch – ich.« Obwohl er sich nicht rührte, sondern scheinbar ganz entspannt auf dem Stuhl sitzen blieb, spürte sie seine Entschlossenheit. »Ich habe eine Menge Zeit und Mühe darauf verwandt, diesen Stein aufzuspüren, Roxanne. Ich werde nicht zulassen, daß du ihn mir vor der Nase wegschnappst. Aber …« Er drehte seine Zigarre um und musterte die Spitze. »Ich biete dir eine Art Partnerschaft an.«

»Warum? Und warum sollte ich sie akzeptieren?«

»Wegen Max.« Er schaute sie an. »Was immer zwischen uns ist oder nicht ist, ihn liebe ich auch.«

Seine Worte versetzten ihr einen schmerzlichen Stich. Sie verschränkte fest die Hände im Schoß, um sich nichts anmerken zu lassen. »Das hast du in den letzten fünf Jahren überdeutlich bewiesen.«

»Ich habe dir angeboten, es zu erklären, aber du wolltest nichts hören.« Er zuckte die Schultern und griff nach seinem Champagner. »Jetzt wirst du warten müssen. Du kannst mit mir zusammenarbeiten, oder ich hole mir den Stein allein.«

Roxanne überlegte hastig. Es wäre nicht schwierig, Sams Haus in Maryland ausfindig zu machen – seitdem er einer der Spitzenkandidaten für die bevorstehenden Wahlen zum Senat war, wurde genug über ihn in der Presse berichtet. Das Alarmsystem würde aus eben diesem Grund ein wenig schwieriger zu knacken sein, aber unmöglich wäre es nicht.

»Ich muß darüber nachdenken.«

Er kannte sie viel zu gut. »Gib mir deine Antwort jetzt, Rox. Es würde dich Monate kosten, die Informationen zusammenzutragen, die ich bereits habe. Und bis dahin hätte ich den Stein längst.«
»Warum brauchst du mich dann überhaupt?«
»Dazu kommen wir noch. Ja oder nein?«
Sie betrachtete prüfend dieses Gesicht, das sie so gut gekannt hatte. Früher einmal hätte sie genau gewußt, was er gerade dachte und erst recht, was er gerade fühlte. Aber die Jahre hatten ihn zu einem Fremden gemacht.
Und das ist auch gut so, entschied sie. Wenn er ihr fremd blieb, würde sie viel besser mit allem fertig.
»Ja.«
Seine Erleichterung war so groß, daß er wie befreit aufatmete. »Gut«, nickte er mit einem kleinen Lächeln. »Es gibt allerdings gewisse Bedingungen.«
Ihr Blick wurde eisig. »Das dachte ich mir.«
»Ich glaube, du wirst damit leben können. In diesem Herbst wird in Washington eine Auktion stattfinden.«
»Die Clideburg-Sammlung, ich weiß.«
»Dann weißt du sicher auch, daß allein schon der Schmuck auf über sechs Millionen geschätzt wird.«
»Genau 6,8 Millionen, und das ist noch niedrig geschätzt.«
»Sehr niedrig«, stimmte er zu und leerte sein Champagnerglas. »Ich möchte ihn mir holen.«
Eine Sekunde lang war sie einfach sprachlos. »Du bist übergeschnappt.« Aber das aufgeregte Funkeln in ihren Augen verriet sie. »Genausogut könntest du bei Smithsonian hineinspazieren und versuchen, den Hope-Diamanten zu klauen.«
»Ach was.« Selbstbewußt stand er auf und griff nach der Flasche, um beiden noch einmal nachzuschenken. O ja, sie hatte angebissen. »Ich bin schon so gut wie fertig mit der Planung. Es gibt nur noch ein paar Kleinigkeiten zu klären.«
»Bestimmt ganz winzige, nicht wahr?«
»Ein Job ist ein Job«, zitierte er Max. »Je größer die Komplikationen, desto schöner die Befriedigung.«
»Die Auktion ist im Oktober. Da bleibt uns nicht mehr viel Zeit.«

»Es genügt. Vor allem, wenn du morgen auf deiner Pressekonferenz verkündest, daß du wieder mit einem Partner zusammenarbeiten wirst.«
»Warum zur Hölle sollte ich das tun?«
»Weil wir wieder zusammenarbeiten werden, Roxy, auf der Bühne und privat.« Er nahm ihre Hand und zog sie hoch, ohne auf ihr Widerstreben zu achten. »Strikt geschäftlich, mein Schatz. Ich bin ein geheimnisumwitterter Mann, der plötzlich wieder auf der Bildfläche erscheint. Allein schon dadurch wird die Nummer, die wir einstudieren, eine Sensation. Und unsere Vorstellung auf der Gala vor der Auktion verschafft uns ein hübsches Alibi im Oktober.«
»Seit wann sind wir dort engagiert?«
Er achtete nicht auf den Sarkasmus in ihrer Stimme. »Überlaß das nur mir. Die Vorstellung, die Auktion, der Stein – das alles gehört zu meinem Plan. Und wenn er gelingt, haben wir beide, was wir wollen.«
»Ich weiß, was ich will.« Er hielt immer noch ihre Hand. Sie glaubte zu spüren, wie ihr Widerstand nachließ. Es war ein Gefühl, das sie gleichzeitig erschreckte und erregte. »Wie es mit dir ist, weiß ich dagegen nicht.«
»Das glaube ich dir nicht.« Er blickte sie eindringlich an. »Du hast immer gewußt, was ich wollte. Ich will dich zurückhaben, Roxanne.« Er hob ihre Hand an seine Lippen. »Und ich habe sehr viel Zeit gehabt, mir zu überlegen, wie ich bekomme, was ich haben will. Wenn du dich davor fürchtest … jetzt kannst du noch ablehnen.«
»Ich habe vor nichts Angst.« Sie riß ihre Hand los und hob trotzig das Kinn. »Ich bin dabei, Callahan. Wenn der Job erledigt ist, schnippe ich einmal mit den Fingern – und du wirst verschwinden. Das ist es nämlich, was *ich* will.«
Er lachte nur und zog sie an sich, um sie rasch und fest zu küssen. »Gott, es ist schön, wieder zurück zu sein. Viel Glück auf der Pressekonferenz. Sag ihnen, daß du gerade an einer ganz neuen Sache arbeitest. Mach ihnen den Mund wäßrig. Danach komme ich in deine Suite. Wir können gleich damit anfangen, die Einzelheiten auszuarbeiten.«
»Nein.« Sie stemmte beide Hände gegen seine Brust und

schob ihn von sich. »Ich rede mit der Presse und komme dann zu dir. Sieh zu, daß du mir genug zu bieten hast, damit ich auch danach noch an der Sache interessiert bin.«

»Das kann ich dir versprechen. Ich wohne im gleichen Hotel wie du, ein Stockwerk unter dir.«

Sie wurde blaß. »Wie lange bist du schon dort?«

»Ich bin erst eine Stunde vor der Vorstellung angekommen«, erwiderte er, verwundert über ihre Reaktion. »Stört dich das etwa?«

»Ich muß nur daran denken, künftig meine Tür sorgfältiger abzuschließen.«

Das Lächeln verschwand aus seinen Augen. »Kein Schloß würde mich aufhalten, falls ich in dein Zimmer wollte, Rox. Ein Nein von dir dagegen schon. Komm gegen Mittag«, sagte er und ging zur Tür. »Ich lade dich zum Essen ein.«

»Luke – hast du Lily schon gesehen?« Obwohl sie geglaubt hatte, sie habe ihre Gefühle gut unter Kontrolle, tat er ihr unendlich leid, als er nur stumm den Kopf schüttelte. »Ich hole sie, wenn du möchtest«, bot sie an.

»Ich kann nicht.« In seinem ganzen Leben hatte er nur zwei Frauen geliebt. Beide am gleichen Abend wiederzusehen, wäre zuviel. »Ich rede morgen mit ihr.«

Dann war er verschwunden. Roxanne starrte regungslos auf die Tür, die sich hinter ihm geschlossen hatte, und versuchte, ihre Gefühle zu ordnen. Sie war völlig aus der Bahn geworfen gewesen, als er sie verlassen hatte. Auch wenn er jetzt wieder zurück war, würde nichts mehr so sein wie früher. Im Gegenteil, es drohten vielmehr ganz neue Turbulenzen. Aber diesmal war sie vorbereitet und würde dafür sorgen, nicht die Kontrolle über die Situation zu verlieren.

Sie fühlte sich plötzlich vollkommen erschöpft. Selbst das Umziehen fiel ihr schwer. Sie hatte gerade ihre Jeans übergestreift, als es an der Tür klopfte.

Wenn er es war, würde sie … Aber nein, dachte sie mit einer spöttischen Grimasse. Luke würde sich nicht die Mühe machen, erst anzuklopfen.

»Ja, wer ist da?«

»Ich bin's, Schatz.« Aufgeregt steckte Lily den Kopf herein, doch als sie sich umblickte und nur Roxanne sah, verschwand ihr Strahlen. »Mouse hat mir gesagt ... Ich habe so lange gewartet, wie ich konnte.« Sie betrachtete die Wasserlache auf dem Boden und die verstreuten Blumen. »Er ist wieder da!« lächelte sie. »Ich konnte es kaum glauben. Wo ist er gewesen? Geht es ihm gut? Wo ist er jetzt?«

»Ich weiß nicht, wo er gewesen ist.« Roxanne griff nach ihrer Handtasche und kramte darin herum, um ihre Hände irgendwie zu beschäftigen. »Es scheint ihm gutzugehen, und ich habe keine Ahnung, wo er steckt.«

»Aber ... aber ... er ist doch nicht einfach wieder weg?«

»Nicht so, wie du meinst. Er bleibt in der Stadt, er wohnt sogar in unserem Hotel. Wir haben etwas Geschäftliches zu besprechen.«

»Etwas Geschäftliches?« lachte Lily und zog Roxanne in die Arme. »Das ist bestimmt das letzte, über das ihr beiden zu reden habt. Ich kann es kaum erwarten, ihn endlich zu sehen. Es ist wie ein Wunder.«

»Eher wie eine der sieben Plagen.«

»Also, Roxy, er hat doch sicher alles erklärt?«

»Ich wollte es gar nicht hören.« Sie war beinahe wütend über Lilys überschwengliche Reaktion. »Mich kümmert nicht, warum er weggegangen ist oder wo er gesteckt hat. Dieser Teil meines Lebens ist vorbei.«

»Roxy ...«

»Ich meine es ernst, Lily. Falls du ihn mit offenen Armen empfangen willst, nur zu. Aber von mir kann das wahrhaftig niemand erwarten.« Sie bückte sich, um die zerdrückten Rosen in den Müll zu werfen. »Wahrscheinlich werden wir vorübergehend zusammenarbeiten. Aber das ist auch alles. Eine persönliche Beziehung gibt es zwischen uns nicht mehr.«

»Es mag ja sein, daß du das jetzt sagst«, erwiderte Lily ruhig. »Es mag sogar sein, daß du im Moment so empfindest. Aber in Wirklichkeit ist es anders, und daran kannst du nichts ändern.« Lily kniete sich zu ihr und legte Roxanne eine Hand auf die Schulter. »Du hast ihm nichts von Nathaniel erzählt?«

»Nein.« Sie rieb sich den Daumen, wo ein Dorn sie gestochen hatte. »Als er sagte, er wohne im gleichen Hotel, hatte ich zuerst Angst, er wüßte es bereits. Aber er weiß es nicht.«
»Schatz, du mußt es ihm sagen.«
»Warum?«
»Luke hat ein Recht …«
»Sämtliche Rechte hat er vor fünf Jahren aufgegeben. Nathaniel gehört mir, mir ganz allein. Verdammt, Lily schau mich nicht so mitleidig an.« Sie sprang auf. »Was hätte ich denn sagen sollen? Ach, übrigens, Callahan, ein paar Monate nachdem du dich auf Wanderschaft begeben hast, habe ich deinen Sohn zur Welt gebracht. Sieht genauso aus wie du, und ist ein tolles Kind. Soll ich ihn dir bei Gelegenheit mal vorstellen?« Sie preßte eine Hand auf ihren Mund, um ihr Schluchzen zu unterdrücken.
»Nicht, Roxy.«
»Schon gut.« Sie schüttelte den Kopf, als Lily sie umarmte. »Ich habe nie seinetwegen geweint. Nicht ein einziges Mal. Und ich werde jetzt nicht damit anfangen.« Seufzend schmiegte sie ihre Wange an Lilys Schulter. »Was soll ich denn Nate sagen, Lily? Hier ist dein Vater, Junge. Ich hatte dir ja erzählt, daß er weggehen mußte. Jetzt ist er wieder zurückgekommen, aber gewöhn' dich besser nicht an ihn, weil er vielleicht bald wieder verschwindet.«
«Er würde seinen Sohn nicht im Stich lassen. Das könnte er niemals.«
»Ich will kein Risiko eingehen.« Sie holte tief Atem. »Falls ich mich dazu entschließe, Luke von Nathaniel zu erzählen, will ich den Zeitpunkt und den Ort dafür selbst bestimmen. *Ich* habe diesmal das Sagen.« Sie packte Lilys Schultern. »Versprich mir, daß du ihm nichts erzählst.«
»Ich erzähle es ihm nicht, wenn du versprichst, das Richtige zu tun.«
»Ich versuche es. Gehen wir, ja? Es ist ein langer Tag gewesen.«

Einige Stunden später, als das erste graue Licht des Tages heraufdämmerte, stand Roxanne in der Tür des Zimmers, in dem ihr Sohn schlief, und lauschte auf sein Atmen. Nathaniel – ihr Kind, dieses größte aller Wunder, das sie je erlebt hatte. Und sie dachte an den Mann, der in einem Zimmer ein Stockwerk tiefer schlief, und der dieses Leben gezeugt hatte. Sie erinnerte sich noch gut daran, welche Angst sie gehabt hatte, ihrem Vater zu sagen, daß sie schwanger war. Aber Max hatte sie nur fest in den Arm genommen. Rückhaltlos hatten er, Mouse und LeClerc sie unterstützt. Sie dachte an all die Babysachen, die Lily gestrickt hatte, an die Tapete für das Kinderzimmer, mit der Mouse sie überrascht hatte, an die Milch, die LeClerc sie zu trinken gezwungen hatte.

An dem Tag, an dem sie zum ersten Mal eine Bewegung des Babys gespürt hatte, hätte sie beinah ihre eiserne Beherrschung verloren und geweint. Aber sie hatte es geschafft, die Tränen zu unterdrücken. Die Schwangerschaftskleider, die geschwollene Knöchel. Der erste feste Tritt, der sie aus tiefem Schlaf geweckt hatte. Schwangerschaftsgymnastik mit Lily. Und immer dieser winzige Keim Hoffnung tief in ihr, daß Luke zurückkommen würde, ehe ihr Kind geboren wurde.

Aber er war nicht gekommen. Achtzehn lange Stunden hatte sie in den Wehen gelegen und war abwechselnd von Angst und einem wahnsinnigen Hochgefühl gepackt worden. Sie hatte beobachtet, wie ihr Sohn sich seinen Weg ins Leben erkämpfte, hatte auf seinen ersten empörten Schrei gelauscht.

Und jeden Tag hatte sie ihn angeschaut und Luke in seinen Zügen entdeckt.

Sie hatte ihren Sohn heranwachsen sehen und gleichzeitig erleben müssen, wie ihr Vater durch seine Krankheit, die niemand heilen konnte, immer mehr in seiner fremden Welt versank. Sie war allein gewesen. Trotz aller Liebe, die sie zu Hause umgab, war nie jemand dagewesen, an den sie sich in der Nacht wenden konnte, niemand, der sie tröstend in die Arme nahm, wenn sie weinte, weil ihr Vater sie nicht mehr erkannte.

Und genauso allein war sie jetzt, als sie über ihren Sohn wachte, während der Morgen heraufdämmerte.

ZWEITES KAPITEL

Lily überprüfte rasch im Spiegel ihrer Puderdose Make-up und Frisur und setzte ein freundliches Lächeln auf. Sie straffte ihre Schultern und zog ein wenig den Bauch ein, der sich langsam immer schwerer kaschieren ließ. Erst dann war sie zufrieden mit ihrer Erscheinung und klopfte an die Tür von Lukes Suite.

Sie wollte Roxanne nicht in den Rücken fallen, sondern ihn nur kurz begrüßen – und vielleicht würde sie dem Jungen gleich einmal gründlich die Meinung sagen. Auch wenn sie beinah platzte vor Freude, ihn wiederzusehen.

Sicherheitshalber hatte sie gewartet, bis Roxanne zu ihrer Pressekonferenz gegangen war.

Als die Tür endlich aufgeschlossen wurde, war sie so nervös, daß sie den Atem anhielt. Verdutzt starrte sie den kleinen dunkelhaarigen Mann an, der ihr öffnete. Er musterte sie durch eine silbergerahmte Brille, deren Gläser fast daumendick waren. Selbst wenn sich Luke noch so sehr verändert haben sollte, dachte Lily, ganze fünfzehn Zentimeter kann er einfach nicht kleiner geworden sein.

»Ach, Entschuldigung, ich muß das falsche Zimmer erwischt haben.«

»Lily Bates!« rief der kleine Mann überschwenglich. Seinem Tonfall hörte man deutlich die Herkunft aus der Bronx an. Ehe Lily sich versah, hatte er ihre Hand gepackt und schüttelte sie begeistert. »Ich würde Sie überall erkennen. Überall! Sie sind sogar noch hübscher als auf der Bühne.«

»Danke.« Aus Gewohnheit klimperte sie mit ihren falschen Wimpern und trat ein wenig zurück, um zu verhindern, daß er sie ins Zimmer zerrte. Der Himmel mochte wissen, was das für ein Irrer war. »Ich fürchte, ich habe die Zimmernummer verwechselt.«

Er schob mit der freien Hand seine Brille hoch, die ihm ständig auf seiner ausgeprägten Nase verrutschte. »Ich bin Jake. Jake Finestein.«

»Nett, Sie kennenzulernen.« Vergeblich versuchte sie, ihre Hand zu befreien und warf rasch einen Blick über die Schulter. Sie fragte sich, ob ihr wohl jemand zu Hilfe kommen würde, falls sie zu schreien begann. »Tut mir leid, daß ich Sie gestört habe, Mr. Finestein.«

»Jake. Nennen Sie mich Jake.« Er grinste, daß seine großen weißen Zähne blitzten. »Zwischen uns beiden sind Förmlichkeiten doch unnötig, Lily. Wunderbare Vorstellung gestern abend.« Seine kleinen schwarzen Augen, die hinter den dicken Gläsern riesig wirkten, strahlten, als er zu ihr aufschaute. »Einfach wundervoll!«

»Danke.« Ich bin ein ganzes Stück größer als er, sagte sie sich. Und ganz sicher wog sie auch mehr. Aus seinem kurzärmligen Hemd ragten schwächliche, dürre Arme mit knochigen Handgelenken hervor. Wenn es zum Schlimmsten kam, konnte sie ihn bestimmt überwältigen. »Ich muß jetzt wirklich weiter. Ich bin spät dran.«

»Ach, für eine Tasse Kaffee haben Sie doch sicher Zeit.« Er deutete mit seiner freien Hand auf einen Tisch, der zum Frühstück gedeckt war. »Ich wette, Sie haben heute morgen noch keinen Bissen gegessen. Sie essen eine Kleinigkeit, trinken eine gute Tasse Kaffee und entspannen sich. Ich muß morgens einfach was essen, sonst spielt meine Verdauung der ganzen Tag verrückt. Wie wäre es mit einem Orangensaft?« Er zog sie ein keines Stück weiter ins Zimmer. »Frisch gepreßt.«

»Wirklich, ich kann nicht. Ich wollte gerade ...«

»Jake, würdest du bitte aufhören, dauernd mit dir selbst zu quatschen? Das macht mich ganz verrückt.« Lukes Haar war noch tropfnaß von der Dusche, als er aus dem Schlafzimmer kam und das Hemd zuknöpfte. Er blieb abrupt stehen und schaute halb ungläubig, halb bestürzt zur Tür.

»In Gegenwart einer wunderschönen Frau muß niemand mit sich selbst reden«, grinste Jake und zuckte zusammen, als Lily sich fester an seine Hand klammerte. »Und wunderschön ist noch untertrieben. Wir hatten eine nette kleine Unterhaltung. Ich habe Lily gerade gebeten, doch reinzukommen und mit mir einen Kaffee zu trinken.«

»Ich ... ein Kaffee wäre mir jetzt recht«, brachte Lily mühsam heraus.

»Gut, gut. Ich schenke Ihnen eine Tasse ein. Milch? Zucker?«

»Ja, gern.« Es wäre ihr sogar egal gewesen, wenn Jake ihr reines Motorenöl eingegossen hätte. Sie hatte nur Augen für Luke. »Du siehst prachtvoll aus.« Um ein Haar versagte ihr die Stimme, und sie räusperte sich. »Tut mir leid, ich störe beim Frühstück.«

»Schon gut. Es ist schön, dich zu sehen.« Er war so verwirrt, daß er automatisch mit dieser grauenhaft höflichen Formel antwortete. Am liebsten hätte er sie einfach nur wortlos angeschaut – dieses hübsche, lächerlich jugendliche Gesicht, die albernen Papageien aus Emaille, die an ihren Ohren baumelten, der vertraute Duft nach Chanel, der bereits das Zimmer erfüllte.

»Setzen Sie sich, setzen Sie sich doch.« Jake deutete auf den Tisch. »Reden wir, essen wir.«

Luke riß seinen Blick von ihr los. »Verschwinde, Jake.«

»Gut, gut. Ich gehe ja schon.« Jake hantierte hektisch mit Tassen und Besteck. »Glaubst du, ich will die große Wiedersehensfreude stören? Bin schließlich kein ungehobelter Idiot. Ich hole meine Kamera und gehe Fotos knipsen wie ein Tourist. Madame Lily.« Er griff nach ihrer Hand und drückte sie herzlich. »War mir ein Vergnügen, ganz ehrlich.«

»Danke.«

Jake warf Luke einen letzten, vielsagenden Blick zu, ehe er im zweiten Schlafzimmer verschwand und taktvoll die Tür hinter sich schloß. Was schadete es schon, wenn er ein paar Minuten lang sein Ohr dagegen preßte?

»Er ist ein ... ein sehr netter Mann.«

»Er ist eine Nervensäge.« Luke grinste etwas mühsam. »Aber ich bin an ihn gewöhnt.« Nervös wie ein Junge bei seiner ersten Verabredung schob er die Hände in die Taschen. »Also, setz dich. Reden wir, essen wir.«

Er äffte Jake so gekonnt nach, daß Lily unsicher lächelte. »Ich will dich nicht aufhalten.«

Ein Stich ins Herz wäre ihm lieber gewesen. »Lily, bitte.«

»Vielleicht eine Tasse Kaffee.« Sie setzte sich und tat so ungezwungen wie möglich, aber ihre Hand zitterte, als sie nach der Tasse griff. »Ich weiß gar nicht, was ich sagen soll. Eigentlich will ich bloß wissen, ob es dir gutgeht.«

»Ich bin heil und gesund.« Er setzte sich ebenfalls, aber ausnahmsweise hatte ihn sein Appetit verlassen. Er begnügte sich mit schwarzem Kaffee. »Wie steht es mit dir? Roxanne – na ja, sie war nicht gerade in der Stimmung, mir gestern abend Auskünfte zu geben.«

»Ich bin älter geworden«, sagte Lily mit erzwungener Fröhlichkeit.

»So siehst du aber nicht aus.« Er musterte ihr Gesicht und bekämpfte die Gefühle, die ihn zu überfluten drohten. »Keinen Tag.«

»Du wußtest schon immer genau, was man einer Frau sagen muß.« Sie holte nervös Atem und begann ein Brötchen zu zerrupfen. »LeClerc geht's gut. Ist noch schrulliger und griesgrämiger als früher. Er verläßt nicht mehr oft das Haus. Mouse ist verheiratet. Wußtest du das?«

»Mouse? Verheiratet?« lachte Luke. Lily stiegen bei diesem vertrauten Lachen Tränen in die Augen. »Ehrlich wahr? Wie ist das passiert?«

»Alice ist als … hat vor einiger Zeit angefangen, bei uns zu arbeiten«, sagte Lily. Sie durfte nicht verraten, daß Roxanne sie als Nathaniels Kindermädchen angestellt hatte. »Sie ist fröhlich und ganz süß und hat sich Hals über Kopf in Mouse verliebt. Zwei Jahre hat sie gebraucht, bis sie ihn endlich soweit hatte. Stundenlang hat sie damit verbracht, ihm beim Rumbasteln an seinen Motoren zu helfen.«

»Die muß ich kennenlernen.« Ein lastendes Schweigen senkte sich herab. »Und was ist mit Max?« fragte Luke schließlich.

»Es wird nicht mehr besser mit ihm.« Lily griff wieder nach ihrem Kaffee. »Er ist an irgendeinen Ort verschwunden, wo niemand von uns ihn mehr erreichen kann. Wir haben ihn

nicht ... wir konnten ihn nicht in ein Krankenhaus stecken, deshalb haben wir es so eingerichtet, daß er zu Hause gepflegt wird. Er kann nichts mehr allein machen. Ihn so hilflos zu sehen, ist das Schlimmste. Es ist schwer für Roxanne.«
»Für dich sicher noch viel mehr.«
Lily preßte die Lippen zusammen, doch sie blieb ganz ruhig. »Max ist verschwunden. Wenn ich in seine Augen sehe, entdecke ich ihn nicht mehr. Oh, sein Körper ist noch da, und ich sitze bei ihm, gebe ihm zu essen oder mache ihn sauber, aber alles, was er einmal war, ist bereits gestorben. Sein Körper wartet nur darauf, nachzufolgen. So ist es einfacher für mich. Ich habe meine Trauerzeit hinter mir.«
»Ich muß ihn sehen, Lily.« Er hätte gern ihre Hand genommen, aber in letzter Sekunde schreckte er davor zurück. »Ich weiß, daß Roxanne wahrscheinlich dagegen sein wird, aber ich muß ihn sehen.«
»Er hat Dutzende Male nach dir gefragt.« Sie konnte nicht verhindern, daß ihre Stimme anklagend und bitter klang. »Er hatte vergessen, daß du nicht mehr da warst und immer wieder nach dir gefragt.«
»Es tut mir leid.« Die Antwort erschien ihm selbst jämmerlich.
»Wie konntest du das nur tun, Luke? Wie konntest du ohne ein Wort einfach verschwinden und uns allen das Herz brechen?« Als er nur den Kopf schüttelte, wandte sie den Blick ab. »Entschuldige«, sagte sie steif. »Ich habe kein Recht, dir Vorwürfe zu machen. Es stand dir immer frei, zu kommen und zu gehen, wie es dir gefiel.«
»Volltreffer«, murmelte er. »Und sehr viel schlimmer als alles, was Rox mir gestern an den Kopf geworfen hat.«
»Du hast sie fast umgebracht.« Lily hatte nicht gewußt, welche Wut in ihr schlummerte, aber nun konnte sie nicht mehr schweigen. »Sie hat dich geliebt, seit sie ein kleines Mädchen war. Sie hat dir vertraut. Wir alle haben dir vertraut. Wir glaubten, dir sei etwas Schreckliches zugestoßen. Bis Roxanne aus Mexiko zurückkam, waren wir ganz sicher, dir sei etwas passiert.«
»Warte.« Er packte ihre Hand. »Sie ist in Mexiko gewesen?«

»Sie hat deine Spur bis dorthin verfolgt. Mouse ist mit ihr geflogen. Du hast keine Ahnung, in welcher Verfassung sie war.« Lily entzog ihm ihre Hand und stand auf. »Sie hat nach dir gesucht und war außer sich vor Angst, du seist tot oder krank oder Gott weiß was, bis sie dein Flugzeug gefunden hat und den Mann, an den du es verkauft hattest. Da wußte sie, daß du nicht gefunden werden wolltest. Ich habe damals nicht geglaubt, daß sie je darüber wegkommt.« Sie schob ihren Stuhl so heftig wieder an seinen Platz, daß das Porzellan auf dem Tisch klapperte. »Sag mir, daß du dein Gedächtnis verloren hattest. Sag mir, du seist auf den Kopf geschlagen worden und hättest uns und alles andere vergessen. Kannst du mir das sagen?«

»Nein.«

Lautlos flossen die Tränen über ihr Gesicht, während sie ihn anschaute.

»Das kann ich leider nicht, und ich kann dich nicht mal bitten, mir zu verzeihen. Ich kann dir nur sagen, daß ich das getan habe, was meiner Ansicht nach für alle das beste war. Ich sah keine andere Wahl.«

»Keine andere Wahl? Dir ist nicht der Gedanke gekommen, uns wenigstens wissen zu lassen, daß du lebst?«

»Nein.« Er nahm eine Serviette und stand auf, um ihre Tränen wegzutupfen. »Ich habe jeden Tag an dich gedacht. Im ersten Jahr bin ich nachts aufgewacht und habe geglaubt, ich sei zu Hause, bis mir wieder alles einfiel. Ich habe nach der Flasche neben mir gegriffen, statt nach Roxanne. Ich hätte genausogut tot sein können. Ich wünschte, ich hätte vergessen und damit aufhören können, mich nach meiner Familie zu sehnen.« Er zerknüllte die Serviette in seiner Faust, und seine Stimme klang erstickt. »Ich war zwölf, ehe ich meine Mutter fand. Ich will nicht den Rest meines Lebens ohne sie verbringen. Sag mir, was ich tun muß, damit du mir noch eine zweite Chance gibst.«

Mehr brauchte Lily nicht, daß ihr das Herz überging. Heftig zog sie ihn in ihre Arme, drückte ihn an sich und streichelte ihn. »Du bist wieder zu Hause«, flüsterte sie. »Das ist das einzige, was zählt.«

Und alles war genauso wie früher. Seine Gefühle überwältigten ihn beinahe. Er klammerte sich an sie. »Ich habe dich so vermißt. Gott, wie habe ich dich vermißt.«
»Ich weiß.« Sie sank auf einen Stuhl, und er legte den Kopf in ihren Schoß. »Ich wollte dich nicht anschreien, Schatz.«
»Ich habe geglaubt, du würdest mich gar nicht sehen wollen.« Er schaute auf und streichelte über ihre Wange. »Ich habe jemanden wie dich gar nicht verdient.«
»Dummes Zeug. Die meisten würden sagen, wir haben uns gegenseitig verdient.« Sie lachte etwas unsicher und drückte ihn abermals fest an sich. »Irgendwann erzählst du mir alles, ja?«
»Wann immer du willst.«
»Später. Ich will dich nur noch ein bißchen anschauen.« Gerührt hielt sie ihn auf Armeslänge von sich ab und musterte forschend sein Gesicht. »Nun, schlecht siehst du jedenfalls nicht aus.« Sie strich mit den Fingerspitzen über die kleinen Fältchen in seinen Augenwinkeln. »Ein wenig dünner vielleicht, ein wenig zäher.« Zärtlich küßte sie ihn auf die Wange und wischte den Abdruck ihres Lippenstifts mit dem Daumen weg. »Du warst der hübscheste kleine Junge, den ich je gesehen habe.« Als er zusammenzuckte, lachte sie. »Zauberst du immer noch?«
»Das hat mich am Leben gehalten.« Er nahm ihre Hände und preßte sie an seine Lippen, überwältigt vor Scham und tiefer Dankbarkeit. Er hatte versucht sich darauf vorzubereiten, daß sie wütend sein würde, kühl oder einfach nur gleichgültig. Aber ihre Liebe machte ihn völlig hilflos. »Du warst wunderbar gestern abend. Als ich dich und Roxanne auf der Bühne sah, kam es mir vor, als hätten die Jahre dazwischen nie existiert.«
»Aber diese Jahre hat es nun einmal gegeben.«
»Ja.« Er stand auf, ohne ihre Hände loszulassen. »Und ich weiß keinen Zaubertrick, um sie verschwinden zu lassen. Aber ich kann einiges tun, wodurch vielleicht alles wieder in Ordnung kommt.«
»Du liebst sie immer noch.«
Als er nur mit den Schultern zuckte, stand sie auf und nahm

lächelnd sein Gesicht in ihre Hände. »Du liebst sie immer noch«, wiederholte sie. »Aber es wird schon ein bißchen mehr nötig sein als eine Handvoll Tricks, um sie zurückzugewinnen. Sie ist nicht so leicht rumzukriegen wie ich.«
Er preßte grimmig die Lippen zusammen. »Ich bin ziemlich hartnäckig.«
Seufzend schüttelte Lily den Kopf »Dann wird sie nur noch störrischer. Max hätte gesagt, daß man mit einem Löffel Honig mehr Fliegen fängt als mit einem Faß Essig. Glaub mir, jede Frau – selbst eine so dickköpfige wie sie – möchte gern umworben werden.« Er schnaubte nur, aber Lily ließ nicht locker. »Ich meine damit nicht Blumen, Musik und solche Dinge, sondern deine Haltung ihr gegenüber. Roxy ist in der Beziehung genau wie alle anderen Frauen.«
»Wenn ich vor ihr auf die Knie sinke, tritt sie mir glatt ins Gesicht.«
Ganz bestimmt sogar, dachte Lily, aber sie hielt es für taktisch klüger, es nicht laut zu sagen. »Ich habe nicht behauptet, daß es einfach sein wird. Aber gib nicht auf, Luke. Sie braucht dich mehr als du ahnst.«
»Wie meinst du das?«
»Gib einfach nicht auf.«
Nachdenklich zog er Lily wieder in seine Arme. »Solch einen Fehler mache ich nicht zweimal. Ich will alles tun, was nötig ist.« Er schaute ins Leere, doch seine Augen blitzten dabei so gefährlich, als habe er irgend etwas unglaublich Abstoßendes entdeckt. »Ich habe so manche alte Rechnung zu begleichen.«

»Und da war ein großer Hund im Park. Ein goldener. Er hat an alle Bäume gepinkelt.«
Nate saß auf Roxannes Schoß. Sie drücke ihn an sich und lachte. »An alle?«
»Bestimmt an hundert.« Er schaute sie flehentlich an – mit den Augen seines Vaters. »Darf ich einen Hund haben? Ich bringe ihm dann bei, sich zu setzen und Pfötchen zu geben und tot zu spielen.«
»Und an Bäume zu pinkeln?«

Er grinste und schlang seine Arme um ihren Hals. O ja, er weiß genau, wie man jemanden um den Finger wickelt, dachte sie. Seit seinem ersten verschmitzten Grinsen als zahnloses Baby war er das Ebenbild seines Vaters gewesen.
»Ich will einen richtig großen Hund. Er soll Mike heißen.«
»Ach, einen Namen hat er auch schon? Na, dann wollen wir mal sehen.« Sie drehte eine von Nates Locken um ihren Finger. Genauso bringt er es immer wieder fertig, mich einzuwickeln, dachte sie. »Wieviel Eis hast du gegessen?«
»Wieso weißt du, daß ich Eis gegessen habe?« staunte er.
Auf seinem Hemd war ein verräterischer Schokoladenfleck, und seine Finger waren verdächtig klebrig. Aber Roxanne hütete sich davor, ihre Entdeckungen auszuplaudern. »Weil Mütter alles wissen und alles sehen, besonders wenn sie auch noch Zauberinnen sind.«
Er überlegte und meinte dann nachdenklich: »Wieso kann ich nie die Augen hinten in deinem Kopf sehen?«
»Nate, Nate«, seufzte sie. »Ich habe dir doch gesagt, daß es unsichtbare Augen sind.«
Heftig zog sie ihn an sich und preßte die Lippen zusammen. Sie wußte selbst nicht, warum ihr plötzlich so wehmütig zumute war und wollte auch gar nicht weiter darüber nachdenken. Das einzige, was zählte, war das Kind in ihren Armen.
»Geh jetzt und wasch dir die Hände, Nate. Ich muß zu meiner Verabredung.«
»Du hast gesagt, wir gehen in den Zoo.«
»Das machen wir auch.« Sie küßte ihn und stellte ihn auf seine kurzen stämmigen Beine. »In einer Stunde bin ich wieder da, dann sehen wir nach, wie viele Affen genauso ausschauen wie du.«
Lachend rannte er davon. Roxanne bückte sich, um die Spielzeugautos, die Plastikfiguren und Bilderbücher aufzulesen, die über den Teppich verstreut waren. »Alice? Ich gehe jetzt. Bin in einer Stunde wieder da.«
»Laß dir ruhig Zeit«, rief Alice fröhlich, und Roxanne lächelte.

Die unerschütterliche, zuverlässige Alice mir ihrer sanften Stimme, dachte sie. Weiß Gott, sie hätte es nie geschafft, weiterzuarbeiten ohne ihre Unterstützung.
Dabei hätte sie Alice um ein Haar gar nicht eingestellt, weil sie so zerbrechlich wirkte und so ein leises Stimmchen hatte. Doch aus der ganzen Schar der Kandidatinnen, die sich vorgestellt hatten, war Alice die einzige gewesen, bei der Roxanne das Gefühl gehabt hatte, daß Nathaniel in ihrer Obhut sicher und glücklich sein würde.
Jetzt gehörte Alice längst zur Familie.
Roxanne verließ das Zimmer und ging die Treppe hinunter, um sich mit dem Mann zu treffen, der auch einmal zur Familie gehört hatte. Aber das war einmal, dachte sie und straffte energisch die Schultern, ehe sie an die Tür klopfte.
»Pünktlich wie immer«, bemerkte Luke, als er öffnete.
»Ich habe nur eine Stunde, also kommen wir gleich zur Sache.« Sie rauschte an ihm vorbei. Der leichte Duft nach Wildblumen, der sie umgab, weckte quälende Erinnerungen in ihm.
»Eine heiße Verabredung?«
Sie dachte an ihren Sohn und lächelte. »Ja, ich will ihn nicht gern warten lassen.« Sie setzte sich in einen Sessel und schlug die Beine übereinander. »Und nun leg die Karten auf den Tisch, Callahan.«
»Wie du willst, Nouvelle.« Er sah, daß ihre Lippen zuckten, aber sie bezwang rasch den Impuls, zu lachen. »Wie wäre es mit einem Glas Wein vor dem Essen?«
»Keinen Wein, kein Essen«, wehrte sie ab. »Rede.«
»Wie lief die Pressekonferenz?«
»Hast du dir Sorgen gemacht?« fragte sie spöttisch und lehnte sich zurück. »Ich habe bekanntgegeben, daß ich einen Partner in die Nummer aufnehme, der alles in den Schatten stellt, was man bislang gesehen hat. Einen Zauberer, der die ganze Welt bereist hat und die Geheimnisse der Mayas, die Mysterien der Azteken und die Magie der Druiden gelernt hat.« Sie lächelte ein wenig. »Du siehst also, dir geht ein Ruf wie Donnerhall voraus. Ich hoffe nur, du wirst ihm auch gerecht.«

»Ich denke schon.« Er nahm ein Paar Handschellen vom Tisch und spielte damit. »Du hast gar nicht allzuweit danebengelegen. Ich habe tatsächlich einiges gelernt.«

»Zum Beispiel?« fragte sie, als er ihr die Handschellen zur Untersuchung reichte.

»Wie man durch Wände geht, einen Elefanten verschwinden läßt, an einer Rauchsäule emporsteigt. In Bangkok bin ich aus einer mit Nägeln ausgekleideten Kiste entkommen – auf und davon mit einem Rubin, so groß wie dein Daumen. In Kairo war es ein Glaskasten, der in den Nil versenkt wurde – und Smaragde fast so grün wie deine Augen.«

»Faszinierend«, sagte sie und gähnte demonstrativ, als sie ihm die Handschellen wieder zurückgab. Sie hatte keinen verborgenen Mechanismus gefunden.

»Ich habe fast ein Jahr in Irland verbracht, in Spukschlössern und verräucherten Pubs. Und dort habe ich etwas gefunden, das ich nirgendwo anders gefunden habe.«

»Und was?«

»Du könntest es meine Seele nennen.« Er ließ die Handschellen um seine Handgelenke zuschnappen. »Ich habe mich dort wie zu Hause gefühlt. Die Hügel, die Städte, sogar die Luft – alles schien mir vertraut. Der einzige andere Ort, an dem mir das jemals passiert ist, war New Orleans. Aber das mag daran gelegen haben, daß du dort warst. Ich würde dich gern nach Irland mitnehmen, Rox.« Seine Stimme klang weich und versonnen. »Ich habe mir oft vorgestellt, du wärst bei mir, und ich liebte dich auf einem dieser kühlen grünen Felder, während um uns der Nebel aufsteigt wie Rauch von einem Hexenfeuer und leiser Harfenklang in der Luft schwebt.«

Sie konnte einfach nicht den Blick von ihm wenden. Dieses Bild, das er zeichnete, war derart bezwingend, daß sie es direkt vor sich sah. Das alte Verlangen flammte in ihr auf. Doch sie ballte entschlossen die Fäuste und riß ihren Blick los. »Nicht schlecht, Callahan. Sehr gekonnt. Versuch die Nummer aber besser bei einer, die dich nicht kennt.«

»Du bist eine harte Frau, Roxy.« Er hielt die Handschellen an einem Ende hoch und ließ sie in ihren Schoß fallen. Zufrieden sah er, daß sie wenigstens lächelte.

»Du hast also auch auf diesem Gebiet nichts von deinem Können verloren, wie ich sehe. Merkwürdig. Wenn du die ganzen Jahre über so erfolgreich gearbeitet hast, warum habe ich dann nie von dir gehört?«

»Das hast du sicher.« Er stand auf, als es an der Tür klopfte, und meinte lässig: »Oder ist dir Das Phantom kein Begriff?«

»Das …« Sie verstummte, als ein Kellner einen Tablettwagen hereinrollte, und wartete, während er das Essen servierte und Luke die Rechnung abzeichnete. Natürlich hatte sie von dem Phantom gehört, dem geheimnisvollen Magier, der die Öffentlichkeit scheute, an allen Ecken und enden der Welt auftauchte und ganz plötzlich wieder verschwand.

»Ich habe gleich für dich mitbestellt.« Luke setzte sich an den Tisch. »Ich glaube, ich weiß noch, was du gerne magst.«

»Ich habe dir doch gesagt, daß ich keine Zeit habe, mit dir zu essen.« Aber aus reiner Neugier ging sie doch zu ihm an den Tisch. Gegrillte Hähnchenschenkel. Sie preßte die Lippen zusammen. »Mein Geschmack hat sich mittlerweile geändert«, sagte sie spröde, doch ehe sie sich abwenden konnte, ergriff er ihre Hand.

»Laß uns vernünftig sein, Rox.« Er schnippte eine Rose aus der Luft und reichte sie ihr.

Roxanne verzog keine Miene. »Was erwartest du eigentlich von mir?«

»Gar nichts, nur – wenn du nicht mit mir essen willst, muß ich annehmen, daß du nur deshalb ablehnst, weil es dich an früher erinnert. Und daraus müßte ich schließen, daß du immer noch in mich verliebt bist.«

Sie riß sich los und warf die Rose auf den Tisch. Ohne sich hinzusetzen, griff sie sich einen Schenkel und biß hinein. »Zufrieden?«

»Vorläufig ja.« Grinsend reichte er ihr eine Serviette. »Es ist übrigens gemütlicher, wenn du dich hinsetzt.« Er hob seine Hände. »Keine Bange, ich habe nichts im Ärmel.«

Sie setzte sich und wischte den Bratensaft von ihren Fingern. »Also, du hast als Das Phantom gearbeitet. Eigentlich habe ich bezweifelt, daß dieses Phantom wirklich existierte.«

»Das war das Schöne an der Sache.« Luke lehnte sich zurück.

»Ich trug immer eine Maske, habe die Nummer gemacht, etwas mitgehen lassen, falls mir was gefiel, und konnte unbehelligt weiterziehen.«

»Mit anderen Worten …« Die Soße war verdammt gut. Sie leckte ihren Daumen ab. »Du hast dich mehr schlecht als recht durchgeschlagen.«

Seine Augen funkelten wütend, wie sie zufrieden feststellte. »Das kann man wohl kaum sagen.« Er verschwieg, daß er am Anfang gezwungen gewesen war, mit Kartenbetrügereien und dem Hütchenspiel ein paar Dollar zu verdienen. »Ich war auf Tournee.«

Roxanne schnaubte verächtlich. »Und nun findest du, daß du wieder für die ganz große Nummer bereit bist?«

»Dafür war ich immer bereit.« Obwohl er äußerlich ganz ruhig blieb, merkte sie, daß er verärgert war. Das unruhige Trommeln seiner Finger war ein sicheres Zeichen dafür. Sie kannte ihn schließlich gut genug. »Du willst ja keine Erklärungen hören, warum ich gegangen bin und wohin, also sagen wir einfach, ich habe mich etwas umgeschaut.«

»Sehr geschickt formuliert. Vor allem, weil es alles mögliche heißen kann. Okay, Callahan, und nun zur Sache. Wie sieht dein Plan aus?«

Er goß sich ein Glas Wein ein. »Unser Auftritt, die Auktion und der Diebstahl stehen miteinander in direkter Verbindung. Alle drei Ereignisse finden am gleichen Wochenende statt.«

»Ganz schön ehrgeizig, was?« meinte sie kühl.

»Ich kann's mir leisten, denn ich bin gut, Rox«, erwiderte er mit einem herausfordernden Grinsen. »So gut wie eh und je, vielleicht noch besser.«

»Auf alle Fälle noch genauso bescheiden.«

»Bescheidenheit ist was für Jammerlappen. Unser Auftritt ist das Ablenkungsmanöver für die Auktion.« Er zeigte seine leeren Handflächen vor, drehte eine Hand um und ließ einen russischen Rubel zwischen seinen Fingern tanzen. »Und die Auktion lenkt alle von dem Einbruch bei Wyatt ab.« Der Rubel verschwand. Er schnippte mit den Fingern und ließ drei Münzen in ihr Glas fallen.

»Ein uralter Trick, Callahan.« Sie kippte sich die Münzen in die Hand. »Und ziemlich billig.« Mit einer schwungvollen Geste hob sie die Hände, um zu zeigen, daß sich die Münzen in kleine Silberkugeln verwandelt hatten. »Das macht auf mich keinen Eindruck.«

Luke verkniff sich einen Fluch. Ihr Desinteresse war geradezu aufreizend. »Wie ist es damit? Du besuchst nach unserer Vorstellung die Auktion und bietest auf ein paar kleine Stücke.«

»Und du?«

»Ich erledige noch einiges im Theater. Später komme ich nach, und dann bietest du energisch gegen einen gewissen Herrn auf einen Smaragdring, aber er überbietet dich.«

»Und was ist, wenn andere ebenfalls diesen Ring haben wollen?«

»Was auch immer geboten wird, er wird es überbieten. Er ist ein steinreicher romantischer Franzose und möchte diesen Ring unbedingt für seine Verlobte haben. *Mais alors.*« Luke wechselte so nahtlos ins Französische über, daß Roxanne staunte. »Doch wenn er den Ring untersucht, wie es ein praktisch veranlagter Franzose so tut, entdeckt er, daß er eine Imitation ist.«

»Der Ring ist eine Fälschung?«

»Der Ring und eine Reihe anderer Schmuckstücke.« Er stützte das Kinn auf seine verschränkten Hände, und seine Augen leuchteten so vertraut spitzbübisch, daß es ihr beinahe ein Grinsen entlockt hätte. »Weil wir, meine einzig Geliebte, die Sachen in der Nacht zuvor ausgetauscht haben. Und während ganz Washington samt seinen hervorragenden Polizeikräften in Aufruhr ist über diesen dreisten Diebstahl, bei dem Schmuck im Wert von mehreren Millionen erbeutet wurde, schleichen wir uns leise hinüber nach Maryland und erleichtern den künftigen Herrn Senator um den Stein der Weisen.«

Er hätte ihr noch mehr erzählen müssen, etwas ganz Entscheidendes sogar, aber das wollte er sich für einen besseren Zeitpunkt aufheben.

»Interessant«, entgegnete sie betont gelangweilt, obwohl sie fasziniert war. »Da ist nur eine Kleinigkeit, die ich nicht verstehe.«

»Die wäre?«

Sie ballte die Hände und ließ die Münzen neben seinen Teller rieseln. »Wie sollen wir in eine Kunstgalerie einbrechen, die garantiert bewacht wird und ein erstklassiges Alarmsystem hat?«

»Genauso wie in eine normale Villa, Roxy. Mit Können. Außerdem habe ich noch so etwas wie eine Geheimwaffe, was uns sicher ebenfalls hilft.«

»Welche?«

»Das ist streng geheim.« Er nahm ihre Hand, ehe sie es verhindern konnte, und hob sie an seine Lippen. »Ich hatte immer schon eine Schwäche für Bratensoße auf der Haut einer schönen Frau.« Er strich mit seiner Zunge über die Knöchel. »Besonders, wenn es deine Haut ist. Erinnerst du dich an den Tag, an dem wir dieses Picknick veranstalteten? Wir lagen auf dem Teppich und lauschten dem Regen. Ich glaube, ich begann, an deinen Zehen zu knabbern und habe mich langsam höher hinaufgearbeitet. Ich konnte nie genug von dir kriegen.«

»Kann mich nicht erinnern.« Ihr Puls raste wie verrückt. »Ich war auf vielen Picknicks.«

»Dann will ich deine Erinnerung ein wenig auffrischen. Wir haben damals das gleiche gegessen.« Er stand auf und zog sie langsam hoch. »Draußen prasselte der Regen an die Fensterscheiben, und ein Unwetter zog über die Stadt. Als ich dich berührte, hast du gezittert, genau wie jetzt.«

»Tu ich gar nicht«, entgegnete sie, obwohl es stimmte.

»Und ich habe dich geküßt. Hier.« Er streifte mit seinen Lippen ihre Schläfen. »Und hier.« Er berührte ihre Wange. »Und dann ... Verdammt«, fluchte er, als sich ein Schlüssel im Schloß drehte.

»Was für eine Stadt!« Beladen mit Einkaufstüten schwankte Jake herein. »Ich könnte hier eine geschlagene Woche bummeln gehen.«

»Eine Stunde länger hätte völlig gereicht«, murmelte Luke.

»Hoppla, ich störe wohl.« Grinsend stellte er seine Tüten ab und griff nach Roxannes Hand, die er heftig schüttelte. »Ich habe mich schon darauf gefreut, Sie kennenzulernen. Wäre gestern abend am liebsten in Ihre Garderobe gestürmt, aber dann hätte er mich glatt umgebracht. Ich bin Jake Finestein, Lukes Partner.«
»Sein Partner?« wiederholte Roxanne.
»Roxanne, darf ich dir unsere Geheimwaffe vorstellen?« Luke setzte sich verdrossen hin und goß sich noch ein Glas Wein ein.
»Ich verstehe.« In Wirklichkeit begriff sie kein Wort. »Was ist denn Ihr Geheimnis, Mr. Finestein?«
»Jake.« Er griff an ihr vorbei nach einem Hähnchenschenkel. »Hat Luke Ihnen das noch nicht erzählt? Man könnte sagen, daß ich ein Wunderkind bin.«
»Fachidiot«, verbessert Luke, worauf Jake in ein herzliches Lachen ausbrach, das sich jedoch eher wie ein hohes Glucksen anhörte.
»Er ist bloß sauer. Hat gemeint, Sie würden ihm seufzend in die Arme sinken. Der Junge ist ein ganz guter Dieb, aber von Frauen hat er keine Ahnung.«
Roxannes Lippen verzogen sich zu einem Lächeln. »Ich glaube, dein Freund gefällt mir, Callahan.«
»Ich hab nicht gesagt, daß er mein Freund ist. Eher ein ständiger Stachel in meinem Fleisch. Der Sand in meinen Schuhen.«
»Eine Fliege in seiner Suppe«, zwinkerte Jake und rückte seine Brille zurecht. »Garantiert hat er nicht mal erzählt, wie ich ihm in Nizza das Leben gerettet habe.«
»Nein, hat er nicht.«
»Du warst schuld, daß ich fast umgebracht worden bin«, knurrte Luke.
»Es ist bekannt, daß man nach ein paar Jahren die Tatsachen immer verdreht.« Jake schenkte sich ebenfalls ein Glas Wein ein. »Zumindest gab es in einem Club eine kleine Meinungsverschiedenheit.«
»Es war eine verfluchte Schlägerei«, schnaubte Luke. »Die du angezettelt hattest.«

»Das sind doch nebensächliche Kleinigkeiten. Es ging um eine attraktive junge Frau – eine richtig attraktive Frau – und einen ziemlich aufgeblasenen Herrn.«

»Eine Nutte und ihren Freier«, murmelte Luke.

»Hatte ich nicht angeboten, mehr zu zahlen als er? Geschäft ist Geschäft, nicht wahr? Und schließlich hatten sie ja keinen notariell beglaubigten Vertrag abgeschlossen«, meine Jake schulterzuckend. »Auf jeden Fall führte eins zum anderen, und als Luke sich einmischte ...«

»Als ich zu verhindern versuchte, daß du ein Messer zwischen die Rippen bekamst, besser gesagt.«

»Wie auch immer. Es gab jedenfalls eine Auseinandersetzung, und ich habe dem widerlichen Burschen eins mit einer Whiskeyflasche über den Schädel gezogen, ehe er dir die Kehle durchschneiden konnte. Dann habe ich Luke nach draußen gezerrt und mir dabei noch das Schienbein an einem Stuhl aufgestoßen, so daß ich tagelang nicht gehen konnte.« Er stöhnte theatralisch. »Mann! Die Beule war groß wie ein Baseball.« Mit finsterer Miene trank er einen Schluck Wein und seufzte über diese Erinnerungen. »Aber ich schweife ab.«

»Nichts Neues bei dir«, brummte Luke.

Jake klopfte ihm gutmütig auf die Schultern. »Auf alle Fälle haben wir uns so kennengelernt. Ich habe erfahren, daß unser guter Luke Zauberer ist, und er hat bald gemerkt, daß ich ein absolutes Computergenie bin. Es gibt kein System, das ich nicht knacken kann. Ist ein besonderes Talent.«Er lachte, daß seine kräftigen Zähne blitzten, wobei Roxanne sich irgendwie an einen bebrillten Biber erinnert fühlte. »Gott weiß, wo ich das herhabe. Mein Vater hatte eine koschere Bäckerei in der Bronx und kam nicht mal mit seiner Registrierkasse zurecht. Mich dagegen braucht man bloß vor eine Tastatur zu setzen, und ich bin im Himmel. So führte eines zum anderen, und wir haben uns zusammengetan.«

»Jake war in Europa untergetaucht, weil man ihm wegen Fälschungen ans Leder wollte.«

»Mir war nur ein kleiner Irrtum unterlaufen«, erklärt Jake

und errötete. »Computer sind meine Leidenschaft, Miß Roxanne, aber das Fälschen ist eine Kunst, der meine ganze Liebe gehört. Leider wurde ich ein bißchen zu ehrgeizig und wollte zu rasch ans Ziel.«

»Das passiert selbst den Besten von uns«, versicherte Roxanne, was ihr auf ewig Jakes Dankbarkeit eintrug.

»Eine verständnisvolle Frau ist kostbarer als jeder Rubin.«

»Bei mir hat sie davon herzlich wenig an den Tag gelegt.«

Roxanne hob eine Braue. »Jake gefällt mir eben, Callahan. Ich nehme also an, daß Ihr Geschick mit Computern uns helfen wird, die Alarmanlagen zu überwinden?«

»Es ist noch kein System erfunden worden, das ich nicht lahmlegen kann. Ich bringe Sie hinein und wieder heraus. Was den Rest betrifft ...«

»Einen Schritt nach dem anderen, ja?« unterbrach Luke.

»Wir haben eine Menge Arbeit vor uns, Rox. Bist du dabei?«

»Meinst du etwa, ich kneife, Callahan? Dann kennst du mich schlecht.« Sie wandte sich lächelnd an Jake. »Sind Sie schon mal in New Orleans gewesen?«

»War mir bisher leider nicht vergönnt.«

»Wir fliegen morgen. Sie sind jederzeit herzlich bei uns willkommen.« Sie warf einen kurzen Blick auf Luke. »Ihn können Sie mitbringen.«

»Ich werde dafür sorgen, daß er keine Dummheiten macht.«

»Hoffentlich.« Sie nahm Lukes Glas und stieß mit Jake an, dessen kleine Augen leuchteten. »Ich glaube, das ist der Beginn einer wunderbaren Freundschaft. Jetzt müssen Sie mich entschuldigen, ich habe noch eine Verabredung. Ich freue mich darauf, Sie wiederzusehen.«

Jake drückte eine Hand auf sein Herz, als Roxanne die Tür hinter sich geschlossen hatte. »Mann! Was für eine Frau.«

»Wenn du auch bloß einen Finger nach ihr ausstreckst, kannst du künftig deine Mahlzeiten durch einen Strohhalm essen.«

»Ich glaube, ich habe ihr gefallen.« Seine Augen hinter den dicken Brillengläsern funkelten. »Sie schien ganz hingerissen von mir.«

»Rede keinen Schwachsinn, Finestein, und hol dir dein Arbeitszeug. Wir wollen mal sehen, ob du Wyatts Unterschrift vernünftig nachmachen kannst.«

»Selbst sein Börsenmakler würde keinen Unterschied merken, Luke. Vertrau mir nur.«

»Das muß ich wohl oder übel«, erwiderte Luke. »Das ist ja das Problem.«

DRITTES KAPITEL

Es war vielleicht die schwierigste Rolle, die er je gespielt hatte, ganz sicher jedoch die wichtigste. Ehe Luke von Washington nach New Orleans flog, machte er einen Abstecher nach Tennessee und stand scheinbar kleinlaut, doch mit wilden Rachegelüsten im Herzen, vor Wyatts Haus.

Auch wenn dieser Auftritt ihm noch so gegen den Strich ging, schluckte er seinen Stolz hinunter, denn er tat es für die Nouvelles. In der Maske eines demütigen Bittstellers wollte er Sam Wyatt dazu bringen, daß er wenigstens vorübergehend seine Rückkehr nach New Orleans akzeptierte.

Er würde nur ein paar Monate brauchen. Danach hatte er entweder alles, was er wollte – oder gar nichts.

Ein Dienstmädchen öffnete ihm die Tür. Luke gab sich verlegen. »Ich, ich … Mr. Wyatt erwartet mich. Ich bin Callahan, Luke Callahan.«

Wortlos führte sie ihn durch den Flur zum Arbeitszimmer, wo er einst Augenzeuge eines Mordes gewesen war und seine größte Niederlage erlitten hatte.

Genau wie vor fünf Jahren saß Sam hinter seinem Schreibtisch. Doch diesmal stand daneben auf einer Staffelei ein übergroßes Wahlkampfplakat, das einen strahlend lächelnden Sam Wyatt zeigte. Darunter prangten in dicken rotblauen Lettern die Zeilen:

SAM WYATT FÜR TENNESSEE
SAM WYATT FÜR AMERIKA

Eine Schale auf dem Schreibtisch war gefüllt mit Buttons, die das gleiche Foto zierte.

Sam hatte sich nur wenig verändert. Luke bemerkte ein paar Silberfäden an seinen Schläfen, und um die Augen bildeten sich einige kleine Fältchen, als er lächelte. Und er lächelte selbstzufrieden wie eine Spinne, die eine hilflos zappelnde Fliege in ihrem Netz erblickt hatte.

»Sieh an, der verlorene Sohn kehrt zurück«, sagte er und entließ das Dienstmädchen mit einem Wink. Nachdem sie die Tür hinter sich geschlossen hatte, lehnte er sich zurück. »Du siehst erstaunlich gut aus, Callahan.«

»Und du ... sehr erfolgreich.«

»Nicht wahr? Ich muß sagen, dein Anruf gestern hat mich ziemlich überrascht. Ich hätte nicht gedacht, daß du so dreist bist.«

Luke straffte die Schultern. Die genau berechnete Geste wirkte wie ein kläglicher Versuch zu einem mutigen Auftreten. »Ich will dir einen Vorschlag machen.«

»Oh, ich bin ganz Ohr«, lachte Sam und stand auf. »Ich glaube, ich sollte dir einen Drink anbieten.« Er ging zur Bar, und seine Augen leuchteten, als er sich wieder umwandte. »Um der alten Zeiten willen.«

Luke starrte auf das angebotene Glas Brandy und atmete rasch und heftig. »Nein, wirklich nicht ...«

»Was ist los, Callahan? Den Geschmack an Brandy verloren? Keine Sorge.« Sam prostete ihm zu und trank. »Diesmal muß ich dir ja nichts in den Drink mischen, um zu erreichen, was ich will. Setz dich.« Es klang wie ein Befehl an einen Hund. Obwohl er innerlich kochte, gehorchte Luke wortlos. »Also ...« Sam lehnte sich gegen den Schreibtisch und lächelte. »Wie kommst du zu der Annahme, ich wäre damit einverstanden, daß du zurückkehrst?«

»Ich dachte ...« Luke nahm einen Schluck Brandy, als müsse er sich Mut antrinken. »Ich hatte gehofft, es sei genug Zeit vergangen.«

»O nein.« Sam kostete dieses Machtgefühl weidlich aus. »So viel Zeit kann überhaupt nicht vergehen. Vielleicht habe ich mich nicht klar genug ausgedrückt vor – wie lange ist es her? Vor fünf Jahren. Es war hier im gleichen Zimmer, nicht wahr? Ist das nicht interessant?«

Lässig schlenderte er zu der Stelle, wo der blutende Cobb

gelegen hatte. Der Teppich war neu, ein kostbares Stück, das er mit dem Geld seiner Frau gekauft hatte.

»Ich glaube kaum, daß du vergessen hast, was hier geschehen ist.«

»Nein.« Luke preßte die Lippen zusammen und wandte den Blick ab. »Nein, das habe ich nicht.«

»Und habe ich dir nicht gesagt, was ich tun würde, falls du zurückkommst? Was mit dir und den Nouvelles passieren würde?« Als sei ihm plötzlich ein Gedanke gekommen, schaute Sam auf. »Möglicherweise sind dir die Nouvelles aber nach einer solch langen Trennung gleichgültig geworden? Vielleicht kümmert es dich nicht mehr, daß ich den alten Mann ins Gefängnis schicken kann, beziehungsweise alle miteinander, falls es mir in den Sinn kommt – einschließlich der Frau, die du einmal geliebt hast?«

»Ich will nicht, daß ihnen irgendwas passiert. Es ist nicht nötig, daß du sie in die Sache mit hineinziehst.« Als wolle er verbergen, daß seine Stimme zitterte, nahm Luke einen weiteren Schluck. Ein verdammt guter Brandy, dachte er. Ein Jammer, daß er ihn nicht richtig genießen konnte. »Ich will einfach nur noch mal heim – nur vorübergehend«, fügte er rasch hinzu. »Sam, Max ist wirklich sehr krank. Er lebt vielleicht nicht mehr lange. Ich bitte dich nur darum, eine Weile bei ihm verbringen zu dürfen.«

»Wie rührend.« Sam ging wieder hinter den Schreibtisch. Er öffnete eine Schublade und holte eine Zigarette heraus. Er gestattete sich lediglich fünf Stück am Tag, und das auch nur, wenn er allein war. In den Meinungsumfragen lag er zwar in Führung, aber er wollte keinerlei Risiken eingehen, und das Rauchen schadete seinem Image. »Also, du willst bei dem Alten sein, wenn er stirbt.« Sam entzündete die Zigarette und nahm zufrieden einen tiefen Zug. »Warum sollte mich das was scheren?«

»Ich – ich hatte nur gehofft, du wärst einverstanden, weil es doch bloß eine ganz kurze Zeit ist. Wenige Monate.« Luke schaute ihn bittend an. »Das kann doch wirklich keine so große Rolle für dich spielen.«

»Du irrst dich. Alles, was dich oder die Nouvelles angeht, ist und bleibt für mich wichtig. Und weißt du, warum?« Er grinste verächtlich. »Keiner von euch hat erkannt, was in mir steckte. Ihr habt mich aus Mitleid aufgenommen und mich empört wieder rausgeschmissen. Und vor allem du hast dich immer für was Besseres gehalten. Dabei wart ihr nichts weiter als gemeine Diebe.«

Der alte Haß schnürte ihm fast die Kehle zu, und er zwang sich mühsam zur Ruhe.

»Und wie sieht es heute aus?« fuhr er fort. »Du hast kein Zuhause mehr, nicht einmal mehr ein Heimatland, und die Nouvelles haben einen jämmerlichen alten Tattergreis auf dem Hals, der sogar seinen eigenen Namen vergessen hat. Aber sieh mich an, Callahan. Ich bin reich, erfolgreich, werde von allen bewundert und bin auf dem Weg nach ganz oben.«

Luke mußte sich gewaltsam an seinen Racheplan erinnern, um nicht augenblicklich aufzuspringen und Sam den Hals umzudrehen. Denn zumindest einiges, was er gesagt hatte, stimmte. Er hatte kein Zuhause mehr, und Max war ein hilfloser Pflegefall.

»Du hast alles, was du willst«, erwiderte er verzagt. »Und ich bitte dich nur um ein paar Wochen.«

»Du meinst, mehr Zeit bleibt dem Alten nicht?« Sam seufzte und kippte den Rest seines Brandys hinunter. »Schade. Ich hoffe nämlich wirklich, daß er noch lange, sehr, sehr lange ohne einen Funken Verstand dahinvegetiert, daß sein Körper allmählich verschrumpelt und dieser Anblick seiner Familie, die dabei zuschauen muß, das Herz zerreißt.«

Plötzlich erschien das strahlende Politikerlächeln auf seinem Gesicht. »Ich weiß alles über Alzheimer. Mehr als du denkst. Durch Max bin ich nämlich auf die Idee gekommen, mich im Zuge meines Wahlkampfes mitleidig und verständnisvoll der Menschen anzunehmen, die einen Angehörigen betreuen, der nicht mehr Verstand hat wie eine Rübe. Ah!« Er lachte über das plötzliche Aufblitzen in Lukes Augen. »Empört dich das, ja? Nun, ich will dir etwas sagen, Callahan. Ich schere mich einen Dreck um Maximillian Nouvelle oder irgendeinen anderen Halbidioten, dem es wie ihm geht. Rüben wählen schließlich nicht. Aber keine Sorge, wenn ich erst mal gewählt bin, werden wir weitermachen mit ... dieser Illusion«, zwinkerte er übermütig. »Wir werden weiterhin Forschungsprojekte und staatliche Unterstützung versprechen und sogar einiges davon halten. Denn ich weiß, was eine langfristige Planung wert ist.«

Er lehnte sich zurück und genoß es, so unverblümt von seinen Absichten erzählen zu können. Luke war der einzige Mensch, bei dem er sich das leisten durfte, denn er war gleichzeitig der einzige, der ihm nicht schaden konnte. »Der Sitz im Senat ist nur der nächste Schritt – der nächste Schritt in Richtung Weißes Haus. In zehn Jahren habe ich alles erreicht. Wenn ich erst einmal an der Macht bin, wird sich einiges ändern. Dann ist Schluß mit diesem Mitleidsgedusel. Wer nicht lebensfähig ist, soll möglichst schnell krepieren, und all diese Bürgerinitiativen und diese Jammerlappen, die sich für die Rechte von Minderheiten einsetzen, können jaulen, bis sie schwarz werden. Im nächsten Jahrhundert werden die Amerikaner merken, daß sie einen Führer haben, der weiß, was absolute Macht ist und wie man sie richtig einsetzt. Einen Führer, der ein paar kleine Verluste bei der Durchsetzung seiner Ziele gerne in Kauf nimmt.«

Er hatte sich in Eifer geredet und klang wie ein ekstatischer Prediger. Luke betrachtete ihn schweigend. Früher oder später schnappt er wirklich über, dachte er. Und Gott helfe uns, wenn er dann tatsächlich irgendwelche Knöpfe drücken kann.

Sam nahm zufrieden einen Zug an seiner Zigarette. »Aber ich denke, an Politik oder dem Schicksal einer Nation bist du nicht besonders interessiert. Deine Interessen sind eher persönlicher Natur.«

»Ich habe im Lauf der letzten Jahre etwas Geld gemacht«, sagte Luke kleinlaut. »Für ein paar Wochen mit Max und den Nouvelles geb ich dir, was du willst.«

»Geld?« Sam warf den Kopf zurück und lachte. »Sehe ich aus wie jemand, der Geld braucht? Hast du eine Ahnung, wieviel ich jeden Monat an Wahlkampfspenden eintreibe?

Und obendrein verfüge ich noch über das hübsche Vermögen meiner nicht minder hübschen Frau.«

»Aber wenn du noch mehr hättest, könntest du vielleicht verstärkt Werbespots im Fernsehen senden lassen oder was sonst nötig ist, um sicherzustellen, daß die Wahlen für dich wunschgemäß verlaufen.«

»Keine Sorge, es läuft alles nach Plan«, fauchte Sam. »Willst du die Zahlen sehen? Die Leute in diesem Staat wollen mich, Callahan. Sie wollen Sam Wyatt. Curtis Gunner würden sie nicht mal mehr als Hundefänger wählen, wenn ich erst mit ihm fertig bin. Ich gewinne.« Er schlug mit der Hand auf den Tisch. »Ich habe schon so gut wie gewonnen.«

»Eine Million Dollar«, platzte Luke heraus. »Eine Million Dollar könntest du doch sicher trotzdem gebrauchen. Ich will als Gegenleistung nur ein bißchen Zeit. Dann verschwinde ich wieder. Denn selbst wenn ich bleiben wollte, ich brauchte es gar nicht erst zu versuchen.« Er senkte niedergeschlagen den Kopf. »Roxanne würde es nie zulassen. Das hat sie mir klar zu verstehen gegeben.«

»Ach ja?« Sam trommelte mit den Fingern auf dem Schreibtisch und bemühte sich, wieder ruhig zu werden. Er wußte, daß es wichtig war, die Ruhe zu bewahren. Und ebenso wichtig war es, Vorteile, welcher Art auch immer, die sich einem boten, zu nutzen. »Also hast du sie gesehen?«

»In Washington bin ich in ihre Vorstellung gegangen.« Unsicher schaute er auf. »Nur für einen Moment. Ich konnte nicht anders.«

»Und da haben deine hehren Gefühle für sie wohl einen Dämpfer bekommen, was?« Nichts hätte ihn mehr freuen können. Aber da er einiges über Roxanne wußte – und über einen kleinen Jungen namens Nathaniel –, mußte er ganz sicher gehen. »Hat sie dich über die herausragenden Ereignisse ihres Lebens während deiner Abwesenheit ins Bild gesetzt?«

»Sie hat kaum mit mir reden wollen«, erwiderte Luke bedrückt. »Ich habe sie im Stich gelassen und kann ihr nicht mal erklären, warum ich weggegangen bin. Das verzeiht sie mir nie.«

Das wird ja immer besser, dachte Sam. Er weiß also nichts von dem Kind. Was würde nötig sein, ehe Roxanne es ihm schließlich erzählte – falls sie es überhaupt jemals tat? Und falls sie es ihm erzählte, würde es Luke regelrecht umbringen, daß er sie wieder verlassen mußte!

Er überdachte diese neue Lage einen Moment lang und kam zu dem Schluß, daß es durchaus befriedigend sein könnte, wenn Luke für kurze Zeit zu seiner Familie zurückkehrte. Menschen leiden zu sehen, war schließlich sehr viel genußreicher, als es sich nur vorzustellen. Und es schien, als könne er sich seinen Spaß auch noch bezahlen lassen.

»Eine Million Dollar? Wie hast du es eigentlich geschafft, so viel zusammenzuscheffeln?«

»Ich ...«

Mit zitternder Hand stellte Luke den Brandy ab. »Ich bin aufgetreten.«

»Immer noch die alten Zauberkunststückchen? Vermutlich hast du außerdem auch gestohlen.«Er sah, daß Luke schuldbewußt zusammenzuckte. »Ja, das dachte ich mir. Eine Million«, wiederholte er. »Ich werde darüber nachdenken. Die Wahlkampfspenden werden heutzutage so pingelig überprüft. Wir möchten ja schließlich nicht, daß mein Image durch irgendwelche Hinweise auf anrüchige Geldquellen befleckt wird – vor allem, da Gunner stets lautstark bekundet, er habe eine blütenweiße Weste. Ich möchte ...« Er verstummte, als ihm eine neue Idee kam die so einmalig war, daß es ihm die Sprache verschlug. Oh, was für eine Gelegenheit bot ihm hier das Schicksal!

»Ich glaube, wir könnten uns einig werden.«

Mit hoffnungsvoller Miene beugte Luke sich vor. »Ich komme innerhalb einer Woche an das Geld. Ich kann es dir bringen, wohin du willst.«

»Damit müssen wir warten bis nach der Wahl. Mein Finanzberater findet sicher einen Weg, um es unauffällig zu verbuchen. Aber vorerst habe ich eine Aufgabe für dich. Damit kannst du dir die Zeit erkaufen, die du so dringend haben willst.«

Diese Wendung hatte Luke nicht erwartet. Er hatte sich auf Sams Habgier verlassen. »Ja? Ich tue alles dafür.«

»Du erinnerst dich vielleicht an einen kleinen Vorfall namens Watergate? Die Einbrecher damals waren allerdings schlampige Stümper. Du müßtest sehr ordentlich und sehr geschickt vorgehen.«

Luke begriff rasch und nickte. »Ich soll Dokumente stehlen?«

»Ob es irgendwelche Dokumente gibt, die es wert sind, gestohlen zu werden, entzieht sich meiner Kenntnis. Aber ein Mann mit deinen Verbindungen dürfte in der Lage sein, entsprechende Papiere, Fotos und so weiter fabrizieren zu lassen. Und wer etwas stehlen kann, kann auch etwas einschmuggeln.«

Sam faltete die Hände und beugte sich vor. Wirklich eine fabelhafte Idee. Damit würde er nicht nur die Wahlen gewinnen, sondern seinen Gegner regelrecht vernichten.

»Curtis Gunner ist ein glücklich verheirateter Vater von zwei Kindern mit makellosem Leumund. Genau das sollst du für mich ändern.«

»Wie sollte ich das ändern können?«

»Durch Zauberei.« Er lachte hämisch. »Davon verstehst du doch was, nicht wahr? Ich will Fotos von Gunner haben, die ihn mit anderen Frauen zeigen – mit Huren. Und mit Männern, jawohl, mit Männern.« Sam brach bei der Vorstellung in haltloses Gelächter aus, das ihn förmlich durchschüttelte. »Das ist noch besser. Ich will Briefe und andere Papiere, die seine Verwicklung in illegale Geschäfte belegen. Die beweisen, daß er öffentliche Gelder für persönliche Zwecke abgezweigt hat. Dann wäre dieser liberale Vogel endgültig erledigt. Mach deine Sache gut, mein Lieber. Diese Dokumente müssen absolut unanfechtbar sein.«

»Ich weiß nicht, wie …«

»Du wirst schon einen Weg finden.« Sam war vollkommen berauscht von seiner Macht. Und alles fiel ihm ganz mühelos in den Schoß! »Wenn du aus irgendwelchen sentimentalen Gründen nach Hause willst, Callahan, dann bezahle auch dafür. Bring mir gefälschte Fotos, Papiere, Quittungen,

Briefe. Ich lasse dir Zeit bis – sagen wir, zehn Tage vor der Wahl. Ja, zehn Tage«, murmelte er. »Erst dann soll die Sache auffliegen, damit alles noch frisch in den Köpfen der Wähler ist, wenn sie in die Kabinen gehen, um ihre Stimmen abzugeben. Solange kannst du also bei den Nouvelles bleiben«, schloß er großmütig.
»Ich tue, was ich kann.«
»Du tust genau das, was ich sage, sonst wirst du dafür büßen, du und alle anderen.«
Nun, ich werde mitspielen, dachte Luke. Und diesmal werde ich gewinnen.

»Also was ist?« Ungeduldig lief Jake auf dem Weg zur Cessna neben Luke her.
»Sind meine Sachen an Bord?«
»Ja, ja. Was war mit Wyatt? Klar, ich bin ja bloß ein Laufbursche, nur ein einfacher Soldat hinter den Frontlinien, nur eine ...«
»Ein Arschloch«, beendete Luke den Satz. Er kletterte ins Cockpit und begann die Instrumente zu überprüfen. »Es lief gut«, sagte er, als Jake in ein beleidigtes Schweigen versank. »Jedenfalls angesichts der Tatsache, daß ich den demütigen Bettler spielen mußte, während ich ihm am liebsten das Herz rausgerissen hätte.«
»Nach allem, was ich gehört habe, hat dieser feine Pinkel sowieso kein Herz.« Jake schnallte sich an und schob seine Brille zurecht. Es war offensichtlich, daß Luke nicht in bester Stimmung war – was bedeutete, daß der kurze Flug nach New Oryleans eine heikle Angelegenheit werden würde. Vorsichtshalber schluckte Jake rasch ein paar Beruhigungstabletten. »Jedenfalls hast du die Zeit bekommen, die du brauchst, stimmt's?«
»Hab ich.« Luke setzte sich mit dem Tower in Verbindung und bat um Starterlaubnis. Während das Fahrzeug langsam anrollte, blickte er zu Jake, der bleich und mit glasigen Augen in seinem Sitz hockte. »Ich habe außerdem einen neuen Job für dich.«
»Ja? Gut, großartig.« Ergeben schloß Jake die Augen, als

sich die Nase des Flugzeugs hob. Er hatte Luke immer und immer wieder gesagt, daß er das Fliegen haßte, es schon ewig gehaßt hatte und immer hassen würde. Und er war davon überzeugt, daß Luke ihn genau aus diesem Grund durchschnittlich einmal pro Woche in ein Cockpit zu steigen zwang.

»Wyatt verlangt, daß ich seiner Dreckschleuder Munition liefere.« Je höher das Flugzeug stieg, desto mehr spürte Luke, wie seine Anspannung nachließ. Er liebte das Fliegen, es war jedesmal wieder ein Hochgenuß für ihn.

»Was soll das heißen?« Vorsichtig öffnete Jake ein Auge.

»Er will Fotos, Papiere, Briefe und so weiter, die diesem Curtis Gunner illegales, unmoralisches und anstößiges Verhalten nachweisen. Eben solche Dokumente, mit deren Hilfe man Wahlen gewinnen, ganze Familien vernichten und das Leben eines Konkurrenten zerstören kann.«

»Scheiße, Luke, dieser Gunner hat uns doch nichts getan, oder? Ich weiß, du mußtest dich auf einen Pakt mit dem Teufel einlassen, aber, verdammt, so was scheint mir wirklich nicht ganz sauber.«

Nachdem er das Flugzeug auf Kurs gebracht hatte, zog Luke eine Zigarre heraus. »So ist nun mal das Leben, Finestein, falls du es noch nicht bemerkt hast. Du erledigst diesen Job, und zwar gut – nur mit einer kleinen Abänderung.«

Jake seufzte. »Ich habe dir gesagt, ich bin dabei, also lasse ich dich nicht hängen. Du kriegst das Zeug – und es wird brandheiß sein.«

»Ich verlasse mich darauf.«

»Und was ist das für eine Änderung?«

Luke klemmte sich die Zigarre zwischen die Zähne und grinste. »Anstelle von Gunner nimmst du Wyatt.«

»Wyatt? Aber du hast doch gesagt ...« Ein verträumtes Lächeln überzog Jakes blasses Gesicht. Die Beruhigungstabletten wirkten. »Jetzt kapiere ich. Jetzt kapiere ich. Ein Doppelspiel.«

»Wahrhaftig, du bist rasch von Begriff, Finestein.« Lukes Grinsen wurde noch breiter, als er eine Kurve flog und New Orleans ansteuerte. Es ging nach Hause.

VIERTES KAPITEL

Roxanne hatte dafür gesorgt, daß das ehemalige Schlafzimmer von Lily und Max mit allem Nötigen ausgestattet wurde, was für die Betreuung eines pflegebedürftigen Patienten erforderlich war, ohne daß deshalb eine Atmosphäre wie in einem Krankenzimmer herrschte.

Drei Krankenschwestern wechselten sich alle acht Stunden ab, eine Krankengymnastin und ein Sozialarbeiter schauten regelmäßig vorbei, und Roxanne sorgte für eine angenehme Umgebung, mit frischen Blumen, weichen Kissen und viel klassischer Musik, die Max immer am liebsten gehabt hatte. An der Terrassentür war ein Spezialschloß angebracht worden, um zu verhindern, daß er allein das Zimmer verließ. Den Rat eines Arztes, die Fenster vergittern zu lassen, hatte sie empört abgelehnt und statt dessen neue Spitzengardinen aufgehängt.

Ihr Vater mochte seiner Krankheit hilflos ausgeliefert sein, aber sie wollte ihn nicht zu einem Gefangenen in seinem eigenen Zuhause machen.

Sie freute sich, daß gedämpftes Sonnenlicht zum Fenster hereinströmte und leise Musik von Chopin erklang, als sie das Zimmer betrat. Früher hatte es ihr beinahe das Herz zerrissen, wenn er sie nicht erkannte. Doch inzwischen hatte sie sich mit dieser bedrückenden Situation abgefunden und akzeptieren gelernt, daß es gute Tage gab und schlechte. Erleichtert sah sie, daß er an seinem Schreibtisch saß und geduldig seine Übungen mit einigen weichen Bällen machte, damit seine Hände nicht vollkommen bewegungsunfähig wurden.

»Guten Morgen, Miß Nouvelle.« Die Schwester der ersten Schicht legte ihr Buch zur Seite und lächelte Roxanne zu. »Mr. Nouvelle übt ein wenig vor seiner Therapie.«

»Danke, Mrs. Fleck. Wenn Sie zehn oder fünfzehn Minuten Pause machen möchten? LeClerc hat frischen Kaffee für Sie.«

»Ich könnte einen vertragen.« Mrs. Fleck lächelte Roxanne zu und verließ das Zimmer.

»Hallo, Daddy.« Roxanne ging zum Schreibtisch und küßte ihren Vater auf die Wange. Er war so entsetzlich mager, daß sie sich oft fragte, wie die Haut noch dem Druck der Knochen standhielt. »Es ist ein schöner Tag. Hast du schon mal nach draußen geschaut? Alle Blumen blühen, und Mouse hat den Springbrunnen im Hof angestellt. Vielleicht möchtest du später gern ein wenig draußen sitzen?«

»Ich muß üben.«

»Ja, natürlich.« Sie legte ihm eine Hand auf die Schulter und beobachtete, wie seine verkrümmten Finger sich mit den Bällen abmühten. Und dabei hatte er einst mit einem Fingerschnippen die unglaublichsten Zaubertricks zustande gebracht. Aber es war besser, gar nicht erst daran zu denken. »Die Vorstellung lief gut. Das Finale war besonders gelungen. Oscar macht sich bestens, und nicht mal mehr Lily ist in seiner Nähe nervös.«

Sie redete weiter, ohne eine Antwort zu erwarten. Wenn Max mit irgend etwas beschäftigt war, schaute er nur selten einmal auf. »Wir sind mit Nate im Zoo gewesen. Er hatte einen Riesenspaß. Aus dem Schlangenhaus hätte ich ihn fast nicht mehr rausgekriegt. Er wächst so schnell, Daddy. Manchmal kann ich es kaum glauben, daß er mein Sohn ist. Ist dir das bei mir auch so gegangen, daß du dich gewundert hast, wie rasch so ein kleiner Mensch groß wird und eine ganz eigenständige Persönlichkeit?«

Einer der Bälle fiel zu Boden. Roxanne hob ihn auf und kauerte sich neben Max, so daß sie ihm in die Augen schauen konnte.

Max wich ihrem Blick unruhig aus, aber sie wartete geduldig, bis er sie wieder anschaute.

»Hast du dir auch die ganze Zeit über Sorgen gemacht?« fragte sie leise. »Trotz der ganzen alltäglichen Routine hat man im Hinterkopf doch dauernd Angst, etwas falsch zu machen oder eine falsche Entscheidung zu treffen. Und ich kann mir denken, das bleibt auch so, nicht wahr? Ein Kind zu haben, ist wundervoll und gleichzeitig so beängstigend.«

Langsam begann Max zu lächeln. Für Roxanne war es, als gehe die Sonne auf. »Du bist sehr schön«, sagte er und streichelte ihr übers Haar. »Ich muß jetzt üben. Möchtest du gern in die Vorstellung kommen und zusehen, wie ich eine Frau zersäge?«
»Ja.« Sie beobachtete, wie er mit den Bällen hantierte. »Das wäre schön.« Sie wartete einen Moment. »Luke ist wieder da, Daddy.«
Er schien weiter auf seine Bälle konzentriert zu sein, doch sein Lächeln verschwand. »Luke«, sagte er nach einer langen Pause. »Luke.«
»Ja. Er möchte dich gern sehen. Ist es dir recht, wenn er dich besuchen kommt?«
»Ist er aus dieser Kiste rausgekommen?« Max' Gesichtsmuskeln zuckten. Die Bälle entglitten ihm und hüpften davon. »Ist er rausgekommen?« wiederholte er beunruhigt.
»Ja, es geht ihm wirklich gut. Ich sehe ihn nachher. Soll ich ihn herbringen? Möchtest du das?«
»Nicht wenn ich übe.« Max wurde immer aufgeregter. »Ich muß üben. Wie soll ich es sonst schaffen, wenn ich nicht übe?«
»Schon gut, Daddy.« Um ihn zu beruhigen, hob Roxanne die Bälle auf und legte sie vor ihn auf den Tisch.
»Ich will ihn sehen«, murmelte Max. »Ich will ihn sehen, wenn er aus der Kiste raus ist.«
»Ich bringe ihn zu dir.« Sie küßte die eingefallene Wange, aber Max war bereits wieder mit seinen Bällen beschäftigt.

Als Roxanne die Treppe hinunterging, hatte sie sich ihre Strategie zurechtgelegt. Luke war zurück, davor konnte sie nicht die Augen verschließen. Auch seine Bindung an Max konnte sie nicht einfach beiseite schieben. Aber sie würde ihn keine Sekunde allein lassen, wenn sie ihm einen Besuch erlaubte.
Sie würde mit ihm zusammenarbeiten, weil sein Vorschlag sie faszinierte und weil er, falls er sich in den letzten fünf Jahren nicht grundlegend geändert hatte, einfach der Beste war – sei es auf der Bühne oder beim Safeknacken.

Anschließend jedoch würde sie ihren Anteil nehmen und ihrer Wege gehen.
Nur gab es da auch noch Nathaniel.
Roxanne blieb auf der vorletzten Stufe stehen und hob einen kleinen Ferrari auf. Sie steckte ihn in ihre Tasche und dachte an das Kind, das damit gespielt hatte und das jetzt im Kindergarten war. Durfte sie Luke für alle Zeit verschweigen, daß dieses Kind existierte?
Ach, ich brauche einfach mehr Zeit, sagte sie sich, als sie in die Küche ging.
Es war ihrem Seelenfrieden nicht gerade zuträglich, Luke dort vorzufinden. Er saß mit einer Tasse Kaffee in einer Hand und dem Rest seines Beignets in der anderen am Tisch und schien sich ganz zu Hause zu fühlen.
LeClercs lachendem Gesicht war anzusehen, wie sehr er sich freute, den verlorenen Sohn wieder daheim zu haben. Er schien liebend gern bereit zu sein, alles zu vergeben und zu vergessen. Roxanne war nur noch entschlossener, nicht ebenfalls weich zu werden.
»Kann mich nicht erinnern, daß dich jemand eingeladen hat, Callahan.«
Er lächelte unbekümmert. »LeClercs Kochkünste gehören zu den Dingen, die ich am meisten vermißt habe.«
»Dieser Junge war schon immer völlig verfressen. Setz dich, Mädchen. Ich mach dir Kaffee.«
»Nein, danke.« Sie wußte, daß ihre Stimme kühl klang und fühlte einen kleinen Stich, als LeClerc den Blick abwandte. Verdammt, sollte sie etwa eine Blaskapelle zum Empfang aufspielen lassen? »Wenn du mit deinem *petit déjeuner* fertig bist, könnten wir vielleicht an die Arbeit gehen.«
»Bin schon soweit.« Er stand auf und schnappte sich rasch noch ein Stück Gebäck. »Ich nehme nur noch was für unterwegs mit.« Er zwinkerte LeClerc zu, ehe er zur Tür hinausschlenderte. »Macht er immer noch die ganze Arbeit im Garten selbst?« fragte Luke, als sie über den Hof gingen, in dem es überall grünte und blühte.
»Gelegentlich läßt er sich von ...« Nate. »... Von einem von uns helfen. Aber an seine Rosen darf immer noch niemand ran.«

»Er sieht kaum älter aus. Ich war richtig erleichtert.« Er griff nach Roxannes Hand, als sie die Tür zum Arbeitsraum öffnete. »Du kannst es sicher nicht verstehen, aber ich hatte Angst, sie hätten sich alle sehr verändert. Aber als ich eben in der Küche saß, war es genau wie früher. Der Geruch, die Geräusche, das Gefühl – ganz wie früher.«

»Das macht die Sache ja um so leichter für dich.«

Er wünschte, er könnte es ihr übelnehmen, daß sie so verbittert war. »Nicht ganz. Du hast dich verändert, Rox.«

»Findest du?« Sie wandte sich um. Seine Nähe verwirrte sie, aber sie würde nicht zurückweichen. Kühl lächelte sie ihm zu.

Es hat eine Zeit gegeben, da konnte ich dir jeden Gedanken vom Gesicht ablesen«, meinte er. »Aber auch das ist anders geworden. Du siehst unverändert aus, du riechst noch immer so wie früher und klingst auch so. Ich glaube, wenn du in meinem Bett lägst, würdest du dich auch noch genauso anfühlen. Aber trotzdem ist irgend etwas anders geworden.« Nachdenklich strich er mit der Hand über ihre Wange. »Manchmal erscheinst du mir wie eine andere Frau.«

»Ich bin genauso, wie ich sein will.« Sie schob die Tür auf. »Ich habe mich eben weiterentwickelt.« Sie knipste das Licht an und betrat den großen Arbeitsraum mit seinen bunten Kisten, den langen Tischen und den vielen Requisiten. »Also, du hast die Vorstellung gesehen. Dann weißt du ungefähr, wie ich jetzt arbeite. Mein Stil ist elegant, gelegentlich spektakulär, aber alles soll anmutig und flüssig präsentiert werden.«

»Ja, wirklich hübsch.« Luke biß kräftig in sein Beignet, daß der Puderzucker zu Boden rieselte. »Vielleicht ein bißchen zu feminin.«

»Findest du?« Sie griff nach einem silbernen Dolch mit juwelenbesetztem Heft, den sie als Requisit benutzte. »Du würdest vermutlich lieber selbstbewußt über die Bühne stolzieren, dir auf die Brust trommeln und deine Muskeln spielen lassen.«

»Ich denke, wir können uns auf einen gelungenen Mittelweg einigen.«

Roxanne lehnte sich an den Tisch und tippte mit der Klinge in ihre Hand. »Wir reden offenbar etwas aneinander vorbei, Callahan. Der Mittelpunkt der Show bin ich. Ich räume dir gern darin einen Platz für dein Comeback ein, da es zu unserem Ablenkungsmanöver gehört, aber das Kommando habe ich, und das soll auch so bleiben.«

»Mein Comeback.« Er nickte nachdenklich. »In einer Hinsicht hast du recht. Es gibt wahrhaftig ein kleines Mißverständnis. Leute, die ihre beste Zeit hinter sich haben, brauchen ein Comeback. Ich habe in Europa Vorstellungen gegeben, daß den Zuschauern die Augen aus dem Kopf gefallen sind.«

»Ist es nicht reizend, daß in diesen winzigen Dörfchen immer noch die Leute zusammenlaufen, wenn ein Gaukler auftaucht?«

»Leg das Messer hin und sag das noch mal!«

Sie lächelte und strich mit einer Fingerspitze über die Klinge. »Ich denke, wir machen nur eine einzige Abendvorstellung. Die Schlagzeilen in der Presse sollten genügen, daß sie ausverkauft ist. ›Eine Nacht der Magie mit Roxanne Nouvelle. Mit einem Gastauftritt von Callahan.‹«

»Wenigstens dein Selbstbewußtsein hat sich nicht geändert. Wir sind Partner, Roxanne.« Er kam näher. »Du willst die Rolle des Stars, und ich bin Gentleman genug, um es dir zu gönnen. Aber auf den Plakaten heißt es: ›Nouvelle und Callahan‹.«

Sie zuckte die Schultern. »Darüber verhandeln wir noch.«

»Ich habe keine Lust, mit solch kleinkariertem Mist Zeit zu verplempern.«

»Wie war das? Kleinkariert?« Sie wirbelte zu ihm herum und trieb das Messer in seine Brust. Der fassungslose Ausdruck auf seinem Gesicht war so komisch, daß sie gegen den Tisch sank und sich vor Lachen krümmte.

»Gott, was für ein Trottel du bist.«

»Nicht übel.« Er rieb sich die Brust, wo das präparierte Messer ihn getroffen hatte. Ihm war fast das Herz stehengeblieben. »Wirklich nicht übel. Können wir jetzt zur Sache kommen, oder willst du weiter diese Spielchen treiben?«

»Sicher, kommen wir zur Sache.« Sie legte das Messer zur Seite. »Es ist meine Show, und sie dauert eine Stunde und fünfundvierzig Minuten. Ich bin bereit, dir fünfzehn davon abzugeben.«

»Ich kriege fünfzig Minuten – einschließlich der zehn Minuten für das Finale, das wir gemeinsam machen.«

»Du willst Oscars Platz einnehmen?« Als er sie verständnislos anschaute, lächelte sie. »Die Katze, Callahan. Ich mache das Finale mit dem Tiger.«

»Das verschieben wir. Diese Nummer machst du als letztes vor der Pause.«

»Seit wann, verdammt, hast du hier zu bestimmen?«

»Weil ich die Attraktion bin, Roxanne«, erwiderte er und ging zu einer der buntbemalten Kisten. Sie war so groß wie er und in drei gleiche Teile abgetrennt. »Ich will nicht nur eine Entfesselungsnummer zeigen, an der ich lange gearbeitet habe, sondern auch noch zwei andere spektakuläre Illusionen.«

Um ihren Händen etwas zu tun zu geben, nahm sie drei Bälle und begann zu jonglieren. »Ach, mehr nicht?«

»Dann noch das Finale.« Er wandte sich zu ihr um, griff ebenfalls nach einem Ball und warf ihn ihr zu. Sie fing ihn, ohne mit der Wimper zu zucken, und jonglierte mit vier Bällen weiter. »Ich habe an eine leicht variierte Version der Illusion gedacht, die wir damals auf der Kreuzfahrt gemacht haben. Sie ist fast fertig, und ich möchte, daß wir sobald wie möglich mit den Proben anfangen.«

»Du möchtest eine ganze Menge.«

»Eben.« Er trat näher und übernahm geschickt die Bälle. »Der ganze Trick besteht darin, daß man weiß, wann man sich bewegen darf und wann man abwarten muß.« Er grinste sie durch die kreisenden Bälle an. »Wir können entweder hier proben oder in dem Haus, das ich gerade gekauft habe.«

»Oh?« Wider Willen horchte sie interessiert auf. »Ich dachte, du würdest in einem Hotel logieren.«

»Ich habe gern mein eigenes Reich. Es ist ein recht großes Haus im Garden District. Da ich mich noch nicht um Möbel gekümmert habe, hätten wir dort reichlich Platz.«

»Was heißt – noch nicht?«
»Ich bin wieder daheim, Rox.« Er warf ihr die Bälle zu, aber sie schlug sie zur Seite. »Gewöhn dich besser daran.«
»Es schert mich nicht, wo du lebst. Diese Sache hier ist rein geschäftlich und eine einmalige Angelegenheit dazu. Bilde dir bloß nicht ein, du könntest wieder ins Team zurückkommen.«
»Bin ich längst. Und genau das macht dich so sauer.« Er hob begütigend eine Hand. »Warum sehen wir nicht mal, wie die Sache läuft? Mouse und Jake stecken zur Zeit gerade die Köpfe zusammen wegen der Alarmanlage und ...«
»Moment.« Empört richtete sie sich auf. »Was meinst du damit, sie stecken gerade die Köpfe zusammen?«
»Jake ist auch hier. Er und Mouse fachsimpeln gerade eifrig über Elektronik.«
»Das lasse ich nicht zu.« Sie schob ihn zur Seite, um sich Platz zu verschaffen, und lief wütend hin und her. »Klar? Das lasse ich nicht zu. Auf keinen Falls spazierst du einfach hier herein und übernimmst wieder das Kommando über die ganze Truppe. Ich habe seit über drei Jahren alles allein geleitet. Seit Max – seit er es nicht mehr konnte. Mouse gehört mir.«
»Ach, seit wann ist er denn dein Eigentum geworden?«
»Du weißt sehr gut, was ich meine. Er gehört zu *meiner* Familie, zu *meinem* Team. Du hast das alles aufgegeben.«
Er nickte. »Ich habe eine Menge aufgegeben. Fünf Jahre lang habe ich auf alles, was mir etwas bedeutet, verzichtet, eben *weil* es mir etwas bedeutete. Jetzt nehme ich es mir wieder zurück, Roxy. Und zwar restlos.« Zum Teufel mit Behutsamkeit, mit Umwerben und Selbstbeherrschung, dachte er und packte sie bei den Schultern. »Daran kann mich nichts hindern.«
Sie hätte sich losreißen, ihn kratzen und beißen können, aber sein wilder, verzweifelter Blick traf sie so tief, daß sie wie angewurzelt dastand, als er seinen Mund auf ihre Lippen preßte.
Sie spürte seine Wut, seine Frustration – und daneben sein

grenzenloses Verlangen. Alte, tief in ihr vergrabene Sehnsüchte drängten sich an die Oberfläche, und sie antwortete mit gleicher Leidenschaft auf seinen Kuß.
Gott, wie sehr sie ihn immer noch begehrte. Wie sehr sie sich wünschte, alles auslöschen und vergessen zu können. Es war wieder genau wie früher – seine Nähe, seine Küsse und diese blitzartige Erregung, die ihren ganzen Körper erfaßte, so daß sie sich nur noch nach Erfüllung sehnte.
Und doch war es nicht das gleiche. Sie spürte, daß er schlanker war, sehniger, muskulöser, aber er hatte sich nicht nur äußerlich verändert. Dieser Luke war nicht mehr so unbekümmert, so übermütig, so sanft.
Luke hätte sie am liebsten gleich genommen, auf dem Tisch oder auf dem Boden. Hier und jetzt. Wenn er sich auf diese Weise zurücknahm, was er verloren hatte, fand er vielleicht auch seinen Frieden wieder.
Sie war die einzige. Für immer. Und nichts und niemand würde ihn daran hindern, sie wieder zurückzuerobern.
»Es ist noch ganz genauso.« Er löste sich von ihren Lippen und küßte ihre Kehle. »Verdammt, Roxanne, es ist noch genau wie früher zwischen uns. Gib es zu.«
»Nein, das ist es nicht«, entgegnete sie, obwohl sie sich sehnsüchtig an ihn klammerte.
»Willst du etwa sagen, daß du es nicht auch fühlst?« Wütend schob er sie zurück, um ihr Gesicht zu betrachten.
»Was ich fühle, spielt keine Rolle«, erwiderte sie mit Nachdruck, als könne sie sich dadurch selbst überzeugen.
»Tatsachen sind das einzige, was zählt. Ich werde dir auf der Bühne vertrauen und auch bei unserem anschließenden Unternehmen. Aber sonst nie mehr, Luke. Niemals wieder.«
»Dann eben ohne Vertrauen.« Er schlang seine Hand in ihr Haar und ließ es durch seine Finger gleiten. »Ich nehme das, was noch übrig ist.«
»Du hoffst wohl, daß ich sage, ich will dich.« Sie machte sich los und holte tief Atem. »Na gut, ich gebe es zu, vielleicht würde ich mich sogar auf ein kleines Abenteuer mit dir einlassen. Aber mehr ist es auf keinen Fall.«

Er konnte sich kaum noch beherrschen. »Entscheide dich jetzt.«
Sie hätte beinah gelacht. Dieser Befehl war so typisch Luke. »Wenn es um Sex geht, bin ich lieber vorsichtig.« Sie warf ihm einen kühlen Blick zu. »Und mehr als Sex wäre es nicht, wie gesagt.«
»Du bist nur vorsichtig, weil du Angst hast, daß es sehr viel mehr ist.« Er zog sie an sich, um sie erneut zu küssen, aber sie stemmte eine Hand gegen seine Brust.
»Ist das deine Lösung für alles?«
Er lächelte. »Hängt ganz davon ab.«
»Entscheidend ist, ob wir diese komplizierten Aufgaben in Angriff nehmen können, die vor uns liegen, während unsere Hormone verrückt spielen. Ich kann's«, meinte sie herausfordernd. »Und du?«
»Ich auch.« Er nahm ihre Hand. »Aber ich krieg dich trotzdem ins Bett, früher oder später. Also, warum kommst du nicht mit zu mir? Wir könnten dort ... proben.«
»Ich nehme Proben ernst, Callahan.«
»Ich auch.«
Lachend steckte sie die Hände in die Taschen und stieß dabei auf das kleine Spielzeugauto. Ihr Lächeln verschwand.
»Wir fangen morgen an.«
»Was ist los?« Enttäuscht spürte er, daß sie wieder diese unsichtbare Wand zwischen ihnen errichtet hatte. »Wo bist du mit deinen Gedanken?«
»Ich habe heute keine Zeit dazu.«
»Du weißt genau, daß ich das nicht meine.«
»Ich habe ein Recht auf mein Privatleben, Luke. Gib mir die Adresse, und ich bin morgen früh zur Stelle. Um zu proben.«
»Gut. Du sollst deinen Willen haben. Im Moment jedenfalls. Nur eins noch, ehe ich gehe.«
»Was?«
»Laß mich Max sehen. Gottverdammt«, fluchte er wütend, als sie zögerte, »du kannst mit Zähnen und Klauen auf mich losgehen, soviel du willst. Aber bestraf mich nicht auf diese Weise.«

»Du kennst mich in Wahrheit überhaupt nicht, oder?« sagte sie leise, ehe sie sich umwandte und zur Tür ging. »Ich bringe dich zu ihm.«

Luke hatte sämtliche Zeitungsartikel über Max' Zustand gesammelt und alles gelesen, was er über Alzheimer finden konnte. Er war sicher gewesen, auf alles vorbereitet zu sein. Trotzdem war es ein Schock für ihn zu sehen, wie eingefallen, alt und verloren Max inzwischen geworden war.

Er blieb eine Stunde lang in dem sonnigen Zimmer, redete unaufhörlich, auch wenn er keine Antwort erhielt, und suchte vergeblich in Max' Gesicht nach irgendeinem Anzeichen, daß er ihn erkannt hatte.

Erst als Lily hereinkam und ihm sagte, daß es Zeit sei für Max' Übungen, verabschiedete er sich.

»Ich komme wieder.« Luke ergriff seine Hand. »Ich habe ein paar neue Sachen, die dich vielleicht interessieren.«

»Muß üben.« Max starrte auf Lukes kräftige Hand. »Gute Hände. Mußt üben.« Unvermutet lächelte er. »Du hast das Potential.«

»Ich komme wieder.« Luke ging wie benommen zur Tür. Unten im Wohnzimmer fand er Roxanne. Sie stand am Fenster.

»Es tut mir so leid, Roxy.« Als er seine Arme um ihre Taille schlang, wehrte sie sich nicht dagegen, sondern lehnte sich an ihn.

»Es trifft niemanden eine Schuld. Ich habe auch erst alle Welt verantwortlich gemacht – die Ärzte, das Schicksal, Gott. Sogar dich, weil du nicht da warst.« Als er behutsam ihr Haar küßte, preßte sie die Augen fest zusammen. Aber sie weinte nicht. »Ich sage mir immer, er ist irgendwo anders hingegangen, weil es wichtig für ihn war. So werde ich damit fertig. Er hat keine Schmerzen, obwohl ich manchmal Angst habe, daß ich die Schmerzen, die er vielleicht innerlich empfindet, nur nicht sehen kann. Aber ich weiß, wie froh wir sein können, daß wir ihn wenigstens zu Hause haben, bis er bereit ist, wirklich zu gehen.«

»Ich will ihn nicht verlieren.«

»Ich auch nicht.« Sie verstand ihn nur zu gut. Impulsiv griff sie nach seiner Hand, die auf ihrer Schulter lag. Wenn es um Max ging, war sie zu allem bereit. »Luke, wir müssen ein paar Regeln beachten, und das sage ich nicht, um dich zu bestrafen. Ich möchte, daß du Max so oft wie möglich besuchst. Ich weiß, es ist schwer, und es ist schmerzlich, aber ich glaube, daß es gut für ihn ist. Du warst – und bist – ein wichtiger Teil seines Lebens.«

»Ich muß dir nicht sagen, was ich für ihn empfinde und was ich für ihn tun würde, wenn ich nur könnte.«

»Nein. Nein, das mußt du nicht.« Sie stieß einen tiefen Seufzer aus. »Aber bitte, sag mir immer vorher Bescheid, wenn du kommen möchtet. Wenn du einfach so hereinplatzt, bringst du seinen Rhythmus durcheinander.«

»Um Himmels willen, Roxanne.«

»Ich habe meine Gründe dafür, glaub mir«, sagte sie fest und wandte sich um. »Du bist stets willkommen, das würde Max so wollen. Aber halte dich an meine Bedingungen. Vormittags ist es immer am besten, so wie heute, zwischen neun und elf.« Denn zu dieser Zeit war Nathaniel im Kindergarten. »Die Proben können wir dann für nachmittags ansetzen.«

»Gut.« Er ging zur Tür. »Dann schreib mir am besten einen Terminplan, verdammt noch mal.«

Roxanne hörte, wie er die Haustür zuschlug. Es klang so vertraut, daß sie lächeln mußte.

FÜNFTES KAPITEL

Zum erstenmal in ihrem Leben bekam Roxanne zu spüren, daß die ganze Familie sich gegen sie wandte, obwohl niemand etwas direkt sagte.

Es gab weder Vorhaltungen noch irgendwelche Ratschläge, was ihr beinahe lieber gewesen wäre, doch sie merkte, daß die Gespräche verstummten, wenn sie in ein Zimmer kam, und spürte die traurigen Blicke hinter ihrem Rücken. Sie versuchte, es ihnen nicht übelzunehmen, daß sie sie nicht verstanden. Sie wußten ja nicht, wie allein sie sich damals gefühlt hatte, schwanger und verlassen. Na ja, wirklich allein bin ich vielleicht nicht gewesen, sagte sie sich, während sie Nathaniel beobachtete, der im Hof mit seinen Autos spielte. Sie hatte eine Familie gehabt, ein Zuhause, war rückhaltlos von allen unterstützt worden.

Trotzdem konnte sie nicht vergessen, was Luke ihr angetan hatte. Lieber wollte sie zur Hölle fahren, als ihn jetzt auch noch zu belohnen und ihr Kind mit ihm teilen. Überhaupt, wer konnte sagen, wie sich das auf Nate auswirken würde? Es war viel zu riskant.

Warum sahen die anderen das nicht ein?

Sie schaute auf, als die Küchentür sich öffnete, und lächelte Alice zu, die in den Hof kam. Wenigstens eine Verbündete, dachte Roxanne. Alice kannte Luke nicht und hatte keine emotionale Bindung zu ihm. Sie würde ihr sicher recht geben, daß eine Mutter vor allem ihr Kind beschützen mußte. Und sich selbst.

»Ein böser Unfall«, meldete Nathaniel.

Interessiert sah Alice zu ihm hin. Das dünne blonde Haar fiel ihr ins Gesicht. »Sieht schauerlich aus«, nickte sie. »Ruf besser die Polizei.«

»Die Polizei!« krähte Nathaniel begeistert und begann, wie eine Sirene zu heulen.

»Das ist der dritte Unfall in fünfzehn Minuten.« Roxanne

rutschte ein Stück zu Seite, so daß Alice sich zu ihr auf die Bank setzten konnte. »Die Zahl der Opfer wird immer größer.«

»Ja, diese Straßen sind tückisch.« Alice lächelte ihr hübsches, versonnenes Lächeln. »Ich habe versucht, ihm die Vorteile von Fahrgemeinschaften beizubringen, aber ihm ist ein Verkehrsstau lieber.«

»Besser gesagt, Verkehrsunfälle. Ich hoffe nur, das bleibt nicht so.«

»Ich glaube, da brauchen wir uns keine Sorgen zu machen.« Alice atmete genießerisch den Duft der Rosen ein. Sie liebte diesen Hof mit seinen schattigen Plätzen, wo man wunderbar nachdenken konnte. Da sie aus dem Norden stammte, fand sie die Atmosphäre hier im Süden einfach hinreißend. »Nach dem Kindergarten gehe ich mit Nate zum Jackson Square und lasse ihn dort eine Weile herumrennen.«

»Ich wünschte, ich könnte mitkommen. Ich habe immer das Gefühl, daß ich nicht genügend Zeit mit ihm verbringe, wenn ich mich auf ein Unternehmen vorbereite.«

Alice wußte über die beiden unterschiedlichen Sparten, in denen die Nouvelles tätig waren, Bescheid und hatte es mit philosophischer Gelassenheit akzeptiert. Sie war der Auffassung, daß durch die Diebstähle der übermäßige Reichtum einzelner ein wenig besser verteilt wurde. »Du bist eine wundervolle Mutter, Roxanne. Ich habe noch nie erlebt, daß du über deiner Arbeit Nate vergessen hättest.«

»Hoffentlich. Er ist für mich das Wichtigste auf der Welt.« Sie lachte, als er mit lautstarkem Getöse zwei Autos zusammenkrachen ließ. »Meinst du, er hat einen Hang zur Brutalität?«

»Eher eine gesunde Aggressivität.«

»Ein Glück, daß wir dich haben, Alice.« Mit einem Seufzer lehnte Roxanne sich zurück. Aber sie rieb nervös ihre Hände. »Alles schien so ruhig und gut geregelt. Ich hab's gern, wenn das Leben nach einer bestimmten Routine abläuft, weißt du? Vermutlich liegt das an der Disziplin, die man zum Zaubern benötigt und die ich von Kind an gelernt habe.«

»Ich würde nicht sagen, daß du eine Frau bist, die keine Überraschungen mag«, meinte Alice ruhig.
»Es gibt solche und solche. Ich will nicht, daß Nates Leben durcheinandergerät. Und meines auch nicht. Ich weiß, was das beste für ihn ist. Und ich weiß vor allem, was das beste für mich ist.«
Alice schwieg einen Moment. Sie war kein Mensch, der leichtfertig und ohne nachzudenken daherredete, sondern sie überlegte sich stets sorgfältig, was sie sagte. »Möchtest du, daß ich dir versichere, es sei richtig, Nates Existenz vor seinem Vater zu verheimlichen.«
»Es ist richtig.« Roxanne blickte zu ihrem Sohn und senkte vorsichtshalber die Stimme. »Wenigstens vorläufig. Er hat keine Rechte an ihm, Alice. Die hat er damals verloren, als er uns im Stich ließ.«
»Er wußte nicht, daß es Nate gab.«
»Das spielt keine Rolle.«
»Mag sein. Das kann ich nicht beurteilen.«
Roxanne preßte die Lippen zusammen und fühlte sich verraten. »Du stellst dich also auch gegen mich, wie die anderen?«
»Das siehst du falsch, Roxanne.« Alice ergriff ihre Hand und drückte sie freundschaftlich. »Was immer du tust, wir stehen alle hinter dir. Auch wenn wir nicht damit einverstanden sind.« Seufzend schüttelte Alice den Kopf. »Ich kann nicht sagen, was ich an deiner Stelle machen würde. Und nur du kannst wissen, was du wirklich in deinem Herzen fühlst. Ich mag Luke, obwohl ich ihn erst seit einer Woche kenne. Irgendwie seid ihr beiden euch ziemlich ähnlich.«
»Du meinst also, ich sollte ihm vertrauen und ihm von Nate erzählen?«
»Du mußt tun, was du für richtig hältst. Aber an den Tatsachen änderst du nichts. Luke ist nun einmal Nathaniels Vater.«

Luke, Luke, Luke. Roxanne kochte innerlich, während sie ihn und Lily bei den Proben beobachtete. Mouse und Jake standen etwas abseits und waren mit irgendwelchen Basteleien beschäftigt.

Woran lag es nur, daß sich, seit er zurück war, plötzlich alles nur noch um ihn drehte? Sie haßte diesen Zirkus.
Es war grundfalsch gewesen, daß sie eingewilligt hatte, hier in seinem Wohnzimmer zu proben, das groß wie eine Scheune war. Dadurch hatte sie sich freiwillig in sein Revier begeben, wo er das Sagen hatte.
Aus der Stereoanlage erklang die Rockmusik, die er sich für seine Nummer ausgewählt hatte. Dabei haben wir immer mit klassischer Musik gearbeitet, dachte Roxanne und schob die Hände in ihre Hosentaschen. Immer. Es machte sie allerdings noch wütender, daß die Musik zu ihm paßte – und zu der Nummer, die er entwickelt hatte.
Sie war schnell, aufregend und sexy, und Roxanne wußte genau, daß das Publikum davon begeistert sein würde. Was ihre Stimmung noch mehr verfinsterte.
»Gut.« Luke wandte sich zu Lily und küßte ihre geröteten Wangen. »Wieviel Zeit, Jake?«
»Drei Minuten vierzig«, erwiderte er nach einem Blick auf die Stoppuhr.
»Ich glaube, wir könnten noch zehn Sekunden gutmachen.« Trotz der Klimaanlage schwitzte er, aber er wollte diese Illusion nun einmal besonders schnell vorführen. »Kannst du noch einen Durchgang aushalten, Lily?«
»Sicher.«
Was denn auch sonst, dachte Roxanne bitter. Ganz wie du willst, Luke. Wann immer du willst, Luke. Verärgert drehte sie sich um und zog sich in eine Ecke des Raumes zurück. Sie würde inzwischen die Nummer mit dem tanzenden Kristall proben. Neben dem riesigen Kamin stand ein Klapptisch, auf dem eine Anzahl Requisiten lagen.
Der geschliffene Kristall, der in allen Regenbogenfarben schimmerte, lag gut in ihrer Hand. Sie versuchte, im Geist die Musik Tschaikowskys zu hören, die abgedunkelte Bühne zu sehen, das bunte Scheinwerferlicht und sich selbst, von Kopf bis Fuß in strahlendes Weiß gekleidet – und fluchte, als die laute Rockmusik sie immer wieder aus ihrer Konzentration riß.
Luke sah ihren erbitterten Blick und grinste. »Mouse, wie

wäre es, wenn du schon mal alles für den Schwebeakt aufbaust?«

»Klar.« Mouse kam bereitwillig herbei.

»Alles tanzt nach deiner Pfeife, was?« sagte Roxanne, als Luke zu ihr kam.

»Das nennt man Teamarbeit.«

»Ich wüßte ganz andere Ausdrücke dafür. Es gefällt dir wohl, daß alle deine ergebenen Sklaven sind?«

»Aber, aber. Sieh die Sache mal so, Rox. Wenn wir diese Geschichte hinter uns haben, brauchst du mich nie wieder zu sehen – falls du nicht willst.«

»Ein sehr beruhigender Gedanke.« Verärgert merkte sie, daß ihr Herz schneller schlug. »Du mußt mir aber zuerst noch mehr über die Sache bei Wyatt erzählen. Irgend etwas verheimlichst du mir nämlich, und so was mag ich gar nicht.«

»Du auch«, erwiderte er ruhig. »Und ich mag so was ebenfalls nicht.«

»Ich habe keine Ahnung, wovon du redest.«

»O doch, das weißt du sehr gut. Da ist irgend etwas, das du mir nicht sagst, denn ich spüre genau, wie alle deswegen förmlich den Atem anhalten. Sag es mir. Wir kommen damit schon zurecht, egal was es ist.«

»Ach?« Sie funkelte ihn wütend an. »Du meinst also, es gibt etwas, das ich dir verheimliche? Was könnte das wohl sein? Laß mich nachdenken… vielleicht, daß ich dich verabscheue?«

»Nein. Das hast du mir seit über einer Woche immer wieder unter die Nase gerieben. Und übrigens verabscheust du mich nur, wenn du dich gewaltsam daran erinnerst.«

»Im Gegenteil, das macht mir gar keine Mühe.« Sie lächelte honigsüß.

»Weil du in Wirklichkeit immer noch verrückt nach mir bist.« Er küßte ihre Nasenspitze. »Aber wir wollen sachlich bleiben, nicht wahr?«

»Genau.«

»Konzentrieren wir uns also auf unsere Arbeit.« Sein Lächeln war beinah boshaft. »Dann sehen wir weiter.«

»Ich will zuerst mehr Informationen.«
»Die kriegst du auch. Genau wie du den Stein kriegst, wenn alles vorbei ist.«
»Warte.« Sie packte seinen Arm, als er davongehen wollte. Unsicher legte sie den Kristall zurück auf den Tisch. »Was hast du gesagt?«
»Daß der Stein dir gehört, ganz allein dir.«
Skeptisch musterte sie sein Gesicht, ob er es tatsächlich ernst meinte, und wünschte, sie könne ihn noch so gut durchschauen wie früher. »Warum?«
»Weil auch ich Max liebe.«
Diese schlichten Worte berührten sie tief. »Am liebsten würde ich dich hassen, Callahan«, brachte sie schließlich heraus. »Ich wünschte wirklich, ich könnte es.«
»Klappt nur leider nicht.« Er strich mit einem Finger über ihre Wange. »Ich weiß genau, wie das ist, denn ich wollte dich vergessen und habe mir von ganzem Herzen gewünscht, ich könnte es.«
Ihr Blick wurde weicher.
»Warum?« fragte sie beinahe gegen ihren Willen, da sie Angst vor der Antwort hatte.
»Weil mich meine Liebe zu dir regelrecht umgebracht hat und ich dauernd an dich denken mußte.«
Ihr Herz schlug immer schneller, und sie spürte, daß ihre Knie zitterten. »Glaub bloß nicht, du kriegst mich doch noch rum, Callahan.«
»Wollen wir wetten?« Er nahm ihr Hand. »Ich bin nämlich ganz sicher.«
»Fast fertig«, meldete Mouse und unterdrückte ein Grinsen, als er die beiden sah.
Roxanne hob die Arme, so daß Mouse die Drähte befestigen konnte, ohne jedoch den Blick von Luke zu wenden. Sie gab es nur sehr ungern zu, aber sie mochte diese Nummer. Sie war erotisch und anmutig, poetisch und dramatisch.
Außerdem hatte es ihr Spaß gemacht, sich mit ihm über jede kleine Einzelheit zu streiten.
»Machen wir es mit Musik?« fragte sie.
»Ja. Ich suche sie aus.«

»Warum …«
»Weil du das Licht bestimmst.«
Sie runzelte die Stirn, aber es war schwer, ihm zu widersprechen, wenn er bereitwillig eine Gegenleistung anbot. »Und was für ein Stück ist es?«
»Smoke Gets in Your Eyes.« Er grinste, als sie angewidert stöhnte. »Von den Platters, Rox. Es ist zwar keine Klassik, aber eine klassische Nummer.«
»Wenn du eine Ahnung davon hättest, wie man eine Show thematisch aufbaut, wüßtest du, daß die Musik die gesamte Zeit über einheitlich sein sollte.«
»Als Profi solltest du wissen, daß eine Tempoveränderung mehr Spannung in die Sache bringt. Und jetzt achte auf deinen Einsatz.«
Sie nahm die Ausgangsposition ein, ihr Körper schwankte ein wenig, er streckte die Hände aus und winkte. Unwillig verdeckte sie ihr Gesicht mit den Armen und wandte sich ab. Ganz auf sie konzentriert, folgte er Schritt für Schritt wie ein Spiegelbild ihren Bewegungen, als seien sie durch unsichtbare Fäden miteinander verbunden. Ihre Finger berührten sich zunächst flüchtig, dann etwas länger.
Roxanne fühlte sich wie unter seinem Bann. Seine Konzentration wirkte so stark, daß es ihr unmöglich gewesen wäre, den Blick abzuwenden.
Luke hob mit einer dramatischen Geste die Hände, Roxanne wich zurück, doch dann blieb sie stehen und wandte sich langsam wie in Trance zu ihm um.
Sie rührte sich nicht von der Stelle, als er näher kam. Seine Hand strich an ihrem Gesicht vorbei. Ihre Augen schlossen sich. Mit langsamen, geschmeidigen Bewegungen umkreiste er sie, während sich ihre Füße vom Boden lösten, bis sie schließlich waagerecht in der Luft schwebte.
Seine Hände strichen über ihren Körper, ohne sie jedoch direkt zu berühren. Sie zitterte, was nicht allein an ihrer Anspannung lag. Durch ihre Wimpern beobachtete sie ihn und konnte es kaum noch ertragen, daß diese Hände sie nicht endlich wirklich berührten.

Er glaubte förmlich, ihren schnellen Herzschlag zu hören und merkte, daß er ebenfalls viel zu rasch atmete.
Er hatte diese Nummer bewußt romantisch und sinnlich angelegt. Aber er hatte nicht geahnt, welche Wirkung sie auf ihn selbst haben würde.
Er neigte sich dichter zu ihr. Seine Lippen schwebten über ihrem Mund, und er spürte, daß sie den Atem anhielt, um nicht zu stöhnen.
Um ein Haar wäre es vorbei gewesen mit seiner Beherrschung. Er nahm ihre Hand, die sie fest umklammerte, und dann begann auch er sich vom Boden zu erheben. Seine Blicke waren auf ihr Gesicht geheftet, während sie gemeinsam in der Luft schwebten. Als die Musik leiser zu werden begann, schob er eine Hand unter ihren Kopf und senkte den Mund auf ihre Lippen.
Ganz allmählich drehten sich ihre Körper, bis sie wieder in der Vertikalen waren. Als ihre Füße den Boden berührten, hielt er sie weiterhin umarmt.
Jake drückte auf die Stoppuhr und räusperte sich. »Schätze, die Zeit will wohl niemand wissen«, murmelte er und steckte die Uhr in die Tasche. Dann schaltete er schnell ab. »Ach, übrigens, wir müssen noch einkaufen gehen, Mouse.«
»Wieso?«
»Na, wir brauchen doch diese Ersatzteile.«
Mouse blinzelte verwirrt. »Welche Ersatzteile?«
Jake verdrehte die Augen und deutete mit einer Kopfbewegung auf Roxanne und Luke. Sie schauten sich tief in die Augen und schienen nichts von ihrer Umgebung wahrzunehmen.
»Oh, ich brauche auch noch etwas.« Lily seufzte gerührt und packte Mouses Hand. »Ich brauche sogar eine ganze Menge. Gehen wir.«
»Aber die Proben …«
»Ich glaube, davon wollen sie heute nichts mehr wissen«, grinste Jake, als er Mouse aus dem Raum zog.
Die Stille weckte Roxanne aus ihre Benommenheit. »Es … es hat lange gedauert.«
»Schon.« Sanft ließ er seine Hände über ihren Rücken glei-

ten, ehe er sie von den Gurten befreite, die für diese Levitation nötig waren. »Aber es wird ein verdammt tolles Finale.«

»Wir müssen aber noch daran arbeiten.«

»Ich rede nicht von *diesem* Finale.« Er streifte ebenfalls seine Gurte ab. »Ich rede von dir und mir.« Ohne den Blick von ihr zu wenden, streichelte er ihre warme glatte Haut. »Und darüber.«

Als er sie küßte, hielt sie sich instinktiv an seinen Schultern fest, um nicht das Gleichgewicht zu verlieren. »Glaub nicht, du könntest mich verführen.«

Er strich mit seinen Lippen über ihre Wange und spürte, daß sie zitterte. Er wußte genau, wo er sie küssen mußte. »Sollen wir wetten?«

»Ich kann jederzeit gehen.« Aber ihr Körper drängte sich ihm entgegen, und sie erwiderte leidenschaftlich seine Zärtlichkeiten. »Ich brauche dich nicht.«

»Ich dich auch nicht.« Er hob sie hoch und ging zur Treppe.

Wenn ich nur endlich aufhören würde zu zittern, käme ich sicher rasch wieder zur Besinnung, dachte sie und klammerte sich an ihn. Aber neben dieser schrecklichen Sehnsucht, die sie erfüllte, erschien alles andere so klein und unwichtig. Mit einem Stöhnen preßte sie ihr Gesicht an seinen Hals.

»Rasch«, war alles, was sie sagte.

Wenn er gekonnt hätte, wäre er die Treppe hinaufgeflogen.

Nachdem er die Schlafzimmertür mit einem Fußtritt hinter sich geschlossen hatte, suchte er wieder ihre Lippen. Er war froh, daß er in weiser Voraussicht wenigstens ein Bett gekauft hatte.

Und es war ein prachtvolles, bequemes Himmelbett, das nachgab wie eine Wolke, als sie daraufsanken. Für einen kleinen Moment nahm er sich Zeit, sie anzuschauen, um sich zu erinnern – und um auch sie zu zwingen, sich daran zu erinnern, wie es vor fünf Jahren gewesen war. Was sie füreinander empfunden und miteinander geteilt hatten.

Er sah ihr an, daß sie sich dagegen wehrte, und begann sie zu küssen. Er war so erregt, daß er das Gefühl hatte, sofort zu explodieren, wenn sie ihn berührte. Deshalb packte er ihre Handgelenke und hielt ihre Arme fest.

Sie versuchte, sich aus seinem Griff zu befreien. Das Herz schlug ihr bis in die Kehle, als sie seine Lippen auf ihrem Körper spürte.
Unzählige Male hatte er davon geträumt, in unzähligen einsamen Zimmern, an unzähligen Orten. Doch gegen die Wirklichkeit waren alle Fantasien blaß und farblos. Ihm war, als genieße er ein Festmahl nach langen Jahren des Fastens. Und diesen Genuß würde er sich niemals wieder versagen.
Auch Roxanne gab sich rückhaltlos den Empfindungen hin, die sie überfluteten. Sie hatte beinah vergessen, wie es war, vor Sehnsucht fast zu verbrennen. Jede Berührung seiner Lippen war unendlich vertraut und gleichzeitig doch so fremd, daß sie erschauderte.
Mit vibrierender Stimme seufzte sie seinen Namen. Jedes Aufstöhnen steigerte seine Erregung bis ins Maßlose. Er ließ ihre Hände los und zerrte ihr wie von Sinnen die Kleider vom Leib. Atemlos genoß er den Anblick ihres nackten Körpers.
Vor lauter Eile, ihn endlich ganz zu spüren, zerriß sie sein Hemd. Die Hitze, die sich in ihr staute, drohte sie zu verzehren. Sie wollte mit ihm gemeinsam den Gipfel erreichen, sie wollte, daß er das Feuer in ihr noch weiter anheizte.
Gleich beim ersten ungestümen Stoß bäumte sie sich ihm entgegen und schrie auf, gequält und triumphierend zugleich.
Er spürte, daß sie ihn mit ihren Beinen umschlang, und stieß wieder und immer wieder zu, bis er ebenfalls befreit aufschrie.
Endlich war er wieder zu Hause.

Er blieb regungslos liegen, ohne sich von ihr zu lösen. Es war alles ganz anders als damals. Früher hätte sie zärtlich seinen Rücken gestreichelt, sich an ihn gekuschelt oder ihm etwas ins Ohr geflüstert, um ihn zum Lachen zu bringen.
Doch heute herrschte nur bedrückendes Schweigen.
Seine Bestürzung verwandelte sich in Zorn. »Sag mir nicht, daß es dir leid tut.« Er richtete sich auf und schaute sie an. »Dir kannst du das vielleicht einreden, aber mir nicht.«

»Ich habe nicht gesagt, daß es mir leid tut.« Es fiel ihr schwer, die Ruhe zu wahren, da sie das Gefühl hatte, ihr ganzes Leben sei gerade in den Grundfesten erschüttert worden. »Ich wußte, daß es passieren würde. Schon als ich in meine Garderobe kam und dich dort sah, wußte ich es.« Sie schaffte es, gleichgültig mit den Schultern zu zucken. »Ich mache oft Fehler, ohne daß es mir leid tut.«

Seine Augen blitzten, und er rollte sich zur Seite. »Du verstehst es wahrhaftig noch immer, einen Tiefschlag zu landen.«

»Darum geht es gar nicht.« Sie zwang sich, ganz sachlich zu bleiben – auch wenn es sie fast umbrachte. »Ich habe es genossen, wieder mit dir zu schlafen. Wir haben im Bett immer schon gut zusammengepaßt.«

Er packte ihren Arm, ehe sie nach ihrem Sweatshirt greifen konnte. »Wir haben in jeder Beziehung gut zusammengepaßt.«

»Das war einmal«, entgegnete sie. »Ich will ehrlich sein, Callahan. Seit du weg warst, habe ich mir nur selten ein Abenteuer gegönnt.«

Er konnte es nicht ändern, aber er fühlte sich geschmeichelt. »Ach ja?«

»Du brauchst gar nicht so selbstzufrieden dreinzuschauen«, erwiderte sie. Es war merkwürdig, daß er sie gleichzeitig in Wut bringen, erregen und amüsieren konnte. »Es war meine eigene freie Entscheidung. Ich war einfach zu beschäftigt.«

»Gib es zu.« Er strich lässig mit einem Finger über ihre Brust. »Ich habe dich für alle anderen verdorben.«

Sie stieß seine Hand zur Seite, ehe sie doch noch den Rest ihres Stolzes über Bord warf. »Du hast mich zufälligerweise erwischt, als ich ...« Verletzlich war nicht gerade das richtige Wort. »Eben zum rechten Zeitpunkt. Ich glaube, damals hätte jeder erfahrene Mann diese Wirkung auf mich gehabt.«

»Ach, meinst du?«

Ehe sie reagieren konnte, hatte er sie zurück auf das Bett gedrängt und bewies ihr mit seinen Händen, welches Feuer er entfachten konnte.

»Es ist bloß Sex«, keuchte sie.

»Na klar.« Er küßte die feuchte Haut zwischen ihren Brüsten. »Und ein Diamant ist bloß ein Stein.« Mit den Zähnen neckte er ihre Brustwarzen, bis sie sich hilflos an ihn klammerte.

Sie war vollkommen erschöpft. Als es ihr endlich gelang, die Augen zu öffnen, erfüllte ein sanftes Zwielicht den Raum. Sie schaute sich um.

Das Zimmer war vollkommen leer bis auf das Bett, in dem sie lagen, und einer riesigen Kommode aus dunkel schimmerndem Kirschholz. Daneben lagen zahllose Kleidungsstücke auf dem Boden verstreut. Weitere hingen über der Türklinke und stapelten sich in den Ecken.

Das sieht ihm ähnlich, dachte sie. Genauso typisch war es, daß er sich zu Seite gedreht hatte, damit sie sich an ihn schmiegen konnte.

Wie oft hatten sie so nebeneinander gelegen? Früher wäre sie zufrieden und mit einem Gefühl unendlicher Geborgenheit direkt in den Schlaf gesunken.

Aber zu vieles hatte sich inzwischen geändert.

Doch als sie sich aufsetzen wollte, hielt er sie fest.

»Luke, was eben passiert ist, ändert überhaupt nichts.«

Er öffnete ein Auge. »Baby, ich bin gern bereit, dir nochmals zu beweisen, daß ich recht habe. Du mußt mir nur ein paar Minuten Zeit lassen.«

»Das einzige, was wir bewiesen haben ist, daß wir immer noch hervorragend aufeinander eingespielt sind.« Ihr Zorn war fast völlig verschwunden. Statt dessen empfand sie eine unendliche Traurigkeit, die noch viel schlimmer war. »Es ist gar nicht nötig … was zur Hölle ist das?« Sie starrte entgeistert auf seine Schulter.

»Ein Tattoo. Hast du noch nie eine verdammte Tätowierung gesehen?«

»Doch.« Skeptisch musterte sie in dem dämmrigen Licht die Abbildung eines zähnefletschenden Wolfs direkt über den Narben auf seinem Rücken und wußte nicht, ob sie lachen oder weinen sollte. »Jesus, Callahan, bis du übergeschnappt oder was?« meinte sie so unbekümmert wie möglich.

»Tattoos sind in«, entgegnete er verlegen.
»Na klar, und du mußt solche Verrücktheiten natürlich mitmachen. Warum zum Teufel hast du dich von jemandem so verunstalten ...« Sie brach erschrocken ab. »Tut mir leid.«
»Schon okay.« Er strich sich das Haar aus den Augen und setzte sich auf. »Mir ging's eines Abends ziemlich mies, ich war ein wenig betrunken und gereizt wie eine wütende Klapperschlange. Statt mich nach einem passenden Opfer umzuschauen, dem ich den Schädel einschlagen könnte, beschloß ich, mir ein Tattoo zuzulegen. Außerdem hat es mich daran erinnert, wo ich herkomme.«
Sie musterte sein verschlossenes Gesicht und das dunkle Funkeln in seinen Augen. »Also, ich glaube beinahe, daß Lily mit ihrer Theorie recht hat, daß du einfach den Verstand verloren hattest.«
»Sag Bescheid, wenn du die Wahrheit hören willst. Ich werde dir alles bis in die letzten Einzelheiten erzählen.«
Sie wandte den Blick ab, ehe sie ihre Vorsätze vergaß und sich wieder von ihm einwickeln ließ. »Das würde auch nichts ändern. Du kannst mir erzählen, was du willst. Die letzten fünf Jahre kannst du dadurch nicht ungeschehen machen.«
»Du läßt es mich ja nicht einmal versuchen.« Er nahm ihr Gesicht in seine Hände und strich ihr Haar zurück. »Ich muß mit dir reden, Rox. Es gibt so vieles, was ich dir sagen muß.«
»Wozu, Luke? Die Zeit läßt sich nicht zurückdrehen. Und du ahnst nicht einmal, wie sehr sich alles geändert hat.« Roxanne merkte bestürzt, daß sie drauf und dran war, mehr zu sagen, als klug war, und wußte, daß sie keine Sekunde länger bleiben durfte. »Wie es weitergehen soll, muß ich mir erst überlegen.«
»Was gibt es da zu überlegen? Es geht auf alle Fälle weiter.«
»Ich habe mich daran gewöhnt, allein zu sein.« Sie holte tief Atem. »Und jetzt wird es Zeit, daß ich nach Hause komme.«
»Bleib bei mir«, bat er leise.
»Ich kann nicht«, erwiderte sie, obwohl die Versuchung beinah unwiderstehlich war.

»Du willst nicht.«
»Gut, ich will nicht.« Sie stand auf und begann sich anzuziehen, ehe sie doch noch schwach wurde. »Ich habe mir mein Leben ganz gut eingerichtet. Ob du bleibst oder wieder gehst, ist letztlich egal. Wenn ich dir etwas schulde, dann Dankbarkeit dafür, daß ich stark genug geworden bin, mit allem fertig zu werden, was auch immer kommen mag.« Sie hob den Kopf und wünschte, sie wäre tatsächlich so kühl und gelassen wie ihre Worte klangen. »Also – danke, Callahan.«
Ihre Kaltblütigkeit traf ihn wie ein Messerstich. »Keine Ursache.«
»Bis morgen.« Sie ging aus dem Zimmer, doch schon an der Treppe begann sie zu rennen.

SECHSTES KAPITEL

Im ganzen Haus herrschte Aufruhr. Roxanne war kaum zur Tür herein, als alle auf sie zustürzten und wild durcheinander redeten. Sie hob Nathaniel hoch, der schon im Schlafanzug war, und küßte ihn zur Begrüßung. Es tat ihr leid, daß sie nicht daheim gewesen war, um ihn zu baden.

»Jetzt mal Ruhe«, rief sie, aber kein Mensch hörte auf sie. Nate war begeistert über diese Aufregung und begann mit ohrenbetäubender Stimme ein Seemannslied zu singen.

In dem ganzen Wirbel verstand sie nur einzelne Wortfetzen – Telefon, Kaviar, Clark Gable, San Francisco, Kartenspiel –, aber daraus konnte kein Mensch klug werden.

»Was? Clark Gable ist aus San Francisco rübergekommen und hat Kaviar gegessen und Kartentricks gemacht?«

Alice lachte, und Nate zupfte seine Mutter krähend an den Haaren. »Wer ist Clark Gable, Mama? Wo ist er?«

»Er ist schon tot, Schatz, und das sind gleich auch gewisse andere Leute, falls sie nicht mal die *Klappe halten!*« Die letzten beiden Worte schrie sie mit voller Lautstärke, und eine verblüffte Stille trat ein. Ehe irgend jemand von neuem loslegte, deutete sie auf Alice. Wenn einer imstande war, ihr alles ruhig und vernünftig zu erklären, dann sie.

»Du weißt doch, wie gern die Nachtschwester sich alte Filme im Fernsehen ansieht?«

»Ja, ja.«

»Sie hatte wie immer den Apparat laufen, und heute kam *San Francisco,* dieser Film mit Clark Gable und Spencer Tracy. Lily half deinem Vater gerade dabei, das Abendessen …«

Lily begann zu schluchzen und schlug die Hände vors Gesicht. Roxanne geriet in Panik.

»Was ist mit Daddy?« Ohne Nate abzusetzen, drehte sie sich um und wollte die Treppe hinaufstürmen, doch Alice hielt sie zurück.

»Nein, Roxanne, ihm geht es gut, wirklich.« Obwohl sie eine kleine, zerbrechlich aussehende Person war, hatte sie einen erstaunlich festen Griff. »Laß mich den Rest erzählen, ehe du zu ihm gehst.«

»Er fing an zu reden«, sagte Lily. »Über – über San Francisco. O Roxy, er hat sich an mich erinnert. Er hat sich an alles erinnert.«

Nate war so bestürzt über ihre Tränen, daß er die Arme nach ihr ausstreckte. Lily nahm ihn und drückte ihn schniefend an sich, während Nate ihre Wange streichelte. »Er hat mir die Hand geküßt – genau wie früher immer. Und er hat darüber geredet, wie wir mal eine Woche in San Francisco verbracht haben, auf der Terrasse unseres Hotelzimmers Champagner tranken und Kaviar aßen und auf die Bucht hinausschauten. Und wie – wie er versuchte, mir Kartentricks beizubringen.«

»O nein.« Roxanne wußte, daß es hin und wieder vorkam, daß er für wenige Augenblicke ganz klar war, aber jedesmal flammte erneut dieser hartnäckige Funken Hoffnung in ihr auf, daß es diesmal länger andauern würde. »Warum bin ich bloß nicht hier gewesen!«

»Du konntest es ja nicht wissen.« LeClerc nahm ihre Hand. »Lily hatte gerade bei Luke angerufen, als du zur Tür hereinkamst.«

»Ich gehe hoch.« Sie strich Nate über den Kopf, der sich an Lilys Schulter schmiegte. »Später komme ich noch zu dir, um dir einen Gutenachtkuß zu geben, ja?«

»Erzählst du mir auch eine Geschichte?«

»Sicher.«

»Eine richtig lange, mit Monstern?«

»Eine ganz, ganz lange mit gräßlichen Monstern.«

»Grandpa hat gesagt, ich sei gewachsen. Ich hab aber gar nichts davon gemerkt.«

Tränen stiegen ihr in die Augen. »Selbst merkt man das oft nicht.«

»Wieso hat er es dann gesehen?«

»Weil er ein Zauberer ist.« Sie küßte ihn auf die Nasenspitze und eilte zu ihrem Vater.

Er trug einen dunkelroten Morgenrock, sein graues Haar

war frisch gekämmt, und wie jeden Tag, wenn sie ihn besuchte, saß er an seinem Schreibtisch. Aber diesmal schrieb er. Mit langen, schwungvollen Schriftzügen, die sie so gut kannte, füllte er Zeile um Zeile.
Roxanne blickte zu der Schwester hinüber, die am Fußende des Bettes stand und eine Karteikarte ausfüllte. Sie nickte ihr verständnisvoll zu, ehe sie das Zimmer verließ.
Max gingen so viele Dinge gleichzeitig durch den Sinn, daß er Mühe hatte, alles niederzuschreiben, bevor die Gedanken wieder verblaßten und ihm verlorengingen.
Daß dies über kurz oder lang geschehen würde, wußte er, und dieses Wissen war für ihn die Hölle. Mit aller Kraft wehrte er sich gegen den Nebel, der schon irgendwo lauerte, und schrieb wie gehetzt weiter, auch wenn es eine Tortur war, den Stift in den verkrampften Fingern zu halten. Er hatte wieder in die Gegenwart zurückgefunden und war bei klarem Verstand, aber er wußte nicht, ob es nur noch eine Stunde oder einen ganzen Tag andauerte. Deshalb wollte er keinen Augenblick vergeuden.
Roxanne trat näher zu ihm. Sie hatte Angst, etwas zu sagen. Es wäre unerträglich, wenn er aufschauen und sie mit gleichgültigen Blicken betrachten würde, als sei sie eine Fremde. Oder noch schlimmer, als sei sie ein Schatten, irgendeine Illusion, eine Sinnestäuschung, die ihm nichts weiter bedeutete.
Als er aufblickte, war sie zuerst bestürzt. Er wirkte so erschöpft, so blaß und entsetzlich dünn. Seine Augen waren hell, vielleicht zu hell, aber zu ihrer Freude sah sie, daß er sie erkannte.
»Daddy.« Sie sank auf die Knie und preßte überglücklich ihren Kopf an seine magere Brust. Sie hatte gar nicht gewußt, wie sehr sie ihn brauchte. Wie sehr sie es vermißt hatte, seine Umarmung, seine Liebe zu spüren.
Sie atmete tief durch, damit ihre Rührung sie nicht überwältigte. Sie wollte ihn nicht mit Tränen begrüßen. »Rede mit mir. Bitte. Rede mit mir. Sag mir, wie du dich fühlst.«
»Es tut mir leid.« Er beugte sich zu ihr und küßte ihre Stirn. Sein kleines Mädchen. Es gelang ihm nicht, sich an die Jahre

zu erinnern, die vergangen waren und in denen aus seinem Kind diese Frau geworden war, die er in den Armen hielt. Deshalb gab er sich damit zufrieden, sie weiterhin als sein kleines Mädchen zu sehen.

»So unendlich leid, Roxy.«

»Nein, nein.« Sie drückte seine Hände so fest, daß es schmerzte, aber es kümmerte ihn nicht. »Ich will nicht, daß es dir leid tut.«

Mein Kind, meine Tochter, dachte er. Wie unglaublich hübsch sie ist. Er sah die Tränen in ihren Augen und spürte ihre Liebe.

»Ich bin auch dankbar.« Er lächelte. »Für dich. Für euch alle.« Er küßte ihre Hände und seufzte. Aber er konnte zuhören. »Erzähl mir, welche neuen Zaubereien du ausgeheckt hast.«

»Ich mache gerade eine Variante des Indischen Seiltricks. Sehr stimmungsvoll und dramatisch. Es läuft gut. Mouse hat es mit einer Videokamera gefilmt, damit ich es mir ansehen konnte.« Sie lachte. »Ich war verblüfft über mich selbst.«

»Ich würde es gern sehen.« Er legte eine Hand unter ihr Kinn, so daß er ihr in die Augen schauen konnte. »Lily hat mir erzählt, ihr arbeitet an einer Schwebenummer.«

Sie brauchte ihre ganze Willenskraft, um seinem Blick standzuhalten. »Du weißt also, daß er zurück ist.«

»Ich habe geträumt, er sei wieder da …« Und da Traum und Realität sich ständig vermischten, war er nicht ganz sicher gewesen. »Hier neben mir hat er gesessen.«

»Er kommt fast jeden Tag, um dich zu besuchen.« Sie wäre am liebsten aufgestanden und hin- und hergelaufen, aber sie brachte es nicht über sich, sich von ihm loszureißen. »Wir arbeiten wieder zusammen, jedenfalls vorübergehend. Er hat eine tolle Sache ausgeheckt, die einfach zu verlockend ist. In Washington findet eine Auktion statt …«

»Roxanne«, unterbrach er. »Was bedeutet es für dich, daß Luke zurückgekommen ist?«

»Ich weiß nicht. Es darf mir nichts mehr bedeuten. Ich will es nicht.«

»Ist dieser Wunsch nicht ein bißchen armselig?« meinte er lächelnd. »Hat er dir erzählt, warum er damals verschwunden ist?«

»Nein. Ich wollte es nicht hören.« Unruhig stand sie auf. »Was für einen Unterschied würde das auch machen? Er hat mich verlassen. Er hat uns alle verlassen. Wenn dieser Job vorbei ist, wird er wieder gehen. Und diesmal wird es mir nichts ausmachen, weil ich das einfach nicht zulassen werde.«

»Es gibt keinen Zaubertrick auf der Welt, mit dem man sein Herz panzern könnte, Roxy. Ihr habt ein Kind zusammen, meinen Enkel.« Max verschwieg, wie bitter es für ihn war, daß er nur undeutliche Erinnerungen an den Jungen hatte.

»Ich habe ihm nichts von Nate gesagt.« Als ihr Vater keine Antwort gab, wirbelte sie herum, um sich zu verteidigen. »Du findest das etwa auch nicht richtig?«

Er seufzte nur. »Du hast immer schon deine eigenen Entscheidungen getroffen. Ob es richtig oder falsch ist, mußte du allein verantworten. Aber nichts kann etwas an der Tatsache ändern, daß Luke Nathaniels Vater ist.« Er streckte eine Hand nach ihr aus. »Ganz egal, was du tust, daran änderst du nichts.«

Ihre Anspannung löste sich, und sie atmete tief durch. »Nein, daran kann ich nichts ändern.« *Ach, ich habe dich so sehr vermißt, Daddy,* hätte sie am liebsten gerufen, aber sie schwieg, da sie fürchtete, ihn nur unnötig zu quälen. »Es ist so schwer, die ganze Verantwortung zu tragen, Max. So verflucht schwer.«

»Wenn etwas leicht ist, ist es meist auch langweilig, Roxy. Und wer will schon ein langweiliges Leben?«

»Na ja, wenigstens hin und wieder wäre das gar nicht so schlecht.«

Er schüttelte nur lächelnd den Kopf. »Roxy, Roxy, mir kannst du nichts vormachen. Du blühst erst richtig auf, wenn du das Kommando hast. Der Apfel fällt schließlich nicht weit vom Stamm.«

Sie lachte und kauerte sich wieder zu ihm. »Okay, vielleicht hast du recht. Aber es würde mir nichts ausmachen, wenn man mir sagte, was ich tun soll – ab und zu jedenfalls.«

»Du würdest nämlich trotzdem tun, was du willst.«
»Klar.« Übermütig schlang sie ihre Arme um ihn. »Aber es macht viel mehr Spaß, wenn jemand zuerst versucht, mich ein bißchen herumzukommandieren.«
»Dann will ich dir etwas sagen: Auch wenn der Weg noch so unsicher scheint, es ist immer besser, loszugehen als regungslos stehenzubleiben.«
»Gratislektion?« murmelte sie und schmiegte sich mit einem Seufzer an ihn.

Rosanne spürte, daß ihre Knie zitterten, als sie wieder nach unten ging, nachdem ihr Vater eingeschlafen war. Er war völlig übermüdet gewesen, und sie hatte beinahe sehen können, wie er mit zunehmender Müdigkeit wieder in dieser fremden Welt versank. Als sie ihn liebevoll zudeckte, hatte er sie Lily genannt.
Sie mußte akzeptieren, daß er sich morgen früh beim Aufwachen möglicherweise an nichts mehr erinnerte. Die Stunde, die ihnen geschenkt worden war, würde genügen müssen.
Traurig und erschöpft blieb sie unten an der Treppe stehen. Sie mußte sich zusammenreißen. Sie war es ihrer Familie schuldig, stark zu sein. Ehe sie in die Küche ging, setzte sie deshalb ein unbekümmertes Lächeln auf.
»Ich habe den Kaffee schon von weitem …« Sie verstummte abrupt. Mitten unter den anderen stand Luke, lässig an den Tisch gelehnt und die Hände in den Hosentaschen vergraben. Wieder einmal sprachen alle gleichzeitig auf sie ein. Roxanne schüttelte den Kopf und ging zum Herd, um sich eine Tasse Kaffee einzugießen. »Er schläft jetzt. Das viele Reden hat ihn müde gemacht.«
»Vielleicht geht es ihm ja noch länger wieder gut.« Nervös spielte Lily mit ihrer Perlenkette. »Das könnte doch sein, oder?« Als sie den Ausdruck in Roxannes Augen sah, wandte sie den Blick ab. Immer wieder flackerte die Hoffnung in ihr auf, und es war schwer, sie endgültig begraben zu müssen. »Es war so schön, wieder mit ihm reden zu können.«

»Ich weiß.« Roxanne hielt die Tasse mit beiden Händen umfaßt. »Wir könnten ihn noch einmal untersuchen lassen.«
Lily stieß einen kleinen, gequälten Seufzer aus und schob das Sahnekännchen auf dem Küchentisch hin und her. Sie wußten alle, wie anstrengend und verwirrend diese Untersuchungen für Max waren und wie qualvoll für die, die ihn liebten.
LeClerc war der einzige, der ihr antwortete. Er legte ihr eine Hand auf die Schulter. »Das mußt du entscheiden, *ma chère*.«
»Ich möchte ihn am liebsten in Ruhe lassen«, seufzte Roxanne. »Aber ich denke, wir sollten uns mit jedem Test einverstanden erklären, zu dem die Ärzte uns raten.« Sie holte tief Luft und blickte in die Gesichter der anderen. »Wie auch immer das Ergebnis ist, diesen einen Abend hatten wir, und dafür müssen wir dankbar sein.«
»Kann ich hoch und mich zu ihm setzen?« Mouse blickte auf seine Schuhspitzen. »Ich wecke ihn auch bestimmt nicht auf.«
»Natürlich, geh nur.« Roxanne wartete, bis Mouse und Alice gegangen waren, ehe sie sich an Luke wandte. »Warum bist du hier?«
»Das fragst du noch?«
»Wir waren uns einig, daß du nicht unangemeldet herkommst«, begann sie, doch die Wut in seinen Augen ließ sie verstummen.
»Meinst du im Ernst, ich wäre zu Hause sitzen geblieben und hätte Däumchen gedreht, nachdem Lily mich angerufen hat und mir von Max erzählte?«
»Schatz.« Lily ergriff ihre Hand. »Ich glaube, Max hätte gewollt, daß Luke herkommt.«
»Aber jetzt schläft er. Es ist also unnötig, daß du noch länger bleibst. Falls er morgen in guter Verfassung ist, kannst du so viel Zeit bei ihm verbringen wie du willst.«
»Verdammt großzügig von dir, Roxanne.«
Sie war so erschöpft, daß sie Mühe hatte, nicht die Fassung zu verlieren. »Ich muß zuerst an Max denken, aber du kannst mir glauben, daß ich dich nicht von ihm fernhalten will, ganz egal, was zwischen uns ist.«

»Was ist denn zwischen uns?«
»Darüber müssen wir doch wohl nicht hier und jetzt diskutieren?«
LeClerc begann leise vor sich hinpfeifend den Herd abzuwischen. Eigentlich sollte er sie allein lassen, aber seine Neugier war viel zu groß. Auch Lily rührte sich nicht vom Fleck. Sie verschränkte die Hände und beobachtete beide gespannt.
»Du bist aus meinem Bett aufgestanden und gegangen. Glaubst du etwa, ich ließ so mit mir umspringen?«
»Ach nein?« Wie konnte er es wagen, so zu reden! Aber sie war schließlich auch nicht auf den Mund gefallen. »*Du* hast die Unverschämtheit, mir mein Verhalten vorzuwerfen, ausgerechnet du? Du bist eines Abends weggegangen, um einen Job zu erledigen, und einfach nicht mehr wiedergekommen. Eine hübsche Variante der alten Geschichte über den Mann, der ein Päckchen Zigaretten kaufen geht und spurlos verschwindet, Callahan.«
»Ich hatte meine Gründe.«
Lily schaute von einem zum anderen wie ein Tennisfan in Wimbledon.
»Das schert mich einen Dreck.«
»Genau, dir geht es nämlich nur darum, mich so weit zu bringen, daß ich vor dir auf dem Boden krieche.« Er kam drohend einen Schritt näher. »Aber darauf wartest du vergeblich.«
»Dich kriechen zu sehen, interessiert mich nicht. Es sei denn, nackt über zerbrochenes Glas. Gut, ich bin mit dir ins Bett gegangen. Es war ein Fehler, eine elende Dummheit, ein Augenblick gedankenloser Lust.«
Er packte ihre Schultern. »Es mag vielleicht dumm oder gedankenlos gewesen sein. Aber ein Fehler war es nicht.« Seine Stimme wurde immer lauter. »Und wir werden die Sache jetzt klären, ein für allemal, selbst wenn ich dich fesseln und knebeln müßte, damit du mir zuhörst.«
»Das versuch nur, Callahan, und es bleiben von diesen Händen, auf die du so stolz bist, nichts anderes übrig als blutige Stümpfe. Mit deinen leeren Drohungen und deinen jämmerlichen ...«

Aber er hörte ihr gar nicht mehr zu. Verblüfft sah Roxanne, wie ihm die Farbe aus dem Gesicht wich. Ungläubig starrte er an ihr vorbei und ließ seine Hände sinken. »O Gott«, war alles was er sagte.

»Mama!«

Roxanne blieb beinahe das Herz stehen, als sie die Stimme ihres Sohnes vernahm. Sie drehte sich wie benommen um. In der Küchentür stand Nate und blinzelte schläfrig. Mit einer Hand rieb er sich über die Augen, mit der anderen zerrte er seinen ramponierten Plüschhund hinter sich her.

»Du bist nicht gekommen, mir einen Gutenachtkuß zu geben.«

»O Nate.« Ihr war plötzlich entsetzlich kalt, als sie sich bückte, um ihr Kind in die Arme zu nehmen. »Es tut mir leid. Ich wollte gleich noch zu dir kommen.«

»Ich hab auch gar nicht das Ende der Geschichte gehört, die Alice mir erzählt hat«, beklagte er sich und schmiegte gähnend den Kopf an ihre Schulter. »Ich bin vorher eingeschlafen.«

»Es ist ja auch schon spät, Baby.«

»Krieg ich noch ein Eis?«

Sie wollte lachen, aber es klang eher wie ein Schluchzen. »Auf keinen Fall.«

Luke starrte den kleinen Jungen regungslos und mit brennenden Augen an. Sein Herz war ihm bis in die Knie gerutscht, und er hatte das Gefühl, als zerreiße ihm etwas in der Brust. Das Kind hatte sein Gesicht. *Sein Gesicht*. Ihm war, als schaue er durch ein umgedrehtes Fernrohr und sähe sich selbst vor vielen Jahren – in einer Vergangenheit, die er nie gehabt hatte.

Mein Kind, dachte er. Gütiger Gott. Mein Kind.

Nachdem er nochmals ausgiebig gegähnt hatte, musterte Nate ihn ebenfalls neugierig. »Wer ist das?«

Obwohl sich Roxanne immer wieder ausgemalt hatte, wie sie ihren Sohn wohl seinem Vater vorstellen würde, war sie nun völlig ratlos. »Ach … er ist …« Ein Freund? Oder was?

»Das ist Luke«, mischte Lily sich hastig ein und legte Luke eine Hand auf den Arm. »Er war früher mein kleiner Junge, bevor er erwachsen wurde.«

»Ach so.« Nate lächelte freundlich und betrachtete diesen großen Mann mit dem schwarzen Haar, das zu einem Pferdeschwanz zurückgebunden war. Er fand, daß sein Gesicht beinahe so hübsch war wie das eines Prinzen in seinem Märchenbuch. »Hallo.«
»Hallo.« Luke staunte, wie ruhig seine Stimme klang, obwohl ihm die Kehle wie zugeschnürt war. Er mußte ihn unbedingt berühren und sich überzeugen, daß er nicht träumte. »Magst du Hunde?« fragte er und fühlte sich entsetzlich dumm.
»Das ist Waldo.« Gutmütig hielt Nate ihm den Plüschhund hin. »Wenn ich einen richtigen Hund kriege, nenne ich ihn Mike.«
»Das ist ein schöner Name.« Nur mit den Fingerspitzen strich Luke über Nates Wange, als befürchte er, der Junge könne sich auflösen wie eine Erscheinung.
Eher verschmitzt als schüchtern schmiegte Nate sein Gesicht an die Schulter seiner Mutter und strahlte Luke an. »Vielleicht hättest du auch gern ein Eis?«
Roxanne wandte den Blick ab. Der Schmerz und das ungläubige Staunen in Lukes Augen waren noch schlimmer zu ertragen als ihr quälendes Schuldgefühl. »Die Küche ist geschlossen, du gerissener Kerl.« Besitzergreifend drückte sie ihn an sich und schämte sich über den Drang, einfach mit ihm davonzulaufen. Nein, so feige wollte sie nicht sein. »Und für dich ist es höchste Zeit, daß du ins Bett kommst, ehe du dich noch in einen Frosch verwandelst.«
Er quakte übermütig und kicherte.
»Ich bringe ihn hoch.« Lily streckte die Arme nach ihm aus, ehe Roxanne protestieren konnte.
Nate wickelte eine von Lilys Locken um seine Finger und ließ seinen Charme spielen. »Liest du mir noch eine Geschichte vor? Ich hab's am liebsten, wenn du mir vorliest.«
»Na sicher. Jean?« Lily bemerkte amüsiert, daß LeClerc nach wie vor die blitzblanke Oberfläche des Herdes scheuerte. »Komm doch mit uns.«
»Sobald ich hier fertig bin.« Er seufzte, als Lily ihn drohend anfunkelte. »Ich komme ja schon.«

Nate ließ sich eine so günstige Gelegenheit natürlich nicht entgehen und begann sofort zu verhandeln, als sie draußen im Flur waren. »Kriege ich zwei Geschichten vorgelesen? Eine von dir und eine von dir.«
Roxanne schaute Luke schweigend an.
»Ich glaube …« Sie räusperte sich, da ihre Stimme unsicher klang, und versuchte erneut. »Ich glaube, mir ist nach etwas Stärkerem zumute als Kaffee.« Sie wollte sich umdrehen, aber Luke hatte blitzschnell ihren Arm gepackt und hielt sie fest.
»Er ist mein Sohn«, sagte er gefährlich leise. »Herrgott, Roxanne, dieser Junge ist mein Sohn. Meiner.« Er war so fassungslos, daß er sie schüttelte. »Wir haben ein Kind, und du hast es mir einfach verheimlicht. Verdammt noch mal, wie konntest du mir verschweigen, daß ich einen Sohn habe?«
»Du warst nicht hier!« rief sie und holte aus. Ihre Ohrfeige verblüffte beide. Erschrocken ließ sie die Hand sinken. »Du warst nicht hier«, wiederholte sie.
»Aber jetzt bin ich hier.« Er schob sie von sich, ehe er etwas tat, das er sich nie verzeihen könnte. »Ich bin seit zwei Wochen hier. ›Komm nicht unangemeldet vorbei, Callahan‹«, stieß er hervor, doch es klang eher gequält als wütend. »Es ging dir gar nicht um Max, sondern darum, daß ich unseren Sohn nicht sehen sollte. Du wolltest es mir nicht sagen.«
»Doch, das wollte ich.« Sie konnte kaum noch atmen. Nie im Leben hatte sie Angst vor ihm gehabt. Bis jetzt. Er sah aus, als sei er zu allem fähig. »Ich brauchte nur etwas Zeit.«
»Zeit.« Blitzschnell hatte er sie gepackt. »Ich habe fünf verfluchte Jahre verloren, und du brauchtest noch Zeit?«
»Verloren? Du? Und ich? Was hast du denn erwartet, wie ich reagiere, Luke, wenn du zurückkommst? Ach, hallo! Nett, dich wiederzusehen. Übrigens, du bist Daddy geworden. Möchtest du eine Zigarre?«
Er starrte sie einen Moment lang regungslos an und mußte gegen den Drang kämpfen, in blinder Zerstörungswut um sich zu schlagen. Alles in ihm schrie nach Rache. Er sah die Angst in ihren Augen, obwohl sie nicht zurückwich, und ließ sie los. Mit einem wüsten Fluch drehte er sich um und riß die Tür auf.

Draußen atmete er tief die schwülheiße Luft ein und strich sich wie benommen mit den Händen über das Gesicht. Es kam ihm vor, als sei ihm ein Messer durchs Herz gestoßen worden.
Sein Sohn. Luke preßte die Hände gegen die Augen und stöhnte auf in einer Mischung aus Leid und Wut. Sein Sohn hatte ihn angeschaut, ihn angelächelt und ihn für einen Fremden gehalten.
Roxanne war ihm nach draußen gefolgt. Merkwürdigerweise war sie jetzt ganz ruhig. Es hätte sie nicht überrascht, wenn er sich umgedreht und sie geschlagen hätte. Sie hätte sich notfalls verteidigt, aber sie hatte keine Angst mehr.
»Ich will mich nicht dafür entschuldigen, daß ich es dir verheimlicht habe, Luke. Ich habe getan, was ich für das beste hielt. Ob es nun richtig oder falsch war, ich würde es wieder tun.«
Er drehte sich nicht um, sondern starrte weiter auf den Springbrunnen, der sanft vor sich hinplätscherte.
Unser Sohn, dachte er. Wir haben ihn gemeinsam gezeugt, in Liebe und Lust und voller Freude. War er deshalb so schön, so vollkommen, so unglaublich prachtvoll? »Hast du gewußt, daß du schwanger warst, als ich ging?«
»Nein.« Sie ertappte sich dabei, daß sie sich nervös die Hände rieb, und ließ die Arme sinken. »Allerdings gleich danach. Mir war schlecht an jenem Nachmittag, erinnerst du dich? Es stellte sich heraus, daß es die typische Übelkeit in einer Schwangerschaft ist.«
Er steckte seine Hände in die Taschen und bemühte sich, ruhig und vernünftig zu sein. »War es schwierig?«
»Was?«
»Die Schwangerschaft«, stieß er zwischen zusammengebissenen Zähnen hervor. Noch immer wandte er sich nicht zu ihr um. Er konnte es einfach nicht. »War es schwierig? Ging es dir schlecht?«
Diese Fragen hatte sie am allerwenigsten erwartet. »Nein«, antwortete sie unsicher. »Mir war ein paar Monate lang übel, aber dann lief alles wunderbar. Ich glaube, ich habe mich nie besser gefühlt.«

Die Hände in seinen Taschen waren zu Fäusten geballt. »Und bei der Geburt?«
»Es war kein Spaziergang, aber es war zu ertragen. Ein bißchen mehr als achtzehn Stunden, und Nathaniel war da.«
»Nathaniel.« Er wiederholte leise den Namen.
»Ich wollte ihn nicht nach irgend jemand anderem nennen. Ich wollte, daß er seinen eigenen Namen hat.«
»Er ist gesund.« Luke starrte weiterhin auf den Springbrunnen. Er bemühte sich die einzelnen Tropfen zu sehen, die durch die Luft perlten und wieder herabstürzten. »Er sieht ... gesund aus.«
»Das ist er auch. Er ist nie krank.«
»Wie seine Mutter.« Aber er hat mein Gesicht, dachte Luke. *Er hat mein Gesicht.* »Er mag Hunde.«
»Nate mag fast alles. Außer Limabohnen.« Sie holte unsicher Atem und berührte zögernd seine Schulter. »Luke.« Er wirbelte so schnell zu ihr herum, daß sie einen Schritt zurückwich. Aber als er nach ihr griff, geschah es nicht im Zorn.
Er schlang einfach die Arme um sie und zog sie an sich. Sie spürte, wie aufgewühlt er war und strich unwillkürlich mit einer Hand durch sein Haar.
»Wir haben einen Sohn«, flüsterte er.
»Ja.« Tränen stiegen ihr in die Augen. »Wir haben einen wunderbaren Sohn.«
»Ich kann nicht zulassen, daß du ihn vor mir versteckst, Roxanne. Ganz egal, was du von mir denkst oder was du für mich empfindest. Das kann ich nicht.«
»Ich weiß. Aber ich will nicht, daß du ihm weh tust.« Sie löste sich von ihm. »Ich will nicht, daß du so wichtig für ihn wirst, daß du ihm fehlst, wenn du wieder gehst.«
»Ich will meinen Sohn. Ich will dich. Ich will mein Leben wiederhaben, und bei Gott, das alles hole ich mir zurück, Roxanne. Und du hörst mir jetzt zu.«
»Nicht heute abend.« Aber er hatte bereits ihre Hand ergriffen und zog sie über den Hof zum Arbeitszimmer. »Laß mich los«, befahl sie wütend. »Für heute reicht es mir. Ich bin schon durcheinander genug.«

»Ich habe fünf Jahre hinter mir, die eine einzige Qual waren, da wirst du es wohl noch ein paar Minuten aushalten können.« Er hob die zappelnde Roxanne kurzerhand hoch, riß die Tür auf und trug sie hinein.

»Was unterstehst du dich?« fauchte sie, als er sie auf einen der Tische setzte. »Du hast gerade von deinem Sohn erfahren, und statt in Ruhe mit mir darüber zu reden, wie es sich unter erwachsenen Menschen gehört, schmeißt du mich durch die Gegend, als sei ich ein Postpaket!«

»Wir werden nicht miteinander reden, weder in Ruhe noch wie Erwachsene oder sonstwie.« Er nahm sich ein paar Handschellen und reagierte schnell genug, um ihrer Faust auszuweichen, doch es war nur eine Finte gewesen. Mit dem zweiten Schlag traf sie ihn auf die Lippe. Sie begann zu bluten.

»Statt dessen wirst du mir einfach mal zuhören!« erklärte er, packte ihre Hände und ließ die Handschellen zuschnappen.

»Du hast dich kein bißchen verändert.« Sie hätte sich vom Tisch gerollt, selbst auf die Gefahr hin, dabei mit der Nase auf dem Boden zu landen, wenn er sie nicht festgehalten und die Verbindungskette der Handschellen in einen Schraubstock geklemmt hätte. »Du bist immer noch ein richtiger Bastard und ein Tyrann.«

»Und du bist immer noch stur und dickköpfig«, entgegnete er zufrieden. Jetzt konnte sie ihm nicht mehr entkommen.

Roxanne versank in ein eisiges Schweigen. Wenn er reden will, dachte sie, soll er reden, bis er schwarz wird. Aber deswegen brauchte sie noch lange nicht zuzuhören. Sie konzentrierte sich vielmehr ganz darauf, sich aus den Handschellen zu befreien. Er war nicht der einzige, der Tricks im Ärmel hatte.

»Ich habe dich verlassen«, begann er. »Das kann und will ich nicht abstreiten. Ich habe dich verlassen und Max und Lily und alles, was mir etwas bedeutete. Mit zweiundfünfzig Dollar in der Tasche und den Einbruchswerkzeugen, die Max mir zu meinem einundzwanzigsten Geburtstag geschenkt hatte, bin ich nach Mexiko geflogen.«

Roxanne schnaubte empört. »Samt Schmuck im Wert von etlichen hunderttausend.«

»Ich hatte keinen Schmuck. Ich bin nie an den Safe herangekommen.« Obwohl sie versuchte, nach ihm zu beißen, packte er ihr Kinn und zwang sie, ihn anzuschauen. »Es war eine Falle, hörst du? Es war von Anfang an alles arrangiert. Gott weiß, was mit dir geschehen wäre, wenn du bei mir gewesen wärst. Trotz allem war ich immer dankbar, daß du an diesem Tag krank warst und zu Hause bleiben mußtest.«
»Eine Falle – von wegen.« Sie riß sich los und verfluchte die Tatsache, daß sie bei den Entfesselungsnummern nie so gut gewesen war wie Luke und es auch nie sein würde.
»Er wußte es.« Die alte Wut stieg wieder in ihm hoch. Luke wischte sich das Blut von den Lippen. »Er wußte genau Bescheid. Er wußte alles über uns.«
Trotz des Unbehagens, das sie plötzlich überlief, fauchte sie: »Was soll das heißen? Willst du mir etwa weismachen, Sam wußte, daß wir vorhatten, ihn zu bestehlen?«
»Nicht nur das – er wollte es sogar.«
Sie preßte die Lippen zusammen und lächelte grimmig. »Für wie dumm hältst du mich eigentlich, Callahan? Er hat mir gegenüber schon vor Jahren Anspielungen gemacht, daß er irgend etwas wisse. Damals, als wir ihm in Washington über den Weg gelaufen sind. Aber wenn das der Fall gewesen wäre, hätte er es bestimmt irgendwie ausgenutzt und nicht seelenruhig zugeschaut, wie wir in sein Haus einbrechen und ihn um den Schmuck seiner Frau erleichtern.«
»Er hatte auch nicht vor, uns den Schmuck zu überlassen. Und er hat sein Wissen sehr wohl genutzt, Rox, nämlich um mich dafür büßen zu lassen, daß ich ihm damals vor vielen Jahren im Weg war, daß ich ihm seine verfluchte Nase gebrochen und ihn gedemütigt habe. Er hat es genutzt, um euch alle zu treffen, weil ihr die Unverschämtheit hattet, ihn aufzunehmen, ihm helfen zu wollen und ihn später weggejagt habt.«
Ein eisiger Schauder überlief sie plötzlich. »Wenn er so genau wußte, daß wir Diebe sind, warum hat er uns nicht auffliegen lassen?«
»Woher soll ich wissen, was in seinem kranken Hirn vor sich geht?« Luke wandte sich ab. Auf dem Tisch lagen drei Zinn-

becher und einige bunte Bälle. Er begann gedankenverloren mit dem alten Spiel, während er fortfuhr: »Ich kann es nur vermuten. Wenn er euch verpfiffen hätte und es euch nicht gelungen wäre, zu entkommen, hätte er bestenfalls die Genugtuung gehabt, euch im Gefängnis zu sehen. So bekannt und angesehen wie die Nouvelles sind, hättet ihr sehr wahrscheinlich von den Schlagzeilen und dem ganzen Rummel letztlich sogar noch profitiert.« Seine Hände bewegten sich immer schneller. »Er wollte euch viel lieber leiden sehen – und vor allem mich. Er hatte es seit langer Zeit gewußt, zumindest seit mehreren Monaten.«
»Aber wie denn? Es hat nie den Hauch eines Verdachts gegen uns gegeben. Wie soll so ein mieser kleiner Politiker das alles herausgefunden haben?«
»Durch mich.« Luke geriet aus dem Rhythmus. Er lockerte seine Finger und begann erneut. »Er hat Cobb auf mich angesetzt.«
»Wen?«
»Cobb. Der Kerl, mit dem meine Mutter zusammengelebt hat, als ich von ihr weglief.« Er schaute zu Roxanne, doch sein Gesicht war völlig ausdruckslos. »Der Kerl, der mich geprügelt hat, bis ich die Besinnung verlor, der mich eingesperrt hat, mich an die Abflußrohre im Bad fesselte, der mich für zwanzig Dollar an einen betrunkenen Perversen verkauft hat.«
Sie wurde bleich. Was er sagte, war entsetzlich genug, doch seine tonlose Stimme ließ ihr das Blut erstarren. »Luke.« Sie hätte ihn gern getröstet, aber die Handschellen machten ihr jede Bewegung unmöglich. »Luke, mach mich los.«
»Nicht, ehe du alles gehört hast. Alles.« Er nahm einen der Becher und sah, daß sich seine Finger auf dem Zinn abgezeichnet hatten, so fest hatte er zugedrückt. Es erschien ihm wie der sichtbare Beweis für die Scham, die er immer noch mit sich herumtrug und die er wohl auch nie loswerden würde. »Erinnerst du dich an den Abend, als wir draußen im Regen standen? Du hattest mir von diesem bebrillten Dreckskerl erzählt, der versucht hatte, über dich herzufallen, und ich geriet in maßlose Wut, weil ich genau wußte, wie

das war. Der Gedanke war mir unerträglich, daß du ... daß irgend jemand dich so behandelt hatte. Dann habe ich dich in die Arme genommen und geküßt. Ich wollte mich dagegen wehren, aber ich konnte es nicht. Ich habe dich so sehr begehrt. Und für einen kurzen Moment habe ich gedacht, es wäre richtig.«

»Das war es auch«, flüsterte sie. Sie hatte das Gefühl, als schließe sich der Schraubstock um ihr Herz und drücke es zusammen. »Es war wundervoll.«

»Und dann habe ich ihn gesehen.« Luke legte die Becher wieder hin. Jetzt war nicht die Zeit, herumzuspielen. Jetzt war es Zeit für die nackte Wahrheit. »Er ging direkt an uns vorbei und schaute mich an. In diesem Moment wußte ich, daß nichts in Ordnung war und wahrscheinlich auch nie sein würde. Deshalb habe ich dich ins Haus geschickt und bin ihm nachgegangen.«

»Was ...« Sie biß sich auf die Lippen und erinnerte sich, wie betrunken Luke gewesen war, als er damals heimgekommen war. »Du hat ihn doch nicht ...«

»Ihn umgebracht?« Er lächelte so bitter, daß sie fröstelte. »Es wäre besser gewesen, wenn ich es getan hätte. Wie alt war ich damals – zweiundzwanzig, dreiundzwanzig? Herrgott, ich hätte genausogut wieder zwölf sein können, solche Angst hat er mir eingejagt. Er wollte Geld – also gab ich ihm Geld.«

»Du hast ihn bezahlt? Aber warum denn?«

»Damit er das, was er wußte, für sich behielt. Damit er nicht an die Öffentlichkeit ging und erzählte, daß ich mich verkauft hätte.«

»Aber du hast doch gesagt ...«

»Meinst du, die Wahrheit hätte irgend jemanden interessiert? Ich war verkauft worden, benutzt worden – und habe mich abgrundtief geschämt.« Er schaute sie an, und die wilde Verzweiflung in seinen Augen traf sie wie ein Stich ins Herz. »Und ich schäme mich immer noch.«

»Du hast doch nichts getan.«

»Ich war ein Opfer. Manchmal genügt das«, erwiderte er mit einem schroffen Schulterzucken. »Also habe ich ihn bezahlt.

Wann immer eine Aufforderung von ihm kam, habe ich ihm die Summe, die er wollte, geschickt.«
»Jetzt mal langsam«, sagte sie entsetzt. »Soll das heißen, er hat dich die ganze Zeit über erpreßt, auch noch nachdem wir zusammen waren? Und du hast mir nie etwas gesagt? Du hast mir nicht mal so viel vertraut, um es mir zu sagen?«
»Herrgott! Ich habe mich geschämt! Ich habe mich darüber geschämt, daß ich nicht genug Mut hatte, ihm zu sagen, er solle sich zum Teufel scheren. Ich hatte Angst, er würde irgendwann doch noch seine Drohung wahr machen und den Zeitungsschmierern erzählen, daß Max mich …« Er brach ab und fluchte darüber, daß ihm das herausgerutscht war.
Vor Scham und Wut wagte er es kaum, sie anzuschauen.

SIEBTES KAPITEL

Roxanne holte tief Luft. Sie hatte Angst vor seiner Antwort, denn sie ahnte, was er sagen würde. Aber sie mußte es einfach wissen. »Daß Max dich was, Luke?«

Na gut, dachte er. Wozu jetzt noch was verschweigen? Sie sollte sehen, daß er ihr vertraute. »Daß Max mich sexuell mißbraucht hat.«

Sie wurde bleich wie ein Laken, doch ihre Augen funkelten dunkel und gefährlich. »Das hätte er behauptet? Er hätte derartige Lügen über dich und Dad erzählt?«

»Ich weiß nicht. Jedenfalls wollte ich das Risiko nicht eingehen, also habe ich gezahlt. Und dadurch saß ich natürlich erst recht in der Falle.«

Sie schloß die Augen. »Was könnte noch schlimmer sein?«

»Wie gesagt, Wyatt steckte hinter der ganzen Sache. Eigentlich hätte ich mir gleich denken sollen, daß Cobb nicht gewitzt genug war, allein eine solche Erpressungsgeschichte aufzuziehen. Wann immer sie den Einsatz erhöhten, habe ich brav gezahlt, und genau das machte Wyatt stutzig. Also forschte er ein wenig gründlicher nach, um herauszufinden, wie ich es schaffte, bis zu einhunderttausend pro Jahr zu zahlen, ohne mit der Wimper zu zucken.«

»Einhundert...« Allein schon der Gedanke daran verschlug ihr die Sprache.

»Ich hätte zweimal soviel gezahlt, um dich behalten zu können.« Als sie ihn anschaute, merkte er, daß dies nur die halbe Wahrheit war. »Und um zu verhindern, daß du entdeckst, was für ein Feigling ich war. Daß mich jemand in einer Falle gefangen hatte, aus der ich mich nicht befreien konnte.« Er wandte sich ab. »Ich war mißbraucht worden. Ich habe zwar nie gewußt, ob dieser Kerl, den Cobb damals angeschleppt hatte, etwas für sein Geld bekommen hatte. Aber ich war trotzdem mißbraucht worden.«

»Das wußte ich. Ich habe dir doch gesagt, daß ich es schon immer gewußt habe.«

»Aber was es bei mir angerichtet hat – innerlich, das hast du nicht gewußt. Die Narben auf meinem Rücken ...« Er zuckte die Schultern und wandte sich zu ihr um. »Die sind wie das Tattoo, Roxy, nur eine Erinnerung daran, wo ich herkomme. Aber ich wollte nicht, daß du mehr als diese Narben siehst. Wahrscheinlich war es falscher Stolz, und ich habe weiß Gott dafür zahlen müssen.«

»Glaubst du wirklich, es hätte irgendwas an meinen Empfindungen für dich geändert?«

»Aber mich hätte es zerstört. Wyatt hatte das genau verstanden und es sich zunutze gemacht. Und weil er jeden meiner Schritte beobachtete, kam er hinter unser Geheimnis. Er hatte monatelang Zeit, die Falle aufzubauen. Und alles verlief für ihn wunschgemäß.«

Roxanne fühlte sich wie betäubt. »Er wußte genau, daß du in jener Nacht kommst?«

»O ja, das wußte er, und er erwartete mich in seinem Arbeitszimmer – mit gezückter Pistole. Ich dachte erst, er wollte mich umbringen. Aber Sam hatte etwas anderes im Sinn. Er bot mir einen Brandy an. Der eiskalte Dreckskerl bot mir einen Drink an und erzählte seelenruhig, was er alles wußte. Er malte mir genüßlich aus, wie es sein würde, wenn du und Max ins Gefängnis kämt. Er wußte, daß Max das nicht überleben würde. Und er hat mich noch mit vielen anderen Dingen gequält.« Luke preßte grimmig die Lippen zusammen. »Ich fühlte mich hundeelend, was ich natürlich auf diese alptraumhafte Situation schob. Aber in Wirklichkeit war es der Brandy.«

»Er hatte dir etwas hineingetan? Gott!«

»Während ich noch versuchte, mir meine Chancen auszurechnen, kam Cobb herein. Ich erfuhr von ihrer Partnerschaft. Er forderte Cobb auf, sich einen Drink einzuschenken. Und dann ... dann erschoß er ihn. Er richtete einfach die Waffe auf ihn, drückte ab und tötete ihn.«

»Er ...« Sie senkte die Augen, aber sie sah nur allzu klar vor sich. Nun begriff sie endlich. »Er wollte dir den Mord in die Schuhe schieben.«

»Er hatte alles perfekt arrangiert. Ich verlor die Besinnung, und als ich wieder zu mir kam, hielt er eine andere Waffe in der Hand.« Luke setzte sich auf die Bank und zündete sich eine Zigarre an, bevor er ihr den Rest erzählte.

»Also bin ich verschwunden«, schloß er. »Und ich habe fünf Jahre lang versucht, dich zu vergessen. Aber es war völlig zwecklos. Ich bin durch die ganze Welt gereist, Rox. Asien, Südamerika, Irland. Ich habe versucht, mich zu Tode zu saufen, was nicht funktionierte. Ich habe es mit Arbeit versucht, mit anderen Frauen.« Er warf ihr einen Seitenblick zu. »Das klappte etwas besser als die Sauferei.«

»Darauf wette ich.«

Unwillkürlich mußte er über ihren verächtlichen Tonfall grinsen. »Vor rund sechs Monaten ist dann einiges passiert. Zunächst fand ich heraus, in welchem Zustand Max ist. Du hattest dir alle Mühe gegeben, daß nichts davon bekannt wurde.«

»Mein Privatleben gehört nur mir. Das geht die Presse nichts an.«

»Er betrachtete die Spitze seiner Zigarre. »Ich schätze, deshalb habe ich auch nie etwas über Nate gelesen.«

»Mein Kind gehört nicht in die Öffentlichkeit.«

»Unser Kind«, verbesserte er. »Daneben erfuhr ich, daß Wyatt für den Senat kandidiert. Vielleicht bin ich im Laufe der letzten fünf Jahre etwas gleichgültiger geworden, vielleicht auch einfach nur klüger. Aber ich begann nachzudenken und begann zu planen. Daß ich Jake über den Weg lief, war ein glücklicher Zufall. Bis dahin hatte ich von dem Geld gelebt, das ich als Das Phantom verdiente. An meine Schweizer Konten kam ich nicht ran, weil ich die Nummern nicht hatte und keine Möglichkeit bestand, sie herauszukriegen.« Er grinste. »Bis Jake auftauchte. Er kümmerte sich um diese Sache, und von da an wurde das Leben viel leichter. Geld ebnet alle Wege, Rox. Und es wird mir auch das verschaffen, was ich am meisten will.«

»Und das wäre?«

»Erstens dich.« Er drückte seine Zigarre aus. »Und ansonsten – nennen wir es Gerechtigkeit. Unser alter Freund wird zahlen.«

»Es geht dir gar nicht um den Stein, nicht wahr?«
»Nein. Mir selbst liegt nichts daran, aber für Max will ich ihn haben, und ich kriege ihn auch. Es hat lange gedauert, diesen Plan auszuhecken, und ich brauche dich, damit er funktioniert. Bist du immer noch dabei?«
»Er hat mir fünf Jahre gestohlen. Und meinem Sohn den Vater genommen. Mußt du da noch fragen?«
Er grinste und beugte sich zu ihr, um sie zu küssen, aber sie wandte den Kopf zur Seite. »Ich will erst noch eine Antwort von dir, Callahan, also bleib mir vom Leib.«
Er wartete. »Nur los.«
»Bist du nur hier, weil du mich brauchst, damit dein Plan gelingt?«
»Das hätte ich vielleicht auch allein geschafft. Ich brauche dich für mich, Roxanne.« Er ließ seine Hände über ihre Schenkel gleiten. »Ich kann ohne dich nicht leben.« Da sie immer noch den Kopf abwandte, knabberte er an ihrem Ohrläppchen. »Ich habe dir gesagt, daß es andere Frauen gegeben hat.«
»Überrascht mich kaum«, entgegnete sie schroff.
»Aber ich habe dir nicht gesagt, daß sie mir nichts bedeutet haben, Rox. Es gab keinen einzigen Tag, an dem ich mich nicht nach dir gesehnt habe.« Er umfaßte ihre Taille und drückte kleine Küsse auf ihre Wange. »Ich habe dich geliebt, solange ich mich erinnern kann.«
Er spürte, wie sie sich entspannte, als er seine Hände unter ihr Sweatshirt gleiten ließ. »Deinetwegen bin ich damals gegangen. Und deinetwegen bin ich zurückgekommen. Egal, was du sagst, egal, was du tust, nichts kann mich dazu bringen, dich wieder zu verlassen.«
Er streichelte sanft ihre Brüste. »Ich bringe dich um, wenn du es noch einmal versuchst, Callahan. Das schwöre ich. Ich will gar nicht erst wieder damit anfangen, dich zu lieben, solange ich nicht sicher bin, daß du bleibst.«
»In Wirklichkeit hast du ja nie aufgehört, mich zu lieben.« Seine Erregung steigerte sich immer mehr. Er umkreiste mit den Daumen die Spitzen ihrer Brüste. »Gib es ruhig zu.«
»Ich wollte es.« Stöhnend beugte sie den Kopf zurück, als er seine Lippen an ihren Hals drückte. »Ich wollte damit aufhören.«

»Sag die Zauberworte.«
»Ich liebe dich«, stöhnte sie verzweifelt. »Verdammt, ich habe dich immer geliebt. Ich habe nie aufgehört, dich zu lieben. Jetzt mach endlich diese blöden Handschellen auf.«
Der verschmitzte Ausdruck auf seinem Gesicht ließ einen prickelnden Schauer über ihr Rückgrat laufen. »Später vielleicht.«
Und ehe sie protestieren konnte, senkte sich sein Mund auf ihre Lippen, so daß sie alles andere vergaß.
Das erstemal war alles so rasch gegangen wie ein tosendes Unwetter, das über ihn hingefegt war. Jetzt wollte er jede Sekunde gründlich genießen, sie langsam und bedächtig bis an den Rand des Wahnsinns treiben. Sie sollte außer sich sein vor Verlangen nach ihm und es nie mehr vergessen.
Während er genüßlich ihren Körper streichelte, küßte er sanft ihre Kehle. »Wenn du's nicht magst, höre ich auf«, murmelte er. »Soll ich?«
»Ich weiß nicht.« Wie sollte sie jetzt noch vernünftig denken? »Wieviel Zeit habe ich, um mich zu entscheiden?«
»Ich gebe dir jede Menge Zeit.«
In Wahrheit hatte sie längst keinen eigenen Willen mehr und alle Vernunft über Bord geworfen. Sie war ihm vollkommen ausgeliefert – und sie genoß es. Sie hätte niemals geglaubt, daß dieses Gefühl der Hilflosigkeit so erotisch sein konnte. Das Wissen, daß ihr Körper ihm gehörte, ganz und gar nur ihm, war derart erregend, daß sie sich nur noch wünschte, er würde sie endlich nehmen und ihr gleichzeitig geben, was sie sich ersehnte.
Ein Stöhnen drang aus ihrer Kehle, als er ihr Hemd zerriß. Zitternd erwartete sie seine Berührungen, doch er war nicht heftig und ungestüm, sondern qualvoll sanft.
Sie spürte, wie ihre Empfindungen sie zu überwältigen drohten, doch jedesmal, wenn sie fast soweit war, hielt er inne.
Gespannt beobachtete er, wie ihre Gefühle sich auf ihrem Gesicht widerspiegelten und genoß jeden Schauder, der sie überlief, jeden Seufzer, den sie ausstieß. Sehnsüchtig flüsterte sie wieder und wieder seinen Namen.

Ihre Hingabe berauschte ihn, ihr vollkommenes Vertrauen erfüllte ihn mit einem erregenden Gefühl der Überlegenheit und machte ihn gleichzeitig dankbar.
Langsam streifte er die Hose über ihre Hüften, erforschte jeden Zentimeter ihrer Haut, liebkoste sie mit den Fingerspitzen und seiner Zunge, bis sie endlich den ersten Höhepunkt genoß.
»Ich liebe dich, Roxanne.« Er drückte sie auf den Tisch und befreite ihre Hände. »Nur dich. Immer nur dich.«
Bereitwillig kam sie seinem Drängen entgegen und öffnete sich ihm.

Es ärgerte ihn, daß er nie bei ihr über Nacht bleiben durfte und sie es auch ablehnte, die Nächte bei ihm zu verbringen. Dabei brauchte er mehr als nur Sex. Er wollte sich nachts zu ihr umwenden können und sie am Morgen beim Aufwachen neben sich sehen.
Aber sie blieb fest.
Dafür konnte er nun jedoch zu Besuch kommen, wann immer er wollte. Es machte ihnen allen ziemlich zu schaffen, daß Max wieder in seiner eigenen Welt versunken war, und als er wegen einiger Untersuchungen ins Krankenhaus mußte, schienen die Tage unerträglich lang. Doch Luke war immer zur Stelle und verstand es, keine trübsinnige Stimmung aufkommen zu lassen. Roxanne war froh, daß Nate auf diese Weise die Chance hatte, ihn erst einmal kennenzulernen, ehe er ihn als Vater akzeptieren mußte.
Bei jeder Entscheidung, die sie im Hinblick auf Luke traf, dachte sie in erster Linie an ihren Sohn.
Sie begannen mit den Proben, und bereits in der zweiten Woche stand die Nummer bis auf ein paar Kleinigkeiten. Genauso sorgfältig planten sie ihr Unternehmen anläßlich der Auktion. Roxanne mußte zugeben, daß Luke sämtliche Aspekte bestens durchdacht hatte. Sie war zudem ziemlich beeindruckt von den ersten Imitaten, die aus Bogotá bei ihnen eintrafen, wo er sie bei einem Vertrauensmann in Auftrag gegeben hatte.
»Gute Arbeit«, sagte sie betont lässig und legte sich vor dem

Spiegel in seinem Schlafzimmer die dreiteilige Halskette aus Diamanten und Rubinen um. »Ein bißchen zu protzig für meinen Geschmack, aber nicht übel. Was hat sie uns gekostet?«

Sie waren beide nackt. Luke hatte die Arme hinter dem Kopf verschränkt und sich auf dem Bett ausgestreckt. Im Licht der untergehenden Sonne betrachtete er ihren Körper. »Fünftausend.«

»Was?« rief sie entgeistert. »Das ist aber ganz schön viel.«

»Der Mann ist ein Künstler«, grinste er. »Die echte Kette ist über einhundertfünfzigtausend wert, Rox. Unsere Unkosten sind also reichlich gedeckt.«

»Mag sein.« Insgeheim mußte sie einräumen, daß sie die Steine ohne gründliche Prüfung mit den entsprechenden Instrumenten für echt gehalten hätte. Und auch die Fassung war eine meisterhafte Arbeit. »Wann können wir den Rest erwarten?«

»Zur rechten Zeit.«

Sie mußte wieder einmal an diese ausweichende Antwort denken, als sie zwei prallgefüllte Einkaufstaschen in die Küche schleppte. Es ärgerte sie, daß Luke noch immer so verschlossen war. Er stellt mich auf die Probe, dachte sie und schleuderte die Taschen auf den Tisch.

»Du hast doch Eier da drin, oder?« fuhr LeClerc auf.

Sie war so in Gedanken versunken gewesen, daß sie zusammenzuckte. »Mach halt ein Omelett«, entgegnete sie mürrisch.

»Mach halt ein Omelett, mach halt ein Omelett! Spar dir dein spitzmäuliges Gerede, und verschwinde aus meiner Küche. Ich muß für eine ganze Armee kochen.«

Was nur eines bedeuten konnte. »Luke ist da?«

»Überrascht dich das?« schnaubte er und begann die Einkäufe auszupacken. »Nennst du das hier eine reife Melone?« Anklagend hielt LeClerc eine Zuckermelone hoch.

»Woher zum Teufel soll ich wissen, ob sie reif ist? Die Dinger sehen doch alle gleich aus.«

»Wie oft habe ich dir gesagt, du sollst daran riechen und draufklopfen.« Er tippte gegen die Melone und hielt sie dicht an sein Ohr. »Noch grün.«

Roxanne stemmte die Hände in die Hüften. »Warum

schickst du mich dauernd Obst und Gemüse einkaufen und beklagst dich dann darüber, was ich heimbringe?«

»Weil du's endlich mal lernen mußt.«

Roxanne wandte sich auf dem Absatz um und marschierte schimpfend hinaus. Dieser Mann war nie zufrieden. Da war sie direkt von der Probe zum Markt gelaufen, und er sagte nicht mal danke.

Außerdem haßte sie Zuckermelonen.

Sie wäre gleich nach oben gegangen, wenn sie aus dem Wohnzimmer nicht Lukes Stimme und Nates fröhliches Lachen gehört hätte. Leise schlich sie zur Tür und schaute hinein.

Sie lagen nebeneinander auf dem Boden, steckten die dunkelhaarigen Köpfe zusammen und hatten über den ganzen Teppich Spielzeug verstreut. Offenbar hatten sich ihre beiden Männer großartig amüsiert, während sie sich mit blöden Melonen abschleppte. Luke erklärte gerade geduldig einen kleinen Taschenspielertrick. Amüsiert lehnte sie sich an die Tür und beobachtete, wie der Vater versuchte, seinem Sohn etwas beizubringen.

»Direkt vor deiner Nase.« Nate kicherte, als Luke ihn zwickte. »Direkt vor deinen Augen. Also, jetzt versuch du's. Kannst du deinen Namen schreiben?«

»Klar. N-A-T-E.« Er nahm den Stift, den Luke ihm hinhielt, und runzelte konzentriert die Stirn. »Ich lerne gerade, auch Nathaniel zu schreiben. Dann kommt Nouvelle, weil das mein Nachname ist.«

»Aha.« Ein Schatten flog über Lukes Gesicht, während er beobachtete, wie Nate sich mit dem A abmühte. Er wartete, bis Nate ein ziemlich schräges E fertig hatte. »Okay. Jetzt paß auf.« Mit betont langsamen Bewegungen rollte Luke das Papier um den Stift und verdrehte beide Enden. »Also, nun such dir ein magisches Wort aus.«

»Hmm …«

»Nee, das taugt nichts«, sagte Luke, worauf Nate erneut zu lachen begann.

»Rotz!« entschied Nate und war begeistert, endlich einmal dieses neue Wort anbringen zu können, das er im Kindergarten aufgeschnappt hatte.

»Widerlich, aber es mag angehen.« Luke riß das Papier auseinander und sah mit Vergnügen, daß Nate große Augen machte.
»Er ist weg! Der Stift ist weg.«
»Na klar.« Luke hob die Hände, drehte sie hin und her und freute sich königlich über das hingerissene Staunen seines Sohnes. »Willst du lernen, wie man das macht?«
»Kann ich das?«
»Du mußt aber den magischen Eid schwören.«
»Hab ich schon«, erklärte Nate. »Als Mama mir gezeigt hat, wie der Groschen durch den Tisch geht.«
»Bringt sie dir solche Sachen bei?«
»Klar. Aber man muß versprechen, es niemandem zu erzählen, nicht mal seinem besten Freund, weil's ein Geheimnis ist.«
»Das ist richtig. Willst du auch mal Zauberer werden?«
»Ja.« Nate, der nie lange stillsitzen konnte, hüpfte auf dem Teppich auf und ab. »Ich werde Zauberer und Rennfahrer und Polizist.«
Auch das noch, dachte Luke amüsiert. Ein Polizist – da hatten sie wohl irgend etwas falsch gemacht. »Alles auf einmal? Dann wollen wir mal sehen, ob du diesen Trick lernen kannst und finstere Gesellen hinter Schloß und Riegel bringst.«
Er freute sich, daß Nate mehr interessiert als enttäuscht war, als er begriff, wie der Trick funktioniert. Luke konnte ihm beinahe ansehen, wie er alles durchdachte.
Er hat gute Hände, dachte Luke, und einen aufgeweckten Verstand. Und ein Lächeln, bei dem ihm das Herz schmolz.
»Das ist klasse.«
»Ja, nicht übel«, nickte Luke.
»Nee. Superklasse.«
Er konnte einfach nicht anders. Luke beugte sich zu ihm hinüber und küßte dieses grinsende Gesicht. »Versuchs's noch mal. Probier jetzt, ob du's auch mit Ablenkungen schaffst. Manchmal sitzen im Publikum nämlich auch Zwischenrufer.«
»Was ist das?«

»Oh, das sind Leute, die was brüllen oder zu laut reden oder … dich kitzeln.«
Nate kreischte entzückt, als Luke ihn packte. Nach einem kurzen heftigen Gerangel ließ Luke sich von ihm überwältigen und grunzt hilflos.
»Du bist zu stark für mich, Junge.«
»Ehrlich?«
»Ehrlich.« Lachend zerzauste Luke ihm das dunkle Haar. »Ich gebe auf.«
»Zeigst du mir noch einen Trick?«
»Vielleicht. Was ist dir das wert?«
Nate fiel ein, was bei seiner Mutter immer am besten funktionierte und gab Luke dann einen schmatzenden Kuß. Luke war mehr als gerührt und strich ihm unsicher übers Haar.
»Soll ich dich auch noch ganz fest drücken?«
»Klar.« Luke öffnete die Arme und genoß es, die Nähe seines Sohnes zu spüren. Mit geschlossenen Augen rieb er seine Wange an Nates Gesicht. »Du wiegst ja eine Tonne, Mensch.«
»Ich bin ein Vielfraß, sagt Mama immer.« Nate grinste ihn an. »Und sie sagt, ich esse alles, was nicht festgenagelt ist.«
»Außer Limabohnen«, murmelte Luke, der sich erinnerte.
»Bäh. Ich wünschte, ich könnte alle Limabohnen auf der ganzen Welt verschwinden lassen.«
»Wir werden sehen, was sich da machen läßt.«
»Ich muß mal«, erklärte Nate mit der Unbekümmertheit aller Kinder.
»Mach's aber nicht hier, okay?«
Nate kicherte und hatte gar keine Lust, zu verschwinden. Er war gern mit Luke zusammen. Er war so ganz anders als alle anderen in seiner Familie. Obwohl er nie ohne männliche Gesellschaft hatte auskommen müssen, war an diesem Mann irgend etwas anders. Vielleicht war es Zauberei.
»Hast du einen Penis?«
Luke unterdrückte ein Lachen. »Klar habe ich den.«
»Ich auch. Mädchen haben keinen. Mama auch nicht.«
Luke biß sich auf die Lippen. »Ich glaube, da hast du recht.«
»Mir gefällt's, daß ich einen habe, weil man dann im Stehen pinkeln kann.«

»Es hat so seine Vorteile.«
»Ich muß jetzt gehen.« Nate rappelte sich hoch. »Hast du vielleicht Lust, LeClerc zu fragen, ob es Plätzchen gibt?«
Von Penissen zu Plätzchen, dachte Luke. Kinder waren wirklich faszinierend. »Lauf zu. Ich hab schon kapiert.«
Nate drehte sich um und erblickte seine Mutter, aber jetzt konnte er wirklich nicht mehr länger warten. »Hallo, ich muß mal.«
»Hallo. Laß dich nur nicht aufhalten.«
Nate lief davon, eine Hand zwischen die Beine gepreßt.
»Eine interessante Unterhaltung«, meinte Roxanne, nachdem sie das Zuschlagen der Badezimmertür gehört hatte.
»Männergespräche.« Luke setzte sich auf und grinste. »Er ist so ...« Er brach ab, als Roxanne eine Hand auf ihren Mund preßte. »Was ist los?« Bestürzt stand er auf.
»Nichts. Es ist nichts.« Hastig wandte sie sich um und stürzte die Treppe hinauf.
Sie hätte sich in ihrem Zimmer eingeschlossen, aber Luke folgte ihr auf den Fersen. Wütend über sich selbst riß sie die Türen zum Balkon auf.
»Was zur Hölle ist los?«
»Nichts«, schrie sie. »Geh weg, ja? Ich bin müde. Ich will allein sein.«
»Einer deiner Wutanfälle, Rox?« Er packte ihre Schultern und drehte sie zu sich herum. Aus den Straßen des Viertels drang wilder rhythmischer Jazz zu ihnen hoch, genau die passende Musik. »Mich mit Nate zu sehen, hat dich in Wut gebracht, oder?«
»Nein. Ja.« Sie riß sich los und fuhr sich mit den Händen durchs Haar. O Gott, sie drehte noch durch.
Luke dagegen wurde immer ruhiger. »Ich werde ihn immer sehen, Roxanne. Du kannst mich nicht mehr aus seinem Leben verdrängen. Ich muß ihn sehen, und, bei Gott, ich habe ein Recht dazu.«
»Rede hier nicht von Rechten!« fuhr sie ihn an.
»Er ist auch mein Sohn. Und diese Tatsache kannst du nicht einfach beiseite schieben, auch wenn du es am liebsten tun würdest. Ich versuche zu verstehen, warum du ihm nicht sa-

gen willst, daß ich sein Vater bin. Ich bemühe mich, es dir nicht übelzunehmen, aber ich lasse mich nicht abschieben, weil du ihn für dich allein haben willst.«

»Das ist es nicht. Verdammt, das ist es nicht.« Hilflos schlug sie mit der Faust gegen seine Brust. »Weißt du, was für ein Gefühl das für mich ist, euch beide zusammen zu sehen? Und deine Augen zu sehen, wenn du ihn anschaust?« Tränen liefen ihr über die Wangen, aber sie preßte die Lippen zusammen, um nicht zu schluchzen.

»Es tut mir leid, daß es so schwer für dich ist«, sagte Luke steif. »Wahrscheinlich darf ich dich nicht mal dafür verurteilen, daß du mich dadurch bestrafst, indem du mich nicht sein Vater sein läßt.«

»Ich will dich nicht bestrafen.« Es fiel ihr schwer, weiterzureden. »Vielleicht doch, ich bin selbst nicht sicher, und das macht alles noch komplizierter. Ich habe mich bemüht, das zu tun, was richtig ist, was am besten ist, und dann sehe ich euch beide zusammen und muß erkennen, wie unendlich viel Zeit uns verlorengegangen ist. Ja, es tut mir weh, dich mit ihm zu sehen, aber anders, als du glaubst. Es tut weh, so wie es weh tut, einen Sonnenaufgang zu sehen oder sentimentale Musik zu hören. Er hält den Kopf genau wie du.« Wütend wischte sie sich die Tränen weg. »Das hat er schon immer gemacht, und es hat mir jedesmal einen Stich versetzt. Er hat dein Lächeln und deine Augen und deine Hände, nur viel kleiner. Ich habe sie immer angeschaut, wenn er schlief, die Finger gezählt und Mitleid gehabt mit dir, weil du das alles nicht sehen konntest.«

»Rox.« Er hatte geglaubt, sie hätten das Schlimmste hinter sich gebracht, in jener Nacht, als er ihr alles erzählt hatte. »Es tut mir leid.« Er wollte sie an sich ziehen, aber sie wandte sich ab.

»Ich habe nie um dich geweint. Nicht ein einziges Mal in all den fünf Jahren – aus reinem Stolz. Es hat mir geholfen, die schlimmste Zeit zu überstehen. Ich habe auch nicht geweint, als du zurückkamst oder als du mir erzählt hast, was passiert war, obwohl ich mit dir gefühlt habe, wie furchtbar es für dich gewesen sein muß. Aber, verdammt noch mal, es war falsch!«

Wütend funkelte sie ihn an. »Du hättest heimkommen sollen. Du hättest zu mir kommen und mir alles erzählen sollen. Ich wäre mit dir gegangen, ganz egal, wohin.«
»Ich weiß.« Er wagte es kaum, sie anzurühren, auch wenn er es sich noch so sehr wünschte. Sie wirkte plötzlich so zerbrechlich. »Ich habe es gewußt und wäre auch fast zurückgekommen. Ich hätte dich mitnehmen können, ohne Rücksicht auf deine Familie, auf deinen Vater. Ich hätte mich nicht darum kümmern müssen, daß er krank war, daß ich in seiner Schuld stand und ihm und Lily alles verdankte. Ich hätte das Risiko eingehen können, daß Wyatt jederzeit die Polizei auf mich hetzt und mich als Mörder verhaften läßt. Aber ich konnte es nicht.«
»Ich habe dich gebraucht.« Sie konnte die Tränen nicht länger zurückhalten und schlug sich die Hände vors Gesicht. »Ich habe dich so sehr gebraucht.«
Es endlich zuzugeben, fiel ihr fast genauso schwer wie ständig ihre Gefühle unterdrücken zu müssen. Haltlos weinte sie und wehrte sich nicht, als er sie auf die Arme hob und zum Bett trug.
Es blieb ihm nichts, als sie an sich zu drücken, während die Trauer, die sich fünf Jahre in ihr aufgestaut hatte, aus ihr herausbrach. Womit hätte er sie auch trösten können? Er kannte sie seit fast zwanzig Jahren und konnte an einer Hand abzählen, wann er sie jemals weinen gesehen hatte.
Und noch nie so heftig wie jetzt, dachte er. Noch nie.
Sie hatte Angst, daß sie nie mehr würde aufhören können. Sie hörte nicht, wie die Tür sich öffnete. Sie merkte nicht, daß Luke sich umwandte und stumm den Kopf schüttelte, als Lily hereinschaute.
Nur ganz langsam wurde das wilde Schluchzen leiser, und der heftige Krampf ließ nach.
»Ich muß allein sein«, flüsterte sie. Ihre Kehle war vollkommen trocken.
»Nein. Das nicht. Nie wieder, Roxanne.«
Sie fühlte sich zu erschöpft, um zu protestieren. Mit einem unsicheren Seufzen lehnte sie den Kopf an seine Schulter. »Ich hasse das.«

»Das weiß ich.« Er drückte einen Kuß auf ihre Schläfe. »Erinnerst du dich noch an damals, als du herausgefunden hattest, daß Sam dich für seine Diebstähle mißbraucht hatte? Da hast du auch geweint, und ich wußte nicht, was ich machen sollte.«

»Du hast mich im Arm gehalten.« Sie schniefte. »Und dann hast du ihm die Nase gebrochen.«

»Ja. Und diesmal breche ich ihm nicht nur die Nase.« Sein Blick wurde grimmig. »Das verspreche ich dir.«

Aber an Sam wollte sie jetzt am allerwenigsten denken. Sie fühlte sich völlig zerschlagen und gleichzeitig merkwürdig befreit. »Weißt du, daß es leichter war, mit dir zu schlafen als dich jetzt bei mir bleiben zu lassen?« Sie schloß die Augen und spürte sein tröstliches Streicheln. »Ich hatte Angst davor, tiefere Gefühle zuzulassen.« Sie schwieg einen Moment. »Ich muß mir mein Gesicht waschen und möchte eine Weile allein sein«, sagte sie dann ganz ruhig.

»Rox ...«

»Nein, bitte.«

Sie richtete sich auf. »Geh und mach einen Spaziergang, Callahan. Ich muß erst noch etwas ins reine bringen. Laß mir eine halbe Stunde.«

Sie küßte ihn sanft, ehe er protestieren konnte.

»Ich komme zurück.«

»Ich verlasse mich darauf«, lächelte sie.

Es war vielleicht ein wenig spät für eine romantische Werbung angesichts der Tatsache, daß sie ein gemeinsames Kind hatten und sich seit Jahren liebten. Aber, wie Max gesagte hätte, besser etwas später als zu früh.

Er ging sogar zur Haustür, statt durch die Küche hereinzuschlendern. Wie ein neuer Verehrer kämmte er sich mit den Fingern das Haar und läutete.

»Callahan.« Roxanne öffnete mit einem verblüfften Lachen. »Was soll denn das?«

»Ich komme, um eine wunderschöne Frau zum Essen einzuladen.« Er reichte ihr die Rosen und ließ anschließend mit

einer schwungvollen Verbeugung einen Strauß Seidenblumen aus seinem Hemdsärmel aufblühen.
Das hinreißende Lächeln, die überraschende Einladung, die duftenden Rosen und der alberne Trick – das alles verschlug Roxanne für einen Moment die Sprache. Doch dann erwachte automatisch ihr Mißtrauen. »Was hast du vor?«
»Hab ich doch gesagt. Ich möchte dich bitten, mit mir auszugehen.«
Ihr Lachen klang eher wie ein ziemlich undamenhaftes Schnauben. »Klar. Und was willst du eigenlich damit bezwecken?«
Es war wahrhaftig nicht leicht, einer Frau den Hof zu machen, die derart argwöhnisch war. »Dich zum Essen einladen«, wiederholte er mit zusammengebissenen Zähnen. »Vielleicht danach zu einer kleinen Autofahrt – irgendwohin, wo wir am Straßenrand knutschen können.«
»Hast du in deinem Haus einen Wasserrohrbruch oder was?«
»Verdammt, Rox, kommst du nun mit oder nicht?«
»Ich kann nicht. Ich habe was vor.« Sie schnupperte genüßlich an den Rosen, doch dann schaute sie mit einem Ruck auf. »Du hast mir doch nicht etwa Blumen mitgebracht, weil ich geweint habe?«
Sie war wirklich eine harte Nuß. »Man könnte direkt glauben, ich hätte dir noch nie im Leben Blumen geschenkt.«
»Doch, doch, das hast du schon.« Sie unterdrückte ein Lächeln. »Zweimal sogar. Einmal als du zwei Stunden zu spät heimkamst – und ich mir die Mühe gemacht hatte, etwas zu kochen.«
»Und du hast mir den Strauß ins Gesicht geworfen.«
»Na klar. Und das zweite Mal ... ach ja, als du das kleine Porzellankästchen zerbrochen hattest, ein Geschenk von Lily. Also, Callahan, was hast du diesmal angestellt?«
»Nichts! Ich versuche bloß, nett zu einer Frau zu sein, die mich jedoch gerade zur Verzweiflung bringt.«
»Ich werfe dir immerhin nicht die Blumen ins Gesicht, oder?« Sie lächelte und nahm seine Hand. »Komm schon rein. Wir essen hier.«

»Rox, ich will mit dir allein sein, nicht in einem Haus voller Leute.«

»Das Haus ist leer. Alle sind heute abend ausgegangen, und, Gott helfe dir, Callahan, ich koche!«

»Oh.« Daß er ein Lächeln zustande brachte, war ein sicheres Zeichen seiner Liebe. »Prima.«

»Ja, sag besser nichts. Gehen wir ins Wohnzimmer. Ich habe was für dich.«

Er hätte sie fast gefragt, ob es eine Dosis Natron sei, aber er hielt sich zurück. »Wenn du dir nicht die Mühe machen willst, zu kochen, könnten wir uns etwas kommen lassen.« Er folgte ihr ins Wohnzimmer und sah den Jungen auf der Couch sitzen. »Hallo, Kumpel.«

»Hallo.« Nate musterte ihn einen Moment lang so intensiv, daß Luke sich direkt unbehaglich fühlte. »Wie kommt es, daß du nicht hier lebst, wenn du mein Daddy bist?«

»Ich ...« Ihm blieben die Worte im Hals stecken. Luke konnte ihn nur fassungslos anstarren.

»Mama hat gesagt, du mußtest lange weg, weil ein böser Mann hinter dir her war. Hast du ihn totgeschossen?«

»Nein.« Er schluckte. »Ich dachte mir, ich lege ihn statt dessen ordentlich rein. Ich mag es nicht so gern, jemanden zu erschießen.« Hilflos, ja fast verzweifelt schaute er zu Roxanne. »Rox!« Doch sie schüttelte nur den Kopf.

»Manchmal ist es das beste, einfach ins kalte Wasser zu springen«, meinte sie. »Ohne Probe, Callahan, ohne Vorbereitung und ohne Requisiten.«

»Okay.« Ein wenig unsicher ging er zur Couch und kauerte sich zu seinem Sohn. Einen Moment lang fühlte er sich wie bei seinem ersten Auftritt, damals in einem stickigen Rummelplatzzelt. Der Schweiß lief ihm über den Rücken. »Es tut mir leid, daß ich nicht hier war, bei dir und deiner Mutter, Nate.«

Nate betrachtete ihn stumm. Er hatte schon die ganze Zeit über ein komisches Gefühl im Bauch, seit seine Mutter sich zu ihm gesetzt und ihm erzählt hatte, daß Luke sein Daddy war. Er wußte nicht, ob es ein gutes Gefühl war – so wie das Kribbeln, wenn Mouse ihn herumwirbelte –, oder ein schlechtes, wie man es bekam, wenn man zu viel Süßes gegessen hatte.

»Vielleicht konntest du ja nicht anders«, murmelte er und zupfte ein paar Fäden aus dem Loch in seiner Jeans.

»Trotzdem tut es mir leid. Ich glaube nicht, daß du mich unbedingt brauchst, du bis ja schon ganz schön groß. Wir – na ja –, wir kommen aber sicher gut miteinander aus, oder?«

»Klar.« Nate blickte stur zu Boden. »Glaub schon.«

Und da hatte er geglaubt, Roxanne sei eine harte Nuß. Luke war mehr als ratlos. »Wir könnten Freunde sein, wenn das okay für dich ist. Du mußt mich ja nicht als deinen Vater sehen.«

Tränen schimmerten in Nates Augen, als er aufschaute, und seine Lippen zitterten. Luke zerriß es fast das Herz. »Willst du das nicht?«

»O doch.« Seine Kehle war wie zugeschnürt. »Doch, das will ich. Sehr sogar. Ich meine, na ja, aus uns könnte etwas werden, ich glaube, du hast Potential.«

»Was ist das?«

»Möglichkeiten, Nathaniel.« Sanft nahm Luke das Gesicht seines Sohnes in seine Hände. »Sehr, sehr viele Möglichkeiten.«

»Potential«, wiederholte Nate und lächelte plötzlich. »Bobbys Vater hat ihm ein Baumhaus gebaut, ein ganz großes.«

»Oho.« Erstaunt und sichtlich begeistert blickte Luke zu Roxanne. »Der Junge lernt aber schnell.«

»Das ist dein irisches Blut. Ein Nouvelle wäre nicht so verschlagen.«

»Ach was, verdammt, er ist ein gerissener Bursche, der weiß, daß man zupacken muß, wenn sich die Gelegenheit bietet. Stimmt's, Nate?«

»Stimmt.« Er kreischte begeistert, als Luke ihn in die Höhe stemmte. In der Hoffnung, daß sich vielleicht noch mehr rausschlagen ließ, flüsterte er Luke ins Ohr: »Kannst du Mama sagen, daß ich einen Hund brauche? Einen richtig großen Hund?«

Lukes Grinsen ähnelte auf verblüffende Weise dem verschmitzten Gesichtsausdruck seines Sohnes. »Ich will mal sehen, was sich machen läßt. Wie wäre es mit einer Umarmung?«

»Okay.« Nate legte die Arme um seinen Hals und drückte ihn fest. Im Bauch hatte er immer noch ein komisches Gefühl. Aber er fand es ganz gut. Mit einem zufriedenen Seufzer schmiegte er den Kopf an die Schulter seines Vaters.

ACHTES KAPITEL

»Nicht, ich versuche gerade, mich zu konzentrieren.« Roxanne wehrte Luke ab, der über ihre Schulter spähte. Sein Atem kitzelte sie im Nacken.

»Und ich versuche gerade, dich rumzukriegen, mit mir auszugehen.«

»Du hast in letzter Zeit wahrhaftig einen Tick mit deinem Ausgehen.« Sie beugte sich wieder über den Schreibtisch ihres Vaters, auf dem sie die Pläne der Kunstgalerie ausgebreitet hatte. Sie mußten sich noch darauf einigen, wo sie einsteigen wollten. »Von oben, Callahan, das ist wirklich am besten. Die Ausstellung ist im dritten Stock, warum sollen wir also im Erdgeschoß rein und die Treppe hochsteigen?«

»Weil wir auf diesem Weg tatsächlich die Treppen hinaufsteigen können statt uns viereinhalb Meter an einem Seil hinabzuhangeln.«

Sie warf ihm über die Schulter einen Blick zu. »Ach, wirst du langsam alt?«

»Zufälligerweise bin ich jetzt Vater. Da muß ich gewisse Rücksichten nehmen.«

»Das Dach ist besser, Väterchen.«

Er wußte, daß sie recht hatte, aber er genoß diese kleine Debatte viel zu sehr, um gleich nachzugeben. »Wir müssen schließlich auch Jake irgendwie raufbringen. Und er hat Höhenangst.«

»Dann verbindest du ihm die Augen.« Sie tippte mit einem Bleistift auf die Zeichnung. »Hier, das Ostfenster im dritten Stock. Ich bin bereits drin und drehe in diesem Lagerraum Däumchen bis zum vereinbarten Zeitpunkt. Um exakt elf Uhr siebzehn gehe ich in den Überwachungsraum, wodurch ich genau eine Minute und dreißig Sekunden Zeit habe, um Kamera sechs zu präparieren, ehe der Alarm ausgelöst wird.«

»Mir gefällt der Gedanke nicht, daß du diese Arbeit übernimmst.«

»Sei nicht so überheblich. Du weiß verdammt gut, daß ich mich mit Elektronik am besten auskenne. Dann wechsle ich die Videobänder aus.« Sie strich sich das Haar zurück und grinste. »Ich wünschte, ich könnte das Gesicht des Wächters sehen, wenn er Mouses Video sieht.«
»Hier geht's nicht um einen Jungenstreich, meine Schöne.«
»Halt die Klappe, ja? Also weiter. Nachdem Jake und Mouse ihren Teil der Arbeit geleistet haben, mache ich dir das Fenster auf, und du, mein Held, kommst zu mir herein.« Sie lächelte ihm kokett zu.
»Dann bleiben uns sechseinhalb Minuten, um die Schaukästen zu öffnen, die Klunker rauszunehmen und mit unseren Imitationen zu vertauschen.«
»Und im Nu sind wir wieder weg, ohne eine Spur zu hinterlassen!« Sie strich mit der Zunge über die Lippen. »Wir beide gehen zurück in unser Hotel und treiben es wie die Wilden, ja?«
»Rox, ich liebe deine Einfälle.« Er stützte sein Kinn auf ihre Schulter. »Wir müssen aber noch mal alles genau durchkalkulieren, damit wir zeitlich auch hinkommen.«
»Wir haben ja noch ein paar Wochen.« Sie hob die Arme und schlang sie um seinen Hals. »Denk nur mal an diesen ganzen, hübschen Glitzerkram. Und er gehört ganz allein uns, Callahan.«
Luke holt tief Atem und richtete sich auf. »Das ist etwas, worüber ich mit dir reden wollte, Rox.« Er hatte keine Ahnung, wie sie reagieren würde, und zögerte unsicher. »Willst du einen Brandy?«
»Gern.« Sie rekelte sich genüßlich. Es war fast ein Uhr morgens. Das Haus war still und dunkel. Flüchtig überlegte sie, ob sie Luke auf der Ledercouch verführen sollte, und lächelte, als er ihr ein Glas reichte.
»Bist du sicher, daß du mit mir reden willst?«
Er kannte diesen Blick und diesen Tonfall nur zu gut und hätte sich liebend gern auf ihr Angebot eingelassen, um dieses Gespräch zu vermeiden. »Nein, aber wir müssen. Es geht nämlich um die Beute.«
»Hmm.«

»Wir werden sie nicht behalten.«
Roxanne verschluckte sich an ihrem Brandy, und Luke klopfte ihr hilfsbereit auf den Rücken. »Herrgott, mach nicht solche schlechten Witze, wenn ich gerade was trinke.«
»Es ist kein Witz, Rox. Wir werden sie nicht behalten.«
Sie erkannte, daß es ihm ernst war. »Was redest du da, verdammt noch mal? Was für einen Sinn hat es, die Sachen zu stehlen, wenn wir sie nicht behalten?«
»Ich habe dir erklärt, daß der Raub ein Ablenkungsmanöver für das Ding bei Wyatt ist.«
»Natürlich, und dazu ein sehr einträgliches, trotz der ungeheuren Kosten.«
»Ja, aber nicht für uns.«
Sie nahm rasch einen weiteren Schluck Brandy, was ihr Unbehagen aber nicht vertrieb. »Weißt du eigentlich, daß wir schon rund achtzigtausend ausgegeben haben, damit wir sie überhaupt stehlen können, Callahan? Willst du etwa Juwelen im Wert von über zwei Millionen so einfach verschenken?«
»Wir werden sie jemandem unterschieben. Sie sind wichtige Requisiten für einen Coup, von dem ich seit fast einem Jahr träume.«
»Jetzt verstehe ich.« Roxanne stand auf und lief erregt auf und ab. »Sam. Du willst sie Sam unterjubeln. Das ist deine Rache, nicht wahr?« Ihre Augen funkelten, als sie sich zu ihm umwandte. »Das also hattest du die ganze Zeit über geplant. Deshalb bist du zurückgekommen. Um es ihm heimzuzahlen.«
»Deinetwegen bin ich zurückgekommen.« Luke war betroffen über die Bitterkeit in ihrer Stimme und spürte deutlich ihre maßlose Enttäuschung. »Ich habe dir erklärt, warum ich damals gegangen bin, Rox, und diese Jahre kann ich mir nie mehr zurückholen. Aber ich will dich nicht wieder verlieren, und ich will keine Risiken mehr eingehen, was meine Familie betrifft.« Er zögerte. Sie war imstande, ihn ohne weiteres in der Luft zu zerfetzen, aber er mußte ihr alles erzählen. »Deshalb bin ich auf dem Weg nach New Orleans erst zu Wyatt gegangen.«

»Du warst bei ihm?« Sie starrte ihn entgeistert an. »Und das nennst du keine Risiken mehr eingehen?«
»Ich habe eine Abmachung mit ihm getroffen. Ich hatte geglaubt, ich könnte ihn mit Geld bestechen und habe ihm eine Million Dollar für ein paar Monate bei euch geboten.«
»Eine Million ...«
»Aber er wollte nicht darauf eingehen. Oder besser gesagt, er wollte noch mehr. Also haben wir uns auf einen Handel geeinigt.« Er griff nach seinem Glas und trank genüßlich einen Schluck Brandy. Zumindest dieser Teil der Geschichte gefiel ihm ausnehmend gut. »Er war einverstanden, mir Zeit zu geben bis kurz vor den Wahlen, unter der Bedingung, daß ich ihm bis dahin kompromittierende Fotos von Curtis Gunner beschaffe. Natürlich gefälschte, da Gunner ein absoluter Ehrenmann ist. Außerdem will Wyatt Papiere, die belegen, daß Gunner in illegale Geschäfte verwickelt ist. Ich soll dieses Material fabrizieren und ihm unterschieben.«
Roxanne atmete tief durch und ließ sich aufs Sofa sinken. Jetzt brauchte sie wirklich einen Brandy. Sie nahm einen großen Schluck. »Das war der Preis dafür, daß du zurückkommen konntest?«
»Ich weiß nicht, was er sonst mit dir, mit Max, Lily und allen anderen, an denen mir etwas liegt, gemacht hätte.« Luke schaute sie fest an. »Und nun ist da auch noch Nathaniel. Ich würde alles tun, um ihn zu beschützen, wirklich alles.«
Ein eisiger Schauder lief ihr über das Rückgrat. »Er würde Nate nichts antun. Er ... doch, natürlich würde er das.« Roxanne versuchte, ihre Gedanken zu ordnen. »Ich weiß, daß wir ihm ausgeliefert sind. Aber wir haben noch nie zuvor einem unschuldigen Menschen geschadet. Wir müssen uns einen anderen Weg überlegen.« Sie schaute mit entschlossenem Gesicht zu ihm auf. »Und das schaffen wir auch.«
Luke war überzeugt, daß er sie nie mehr geliebt hatte als in diesem Augenblick. Sie würde mit allen Mitteln die Menschen, die sie liebte, schützen und verteidigen und trotzdem nie ihre moralischen Prinzipien verraten.
»Jake ist bereits dabei, Dokumente zu fälschen, die ich dann zusammen mit der Beute in Wyatts Safe schmuggeln werde.

Allerdings werden sie nicht ganz so sein, wie er es erwartet«, fügte er hinzu, ehe sie protestieren konnte. »Die ersten Fotos, die Jake bereits fertig hat, sind ziemlich gut, und Wyatt sieht großartig darauf aus. Besonders auf einem, das ihn in einem schwarzen Minislip aus Leder und mit Stiefeln zeigt.«

»*Sam?* Du machst diese Fotomontagen mit Bildern von Sam?« Ihre Lippen begannen zu zucken, aber sie unterdrückte ihr Lächeln. Du verdammter Kerl, dachte sie voller Bewunderung. Aber sie war noch nicht fertig. »Du legst ihn mit seinem eigenen Plan rein, um ihn politisch zu ruinieren?«

»Schließlich habe ich nichts gegen Gunner, aber jede Menge gegen Wyatt. Mir erscheint das mehr als gerecht. Abgesehen von den Fotos und den Dokumenten – einige davon belegen, daß Wyatt in eine Reihe von Diebstählen verwickelt ist, die dir sehr bekannt vorkommen werden – habe ich Geld auf zwei Konten in der Schweiz transferiert, die auf seinen Namen lauten.«

»Clever ausgeheckt«, nickte sie. »Aber mir hast du das alles verschwiegen.«

»Ich wollte erst sicher sein, daß du dabei bist, Roxanne. Ich dachte, der Gedanke, daß wir uns den Stein der Weisen holen, würde dich mehr reizen. Und ich hatte gehofft, daß du mir schließlich so weit vertrauen würdest, daß ich dir später alles erzählen könnte. Wenn du sauer bist, weil ich es dir verheimlicht habe, dann ist das dein gutes Recht. Solange du weiter mitmachst.«

Sie jedoch merkte, daß ihr Zorn verschwunden war. Sie verstand Luke sogar. Und nicht nur das, sie war entzückt über diesen raffinierten Plan. Er hätte direkt von ihr selbst sein können.

»Von heute an, Callahan, sind wir absolut gleichberechtigte Partner oder gar nichts.«

»Wie? Einfach so? Ohne daß du mich verfluchst oder mich wenigstens einmal beschimpfst?«

»Das hebe ich mir für andere Gelegenheiten auf.« Sie trank ihm zu. »Auf Nouvelle und Callahan.«

Er grinste und musterte sie versonnen. »Wolltest du mich nicht vorhin gerade verführen, ehe ich dich unterbrach?«

»Wenn ich es mir recht überlege …« Sie stellte ihr Glas zur Seite. »… wollte ich das tatsächlich.«

Max schaute regungslos aus dem Fenster. Luke fragte sich, was er wohl sah – die Gebäude des Viertels, die blumenübersäten Balkone, den regenverhangenen Himmel? Oder etwas ganz anderes, irgendeine lange zurückliegende Erinnerung?

Seit seinem Rückfall war Max noch tiefer in diese unbekannte Welt versunken, in die ihm niemand folgen konnte. Er sprach nur noch selten, und manchmal weinte er leise. Auch sein Körper schien sich allmählich aufzulösen, er wurde immer magerer.

Die Ärzte hatten mit allen möglichen fremd klingenden Ausdrücken von den Veränderungen gesprochen, die man in den Gehirnen von Alzheimer-Patienten gefunden hatte, und welche Folgen sich daraus ergaben, aber wem half das schon? Für Luke hatte es fast wie irgendwelche unheimlichen Zauberformeln geklungen.

Roxanne hatte bereits hereingeschaut, um sich zu verabschieden, und wartete unten bei Nate. Die Koffer für ihre Reise nach Washington waren längst gepackt.

»Ich wünschte, du würdest mit uns kommen.« Luke blickte ebenfalls nach draußen. Es fiel ihm unendlich schwer, dieses leere Gesicht anzuschauen oder die verkrampften Finger, die sich unablässig bewegten, als spiele er mit unsichtbaren Münzen. »Ich würde mich wesentlich besser fühlen, wenn ich den ganzen Plan mit dir hätte besprechen können. Ich glaube, er hätte dir gefallen. Er ist nicht übel, und ich denke, ich habe an alles gedacht.« Im Geiste hörte er Max' Stimme und mußte lächeln. »Ich weiß, ich weiß, rechne mit allen erdenklichen Zwischenfällen und sei auf jede Überraschung gefaßt. Ich werde diesen Bastard büßen lassen für die fünf Jahre, die er mir und uns allen genommen hat, Max. Und ich hole dir den Stein. Ich lege ihn dir in die Hände. Falls er irgendeinen Zauber besitzt, wirst du es dann sehen.«

Luke erwartete keine Antwort, sondern schaute in diese Au-

gen, die ihn einst förmlich gezwungen hatten, in das Jahrmarktzelt zu kommen. Sie waren noch so dunkel wie früher, aber der bezwingende Blick war verschwunden.
»Ich will dir sagen, daß ich mich um Roxanne und Nate kümmern werde. Und um Lily und Mouse und LeClerc. Rox würde natürlich auf mich losgehen, wenn sie das hörte, sie hatte bisher ja alles gut im Griff. Aber sie muß es nicht mehr länger allein machen. Nate nennt mich Dad. Du kannst dir nicht vorstellen, wieviel mir das bedeutet.« Sanft nahm er die verkrümmten, ruhelosen Hände. »Dad. Ich habe dich nie so genannt. Aber du bist mein Vater.« Luke beugte sich vor und küßte die runzelige Wange. »Ich liebe dich, Dad.«
Er gab keine Antwort. Luke stand auf und ging hinaus, um seinen Sohn zu suchen.
Max starrte weiterhin regungslos nach draußen. Doch aus seinem Auge lief eine Träne und rann langsam über die Wange, die Luke geküßt hatte.

Jake hockte in der Suite ihres Hotels vor seinem tragbaren Computer und tippte eine weitere Zahlenfolge ein. »Na bitte!« jubelte er triumphierend. »Was habe ich dir gesagt? Was habe ich dir gesagt, Mouse? Es gibt immer ein Hintertürchen.«
»Du bist drin? Du bist wirklich drin?« Voller Bewunderung beugte sich Mouse über seine Schulter. »Menschenskinder.«
»In der verfluchten Bank of England.« Jake kicherte. Er verschränkte die Finger und dehnte seine Hände, daß die Knöchel knackten. »Wetten, daß Charles und Di dort ein Konto haben? Mann, o Mann, all diese hübschen Pfund Sterling.«
»Klasse.« Mouse las eifrig sämtliche Klatschblätter und hatte eine besondere Schwäche für die Prinzessin von Wales. »Kannst du sehen, wieviel sie haben, Jake? Du solltest was von seinem auf ihr Konto überweisen. Ich glaube, er ist nämlich nicht besonders nett zu ihr.«
»Klar, warum nicht?« Jakes Finger schwebten bereits über den Tasten, als Alice sich leise räusperte.

»Ich dachte, du hättest Luke versprochen, keine krummen Sachen mit deinem Computer zu machen«, meinte sie und strickte ohne aufzuschauen weiter.
»Na ja«, erwidere Jake, dem förmlich die Finger juckten. »Ich übe ja nur ein bißchen. Ich zeige Mouse bloß ein paar Tricks, die man mit diesem Goldstück machen kann.«
»Das ist sehr nett. Ich glaube aber nicht, daß Diane es gern hätte, Mouse, wenn du dich in ihre Privatsphäre einmischst.«
»Meinst du?« Er blickte hinüber zu seiner Frau, die den Kopf hob und lächelte. »Du hast bestimmt recht.« Niedergeschlagen seufzte er. »Wir sollen das Schweizer Konto überprüfen«, erinnerte er Jake.
»Na gut, na gut.« Die Tastatur klapperte, das Modem summte. »Aber es macht mich richtig krank, das muß ich schon sagen. Ein Elend, daß Luke nicht auf mich hören will. Jetzt soll ich tatsächlich noch mal zehntausend auf das Konto dieses Schweins überweisen. Ich hab ihm erklärt, daß ich dafür leicht irgendein Konto mit Schwarzgeld anzapfen kann. Aber nein, Luke will lieber selbst bluten! So ein sturer Dickkopf.«
»Es ist eine Sache des Stolzes«, meinte Alice.
»Stolz? Hier geht es um verfluchte zehntausend Mäuse.« Jake warf ihr einen verlegenen Blick zu. »Entschuldige meine Ausdrucksweise. Es ist nur so, daß wir keinen Pfennig an der ganzen Sache verdienen. Nicht einen Pfennig! Findest du nicht, wir sollten auch was davon haben oder wenigstens unsere Unkosten wieder reinholen? Und gegen einen vernünftigen Profit wäre doch auch nichts zu sagen.«
»Die Genugtuung ist noch mehr wert«, entgegnete Mouse, was Alice maßlos stolz machte.
»Damit kannst du dir aber keine italienischen Schuhe kaufen«, brummte Jake und beschloß, nicht länger auf diesem Thema herumzureiten. Schließlich konnte er sich später ja immer noch Zugang zu einem anderen Konto verschaffen.
Alice sammelte ihr Strickzeug ein und stand auf. Es war erst kurz vor zehn, aber sie war furchtbar müde. »Ich glaube, ich lasse euch beide mit eurem Spielzeug allein und gehe ins Bett.«

Mouse beugte sich zu ihr, um sie zu küssen, und strich ihr zärtlich über das Haar. »Soll ich dir noch einen Tee schicken lassen oder sonst etwas?«
»Nein.« Was für ein lieber Mensch er ist, dachte sie. Und wie dumm. Er hätte doch längst erkennen müssen, was ich hier stricke. In einem letzten Versuch nahm sie den winzigen Schuh, den sie fertig hatte, aus ihrem Korb. »Ich glaube, ich sehe mal, ob ich den anderen heute abend auch noch fertig kriege. Ist doch eine schöne Farbe, findest du nicht? So ein helles leuchtendes Grün.«
»Wirklich hübsch«, lächelte er. »Diese Fingerpuppen gefallen Nate bestimmt.«
»Das ist keine Puppe«, fuhr Alice ärgerlich auf. »Es ist ein Babyschuh, verdammt!« Sie stürmte ins angrenzende Schlafzimmer und schloß die Tür. »Alice hat noch nie geflucht«, sagte Mouse verwundert. »Noch nie. Vielleicht sollte ich mal ...« Und plötzlich traf es ihn wie ein Donnerschlag. »Ein Baby...«
»Tja, mein Lieber.« Jake grinste übers ganze Gesicht. »Da muß ich wohl gratulieren.« Er sprang auf und schlug seinem Freund auf die Schulter. »Sieht aus, als wärst du demnächst Daddy, Mouse, alter Knabe.«
Mouse wurde bleich und schien drauf und dran, umzukippen. »O Mann.« Mehr brachte er nicht heraus, während er auf die Schlafzimmertür zustolperte. Mit zitternden Händen öffnete er sie und schloß sie hinter sich.
Alice stand mit dem Rücken zu ihm und schlüpfte gerade in ihren Morgenrock. »Na, endlich hat er kapiert«, murmelte sie und begann sich das Haar zu bürsten.
»Alice.« Mouse schluckte schwer. »Bist du ... kriegen wir ...«
Es lag nicht in ihrer Natur, lange wütend zu bleiben. Außerdem liebte sie ihn viel zu sehr. Ein Lächeln überzog ihr Gesicht, als sich ihre Blicke im Spiegel trafen. »Ja.«
»Sicher?«
»Absolut sicher. Zwei Schwangerschaftstests und ein Frauenarzt können sich nicht irren. Wir erwarten Nachwuchs, Mouse.« Sie schwieg ein wenig unsicher und senkte den Blick. »Es ist doch okay, oder?«

Seine Kehle war wie zugeschnürt. Mit unsicheren Schritten ging er zu ihr. Sanft, ganz sanft nahm er sie in die Arme und strich behutsam mit seiner großen Hand über ihren flachen Bauch.

In einer luxuriösen Wohngegend in einem Vorort von Maryland saß Sam Wyatt mit einem Glas Napoleon Brandy an seinem antiken Rosenholzschreibtisch. Seine Frau lag in ihrem großen Chippendalebett und pflegte einen ihrer berüchtigten Migräneanfälle.

Justine braucht sich gar nicht in Kopfschmerzen zu flüchten, dachte er und schwenkte die dunkle bernsteinfarbene Flüssigkeit im Glas, ehe er einen Schluck trank. Er hatte schon vor langer Zeit das Interesse daran verloren, mit einem Eisklotz zu schlafen.

Es gab andere Mittel und Wege, sexuelle Befriedigung zu finden, wenn man diskret war und genügend zahlte. Er hielt sich jedoch keine Geliebte. Geliebte neigten leider dazu, mit der Zeit ihren Charme zu verlieren und habgierig zu werden. Sam wollte nicht das Risiko eingehen, daß plötzlich irgend jemand ein Enthüllungsbuch herausbrachte, wenn er im Weißen Haus war.

Und dort würde er eines Tages residieren. Zu Beginn des einundzwanzigsten Jahrhunderts würde er im Oval Office sitzen und in Lincolns Bett schlafen. Daran bestand kein Zweifel.

Sein Wahlkampf um einen Senatssitz verlief glänzend. Jede neue Umfrage zeigte, daß er immer klarer in Führung lag. Sein Gegner würde schon ein Wunder brauchen, um noch aufzuholen, und an Wunder hatte Sam noch nie geglaubt.

Für alle Fälle hatte er außerdem noch ein As namens Luke Callahan im Ärmel. Wenn er dieses As kurz vor der Wahl ausspielte, war Gunner endgültig erledigt.

Es waren noch einige Wochen bis zu diesem Zeitpunkt, und das bedeutete, es lagen noch viele lange Tage und Nächte vor ihm. Er würde Babys küssen, irgendwelche Bauten einweihen, den Wählern allerlei Reden halten, die mit Versprechungen gespickt waren, Unternehmer mit seiner

positiven Einstellung zum freien Unternehmertum umwerben, Frauen mit seinem Lächeln und seiner guten Figur bezaubern.
Für Sam war sein Aufstieg in die politische Machtelite ein genau ausgeklügeltes Manöver.
Wie er Luke erzählt hatte, würde er einige seiner Versprechungen halten und weiterhin die Menschen umwerben, bezaubern und Hände schütteln. Sein Image als jemand, der es ganz aus eigener Kraft geschafft hatte und danach strebte, den amerikanischen Traum zu verwirklichen, würde ihm bei der Verfolgung seines Ziels sehr zugute kommen. Ein sorgsam ausgewählter Mitarbeiterstab würde ihn zudem über Fragen der Außen- und Innenpolitik auf dem laufenden halten und ihm die nötigen Antworten liefern.
Denn ihn selbst kümmerte nur eins, und das war Macht.
Bis jetzt hatte er alles erreicht, was er wollte – und nun wollte er noch mehr.
Er dachte an den Stein, der in seinem Safe lag. Nachdem er ihn erworben hatte, war ihm vieles wie von selbst zugefallen. Aber Sam glaubte nicht an Zauberei. Für ihn war es einfach ein weiterer Sieg über einen alten Feind.
Sicher, seine Erfolge hatten sich gemehrt, seitdem er ihn besaß, doch das war natürlich eher dem Glück, den Umständen und seinem persönlichen und politischen Geschick zuzuschreiben.
Er hatte sehr viel gelernt von dem beliebten, bodenständigen Senator aus Tennessee, während er sich geschickt im Hintergrund gehalten hatte – bis sich von selbst die Gelegenheit ergab, aus seinem Schatten zu treten.
Niemand wußte, daß Sam eiskalt zugeschaut hatte, wie Bushfield starb. Er hatte sich in der Öffentlichkeit tief betroffen gezeigt, eine bewegende, tränenreiche Trauerrede gehalten, die Witwe rührend getröstet und sich als pflichtgetreuer Erbe um die Erledigung der Aufgaben des Senators gekümmert.
Doch vorher hatte er ungerührt dabei zugesehen, wie der Senator keuchend nach Luft gerungen hatte, während sein Gesicht sich purpurn verfärbte und er zuckend auf dem Boden seines privaten Büros lag. Sam hatte schweigend das kleine

Pillendöschen mit den Nitroglycerin-Tabletten in der Hand gehalten, während sein Mentor ungläubig und mit schmerzverzerrtem Gesicht die Hände danach ausstreckte.
Erst als er sicher sein konnte, daß es zu spät war, hatte Sam sich hingekniet und dem Toten eine der Tabletten unter die Zunge gesteckt. In scheinbarer Panik hatte er danach den Notarzt gerufen, und als die Sanitäter erschienen, hatten sie ihn bei hektischen Wiederbelebungsversuchen vorgefunden. Auf diese Weise hatte er Bushfield getötet und gleichzeitig einige Anhänger unter der Ärzteschaft gewonnen.
Es war nicht so erregend gewesen wie Cobb eine Kugel ins Herz zu verpassen, doch auch diese eher passive Art zu morden hatte ihren Reiz.
Er lehnte sich zurück und plante seine nächsten Schritte, wie eine Spinne, die zufrieden ihr Netz spann und auf eine unvorsichtige Fliege wartete.
Er dachte an Luke. Er hatte bislang noch nicht zugeschlagen, da es ihm Spaß machte, Luke in Sicherheit zu wiegen. Laß ihn seine Nummer abziehen, dachte Sam. Soll er ruhig versuchen, Roxanne ein zweites Mal zu erobern. Laß ihn ein wenig den Vater spielen bei seinem Sohn. Um so größer ist der Genuß, ihm alles wieder wegzunehmen.
Und das würde er. O ja, das würde er.
Er hatte die Nouvelles genau im Auge behalten und mußte Roxanne unwillkürlich bewundern. Sie war eine außerordentlich geschickte Diebin. In seinem Safe verwahrte er Unterlagen, die ihre sämtlichen Aktivitäten sorgfältig auflisteten. Das hatte ihn einiges gekostet, aber das Erbteil seiner Frau erlaubte ihm solche Freiheiten.
Es würde die Zeit kommen, wenn er diese Dokumente benutzen wollte. Luke sollte einen hohen Preis dafür zahlen, daß er ohne seine Einwilligung wieder aufgetaucht war, ja alle Nouvelles würden dafür büßen. Und falls sie auf den Gedanken kamen, noch ein einziges Mal lange Finger zu machen, würden sie ihm direkt in die Hände spielen.
Er hatte Zeit, konnte in Ruhe zuschauen und dafür sorgen, daß die ganze Familie Nouvelle bei ihrem nächsten Diebstahl gefaßt wurde.

Ein herrlicher Gedanke!
Ob sie vielleicht im Zusammenhang mit der Auktion irgend etwas geplant hatten? Ein solches Unternehmen wäre ganz nach ihrem Geschmack – und ihm käme es nur recht. Er würde geduldig abwarten, und dann, wenn sie schon glaubten, sie hätten es geschafft, die Falle zuschnappen lassen. Was wäre das für ein Triumph.
O ja, dachte Sam und lehnte sich zufrieden zurück. Seine Fähigkeit, eine Sache klar zu durchdenken, war genau die Eigenschaft, die ihn zu einem hervorragenden Staatsmann machte.

NEUNTES KAPITEL

Sam besaß selbstverständlich Eintrittskarten für die mit viel Spannung erwartete Vorstellung der Nouvelles im Kennedy Center. Justine saß neben ihm, elegant, mit prachtvollem Saphirschmuck und ständig lächelnd – die perfekte Ehefrau und Partnerin.

Kein Mensch käme auf den Gedanken, wie sehr sie sich mittlerweile verabscheuten.

Während der Vorstellung applaudierte Sam begeistert. Er warf den Kopf zurück und lachte, beugte sich mit großen Augen vor und schüttelte ungläubig den Kopf. Seine Reaktionen, die oft von den zahlreichen Fernsehkameras eingefangen wurden, waren ebenso sorgfältig einstudiert wie die Bühnenshow.

In Wahrheit zerfraß ihn förmlich die alte Eifersucht. Wieder einmal stand Luke im Mittelpunkt der Aufmerksamkeit, war der strahlende Star, der alle in seinen Bann zog.

Sam haßte ihn dafür, blindwütig und grundlos, wie er ihn auf den ersten Blick gehaßt hatte. Es erbitterte ihn, wie mühelos Luke das Publikum fesselte, und gleichzeitig beneidete er ihn glühend darum. Das unverkennbare sexuelle Knistern zwischen ihm und Roxanne und die Leichtigkeit, mit der er sich offenbar alles nahm, was er wollte, machte die Sache noch schlimmer.

Aber er war der erste, der sich von seinem Platz erhob, als donnernder Applaus während des Finales aufbrandete.

Roxanne verbeugte sich und warf ihm einen Blick zu. Sie spürte den Haß in seinen Augen, und für den Bruchteil einer Sekunde sah sie nur noch ihn allein. Ihre Wut flammte auf. Unwillkürlich trat sie einen Schritt vor und blieb erst stehen, als Luke ihre Hand ergriff.

»Lächeln, Baby«, flüsterte er, »einfach weiterlächeln.«

Sie gehorchte, bis sie endlich gemeinsam die Bühne verließen. »Ich hätte nicht gedacht, daß es so schwer sein würde.« Sie bebte vor Anstrengung, ihre Gefühle zu unterdrücken. »Ihn dort so aufgeblasen sitzen zu sehen – am liebsten wäre ich von der Bühne gesprungen und hätte ihm das Gesicht zerkratzt.«

»Nur Geduld.« Er führte sie zu ihrer Garderobe. »Das war Phase eins, Roxy, und nun geht's auf zur nächsten.«

Sie nickte und blieb an der Tür stehen. »Wir stehlen Dinge, Luke. Ich kann verstehen, daß die meisten Leute das ablehnen. Aber trotzdem, es sind nur tote Dinge, die man leicht ersetzen kann. Aber er hat Zeit gestohlen. Und Liebe und Vertrauen. Das alles kann man nicht ersetzen.« In ihren Augen funkelte wilde Entschlossenheit. »Sehen wir zu, daß wir diesen Hundesohn drankriegen.«

Er grinste. Jake hat recht, dachte er. Sie war eine verdammt tolle Frau. »Zieh dich um. Auf uns wartet noch Arbeit.«

Auf dem Empfang nach der Vorstellung stießen sie mit den Honoratioren von Washington an. Luke wartete einen günstigen Augenblick ab, ehe er Roxanne allein ließ und davonschlenderte. Wie erwartet dauerte es nur wenige Minuten, bis Sam erschien.

»Eine beachtliche Show.«

Luke nahm ein Champagnerglas von einem vorbeikommenden Kellner und gab sich verunsichert. »Freut mich, daß es dir gefallen hat.«

»O ja, wahrhaftig, und ich bewundere deine Unverschämtheit, einfach hier aufzutreten, ohne es zuerst mit mir abzusprechen.«

»Ich habe gedacht ... es sind fünf Jahre her ...« Luke überflog mit nervösen Blicken die Menge und griff hastig nach Sams Hand. »Bitte, Sam«, flüsterte er, »es hat doch niemandem geschadet.«

Sam war entzückt, daß Luke so vor ihm kuschte. Genüßlich leerte er sein Glas. »Lassen wir vorerst dieses Thema. Was sagst du übrigens zu dem kleinen Nathaniel?«

Nur mühsam gelang es Luke, seine Wut zu beherrschen. »Du weißt von Nate?«

»Ich weiß alles, was es über die Nouvelles zu wissen gibt. Ich dachte, das hätte ich klar und deutlich gesagt.« Geistesabwesend stellte er sein leeres Glas auf das Tablett eines Kellners. »Bist du mit dem Projekt fertig, mit dem ich dich beauftragt hatte?«

»So gut wie.« Luke zerrte an seiner Krawatte.

Sam gab ihm einen herzlichen Klaps auf die Schulter. »Die Zeit neigt sich dem Ende zu.«

»Du hast mir einen Termin gesetzt. Ich bin pünktlich.« Er blickte sich erneut unsicher um. »Ich weiß, was davon abhängt.«

»Hoffentlich.« Er hob eine Hand, ehe Luke etwas erwidern konnte. »Zwei Tage, Callahan. Bring mir die Sachen in zwei Tagen, und ich vergesse möglicherweise die Unverschämtheit, die du dir heute geleistet hast. Einen schönen Abend noch. Es ist immerhin einer der wenigen, die du noch mit deiner Familie hast«, schloß er und schlenderte davon.

»Du hattest recht, Kumpel«, flüsterte Jake, der die schmucke Uniform eines Kellners trug und mit seinem Tablett in der Nähe gestanden hatte. »Er ist ein Kotzbrocken.«

»Vermaßle die Sache nicht«, sagte Luke leise und ließ blitzschnell Sams goldenen Manschettenknopf mit Monogramm in Jakes Tasche gleiten.

»Kannst mir vertrauen.«

»Und hör um Himmels willen auf zu grinsen. Du bist ein Kellner.«

»Ich bin eben ein fröhlicher Kellner«, erwiderte Jake, aber er bemühte sich, eine etwas ernstere Miene aufzusetzen, als er weiterging.

Eine Stunde später reichte Jake Luke eine Plastiktüte, in der der Manschettenknopf und ein einzelnes rotblondes Haar steckten.

»Paß aber auf, daß es nicht allzu offensichtlich aussieht.«

»Keine Sorge.« Luke bezwang seine Erregung, als er die Tüte hochhielt, um das elegante Schmuckstück mit den schwungvollen Initialen SW zu betrachten. Wenn alles gutgeht, dachte er, wird dieser kleine Knopf Sam Wyatt endgültig das Genick brechen.

»Hast du die Ausrüstung überprüft?« fragte er Jake.
»Noch mal und noch mal. Wir sind bereit. Sieh her.« Er zog ein Gerät hervor, das nicht größer als seine Handfläche war. »Mouse«, flüsterte er. »Hörst du?«
Nach einer kurzen Pause dröhnte Mouses Stimme aus dem Sender. »Jawohl, Jake. Glasklar.«
Grinsend reichte Jake das Gerät an Luke weiter. »Wie auf dem Raumschiff Enterprise, was?«
Luke nickte zufrieden. »Ich gebe es nur ungern zu, Finestein, aber du bist gut. Wir haben fünfzehn Minuten, also setz dich langsam in Bewegung.«
»Bin längst startbereit. Das wird eine fabelhafte Sache, ehrlich.«
»Wir wollen besser nicht den Tag vor dem Abend loben«, murmelte Luke und schaute auf seine Uhr. »Roxanne wartet schon. Gehen wir.«
»Die Pferde gesattelt und los, Kamerad.« Jake kicherte vor sich hin, als sie zur Tür gingen.
»Amateur«, schnaubte Luke, aber er mußte ebenfalls grinsen. Es würde eine aufregende Nacht werden.

Das dreistöckige Gebäude der Hampstead Galerie lag hinter imposanten Eichen verborgen. In dieser kühlen Herbstnacht kurz vor Halloween raschelten die gelbbraunen Blätter im Wind, der schon den kommenden Winter ankündigte. Nebelschwaden trieben über die Straßen. Keinerlei Wolken verdeckten das Licht des Halbmonds am klaren Nachthimmel. Aber noch hing das Laub an den Ästen und sorgte für schützenden Schatten.
Washington war keine Stadt mit pulsierendem Nachtleben. Hier regierte die Politik, und Politiker legten Wert auf Diskretion – besonders in einem Wahljahr. Um ein Uhr nachts herrschte nur spärlicher Verkehr. Die meisten Bars waren bereits geschlossen.
Von nächtlicher Idylle konnte jedoch auch in dieser Stadt keine Rede sein. Es gab Drogenhöhlen, und Dealer gingen an den Straßenecken ihren Geschäften nach. Ebenso die Prostituierten und die Süchtigen, die sich das Geld für den

nächsten Schuß verdienen mußten. Und auch Morde waren etwas so Alltägliches in dieser Wiege der Demokratie wie leere Wahlversprechungen.

Doch in der Gegend, in der die Hampstead Galerie lag, war alles ruhig.

Luke stand hinter dem Gebäude im Schatten einiger stattlicher Pfeiler. »Es funktioniert doch hoffentlich, Mouse?«

Der Sender um seinen Hals übertrug jeden Atemzug. »Klar«, tönte Mouses ruhige Stimme durch den Minilautsprecher. »Es hat eine Reichweite von dreißig Metern.«

»Na hoffentlich«, wiederholte Luke. Er hielt etwas in den Händen, das aussah wie eine Armbrust.

Genau das war es auch gewesen, nur hatte Mouse sie entsprechend präpariert. Lukes Finger schwebten über dem Abzug. Er dachte kurz an Roxanne, die bereits im dritten Stock des Gebäudes lauerte, und drückte ab. Mit jungenhaftem Vergnügen beobachtete er, wie der Enterhaken die Wand hinaufschoß und das Seil hinter sich herzog. Der winzige Motor summte leise wie eine schnurrende Katze.

Er hörte ein Klicken, als der Haken auf das Dach traf, und schaltete den Motor ab, ehe er behutsam an dem Seil zog. Es straffte sich, da die Zinken sich sofort in die verwitterten Backsteine gegraben hatten.

Mit eine kräftigen Ruck zog Luke es noch einmal fest und hängte sich dann mit seinem ganzen Körpergewicht daran.

»Es hält. Gute Arbeit, Mouse.«

»Danke.«

»Los, Finestein, du zuerst.«

»Ich?« piepste Jake. Er verdrehte entsetzt die Augen, bis nur noch das Weiße zu sehen war. Sein Gesicht hatte er großzügig mit schwarzer Schuhcreme eingerieben. Er sah aus wie ein Schmierenkomödiant in einer drittklassigen Revue. »Warum ich?«

»Weil du es nie bis nach oben schaffst, wenn ich dir nicht in den Hintern trete.«

»Ich stürze bestimmt ab«, behauptete Jake.

»Dann versuch wenigstens, dabei nicht zu schreien. Du weckst sonst die Wachen.«

»Wie rücksichtsvoll. Ich habe immer schon gewußt, daß du ein gutes Herz hast.«

»Rauf mit dir.« Luke hielt das Seil für ihn fest und deutete energisch nach oben.

Obwohl er noch mit beiden Füßen auf dem Boden stand, klammerte sich Jake wie ein Ertrinkender an das Seil. Er schloß fest die Augen und hob sich auf die Zehenspitzen.

»Ich muß bestimmt kotzen.«

»Dann muß ich dich leider umbringen.«

»Ich hasse so was.« Jake schluckte noch einmal und begann sich hinaufzuhangeln. »Warum habe ich mich bloß auf diese Sache eingelassen?«

»Weiter. Je rascher du kletterst, desto schneller bist du oben.«

Jake fluchte leise vor sich hin und kletterte mit hartnäckig geschlossenen Augen weiter.

Luke wartete, bis er die Höhe des zweiten Stocks erreicht hatte, ehe er selbst hinaufzuklettern begann. Jake erstarrte. »Das Seil«, zischte er. »Luke, das Seil bewegt sich.«

»Natürlich bewegt es sich, du Narr. Es ist schließlich keine Treppe. Mach schon.« Er scheuchte ihn weitere drei Meter hinauf. »Pack den Sims und zieh dich rauf.«

»Kann nicht.« Jake murmelte irgendwelche hebräischen Gebete, die er anläßlich seiner Bar-Mizwa einmal gelernt hatte. »Kann das Seil nicht loslassen.«

»Idiot. Stellt deine Füße auf meine Schultern. Na, komm schon. Hast du?«

»Bist du das?«

»Nee, das ist Batman, du dummer Kerl.«

»Ich bin aber nicht Robin.« Jake stand nun einigermaßen sicher auf Lukes Schultern.

»Gut. Sieh zu, daß du ins Gleichgewicht kommst und pack dann den Sims. Wenn du das nicht machst«, fuhr Luke seelenruhig fort, »fange ich an, mit dem Seil hin- und herzuschwingen. Weißt du, was für ein Gefühl das ist, wenn man drei Stockwerke hoch an einem schwingenden Seil hängt und mit dem Gesicht gegen die Wand knallt?«

»Ich mache ja schon, nur keine Panik.« Jake hielt immer

noch die Augen geschlossen und ließ das Seil los. Seine Hand kratzte zweimal über die Backsteinwand, ehe er Halt fand. Mit einem erstickten Schrei rollte er sich hinüber und landete mit einem dumpfen Aufprall.

»Geschmeidig wie eine Katze.« Luke schwang sich lautlos hinüber. »Wir sind oben, Mouse.« Er blickte auf seine Uhr und sah, daß Roxanne in neunzig Sekunden ihr Versteck verlassen würde. »Los.«

In einem Schrank, wo es nach Reinigungsmitteln roch, blickte Roxanne auf die Leuchtziffern ihrer Uhr. Sie stand auf und lockerte ihre Muskeln, da sie nach über zwei Stunden in sitzender Position ziemlich verspannt war, und zählte die Sekunden ab.

Leise öffnete sie die Tür und huschte in den Flur. Hier war es etwas weniger dunkel, da am Ende des Korridors ein Licht für die Wächter brannte, die regelmäßig ihre Runde absolvierten.

Sie ging darauf zu und zählte gleichmäßig weiter.

Fünf, vier, drei, zwei, eins ... Ja. Zufrieden sah sie, wie das Licht flackerte und dann erlosch.

Mouse hatte es also geschafft. Roxanne bewegte sich nun schneller und lief in der Dunkelheit vorbei an den stillgelegten Kameras in Richtung des Überwachungsraums.

»Verdammt!« Der Wächter, der seinem Kollegen soeben beim Kartenspielen das Fell über die Ohren gezogen hatte, tastete fluchend nach seiner Taschenlampe. »Dieser verdammte Generator – ah ...« Er seufzte erleichtert, als ein elektrisches Summen ertönte und die Lichter wieder aufflackerten. Die Monitore wurden hell, die Computer funktionierten wieder.

»Sehen wir besser mal nach«, meinte er, aber sein Partner hatte bereits zum Telefon gegriffen und wählte.

Lily hob beim zweiten Läuten ab. »Washingtoner Gas- und Elektrizitätswerk, guten Abend.«

»Hampstead Galerie, hier gab's einen Stromausfall.«

»Tut mir leid, Sir. Wir hatten eine kleine Störung. Unsere Techniker sind bereits dabei, den Schaden zu beheben.«

»Technische Störung.« Der Wächter legte auf und zuckte die Schultern. »Vor morgen früh haben diese Idioten das bestimmt nicht repariert.«
»Der Generator macht das schon.« Beide wandten sich um und musterten die Monitore. »Ich denke, ich mache jetzt mal meine Runde.«
»Hast recht.« Der andere schenkte sich aus seiner Thermosflasche einen Kaffee ein. »Halt die Augen offen, damit dich die bösen Einbrecher nicht erwischen.«
»Halt du mal besser die Klappe, McNulty.«
Auf den Monitoren liefen die gewohnten Bilder der Ausstellungsräume und der dämmrigen Korridore. McNulty fand dieses ewig gleiche Programm so öde, daß er manchmal glaubte zu verblöden. Im dritten Stock erblickte er seinen Partner und zeigte ihm einen Vogel.
Das half allerdings auch nicht besonders gegen die Langeweile.
Er summte vor sich hin und überlegte, ob er die Karten für das nächste Spiel nicht ein wenig präparieren sollte, als er auf Monitor sechs etwas entdeckte. Er blinzelte verblüfft. Das konnte nur eine Einbildung sein. Ratlos starrte er auf den Bildschirm.
Es war eine Frau – aber keine richtige. Eine blasse, wunderschöne Gestalt in einem wallenden, weißen Gewand mit langem silbrigen Haar. Sie verblaßte und war im nächsten Moment wieder da – und, Herrgott, er konnte durch sie hindurchsehen! Ja, sie war durchsichtig. Sie lächelte ihm zu und winkte sogar.
»Carson«, keuchte McNulty in sein Funksprechgerät, aber sein Kollege antwortete nicht. »Carson, du Mistkerl, melde dich.«
Die Frau war immer noch da. Sie schwebte einige Zentimeter über dem Boden. Jetzt sah er auch seinen Partner, der die Runde im zweiten Stock begann.
»Carson, hörst du nicht!«
Verärgert schob er das Sprechgerät wieder in seinen Gürtel. Sein Mund war trocken, sein Herz hämmerte vor Aufregung, aber er wußte, daß er seinen Job los war, wenn er die Sache nicht überprüfte.

Roxanne schaltete den Projektor aus, und das Hologramm von Alice verschwand. Nachdem sie ihre Ausrüstung wieder verstaut hatte, hastete sie zum Überwachungsraum. Jetzt zählte jede Sekunde.

Trotzdem machte sie sich ganz ruhig an die Arbeit. Sie nahm das Band aus Kamera vier und vertauschte es mit ihrer eigenen Kassette. Dann programmierte sie den Computer neu, wie Jake es ihr erklärt hatte. Die Kamera war nun außer Betrieb, aber der Monitor würde weiterhin die gewohnten Bilder zeigen. Der einzige Unterschied war, daß die Wächter in Wirklichkeit ein präpariertes Band betrachteten. Es dauerte einige kostbare Momente, um Kamera sechs zurückzuspulen und das aufgezeichnete Hologramm zu löschen. Selbst Jake hatte keine narrensichere Lösung dafür gewußt, daß diese verfluchten dreißig Sekunden, in denen Alices Bild erschienen war, auf den Aufzeichnungen fehlten. Spätestens wenn der Einbruch entdeckt worden war und man die Bänder sorgfältig untersuchte, würde die fehlende Zeitspanne auffallen.

Aber wenn alles gutging, war das schon kein Problem mehr.

»Sie müßte jetzt fertig sein.« Luke beobachtete den Sekundenzeiger und nickte Jake zu. »Los.«

»Mit Vergnügen.« Jake, der froh war, wieder sicheren Boden unter den Füßen zu haben, griff nach einer Apparatur, die aussah wie eine multifunktionale Fernbedienung. Er tippte auf der winzigen Tastatur. Irgendwo in einiger Entfernung begann ein Hund zu heulen.

»Diese hohen Frequenzen«, erklärte Jake, »machen jeden Köter im Umkreis einer halben Meile verrückt. Aber länger als fünfzehn Minuten – siebzehn höchstenfalls – hält dieses Baby nicht durch.«

»Das genügt. Bleib hier oben.«

»Darauf kannst du wetten.« Er winkte Luke fröhlich zu. »Hals- und Beinbruch, Kamerad.«

Mit einem übermütigen Lächeln schwang sich Luke hinab. Seine Füße hatten kaum den Fenstersims berührt, als die Scheibe hochgeschoben wurde.

»Was kann romantischer sein als ein Mann, der sich an einem Seil zu deinem Fenster hereinschwingt?« Roxanne trat etwas zur Seite, um ihm Platz zu machen.

»Das zeige ich dir, wenn wir wieder im Hotel sind.« Er nahm sich einen Moment Zeit, um sie leidenschaftlich zu küssen, und spürte daß die Aufregung sie genauso gepackt hatte wie ihn. Es war lange her, seit sie bei einem nächtlichen Unternehmen zusammengearbeitet hatten. »Irgendwelche Probleme?«

»Kein einziges.«

»Dann wollen wir mal.«

»Und ich sage dir, ich habe jemanden gesehen«, versicherte McNulty.

»Ja, klar.« Carson deutete auf die Reihe der Monitore. »Eine schwebende Frau – eine *durchsichtige,* schwebende Frau! Deshalb hat sie wohl auch keinen Alarm ausgelöst, was? Wo ist sie denn jetzt?«

»Sie war da, verdammt.«

»Und hat dir zugewinkt, ja? Nun laß mich nachdenken.« Carson tippte sich mit einem Finger ans Kinn. »Vielleicht ist sie irgendwo durch eine Wand spaziert. Könnte sein, daß ich sie deshalb auf meiner Runde nicht entdeckt habe. Und deshalb hast du sie auch nicht mehr gesehen, als du deinen Posten verlassen hast, um Gespenster zu jagen – du armer Irrer.«

»Spul das Band zurück.« McNulty drückte kurzerhand selbst den Knopf. »So, und jetzt mach dich auf was gefaßt.« Zweimal ließ er das Band zurücklaufen und hätte es noch ein drittes Mal ungläubig betrachtet, wenn sein Partner ihn nicht daran gehindert hätte.

»Du brauchst mal Urlaub, am besten in einem hübschen, ruhigen Sanatorium.«

»Ich habe genau gesehen ...«

»Ich will dir was sagen, du Arschloch. Falls du etwa auf die Idee kommst, eine schwebende Puppe zu melden, dann aber ohne mich.« Carson setzte sich und begann eine Patience zu legen.

Entschlossen blieb McNulty vor den Monitoren hocken.

Ein Muskel zuckte nervös unter seinem linken Auge, während er mit starren Blicken darauf wartete, daß die Erscheinung noch einmal auftauchte.

Luke zog seine Einbruchswerkzeuge aus der Tasche. Nachdem sie es geschafft hatten, das Alarmsystem auszuschalten, war das Schloß des Schaukastens geradezu ein Witz. Und der Angeschmierte würde Sam sein.

Seine Finger juckten bereits ungeduldig, als er sich vorbeugte, doch dann richtete er sich auf und reichte Roxanne die Dietriche.

»Hier, bitte. Ladys first.«

Nach kurzem Zögern schüttelte sie den Kopf. »Nein, nein, mach du nur. Es ist dein Ding.«

»Sicher?«

»Und ob.« Sie fuhr sich mit der Zungenspitze über die Lippen. »Außerdem«, flüsterte sie mit heiserer Stimme, »macht es mich ganz scharf, dir beim Arbeiten zuzusehen.«

»Ja?«

Sie lachte leise und gab ihm einen Kuß. »Gott, Männer sind wirklich leicht rumzukriegen. Mach das Schloß auf, Callahan.«

Sie blieb hinter ihm stehen und hatte eine Hand auf seine Schulter gelegt, aber statt ihn zu beobachten, schaute sie auf die Juwelen, die hinter dem Glas auf blauem Samt glitzerten.

»Meine Güte, wie die funkeln«, flüsterte sie erregt. »Ich liebe diese hübschen Steinchen. Diese Farben, diese Lichtreflexe. Schau mal, die Rubine. Wußtest du, daß fast alle Rubine in Minen abgebaut werden – wenigstens die, die wir kennen? Deshalb sind sie im Grund genommen mehr wert als Diamanten.«

»Faszinierend, Rox.« Das Schloß war geöffnet, und Luke schob leise die Glastür auf.

»Oh.« Roxanne holte tief Atem. »Jetzt kann man sie beinahe riechen. Feurig und süß. Können wir nicht wenigstens ein paar für uns …«

»Nein.« Er nahm ihr den Rucksack ab.

»Nur ein Stück, Luke. Nur diese Rubinenhalskette. Wir

könnten die Steine rauslösen. Ich würde sie gut verwahren und nur hin und wieder mal anschauen.«

»Nein«, wiederholte er. »Jetzt mach dich an die Arbeit. Du vergeudest bloß Zeit.«

»Na gut. Es war einen Versuch wert.«

Rasch füllten sie ihren Rucksack mit den glitzernden Schmuckstücken.

»Ich habe immer gemeint, Tiaras seien bloß was für texanische Schönheitsköniginnen mit zwei albernen Vornamen«, murmelte sie und ließ seufzend den glitzernden Reif in den Rucksack gleiten. »Zeit?«

»Sieben Minuten bestenfalls.«

»Gut.« Sie nahm die Polaroidfotos, die sie am Abend von dem Schaukasten gemacht hatte. Anhand dieser Vorlagen plazierten sie die Imitationen exakt an den richtigen Stellen.

»Sieht gut aus«, meinte Luke. »Perfekt.«

»Dafür haben sie auch genug gekostet.«

»Ich liebe deine Geldgier. Und nun die Krönung.« Mit einer Pinzette nahm er aus einer Plastiktüte vorsichtig das Haar, das er Sam unbemerkt von der Schulter seines Fracks abgezupft hatte. Nachdem er es auf ein Glasregal im Hintergrund gelegt hatte, ließ er den Manschettenknopf in seine Hand gleiten.

»Das soll er mal erklären.« Luke zwängte ihn in den schmalen Spalt zwischen Rückwand des Schaukastens und dem unteren Regal, so daß noch ein schwacher goldener Schimmer zu sehen war. »Tja, das soll er mal erklären«, wiederholte er. »Gehen wir.«

Hand in Hand eilten sie zum Fenster. Roxanne schwang sich hinaus und warf ihm über die Schulter einen übermütigen Blick zu. »Schön, wieder mit dir zusammenzuarbeiten, Callahan.«

Für den Besuch der Auktion hatte Roxanne sich das Haar zu einem lockeren Nackenknoten hochgesteckt, was gut zu ihrem eleganten grauen Kostüm aus Rohseide paßte. Sie trug dezente Diamantenohrstecker, eine juwelenbesetzte Anstecknadel in Form eines fünfzackigen geschweiften Sterns und schwarze italienische Pumps.

Neben ihr saß Lily, die ein knapp sitzendes rosa Kleid und ein purpurfarbenes Bolerojäckchen trug und vor Aufregung regelrecht übersprudelte. »Herrlich, diese Atmosphäre. All diese aufgeblasenen Leute mit ihren numerierten Kärtchen. Ich wünschte, wir könnten wirklich etwas kaufen.«

»Warum nicht?« Roxanne nahm aus der Handtasche ihre Puderdose, scheinbar um ihr Make-up zu überprüfen. In Wirklichkeit versuchte sie mit Hilfe des Spiegels zu sehen, ob Luke irgendwo im Hintergrund stand. »Biete ruhig auf alles, was dir gefällt.«

»Ich habe solch einen schlechten Geschmack.«

»Nein, du hast nur deinen eigenen Geschmack. Und der ist genau richtig.« Roxanne unterdrückte ihre Unruhe. Luke war nirgends zu entdecken. Sie klappte die Puderdose wieder zu. »Warum sollen wir uns nicht ein bißchen Spaß gönnen, solange wir gleichzeitig unsere Aufgabe erledigen?«

»Wenn du meinst?« Lily schlug die Beine übereinander und zog einige bewundernde Männerblicke auf sich.

Es herrschte lebhaftes Stimmengewirr, während weitere Besucher hereinströmten und ihre Plätze einnahmen. Vor den Sitzreihen stand das Pult des Auktionators und ein langer mit Leinen drapierter Tisch, den zwei uniformierte und bewaffnete Wachleute flankierten. Daneben stand ein Louis-XIV-Schreibtisch mit einem Telefon, einem Computer, schriftlichen Unterlagen und zahlreichen Notizblocks, da man auch mit telefonischen Geboten rechnete.

Roxanne blätterte durch den dicken Hochglanzkatalog und machte sich wie viele andere Besucher Notizen.

»Oh, sieh nur diese Lampe!« rief Lily begeistert. Mehrere Köpfe drehten sich nach ihnen um. »Das wäre doch genau das richtige für unser Wohnzimmer.«

Roxanne musterte das Foto dieses Jugendstilungetüms und lächelte. Typisch Lily. »Stimmt.«

Der Auktionator, ein kleiner rundlicher Mann in einem grauen Nadelstreifenanzug, nahm seinen Platz ein.

Vorhang auf, dachte Roxanne und lehnte sich zurück, um auf ihr Stichwort zu warten.

Die Versteigerung begann mit einigen Illustrationen und Antiquitäten. Es wurde zügig geboten, und gelegentlich war jemand kühn genug, sein Gebot laut herauszurufen, statt die numerierte Karte hochzuheben.

Roxanne begann, die Veranstaltung zu genießen.

Einige rissen ihre Karten in die Höhe, andere wedelten lässig damit, als sei es ihnen kaum der Mühe wert, mehrere tausend Dollar zu bieten. Manche grunzten, manche husteten, manche hoben einen Finger. Der Auktionator kannte sich mit den unterschiedlichen Signalen aus und erledigte seine Aufgabe souverän.

»Oh, sieh mal!« Lily war entzückt über die prunkvolle, mit Schnitzereien verzierte hohe Kommode, die ungefähr aus dem Jahre 1815 stammte und gerade von zwei kräftigen Männern hereingerollt wurde. »Ist doch wirklich hübsch, Schatz. Sie würde genau ins Kinderzimmer von Mouse und Alice passen.«

Roxanne hatte sich immer noch nicht an den Gedanken gewöhnt, daß Mouse demnächst Vater wurde. »Na, ja ...« Dieses protzige Möbelstück gehörte entweder in ein Schloß – oder in ein Bordell. Aber Lily war so hingerissen, daß Roxanne es nicht übers Herz brachte, etwas einzuwenden. »Ich glaube, du hast recht«, erwiderte sie und hoffte, daß die beiden ihr verziehen.

Lily winkte bereits mit ihrer Karte, noch ehe die Beschreibung vollständig verlesen worden war. Einige Besucher lachten leise.

Der Auktionator nickte ihr wohlwollend zu. »Die Dame eröffnet mit eintausend. Höre ich zwölfhundert?«

Lily begleitete jedes Gebot mit einem Keuchen und winkte eifrig mit ihrer Karte. Vor Aufregung packte sie nach dem Arm des Mannes, der neben ihr saß, und zweimal überbot sie sich sogar selbst. Alles in allem erregte sie die Aufmerksamkeit sämtlicher Anwesenden.

»Für dreitausenddreihundert Dollar an Nummer acht.«

»Nummer acht.« Lily drehte ihre Karte um und jubelte, als sie die Zahl las. »Oh, das war aufregend«, rief sie und klatschte in die Hände.

Roxanne gefiel eine Art-déco-Skulptur besonders. Sie errötete vor Stolz, als sie für zweitausendsiebenhundertfünfzig Dollar den Zuschlag erhielt.

»Uns hat das Auktionsfieber erwischt«, flüsterte sie Lily ein wenig verlegen zu. »Das ist richtig ansteckend.«

»Das müssen wir öfter machen.«

Im Laufe des Nachmittags verließen einige Besucher den Raum, da sie nur an bestimmten Stücken interessiert gewesen waren und es nicht geschafft hatten, sie zu ersteigern. Dafür kamen andere herein. Die ersten Schmuckstücke wurden versteigert. Ein Halsband aus Saphiren, Zitrinen, Smaragden und Diamanten machte den Anfang. Roxannes Herz begann zu klopfen.

»Ist das aber elegant«, flüsterte Lily hörbar. »Richtig traumhaft.«

»Na ja. Die Saphire sind ein bißchen zu dunkel für meinen Geschmack.« Sie wußte, daß sie aus Glas waren und ihre Farbe dem untergemischten Kobaltoxyd verdankten.

Roxanne bot auf mehrere Stücke, war aber stets auf der Hut, nicht den Zuschlag zu erhalten. Lily bedauerte sie jedesmal, wenn sie ausstieg.

Als letztes kam der Ring. Roxanne klappte den Katalog auf und betrachtete das Foto, das sie dunkel umrandete hatte. Sie seufzte leise, als die Beschreibung verlesen wurde.

»Aus Bogotá«, flüsterte sie Lily aufgeregt zu. »Grasgrün, von absolut makelloser Farbe und Transparenz, zwölfeinhalb Karat.«

»Er paßt zu deinen Augen, Schatz.«

Roxanne lächelte und beugte sich gespannt vor.

Das Erstgebot betrug fünfzigtausend, wodurch bereits die Spreu vom Weizen getrennt wurde. Nach dem dritten Gebot hob Roxanne ihre Karte und stieg ein.

Als man bei siebzigtausend angekommen war, entdeckte sie ihn. Er saß auf einem anderen Platz als abgesprochen, wirkte kunstverständig und sehr vornehm und hatte nicht die geringste Ähnlichkeit mit Luke. Das lange braune Haar war zu einem Zopf zurückgekämmt, und ein Schnurrbart zierte

seine Oberlippe. Er trug eine runde Brille mit Goldrand und einen maßgeschneiderten dunkelblauen Anzug, dazu ein rosafarbenes Hemd.
Ohne eine Miene zu verziehen, bot er stetig, nur mit einem flüchtigen Fingerzeig. Roxanne hielt mit, vielleicht länger als klug war, und überbot ihn noch, als sich außer ihnen niemand mehr meldete. Völlig versunken in dieses herausfordernde Spiel, hob sie ihre Karte, obwohl inzwischen bereits einhundertzwanzigtausend erreicht worden waren.
Erst die auffällige Stille, die nach ihrem letzten Gebot eintrat, brachte sie in die Realität zurück. Lily griff entsetzt nach ihrer Hand.
»Oje.« Roxanne erschrak und war ausnahmsweise einmal dankbar, daß sie leicht errötete. »Ich habe ganz den Kopf verloren.«
»Einhundertfünfundzwanzigtausend«, meldete sich Luke mit kühler Stimme, in der ein französischer Akzent lag. Als er den Zuschlag erhielt, stand er auf, wandte sich an Roxanne und verbeugte sich. »Ich bitte um Verzeihung, *mademoiselle,* daß ich eine so schöne Frau enttäuschen muß.« Er schlenderte nach vorn, nahm seine Brille ab und begann sie mit einem schneeweißen Leinentuch zu polieren. »Ich möchte das Stück untersuchen.«
»Monsieur Fordener, die Auktion ist noch nicht beendet.«
»*Oui*, aber ich inspiziere stets, was ich erwerbe, *n'est-ce pas?* Den Ring, wenn ich bitten darf.«
Während Luke den Ring ans Licht hielt, räusperte sich der Auktionator und wollte weitermachen.
»Einen Moment!« Lukes Stimme klang so scharf wie ein Peitschenknall. Seine Augen hinter den runden Brillengläsern waren eisig kalt. »Das ist Betrug, eine ... eine Beleidigung!«
»Monsieur.« Der Auktionator zerrte nervös an seiner Krawatte. Unruhe entstand im Publikum. »Die Clideburg-Sammlung ist eine der besten der Welt. Ich bin sicher, Sie ...«
»Ja, ich bin auch sicher.« Luke hielt eine Juwelierlupe in der Hand. »Dies ...« Er hob den Ring hoch und machte eine dra-

matische Pause. »Ist Glas. Voilà, schauen Sie nur«, forderte er den Auktionator auf. »Überzeugen Sie sich selbst.« Er reichte ihm die Lupe.

»Aber ... aber ...«

»Einen Moment.« Luke zog einen Aluminiumstift aus seiner Tasche. Sämtlichen Besuchern, die sich mit Edelsteinen auskannten, war diese Methode zur Unterscheidung echter Steine von Imitationen vertraut. Mit der Spitze des Stifts fuhr Luke über den Stein, hielt ihn hoch und zeigte die silbrig glänzende Linie.

»Ich werde Sie verhaften lassen. Ich sorge dafür, daß Sie im Gefängnis sitzen, noch ehe der Tag vorüber ist. Glauben Sie, sie können Fordener betrügen?«

»Nein. Nein, Monsieur! Ich verstehe das nicht!«

»Aber ich. *Nous sommes trompés!* Wir sind hereingelegt worden!«

In dem Chaos, das auf seine Worte folgte, wagte es Roxanne, seinen Blick zu suchen. Erstklassige Vorstellung, dachte sie. Nun würde sich bald der Vorhang zum letzten Akt heben.

ZEHNTES KAPITEL

»Alle Zeitungen sind voll davon.« Roxanne knabberte an einem Croissant, während sie die Schlagzeilen überflog. »Es ist das größte Ding, das seit Ollie North in Washington passiert ist.«

»Größer«, behauptete Luke und schenkte sich noch einen Kaffee ein. »An Täuschungsmanöver und Lügen in der Politik sind die Leute gewöhnt. Hier geht es um einen Juwelenraub, und zwar einen ganz grandiosen, wenn ich das selbst sagen darf. Das beschäftigt die Fantasie der Menschen natürlich weit mehr.«

»Die Polizei ist ratlos«, las Roxanne und grinste. »Man läßt jeden einzelnen Stein überprüfen und hat einen der führenden Mineralogen herbeigerufen. Als die Galerie die Sammlung erwarb, sind natürlich alle üblichen Tests gemacht worden mit Hilfe eines Polarisationsmikroskops, einem Dichroskop, Benzollösungen, Röntgenstrahlen ...«

»Angeberin.«

»Immerhin habe ich vier Jahre lang studiert.« Sie legte die Zeitung beiseite und reckte sich genüßlich. Es war einfach wundervoll, ein wenig zu faulenzen und die Ruhe zu genießen, ehe die nächsten Aufregungen begannen.

Über den Rand seiner Tasse hinweg beobachtete Luke, wie der Morgenrock, unter dem sie splitternackt war, sich öffnete. »Warum beenden wir das Frühstück nicht im Bett?«

Roxanne lächelte. »Das klingt ...«

»Mama!« Atemlos kam Nate aus dem angrenzenden Zimmer hereingeschossen. »Ich hab's geschafft! Ich hab meine Schuhe zugebunden.« Er stützte sich mit einer Hand auf den Tisch, um das Gleichgewicht zu halten, und legte seinen Fuß auf ihr Knie. »Siehst du? Ganz allein.«

»Unglaublich. Der Junge ist ein Wunderkind.« Sie betrachtete den ziemlich lockeren Schnürsenkel, der sich bereits wieder auflöste. »Das ist heute wahrhaftig ein ganz besonderer Tag.«

»Laß mich auch mal sehen.« Luke packte Nate um die Taille und zog ihn auf sein Knie. »Okay, raus mit der Sprache. Wer hat dir geholfen?«

»Niemand. Mit großen Augen schaute Nate zu seinem Vater auf. Ohne daß er etwas davon merke, knüpfte Luke rasch die Schleife neu. »Ich schwör's.«

»Na, dann bist du wohl schon fast erwachsen. Wie wär's mit Kaffee?«

Nate verzog das Gesicht. »Nee. Der schmeckt eklig.«

»Tja, was denn dann?« Luke ließ den Jungen auf seinen Knien hüpfen und überlegte. »Weißt du, Rox, mir scheint, ein Kind, das schon selbst seine Schuhe zubinden kann, ist auch in der Lage, sich um einen Hund zu kümmern.«

»Callahan«, zischte Roxanne, während Nate begeistert jubelte.

»Du würdest ihn doch füttern, nicht wahr, Strolch?«

»Klar doch«, nickte Nate eifrig und mit glühenden Wangen. »Jeden einzelnen Tag. Und ich würde ihm auch alles beibringen ... Sitz und Platz und Pfötchen geben und ...« Ihm kam ein Einfall. »Und dir deine Hausschuhe zu holen, Mama.«

»Die er zweifellos erst zerfressen würde.« Aber sie hätte aus Stein sein müssen, um den lachenden blauen Augen und dem verschmitzten Lächeln auf den Gesichtern von Vater und Sohn widerstehen zu können. »Ich habe aber keine Lust, irgendeinen überzüchteten kleinen Kläffer im Haus zu haben.«

»Wir wollen ja auch einen großen häßlichen Köter, nicht wahr, Nate?«

»Ja. Einen großen häßlichen Köter«, griff Nate prompt das Stichwort auf. Er schlang seine Arme um Lukes Hals und schaute seine Mutter flehentlich an. »Daddy sagt, es gibt eine Menge armer Welpen im Tierheim, die niemand haben will. Und dort ist es wie im Gefängnis.«

»Das ist wirklich niederträchtig von dir, Callahan«, sagte Roxanne leise. »Wahrscheinlich findest du, wir sollten einen von dort holen.«

»Das wäre doch sehr anständig, Rox. Hab ich recht, Nate?«

»Klar.«
»Wir werden sehen«, begann sie, aber Nate sprang bereits jubelnd von Lukes Knien und umarmte sie ungestüm. »Ihr beiden habt euch gegen mich verschworen.« Über seinen Kopf lächelte sie Luke liebevoll zu. »Aber daran muß ich mich wohl gewöhnen.«
»Das muß ich gleich Alice erzählen!« Nate raste davon und rief mit einem Blick über die Schulter: »Danke, Dad. Vielen Dank.«
Luke konnte nicht verhindern, daß ein Grinsen sein Gesicht überzog, aber er hielt es für taktisch klüger, so zu tun, als sei er plötzlich an seinem Frühstück interessiert.
»Du wirst ihn noch ganz verwöhnen.«
Er zuckte die Schultern. »Na und? Man ist nur einmal vier Jahre alt. Außerdem ist es ein tolles Gefühl.«
Sie stand auf und setzte sich auf seinen Schoß. »Ja, das stimmt. Es ist ein sehr gutes Gefühl.« Mit einem zufriedenen Seufzer schmiegte sie sich an ihn. »Wir müssen uns anziehen. Vor uns liegt noch einiges an Arbeit.«
»Ich wünschte, wir könnten den Tag mit Nate verbringen. Nur wir drei.«
»Dafür haben wir noch viele Tage Zeit, wenn diese ganze Sache erst vorbei ist.« Sie lächelte verschmitzt. »Ich würde gar zu gern sehen, was Tannenbaum jetzt gerade macht.«
»Er ist ein alter Hase.« Luke küßte sie auf die Nasenspitze. »Es dauert sicher keine Stunde mehr, bis er uns anruft.«
»Ein Jammer, daß wir nicht dabei sein können. Es ist bestimmt eine einmalige Vorstellung.«

Harvey Tannenbaum war mit seinen achtundsechzig Jahren tatsächlich ein alter Hase. Fast sein ganzes Leben lang war er ein erfolgreicher Hehler gewesen und hatte stets nur mit Spitzenleuten zusammengearbeitet. Und Maximillian Nouvelle war für Harvey der Allergrößte gewesen.
Roxannes Bitte, noch einmal eine kleine, aber zentrale Rolle in einem ausgeklügelten Betrugsmanöver zu spielen, hatte ihn anfänglich eher bestürzt, da er sich schon vor vier Jahren aus dem Geschäft zurückgezogen hatte. Aber dann hatte ihn die Sache doch gereizt.

Aus Verehrung für Max und die Nouvelles übernahm er die Aufgabe schließlich sogar gratis.
Ungewohnt war die Sache allerdings, mehr als ungewohnt, denn das erste Mal in seinem Leben hatte er freiwillig ein Polizeirevier betreten und dann auch noch freiwillig ein Vergehen gestanden.
Da es eine Premiere war und aller Wahrscheinlichkeit nach gleichzeitig sein letzter Auftritt, gab Harvey sein Bestes.
»Ich bin als besorgter Bürger hierhergekommen«, wiederholte er und musterte die beiden Kriminalbeamten, an die ihn ein überarbeiteter Sergeant verwiesen hatte. Dank einer zwölfstündigen Marathonsitzung vor dem Fernseher lagen dunkle Ringe unter Tannenbaums geröteten Augen. »Sie sehen mitgenommen aus, Harvey.« Sapperstein, der ältere Detective, spielte den Verständnisvollen. »Sollen wir Sie nicht besser nach Hause fahren lassen?«
»Hören Sie mir denn nicht zu?« rief Harvey empört. »Herrgott, Jungs, ich komme hierher – und das ist mir bestimmt nicht leichtgefallen –, um euch den Tip eures Lebens zu geben. Und Ihr habt nichts Besseres zu tun als mir zu sagen, ich soll heimgehen. Als sei ich ein seniler Knacker. Ich habe die ganze Nacht kein Auge zugetan und mir überlegt, ob ich den Mut aufbringe, hierherzugehen, und Ihr wollt mich einfach abschieben?«
Gereizt trommelte der zweite Detective, ein bassetäugiger ungeduldiger Italoamerikaner namens Lorenzo mit den Fingern auf seinem überladenen Schreibtisch. »Hören Sie, Tannenbaum, wir haben ziemlich viel zu tun. Sie wissen doch, wie es ist, wenn es einen großen Juwelenraub gegeben hat, nicht?«
»Das weiß ich in der Tat.« Mit einem leisen Seufzer erinnerte er sich an die guten alten Zeiten. »Wir wußten damals noch, wie man auch ein bißchen Spaß bei der Arbeit hat. Für diese jungen Burschen heute ist es nur Geschäft – einfallslos und nüchtern, ganz ohne … Zauber, verstehen Sie?«
»Klar.« Sapperstein lächelte mühsam. »Sie waren der Beste, Harvey.«
»Jedenfalls haben Sie mich nie drangekriegt, was? Das soll

nicht heißen, daß ich damit irgendwas zugebe, wohlgemerkt, aber so mancher würde sagen, daß durch meine Hände mehr Diamanten gegangen sind, als andere es sich erträumen.«

»Ja, ja, das waren noch Zeiten«, nickte der zweite Detective mit zusammengebissenen Zähnen. »Also, wir würden ja wahnsinnig gern noch länger mit Ihnen in Erinnerungen schwelgen, aber wir haben haufenweise Arbeit.«

»Ich bin hergekommen, um Ihnen zu helfen.« Harvey verschränkte die Arme vor der Brust und blieb stur sitzen. »Was meine verdammte Bürgerpflicht ist. Aber ehe ich ein Wort sage, will ich, daß man mir Straffreiheit zusichert.«

»Herrgott«, murmelte Lorenzo. »Natürlich rufen wir gleich den Staatsanwalt an und setzen die ganze Maschinerie in Gang, damit man dem guten Harvey Immunität zusichert.«

»Sie brauchen gar nicht so sarkastisch zu sein«, erwiderte Harvey. »Ich hätte mich wahrscheinlich nicht erst mit solch kleinen Nummern wie euch abgeben sollen. Am besten gehe ich direkt zum Kommissar.«

»Ja, machen Sie das«, schnaufte Lorenzo.

»Jetzt mal langsam«, meinte Sapperstein. »Sie wollten uns was sagen, Harvey, also raus damit. Sie scheinen müde, wir sind müde, und unsere Zeit ist knapp.«

»Vielleicht sind Sie ja auch zu beschäftigt, um mich anzuhören, was ich über den Raub in der Kunstgalerie weiß.« Harvey wollte aufstehen. »Ich gehe dann mal besser. Will Sie schließlich nicht aufhalten.«

Beide Detectives waren bei seinen Worten zusammengezuckt. Sapperstein setzte ein freundliches Lächeln auf. Er wußte, daß hinter Harveys Gerede wahrscheinlich nichts steckte. Immerhin war er angeblich seit ein paar Jahren schon nicht mehr im Geschäft.

Aber andererseits ...

»Warten Sie.« Sapperstein drückte ihn wieder auf seinen Stuhl. »Sie wissen also was darüber, ja?«

»Ich weiß, wer es war.« Harvey grinste verschmitzt und wartete einen Moment lang, um die Spannung zu erhöhen. Sein Auftritt gefiel ihm immer besser, und er nahm sich vor, sich bei Roxanne dafür zu bedanken. »Sam Wyatt.«

Lorenzo fluchte und zerbrach einen Bleistift in zwei Hälften. »Warum kommen zu mir immer die Verrückten?« stöhnte er. »Warum immer nur zu mir?«
»Verrückt? Sie rotznasiger Dreckskerl, ich hab schon Klunker verschoben, als Sie noch in die Windeln gemacht haben. Wenn Sie nicht ein bißchen mehr Respekt zeigen, dann verschwinde ich besser.«
»Schon gut, Harvey. Sie haben also gesehen, wie der Politiker Sam Wyatt die Clideburg-Sammlung gestohlen hat?« fragte Sapperstein mit erzwungener Geduld.
»Ach, kommen Sie! Wie hätte ich ihn dabei sehen können?« rief Harvey erbittert. »Meinen Sie, ich stehe an Straßenecken und halte Ausschau nach Langfingern? Versuchen Sie bloß nicht, mir so was wie Mittäterschaft anzuhängen. Ich war zu Hause und habe geschlafen, als das Ding über die Bühne ging. Und da ich nicht allein geschlafen habe«, fügte er mit einem verschlagenen Grinsen hinzu, »habe ich auch ein Alibi.«
»Warum behaupten Sie dann, daß Mr. Wyatt die Clideburg-Sammlung gestohlen hat?«
»Weil er es mir gesagt hat!« Harveys Stimme klang immer aufgeregter. »Herrje, zählt mal zwei und zwei zusammen. Vielleicht hat jemand hin und wieder für ihn ein paar Steinchen abgesetzt – und nehmen wir mal an, rein hypothetisch sei ich dieser jemand gewesen.«
Lorenzo schnaubte. »Sie wollen uns also erzählen, daß Sie für Sam Wyatt den Hehler gemacht haben?«
»Das habe ich nie gesagt«, fuhr Harvey auf und wurde rot. »Ich habe rein hypothetisch gesprochen. Falls Sie glauben, Sie könnten mich mit irgendeinem faulen Trick dazu bringen, mich selbst zu belasten, dann liegen Sie falsch. Ich bin aus eigenen Stücken hierhergekommen, und ich gehe auch als freier Mann wieder hier raus. Ich gehe nicht in den Knast.«
»Immer mit der Ruhe. Wie wär's mit einem Schluck Wasser? Lorenzo, hol mal ein Glas.«
»Sicher, sonst noch was?« Verärgert stapfte Lorenzo davon.
»Also, Harvey.« Sapperstein bemühte ich, diplomatisch zu

sein. »Wir hören Ihnen ja gern zu, aber falls Sie uns irgendwelche erfundenen Geschichten über einen angesehenen Mann auftischen wollen, der demnächst im Senat sitzt, bringen Sie sich bloß selbst in Schwierigkeiten. Vielleicht gefällt Ihnen die Politik dieses Herrn nicht, und das ist Ihr gutes Recht.«

»Politik«, schnaubte Harvey angewidert. »Was schert mich seine verfluchte Politik! Aber ich sage Ihnen – ganz hypothetisch, verstanden?«

»Schon klar.«

»Also, ich kenne Sam seit langer Zeit. Damals war er noch ein Teenager. Hab ihn nie besonders gemocht, aber Geschäft ist nun mal Geschäft. Jedenfalls hat er immer ziemlich regelmäßig meine Dienste in Anspruch genommen. Ehe er in die Politik ging, drehte er meistens nur kleinere Dinger, aber danach sah das anders aus.«

»Sie kennen also Sam Wyatt seit seiner Kindheit?« Selbst Sappersteins Geduld war einmal am Ende. Er nahm das Wasserglas, das Lorenzo gebracht hatte, und reichte es Harvey. »Wissen Sie, Sie tun damit niemandem einen Gefallen ...«

»Ich mag es nicht, wenn man mich unter Druck setzt«, unterbrach Harvey. »Und genau das versucht der Dreckskerl jetzt. Sehen Sie, ich habe mich aus dem Geschäft zurückgezogen – hypothetisch, wohlgemerkt –, und wenn ich einen Job ablehnen will, dann mache ich das auch.«

»Okay, Sie haben ihn also abgewiesen.« Sapperstein verdrehte die Augen. »Sie haben nichts mit der Sache zu tun. Und was wissen Sie nun?«

»Jede Menge. Er rief mich an und erzählte, daß er in der Galerie zuschlagen will, und ich hab gesagt, viel Glück, aber was geht mich das an? Er wollte, daß ich die Steine für ihn verscherble. Als ich ablehnte, wurde er ungemütlich und fing an daherzureden, daß ich es bereuen würde, dafür würde er schon sorgen. Wissen Sie, ich habe einen Sohn von meiner zweiten Frau, Florence. Er ist Zahnarzt auf Long Island. Nun, Wyatt hat gedroht, er knöpft ihn sich vor – und gleichzeitig macht er mir Komplimente, daß ich der Beste sei, und er könne bei einem solchen Geschäft keinem zweitklassigen

Hehler vertrauen, redet von unsrer früheren Zusammenarbeit und verspricht mir, wir hätten nach dieser Sache beide endgültig ausgesorgt.«

Harvey trank den Rest seines Wassers und kicherte. »Ich muß schon sagen, ich habe deswegen kaum ein Auge zugemacht. Wyatt hat mir Angst eingejagt, aber ich gebe auch zu, daß mich die Sache nicht kalt gelassen hat. Ein solches Ding läuft einem nicht alle Tage über den Weg. Die Provision, die ich dafür kassieren würde, wäre nicht zu verachten. Ich habe nämlich schon daran gedacht, nach Jamaika auszuwandern. Dort ist es immer warm, und es wimmelt von halbnackten Frauen, wo man nur hinschaut.«

»Bleiben Sie beim Thema, Harvey«, meinte Sapperstein. »Was haben Sie denn nun gemacht?«

»Zum Schein mitgespielt natürlich. Zuerst habe ich ja überlegt, ob ich's nicht vielleicht doch wirklich machen soll, dann aber mußte ich daran denken, was das für einen Staub aufwirbelt, und ich bin nicht mehr der Jüngste. So viel Ärger und Aufregung vertrage ich nicht mehr. Also habe ich mir gesagt, sei vernünftig und melde die Sache, wie jeder aufrechte Bürger es tun würde. Schließlich muß es doch eine Belohnung oder so was wie Finderlohn geben. Dann hätte ich mit meiner guten Tat sogar noch ein paar Kröten verdient.«

»Also hat er Ihnen das Zeug gebracht?« Lorenzo winkte ungeduldig. »Zeigen Sie mal her.«

»Immer langsam, ja? Ich habe ihn gestern getroffen, im Zoo. Am Affenhaus.«

»Fein«, sagte Sapperstein, ehe sein Partner zu Wort kam. »Weiter.«

»Er hat mir erzählt, daß er es gemacht hat. Er war richtig aufgekratzt und brüstete sich damit, wissen Sie? So viel Überschwang ist nie gut. Er hat mir erzählt, daß er den Schmuck durch Imitationen ausgetauscht hat, um sich mehr Zeit zu verschaffen. Und er hat gesagt, ich soll ihn gleich nach der Wahl veräußern.«

»Also, das klingt mir alles ziemlich weit hergeholt.«

»Mag ja sein, aber ich kann Ihnen noch was anderes er-

zählen. Der Kerl ist nicht ganz dicht hier oben.« Harvey tippte sich an den Kopf.
Seufzend griff Sapperstein nach einem Block. »Mit welcher Taxigesellschaft sind Sie zum Zoo gefahren?« Harvey antwortete ohne Zögern. »Um welche Zeit war das? Wie sind Sie zurückgekommen?« Das alles ließ sich leicht nachprüfen. »Nur mal rein theoretisch, was hat er Ihnen denn erzählt, wie er das Ding gedreht haben will?«
Endlich hatten sie angebissen! Harvey unterdrückte ein triumphierendes Grinsen. In knappen Worten beschrieb er einen Einbruch, der dem echten so ähnlich war, daß alles wunderbar mit den Untersuchungsergebnissen übereinstimmen würde.
»Ganz schön ausgefuchst – und mit so vielen technischen Tricks.« So könnte es tatsächlich abgelaufen sein, dachte Sapperstein, der allmählich immer aufgeregter wurde.
»Er hat bei diesen Varietékünstlern aus New Orleans, bei denen er früher mal eine Weile gelebt hat, einiges über Zauberei gelernt. Sie sind jetzt ziemlich berühmt, glaube ich.«
»Wissen Sie, selbst wenn sich einiges als richtig erweist, reicht es nicht mal, um Sam Wyatt vernehmen zu können.«
»Brauchen Sie mir nicht zu sagen, mein Junge. Ich kenne die Vorschriften. Ich hab noch mehr.« Aus seiner Brusttasche zog er ein zusammengefaltetes Stück Papier und reichte es Sapperstein, der es vorsichtig am Rand anfaßte.
Auf dem Blatt stand eine detaillierte Beschreibung der Clideburg-Sammlung.
»Das hat er mir gegeben, um es mir leichter zu machen, die Sachen loszuschlagen. Aber er hat einen großen Fehler gemacht. Ich mag erstens keine Drohungen, und zweitens bin ich im Ruhestand.« Er zwinkerte. »Alles rein hypothetisch, wie gesagt.«
»Werden Sie bloß nicht unverschämt.« Finster betrachtete Lorenzo das Papier, das Sapperstein in eine Plastiktüte steckte. »Und jetzt wollen Sie bestimmt, daß ich das ins Labor schicke, was?«

»Ich habe Ihnen genug geliefert, Lorenzo, jetzt sind Sie an der Reihe.«
Lorenzo stieß einen tiefen Seufzer aus. »Ich habe eben draußen gehört, daß man in einem der Schaukästen in der Galerie was gefunden hat. Einen goldenen Manschettenknopf mit den eingravierten Initialen SW.«
Sapperstein war wie elektrisiert. »Okay, Harvey, am besten setzen Sie sich jetzt mal hierher.« Sapperstein führte ihn zu einer Bank in der Nähe der Tür. »Wir kümmern uns um die Sache.«
»Sie versprechen mir aber, daß man mir nichts anhängt.« Harvey umklammerte Sappersteins Arm. »Ich hab keine Lust, für diesen Scheiß zu sitzen.«
»Darum machen Sie sich mal keine Sorgen.« Er klopfte ihm auf die Schulter. Sein freundliches Lächeln verschwand, als er wieder zu seinem Partner ging. »Ich besorge jetzt alles, was ich über diesen Manschettenknopf kriegen kann. Und du sagst dem Labor, sie sollen sich mit dem Papier beeilen.« Seine Augen funkelten. »Dieser alte Knacker hat uns womöglich gerade ein ordentliches Stück auf der Karriereleiter hinaufbefördert.«
Harvey saß unterdessen geduldig auf seinem Platz und dachte, es stimmt genau, was man sagt. Rache ist wirklich süß. Und er freute sich für seinen alten Kumpel Max.

»Jetzt noch die letzte Nummer.« Roxanne blickte aus dem Fenster nach draußen, wo der Wind einige welke Blätter über den Bürgersteig trieb. »Ich wünschte, Daddy könnte dabeisein.« Sie schüttelte die trübe Stimmung ab und zwang sich zu einem Lächeln. »Hoffentlich verspäten wir uns nicht um mehr als einen Tag. Ich möchte an Halloween gern zu Hause sein.«
»Wir schaffen es schon rechtzeitig.« Luke nahm ihre Hand und küßte sie. »Das verspreche ich dir.«

Sams Koffer waren für seine zehntägige Wahlkampfreise nach Tennessee gepackt, die er zusammen mit seinem Stab und seiner Frau absolvieren mußte. Justine hatte gezetert, als

er ihr nur zwei Koffer erlaubt hatte. Sie behauptete, sehr viel mehr Gepäck zu brauchen und hockte nun schmollend in ihrem Schlafzimmer.
Sie wird schon drüber wegkommen, dachte Sam. Wenn sie erst mal ›Senator Samuel Wyatt und Frau‹ auf ihre Weihnachtskarten drucken lassen kann, wird sie so ziemlich über alles hinwegkommen.
Es tat ihm leid, daß er vor der Reise keine Zeit mehr hatte, mit Luke abzurechnen. Eigentlich hatte er gedacht, es würde ihm Spaß machen, die Sache noch etwas hinauszuzögern, aber jetzt störte es ihn eher. Er wollte ihn endlich und endgültig vernichten.
Immerhin hatte er recht gehabt mit der Clideburg-Sammlung. Sam hatte keine Zweifel, wer hinter diesem Diebstahl steckte. Um so besser, dachte er. Noch ein Mühlstein mehr um seinen Hals. Die Polizei würde sich freuen, wenn er ihnen seine Unterlagen übergab.
Aber damit mußte er warten, bis Luke ihm die Akte über Gunner gebracht hatte.
Dann würde er erst einmal die letzten zehn Tage vor der Wahl darauf verwenden, sich seinen Platz in den Geschichtsbüchern zu sichern.
Als es an der Tür läutete, reagierte er gar nicht. Irgendein Dienstmädchen würde schon öffnen. Sein Butler hatte zwar für ihn die Koffer gepackt, aber an seine Aktentasche ließ Sam niemanden heran. Er überzeugte sich, daß er nichts vergessen hatte. Die wichtigen Papiere, seine Reden, die Kondome, die er gewissenhaft bei allen außerehelichen Affären benutzte, sein Terminplan, Stifte, Notizblöcke, ein Buch über Wirtschaftsfragen – ja, es war alles da. Zufrieden ließ er das Schloß zuschnappen, als ein Dienstmädchen in der Tür erschien.
»Mr. Wyatt, zwei Herren von der Polizei möchten mit Ihnen reden.«
»Zwei Polizisten?« Er sah das neugierige Funkeln in den Augen des Mädchens und entschied, sie bei erster Gelegenheit zu feuern. »Führen Sie sie herein.«
»Meine Herren.« Sam kam hinter seinem Schreibtisch her-

vor und streckte Sapperstein und Lorenzo die Hand entgegen. Es war der geübte Händedruck eines Politikers, fest und zuversichtlich. »Es ist mir immer eine Freude, die Hüter des Gesetzes zu sehen. Was kann ich Ihnen anbieten? Kaffee?«

»Nichts, danke«, antwortet Sapperstein. »Wir wollen Sie nicht unnötig lange aufhalten, Mr. Wyatt.«

»Ich würde Ihnen gern so viel Zeit opfern, wie Sie möchten, aber ich muß noch einen Flug erreichen. Es geht wieder mal auf Wahlkampftour.« Er zwinkerte ihnen gutmütig zu. »Hat einer von Ihnen zufällig Freunde oder Verwandte in Tennessee?«

»Nein, Sir.«

»Na, es hätte ja sein können.« Er deutete auf zwei Stühle. »Setzen Sie sich doch, Officer ...?«

»Detective Sapperstein und Detective Lorenzo.«

»Also, meine Herren.« Aus unerfindlichen Gründen begann Sam zu schwitzen. »Darf ich fragen, was Sie zu mir führt?«

»Mr. Wyatt, ich habe hier eine gerichtliche Verfügung.« Sapperstein nahm das Formular heraus und setzte seine Lesebrille auf. »Wir sind berechtigt, Ihr Anwesen zu durchsuchen. Unsere Leute warten draußen.«

»Ein Durchsuchungsbeschluß?« Sams ganzer Charme verschwand. »Was zur Hölle soll das?«

»Es geht um die Clideburg-Sammlung, die am dreiundzwanzigsten Oktober aus der Hampstead Galerie gestohlen wurde. Wir haben Beweise, daß Sie in die Sache verwickelt sind, und sind laut Anordnung von Richter Harold J. Lorring zu einer Durchsuchung berechtigt.«

»Sie müssen übergeschnappt sein.« Sams Handflächen waren plötzlich naß. Hastig entriß er Sapperstein das Formular. »Ich weiß nicht, was für ein Spiel Sie hier spielen ...« Er brach ab und lachte böse auf. »Callahan hat Sie geschickt, stimmt's? Er hat diesen kleinen Scherz ausgeheckt, um mir einen Schrecken einzujagen. Aber da hat er sich geschnitten, sogar ganz gewaltig. Bestellen Sie dem Bastard, daß ich ihm dafür das Genick breche.«

»Mr. Wyatt«, wiederholte Sapperstein. »Wir sind berechtigt, diese Durchsuchung durchzuführen, und werden es mit oder ohne Ihre Erlaubnis tun. Wir entschuldigen uns im voraus für alle Unannehmlichkeiten, die dadurch für Sie entstehen.«

»Blödsinn. Für wie naiv halten Sie mich, daß ich auf solch ein Schmierentheater reinfalle? Und nun raus aus meinem Haus, sonst rufe ich die Bullen.«

»Das steht Ihnen frei, Mr. Wyatt.« Sapperstein nahm das Formular wieder zurück. »Wir warten gern solange.«

Wutschnaubend rief Sam das Büro von Richter Harold J. Lorring an. Als er erfuhr, daß tatsächlich vor kaum dreißig Minuten ein Durchsuchungsbeschluß unterzeichnet worden war, zerrte er an seiner Seidenkrawatte und wählte ungeduldig die Nummer seines Anwalts.

»Windfield, hier ist Sam Wyatt. Bei mir sitzen gerade ein paar Narren, die behaupten, sie seien Bullen, und mir irgendeinen gefälschten Durchsuchungsbeschluß präsentieren.« Er riß sich die Krawatte ab und schleuderte sie zur Seite. »Ja, Sie haben richtig gehört. Bewegen Sie gefälligst Ihren fetten Arsch hierher, und kümmern Sie sich um die Sache.« Sam warf den Hörer auf die Gabel. »Sie rühren hier nichts an, absolut nichts, bis mein Anwalt da ist. Kapiert?«

Sapperstein nickte. »Wir haben Zeit.« Irgend etwas an diesem Mann stieß ihn ab. Lächelnd sagte er nach einem Blick auf seine Uhr: »Nur fürchte ich, daß Sie dann Ihr Flugzeug verpassen.«

Ehe Sam etwas erwidern konnte, stürzte Justine herein. »Sam, was um alles in der Welt ist hier los? Vor dem Haus stehen zwei Streifenwagen.«

»Halt die Klappe.« Er sprang auf und schob sie zur Tür. »Halt die Klappe und mach, daß du rauskommst.«

»Mr. Wyatt.« Das Dienstmädchen war halb ohnmächtig vor Aufregung. »Draußen sind Gäste für Sie.«

»Schicken Sie sie weg«, fauchte er. »Sehen Sie nicht, daß ich beschäftigt bin?« Er ging zur Bar und goß sich einen Whiskey ein. Für einen Moment hatte er den Kopf verloren, aber das war nicht so tragisch. Jeder andere würde unter diesen Umständen genauso reagieren. Hastig kippte er den Whiskey hinunter und hoffte, daß er ihm half, sich zu beruhigen.

»Meine Herren.« Nachdem er sein Politikerlächeln wieder aufgesetzt hatte, wandte er sich um. »Entschuldigen Sie, daß ich die Nerven verloren habe. Das alles ist ein ziemlicher Schock. Es passiert schließlich nicht jeden Tag, daß man mich des Diebstahls beschuldigt.«
»Des Einbruchs«, verbesserte Lorenzo.
»Ja, natürlich.« Er würde dafür sorgen, daß dieser Kerl gefeuert wurde – falls er überhaupt ein echter Polizeibeamter war. »Ich möchte wirklich lieber auf meinen Anwalt warten, nur damit alles seine Richtigkeit hat. Ich versichere Ihnen, daß Sie gern das ganze Haus auf den Kopf stellen dürfen. Ich habe nichts zu verbergen.«
Alle horchten auf, als Stimmen im Korridor erklangen. Luke drängte sich an dem Dienstmädchen vorbei zur Tür herein, gefolgt von Roxanne. Sam war drauf und dran, erneut die Fassung zu verlieren.
»Was willst du hier in meinem Haus?«
»Du hast doch angerufen und verlangt, daß ich herkomme!« Luke legte schützend einen Arm um Roxanne. »Ich weiß nicht, was du willst, Wyatt, aber der Ton deiner Einladung hat mir gar nicht ...« Er brach ab und tat, als sehe er erst jetzt die beiden Beamten. »Wer sind diese Leute?«
»Bullen. Nett, Sie zu sehen«, grinste Lorenzo, dem die Sache allmählich gefiel.
»Was hat das zu bedeuten?« frage Roxanne nervös.
Sapperstein musterte anerkennend die hübsche Frau, die sich sichtlich um Fassung bemühte. »Es tut mir leid«, sagte er, »ich muß Sie leider bitten zu gehen. Es handelt sich hier um eine offizielle Angelegenheit.«
»Dann will ich erst recht wissen, worum es geht. Du hast wieder so ein schreckliches Ding gedreht, nicht wahr? Aber Luke wirst du nicht in die Sache mit hineinziehen.« Roxanne packte Sams Rockaufschläge und schüttelte ihn. »Einmal hast du mich benutzt, aber das gelingt dir nie, nie wieder.«
»Liebling, bitte.« Luke trat zu ihr. »Reg dich nicht so auf. Er ist es nicht wert.«
»Ich habe dich in unser Haus gebracht.« Sie stieß Sam zurück, der sie am liebsten kräftig geohrfeigt hätte, wenn er

mit ihr allein gewesen wäre. »Ich habe dir vertraut, und meine Familie hat dir vertraut. Reicht es nicht, daß du uns damals derart hintergangen hast? Müssen wir nach all diesen Jahren immer noch unter deinem Haß leiden?«
»Laß mich gefälligst los.« Er griff nach ihren Handgelenken. Roxanne stieß einen Schmerzensschrei aus, worauf beide Detectives sich beeilten, einzuschreiten.
»Nun mal sachte, Wyatt.«
»Liebling!«
Das war ihr Stichwort. Scheinbar blind vor Tränen stolperte Roxanne auf Luke zu und stieß dabei den Aktenkoffer vom Schreibtisch. Er landete auf dem Boden, der Deckel sprang auf – und ein funkelnder Diamantenregen rieselte heraus, gefolgt von feurig leuchtenden Rubinen.
»O nein.« Roxanne preßte eine Hand vor den Mund. »Mein Gott, da sind die Sachen aus der Clideburg-Sammlung.« Entsetzt starrte sie Sam an. »Du – *du* hast sie gestohlen! Genauso wie du damals Madame bestohlen hast.«
»Du bist verrückt! Er hat sie mir untergeschoben!« Sam schaute gehetzt um sich und konnte nicht fassen, was hier geschah. »Du Schwein hast mich reingelegt.« Er stürzte auf Luke zu. Lorenzo wollte eingreifen, doch Roxanne tat, als wolle sie davonlaufen – was ihr natürlich nicht im Traum eingefallen wäre – und geriet Sam in den Weg, so daß er bäuchlings auf dem offenen Aktenkoffer landete.
Schwer atmend setzte er sich auf. »Bei mir verfangen sich deine kleinen Zaubertricks nicht, Callahan. Ich habe dich immer noch in der Hand. Im Safe.« Er rappelte sich hoch. Sein Gesicht war grau, seine Augen waren weit aufgerissen, die Lippen zu einem hämischen Grinsen verzerrt. »Ich habe alle Beweise gegen diesen Mann in meinem Safe. Er ist ein Dieb und ein Mörder. Und diese Frau ebenfalls. Sie sind alle Diebe. Ich kann es beweisen. Jawohl, das kann ich.« Er humpelte zum Safe und murmelte unverständliches Zeug vor sich hin.
»Mr. Wyatt.« Sapperstein legte ihm eine Hand auf die Schulter. »Ich rate Ihnen, auf Ihren Anwalt zu warten.«
»Ich habe lange genug gewartet. Jahrelang habe ich gewar-

tet. Sie wollten doch nach Beweisen suchen, nicht wahr? Nun, sehen Sie sich das mal an.« Er drehte am Kombinationsschloß, riß den Safe auf und zerrte einen Aktenordner hervor. Fassungslos starrte er auf die gestochen scharfen Farbfotos, die herausrutschten und auf dem Boden landeten.
»Bemerkenswerte Schnappschüsse, Mr. Wyatt.« Lorenzo hob einige auf und begutachtete sie interessiert. »Sie sind wirklich fotogen – und sehr beweglich.« Grinsend reichte er die Fotos seinem Partner.
»Das bin ich nicht«, schrie Sam außer sich vor Wut. »Da ist Gunner. Es muß Gunner sein! Sie sind gefälscht. Das sieht man doch. Ich bin nie mit irgendeinem dieser Menschen zusammengewesen. Ich habe keinen davon jemals gesehen!«
»Sieht nicht so aus, als seien Sie da unter Fremden«, murmelte Sapperstein. Er hatte einige Zeit bei der Sitte gearbeitet, aber so etwas war ihm noch nie unter die Augen gekommen. »Recht gewagte Spielchen, das muß ich sagen. Wirklich, sehr bizarr.«
»Ja.« Lorenzo tippte anzüglich auf ein besonders schlüpfriges Bild, das Sam in einer überaus ungewöhnlichen Position zeigte. »Was meinst du, wie er es geschafft hat, sich derart zu verrenken? Würde meine Frau bestimmt interessieren.«
»Bitte.« Sapperstein räusperte sich. Etwas verspätet fiel ihm ein, daß eine Dame im Raum war. »Mr. Wyatt, wenn Sie sich hinsetzen möchten, bis wir …«
»Sie sind gefälscht!« kreischte Sam. »Das hat er gemacht. Er hat gelogen und betrogen.« Mit Schaum vor dem Mund deutete er auf Luke. »Aber er wird mir dafür büßen. Sie alle werden es mir büßen. Ich habe Beweise.« Kichernd griff er wieder in den Safe – und drehte endgültig durch, als er eine Diamantentiara herauszog.
»Das ist bloß ein Trick«, jaulte er. »Ein alberner Trick.« Er starrte auf das juwelenbesetzte Schmuckstück in seiner Hand. »Es wird gleich verschwinden.«
Sapperstein nickte Lorenzo zu, der ihm die Tiara abnahm. »Sie haben das Recht, zu schweigen …«, begann er und legte ihm die Handschellen an, während Sapperstein die übrigen Juwelen aus dem Safe räumte.

»Ich werde Präsident«, tobte Sam, der nun vollkommen außer sich war. »Noch acht Jahre, ich brauche nur noch acht Jahre.«

»Oh, ich glaube, du wirst ein paar mehr kriegen«, murmelte Luke. Er schnippte mit den Fingern, zwischen denen eine Rose erschien, die er Roxanne überreichte. »Abrakadabra, Rox.«

Sie drückte ihr Gesicht an seine Brust, um ihr übermütiges Grinsen zu verbergen. »Und was machen wir als Zugabe?«

ELFTES KAPITEL

Der Herbst in New Orleans war warm und hell, die Tage wurden allmählich kürzer, aber Abend für Abend boten die Sonnenuntergänge ein spektakuläres Schauspiel in leuchtenden Farben.

Max starb an einem dieser prachtvollen Abende in seinem eigenen Bett, während eine rubinrote Sonne am Horizont versank. Seine Familie war bei ihm, und wie LeClerc bei einer der unzähligen Tassen Kaffee meinte, die sie im Lauf dieser Nacht tranken, war das die beste Art zu sterben.

Roxanne fühlte sich ein wenig getröstet, daß Luke den Stein der Weisen in die zerbrechliche Hand ihres Vaters gelegt hatte, so daß er ihn bei sich hatte, als er von einer Welt in die andere ging.

Es war weder ein leuchtender Edelstein noch ein funkelndes Juwel, sondern ein schlichtes graues Felsstück, das im Laufe der Zeit rund und glatt geworden war. Durch wie viele Hände mochte er jahrhundertelang gewandert sein?

Falls er irgendeine Macht besessen hatte, war nichts davon zu spüren gewesen. Doch sie hoffte, daß Max sie gefühlt hatte.

Sie begruben ihn mit dem Stein an einem hellen Novembermorgen auf dem Friedhof der Stadt, die er geliebt hatte. Der Himmel war strahlend blau. Ein Dutzend Geiger spielten Musik von Chopin.

Max hätte dunkle Trauerkleidung und Orgelmusik verabscheut. Hunderte hatten sich versammelt, um ihm die letzte Ehre zu erweisen: Menschen, die irgendwann einmal seinen Lebensweg gekreuzt hatten. Junge Magier, die am Beginn ihrer Karriere standen. Alte Kollegen, deren Hände und Augen sie langsam im Stich ließen. Irgend jemand ließ ein Dutzend weißer Tauben fliegen, die gurrend über sie hinwegflatterten und die Illusion erzeugten, als trügen sie Max' Seele mit sich davon.

Roxanne fand diese Geste wunderschön.
Max' letzter Auftritt war, wie er es erwartet haben würde, eine erstklassige Vorstellung.
In den nächsten Tagen fühlte Roxanne sich seltsam verloren. Ihr Vater war der wichtigste Mensch in ihrem Leben gewesen. Während seiner Krankheit hatte sie keine andere Wahl gehabt, als die Stelle des Familienoberhaupts einzunehmen. Aber wenigstens war er körperlich noch dagewesen, so daß sie sich hatte einbilden können, daß er ihr zur Seite stand.
Sie wünschte, er hätte ihren letzten Triumph noch miterlebt. Der Skandal um Samuel Wyatt, den ehemaligen Senatskandidaten, der jetzt wegen schweren Diebstahls und etlicher anderer Delikte angeklagt war, beherrschte immer noch die Schlagzeilen.
Man hatte in seinem Haus in Maryland noch weitere Beweise gefunden – ein kleines Gerät, das aussah wie eine Fernbedienung oder ein Taschenrechner, einen Satz Einbruchwerkzeuge aus rostfreiem Stahl, einen Glasschneider, eine motorbetriebene Armbrust, mit der man einen Enterhaken abschießen konnte, einen zweiten goldenen Manschettenknopf mit den eingravierten Initialen SW und vor allem ein Tagebuch, in dem über einen Zeitraum von fünfzehn Jahren gewissenhaft sämtliche Diebstähle, die er begangen hatte, aufgezeichnet waren.
Jake hatte einen Monat gebraucht, um es in Sams Handschrift zu verfassen. Aber er hatte hervorragende Arbeit geleistet.
Schweizer Bankkonten, auf denen sich mehr als eine Viertelmillion Dollar befand, waren ebenfalls ausfindig gemacht worden. Luke stellte befriedigt fest, daß sich seine Investition gelohnt hatte, mehr als gelohnt.
Roxanne hatte anfänglich Mitleid mit Justine empfunden, doch dann las sie erleichtert, daß Sams ergebene Gattin, die von jedem Verdacht der Mittäterschaft freigesprochen worden war, bereits die Scheidung eingereicht hatte und nun in einem Chalet in den Schweizer Alpen lebte.
Sam erklärte mittlerweile nicht mehr, Präsident werden zu wollen. Er behauptete vielmehr, er sei der Präsident.

Während die Psychiater ihre Untersuchungen fortsetzten, leitete Sam aus einer Gummizelle heraus seine Regierungsmannschaft.

Irgendwie, fand Roxanne, war dieser Ausgang der Geschichte gerecht.

Doch das lag nun alles hinter ihr. Dieses Kapitel war endgültig abgeschlossen. Ein Dutzend neuer Wege breitete sich vor ihr aus, und sie wußte einfach nicht, welchen sie einschlagen wollte.

»Es wird langsam kühl hier draußen.« Lily kam in den Hof. »Du solltest dir eine Jacke überziehen.«

»Ist nicht nötig.« Roxanne rückte ein Stück auf der Bank beiseite und legte Lily einen Arm um die Schulter, als sie sich zu ihr setzte. »Ich liebe dieses Plätzchen. Solange ich mich erinnern kann, habe ich mich, wenn mich irgendwas bedrückt hat, immer besser gefühlt, wenn ich eine Weile hier saß.«

»Manche Plätze haben einen besonderen Zauber.« Lily blickte hinauf zu dem Fenster des Zimmers, das sie so viele Jahre lang mit Max geteilt hatte. »Für mich ist es dieses Zimmer da oben.«

Schweigend saßen sie einige Minuten nebeneinander und lauschten auf das Plätschern des Springbrunnens. Die Schatten wurden länger, und die Dunkelheit senkte sich herab.

»Ich weiß, du vermißt ihn sehr, Schatz«, seufzte Lily schließlich und wünschte, sie könnte sich besser ausdrücken. »Aber er würde nicht wollen, daß du so lange trauerst.«

»Du hast sicher recht. Ich meinte zuerst, wenn es aufhörte, weh zu tun, hieße das, ich hätte aufgehört, ihn zu lieben. Aber jetzt weiß ich, daß das nicht stimmt. Ich habe mich gerade an den Tag erinnert, als wir nach Washington abgereist sind.« Sie lehnte den Kopf an Lilys Schulter. »Er saß in seinem Sessel und schaute zum Balkon hinaus. Schaute einfach nur hinaus. Er wollte mit uns kommen, Lily. Das habe ich genau gespürt. Er wollte es ganz unbedingt.«

Sie lachte leise, was Lily seit vielen Tagen nicht mehr gehört hatte. »Aber er war schon ein Dickkopf«, fuhr Roxanne fort. »Typisch Max, an Halloween zu sterben, genau wie Houdini. Ich könnte schwören, daß er das geplant hat. Und ich habe gerade gedacht, falls es einen Himmel für Magier gibt, ist er jetzt dort, macht mit Robert Houdini Taschenspielereien, versucht die Herrmanns zu übertreffen und zaubert mit Harry Kellar. Ach ja, das würde ihm gefallen, nicht wahr?«

»Ja.« Lily lächelte mit Tränen in den Augen und drückte sie an sich. »Und er würde mit allem Nachdruck darauf bestehen, auf den Plakaten als der große Star angekündigt zu werden.«

»Erleben Sie heute abend und in alle Ewigkeit Maximillian Nouvelle, den großen Zauberer und Meistermagier.« Lachend küßte sie Lilys Wangen. »Es tut mir nicht mehr weh. Ich werde ihn immer vermissen, aber es tut nicht mehr weh.«

»Dann will ich dir noch etwas sagen.« Sie nahm Roxannes Gesicht in ihre Hände. »Leb jetzt dein eigenes Leben, Roxy. Laß es nicht einfach so dahinlaufen.«

»Ich weiß nicht, was du meinst.«

Lily hörte, daß jemand die Küchentür öffnete. Sie wandte sich um und sah Luke in den Hof kommen. »Leb jetzt dein Leben«, wiederholte sie und stand auf. »Ich gehe rein und helfe Alice beim Aussuchen der Tapeten. Sie brütet schon die ganze Zeit über den Musterbüchern. Dieses Mädchen ist imstande und tapeziert alles mit pastellfarbenen Blümchen, falls ihr nicht jemand Vernunft beibringt.«

»Da bist du genau die Richtige.«

»Komm rein, wenn dir kalt ist«, befahl Lily.

»Mache ich.«

»Und falls du sie nicht warm halten kannst«, zischte sie Luke leise zu, als sie an ihm vorbeiging, »will ich nichts mehr mit dir zu tun haben.«

Luke setzte sich auf die Bank, zog Roxanne an sich und küßte sie, bis sie völlig außer Atem war.

»Wofür war das?« fragte sie erstaunt.

»Ich befolge nur Lilys Anweisungen. Aber der Kuß ist von mir.« Er küßte sie erneut und lehnte sich dann mit einem zufriedenen Seufzer zurück. »Schöner Abend, was?«

»Hmm. Der Mond geht auf. Wie oft hat Nate dich beschwatzt, ihm die Geschichte mit den grünen Eiern vorzulesen?«

»Oft genug, daß ich sie auswendig aufsagen kann. Wer zum Teufel will überhaupt grüne Eier essen? Widerlich.«

»Du hast offenbar den Hintersinn nicht kapiert, Callahan. Es geht darum, Dinge nicht nach dem äußeren Schein zu beurteilen, sondern auch mal was Neues auszuprobieren.«

»Wirklich? Merkwürdig, ich habe gerade daran gedacht, was Neues auszuprobieren.« Aber er wußte nicht genau, ob es die rechte Zeit war, darüber zu reden. Er musterte sie unsicher. »Wie geht es dir, Rox?«

»Gut«, lächelte sie. »Mir geht's gut, Luke. Ich konnte ihn nicht immer behalten, gegen den Tod gibt es nun mal keinen noch so ausgeklügelten Zaubertrick. Es hilft mir zu wissen, daß du ihn genausosehr geliebt hast wie ich. Und vielleicht hatten in bezug auf Max die fünf Jahre, die du weg warst, auch ihr Gutes. Dadurch hatte ich Zeit, ganz für ihn dazusein, als er mich am meisten brauchte. Er hat durchgehalten, bis du zurückgekommen bist und ich ohne ihn weiterleben konnte.«

»Schicksal?«

»Der Lauf des Lebens. Und nun ändert sich vieles.« Sie schmiegte sich dichter an ihn, doch nicht, weil ihr kalt war, sondern weil es einfach schön war. »Mouse und Alice werden über kurz oder lang ausziehen und ihre eigene Familie gründen. Da paßt es sehr gut, daß du ein Haus zu verkaufen hast, das genau richtig für sie ist.«

»Mit einem netten Apartment im dritten Stock, wie geschaffen für einen Junggesellen. Jetzt kann Jake zur Abwechslung die beiden zum Wahnsinn treiben.«

»In Wirklichkeit hast du ihn doch gern.«

»Na ja«, lächelte er. »Es ist eher so etwas wie nachsichtige Toleranz.«

»Lily wird sich darum kümmern, eine Frau für ihn zu finden.«

»Ja, sie hat tatsächlich so einen leicht sadistischen Zug. We-

nigstens ist er hinter der Bühne ganz nützlich.« Luke nahm ihre Hand und spielte mit den Fingern. »Weißt du, Rox, ich habe über unsere Nummer nachgedacht.«
Sie seufzte schläfrig. »Meinst du, wir könnten damit schon auf Tournee gehen?«
»Ja, wir wären soweit. Aber ich habe an etwas anderes gedacht, etwas das näher liegt.«
»Zum Beispiel?«
»Zum Beispiel an dieses Gebäude am südlichen Rand des Viertels, das zum Verkauf steht. Von der Größe her wäre es genau richtig, auch wenn man noch eine Menge Arbeit reinstecken müßte.«
»Genau richtig? Wozu?«
»Für den Zauberladen der Familie Nouvelle – und für ein Theater, wo neue verblüffende Nummern einstudiert werden. Und im Laden, dem ›Magic Shop‹, könnten wir Tricks verkaufen.«
»Ein Geschäft.« Fasziniert richtete sie sich auf und sah die Aufregung in seinen Augen. »Du willst ein Unternehmen gründen?«
»Ich will etwas für uns gemeinsam aufbauen, Rox. Wir würden dort auftreten, bekannte Artisten anlocken und einigen Neulingen eine Chance bieten. Ein Jahrmarkt, Rox, aber einer, der immer am gleichen Ort bleibt. Das könnte eine erstklassige Sache werden.«
»Du hast offensichtlich schon viel darüber nachgedacht. Seit wann?«
»Seit ich von Nate weiß. Ich will ihm das geben können, was Max mir gegeben hat. Ein Zuhause.« Er hob ihre Hand an seine Lippen und küßte jeden einzelnen Finger. »Sicher, wir würden auch weiterhin auf Tournee gehen, aber nicht mehr neun Monate im Jahr. Er fängt schließlich bald mit der Schule an.«
»Ja, ich habe auch schon daran gedacht und hatte mir vorgenommen, dann etwas zurückzustecken.«
»Das bräuchtest du in diesem Fall gar nicht und wärst trotzdem für ihn da.« Er sah das Interesse in ihren Augen und nahm allen Mut zusammen. »Es gibt nur einen Haken.«
»Wie immer. Was ist es?«

»Du mußt mich heiraten.«
Seine Worte trafen sie wie ein elektrischer Schlag. »Bitte?«
»Du wirst mich heiraten müssen. Mehr nicht.«
»Ach, mehr nicht?« Sie versuchte zu lachen, aber es gelang ihr nicht recht. Erregt sprang sie auf. »Du bestimmst hier einfach, ich müsse dich heiraten – mit allem Drum und Dran, bis daß der Tod uns scheidet und so weiter?«
»Ich hätte dich ja erst gefragt, aber ich nehme an, du würdest bloß unnötig Zeit verschwenden, mit allem möglichen Für und Wider. Also habe ich beschlossen, es dir einfach zu sagen.«
Sie hob trotzig das Kinn. »Und ich sage dir …«
»Warte.« Er stand auf. »Ich hatte mir damals schon vorgenommen, dich zu fragen. Wenn ich mit den Taschen voller Schmuck von Sam zurückgekommen wäre, hätte ich dir einen richtigen Antrag gemacht.«
Ihr Zorn verschwand, und sie schaute ihn ungläubig an.
»Ich hatte alles so schön geplant und es mir so romantisch vorgestellt. Ich hatte sogar schon den Ring in der Tasche. Aber ich mußte ihn in Brasilien versetzen.«
»In Brasilien. Aha.«
»Was hättest du damals gesagt, wenn ich dich gefragt hätte?«
»Ich weiß nicht. Wir hatten ja noch nie darüber gesprochen.« Verwirrt schüttelte sie den Kopf. »Ich hätte jedenfalls sicher erst mal darüber nachgedacht, und zwar gründlich.«
»Und genau das würdest du jetzt auch tun. Und ich kürze die Sache nur ab. Wir heiraten, oder der ganze Handel ist null und nichtig.«
»Ich lasse mich nicht erpressen.«
»Dann werde ich dich eben dazu verführen müssen.« Er strich über ihre Arme, eine alte Gewohnheit, die sie immer noch erregte. »Und ich werde damit anfangen, indem ich dir sage, daß ich dich liebe. Daß du die einzige Frau bist, die ich je geliebt habe und je lieben werde.« Sanft zog er sie an sich und küßte zärtlich ihre Lippen. »Ich will noch mehr Kinder von dir und bei dir sein, wenn sie in dir wachsen.«
»Oh, Luke.« Sie wußte genau, daß es nur Einbildung war, aber sie hätte schwören können, daß es nach Orangenblüten

roch. Heiraten, dachte Sie. Wie kleinbürgerlich – und wie aufregend. »Versprich, daß du mich nie und nimmer ›mein süßes Frauchen‹ nennst.«
»Ich schwöre es mit großem Ehrenwort.«
»Na gut.« Sie preßte eine Hand auf den Mund, als sei sie erschrocken über diese Worte, die ihr herausgerutscht waren. Dann lachte sie und wiederholte: »Na gut, ich bin dabei.«
»Und keinen Rückzieher«, warnte er, ehe er sie hochhob und herumschwenkte.
»Ich kneife nie.«
»Dann wird es bei unserem nächsten Bühnenauftritt heißen: Callahan und seine wunderschöne Frau Roxanne Nouvelle.«
»Nie im Leben.« Sie versetzte ihm einen Klaps auf die Schulter.
»Na gut, dann einfach Callahan und Nouvelle. Dagegen kannst du nichts sagen, Rox, das ist streng nach dem Alphabet.«
»Nouvelle und Callahan. Immerhin habe ich dir deinen ersten Kartentrick beigebracht, weißt du noch?«
»Du reibst es mir oft genug unter die Nase. Also abgemacht.« Er schüttelte ihr förmlich die Hand. »Nate bekommt rechtmäßig verheiratete Eltern und hat seinen Hund. Was kann sich ein Kind mehr wünschen?«
»Es ist so schrecklich konventionell.« Sie strich sich mit der Hand durch ihr Haar. »Und wegen diesem Hund …«
»Jake führt ihn gerade Gassi. Keine Sorge, Mike hat seit einer Stunde nichts Nennenswertes mehr zerfressen. Und gib dir keine Mühe, mir die Hartherzige vorzuspielen, Roxy. Ich habe gesehen, wie du ihn heute morgen mit Schokoladenplätzchen gefüttert hast.«
»Bloß weil ich dachte, wenn ich ihn ordentlich füttere, wird er so fett, daß er nicht mehr die Treppe hochkommt und auf den Bettvorleger pinkelt.«
»Du hast ihm die Ohren gekrault, ihm Küßchen gegeben und dir das Gesicht von ihm ablecken lassen.«
»Ich war wohl kurzfristig etwas übergeschnappt, aber jetzt bin ich wieder bei Verstand.
»Gut, denn da ist noch etwas.«

»Noch was?«
»Ja. Wir werden mit dem Stehlen aufhören.«
»Wir werden ...« Roxanne sank sprachlos auf die Bank zurück. »Aufhören?«
»Jawohl.« Er setzte sich zu ihr. »Ich habe auch darüber viel nachgedacht. Wir sind jetzt Eltern, und ich möchte sobald wie möglich ein zweites Baby. Ich glaube nicht, daß du dann noch an Häuserfassaden herumklettern solltest.«
»Aber – das gehört doch zu unserem Leben!«
»Das gehörte zu unserem Leben«, verbesserte er. »Und wir waren die Besten. Deshalb ist es jetzt der richtige Zeitpunkt, um auszusteigen, Roxy. Mit Max ist diese Ära zu Ende gegangen. Außerdem, Herrgott, was machen wir, falls Nate später tatsächlich mal zur Polizei geht?« Er küßte ihre Hand und lachte. »Am Ende müßte er uns noch verhaften. Können wir unserem Kind solche Schuldgefühle aufladen?«
»Du bist lächerlich. Kinder in diesem Alter wollen alles mögliche werden.«
»Was wolltest du denn werden, als du vier Jahre alt warst?«
»Zauberin«, gab sie seufzend zu. »Aber es so einfach aufgeben, Callahan ... Könnten wir nicht bloß ein wenig – kürzertreten?«
»Ein radikaler Schlußstrich ist besser, Rox. Das weißt du selbst.«
»Wir bestehlen nur noch steinreiche Männer mit roten Haaren, okay?«
»Nun gib schon nach, Baby.«
Mit einem Stöhnen lehnte sie sich zurück. »Heiraten, ein Unternehmen gründen und anständig werden – und das alles auf einmal! Ich weiß nicht, Callahan. Ich könnte direkt explodieren.«
»Wir werden einen Schritt nach dem anderen machen.«
Sie wußte, daß er recht hatte. Das Bild des kleinen Nate, der in schmucker Uniform auf der anderen Seite der schwedischen Gardinen stand und sie mit Tränen in den Augen anschaute, war zu viel. »Als nächstes wirst du mir wohl noch erzählen, daß wir in Zukunft auf Kindergeburtstagen auf-

treten.« Als er keine Antwort gab, fuhr sie mit einem Ruck hoch. »O Gott, Luke!«

»So schlimm ist es nicht, nur ... na ja, als ich Nate neulich zum Kindergarten brachte, geriet ich irgendwie in ein Gespräch mit der Leiterin. Ich – ich habe ihr versprochen, daß wir auf der Weihnachtsfeier eine kleine Vorstellung geben.«

Eine ganze Minute lang herrschte Schweigen. Dann begann sie zu lachen. Sie lachte, bis sie sich die Seiten halten mußte. Er war einfach wunderbar, absolut wunderbar. Und er gehörte ihr.

»Ich liebe dich.« Zu seiner Verblüffung schlang sie die Arme um seinen Hals und küßte ihn lange. »Ich finde es herrlich, was aus dir geworden ist.«

»Danke gleichfalls. Sollen wir noch ein wenig im Mondschein knutschen?«

»Mit Vergnügen.« Doch ehe er anfangen konnte, sie zu küssen, hielt sie ihn zurück. »Aber eins sage ich dir, Callahan. Wenn du losziehst und einen Kombi kaufst, verwandle ich dich in einen Frosch.«

Er küßte ihre Hände und ihre Lippen und beschloß, auf einen günstigeren Moment zu warten, ehe er den Buick erwähnte, auf den er heute morgen eine Anzahlung geleistet hatte.

Denn wie Max schon immer zu sagen pflegte – es kam stets nur auf den richtigen Zeitpunkt an.